文學叢刊

陳福成、潘玉鳳著

那些年，我們是這樣寫情書的

文史哲出版社印行

國家圖書館出版品預行編目資料

那些年，我們是這樣寫情書的 /陳福成、潘玉鳳著. --
初版 -- 臺北市：
文史哲, 民 104.01
頁； 公分（文學叢刊；340）
ISBN 978-986-314-235-5（平裝）

856.186　　　103027492

文學叢刊 340

那些年，我們是這樣寫情書的

著者：陳福成、潘玉鳳
出版者：文史哲出版社
http:// www.lapen.com.tw
e-mail：lapen@ms74.hinet.net
登記證字號：行政院新聞局版臺業字五三三七號
發行人：彭正雄
發行所：文史哲出版社
印刷者：文史哲出版社
臺北市羅斯福路一段七十二巷四號
郵政劃撥帳號：一六一八〇一七五
電話886-2-23511028・傳真886-2-23965656

定價新臺幣四八〇元

中華民國一〇四年（2015）一月初版

ISBN 978-986-314-235-5　09340

那些年，我們這樣談情說愛的（出版動機並序）

這些情書，是我和愛妻潘玉鳳女士，保管了一輩子而不忍亦不能丟棄的「寶物」。當我們都年過六十，經營了三十多年的家，儼然是一個「大庫房」，一屋子新舊東西，光是書籍就有幾萬本。我花了許多時間進行大清理，能送人的送人、能回收的回收，無用者只好當垃圾處理，僅是送圖書館的書最少兩萬本以上。

唯獨，這批情書不忍丟棄，也不能送人（誰要），但有圖書館和收藏家要，只是我暫時不能割愛，必待正式出版後，把書和原稿件贈送圖書館，因爲這批是我和妻的個人「寶物」。我們要使寶物有個典藏處，這或許是居於個人的感情因素。

除個人感情因素，最重要的出版意義，還在文化和社會價值的保存。第一是現代人

（年青輩）已寫不出像我們這樣的情書，現在年青人傳情只是一個「簡訊」，沒有結構、邏輯，不成文章；第二我們是能用手提筆寫情書的「最後一代」，也就是「末代書寫者」，現在的孩子寫不出像本書這種「長文巨構」的情書。

居於這些理由，我決心把我和愛妻一輩子的情書，正式出版，書和原稿全部贈送圖書館，典藏一份感情和文化。（台北公館蟾蜍山萬盛草堂主人陳福成二〇一三年冬。）

那些年，我們是這樣寫情書的

目 次

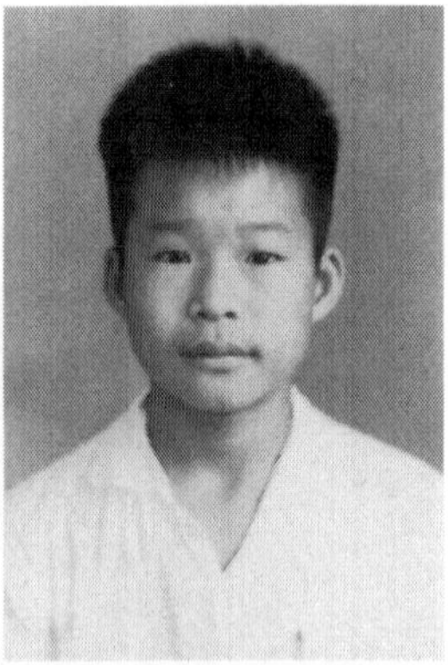

玉鳳：今晚我又很高興的收到妳的兩封信。是第十三和十四兩封。首先進入我視線的是那片楓葉。使我想起，紅葉知己，的佳話。葉給我內心的震盪很大。我應用數倍來回報妳。寫上真楓樹。我且暫把孫心的一片紅楓寄向海天一給玉鳳。再走入我眼簾的是妳的玉卡。我寄給妳的沒有一張能比得上妳的那麼美麗—柔和—得体。我喜歡妳的「盼」。喜歡妳的小詩。很迷人、醉人而叫人愛。看妳学校的課程。难怪許多人讚美実踐家专而不讚美銘傳。我想一个女孩用她所学的服裝、美容、插花、手工藝、園藝等來經營一个小家庭。加上她本身对音樂的修養來美化。那真是一个「神仙家庭」了。貴校校譽不錯。我想和貴校女孩在「才」和「德」的表現有關才是。我的個性和生活偏向文史藝術方面。星期天有時也喜歡到山坡上亂找一些不知名的野草。還用林語堂在「生活的藝術」這本書中的插花要領。什麼主體啦！陪客啦！對稱啦！亂插一通。寢室放一盆。办公室放一盆。也許完全不合乎什麼「流」和「派」的要求。只是自己有一股想要美化生活和環境的欲望。对啦！妳說妳有好几位談心的女朋友。我也告訴妳，我也有二位比談心更佳的男朋友。遊山玩水也是我的愛好。但願休假我們有共遊的機會。对於「玩」我這一生有許多的計劃。不知能否叫妳願否？由近而遠、由小而大。

今天信寫的很晚。直到午夜十二点。有点睡意。油灯的油快用完了。所以也該是收筆的時候了。寫了几封信給妳，老關心不知妳收到否？還有兩个问題來回答：夏天是女孩的季節，當然指服裝方面。妳能否認嗎？今夜子時。晚安

快樂的天使玉鳳

鵬明 七、十一、二四〇〇

紅梅一枝姿色淺
但覓幽香最深處
乙未五月

玉鳳：現在的我真在常想給妳寫信。以前有朋友來信。有時還會偷懶。幾天還沒回信。現在給妳寫信卻成了一種快樂的工作。世事煩雜，家務繁多。但只要提筆叫一聲「玉鳳」，我的內心便開始平靜。我的工作沒有妳想的那樣清閒。說妳不信，有時真的從早上忙到晚上。妳姊夫將要妳做。可以問他。我請他代為致安。好嗎？

今天比較不那麼忙。沒什麼事，不過很想給妳寫信。所以是提起才寫。順便練練字（真慚愧，好久沒練字，用寫信時間練字。請不要介意）。最近天氣似乎不太正常。多注意身體。夏天確實是妳們女孩子的季節，承認嗎？

最近看完林語堂的一本小說「紅牡丹」，男主角有首詩還不錯。寫出與妳共享：夜半枕間遺夢痕 忘却依依別情真 夢裡識盡甜滋味 願為不醒長睡人。論觀念，並不全對，我只欣賞意境。對文學的看法，我是：「文學用來美化人生」，妳對音樂見解是異曲同工。前天收到妳的信的同時，我也收了我妹妹的信。我二妹的婚姻是她的第一志願，現在有了一個小女孩，自組小家庭是現代青年的一般想法，她亦如願了。好了！現在談妳好嗎？妳的多方面喜愛真叫人敬慕。服裝設計、音樂，還帶了一群可愛的兒童。妳的生活一定很愜意。但願隨時有妳快樂的消息傳在我身邊。更願有美妙的琴聲和歌聲在我深心迴響。「雅鳥音空過，夜半聞琴音」。今天寫信，純是心思所致。末了問一聲此時妳在為何事？

祝妳 快樂

昭成 隨筆 80.6.21下午5點

可愛的玉鳳。好嗎？夜晚是個深思的世界。白日的繁忙。使人思維成了固定的機械。晚上則似飛瀑流泉之自由，似深山古寺的寧靜。內心呈現妳的影像，繞在夜的世界中。接到妳的信件。有不少是完成在庭夢般的花園中。妳的出現，使我的世界更完美。使我心田的花園更美麗。林語堂有句話：「我深信一顆赤誠的心是以溶化剛鐵。唯有深沉真摯的愛才能使宇宙中的偉大事項完滿成功。」在一本名叫"二十世紀代表性人物"的書中。林先生被譽為中國幽默大師。代表中國。他的家庭很幸福。他對中國的"愛"認識的很深。他不斷自己實踐，更不止的提醒世人。可惜！可嘆！可悲！的當今之世。而我輩青年能自有思慮者，似乎為數不多。妳，我對愛情，婚姻，友情的真義應該從生活中獲得更多雙方都認可的內容。我們尚記杜威語否：生活即經驗，即智識。深夜人靜，玉鳳會怪我說的太多嗎？明天一早妳妹夫就要休假了，回到台南可能是三天之後了。妳收到我信也許四天了。再收到信就是半個月之後的事。等起來確實久。這是船的關係。我請他代為致意。今晚就此收筆。祝妳晚安 萬事如意。 福成敬上 68年九月九日晚上十點。

玉鳳賢妻如見。近日風寒。未知台灣何如。盼多保重。明日將赴北京。參加十數日之短訓。今行李已備畢。心血來潮。執寸管為小鳳賢妻寫。天下多少成功人。都是夫妻歷經若干歲月之奮鬥。平凡之我倆豈無例外。希風雨同舟。共同邁步。

福成書于己未十一月十八日 於臺

第 一 部

那些年，我是這樣寫情書的

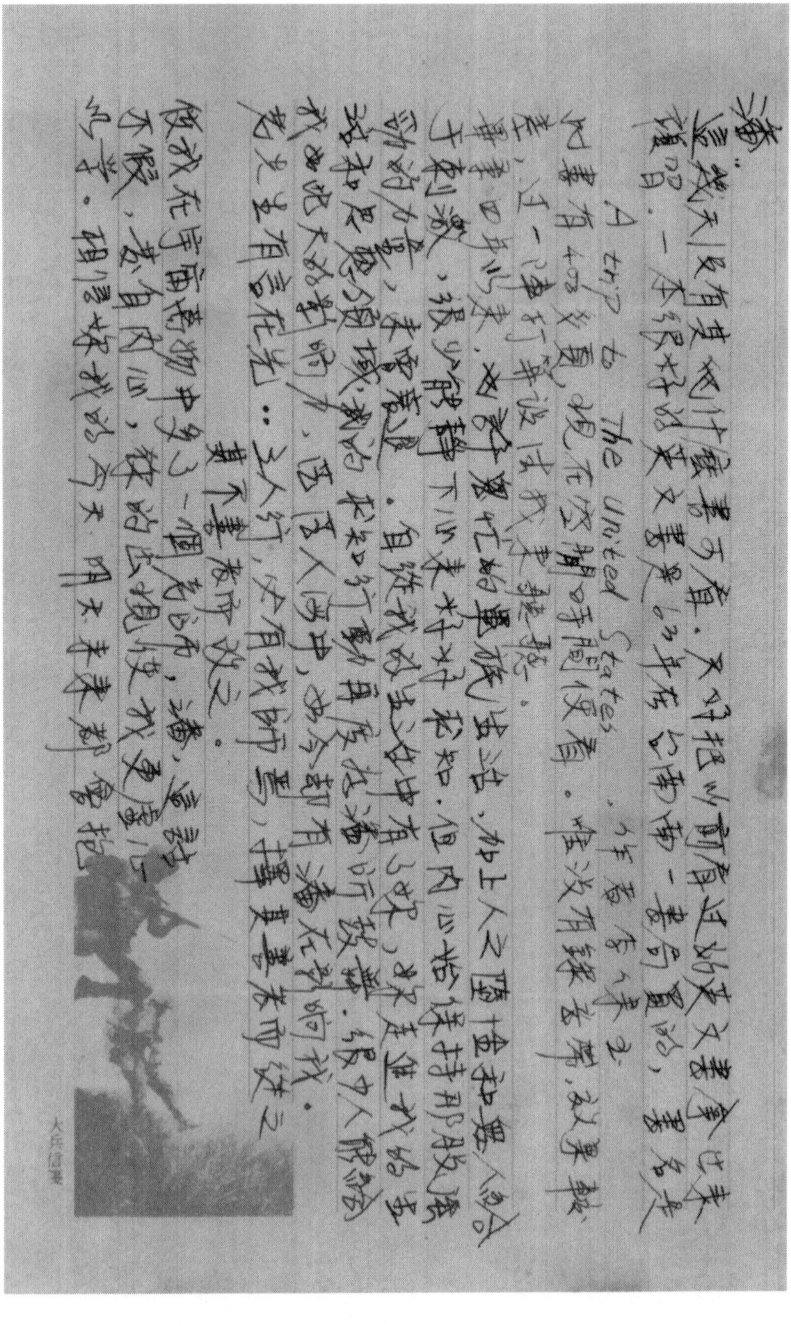

潘：

這幾天沒有其他什麼書可看，只好把以前看過的英文書拿出來複習。一本很好的英文書是63年在台南南一書局買的，書名是

A trip to the United States，作者李保玉

此書有400多頁，現在空閒時間便看。惟沒有錄音帶，效果較差，過一陣打算設法找來聽聽。

畢業四年以來，為許多忙碌的軍旅生活，加上人之墮性和無人給予刺激，很少能靜下心來好好求知。但內心始終保持那股衝勁的力量，未曾衰退。自從我的生活中有了妳，妳走進我的生活和思想領域，我的求知行動再度被潘所鼓舞。很少人能給我如此大的影響力，茫茫人海中，如今卻有潘在影響我。

老先生有言在先：三人行，必有我師焉，擇其善者而從之，其不善者而改之。

使我在宇宙萬物中多了一個老師，潘，這話不假，甚自內心，妳的出現使我更虛心以學。相信妳我的今天、明天、未來都會抱

大兵信箋

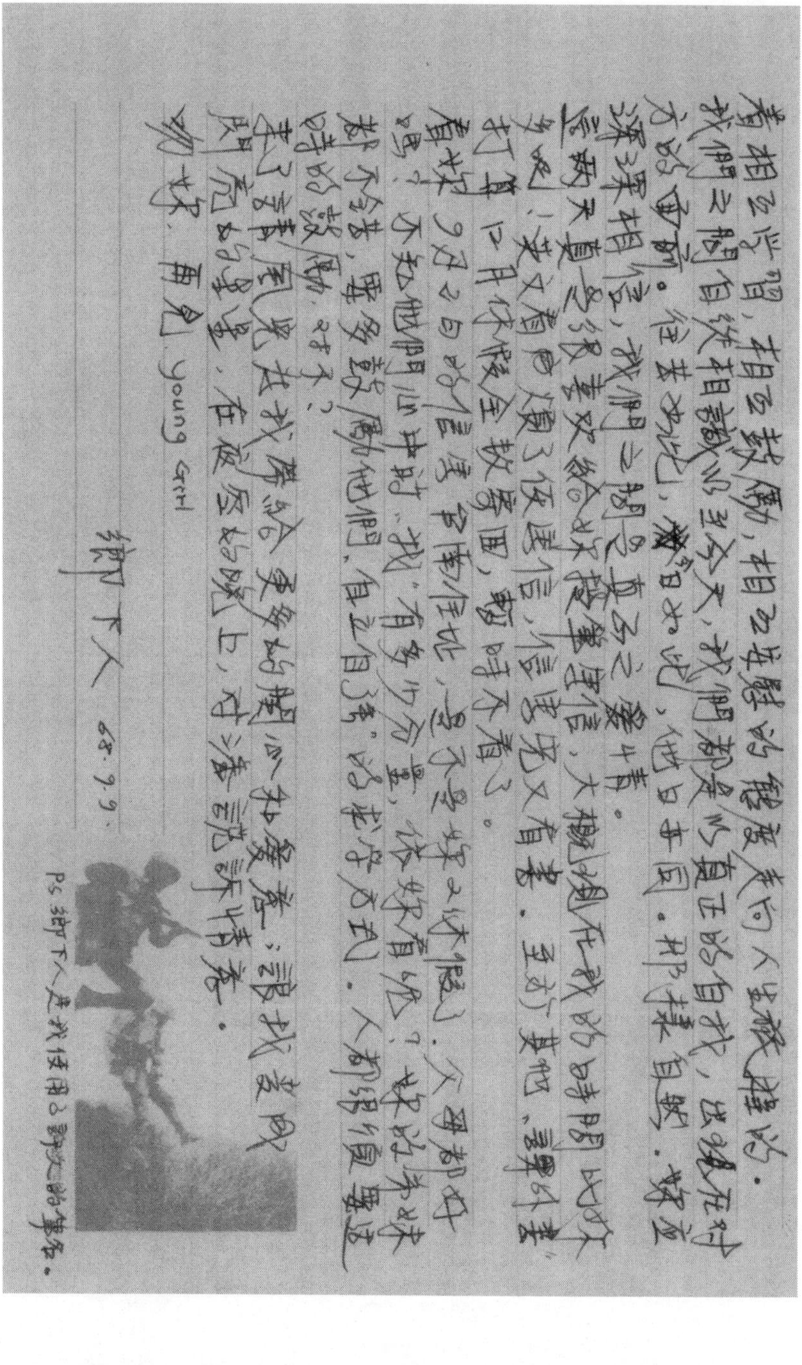
着相互學習，相互鼓勵，相互安慰的態度走向人生旅程的。
我們之間自從相識以至今天，我們都是以真正的自我，出現在对方的面前。往昔如此，今日如此，他日亦同。那樣自然。妳應深深相信，我們之間是真正之愛情。
這兩天真是很喜欢給妳提筆寫信，大概現在我的時間比妳多吧！英文看厭煩了便寫信，信寫完又看書。至於其他"課外書"打算1月休假全放家囬，暫時不看了。
看妳9月2日的信寫自南住址，是不是妳又休假了。父母都好嗎？不知他們心中對"我"有多少分量，依妳看呢？妳的弟妹都不錯，要多鼓勵他們"自立自強"的求学方式。人都須要适時的鼓勵，对不？
来了請風兒去找妳帶給更多的關心和愛意；讓我变成閃亮的星星，在夜昼的晚上，对妳說訴情意。
吻妳，再見 young Girl
鄉下人 68.9.9.
P.S 鄉下人是我使用了許久的筆名。

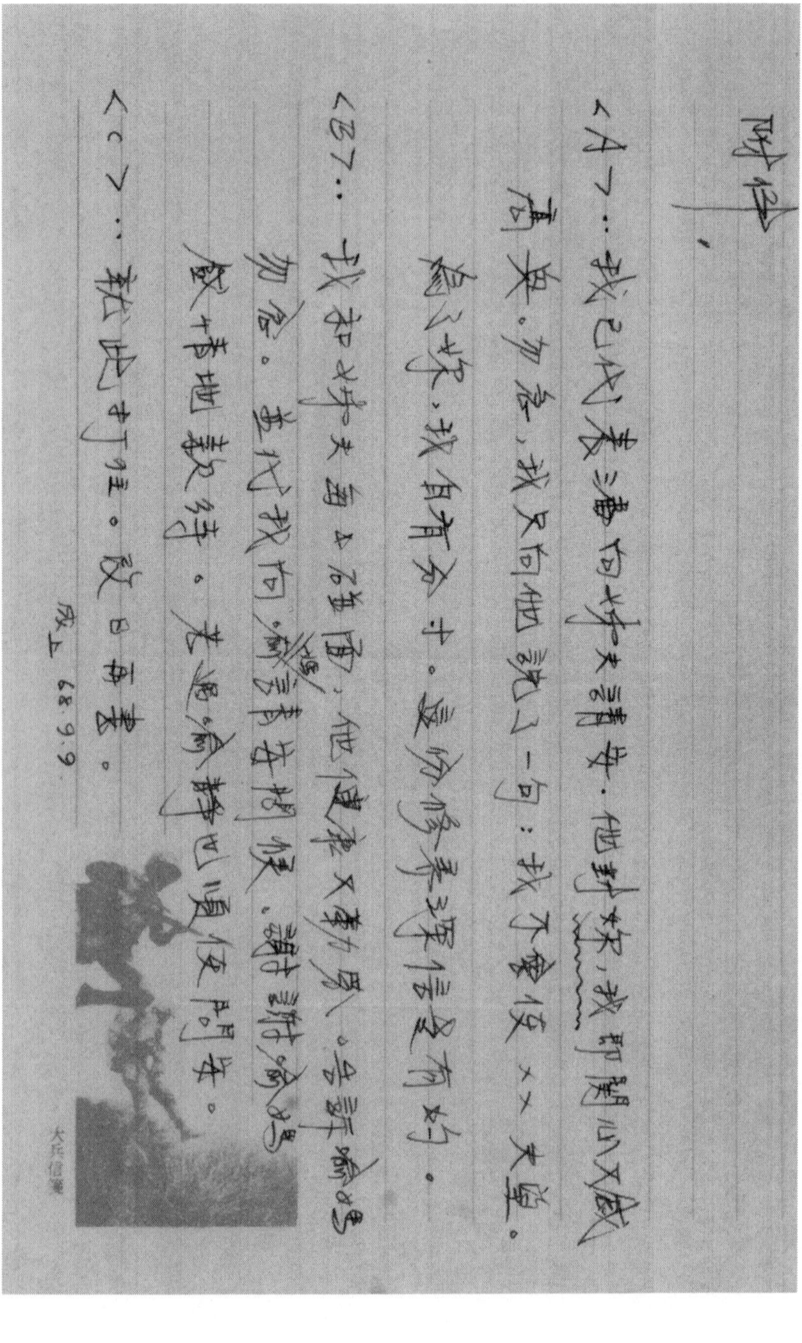

附件：

<A>：我已代表潘向妳夫請安。他對妳，我即關心又感高興。勿念，我只向他說了一句：我不會使××失望。為了妳，我自有分寸。這份修養深信是有的。

<B>：我和妳夫每夕碰面，他健康又勤勞。告訴爺媽勿念。並代我向爺媽請安問候，謝謝爺媽盛情地款待。若遇爺静也順便問安。

<C>：就此打住。改日再書。

成上 68.9.9

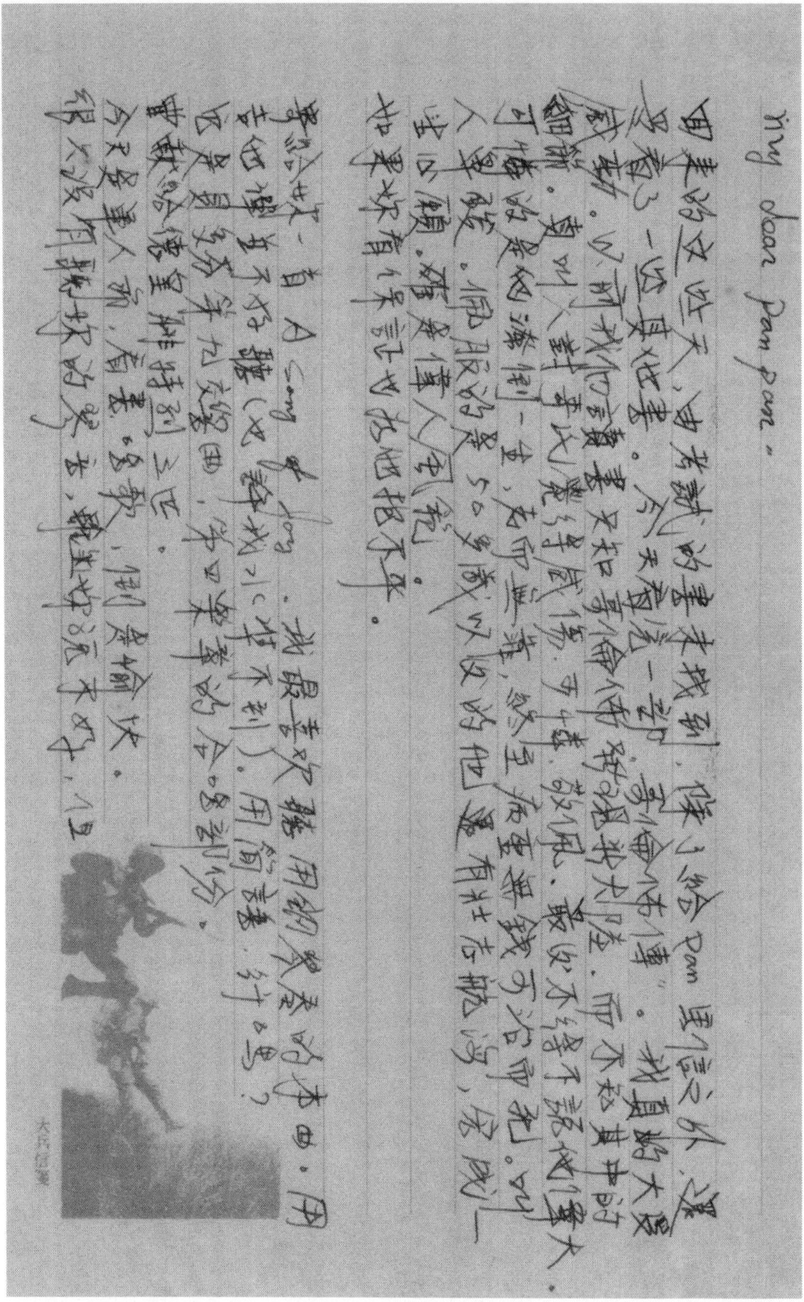

my dear pampam。

回來的這些天，由考試的書未找到，除了給Pam寫信之外，還是看了一些其他書。今天看完一部"哥倫佈傳"。我真的大受感動。以前我們讀書只知哥倫佈發現新大陸，而不知其中的細節。真叫人對哥氏覺得感傷、可憐、敬佩、最後不得不說他偉大。可憐的是他潦倒一生，老而無靠，終至病重無錢可治而死。叫人鼻酸。佩服的是50多歲以後的他還有壯志航海，完成一生心願。確是偉人風範。

如果妳看保証也為他抱不平。

寄給妳一首 A Song of Joy。我最喜歡聽用鋼琴奏的本曲。用吉他彈並不好聽（也許我水準不到）。用簡譜，行嗎？

它是貝多芬第九交響曲，第四樂章的合唱部份。

曾獻給德皇菲特烈三世。

今天是軍人節，看書、唱歌，倒是愉快。

很久沒有聽妳的琴音，雖然妳說不好，但

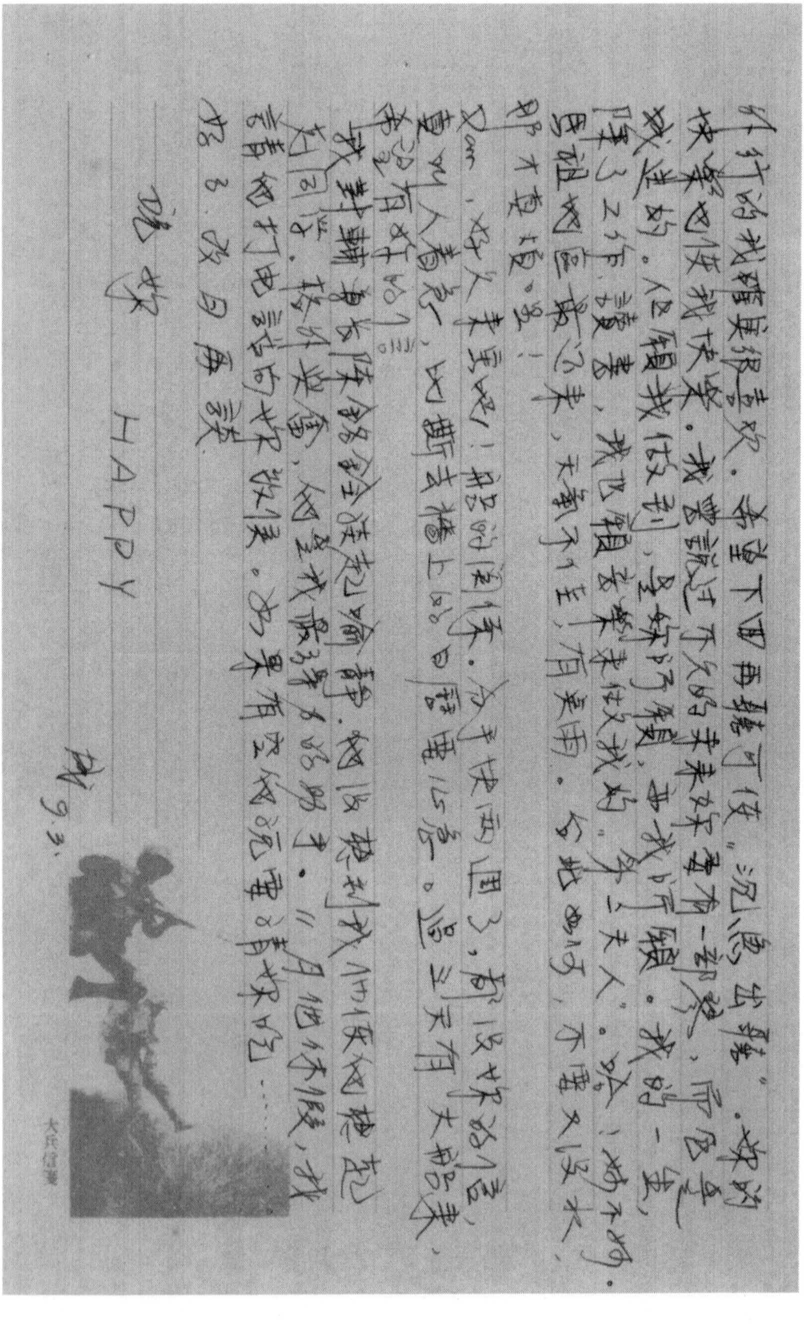
外行的我確實很喜歡。希望下回再聽可使"沉魚出聽"。妳的快樂也使我快樂。我曾說過不久的未來妳會有一部琴，而它是我送的。但願我做到，是妳所願，亦我所願。我的一生，除了工作、讀書，我也願意娶來做我的"第二夫人"。哈！好不好。馬祖地區最近來，天氣不佳，有些雨。今此如何，不要又沒水，那才真煩哩！

Dear，好久未寫吧！船的關係。分手快兩週了，都沒妳的信，真叫人著急，以斯去橋上的日曆更心急。這三天有大船來，希望有好的信。

我對輔導長陳銘銓談起瑜靜，他沒想到我們使他想起老同學，格外興奮，他是我最得力的助手。11月他休假，我請他打電話向妳致候。如果有空他說要請妳吃……

好了，改日再談

祝妳

HAPPY

成 9.3.

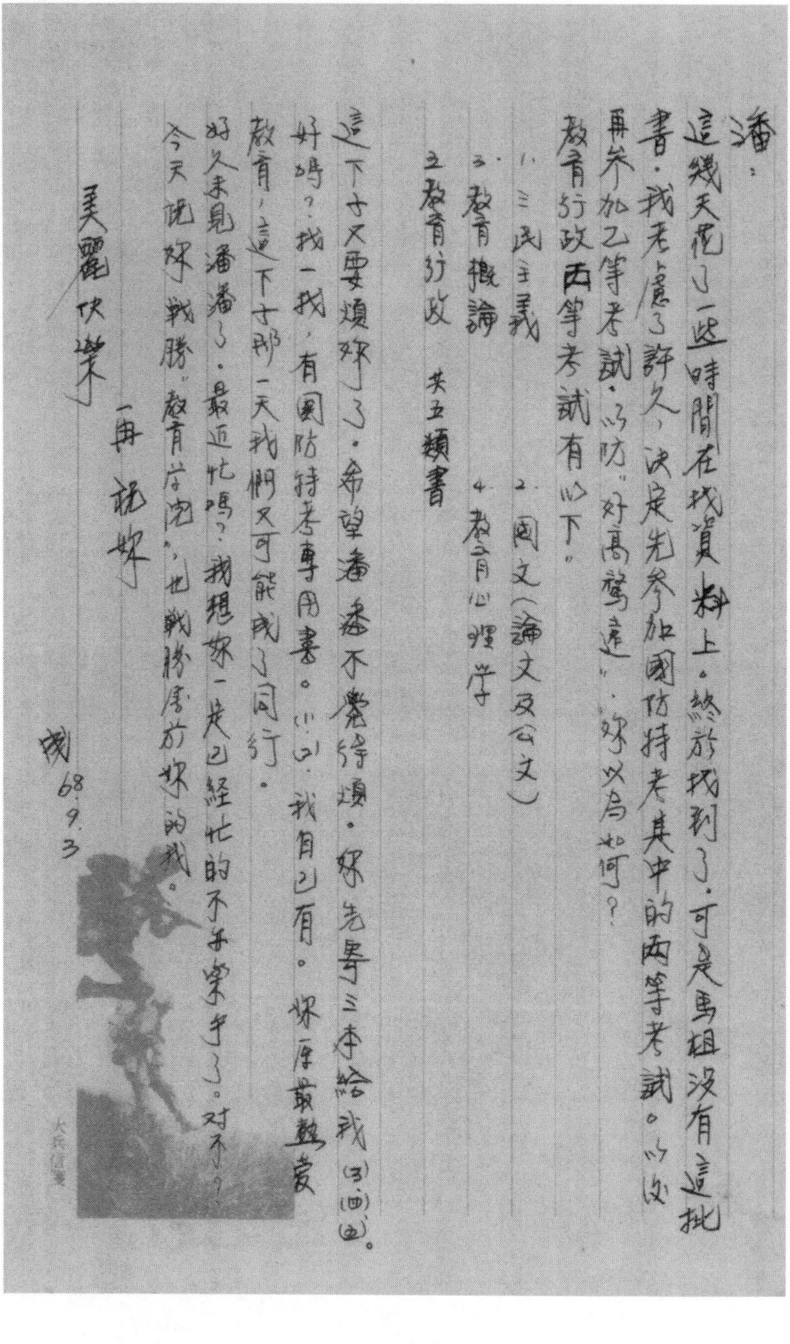

潘：

這幾天花了一些時間在找資料上。終於找到了。可是馬祖沒有這批書。我考慮了許久，決定先參加國防特考其中的丙等考試。以後再參加乙等考試。以防"好高騖遠"。妳以為如何？

教育行政丙等考試有以下。

1. 三民主義　2. 國文（論文及公文）
3. 教育概論　4. 教育心理學
5. 教育行政　共五類書

這下子又要煩妳了。希望潘潘不厭其煩。妳先寄三本給我（三）、（四）、（五）。好嗎？找一找，有國防特考專用書。（1）（2）我自己有。妳一向最熱愛教育，這下子那一天我們又可能成了同行。

好久未見潘潘了。最近忙嗎？我想妳一定已經忙的不亦樂乎了。對不？今天祝妳戰勝"教育學院"，也戰勝虜獲妳的我。

美麗伙伴

再祝妳

戩
68.9.3

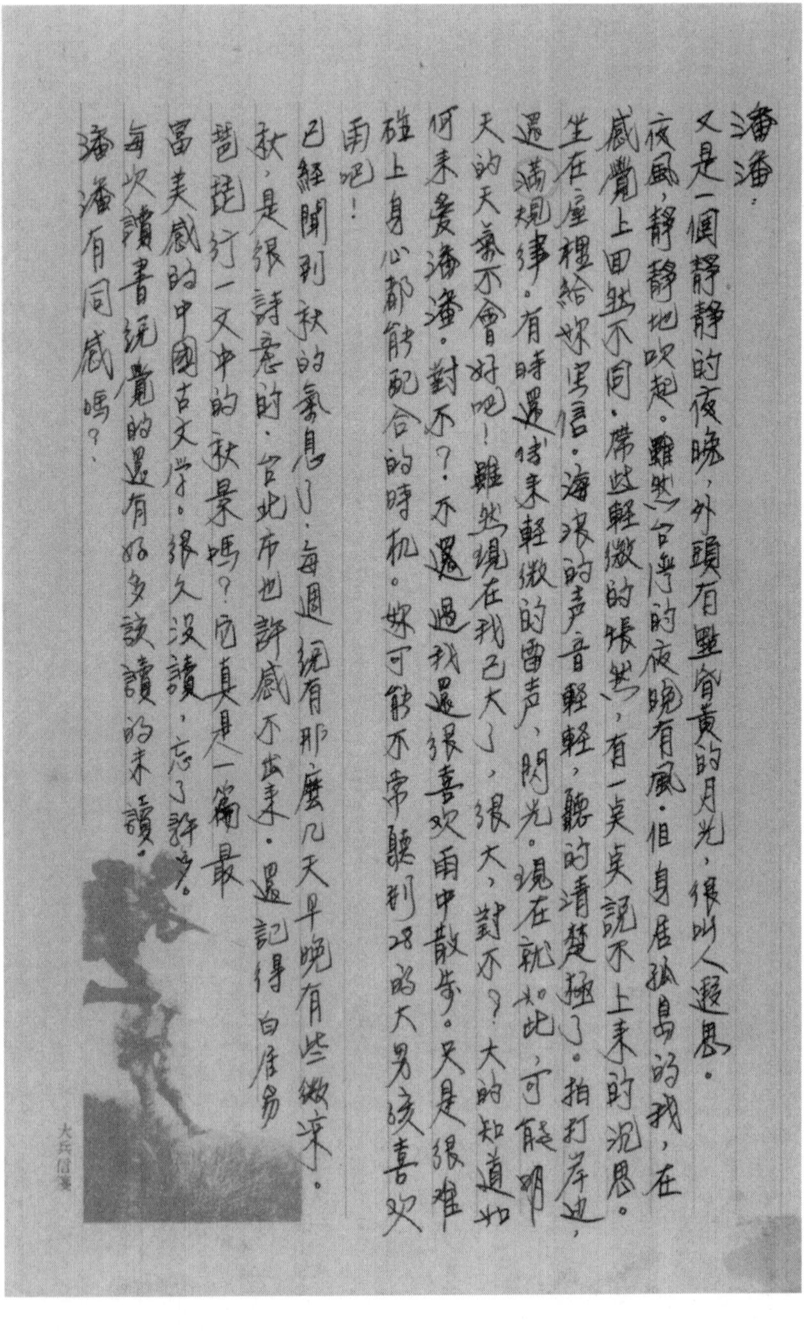

潘潘：

又是一個靜靜的夜晚，外頭有些昏黃的月光，很叫人遐思。

夜風，靜靜地吹起。雖然台灣的夜晚有風。但身居孤島的我，在感覺上固然不同。帶些輕微的悵然，有一些些說不上來的況思。生在屋裡給妳寫信。海浪的聲音輕輕，聽的清楚極了。拍打岸边，還滿規律。有時還伴來輕微的雷聲、閃光。現在就如此，可能明天的天氣不會好吧！雖然現在我已大了，很大，對不？大的知道如何來愛潘潘。對不？不還過我還很喜欢雨中散步。只是很难碰上身心都能配合的時机。妳可能不常聽到28的大男孩喜欢雨吧！

已經聞到秋的氣息了，每週還總有那麼几天早晚有些微凉。秋，是很詩意的，台北市也許感不出來。還記得白居易琵琶行一文中的秋景嗎？它真是一篇最富美感的中國古文学。很久沒讀，忘了許多。

每次讀書既覺的還有好多該讀的未讀。

潘潘有同感嗎？、

大兵信箋

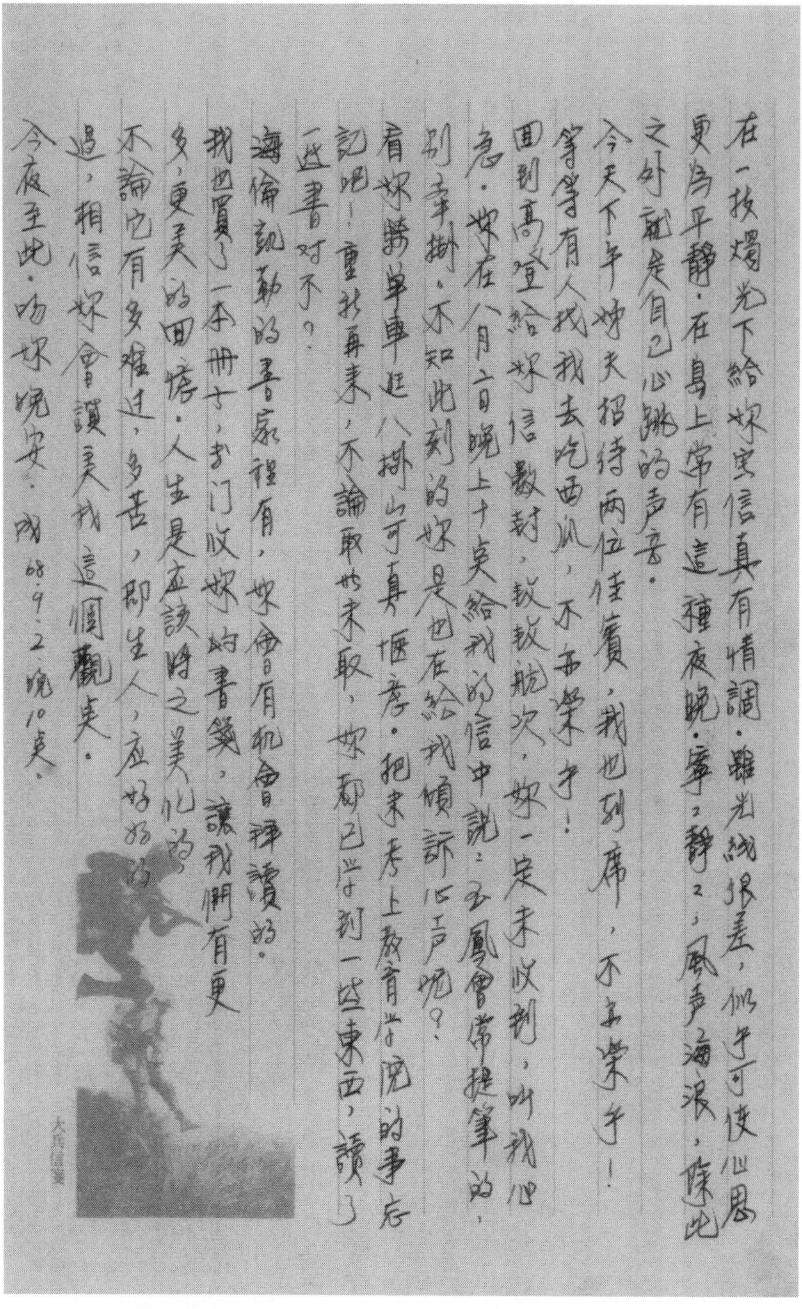

在一枝燭光下給妳寫信真有情調。雖光線很差，但可使心思更為平靜。在島上常有這種夜晚。寧寧靜靜；風声海浪，除此之外就是自己心跳的声音。

今天下午姊夫招待兩位佳賓，我也到席，不亦樂乎！

等等有人找我去吃西瓜，不亦樂乎！

回到高登給妳信數封，數數航次，妳一定未收到，叫我心急。妳在八月六日晚上十点給我的信中說：王鳳會常提筆的，别牽掛。不知此刻的妳是也在給我傾訴心声呢？

看妳騎單車逛八掛山可真愜意。把未來上教育学院的事存記吧！重新再來，不論取於未取，妳都已学到一些東西，讀了一些書對不？

海倫凱勒的書家裡有，妳會有机會拜讀的。

我也買了一本冊子，書门收妳的書簽，讓我們有更多，更美的回憶。人生是應該將之美化的，不論它有多艱辛，多苦，即生人，應好好的過，相信妳會讚美我這個觀点。

今夜至此。吻妳晚安。　成 68.9.2.晚10点。

DEAR PAN

知道妳開始補習，內心裡又高興又着急。高興的是妳的上進心叫我感動，妳的求知慾望依然在沸點。正是"学如逆水行舟，不進則退"的之勉，活到老学到老的"，初步實現"。着急的是再過半年妳就超越了我，我也不敢說話了。潘潘，妳說的是不是啊！不過，不過我還是祝妳学業進步的。

不知妳在那家補習班，好不好？学費如何？每天二小時，白天要上班，一定很累，所以要注意身体，不可太過累了。

妳住的地方有"安全感"。長久以後对身心都不好。妳可隨時留意觀察，或許有更好的地方，对於環境的接觸要有勇氣。（妳現在的地方確是不錯，我只耽心妳的精神压力）。

一個人的內心無法開朗，精神不能輕鬆，尤其晚上要使全身每个細胞都"休假"。反之，則會造成身心不平衡，

不知妳心理学課本有否說及這內容。說了這許多妳不會煩吧！這是我很關心的事。

今天天氣還是很差，成天陰風怒號。

中秋來到，早晚已經很涼了。聽

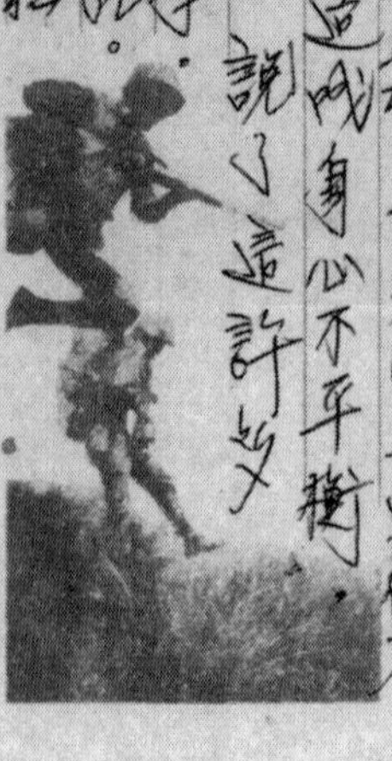

大兵信箋

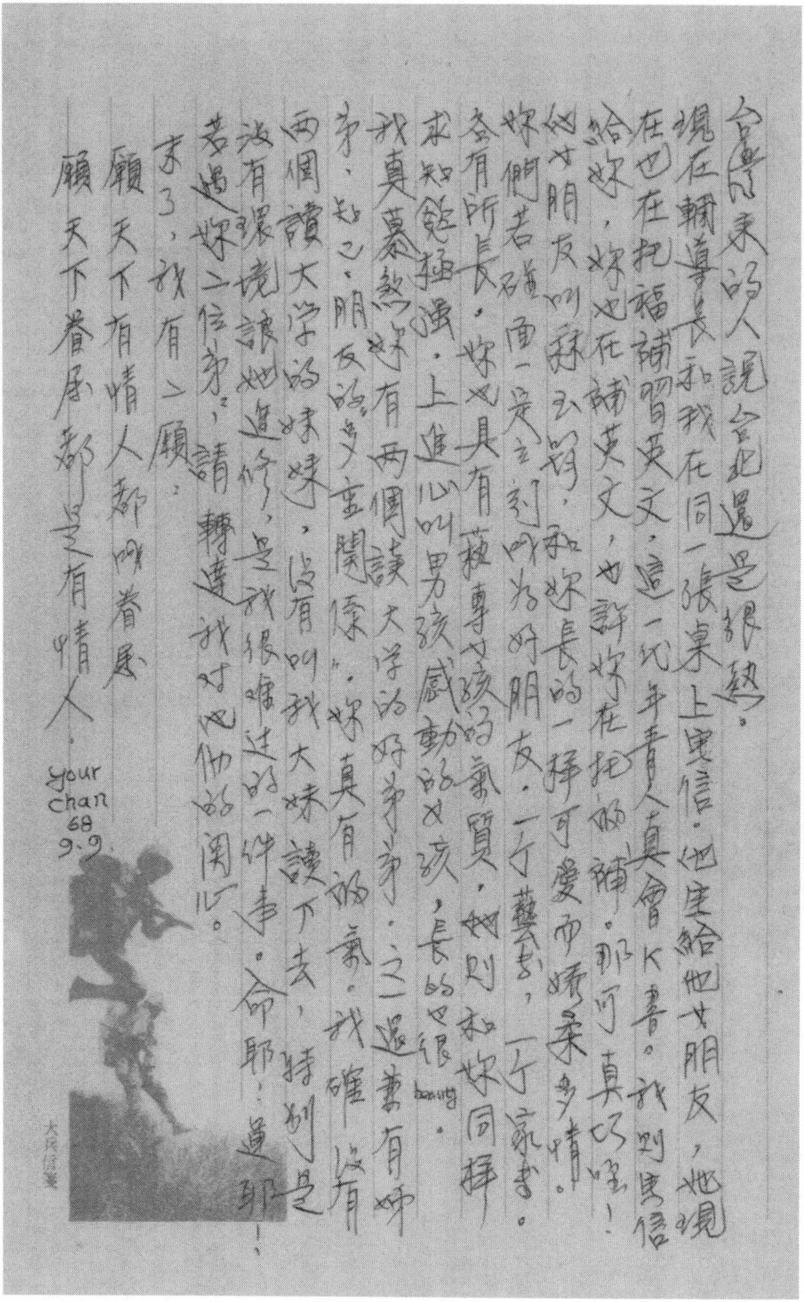

台傳來的人說台北還是很熱。
現在輔導長和我在同一張桌上寫信。他是給他女朋友，她現
在也在把福補習英文。這一代年青人真會K書。我對寫信
給妳，妳也在補英文，也許妳在把福補。那可真巧哇！
的女朋友聽說好，和妳長的一樣可愛而嬌柔多情。
妳們若碰面一定立刻成為好朋友。一個藝專，一個家專。
各有所長。妳也具有藝專女孩的氣質，她則和妳同樣
求知能力強。上進心叫男孩感動的女孩，長的也很 beauty。
我真羨慕妳有兩個讀大學的好弟弟，還要有妳
弟、妹之、朋友的多麼密切關係。妳真有福氣。我確沒有
兩個讀大學的妹妹。沒有叫我大妹讀下去，特別是
沒有環境讓她進修，是我很難過的一件事。命耶！運耶！
若遇妳之信弟之，請轉達我對他們的關心。
末了，我有一願：
願天下有情人都成眷屬
願天下眷屬都是有情人。
your
chan
68
9.9

大兵信箋

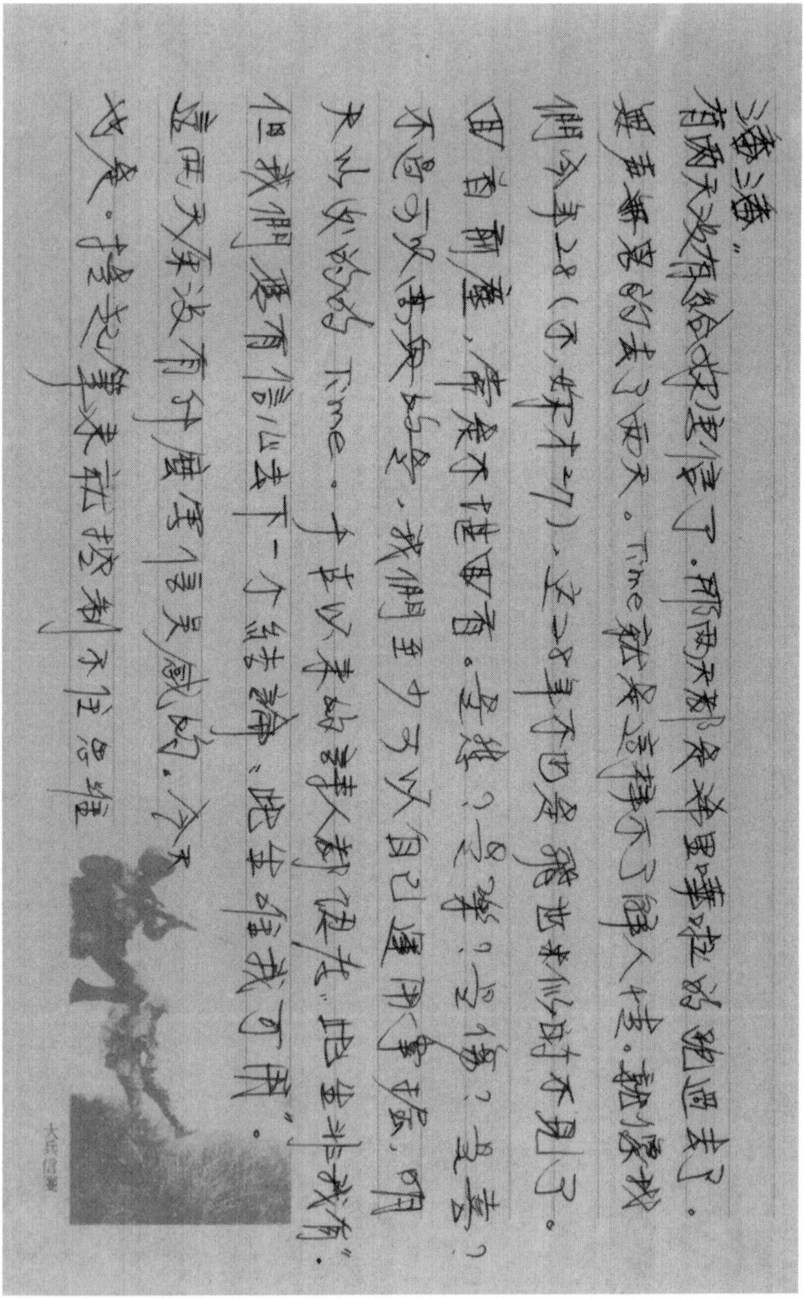

潘潘，
有兩天沒有給妳寫信了。那兩天都是淅里嘩啦的跑過去了。
無声無息的去了兩天。Time就是這樣不了解人情。就像我
們今年28（不，妳才27），這28年不也是飛也似的不見了。
回首前塵，常是不堪回首。是悲？是樂？是傷？是喜？
不過可以肯定的是，我們至少可以自己運用掌握，明
天以後的Time。千古以來的詩人都認為"此生非我有"。
但我們應有信心去下一个結論："此生唯我可用"。
這兩天是沒有什麼寫信靈感的。今天
也是。提起筆來就控制不住思維

大兵信箋

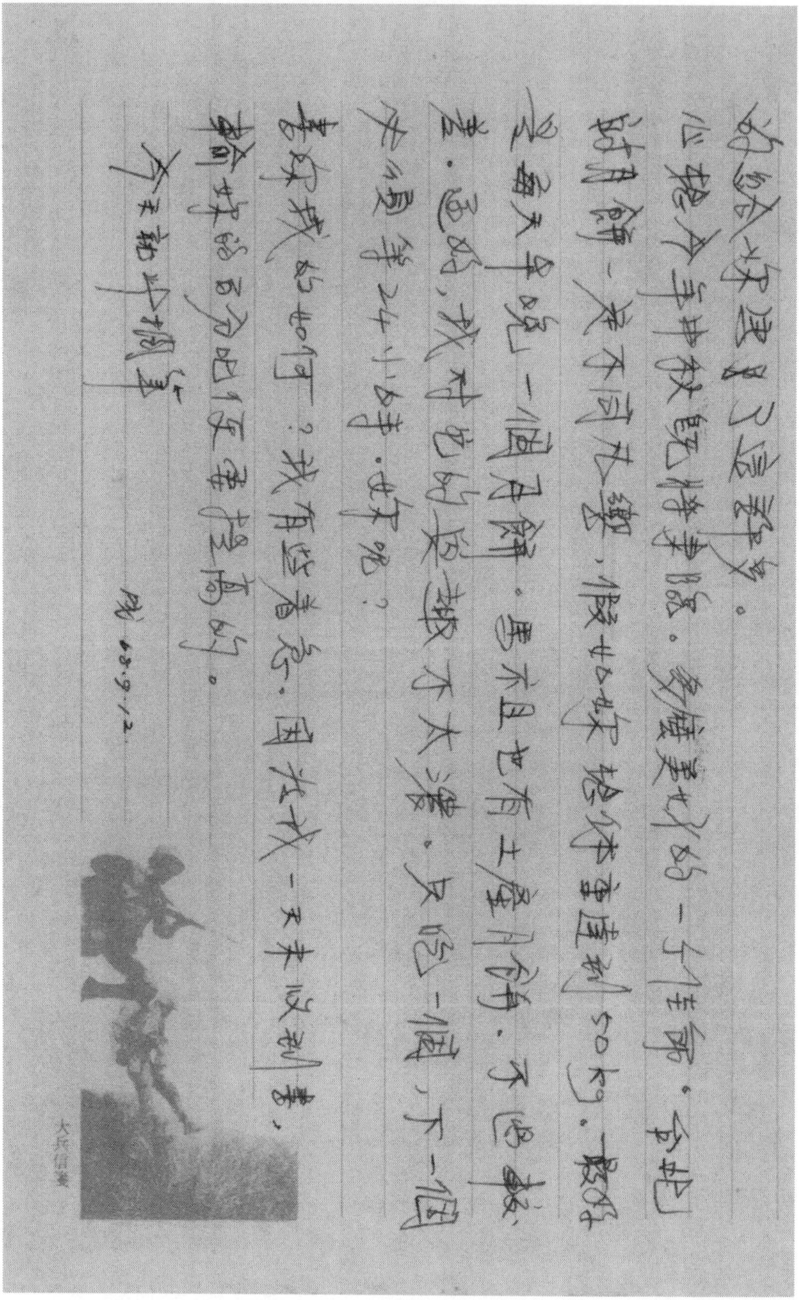

的給妳患了這許多。
心想今年中秋既將來臨。多麼美好的一個佳節。今年的月餅一定不同凡響，假如妳想體重達到50kg。最好是每天早晚一個月餅。馬祖也有土產月餅。不過較差。還好，我對它的興趣不太濃。只吃一個，下一個必須等24小時。妳呢？
書妳我的如何？我有些着急。因為我一天未收到書，輸妳的百分比便要提高的。
今天就此擱筆
陳 68.9.12.

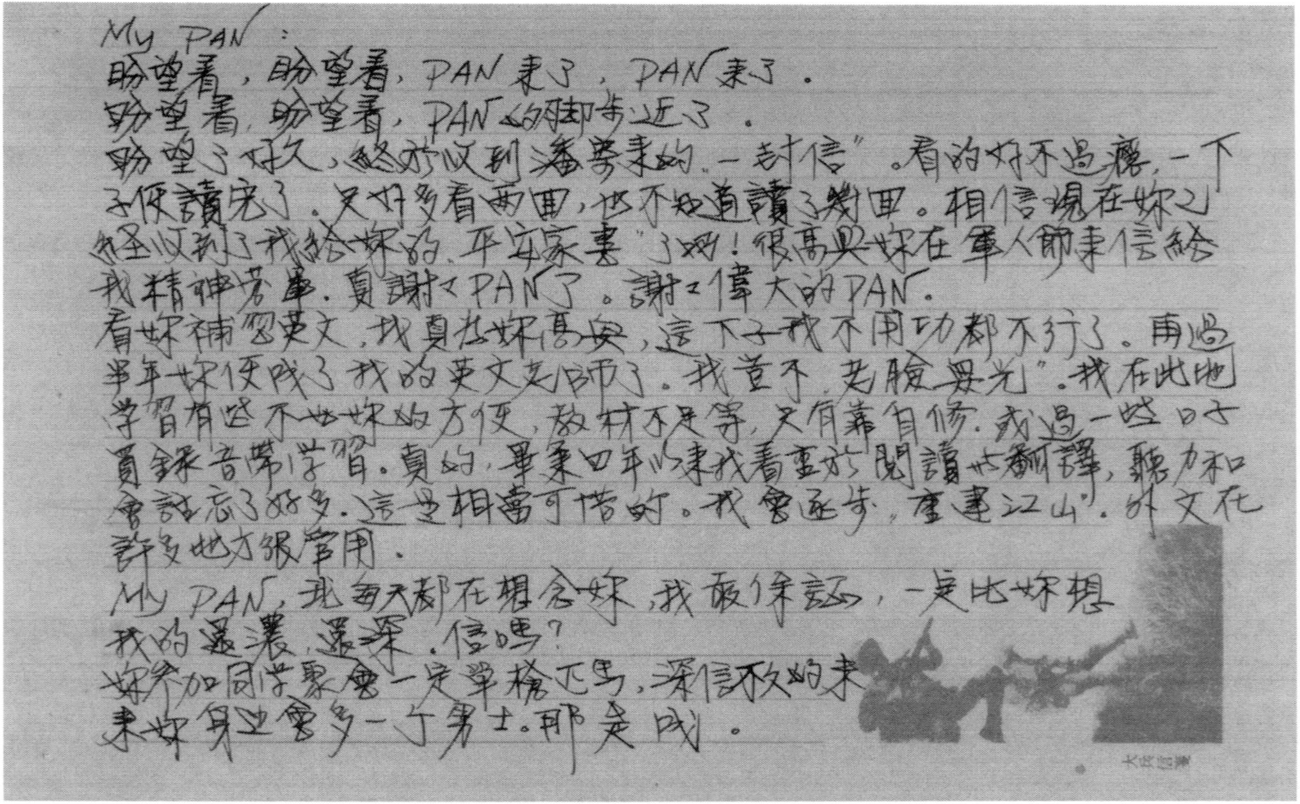

My PAN：
盼望着，盼望着，PAN來了，PAN來了。
盼望着，盼望着，PAN的腳步近了。
盼望了好久，終於收到潘學來的"一封信"。看的好不過癮，一下子便讀完了，只好多看兩回，也不知道讀了幾回。相信現在妳已經收到了我給妳的"平安家書"了吧！很高興妳在軍人節來信給我精神鼓舞。真謝謝PAN了。謝謝偉大的PAN。
看妳補習英文，我真替妳高興，這下子我不用功都不行了。再過半年妳便成了我的英文老師了。我豈不"老臉無光"。我在此地學習有些不比妳的方便，教材不足等，只有靠自修。我過一些日子買錄音帶學習。真的，畢業四年以來我看重於閱讀和翻譯，聽力和會話忘了好多。這是相當可惜的。我會逐步"重建江山"。外文在許多地方很管用。
My PAN，我每天都在想念妳，我敢保証，一定比妳想我的還濃，還深。信嗎？
妳參加同學聚會一定單槍匹馬，深信不久的未來妳身邊會多一個男士。那是我。

大兵信箋

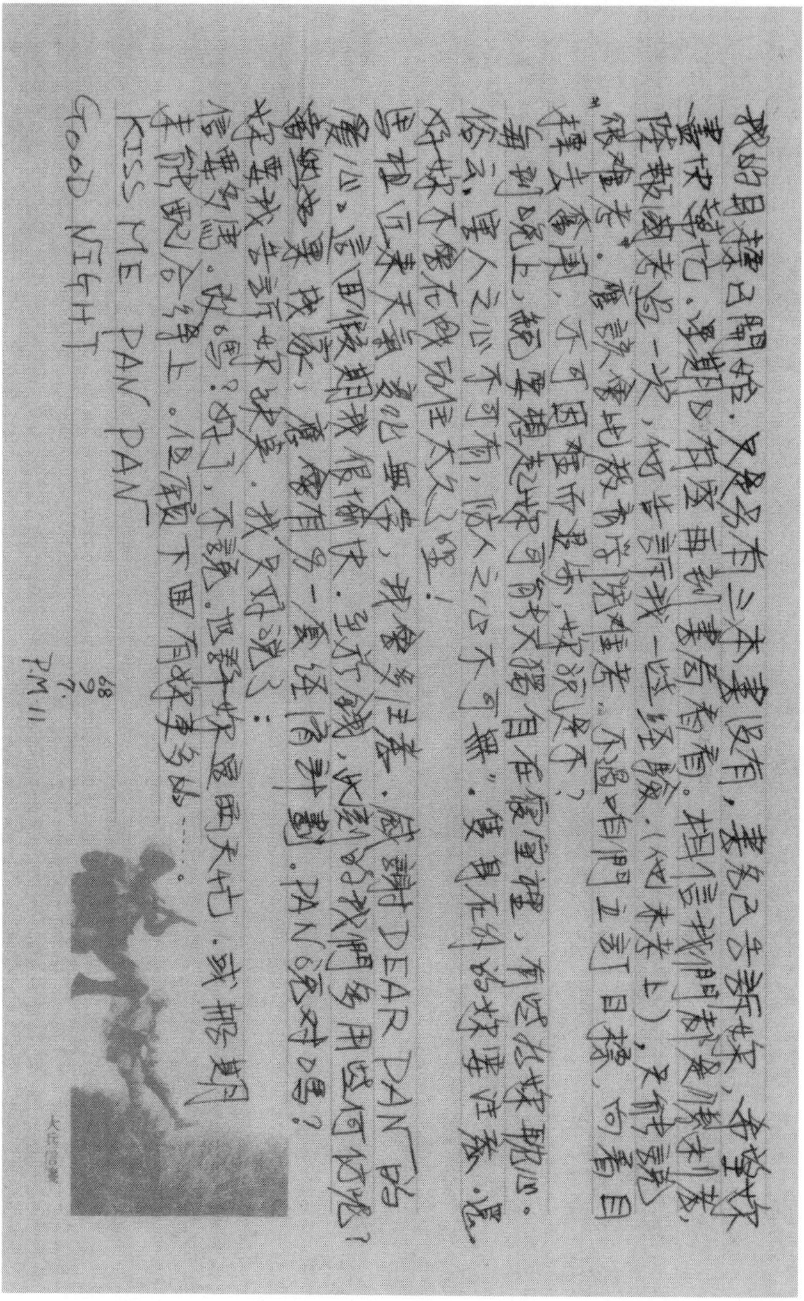
我的目標已開始。只是另有三本書沒有，書名已告訴妳，希望妳盡快幫忙。星期日有空再到書局看看。相信我們都是僥倖考，陸軍官校考過一次，他告訴我一些經驗。(他未考上)，只能說很難考。應該會比教育學院難考。不過咱們立訂目標，向着目標去奮鬥，不可因難而退步，妳說是不？
每到晚上，就要想起妳可能獨自在寢室裡，有些為妳耽心。俗云"害人之心不可有，防人之心不可無"。隻身在外的妳要注意。還好妳不會在那邊住太久了吧！
馬祖近來天氣變化無常，我會多注意。感謝DEAR PAN的關心。這回假期我很愉快。至於錢，此刻的我們多用些何妨呢？當然如果成家，應會有另一套經濟計劃。PAN說對嗎？
妳要我告訴妳缺點。我只好說了：
信要多寫。改嗎？好了，不說。也許妳這兩天忙。或船期未能配合得上。但願下回有妳更多的……。
KISS ME PAN PAN
GOOD NIGHT
68.9.7.
P.M.11

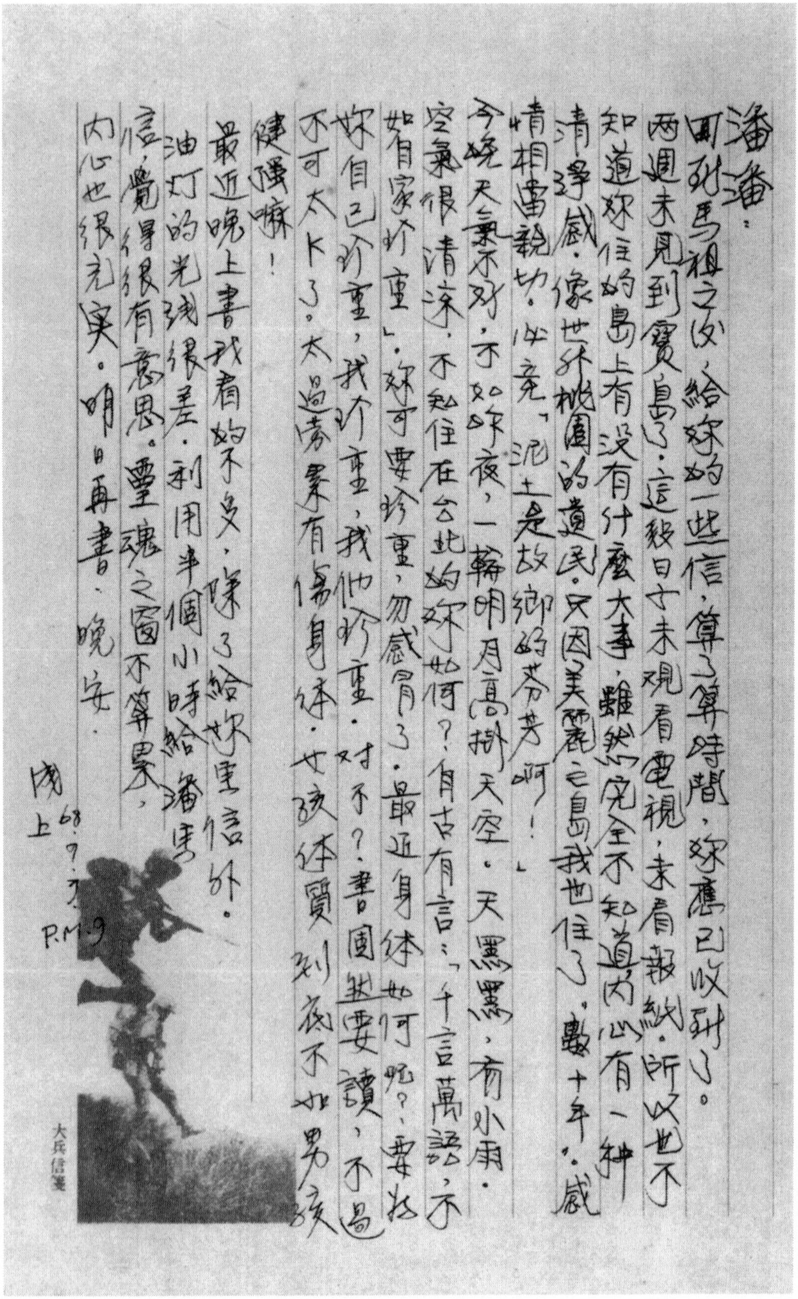
潘潘：
回到馬祖之後，給妳的一些信，算了算時間，妳應已收到了。
兩週未見到寶島了。這幾日亦未觀看電視，未看報紙。所以也不
知道妳住的島上有沒有什麼大事，雖然完全不知道，內心有一种
清淨感。像世外桃園的遺民。只因美麗之島我也住了，數十年。感
情相當親切。此亮「泥土是故鄉的芬芳啊！」
今晚天氣不好，不如昨夜，一輪明月高掛天空。天黑黑，有小雨。
空氣很清涼，不知住在台北的妳如何？自古有言：「千言萬語，不
如自家珍重」。妳可要珍重，勿感冒了。最近身体如何呢？要好
妳自己珍重，我珍重，我他珍重。對不？書固然要讀，不過
不可太K了。太過勞累有傷身体。女孩体質到底不如男孩
健壯嘛！
最近晚上書我看的不多，除了給妳寫信外。
油灯的光線很差。利用半個小時給潘寫
信，覺得很有意思。靈魂之窗不算累，
內心也很充實。明日再書。晚安。
偉上 68.7.7 P.M.9

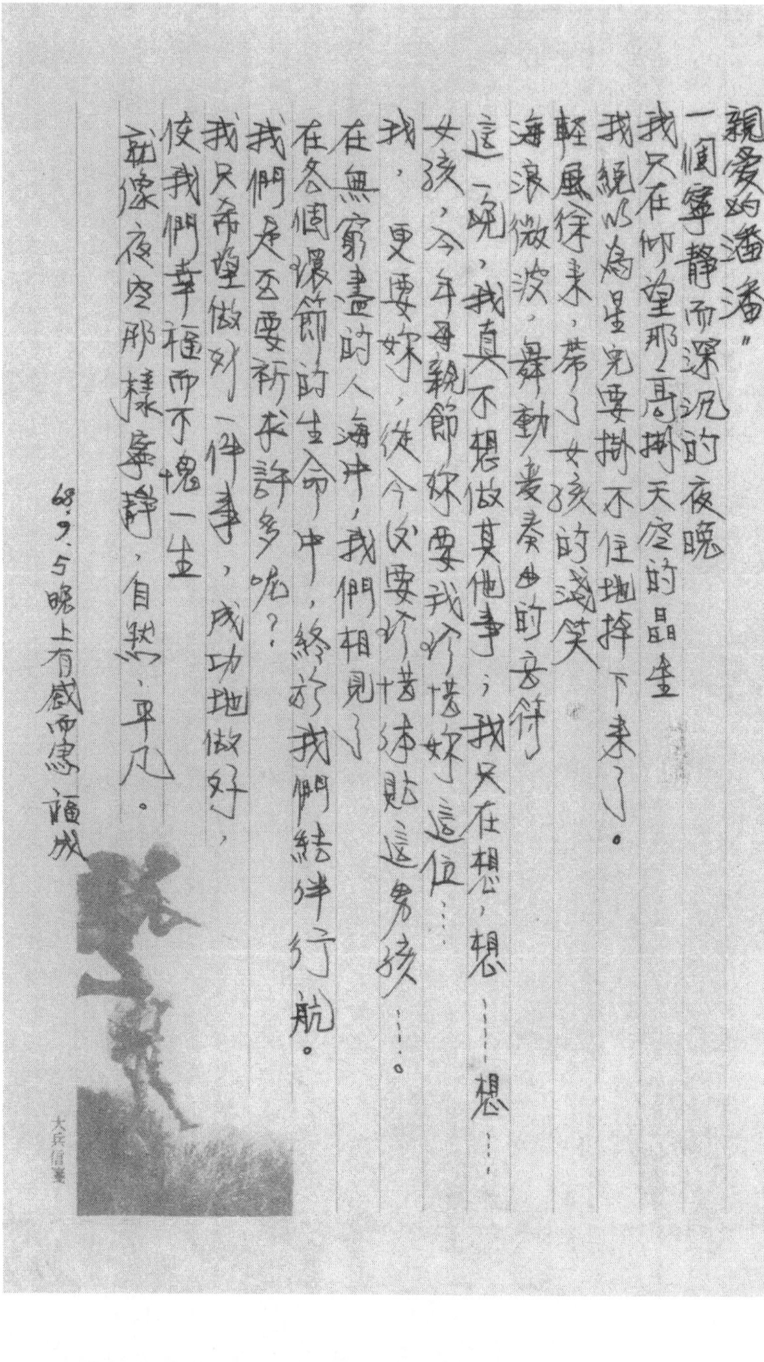

親愛的潘潘"
一個寧靜而深沉的夜晚
我只在仰望那高掛天空的晶瑩
我總以為星兒要掛不住地掉下來了。
輕風徐來，帶了女孩的淺笑
海浪微波，舞動着奏出的音符
這一晚，我真不想做其他事；我只在想，想……想……
女孩，今年母親節妳要我珍惜妳這位……
我，更要妳，從今以要珍惜緣貼這男孩……。
在無窮盡的人海中，我們相見了
在各個環節的生命中，終於我們結伴行航。
我們是否要祈求許多呢？
我只希望做好一件事，成功地做好，
使我們幸福而不愧一生
就像夜空那樣寧靜，自然，平凡。
68.9.5晚上有感而寫 禎成

潘：

把一本教育行政都看完了，心裡好多了。知道許多前所不知，前所未看的知識。覺得它實在是日常生活的常識，真須要人人都懂。

好大一本，六佰多頁，我並不覺得那裡是重點；我讀書有個習慣，只要我想讀的，不論中文、外文，一定從頭到尾，一字不露的全部細看。一直到全部看過，我最後關頭，才標示出重點。以前讀英文時，曾為一個字，查遍數本字典，花費半天時間，不弄懂，絕不往下研究。不知道這個讀書方法比潘相較如何？我自己從大一開始便如此固執的讀書方法。

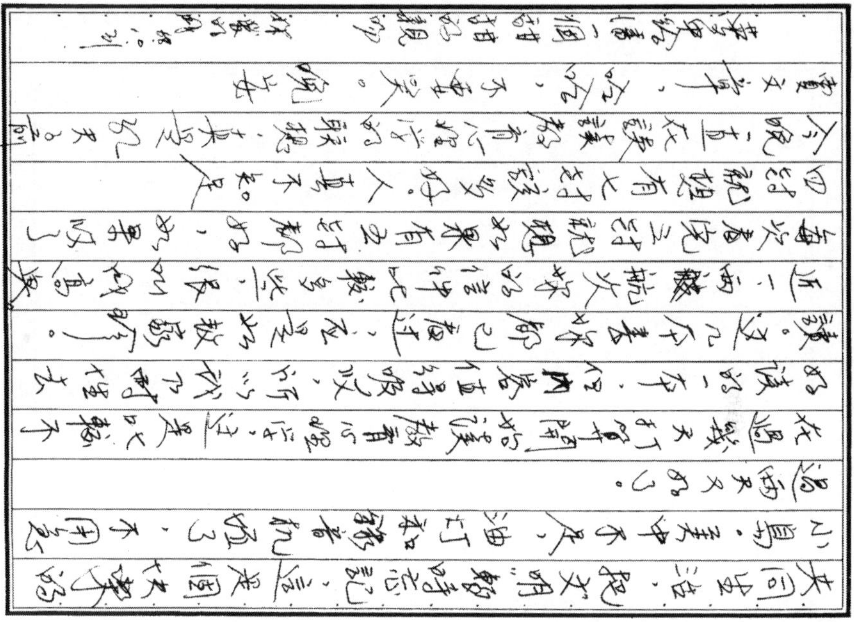

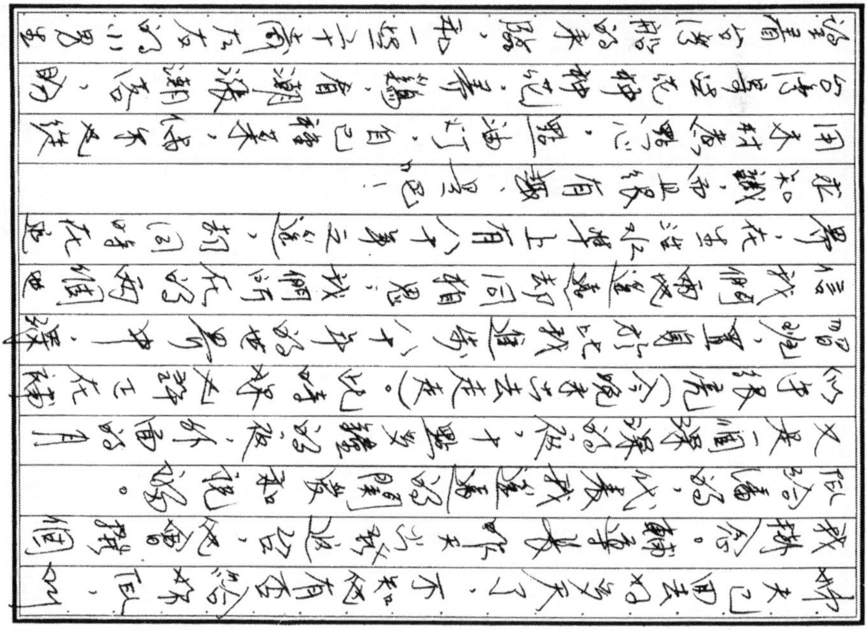

親愛的潘潘：
妳寄來一張社論簡報，我有一個感覺，我們這一代
青年對國家的關心太少了。但最近一年碰到兩
個女孩，一個是Pam Pam，一個是輔導長女友林玉的
小姐，似乎不一樣。都對國家有些關心了，林小姐
因受逃亡之苦，常在情書中提起她對共產主義
的反感，和對國家的濃情。這都叫我們男士
五体投地的。
社論後面的夜來燦爛，將來能置身其中，不
過由潘寄來，都叫人感到對當今政府的興奮。
和Pam的關照。我該感謝妳留下來，凡屬於潘寄來
的，送的，給的，永不會從記憶中消失的。

上回的一封信，談到看過三毛的一本書，輔導長
也看過，他不知如何弄來，看完了要寄給他女友
閱，他女友看完之後，也會寄給妳Kill Time。
這本書並非作者見聞廣而受人喜愛，其中有
許多"觀念"是大時代的我們大家可以參考的，
妳慢慢看吧！輔導長也快休假了，我請他打個
電話給妳，代表馬島上的我的一點關愛。他和我
是部屬同事，也是好朋友。
今天是光復節，昨天收到妳双十節的信，
一封信從台灣走到馬祖要十五天，可能是最長
的一回了。如果天好碼頭上就次四天可到。平時一星
期多一點。
快樂
祝
10.2?
自由牌出品

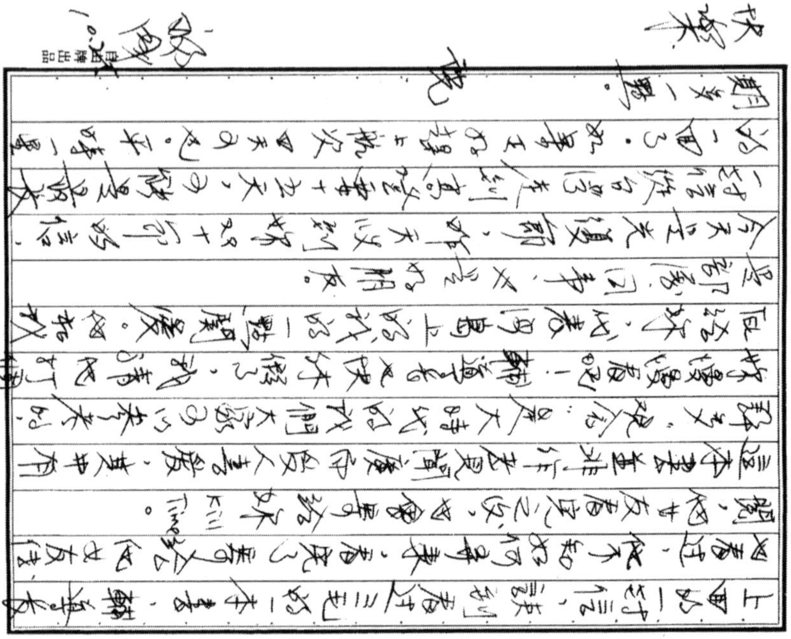

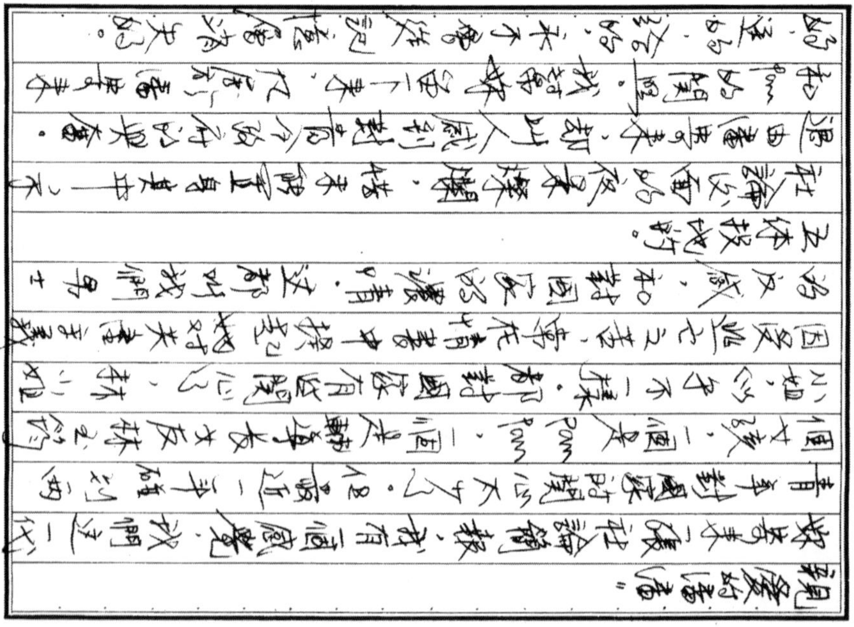

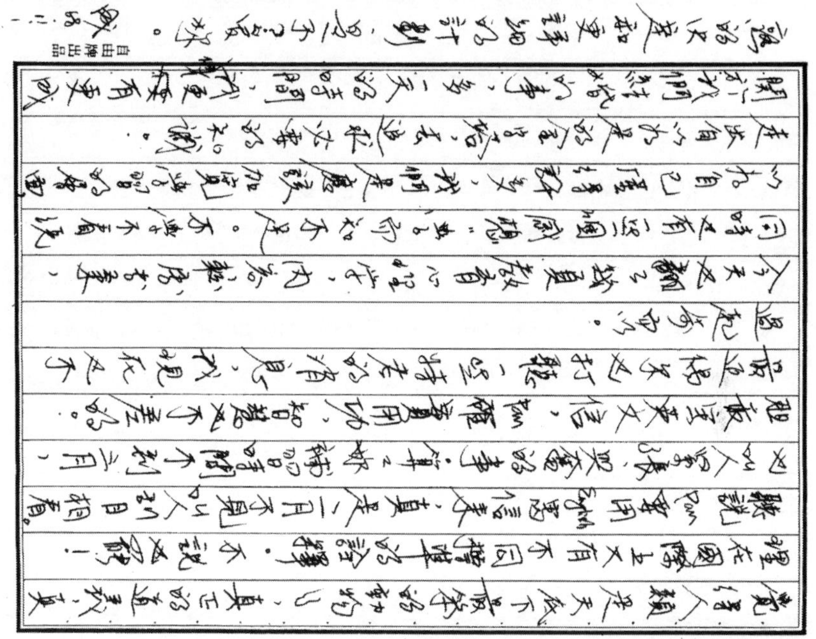

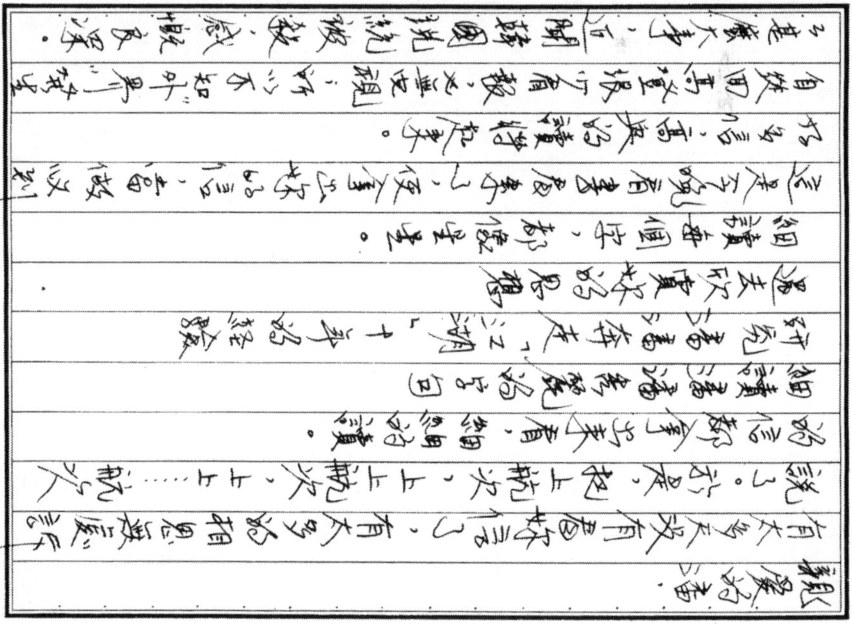

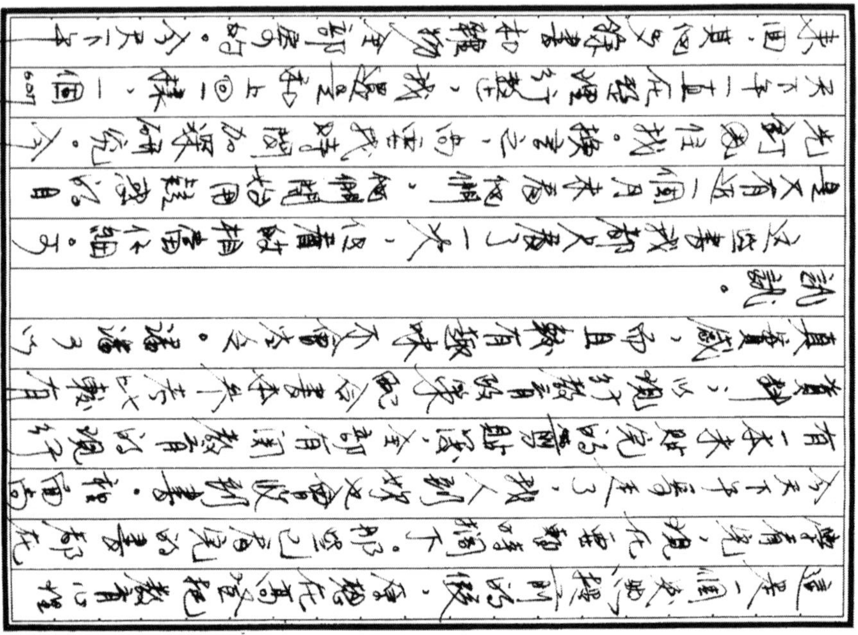

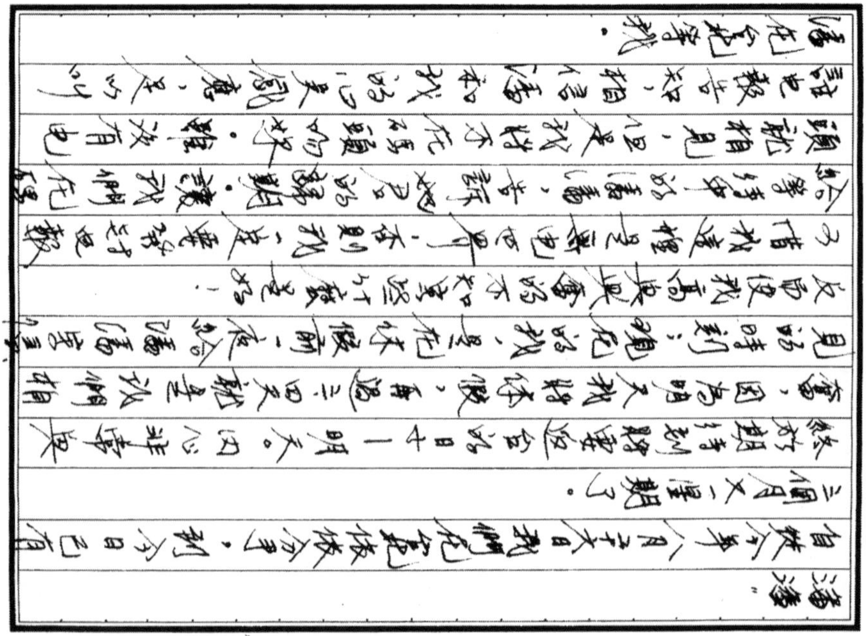

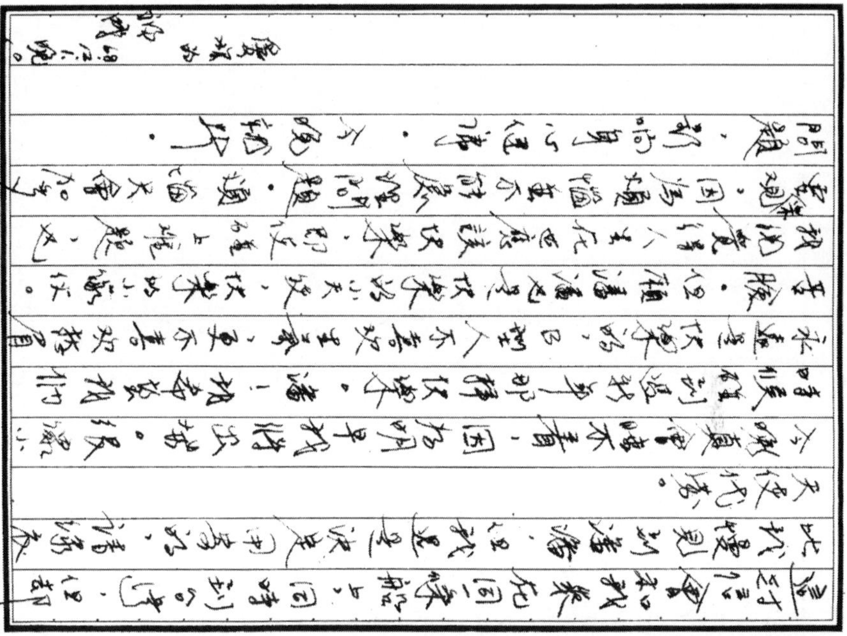

這封信會和我乘在同一條船上，同時到台灣，但都比我慢見到潘潘，但我還是決定用寄的，請綠衣天使代勞。

今晚真會睡不著，因為明早我將出發。很懷念小時候碰到過新年那樣快樂。潘潘！希望我們永遠是快樂的，因人不喜歡生氣，更不喜歡皺眉苦臉。但願潘潘也是快樂的小天使，快樂的小傢伙。我說覺得人生在世應該快樂，即使碰上難題，也要樂觀。因為煩惱並不能處理問題。煩惱只會加多問題，影響身心健康。今晚就此。

愛妳的
[illegible] 68.12.1晚。

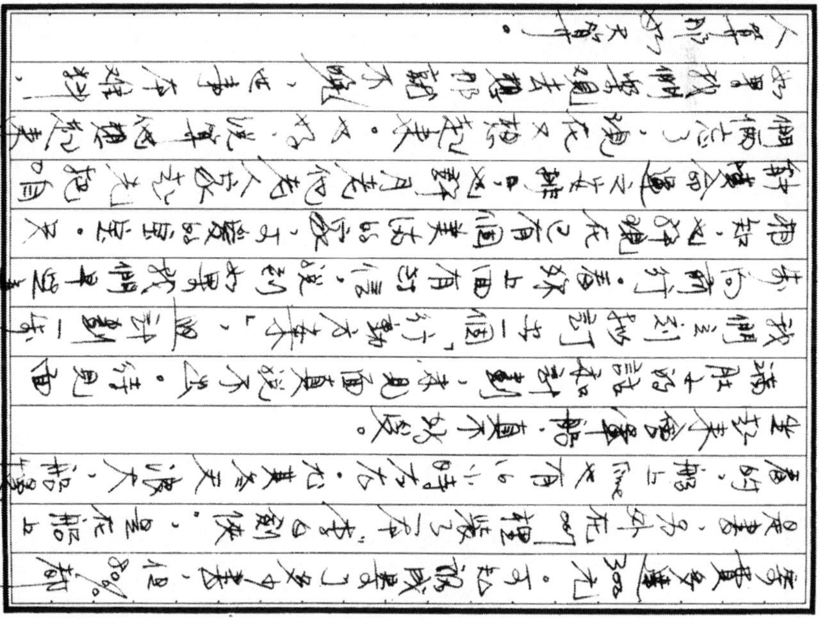

寄費多達300元。可知郵成是了多少書，但80%都是書，另外在袋子裡裝了一本「李白劍俠」，是在船上看的，船上time也有16小時左右，尤其冬天浪大，船慢坐起來會暈船，真不好受。

滿肚子的話和計劃，未見面真說不出。待見面我們立刻擬訂出一個「行動方案」，照計劃一步步向前行。看妳上面有封信，說到如果我們早些相知，也許現在已有個美滿的家，可愛的寶寶。其實命運之安排，也許月老他老人家忘光把咱們倆忘了，現在又想起來。也好，說算他想起來了！如果我們樂觀去想那就不晚，世事本難料，人算那如天算。

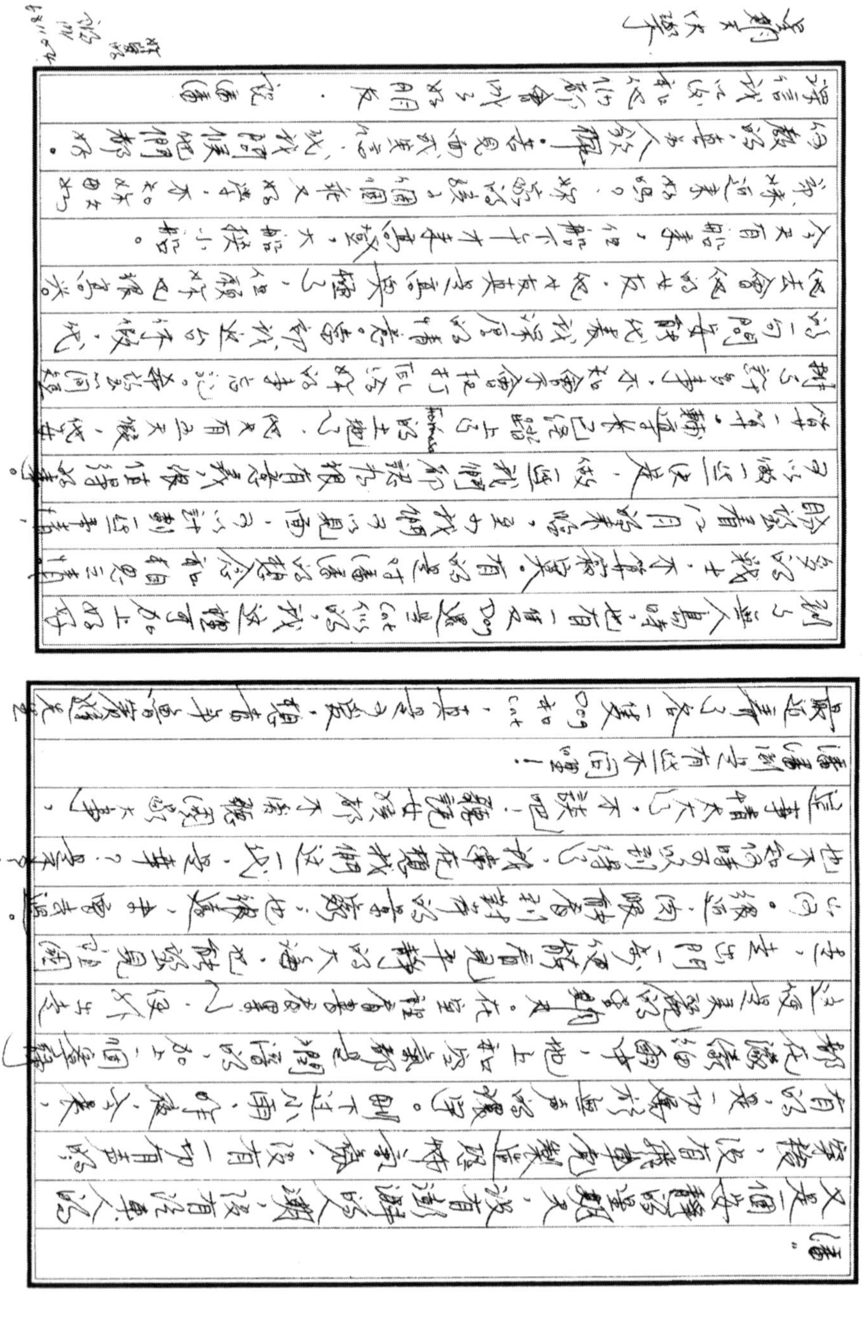

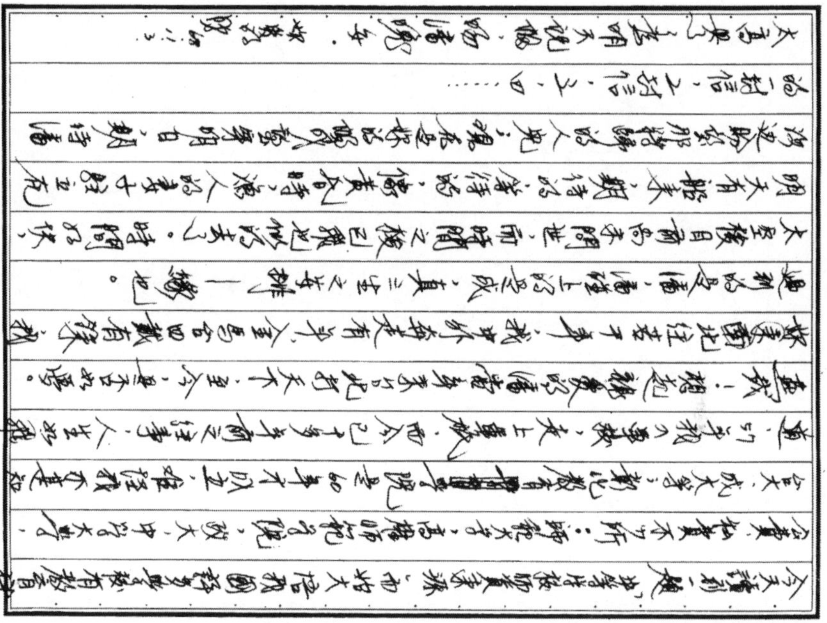

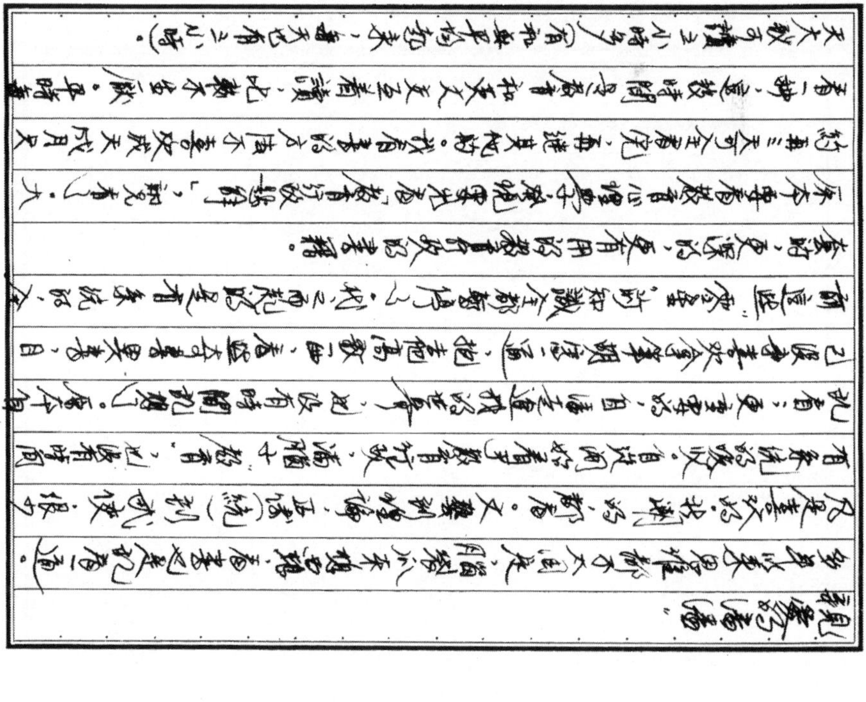

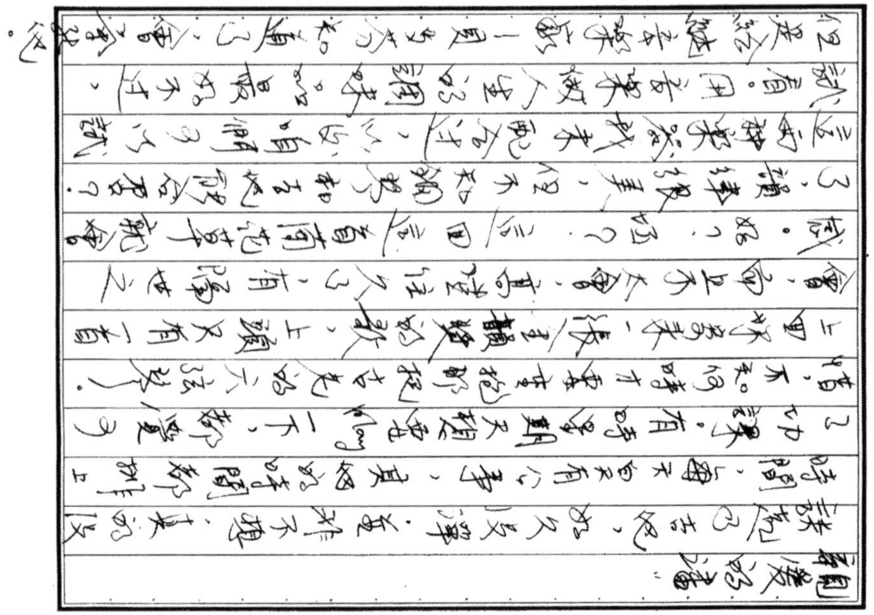

親愛的潘：
談過了吉他，好久沒彈，並非不想，真的沒
時間，每天白天有公事，真的時間都排上
了功課。有時星期天想要 play 一下，都覺得
情，不知何時才要重拾那把吉他的六弦琴了。
上回妳寄來一張金韻獎的歌，上頭只有一首
會，而且不太會，高雄住久了，有隔世之
感。好了，妳呢？這回這首蘭花草就會
了，韻律很美，但不知鋼琴和吉他配合否？
這兩種樂器我未配合過，以後咱們可以試
試看。用音樂做人生的調味品，最好不過，
但是給純音樂家一貝多芬知道了，會笑死
他。

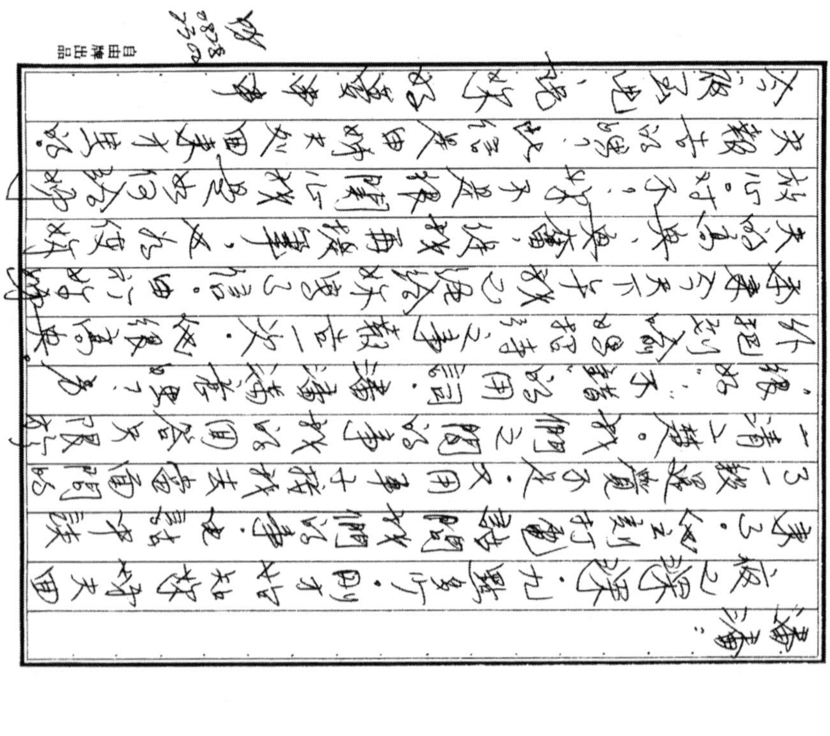

潘潘：
夜已深深，九點多了，剛才始知妳媽回
來了。她立刻打電話問我們的事，電話中談
了一段還覺不足，又用車子接我去當面問的
一清二楚。我們之間的事我的回答只限於
"很好"，"不錯"的用詞，潘潘滿意嗎？另
外把到喻媽招待之事報告一次，她很高興。
本來今天下午我已經給妳寫了信，由於妳
媽的高興、興奮，使我再提筆，以為使妳
放心。好不好，妳不是很關心我是如何給妳
媽報告的嗎？此信是由妳媽回來才寫的
今夜至此，祝妳好夢連連
妙
0828
2300
自由牌出品

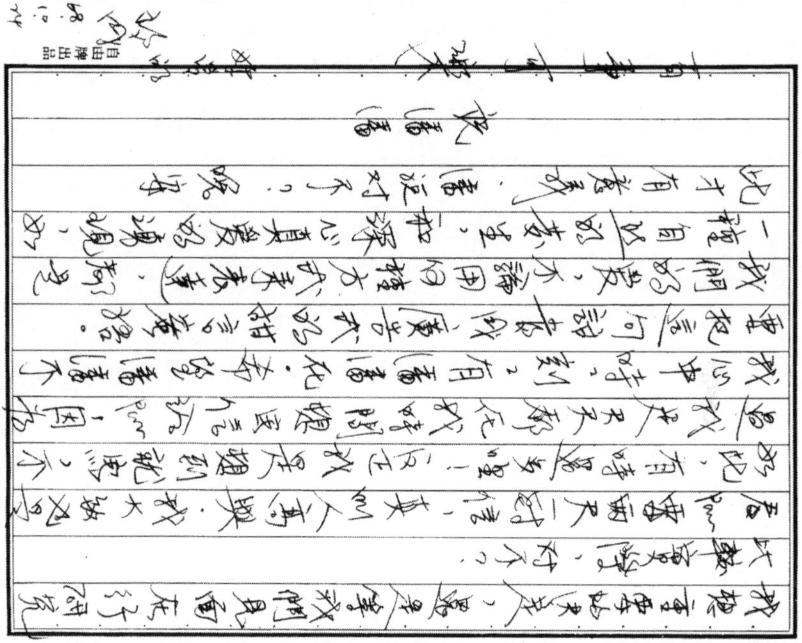

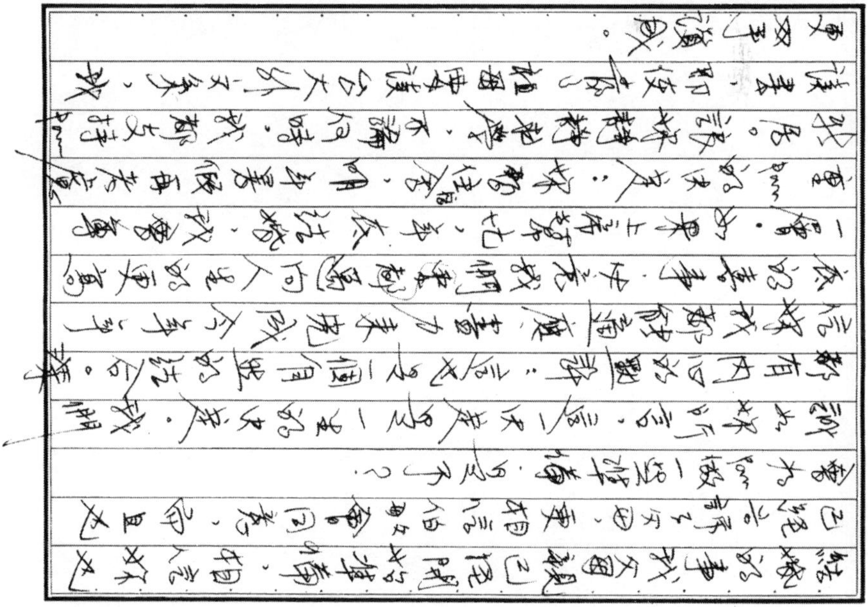

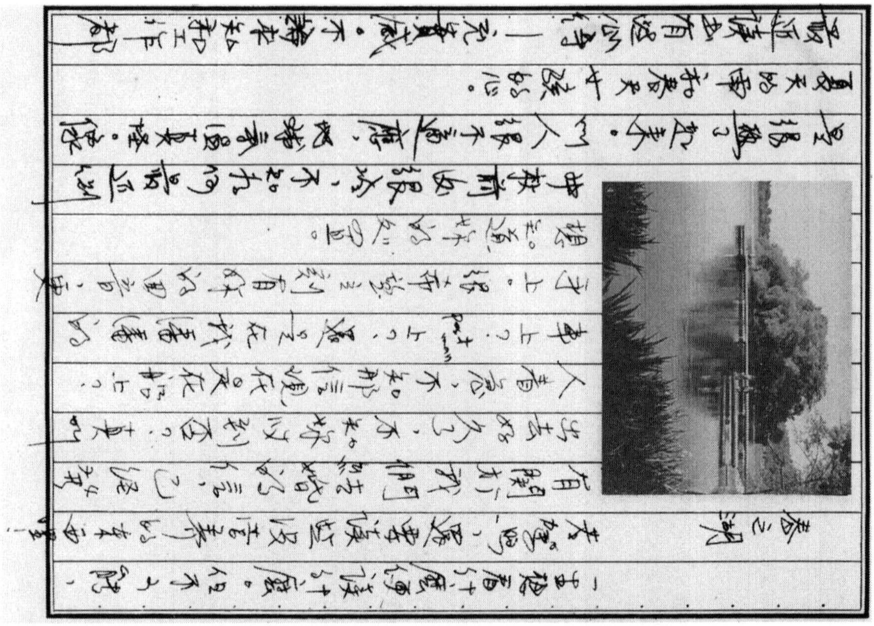

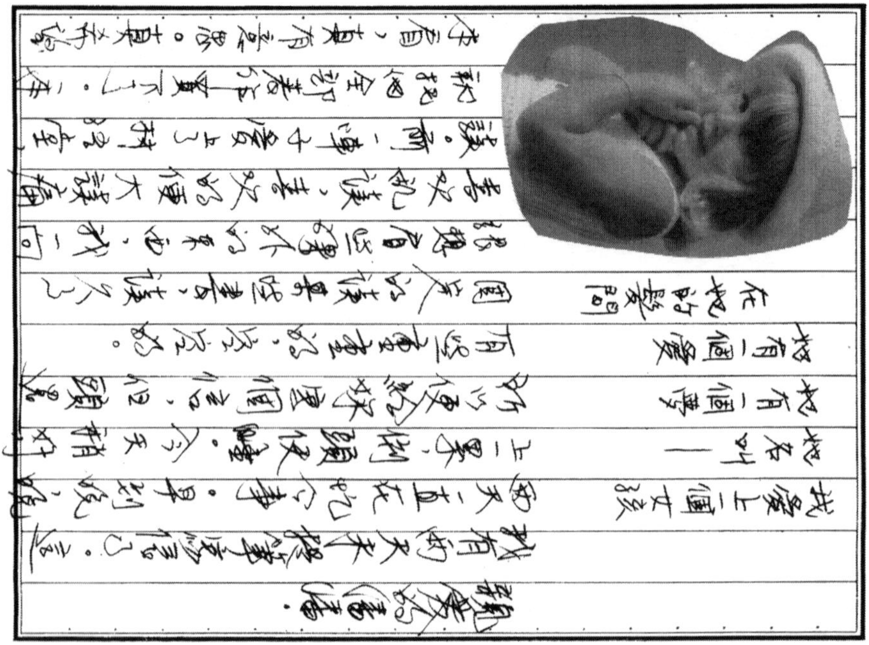

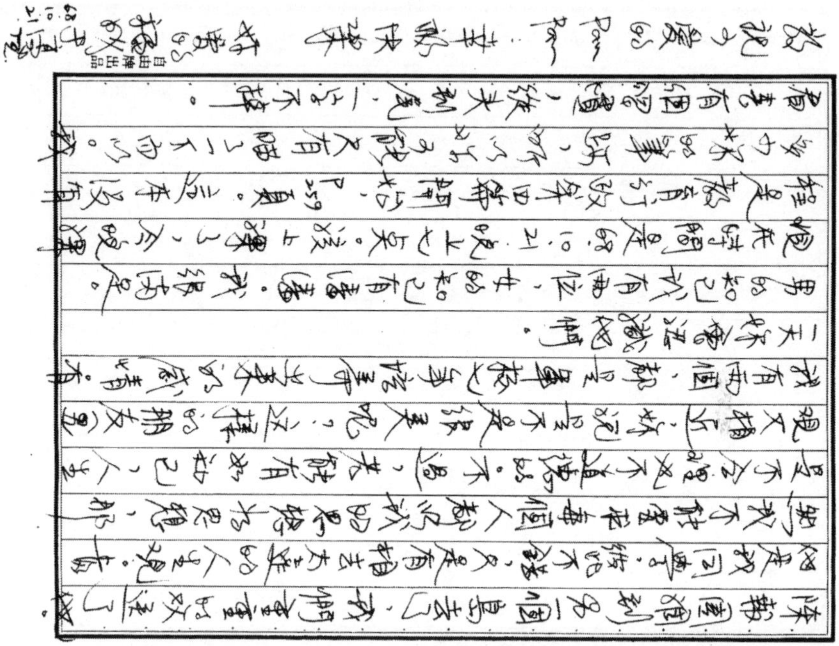

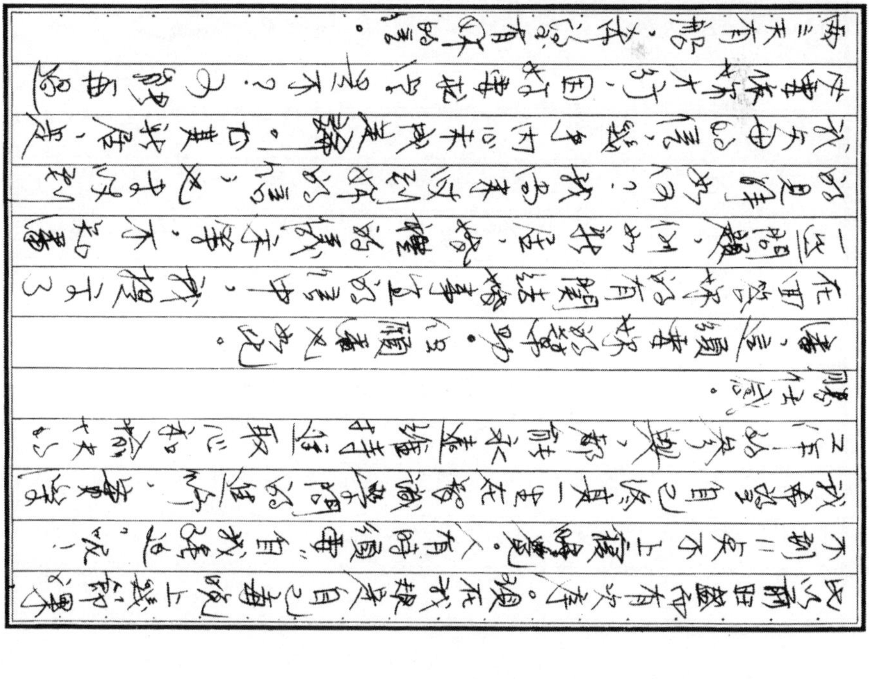

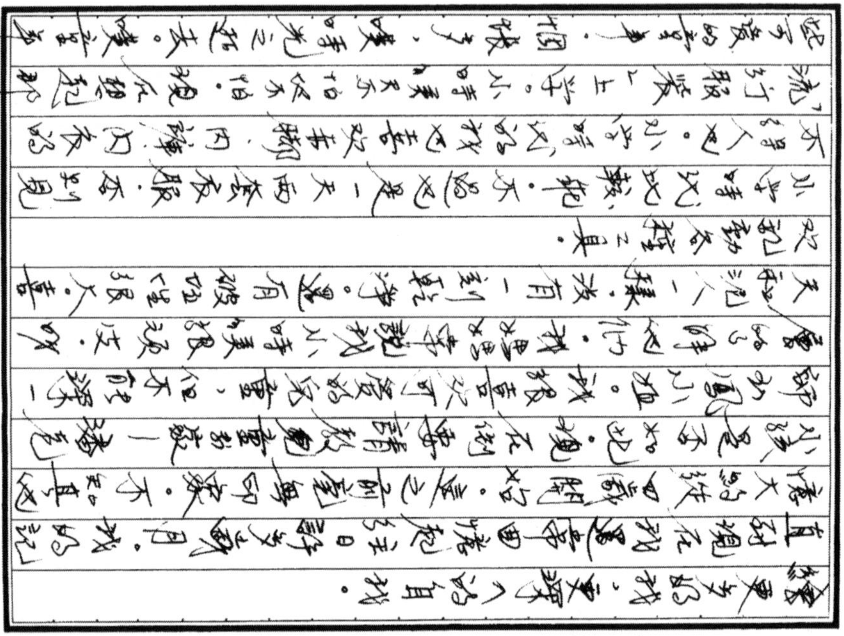

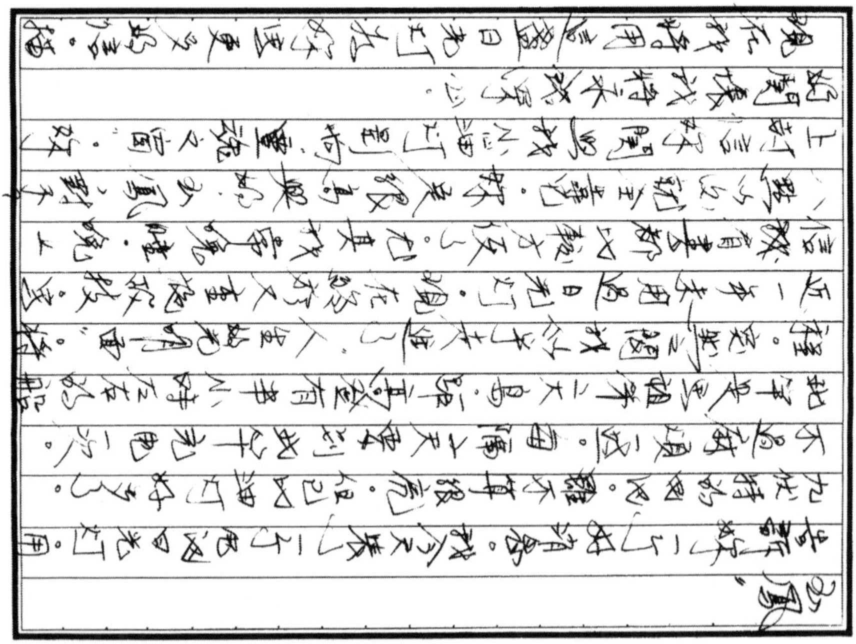

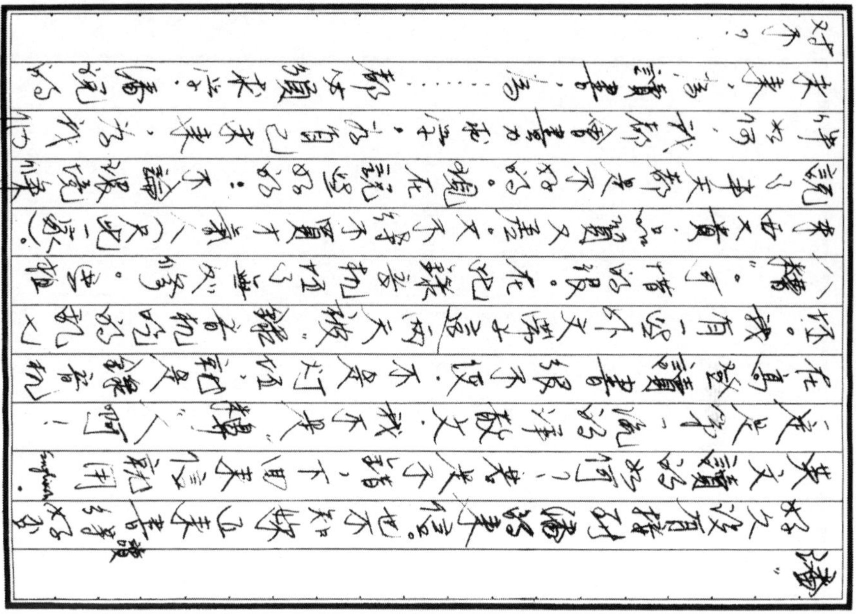

潘，
好久沒有接到潘的來信。也不知妳近來書讀得好否
英文讀的如何？、若是不錯，下回來信就用English。
一定是第一流的淨散文。我不是"糗"人啊！
在高登讀書很不便。不是灯坏，就是錄音機
坏。我有一些外文帶子這兩天被"錄音機吃"的亂七
八糟"。可惜的很。在此錄音機坏了無处修。要租
來東西又貴，品質又差。又不得不買才氣人（只此一家）。
說了半天都是不好的。現在說些好的：不論環境條
件如何，我都會盡力求学，為自己未來，為我們
未來，為讀書，為……都必須求学。潘說的
對不對？

七月十八日晚十点

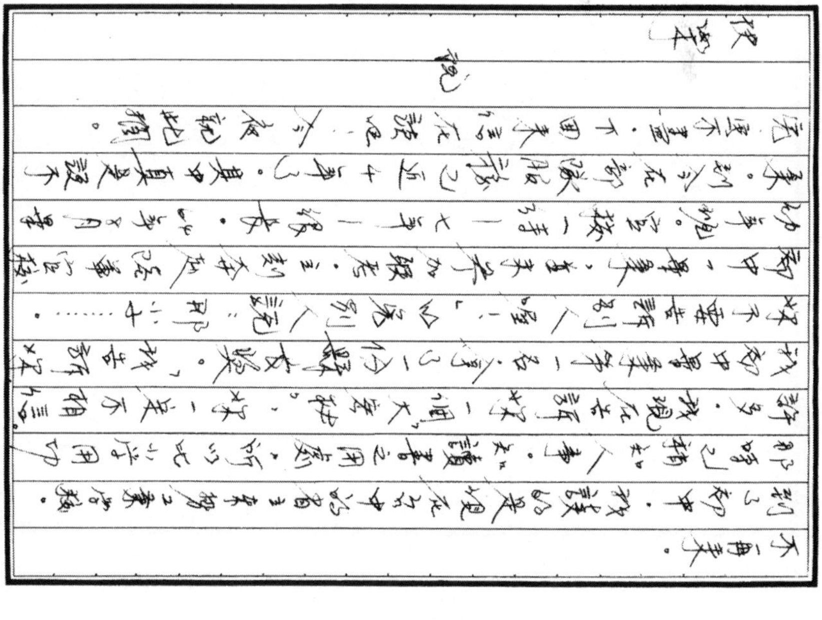

不再來。
到了初中，我讀的是現在台中的省立東勢工業學校。
那時已稍知人事。知讀書之用處，所以比小學用功
許多。我現在告訴妳一個"大密秘"，妳一定不相信。
我初中畢業第一名，拿了一份縣長獎。"我告訴妳
妳不要告訴別人喔！"以免別人說：那小子……。
初中一畢業，並未參加聯考。立刻奔赴陸軍官校
幼年班。它接一時了一七年一很長。44年8月畢
業。到今在部隊服務已近十年了。其中真是說不
完、寫不盡。下回來信在談吧！今夜就此擱。

祝
快樂

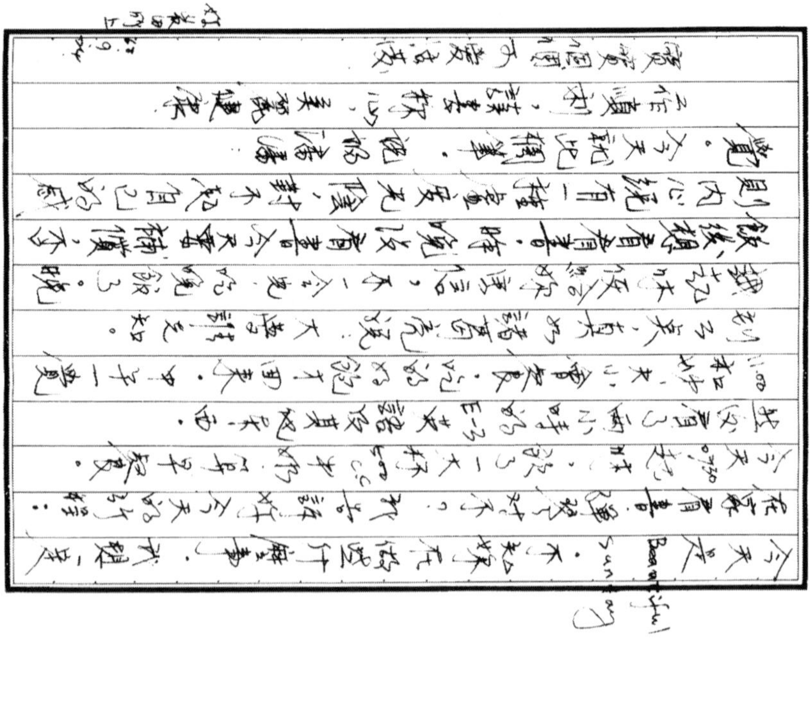
今天是 Beautiful Sunday。不知妳在做些什麼事。我想一定
在家看書、彈琴，對不？我告訴妳今天的行程：
今天0730起床，喝了一大杯500cc牛奶，算早餐。
然後看了兩小時的E-3英語及其他東西。
1100和妙、大小雷會餐，吃的好飽才回來。中午一覺
到3點，真如諸葛亮說：大夢誰先知。
我起床後給妳寫信，不一會兒，吃晚飯了。晚
飯後想看看書，昨晚沒看書今天要補償，否
則內心總有一種虛度光陰，對不起自己的感
覺。今天就此擱筆。說聲瀟瀟：
工作順利，讀書稱心，美麗健康。
寶寶個個不愛洗澡
奴義田所上 63.9.24

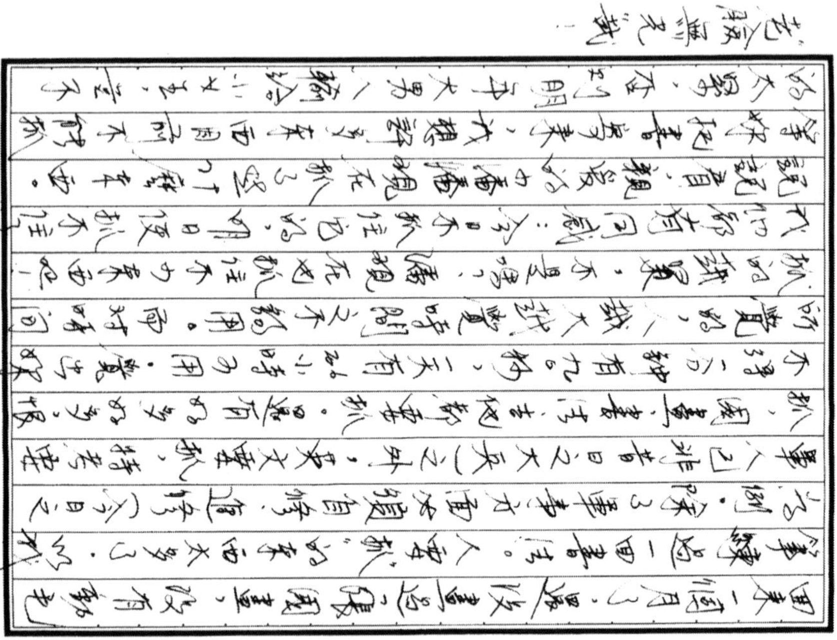
回來一個月了，還沒畫過一張國畫，沒有動毛
筆練過一回書法。人要抓"的東西太多了。以我
為例，除了軍事方面必須自修、進修（今日之
軍人已非昔日之大兵）之外，英文要抓，時考要
抓，國畫、書法、吉他都要抓。還有好多好多，恨
不得一分鐘有九個我，一天有26小時可用。覺出妳
所覺的，人哉大哉覺時間之不夠用。而對時間
抓的緊異，不是嗎？瀟瀟現在也抓住不少東西吧！
我們都有同感：今日不抓住它的，明日便抓不住了。
說說看，親愛的小瀟瀟現在抓了些什麼東西。
筆妳把書寄來，我想許多東西自前不能抓
的太緊，否則明年大男人輸給小女生，豈不
老臉無光哉！

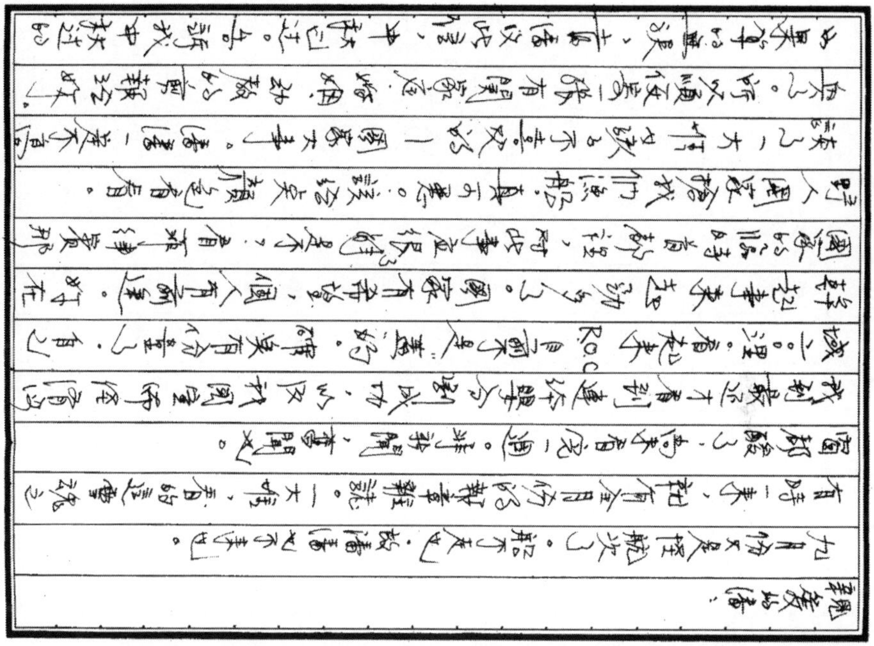

親愛的潘：

九月份又是怪航次了。船不走也，故潘潘也不來也。

有時一來，就有全月份的報章雜誌。一大堆，看的這雪魂之窗都酸了，尚未看完一週。非新聞，舊聞也。

我到最近才看到連終選舉分裂成功，以及我國宣佈從漁城之理。看起來R.O.C.自前不是"蓋的"。確實有份量了，自己說起事來也勁多了。國家有希望，個人有前途。好在國家的臨時首都裡，對此事應很清楚了？看那律賓那野人國家搶我們漁船，真可惡。該給美顏色看看。

讀了一大堆些不喜歡的一國家大事。潘潘一定不高興了。所以順便寄一張有關家庭、婚姻、動人的剪報給妳。

如果算的無誤，當潘收此信，中秋已過。告訴我中秋過的

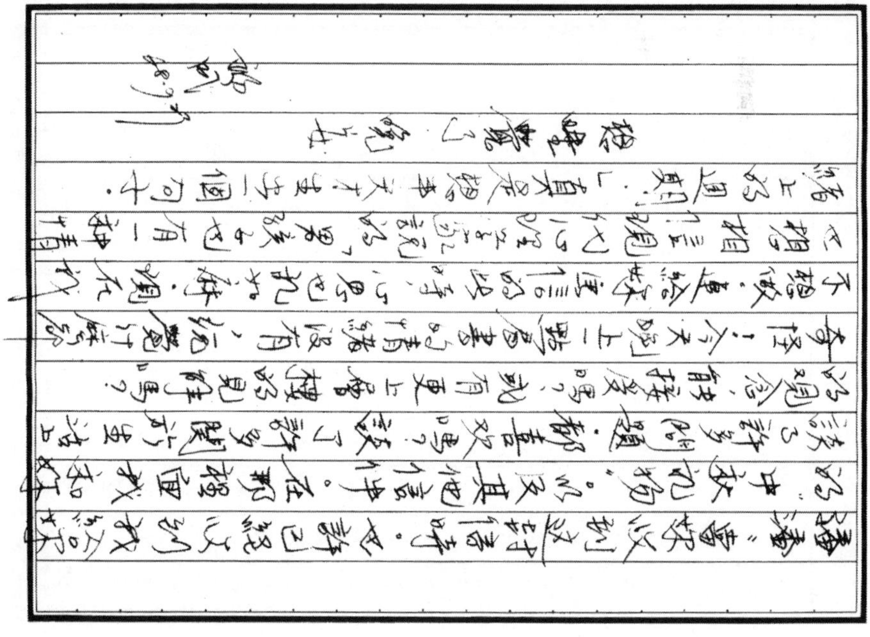

潘潘：當妳收到這封信時，也許已經收到我給妳的"中秋禮物"。以及其他信件。在那裡面我和妳談了許多問題，都喜歡嗎？談了許多關於生活上的觀念，能接受嗎？或有更上層樓的見解嗎？

奇怪！今天晚上一點看書的情緒沒有，總覺什麼都不想做。連給妳寫信的此時，心思也亂如麻。現在我也相信現代心理學家說的「男孩子也有一種情緒上的週期」。真是想半天才寫出一個句子。

想睡覺了，晚安

[illegible]

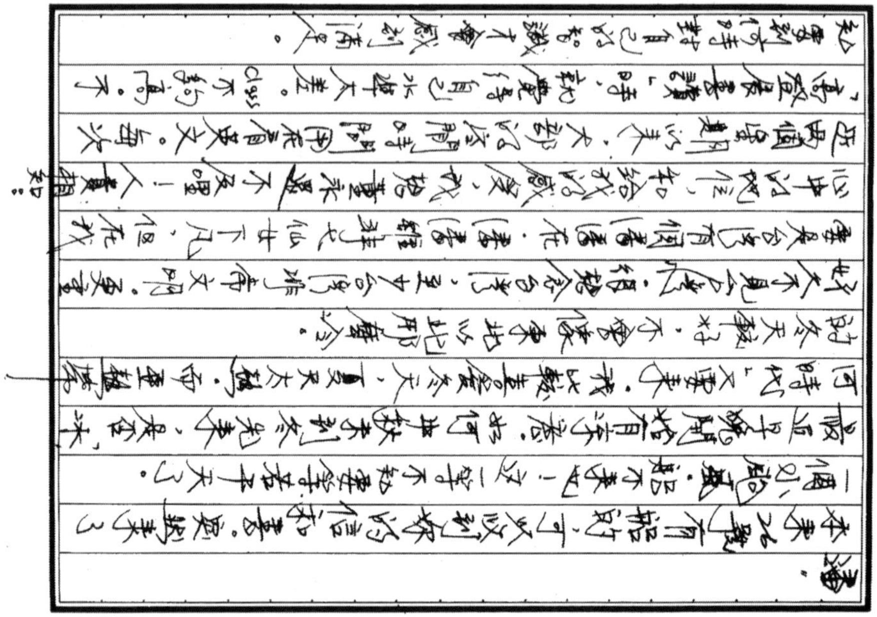

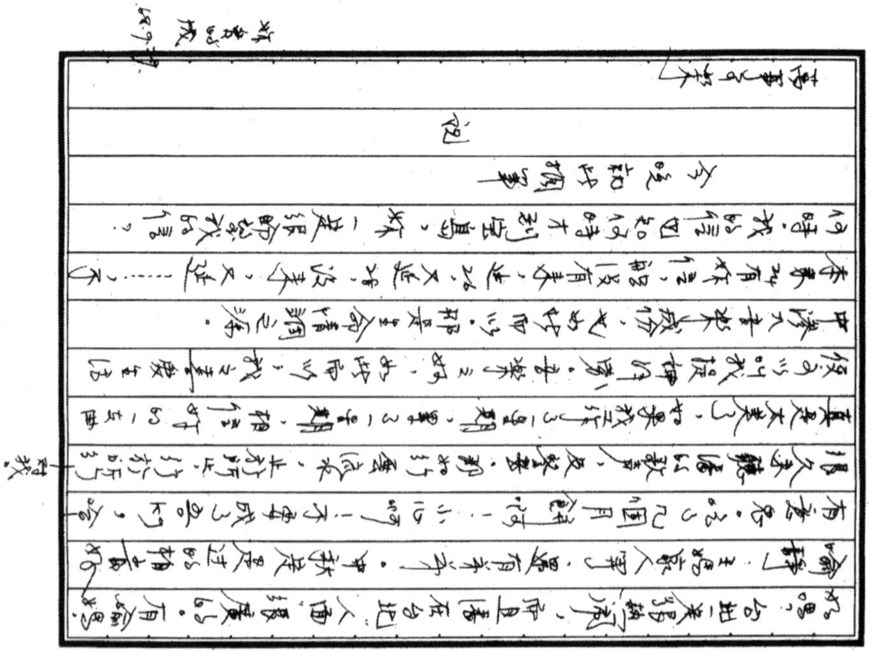

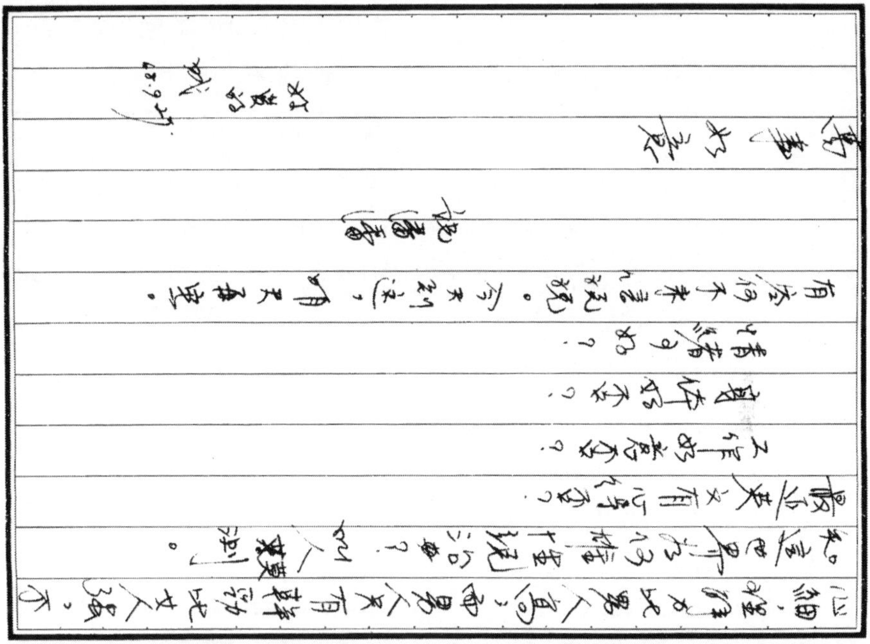

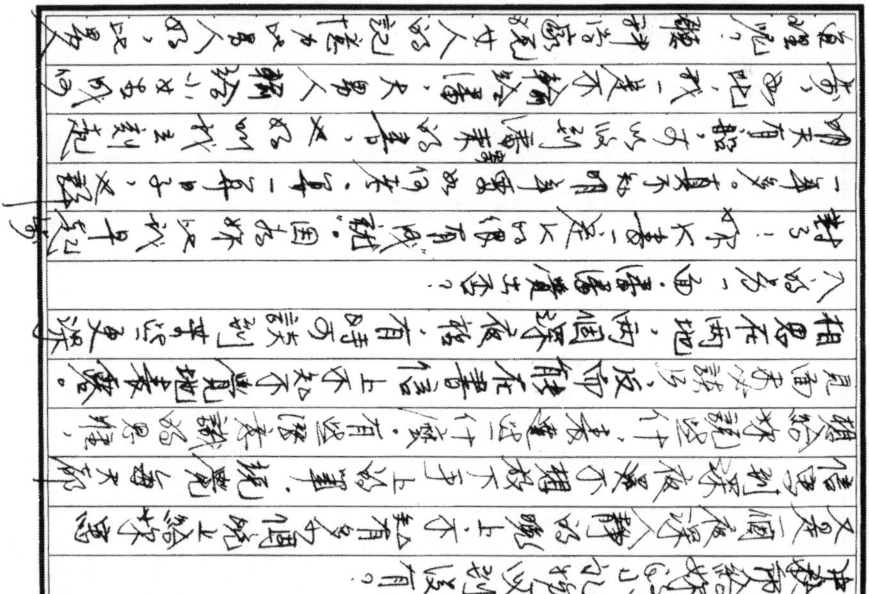

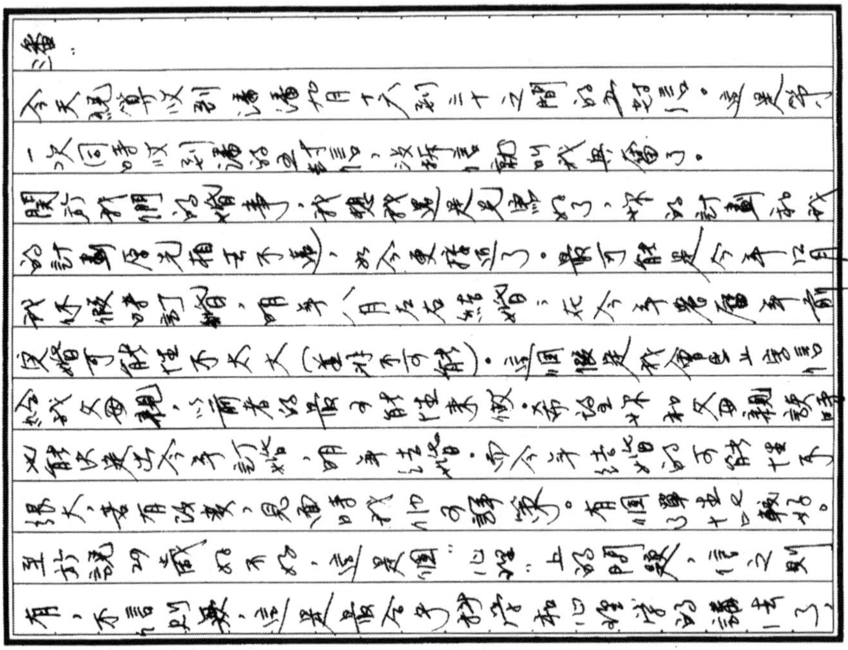

蕾：

今天是清華[illegible]日十八到三十之間的大考試。[illegible]

一次回來又到清華的大考試，[illegible]叫我來陪你了。

關於我們的婚事，我[illegible]同意了，[illegible]的

的計劃是[illegible]不急，而今要結婚了。[illegible]今年已

我不能[illegible]，明年（且又在結婚）[illegible]

況明年[illegible]不大大（[illegible]不可能）。這個[illegible]我今年十二月

[illegible]我父母親，說明我們[illegible]。[illegible]父母親[illegible]

又能[illegible]今年訂婚，明年結婚。而今[illegible]可能性不

很大，[illegible]，更要看我們的需要。[illegible]

至於[illegible]，這是：[illegible]：上的問題，這之對

有，不[illegible]，說[illegible]今年[illegible]

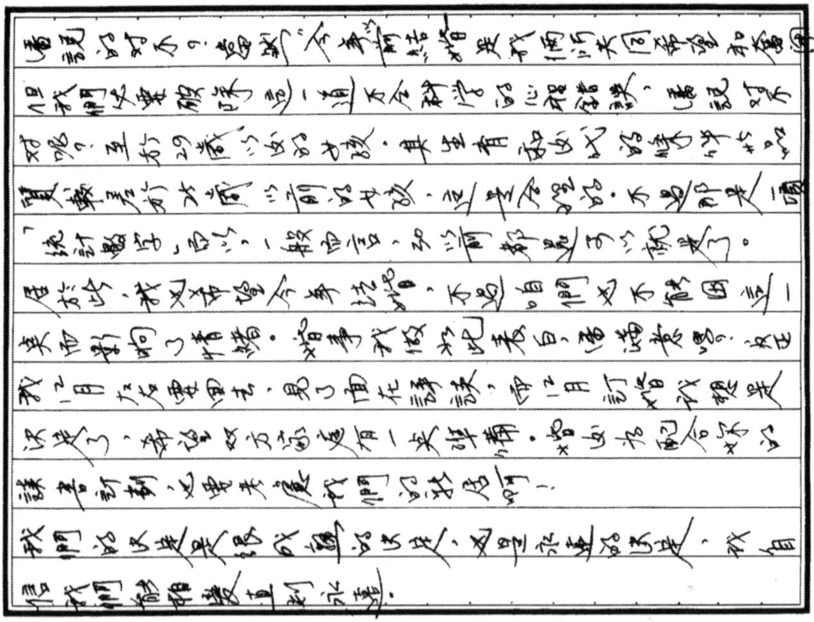

還說的好不？[illegible]，今年結婚是我們[illegible]

但我們又要被迫分開，這不合我們的心願啊，請說對不

對呢？至於[illegible]的生活，其實[illegible]

[illegible]。不要[illegible]

「就試驗吧」，總之，一般也說，[illegible]了。

一起在外，我又[illegible]今年結婚，不是[illegible]，他們又不能[illegible]

[illegible]事情。婚事我[illegible]。

我七月[illegible]要回去，[illegible]，今七月訂婚[illegible]

決定了，[illegible]有一[illegible]。[illegible]

讀書計劃，也要未來我們的生活啊！

我們的未來[illegible]，我們

[illegible]我們[illegible]到永遠。

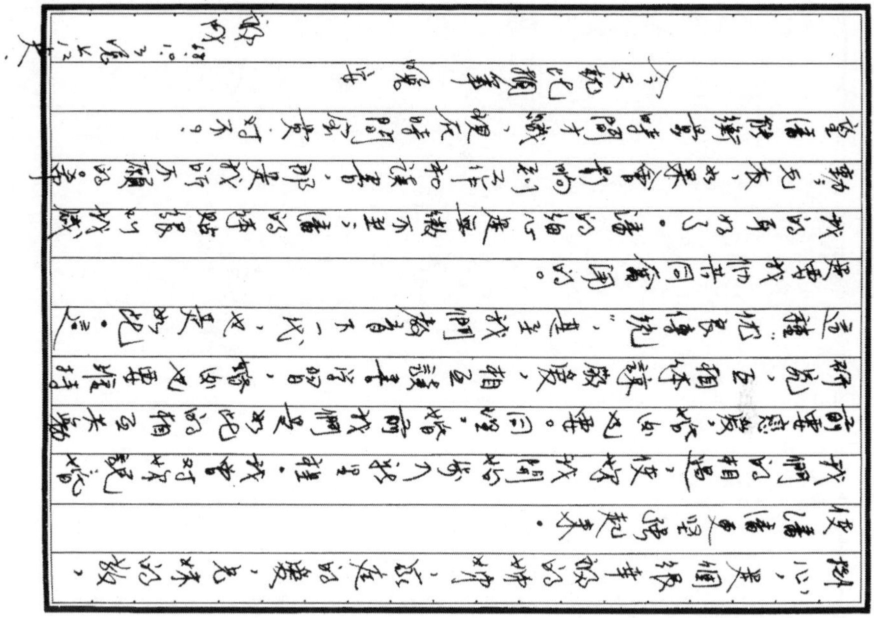
關心，是個很幸福的姊妹，家庭的愛，兄妹的教，
使潘潘更堅強起來。
我們的相遇，使妳我開始步入新里程。我曾对妳說，婚
前要戀愛，婚后也要。同理，婚前我們是如此的相互共勉
研究，互相体諒敬愛，相互讀書学習，婚后也要维持
這種"优良傳統"，甚至我們教育下一代，也是如此。這
是要我倆共同奮鬥的。
我的耳朵好了。潘的细心是無微不至，潘的体贴很叫我感
動，元表，如果會影响到工作和讀書，那是我所不願的。希
望潘能衡量時間才織，現在時間寶貴，对不？
今天就此擱筆 晚安
吻妳 68.10.3 夜 11:12
大

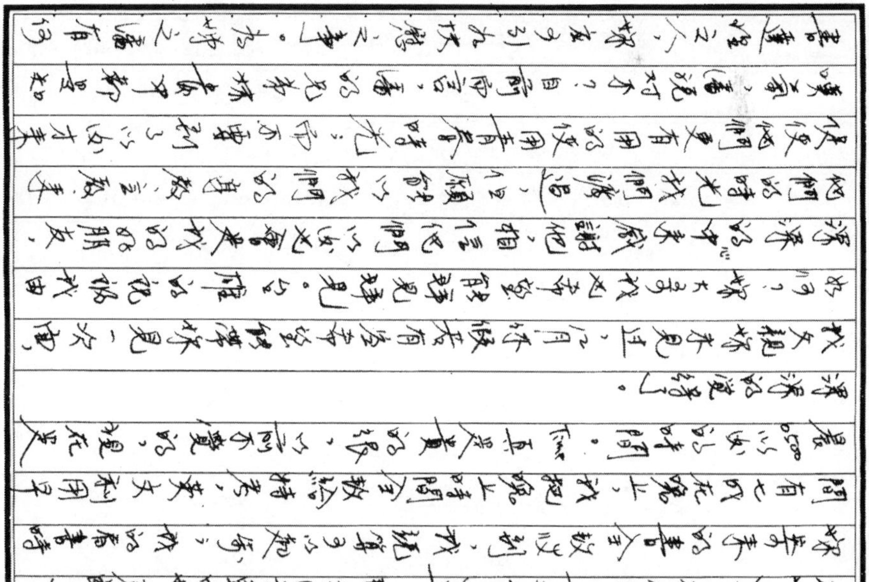
看妳英文有心得真使我高興，那天回去要叫妳老師了。
妳寄来的書全数收到，我現算了以起筭，我的看書時
間有七成在晚上，我把晚上時間全数給特考，英文利用早
晨500以內的時間。Time 真是貴的很，以前不覺的，現在是
深深的覺得了。
我父親妳未見过，12月妳假若有空希望能帶妳見一次面，
如何？妳大哥我也希望能見見見。台雄的說話我由
深深的中心感謝他，相信他們以后也會是我的好朋友，
他們的時光我們渡過，但願能以我們的身教、言教，来
使他們更有用的使用青春時光；而不要到了以后才来
嘆氣，潘說对不？自前而言，潘的兄弟妹當中都是知
書達理之人，妳友了引为快慰之事。为妳之潘有何

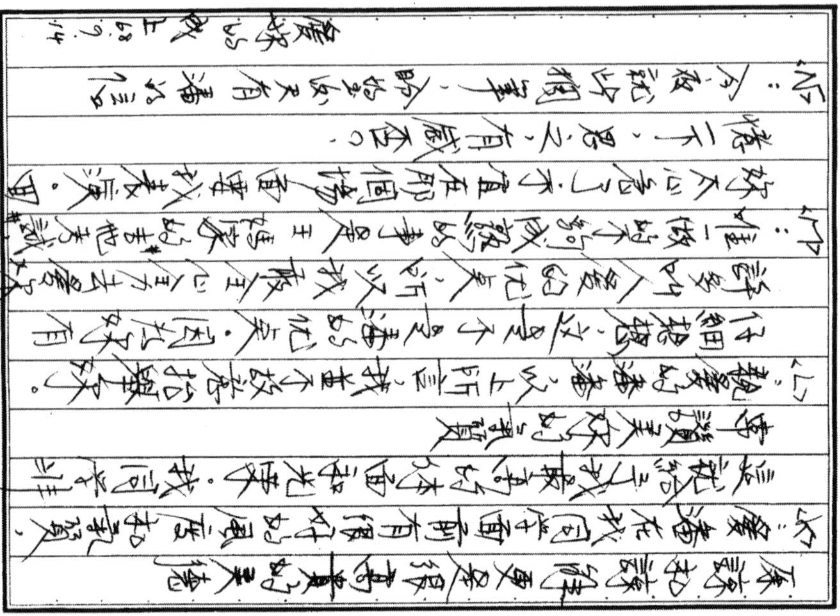

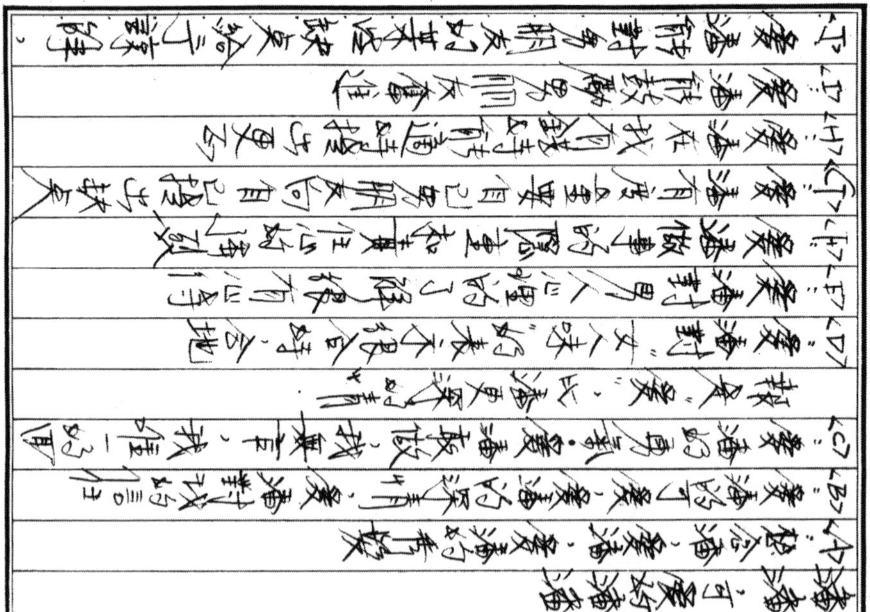

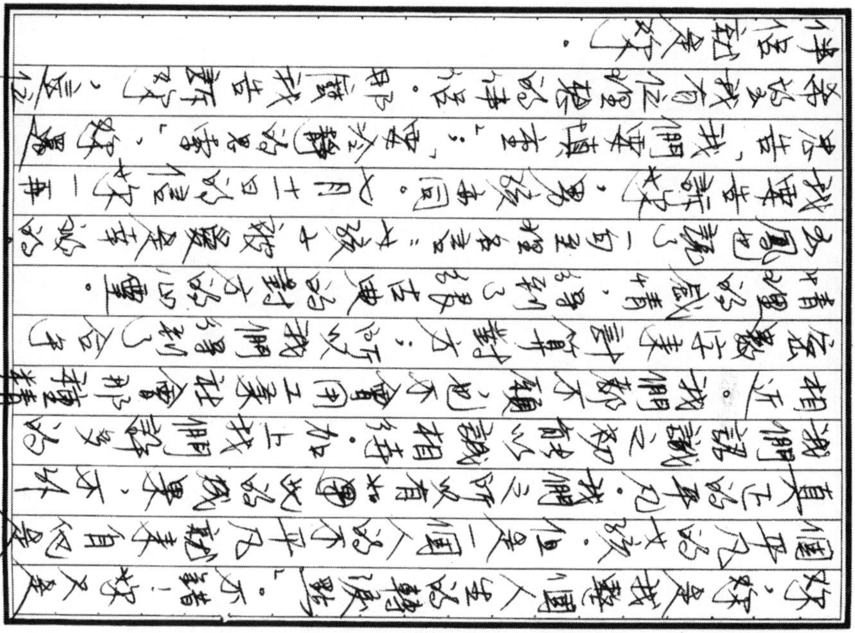

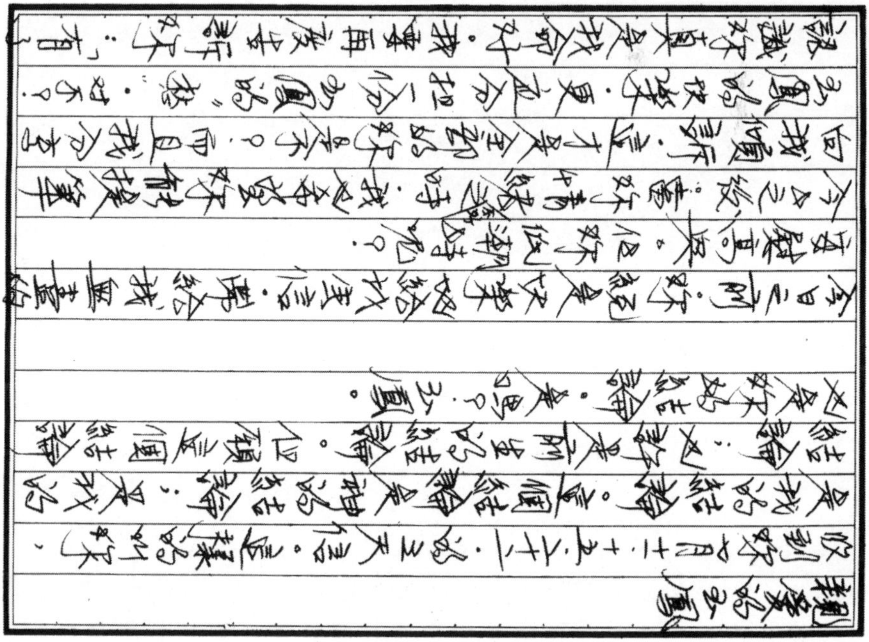

我很相信孔子的「天命」。但一般的算命似乎無
法使我服氣。所以我對算命談不上很深的看法。
照命理說，人的出生和星象關係，構成人之命運。
甚至人的「手紋」和「臉象」無時無刻不在變化。
我只能說我覺得"莫明其妙"而已。
妳妹夫是我長官，也是學長。比我高六期。能
有如風，是必須重重感謝，永銘深心才對。她
已回來了。報國臨走，我叮嚀要去看妳。同學
不言謝，不過改日照如風之意：請他。
妳同學素霞，我當盡力，助人為快樂泉源
之一。這是我的信條。
今晚也沒電，日光灯又壞了。天氣又熱又悶，
這封信寫到此已是滿頭大汗。我也沒有溫度
計，我想一定比台北熱。
妳的"傾訴"我已收下：且托西風捎給妳無盡的
思念與祝福。
妳的畢業照也收到。我顯得更想念妳了。
回到台北我會先向幼稚園報到。知道嗎？對不？
夜已深深。明日再寫。
祝妳
好夢
[illegible] 七月廿六 2300

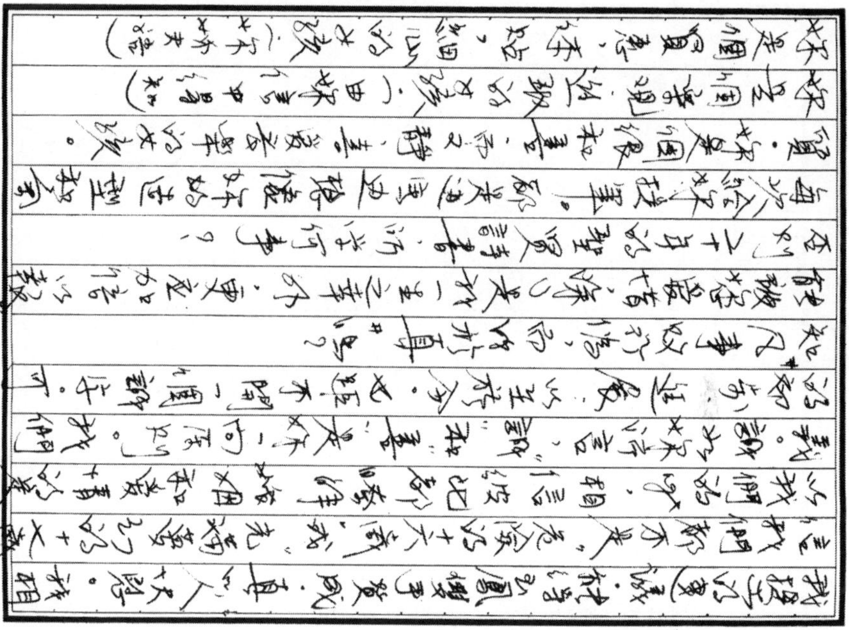

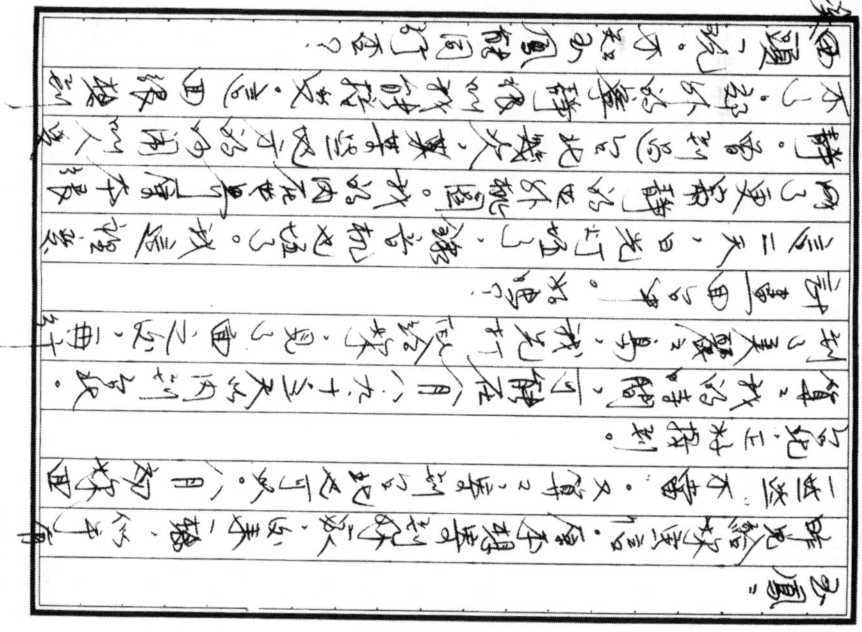

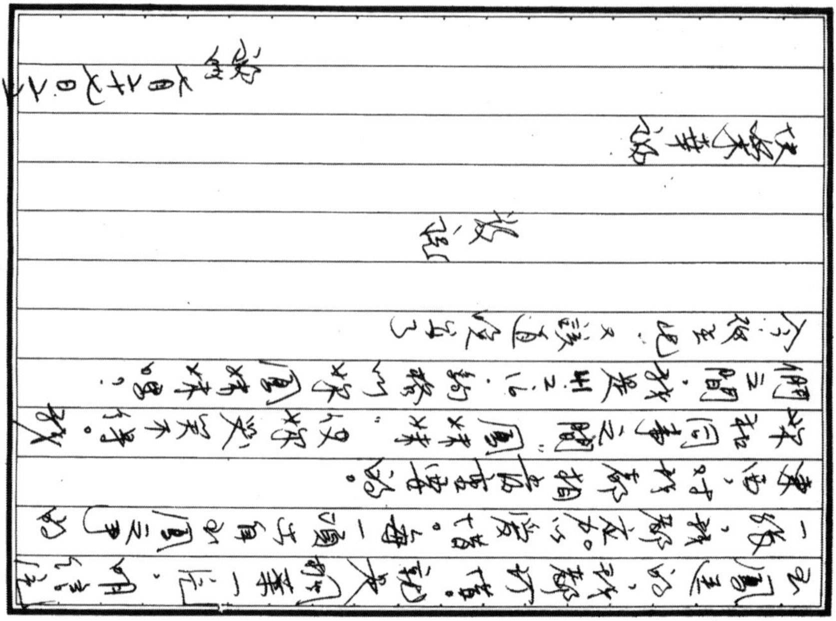

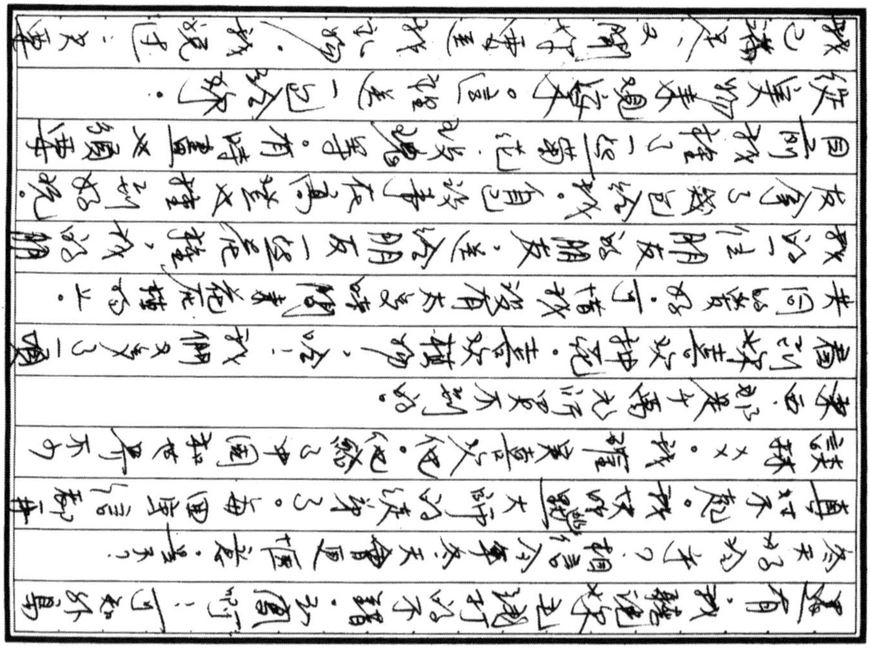

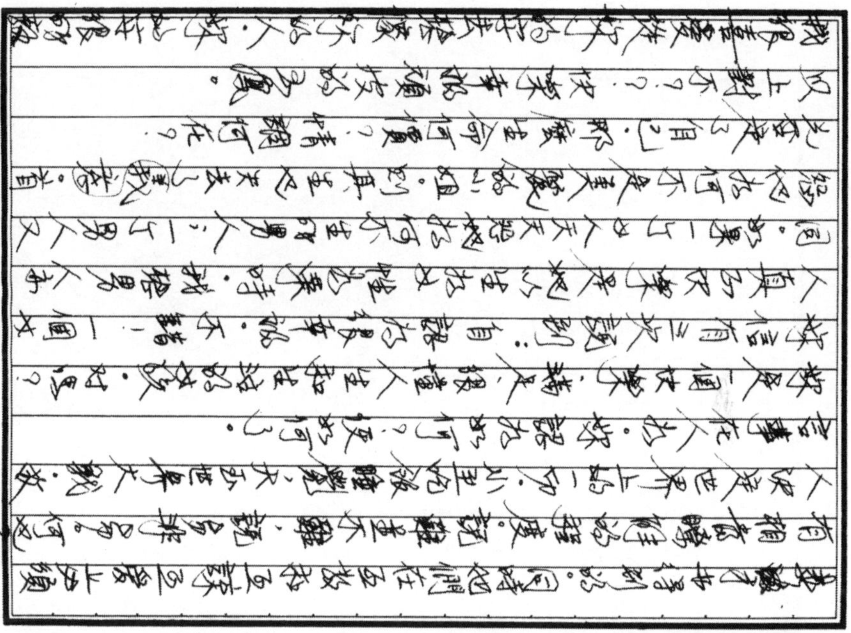

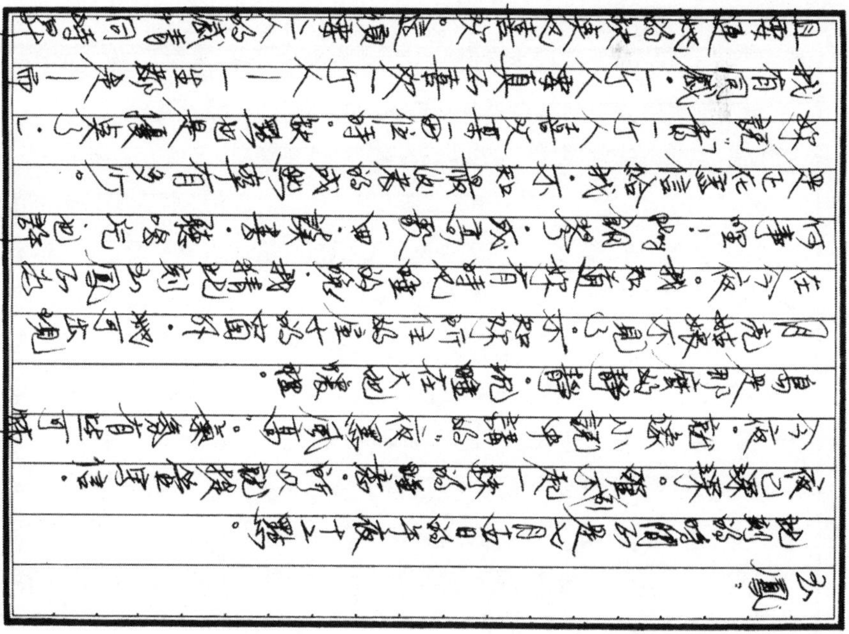

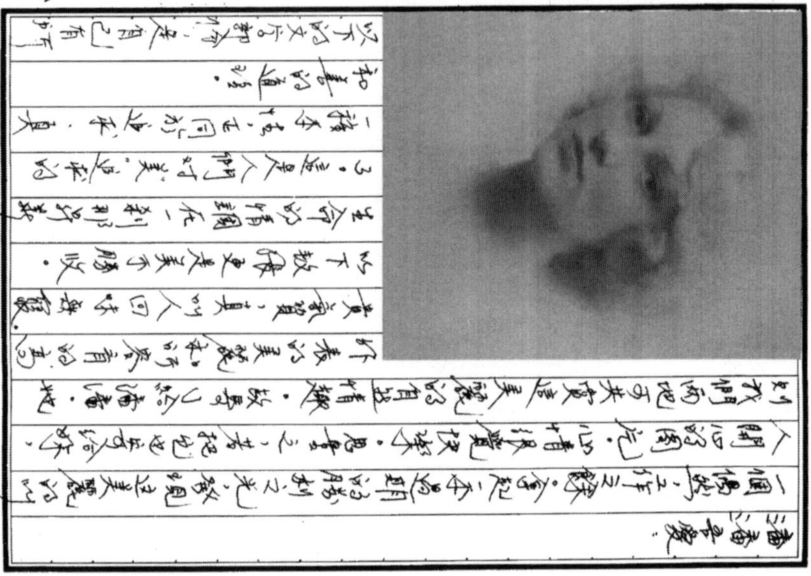

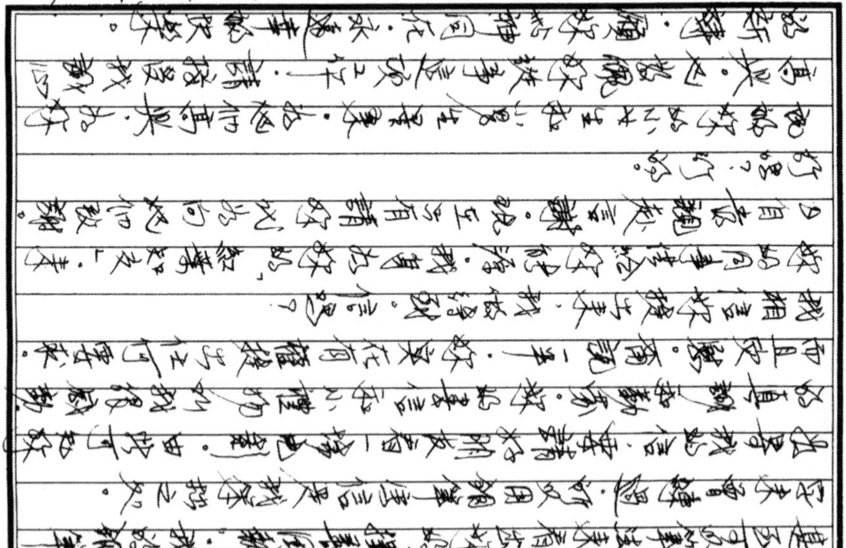

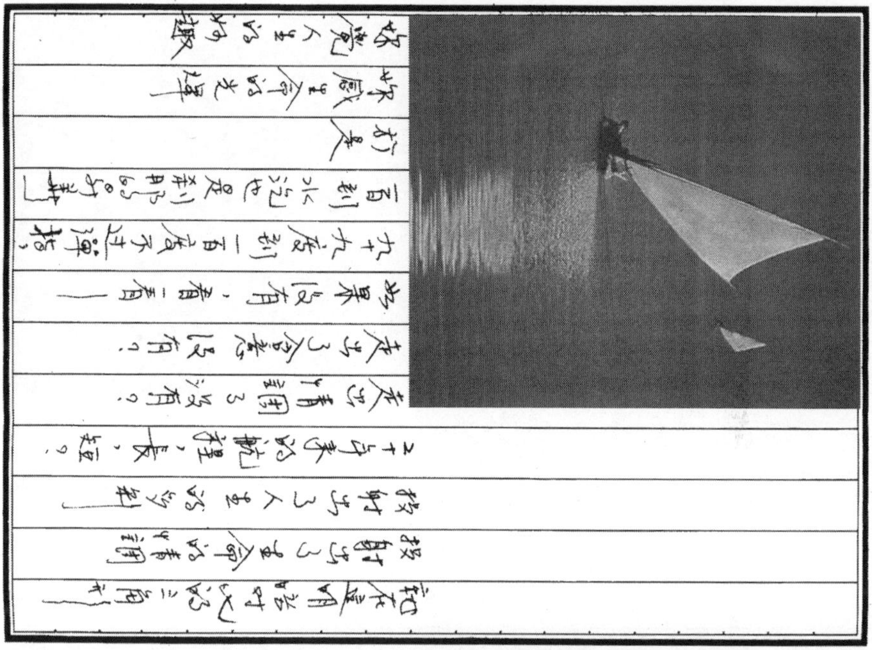
就在這明暗對比的三角形
投射出了生命的情調
投射出了人生的夕斜
二十年來的航程，長，短？
走出情調了沒有？
走出了含意沒有？
如果沒有，看一看——
九十九度到一百度不過彈指，
一百到水汽也是剎那的手筆
於是
妳感生命的光輝
妳覺人生的妙趣

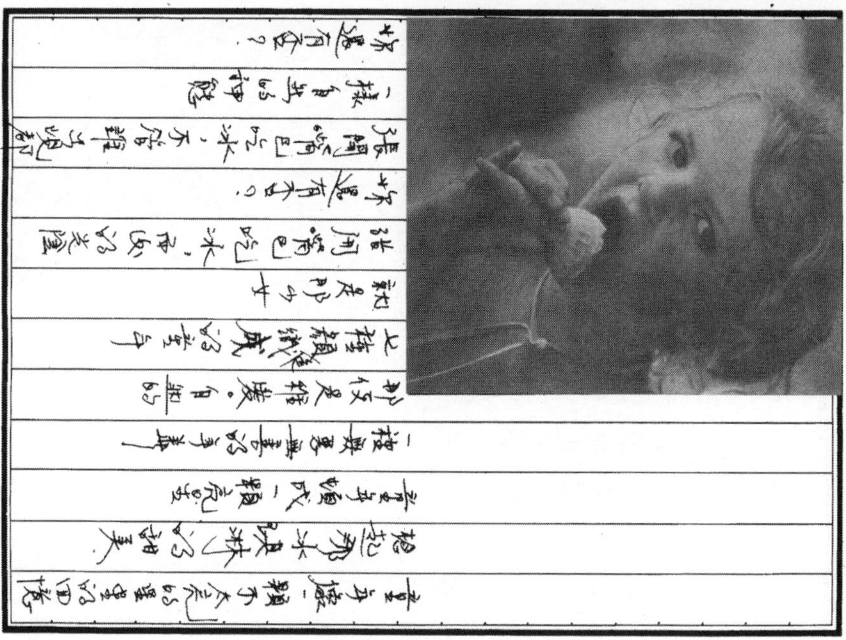
童年像一顆不太亮的星星的回憶
想起那冰淇淋的甜美，
童年頓成一顆亮星
一種無惡無善的手筆
那僅是稚愛。自然的
七種顏色織成的童年
就是那少女
張開嘴巴吃冰，而後的光陰
妳還有否？
張開嘴巴吃冰，不管誰出現都
一樣自然的神態
妳還有否？

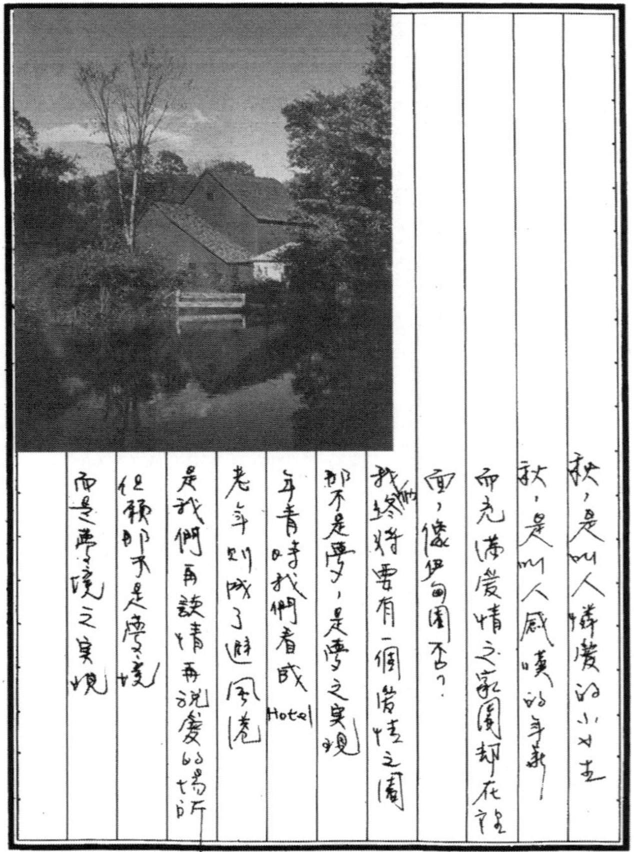
秋，是叫人憐愛的小女生
秋，是叫人感嘆的年華
而充滿愛情之家園卻在這
面，像伊甸園否？
我們終將要有一個愛情之園
那不是夢，是夢之實現
年青時我們看成Hotel
老年則成了避風港
是我們再談情再說愛的場所
但願那不是夢境
而是夢境之實現

誰說生活枯燥無味？？！
誰說人生虛無意義？？
誰說社會黑暗現實？？
誰說人情冷暖，翻雲覆雨？？？！
沒有晚上何來白天
生活情趣由妳設計
人生意義自己去肯定
於是妳覺
自己是最有價值的活着
也是最幸福的小女生。

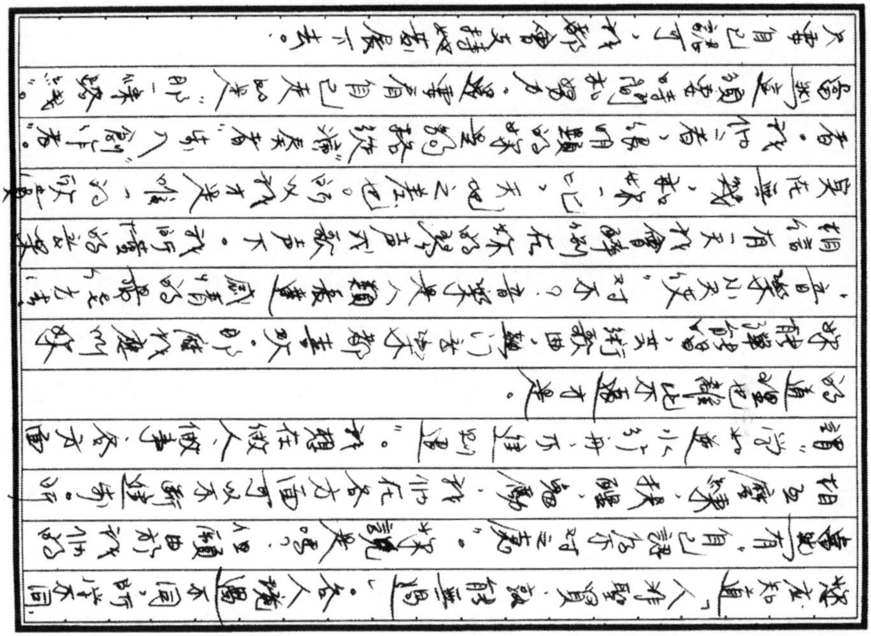

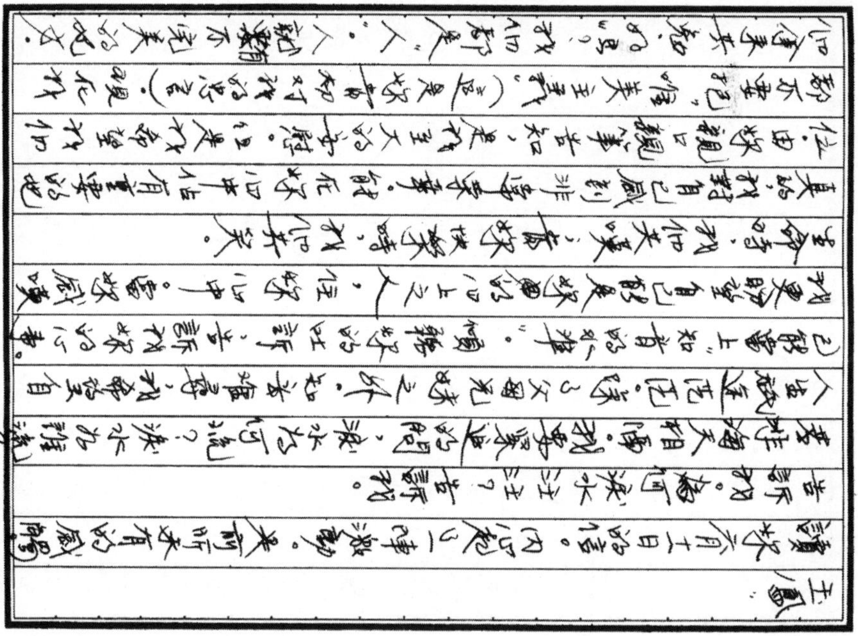

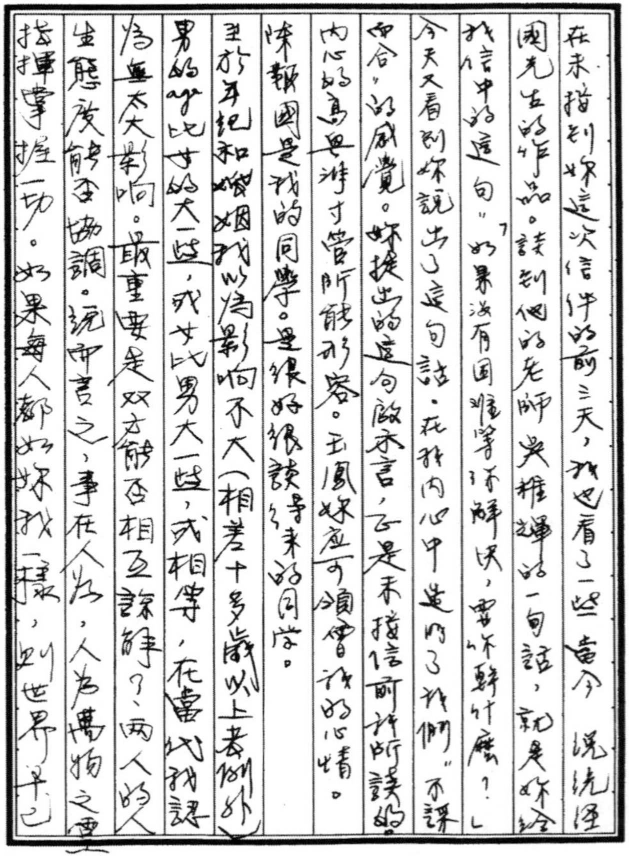

在未接到妳這次信件的前三天，我也看了一些當今 說統經
國光古的作品。讀到他的老師吳稚暉的一句話，就是妳給
我信中的這句"如果沒有困難等待解決，要你幹什麼？"
今天又看到妳說出了這句話，在我內心中道盡了我們"不謀
而合"的感覺。妳提出的這句啟示言，正是未接信前我所讀的
內心的高興真非筆墨所能形容。玉鳳妳應可領會我的心情。
陳鄭國是我的同學。是很好很談得來的同學。
至於年紀和婚姻我以為影響不大（相差十多歲以上者例外）
男的age比女的大一些，或女比男大一些，或相等，在當代我認
為無太大影響。最重要是雙方能否相互諒解了，兩人的人
生態度能否協調。總而言之，事在人為，人為萬物之靈，
指揮掌握一切。如果每人都如妳我一樣，則世界早已

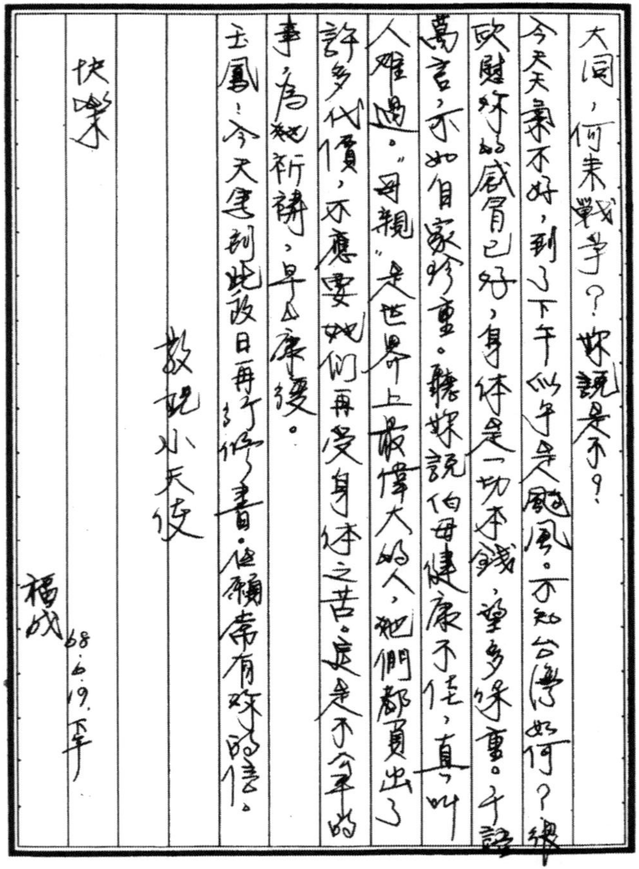

大同，何來戰爭？妳說是不？
今天天氣不好，到了下午似乎是颱風。不知台灣如何？總
欣聞妳的感冒已好，身体是一切本錢，望多保重。千言
萬言，不如自家珍重。聽妳說伯母健康不佳，真叫
人難過。"母親"是世界上最偉大的人，她們都貢出了
許多代價，不應要她們再受身体之苦。這是不公平的
事，為她祈禱，早日康復。
玉鳳：今天寫到此段日再寫信。但願常有妳的信。
敬祝　小天使
快樂
福成　68.6.19.下午

潘潘 想念的潘潘：

真的想念妳，潘潘。分別的這幾天以來好嗎？回到島上，有河山如故的感覺，昨早和今早起來，依然看到無边無際的海，依然，水依然；朝陽到夕陽都如故。只是對妳，我的感情不同了。只能告訴妳更深。

這兩天一直在想，想明年要考那一科。終於決定考教育行政。就我而言，"教育"比較喜愛，以前曾一度想把它當志向，卻未能實現。不知以後能否實現？很想到這個學妳啟示，想要考一考東西。無論如何增進學識，多一些見解，這是潘潘，不，應說我們共同的見解。不過，誰輸了，誰請客，对不？哈哈！明年有吃了。

我曾一度感嘆知音難求，尋一終身伴旅更難。而今有了。但願我們能共同踏出人生的第一步，共創旅程。不論路長路遠路難，咱們都比田考試一樣相互鼓勵。好嗎？

今晚和姊夫共用晚餐。有說不完的感想，卻一句無言，妳知的，費我深思，往往無言，我要說什麼呢？我已很滿足。他講了許多，我只能說感謝，只能說絕不使*xx*失望。我真的很謝他对我的照顧，一個好長官、好朋友。

走到我的办公室，玻璃板內的妳，和小朋友合照的妳。比实際的妳相去太遠。較胖，也許長

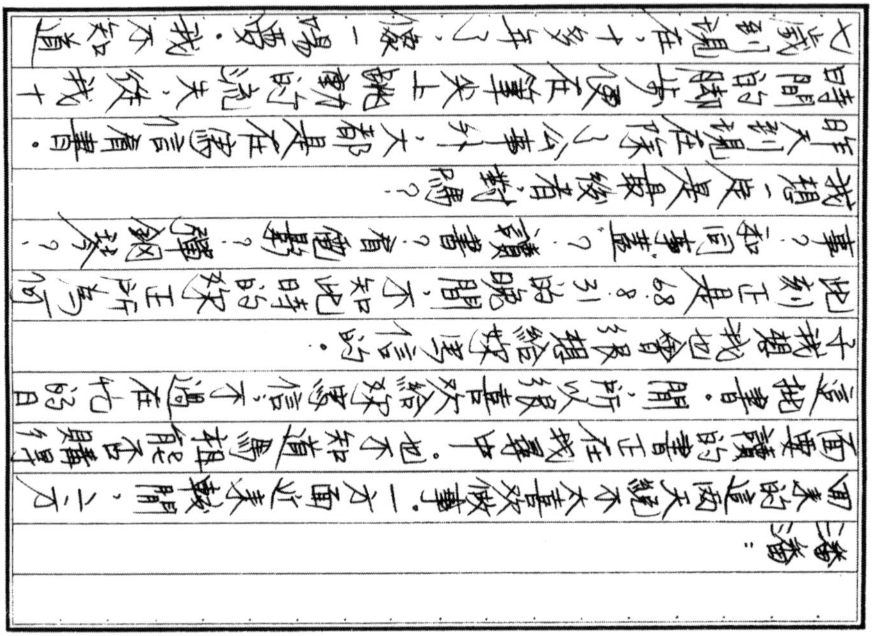
潘潘：
回來的這兩天總不太喜欢做事。一方面近來較閒，二方
面要讀的書正在找尋中。也不知道馬祖能否購得
這批書。閒，所以很喜欢給妳寫信，不過在忙的日
子我想我也會很想給妳寫信的。
此刻正是68.8.3的晚間，不知此時的妳正所為何
事？和同事蓋？讀書？看電影？彈鋼琴？
我想一定是最後者，對嗎？
昨天到現在除了公事外，大都是在寫信看書。
時間的腳步便在筆尖上跳動的流失，從我十
七歲到現在，十多年了，像一場夢。我不知道

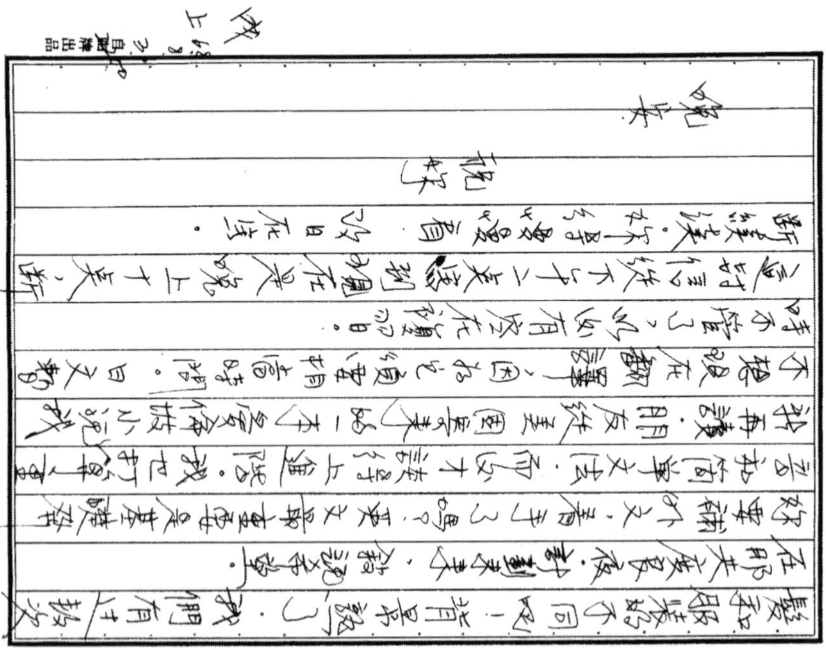
髮和服裝的不同吧！背景熟了，我們有過幾次
在那共度良夜。計劃未來、敍說希望。
妳要補外文，看手了嗎？英文最重要是基礎發
音和簡單文法，而後才談得上進階。我也打算重
新再讀。朋友從美國寄來的一本愛倫坡小說我
不想現在翻譯，因為它須要相當時間。日文暫
時不管了，以後有空在複習。
這封信從下午二点寫到現在是晚上十点，斷
斷續續。妳得慢慢看。改日在寫。
晚好
晚安
戊上 68.8.3
自由牌出品

自己的一生是不是也像一場夢，多年以前（大約大二、大三）很喜愛"哲學"這門課程，尤其喜欢讀各種角度探討的人生哲學。唉！說來話繁，不寫了。

這回"田國"打算溪頭一"玩"，那裡有詩樣晨昏，昔未成行，但願如妳所言我們會在"那日"光臨。想去看的"天鵝湖"名劇未能如願，不知他日是有机會，今天突然在聯合報看到了，"順"便也請妳觀賞。芭蕾我並不懂，只愛他們的自然、美、若樂，很合乎我自己對美善的追求。

補習班找到沒有？告訴妳一個好消息，我在12月左右有半個月假可休，我們計劃做什麼呢？詳細時間我一个月前告知，好嗎？吻妳，晚安

自由牌出品

我／廿一晚九

潘潘：

十月十四接到潘的三封信，喜出望外的看了半天，親之我很高興。其實我們之間以最大的愛心去關注對方，乃是很自然的事，即然決定了愛在此生，便要付之行動，潘潘"何必言"表達"呢？那麼遙遠，相互之間就只有愛心和服務，潘說對否？芸芸人海，云云眾生，尋得一能去愛，可以愛的女孩，（還不知這算不算愛）並不難人也！

我很喜欢聽潘的心語，不論潘是直言、傾訴、暗示，相信我能從各個角度去猜來接納，凡是出自妳內心，都是真。妳在數封信都提到我的年青，和妳的"不年青"。若由整個人生過程來說，我們都是年青人，因為我們生長在同一代。書今說說"經國"先生在行政院長任內有一句話：青春是人一種心境。

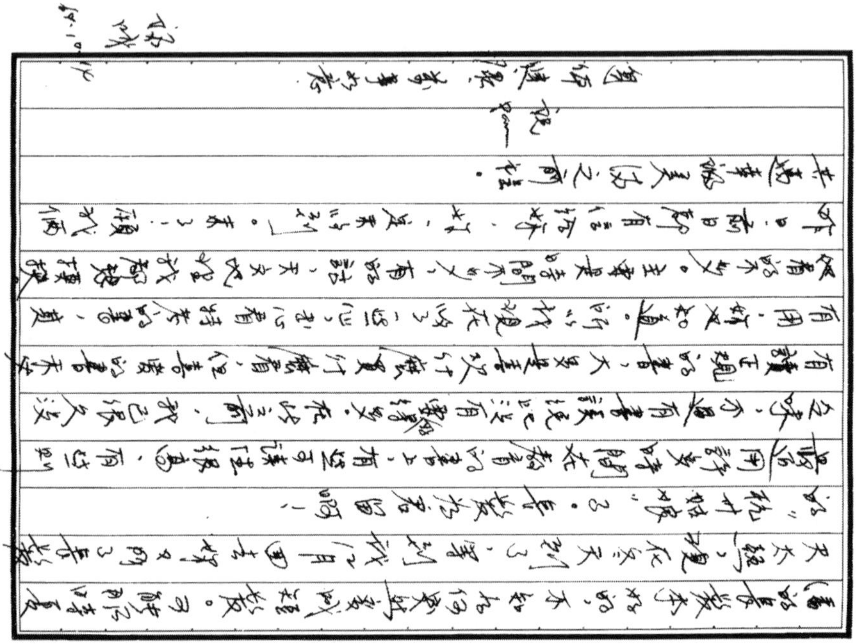

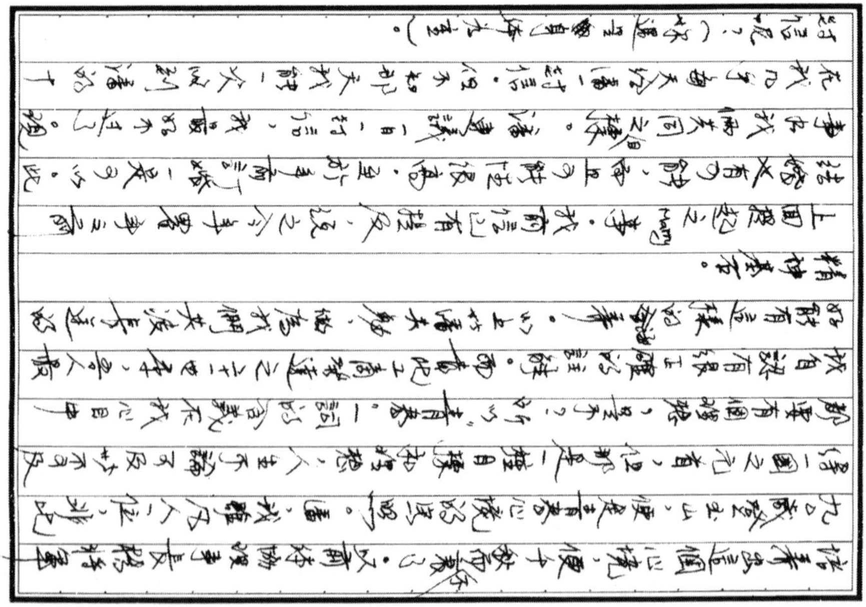

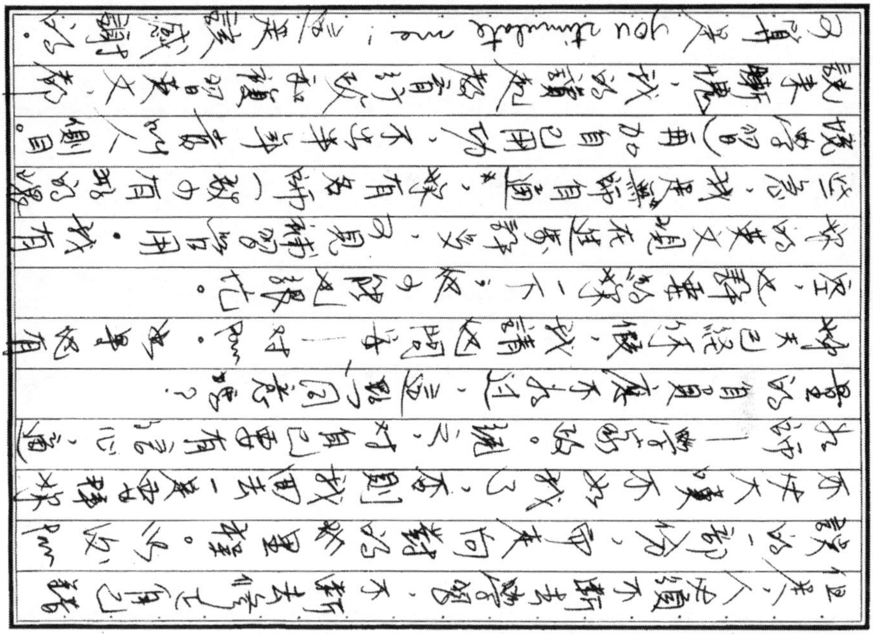
you stimulate me!

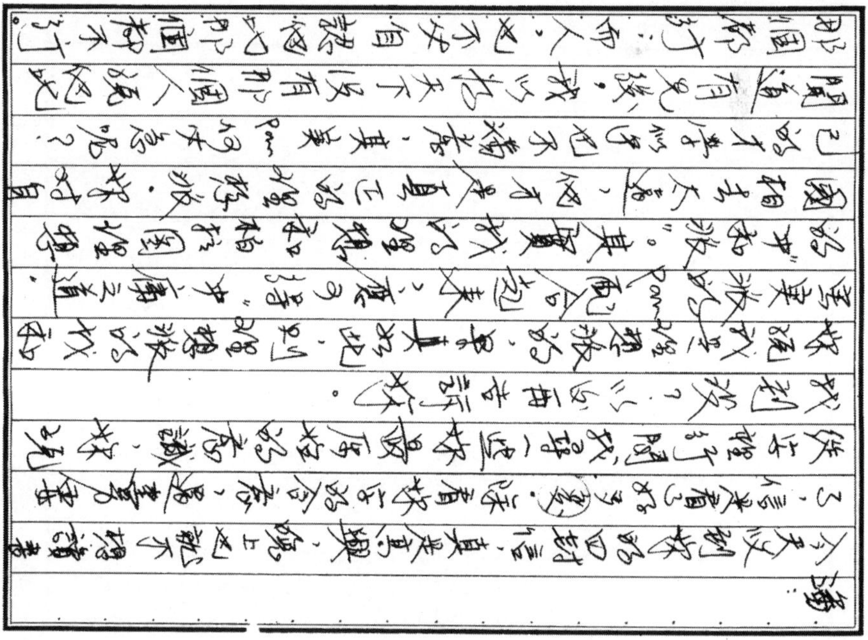

忠憲：
猜錯了。為提高再猜之興趣。故贈一小物。
找了半天。找不到可送東西。就我個人唯獨愛書。
不知這本可是妳喜歡。但願。
前一封信也許未收到。可能與此信同寄出的書
同時收到。餘次不復之啟。

一個成功的男人，並非他自己的成功，主要是
他有位好妻子。近來見以將將軍說：
將軍的太太是將軍的將軍
此說雖有些頑皮，深思之，何不是呢？憎我
都深深相信華盛頓的家庭和成功的事業乃
是丈夫和妻子共同奮鬥的成果。甚幸⋯
這一輩子讀書很少像現在這麼用功，白天幾
乎天天在忙，只有晚上有空。我只希望這段
於自己的一些光陰不要浪費，畢竟青春不
再，我們都要珍惜，對不？　晚安
祝
Pan Pan
快樂 加 est
好愛的
風
自由牌出品
68.10.24

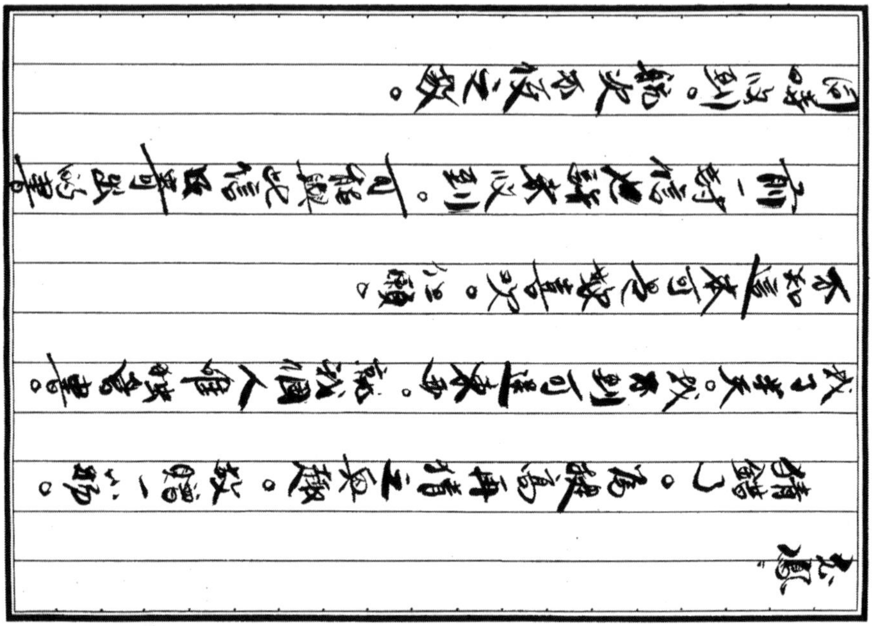

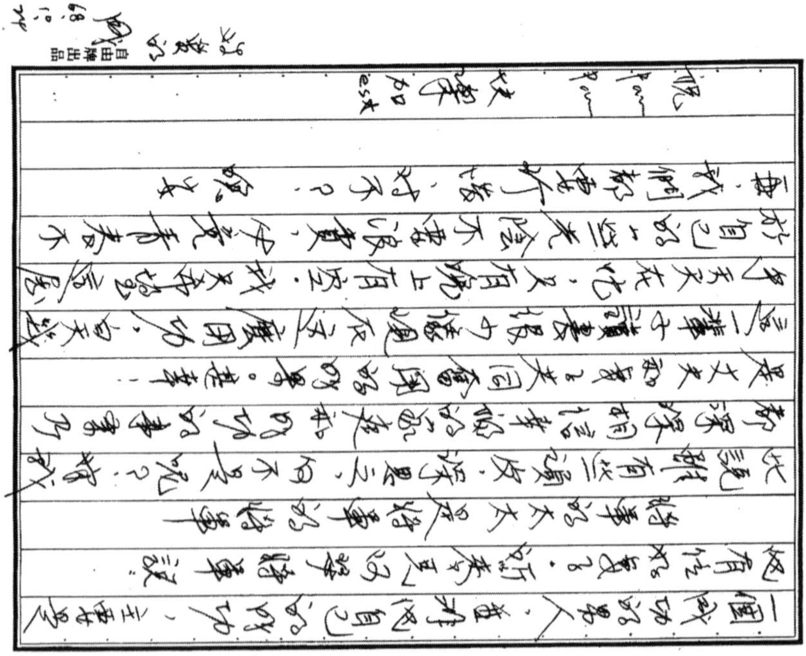

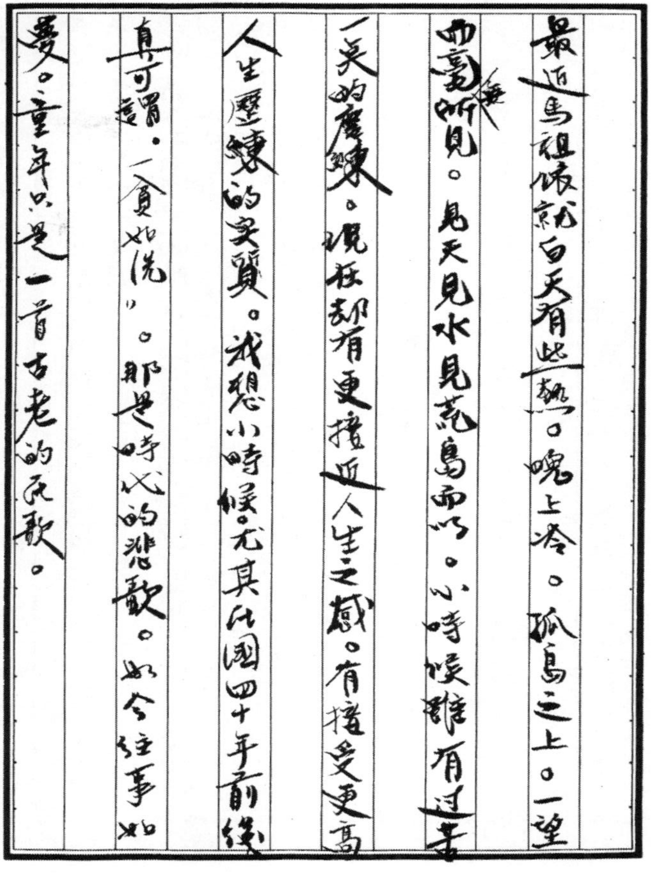

最近馬祖娘就白天有些熱。晚上冷。孤島之上。一望
而言所見。是天見水見荒島而以。小時候雖有过苦
一天的磨鍊。現在卻有更接近人生之感。有接受更高
人生歷練的實質。我想小時候。尤其民國四十年前後
真可謂「一貧如洗」。那些時代的悲歌。如今往事如
夢。童年只是一首古老的民歌。

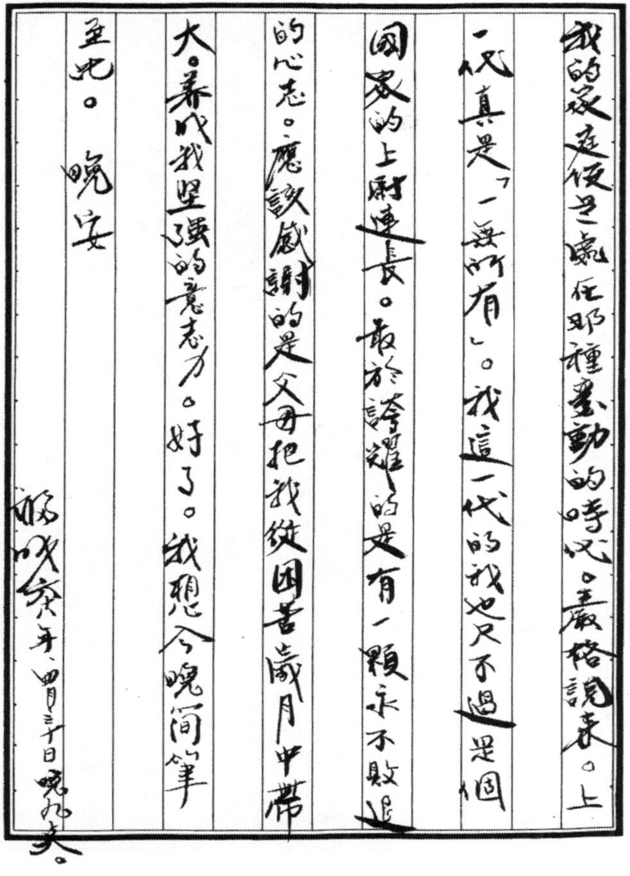

我的家庭便是處在那種變動的時代。嚴格說來。上
一代真是「一無所有」。我這一代的我也只不過是個
國家的上尉連長。敢於誇耀的是有一顆永不敗退
的心志。應該感謝的是父母把我從困苦歲月中帶
大。養成我堅強的意志力。好了。我想今晚間筆
至此。晚安

妳的溪天 年、四月三十日晚九點。

Dear Pan：

今天一下午都在看一本三毛的作品，撒哈拉的故事。由於太好了，也太好奇了，一看便忘了時間。其他書和事都忘了做。

這本書是不錯的 Kill Time 的書。都是一些沙漠中的事情，一篇於三毛女士的撒哈拉沙漠旅行記，描述風土人情，生活情調。沙哈拉威民族的出嫁年齡是十歲左右，鬧洞房，新郎新娘真是生動；他們是每3－5年洗澡一次，那篇沙漠觀浴記真有趣。……說不完啦！

我很喜歡她走遍天涯，很仰慕她和荷西（她丈夫）的結婚之後還能過自己的生活。也許她的人生觀有些相同於我，很實在，很情調，富色彩，而有些浪漫的氣份。

我要告訴妳，有生之年我希望到世界各地走一次，致於誰陪我同行，那個人應是妳。這倒是10年、20年、30年之後的事，會發生，也許不會發生，但我要向這方向進發，要握住可能的機會……妳說是夢嗎？

到了咱們的下一代，也許可以參加星際旅行，這是夢嗎？

人要有夢，而且要有把夢變成實際的勇氣，pan說他傻嗎？

這本書真有趣，借來的。不知pan讀過沒有，是Kill Time的好書。

有關於我們結婚的事，我已於前數封信都提及，不知妳收到否？希望我們要同時進行準備，待一月我休假先行訂婚，該買、該做的東西、衣服要先做。至於我要潘潘在結婚時全身上下煥然一新，畢竟我們一生才一次，要隨我們所愛所喜來設計一切。雖然 Pan 不要我支什麼"金""禮"的，但我們自己要買的東西，我算了一下，也要十万元來支出。

好大的一個台灣，潘喜歡住那裡，北？中？南？東？西？

今天沒有颱風的動靜，也許改了方向，不知台灣如何？希望平平靜靜。輔導長11月休假我請他撥個 TEL 給妳。代表海外的我——一個最近的関愛，好嗎？

祝潘潘　萬事如意

狒發的

政明 68.10.17

潘潘：

已經有好多天沒有提筆給潘寫信了。有兩個晚上，昨晚前晚，拿起筆管想了好半天，又把筆倒下去。看書去了。最近看的書開始多起來也。向輔導長拿了一套"我現念英語"。溫習以前讀過的 A Trip to U.S.。還在聽一本叫做 E-3 Review 的視聽月刊。關於此書我簡略說明如下，不知目前有否，若有妳可訂來聽聽。全名是：E-3 知性英語視聽月刊 (English Environment Educational Review)。印刷不錯。內容有時事、科學、商業、文學、生活、人物、醫健、藝術、音樂、史政、体育、娛樂、科技、會話、集錦、填字 16個專欄。一冊有30多頁。全製成錄音帶。因為它有教育基金會協助，所以每期全帶子65元。我看的是他女朋友買給他看的，66年的。
聽說現在的有些改變，我不得而知。大致是如此。其
服務：北市忠孝東路4段128号6樓(龍門大廈)
電話：7213834　7213838。
我目前讀的是輔導長的。等把他的讀完了，我打算自
己訂一年。我想妳目前K English也急是不？這資料
給妳做參考。現在潘的書一定讀的「如火如荼」了。
最近看書看的比較勤，時常有所感觸，說覺自己所知太少，
学識太淺。就以外文做例子好了，當初立下的目標是看英文
影片時，把eyes閉上，而能看懂內容。這個目標定了好几
年了，竟然尚未達到。人生的目標太多，要做的事太多，能完
美地如願不知有幾？潘呢？潘一定也立下不少很高，

很美的目標吧！
20天沒見到潘了，有訴不盡的心語要說，有道不完的思念。
等待，很苦，也很甜；有時讀書讀入神也就忘了，每當夜深
人靜，躺在床上都有一陣子不能入睡。那丘比特的神箭不知
如何射的。射得好準，射進妳心，射進我心，唉！真是
說不完了。來信說說潘的近況吧！例如妳上班啦！同
事啦！(替我問各小姐們)補習班啦！讀書苦嗎？一定很
苦；還有內心的想法啦！老潘有否對妳兇？最近有沒有腳
底抹油啊！讀英文有沒有心得呢？
憑良心說，潘使我很佩服，工作的女孩還要去讀這讀那，
不怕煩，有耐心。當然這是我會去愛潘的許多原因之一
而，潘對我呢？？

最近馬祖天氣稍好，不知台北如何？潘的感冒好了嗎？
一人在外，要身体自家珍重；
今天是九月十三，星期五，此刻是晚上11:30。外面天好黑，現在在加強亮度，我有時點兩支油灯。油灯一多，室內度數立刻提高，很熱。加上還有蚊子，偶尔我會在蚊帳內看書。不然一晚上蚊子鬧得看書都要分心。小時候妳用过油灯嗎？
此刻，也許潘已入夢，也許还在K書。只是妳知道此刻的我正振筆急書地給潘寫信嗎？
三個月前如果一航次只收妳一封信，覺得很自然；
現在如果一航次收潘三封信，還覺不滿足哩！潘，妳說这子要如何医治才好呢？
吻潘，晚安

妳心愛的
成 68.9.13.

潘潘吾愛。

今天一天沒事，一直在看柏楊先生的"中國人史綱"，很好看。他老人家真會寫，有章回小說的味道，有正史的事實，更有正史所沒有的條理分明。越看越迷，一口氣看了一百多個page，若非靈魂之窗叫累，真不想放下。今天從紀元前800年看到元前300年，有500年的事蹟呈現在面前。讀書確實是一大享受。在工作之餘。

最近從潘的信中也看出潘也体會出讀書情調了，妳還許願自己永遠有這種興趣，會的，有生之年，我們都应品賞人間的趣事。記得我告訴妳嗎？有生之年我希望能遊覽世界，看看人世間真正該看的地方。這是我們一個很遙遠的美的幻夢，也是一個未來的事实。目前是個夢，有一天我們要使之成真。所以，English要好好學，它通用在亞洲美洲和中歐一帶；次之德文、西班文若有能也要學。日文懂也好。好嗎？

怪怪，潘一定嚇壞了，要精通世界各國語言了，我們不成了"天才"。

每個夜晚都靜靜冷冷地過去，冬夜很冷，小兵很早就睡覺了，而我的讀書和寫信往往是在一個每個人都寧靜地入夢的世界。那兒只有我一人單獨地在孤島上，而我的心湖上則顯現了一個潘潘的影像。如此，夜復一夜，潘潘都伴着我渡長夜，潘在我心中已成為牢不可破的形像，這樣的精神標竿不知潘潘建立了否？

月圓月缺人分離，自古成了鐵律，哉愛折磨有情人；當此千變萬化時代裡，每個人更難以捕抓明日的一點滴，精神生活的建立應是最佳處事之道。

今天晚上又是國曆的11.28，月亮好圓，天上沒有一片雲，不知台北的上空可有烏雲擋住那一輪明月。很冷，妳現在可能在上課，也許看電影，也許在蝸居，也許在丘媽家。不過寢室我們居多。

我的寢室日光燈壞了，麻煩，乾脆不用了，全部點油燈。我給妳寫的近80封信中，95%以上是在油燈下寫成的，我不知道目前世界上尚有多少個地方用油燈，非洲嗎？愛斯基摩人嗎？哈哈！我現在是全世界最有情調的人類。

最近每晚伙食都煮了點心，麵。很久沒有吃西点，外島沒有，有時會想起。外島的菜餚都是那個樣，對我這不挑食的人倒是不受影響。我現在在寢室裡寫信，伙食又開始在外面屋子裡炒菜的，有股香味飄過來。

妻，我打算在休假之前，每晚刻收假，要把心裡存着完了，如此正好把妳寫來的書告一段落，我回去再找一些來看看。來了！讓我化成一個寶寶，睡在妳的懷裡，享受妳的愛意—

祝 安康

妳愛的 明成 11.28.

Dear Pan

十點多了，看不下書也睡不著（捨不得那麼早睡），所以就想給妳寫封信。

夜已深深，小吳都已進入夢鄉，好像全島只有我一人存在似的。除了室內有孤灯一盞，其他全是黑鴉鴉一片，有如荒島，我敢說長到二十幾也未曾置身於這種世界的。大海中的一個小島，總會引人有些奇異的幻想。

最近我這裡吃的真豐富，首先輔導長家裡寄了好多水果來，以及田野休假人員帶了不少產品。師部也送了各連長不少東西，真有口福。我對吃不怎麼講究，只要我喜歡吃菜，飯不感興趣，妳是知道的。我體重一直是57kg，12年來沒有改變。醫生說這樣是好現象，表示身体狀況正常。其實我平時很重視身体的健康。在身與心兩方面我都不斷練習向最佳途徑調整的，潘的身体也頗健康的，妳不是也不斷在鍛鍊嗎？所以我們的Baby一定是健康寶寶（要不臉紅？。？。）真不好意思。今晚我成了体育教官。真煩人！

嘿！妳信上說又感冒了，不知現在好了沒？一個女孩，隻身在外要多注意身体，如果可能我願代替妳感冒，而留健康來給my pan pan。因為男孩的体質上就比較強，不論抵抗力、耐力都好些。pan說对不？

今天下午在姊夫那兒看电視，聽說了強力颱風又來了。

颱風一來，船又不走了，船若不走，信就泡了湯。這下子不知要等多久才有pan的信。這次的信中，也得知上回妳等我信等了好久，等的心涼涼是不？妳等的急，我比妳更急，真是每日望穿秋水。

颱風的前後，天氣都是不正常，要多注意。雖然妳收到此信也許天氣已晴，深信此刻我倆心是相通，我心有所思，妳心亦有所感。盼神明把我的思念載給妳。

今晚沒看書，很覺過意不去，東想西想，總而言之，想pan。所以我想念pan pan。妳相信嗎？我前一世也在想妳，直到今生此時才如願 Kiss you Good Night

Dick 緣 68.10.15

My Pan，

國防部發給每個人一份親職的小手冊。內容有趣，圖片可人。這幾張很能表達我內心含意的一部份。所以製成卡寄給親愛的pan pan。

在我的周圍的生活環境，有許多生命的情調在展現；在這孤寂的海島上，也有許多生活的幽默叫人不由樂乎！

前幾天真忙，天天在外面，每天一早便和小兵到工地，弄到晚上才回來。現在天又黑的快，六點就會暗了。好像晚上時間比較多，可以利用。人越大，越感Time之可貴。要多加運用，把握時光，對不？

卡片喜歡嗎？不寫了，以免過重。蹲蹲小可愛

68.11.02

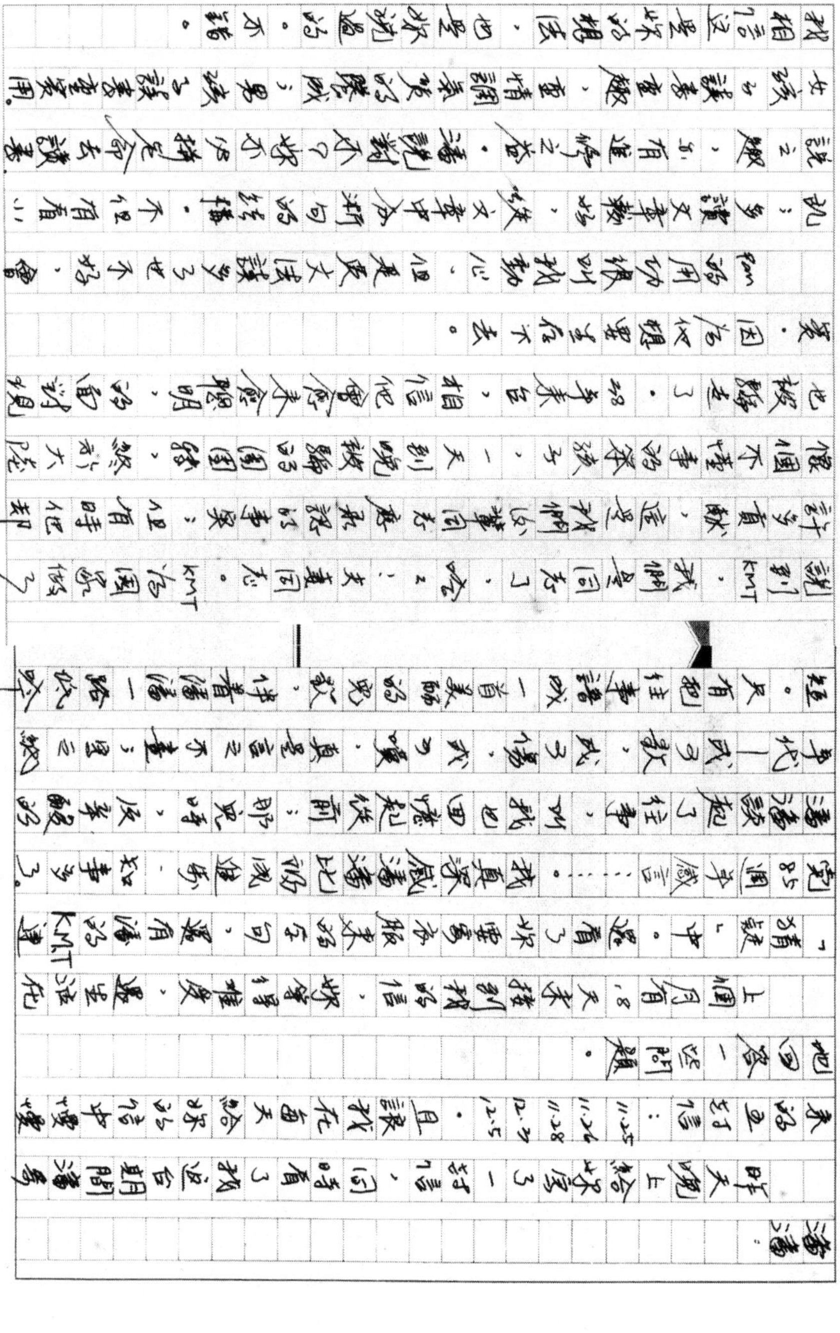

潘潘：

昨天晚上給妳寫了一封信，同時看了我返台期間潘寄來的五封信：11.25、11.26、11.28、12.2、12.5。且讓我在每天給妳的信中慢慢地回答一些問題。

上個月有18天未接到我的信，妳等得難受，還生活在「猜疑」中。還看了妳要寄衣服來的字句，還有潘的KMT建黨85週年感言……。我真深感潘潘比初成進步，知事多了。

潘潘談起了往事，叫我也回憶起從前：那兒時，反辛酸的年代—武了歡，武了傷，武了嘆。真是言之不盡，寫之紙短。只有把往事譜成一首美麗的兒歌，伴著潘潘一路吟唱。

說到KMT，我們是同志了，哈哈：夫妻同志。KMT為國家做了許多貢獻，這是我們必革同志應承認的事實；但有時他卻像個不懂事的孩子，一天到晚被騙的團團轉，終於大陸也被騙走了。38年來台，相信他會愈來愈聰明，的面對現實。因為他想要生存下去。

Pan的用功很叫我動心。但是英文法讀多了也不好，會亂；多讀文章較好，從文章中分析句的結構。不但有看小說之趣，亦有進修之益。潘說對不？妳不必拚命去讀書，女孩子讀書重趣，重情調氣質的陶成；男孩子讀書重實用。我相信這是妳的想法，也是妳說過的。不錯。

我直圓一位叔叔寄賀卡給我，付了一本新年日曆，我覺不錯；圖畫造詣高妙，聖經的話提綱叫人會想起一切的美善，原諒了自己看不入目的垃圾人。我很喜歡，寄給妳使用，讓它為Pan Pan服務吧！

沒有訂婚有「吊在半空感」，訂婚了，有安定、實際感。但對未來的責任卻在內心多了一份壓力感，未來的路是一條要心血和工夫、智慧、合作協力才能走出名堂的路。

相信妳和我及我們的同伴人會走的很好，但這也要與比較力艱辛才能走出一些成果。我們的上一代把我們在台灣養大，他們要的一無所有，僅有的是「我們」，讓洗的時

不？這是一句沉重而慎重的話。比起的妳我一我輩青年，當然應該做一些事以慰父母，而不該再滿手好閒的一無所有。至少應該努力盡心，奮鬥一翻，不論為父母，為自己都要努力。我希望我們是永遠知道上進的夫婦，而不該讓了婚便過一天算一天。讓人家雙手讚成我這樣做。

好了！20天的假，相信妳也很愉快，我以能常給自己的妻子快樂為樂。臨別的依依，會叫我一生難忘。女人須要愛情，男人何不呢？人的一生都在追求有形的物質糧食，也要去找尋無形的精神糧食。我們卻只找到二者的一部份而以，還有許多……我們會找到的。今天說此

想念妳，吻妳，[illegible]

富強牌　20×25=500

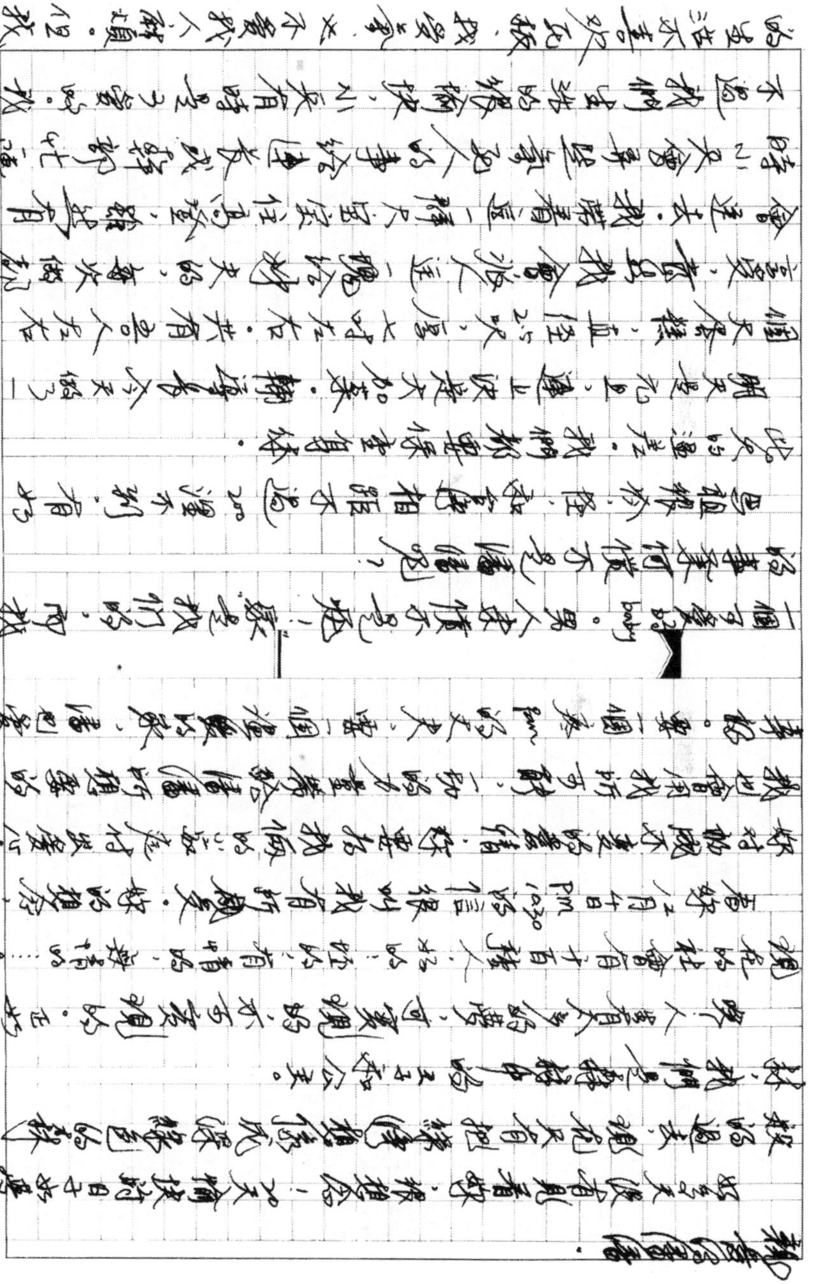

親愛的倩倩：

好多天沒有見着妳，很想念！20天愉快的日子如夢般的過去，現在只有把綿綿想念化成深綠色的森林，我們是森林中的王子和公主。

唉！人生有太多的夢，可實現的，不可實現的。正如現在的社會有千百種人，好的，壞的，有情的，無情的……。

看妳12月4日 pm 1030 的信很叫我有所感受。妳的想念，妳對我的不變的愛情，妳要為我倆的小家庭付出愛心，我也會用我所可能，一切的力量帶給倩倩所想要的幸福。要一個疼 pam 的丈夫，要一個溫暖的家，倩也愛一個可愛的 baby。男人未償不是呢！「家」是我們的，而我的事業何嘗不是倩倩呢？

馬祖很冷，怪，和台北相距不過 200 浬不到，有如此大的溫差。我們都要保重身體。

明天是元旦，連上決定大加菜。輔導長今天做了一個大蛋糕，直徑 2.5 呎，厚 7 吋左右。共有吾人左右享受，真是我會派人送一塊給妳吃的，每次做都會送去。我帶着這一群大寶寶住高登，雖然有時小兵會弄些氣死人的事給連長或幹部忙一陣；不過我們生活的很愉快，小兵有時是可愛的。我的生活不喜歡死板，我愛美、也不愛找人麻煩。但我

富強牌　20×25＝500

有嚴肅而嚇人的一面，否則如何帶動這三教九流。我們有時還會跟和婷夫捉迷藏呢？（以後應量少）元旦（陽曆）也休假，到王媽家了嗎？妳一定很愉快的。我們的照片計算好了沒？現在妳不在我身邊，卻非常想念那快樂的時光，只是訂婚的場面不敢領教。

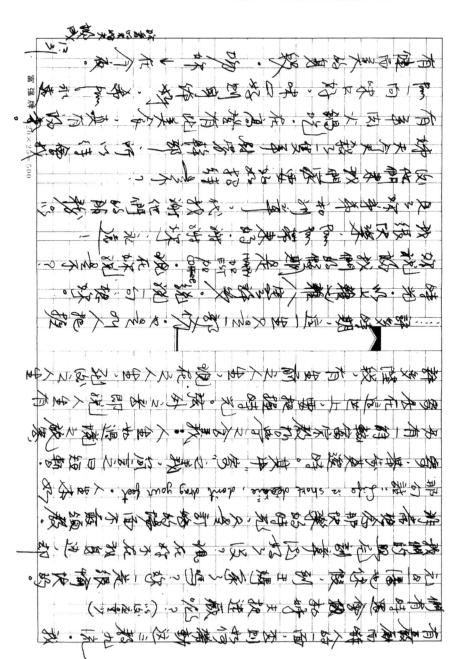

那句話：Life is short, desire, don't drag your feet。人生本如寄，舉步莫遲疑。其中"寄"之義，簡言之曰短暫。另有一解較富宗教哲學之含義：人生如過境之旅客，寄居在這世上，要把握時光。弦外之音即說人生有許多階段，有生前之人生，現在之人生，死後之人生許多時期，這一生只是一部份。也是叫人把握時光。以上雜七雜八寫許多。總說一句：想妳。

妳說我們的假期是HAPPY加EST加COFFEE。現在妳說是不？我很快樂，Pam Pam帶來的。謝謝妳，永遠！

見了妳弟弟和洲之弟，代我謝謝他們的陪我們。及他們來我們家要好好招待，是不？

婷夫今天殺了一隻羊犒勞辭部，所以待會我有羊肉火鍋吃。在高雄有此美食，真有口福。Pam一向味口好，味口好則身體好。希望Pam永遠有健而美的身段。吻妳↓在今夜。

妳的未婚夫 [illegible]
12.31

富强牌 20×25=500

潘潘我的小妻子：

這樣的稱呼，潘高興嗎？我一生都要如此叫妳。

此信潘若能在元月五日或六日接到已算飛速了！

12月26日下午潘一定等TEL等得很急，而且等的很生氣，是吧！且聽郎我道來：

26日下午到基隆已快3:30了，辦好手續4:00了。4:30以前要上船完畢，於是我開始打TEL給我的小妻子。打了將近15分鐘大約打了十多通，電話始終嘟……嘟……嘟……個不止息未打通，害得帶著辛酸的微笑告別雨都。現在，但願Pan Pan不生氣了。這回旅途真辛苦，再容我道來：

5:00開船，我也倒在床上嗚呼大睡（不睡會暈船），一覺醒來是第二天（27日）的上午九點。算一算共睡了16小時。再也睡不着，上甲板看海景，海天一色，一望無垠。還有許多海鷗在飛翔，在單調的畫面下平添許多生動；再過一小時到東引，下午3:30才登上南竿的沙土。這回船因在東引停留，所以將近開了24小時才到南竿。又在南竿等船等到5:30，再乘小船直落北竿，到了北竿已晚上八點，只覺人非常累，吃了一頓，睡了一覺。第二天（28）再趕漁船奔赴高登，已近日正當中。開始辦理公事，直到晚上。現在是28號的晚上10點，郎我已經平安地在桌前給潘寫信。但願

富強牌 20×25=500

潘潘要快收到的玫瑰「平安嫁書」、阿門！

談到這回休假的感言，可真是非寸言所可容也！總而言之，我內心感到很幸福，對一切都們少很有希望。能有Pam好比的賢內助，不論做何事，我都會充滿信心，充滿着幹勁。我只能說：妳是我一生不可缺少的助手。但願我倆全力以赴，奔向前程。

今天下午公餘之外，同時給妳丈做了"貴況動播簡報"他的高興和親切我不必多加描寫，潘若有空，要來信給妳丈道謝，我已先代為問安。

夜已深深，潘潘是不是在寫信給我呢？還是在上English。

兩者任一都叫我感高興又安慰，我永遠愛一個勤奮上進的女孩。由我觀妳——從初中畢業到現在，妳這塑的女孩在我心目中有很高地位。

我又回到高登，遠離了科學、文化、人和汽車；接近大海、礁石、稻和海息。我想從我深心中忘記一些塵世中的繁俗，冷靜一下自己做些該做的事。有三、四個月的時間我們要善加利用是吧！必竟人生中有多少個四個月？

今晚是我回來給潘寫第一封信，有些累，故不多寫，明日在寫。晚安，吻妳。

妳最親的未婚夫

敏成 上 68.12.28 23:00.

潘濤"

告訴妳一個消息，她大和陳銘銓已經回來。妳拿給劉端祥的信也已收了。

陳銘銓說他打了六次電話給妳，始終未能聯絡上潘濤，到最後一天接潘打去的電話，已來不及去拜訪妳了。

我並未交待劉去看妳，不知他怎的去了。

今天共收到妳的四封信（包含拿來的），在我的統計號碼上是38 39 40 41四個。

看看妳的信，內心深覺安慰。潘的生活是充實的，有計劃的，隱定的。至於妳說"呆板"，那不過是一時短暫的"過渡時期"，不須太掛心於此。重要的是我們必須偶爾找些"小點子"來破除刻板，建立生活情調的步子；妥了言，我們須從嚴肅中找些輕鬆，從呆板中找些情趣。再進一步能把社會美化（但內心不可忘記社會之黑暗面），當然這並非一蹴而成之事，是要多方面努力的。

福成看事自信能客觀，做人能客氣，對他人的評斷我說從多角度分析、理解；在上項所談之諸事中，我常下過相當大的功夫，也曾有過一份對生命的奮鬥，而始建立了我自認為很好的人生觀。但並未絕對的對，也許還有更好的修正。

富强牌 20×25=500

對社會的看法，相信我們都未「成型」，目前我們能有的概念是：社會之黑暗光明，正如日之白天晚上。「天下烏鴉一般黑」字義上並無錯，烏鴉若不黑就叫「烏鴉」了。嘿！儂儂妳說福成解釋对不？我們不能因一處之黑，便說都黑。也不能因某政党一事之錯，便否定其全部的功勞。福成是樂觀派的啦！故如此解析。

今天寄兩張卡片給儂，因為馬祖似乎找不到好的書卡。有的都是些引不起「美感和啟示」的紙片，前幾封寄給妳的書卡已經有兔張之多了。妳知道有些地方我喜歡重視生活情調，所以我便親自製作卡片寄給妳。希望能達到美感和啟示作用，如果達不到這水準，希望給儂儂一份親切感。等我找到好卡片再換好嗎？

製作這種卡片我是初試，是第一次。

船終於來了。等了〃天，這段時間除了給妳寫信以解相思之情外，把部份名字寫入新詩集中。這是高登的一些手稿訂成的，是自己感情的記錄片」。以後再給儂看。

妳寄來的題字真好，「你我的假期，愛到那就到那」一切照辦。我們也該走些地方。

快樂＋咖啡

妳親愛的
福成
68.11.22

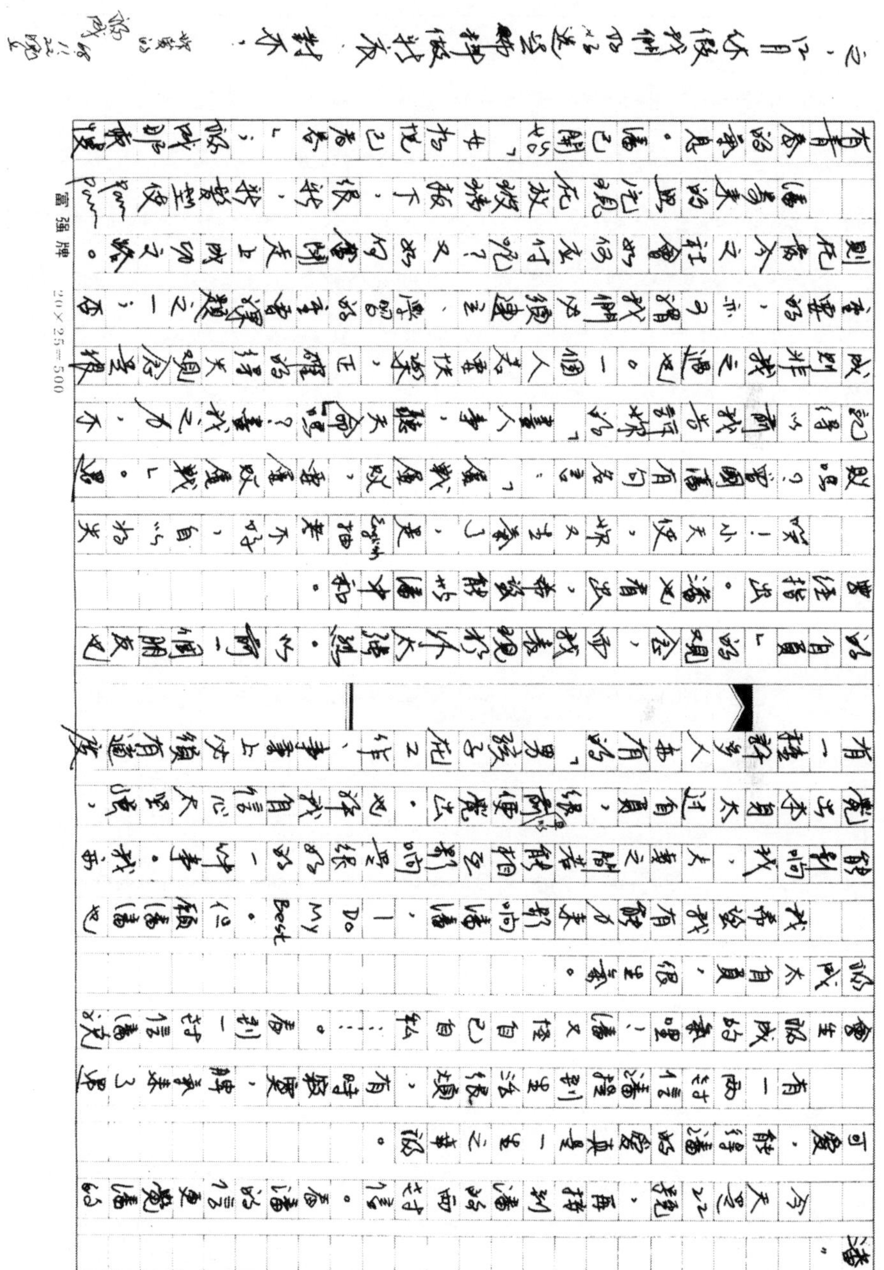

潘”

今天是22號，再接到潘的兩封信。看潘的信更覺潘的可愛，能得潘的愛真是一生之幸福。

有一兩封信潘提到生活很煩，有時寂寞，脾氣來了卑會生悶氣的氣哩！潘又怪自己自私……。看到一封信潘說妳太自負，很生氣。

我希望我有能力來影响潘潘，「Do My Best」。但願潘潘也能影响我，夫妻之間若能相互影响是很好的一件事。我亦覺出本身太过自負，很早以前便覺出。也許我自信心太堅強，有一種許多人都有的「男孩子在工作、事事上必須有適度的自負」的觀念，而我表現於外太強烈。以前一個朋友也曾經指出。潘也看出，希望能妙潘中和。

唉！小天使，妳又生氣了，是English抽考不好，自以為失敗嗎？曾國藩有句名言：「屢戰屢敗，要屢敗屢戰」。還記得以前我告訴妳的「盡人事，聽天命」嗎？盡我之力，不成則非我之過也。一個人若要快樂，正確的得失觀念是很重要的，亦可謂我們必須建立、學習的重要課題之一；否則在當今之社會如何應付呢？又如何會開走上成功之路。

潘寄來的照片現在放玻璃板下，很好，我要塑使Pam Pam有青春的氣息。潘已開始「女為悅己者容」；妳的那麼慢之，12月休假我們得好好選些布料做新衣，對不，

妳愛的

[illegible]

68.11.22晚上

富强牌 20×25＝500

潘潘喜愛。

很感謝潘潘對我文章的讚美，以前很想當一個「軍中作家」，用軍人作事業，用寫作來提昇生活的含義。現在沒了，是沒有勇氣插足藝林。

質言之，作家是最了解人生真諦，最懂的生活的一種「文化人」。現在被潘潘這一喜歡，真不知又會寫出什麼東西出來呢！希望有一天潘潘能批改學生的作文，也能批改我的作文。

已經有三天沒有打開書本了，一方面看妳信很高興，二方面係絡銓由台回來，談起了「台灣」—這久別的土地，很興奮。現在又是一個晚上，十點多了，各回各的寢室，靜下心來給潘潘寫信。正是11月27的晚上。

潘一直專心於一種比較枯乏的知識—英文，久了難免煩，我也會，是故必須偶爾插入課外讀物，以破解那種擺鐘似的生活。遠景出版社則寄贈本校語言中心的書給我，我我一本叫「米門」的寄給潘看，內容妳自己看，現在不說。是可品味的書，男女主角很感人。另外向星光出版社預約的三套柏楊歷史研究書將於寄來，心上放下一塊石頭。台灣出版界雖發達，但「出版界的職業道德」很差，未打歐美之上軌道。寄的書希潘喜歡。

花了好大的功夫抄下那篇文章，我看了感觸良深。鉤動我回憶起三年前一件「已破滅的夢」……：三年多以前，我有一本書希望能由台北那家出版社出版，結果和遠流、遠景、爾雅三家接談均未成功。之後我雖未停筆，卻一直未上出版社的門。如今成霧了。

年輕的我們都會有一些幻夢和理想，尤其瀟瀟說她成是理想主義者。我一直努力於將自己的幻夢拉回現實之一點，用理想導引實際。不論任何人，要成其偉業，達其理想，作家、藝術家、學者……都要歷經許多困苦磨煉。這是肯定的。瀟是很實際、理智的女孩，現實和理想應是很能調整；但願我們「牽手」合作，尊共同之理想於真實之境，而不要淪入永遠空妄的夢幻之境。但一個人如果在工作事業之餘，偶來走進「桃花園的夢幻中」，用以調合現實社會的生活，我以為這是很"高尚"的人生享受。可惜許多人做不到。

最近真是冷的要命，早晨都是5.6度的。我最怕把冬夜全都搬出來。瀟妳得注意。很想念瀟瀟，也很久沒有親吻瀟瀟，沒有緊抱著瀟瀟。但願今夜夢中有，也有一天我們要生活在真實之境中！就此打住。

愛妳的
暢成
68.11.27

潘：

天氣不好，身体要多加注意，尤其我們居住的海島，加上是亞熱帶，氣候真是變化無常。現在有感冒否？我們一般人都以為那不是病，其實這也是許多病之源呢！感冒也不好受。

晚上想起妳一人獨居那庭院，四週黑鴉鴉一片，我好多次信中想提，都想「此事，不宜提起，引人遐思為妙」。此刻內心不由自主的對妳提示。處當今之社會，防人之心不可有，晚上下課及獨居時要特別注意才好。但是我們不能對社會太過於悲觀，放眼展觀紐約、東京等地，其可怕，其亂過於台灣之任何一地。比上不足，比下有餘。總之，小心些！

最近妳弟妹們可有來信？看大姊妳說呢！他們知道妳有一個知心的男朋友，未來的丈夫，我想他們一定為姊姊鼓掌叫好。妳的高興便是我的欣慰，我希望我所給潘潘的，正是潘潘所須要的；我更祈禱著我所給潘的一種"愛"，是潘在任何地方所找不到的。

夫妻都須要一種特有的，有別於其他的愛。

對不？？

我也曾在書卡上說：要沒離沒變之時之事。
但回答我時是上面說：事過境遷是由於和我
共同的努力。
這樣的自信，我想不只是人文寺閒的情感或
深厚的所能建立的起來；二十多年間一直是我們
手牽手時，經歷了大學畢業後，工作、中年的我
還在言語××足夠的努力。
現在的我們，——我們是不談心靈自己，但我們
對自己、對事情、對人對物都有更成熟、更通
明的見解，否則豈不白過了數十年歲月。
喜歡我們的生命的週期和文字與生命的未來；
成長期也等個別真實又踏上進，又使我們的未來。
現在我們都老了，但我們也會有更相印的信念一
般平靜的享受，樂在心靈的生活。喜怒、哀樂的程度和形勢
中有些異點，不至於傷害自己。看了我們，我們有許多
未相同看法，但是可以能理解，相互諒解了。
最近又開始撰寫、寫作、看書、聽歌…，只有
任何關於我們生活的瑣事、趣事，全都以信表。
「說書對象」，好不好。bye-bye，親親老婆。

老公 穆成
68.11.12

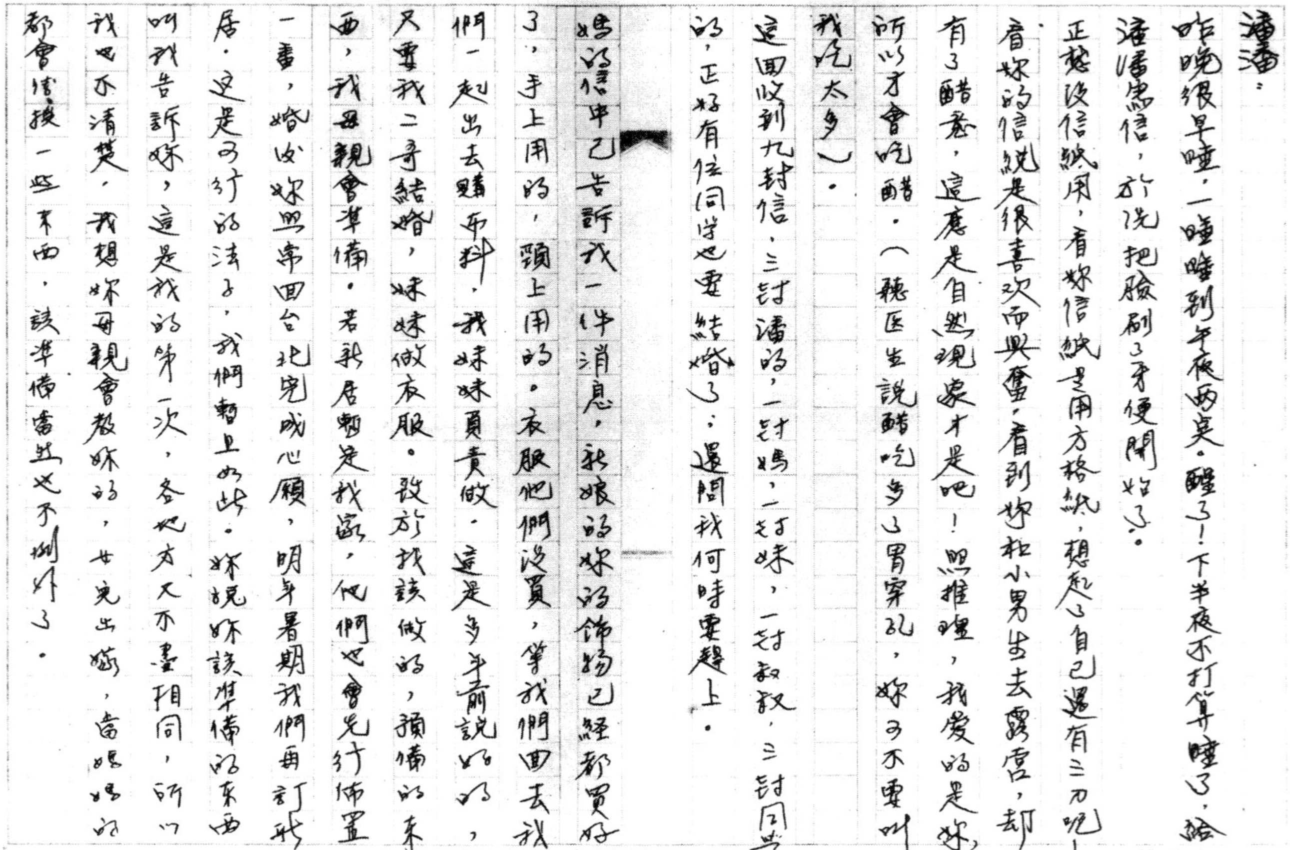

潘潘：

昨晚很早睡，一睡睡到半夜兩点。醒了！下半夜不打算睡了，給潘潘寫信，於洗把臉刷了牙便開始了。

正愁沒信紙用，看妳信紙是用方格紙，想起了自己還有三刀呢！

看妳的信就是很喜欢而興奮，看到妳和小男生去露營，却有了醋意，這應是自然現象才是吧！照推理，我愛的是妳，所以才會吃醋。（聽医生說醋吃多了胃穿孔，妳可不要叫我吃太多）。

這回收到九封信，三封潘的，一封媽，一封妹，一封叔叔，三封同学的，正好有位同学也要結婚了；還問我何時要趕上。

媽的信中已告訴我一件消息，我娘的妳的飾物已經都買好了，手上用的，頸上用的。衣服他們沒買，等我們回去我們一起出去購布料，我妹妹負責做。這是多年前說好的，又要我二哥結婚，妹妹做衣服。設於我該做的，預備的東西，我母親會準備。若新居暫是我家，他們也會先行佈置一番，婚後妳照常回台北完成心願，明年暑期我們再訂新居。這是可行的法子，我們暫且如此。妳說妳該準備的東西叫我告訴妳，這是我的第一次，各地方又不盡相同，所以我也不清楚。我想妳母親會教妳的，女兒出嫁，當媽媽的都會償接一些東西，該準備當然也不例外了。

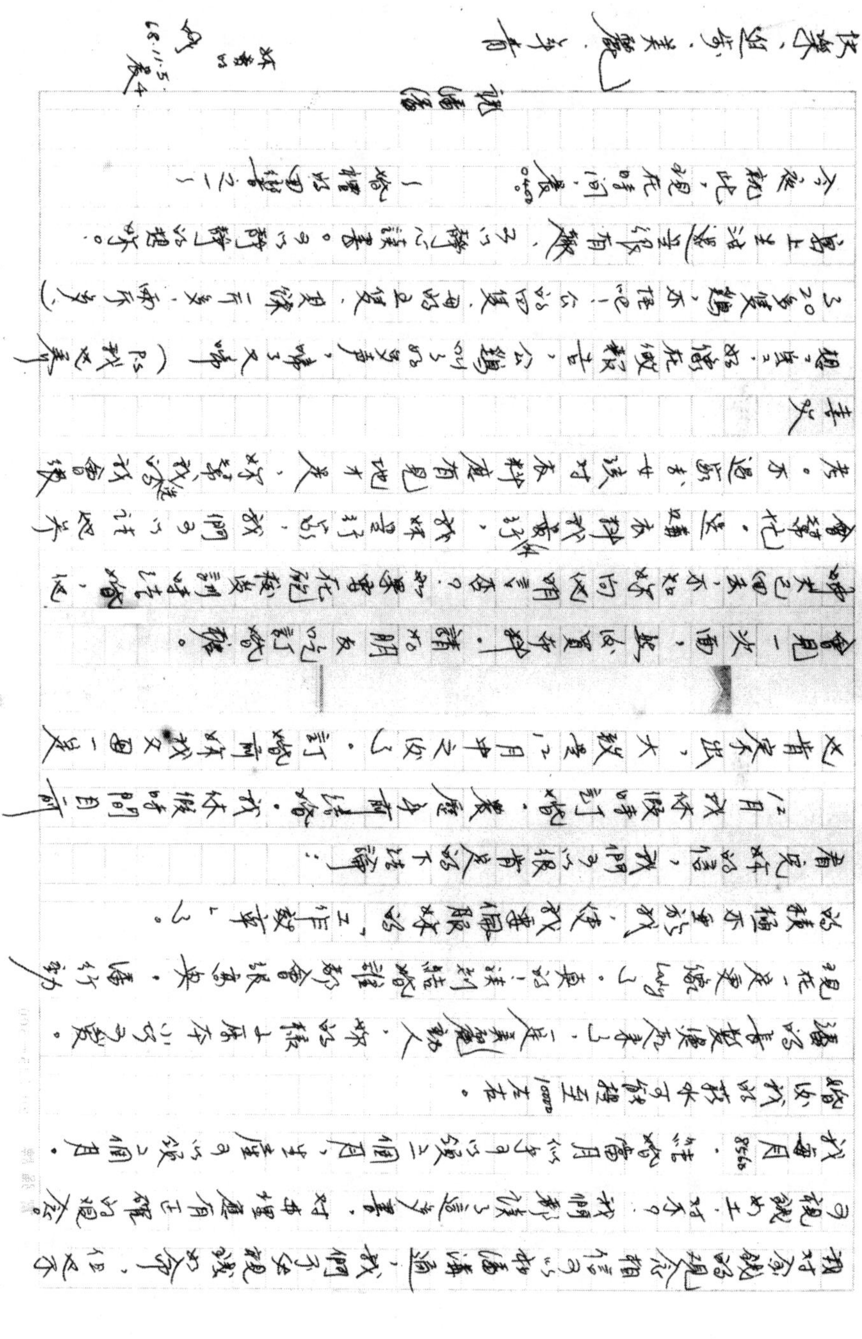

我對金錢的觀念相信可以和你溝通過，我們不要視錢如命，但也不可視錢如土，對不？我們都讀了這多書，對於理應有正確的觀念。我每月8560，結婚當月似乎可以領二個月，生產可以領二個月。婚後我的薪水可能提至10000左右。

潘的長髮燙起來了，一定美麗動人，妳的樣子原本小巧可愛，現在一定更像Lady了。真的！談到結婚誰都會很高興，潘行動的積極不亞於我，使我要佩服妳的「工作效率」了。

看完妳的信，我們可以很肯定的下結論：

12月我休假時訂婚，農曆年前結婚。我休假時間目前也肯定不出，大致是12月中之後了。訂婚前妳我父母一定會見一次面，然後買布料。請好朋友吃訂婚餅。

姊夫已回去，不知妳向他明言否？如果要在砲校受訓時結婚，他會幫忙。送禮衣料我要妳選好，我妹是行家，我們可以請她先看。不過家鄉女孩對衣料應有見地才是，妳幫我選的我會很喜歡。

想一想，好像在做報告，公雞叫了好多聲，啼了又啼（P.S. 我也養了20多隻雞，不怪吧！公的四隻，母的五隻，其餘一斤多、兩斤多）島上生活還是很有趣，可以靜心讀書，可以靜靜的想妳。

今夜就此，現在時間，晨0400。

～婚禮的回響之一～

祝

潘潘

快樂、進步、美麗、年青

妳愛的

68.11.5. 晨4.

潘潘。

一連數天海上風浪都很大，白天注視海浪翻湧，沒有一條船出現過。要是平時風平浪靜時，可見到馬祖百姓的漁船早出晚歸，靠海吃海很是辛苦。偶爾，夕陽黃昏、平鏡微波，小船點點加上遠近迷濛的大小島和礁石；還有海島在霞輝中雲遊，種種自然構成美麗的畫面。人生活在其中，一切的存在都成了良師友伴；假如一些厭世者，悲觀者，心有不平者，能多看看多想想，他也一樣可以體驗出一些窮理，改變自身，影響週圍，有益社會。

敵人的船隻也常逍遙佇望。

今天浪還是很大，到了晚上不但浪大風也大，溫度大約在13度左右。開始冷了，有濃濃的冬的氣息，也有些像電影上北國風寒怒號。

聽老前輩說我國北方冬天有零下20度，地理課本說地球上最冷在俄國近北極的雷克亞維克達零下70度。不知人們如何過活。

陳銓銓已回台十天了，臨行我告訴他，如果只有五天假只須TEL給潘妙妙請安便可（他只有15歲），如果十天以上就親自去問候，要深深轉達我的愛意；他說要請潘妙妙吃一客什麼之類的，現已十天以上，潘潘大概享過這口福

富强牌　20×25＝500

了。他是不錯的青年，許多大學生剛出校門當預官，真是有些「呆呆」的，他卻很成熟。原來他在校除了當學生之外還當會長，歷練過一些工作。真是「人要多磨練見識，事非經過不知難」。

冬天是吃火鍋、宵夜、點心的好時光。現在我們已開始吃起了火鍋，用酒精燒。晚上則自煮個點心，別看小島上一無所有，福利社有麵（乾麵），我幾乎每晚都要煮個兩三包。我最不愛吃飯，除非有煮的又香又熱又白又軟也許吃一些。在部隊裡，軍官桌人少，餐餐吃菜，一星期難得吃兩碗飯。我体重十多年不變57～58kg之間，這習慣好嗎？潘對營養略知一二，說說看，給我參考。

不知妳園裡的伙食好否？潘潘即工作又讀書，身体須要大量養份，可別把我們的潘潘身体弄瘦了（別太瘦）。

我的信都收了嗎？

外面風好大，門和窗閃的好響，裡面也很冷。上回我們在台北好熱鬧哟！這回我們再會面已是由夏到冬。時空都不止息在轉變，有句話叫：Life is short dearie, don't drag your feet. 這是美國佬的說法，我們應翻成，親愛的，人生本如寄，舉步莫遲時。

潘，慢慢會意吧！夜黑風高。祝妳好夢。

愛妳想妳的

敏成[illegible] 68.11.17

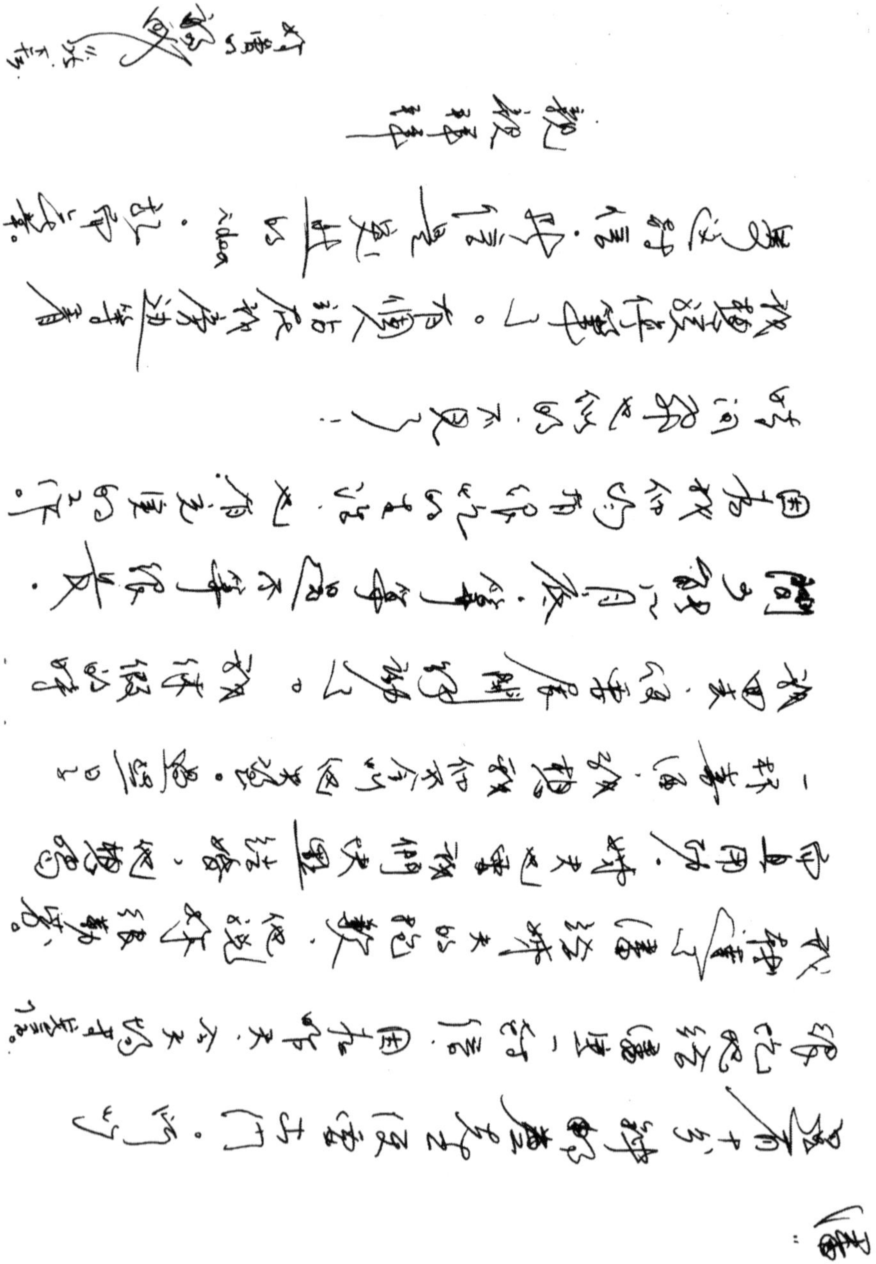

小鳳凰：

我這裡沒有新聞，有的是過期的消息。我又很喜歡看一些亂七八糟的資料，例如報紙雜誌等。我花很多時間看書，這樣不算壞，我一些正當書店不易買到的東西，例如我剪××，真如獲至寶一樣。在學生時代，也常經常跑舊書攤找好書。可是沒有money，把錢拿去當掉。曾經三更半夜去找子子拿錢。

我們不必為了什麼，而該為對方做什麼。
我們只因深愛對方，而想為對方做什麼。成 68.11.6.

贏取丈夫的愛情

妻子

錦陽

夫婦之間，沒有永遠的熱愛，儘管在戀愛和新婚時期，妳的美，可繫住他的心，但是美的魅力，只在這短暫的日子起了作用，卻沒有永恆的力量。

一個女人，想永遠繫住丈夫的心，需要做許多事情去留意，稍不用心去求，愛情可能走向低潮，他的心不一定永遠屬於妳的。怎樣才能贏得丈夫的心，下面提供妳幾項辦法：

一、妳要常常表示，給他很幸福、很滿意，這樣會使他對妳更好。假定他真的已令妳幸福，他會更進一步；假定他事實沒做到，他也會漸臻佳境而自動做到。

二、他發脾氣的時候，妳要笑臉對他，不論他發的脾氣有無理由，妳的笑容是最好的「消防隊」，可熄滅他的脾氣之火。

三、不要提及他從前失意、傷心的事。因為人的身世、身體、職業、社會關係等，或多或少會使他引起自卑。

四、不要指摘他的短處，對於他的短處，無關重要的不必介意，關係重大的婉轉勸告，更不要在別人面前提及。

五、他心情不好的時候，妳需要安定，不多說話，最好說些他喜歡聽的話，但不要太多。

六、對他有不滿的時，控制妳的脾氣，最為高明。如果妳發脾氣，反責他，也許他反駁，吵架，會傷害了感情。

七、在他的生活中，常關心他的小事。妳時時留意他的襪子是否穿了小洞，襯衫是否丟了鈕扣？雨傘是否有泥？鞋子是否擦亮等。送他出門，看天色，問他「帶不帶雨傘」，開門迎接，問「餓不餓」，吃飯時替他盛飯，大熱了，替他開風扇等等。妳在他眼裏，是一個十分可敬可愛的太太。

八、在他朋友面前，妳表示敬愛他，就算剛在家裏吵過架後，到了朋友面前，也表示敬愛他。這樣，他會感激妳、敬重妳。

九、妳要尊重他的親友，像自己的親友，特別是他的尊長、兄弟、姐妹。這樣使他有面子，他將覺得愉快。

十、妳不能因兒女而疏遠了他的愛，妳像新婚時候愛他，關心他。這樣，他覺得有了兒女，妳更可愛了。

十一、妳樂於理家，視家事為業，不辭辛勞，儘管忙碌，也不埋怨，他將覺得妳是個好妻子。

十二、在床笫間，不要只因妳不高興便拒絕了他行為，妳要為他著想，假定妳有正當的理由，那麼適當委婉地說吧！

回憶往事，有時好玩極了。今天偶然看到這則舊報，令我回味一番，故剪下寄給妳。

夫妻是一生一世的事情，只有永恆不變的愛，才能建立維繫一生一世的幸福；只有互助互諒、互信互愛的情愛才能有幸福的家庭。以我們28歲的人說這句話，實是斯處有人體貼：以最近寫的信，我很佩服自己小鳳凰的見解很有深度（花泣方面）。為我倆祝福。

美滿幸福

鵬成上 68.11.6.

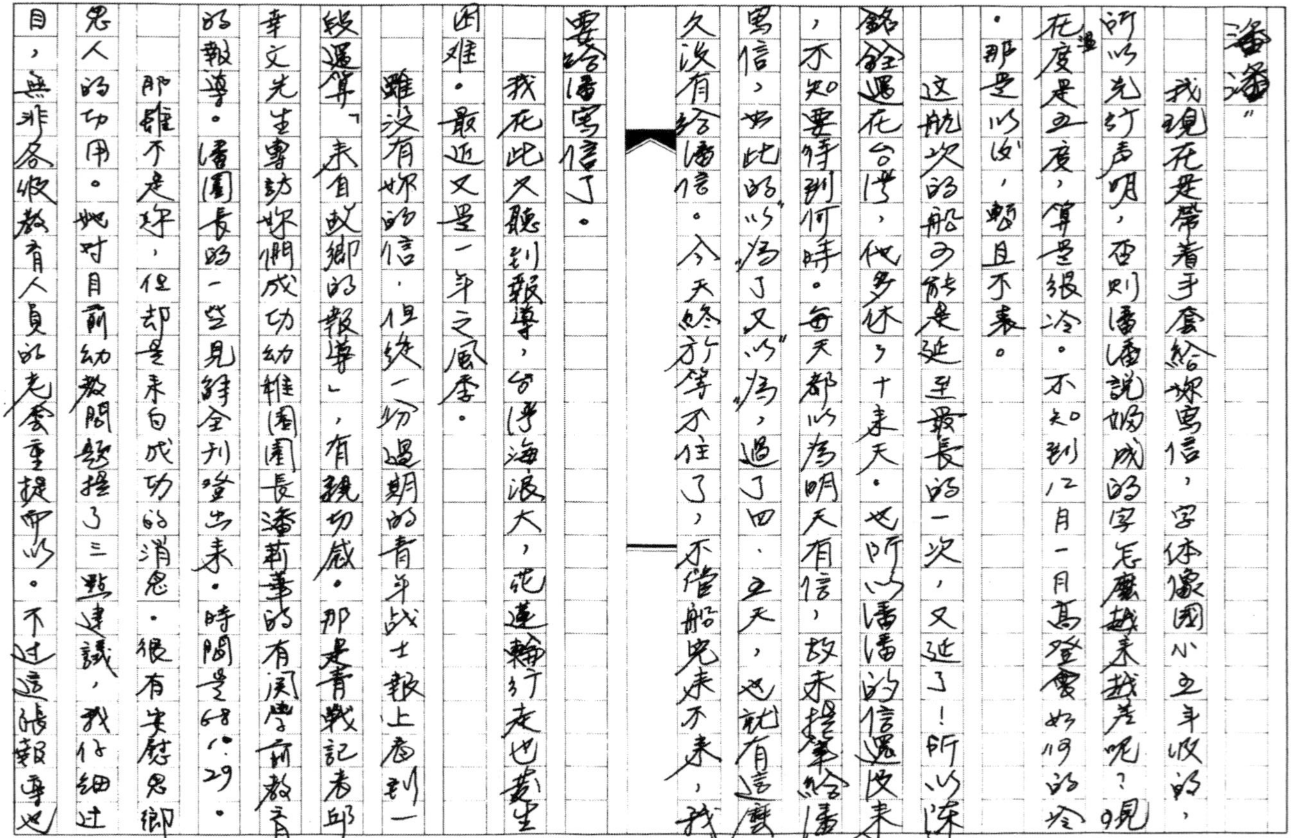
潘潘"
我現在是帶着手套給妳寫信，字体像國小五年級的，
所以先行声明，否則潘潘說媽媽的字怎麼越來越差呢？現
在溫度是五度，算是很冷。不知到12月1月高雄會如何的冷
。那是以後，暫且不表。
這航次的船可能是延至最長的一次，又延了！所以深
銘銓還在台灣，他多休了十來天。也所以潘潘的信還沒來
，不知要等到何時。每天都以為明天有信，故未提筆給潘
寫信，如此的"以為了又以為"，過了四、五天，也就有這麼
久沒有給潘信。今天終於等不住了，不管船兒來不來，我
要給潘寫信了。

我在此又聽到報導，台灣海浪大，花蓮輪行走也發生
困難。最近又是一年之風季。
雖沒有妳的信，但從一份過期的青年戰士報上看到一
段還算「來自故鄉的報導」，有親切感。那是青戰記者邱
幸文先生專訪妳們成功幼稚園園長潘莉華的有関學前教育
的報導。潘園長的一些見解全刊登出來。時間是68.1.29。
那雖不是好，但卻是來自成功的消息。很有安慰思鄉
思人的功用。她對目前幼教問題提了三點建議，我仔細过
目，無非各級教育人員的老套重提而以。不过這張報導也

保留在我的剪貼簿中。

我的剪貼簿凡是教育上的消息我都有，以後妳可以參考議着。

這船一延，所有休假人員全部後延，我也不例外。不知還要多少日，我等且由老天去決定好了。潘也說「人算不如天算」，目前就須天來算。

台北冷乎？潘每日忙着工作上課。要多注意寒冷。我的信（近十五天）的信，妳可能尚未收到。但願my Pan早早收君書。

妳大這回也賺到了。不知我們的婚事潘對他有無提起，他未休假時，說如果我在受訓期間結婚，他可以幫大忙。我們以後要想個好且妙的办法謝謝妳大和大妳，潘說对不？

太久沒有收到來自台灣的訊息，重感缺乏。所以現在暫停筆。

68.11.19.上午8點、妳愛的

勝成敬上

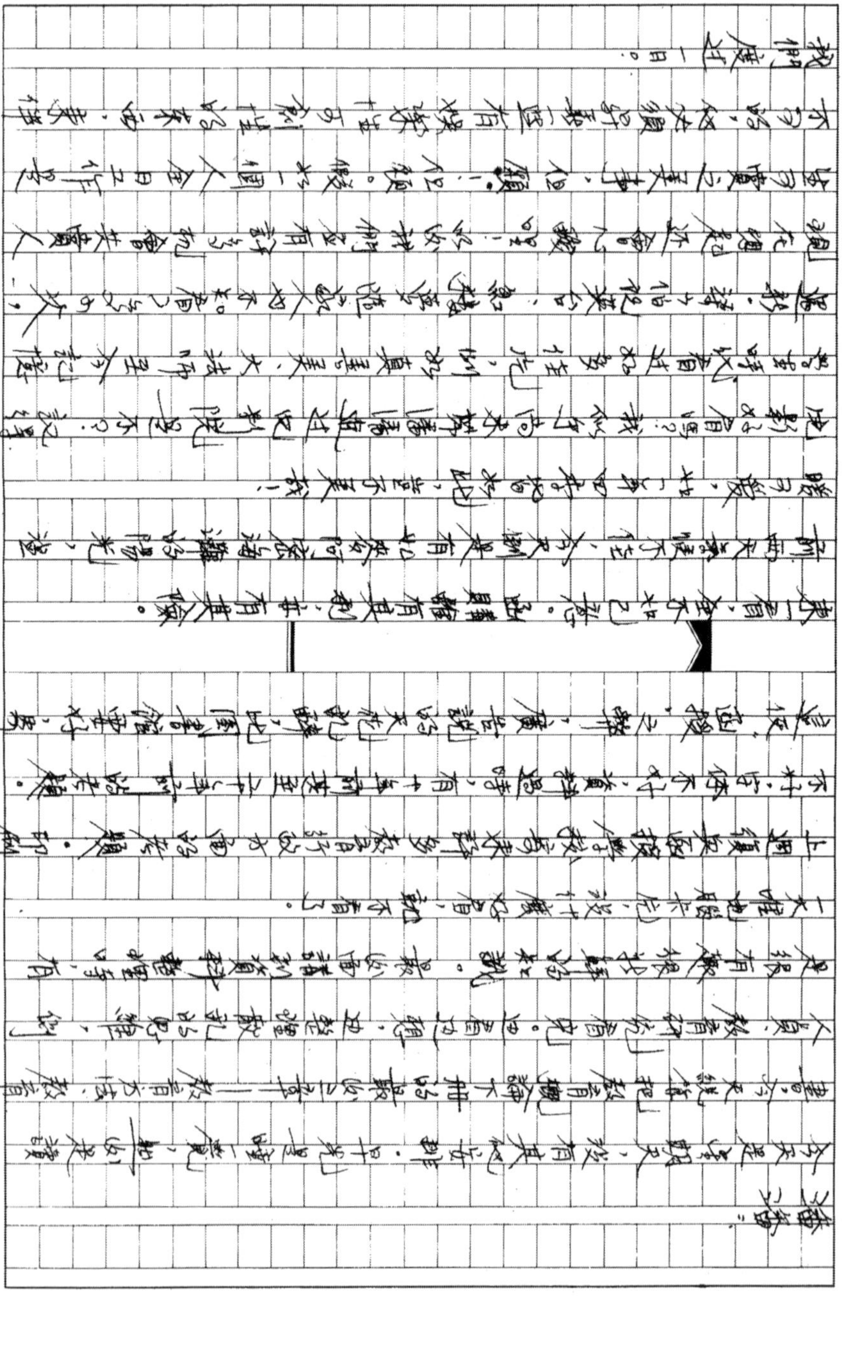

上支筆不好換了，Sorry。
現在一不讀書便想起了潘潘，尤其在一冊書讀完的間隔。
思及婚禮應如何進行，思及應買那些東西，思及更大
的問題……我不知道人生有多少事待我們去完成或處理，
明天又是休假（11月12日），前人藉此，後人享福。
潘的英文補習得如何了？一定不錯。這一個月內我大多
數時間用在教育，有時看進了，把表訂英文的時間也看
教育書籍了。兩項沒有平衡發展，以後應稍加改
進。我的日文獎學金就沒有看、讀、進修、使用，再
不看，要忘光了。日文便是一例，現在已連50音也想不起了！
最近幾封信都不像信，都不像寫給親愛的潘的信，倒
像是讀書心得報告，只差沒有項上題目，分章節而以。
給外人看了還以為我們是師生呢？對不對？就我們倆
而言，除了夫妻，再是師生，那是一件最佳的事情。我
們不應結了婚便埋頭在「七件事」上面，除了開門七件
事我們還有的做的事。我個人不喜把腦子空着不用，妳呢？
以前我休假常喜歡跑街，做些運動。
今日就此擱筆，安。
給妳蜜蜜甜甜的kiss.
妳愛的
11.11.

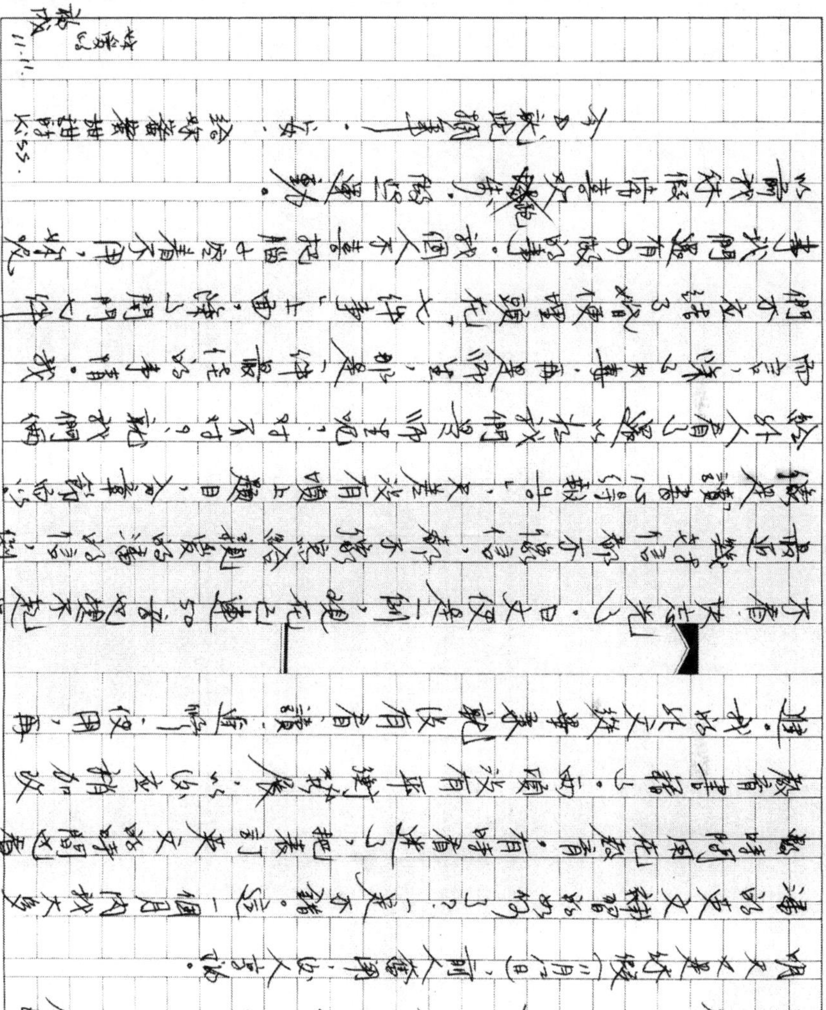

小鳳：

讓我提筆為妳寫第三封信吧！今天真的書畫了。現在是晚上，今夜天氣不甚好。常聽可愛的小鳳說「我並不怎麼漂亮。」其實一個女孩的美是從好幾個角度去看的，若想一個五官都合標準的女孩，都沒有女孩的氣質和品德，9/10的男孩還是不能欣賞她美在何處。漂亮是個心靈上的感覺。選美大會上的女孩除了身裁標準外，還要通過「風度氣質」的測驗，可見內、外的統和完美才得勝，而不論內與外都有100%的決定因素。

今晚也許沒有合宜的生活題目，才談到這個沒有"養份"的內容，潘一定說其男朋友真俗，我看沒話題。

若我斷定對了，妳大九號要回來了，盼妳去他帶來潘的好消息，例如潘對成很好，潘髮型要大小

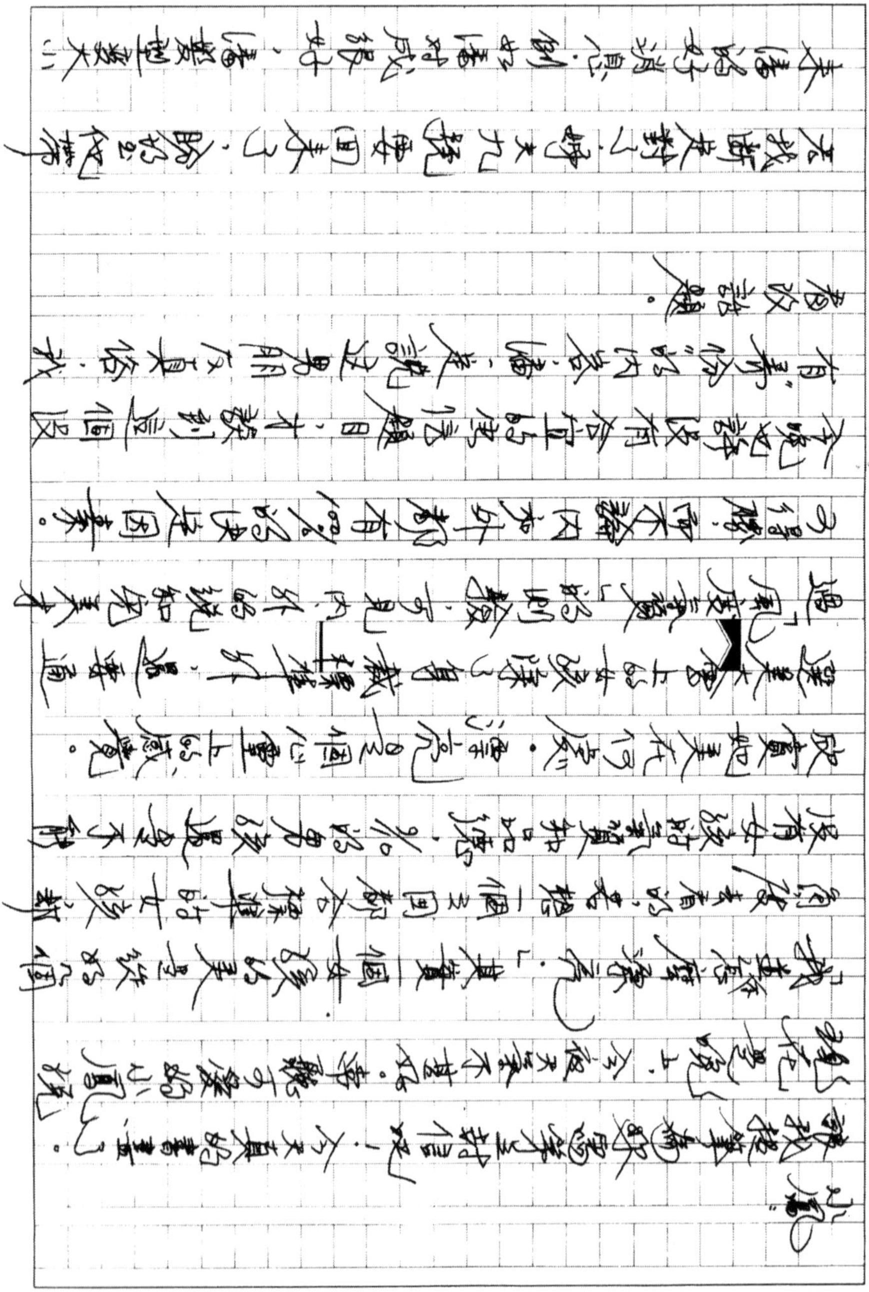

姐啦！濤讀書有特殊成就啦！妳大每句"好"，我都感安慰高興。

有好長的日子未play吉他了，有面目可憎之感；我想一個人對音樂、藝術的欣賞是人生很重要的課題，它可以說是人心靈上的「維他命ABCDE……」，這些日子除未曾play吉他外，沒有聽唱片，看音樂會，傾聽藝術家的祈禱，內心已有「乏味感」。

好險，我每天可以向濤寫之信，否則我都成了「古井水」。

每回我寫信，說是心在桌上，一面看天花板，一面想，想到了就下筆，沒有固定的思維，像一碗雜碎麵。

小鳳，這名很迷人，好聽；但不要和歷史使聯想就行。

再來有小鳳的信的日子該是11月10日或12日，第2，還有一星期左右。現在Time是8:30 P.M，收筆，讀書，到11點，做夢。親吻小鳳，晚安。

吮濤妹妹

萬事如意

妳愛的
楷成 上
68.11.5.

親愛的maria：

妳的聖名有点太过於神聖了，不过很好聽，很美麗。我自己受洗了十幾年，也未有过聖名，妳來想個主意好了。好多年前我一直想把「汎成」二字改掉，我覺好土好俗的名字。但來由於想到名字乃父母之手筆，不便亂改，就未動，不过我不喜欢这名字。給妳慢慢地思考，妳想個較好的，今妳叫的字。做為我們以後夫妻之間的称呼。就像我叫妳「潘潘」一樣，我覺得中英実用，又動聽。又合宜於妳，是不是？小鳳，親親。妳說對我上回信中一句話有些受不了：我上一世就在想妳。

那不過是一句加了Est的加強語氣，含意上有昇華的感覺。使一個句子更動人。而事實上，代表我對潘潘的愛之深，思之深，情之深。民主國家嘛！下回改成「我一百年前就在想妳」好嗎？maria．在「有神論」裡，是承認轉世之說的，潘潘受洗於天主，算來也是一個有神論者。怎能肯定或否定「我們上世是什麼關係」呢！說了一大堆，Pam心裡一定罵到"這人真煩"，亂找理由。見了面咱們再研究當中的哲學，如何？教育哲学讀过嗎？想妳們「台北人」才真有福氣呢！好电影先在台北首映，有音樂會演奏會，反正是好看、好聽、好玩的都在台北出現，令我真是不亦快哉！

寫信不必刻意訂下時間，心裡想着寫寫就行了。我自己沒有訂時間，但一天24小時裡隨時我都想寫信給儂儂。寫信是一种心潮。以前有一位議員看大學生kiss認為不雅，建議每所大學建一間「接吻室」，要kiss的學生可双双入內。殊不知這是一種藝術，刻意不得，全看心潮。儂儂說對不？

現在我很會想像，you選了頭髮，着了新衣，一定很漂亮。儂提議的衣服由对方來選真是太好了。確實，佛要金裝、人要衣裝。

兩週前向星光書報社預約三本書，都是柏楊先生的歷史研究工具書：中國人史綱520元。中國帝王皇后親王公主世系錄400元。中國歷史年表450。至今未收到，等得急死人。我姐常說我錢都拿去買書，不捨得做件好衣服。以前我花在書上的錢確實多过其他開支。我那裡有許多好書，以後妳可以做很有效的運用。教育上的書也有。有二、三本自己寫的，沒有打算公之於世，但儂儂看倒还可以。預約書有時危險，所以要看好出版社。不要被吃了，我就被吃過，真不甘心。今年0200～0400給妳寫了一封信，這封是上午九点鬼成的。今天來过一半，給妳寫了二封信，思潮真多。就此止了。

敬祝

maria

神也我們永遠同在

（婚禮回響之二）

妳愛的

梧成

68.11.5 A.M.9.

小鳳：

今日、昨日，天氣不好，小雨下個不止，不知台灣如何？有兩天沒有給小鳳修書。今天是星期天，本想好好寫信，結果看書入了迷，從上午八點，到此刻晚上十點半，中間除晚、中餐外，午睡亦無。真是從頭到尾的看，迷了！這一天，看了半本下冊的教育概論，但不知理解多少，妳不在，否則可以給我做個測驗。我討論一些實際問題，在紙上比較不好討論。教育概論下冊上面也有潘潘的筆跡，可見妳已研讀過；學有先後，術有專攻。若談教育，潘潘可以傳我道，授我業，解我惑乎？

今晚傳來一消息，原本12號以前可以收到潘的信，現在可能要延到16號。好久！又聽到颱風消息，11月正是風季，颱風必然多，多則船不來也；船不來則信也不來。我們這一段相互期待的回憶，深信直到我們兒女長大，我們倆深心亦不會忘記的。我們的愛是一生也難忘的事，不論我們身處異地，相距多遠，我們之間都是難忘的回憶。

姊夫和輔導長目前都已在台灣了，他們可以比原訂休假時間多休五天左右，相信他們至少都已和妳通過電話：妳好嗎？

我讀書時好像看電影，忘了自己，一頁頁地一直看下去。今天從275看到471頁，中間還查資料找參考，所以現在才想到：好累。把筆擱下，做夢也！祝潘晚安

妳愛的
[illegible]
68.11.9.

親愛的小可愛，

今天收到小潘潘11月18和20的兩封信，真是高興萬分。比得到全世界的財富和權力還要快樂。前一陣好久好久沒有接到小可愛的信，雖然明知是船期的問題，但心中總覺空虛也谷，很不踏實。現在不會了。

看潘18號的信，潘整理了我71封信，加上18號到今天27號的也許有80以上了。我告訴妳，連今天收到的，潘共寫了45封信，若加上已寄出而我未收到的也許有50以上。潘潘比我還忙，職業和讀書雙管齊下要有相當勇氣。所以小可愛只須「盡力而為」，不須強求自己一定要寫多少信。妳的我是男人，體力應較好。想當初學生時代夜車一開，一連一星期是常事。（真不好意思，好漢不提當年勇

最近幾天心情一直很不好，心也定不下來。雖然內心極力要求自己靜心，但效果不佳。乾脆睡個大覺，從昨晚7:30一覺到今午10點，睡了將近15個小時。起床後便收到潘潘的來信，心情稍佳。今天也同時收到我大妹來信，她說大家都在盼望我結婚，在我的家族裡我的結婚可能是最為「轟動」的一件大事。在大妹的信中同時也提到我母親生了病，高血壓達190度，也有糖尿病。這兩種病都是胖人易有的。難怪近一星期，我無論如何心情都定不下來。俗言

「母子連心」，真是最合生理和心理的至理名言。

潘，給妳寫信的此刻，我心情確實也不好；我不能也無法偽裝我內心的感受，所以就在筆尖下流露出了。這是我數十封信中惟一告訴潘潘內心不佳的一封信，惟該潘勿因而影响情緒，我哥哥會代我盡人子之責。

自從好久以前用稿紙寫信，現在卻習慣了。潘喜歡嗎？一直沒有什麼變心的方格，過一陣再買些好的信紙寫信給潘。

每次讀潘的信，都叫我領會出潘的深情蜜意、潘的關心体貼。做為一個男人，除了他的事業外，最大的光榮和幸福便是被自己的妻子愛着、關懷着、体貼着。我還記得上封信潘的一張卡片上的寄語：「能得到潘的愛真是我的福。」我深深感覺我們的愛是一生一世的，不論什何時間和空間，我們都會深深愛對方。

半年前我向時報文化出版公司預約兩本書，「劍俠李白」和「夏濟安日記」，一直未寄來，左等右等，有些火了，寫了一封信去「修理」該公司，結果不到半月即寄來。今天天氣特好，未如昨日之冷。知潘身体健康，生活充實很是高興。最近正書看不下，都在看柏楊所撰「中國人史綱」，柏楊這老先生真愛書。

吻安，快樂

愛你的愛妳
福成
68.11.27 晚11:

王鳳：

今天給妳寫了一封信，才寄出兩天，妳尚未收到的，因為沒有船回台灣。今天是妳的生日，我很想給妳修書。

事實上，我平時就很想把自己所思、所想、所感，全都告訴妳，向妳訴說後我便覺得快樂。

今天第一件事是祝妳生日快樂，並且把賀詞用第六感輸送給妳，用心的相通叫妳感受得到：

生日快樂　祝福妳——

一生幸福　祝福妳——

回信時告訴我妳是多麼快樂。好嗎？玉鳳。

這幾天常有雨，濛濛細雨下個不停。小雨常叫人萌生更多又的懷想。雨中散步則是另一種人生的洗歷。以前很愛在雨中漫步，還把自己想像成哲學家、文學家或詩人。現在很少有這機會、心情，也許是工作和職務吧！身為一個連長說不能沒事跑去淋雨，或帶一群小兵去上"雨中散步"
的課程，对不？但不可否認的，頑皮的玉鳳已經使我的
生活豐富而詩意。証实了妳上封信中的一句話。

「我會讓人很舒服」——玉鳳五月十三日語

我能感受得到，也能体會得出妳的用意。那是不必寫或
說出來的，我們讓它無言勝有言。

最近我在幫一个朋友翻譯一些東西。我對翻譯很興
趣，當然也是為了使自己程度更上一樓。所以我始終在
外文保持興趣。兩年前翻譯了一本美國恐怖小說作
家愛倫坡的書，經五次修訂，又要給我以前的老師校訂，
最後才寄給遠景出版社。結果我不說了。真叫人臉紅。
我一直非常不服氣，始終我買別人的書，何不叫人也來買
我的書，借來以願。今日就此，改日再寫，

生日快樂

歲次己未五月初三高登福成書

王鳳小姐：

當我得知可以給妳寫信時。真的情不自主地馬上就要起筆給妳來封信。我很感謝我的長官（趙）對我的照顧與關懷。爾對妳許可讓我來鴻。那是越出了感謝的範圍—興奮。

從我長官那裡。知妳是位非常可佩的女孩。妳的求學。妳的奮鬥。等等。人們對一株空谷幽蘭的敬愛是遠勝過富麗的玫瑰。第一次的筆交。孤島上的我只能把內心所流現的這一點告訴妳。但願妳很高興接到此信。由於船期的關係。當妳收到此信也許十天半月之後。也許更早。此後我除了迎風觀海。朝看日出。夕盼兵兵歸航之外。在這遙遠的島上我更盼望有妳的來音。做我知筆。使我認識妳的趙長官與我同住一島。他不但是好長也是好兄長。我有幸認識他。敬祝

學業進步　工作順利

陳福成 三月二十四

天鳳：
妳的信終於在盼望中收到了。我只感覺到是很久很久。這之間的期待是有些苦。
看見妳的信。我想我首先要說的便是"我"。
我出生在一個很平凡的家庭。我有一個哥哥。兩個妹妹。他們都已經成家。而且為人父母。
我五十七年初中畢業即走進陸軍大門。六十四年畢業。如今已服務軍旅二年多了。軍人是我的職業。也是事業。至少未來的五、六年依就是軍人生涯。

我很大膽的說一句。妳肯和我(軍人)認識。我有些驚訝。當然妳姊夫是不會把一個不是男人的男人介紹給妳(家)認識的。如今妳肯來認識一個軍人。已使我覺出「此非尋常之女子也」。這是我驚訝、佩服的地方。
我相信妳對軍人的印象很好。至少不壞吧！
妳的信是我今天下午三點收到的。急於回妳的信。所以思維有些不守秩序。妳可要原諒。
小時候一家人住一塊兒頂樂的。如今。我的兄妹們沒我本人。很少在父母身邊。這是我一直很[illegible]在

意的。他們給兒女的已全部付出。而。我輩回報的真
是太少了。這是上一代。這是以前。歷史。我們這一
代呢？、下一代呢？、對我們而言。每月一次，天倫之
樂、足也。但就老人家而言。夠嗎？、對不起，我竟
有了那麼多感嘆。讓妳信，使我情不自盡的說了
這些。

我想我們雖未見面。我對妳的形容應該很实在
才是。妳姊夫給我六個字：
這女孩，穩重。肯學。柔順。
所以我對妳的印象並非，唯美，而是实在。從妳
的字裡行間已証明了妳姊夫的六個字。而且我另有
發現。信嗎？、

我對國畫是初學。目前是從「四君子」着手。
我的琴。上有六條絃。到此處知何物吧！猜錯也有獎。
只要是藝術都是相通的。心境是串連的。我們各自
接受了不同的教育和環境。卻有相同的人生觀。真
叫人高興極了。
藝術本是整個人生生命生活的調味品。
到目前為止。我倒覺得妳的奮鬥學習精神比我強多了。
妳有面對社會的勇氣。妳能去自我磨練。這是許多女孩

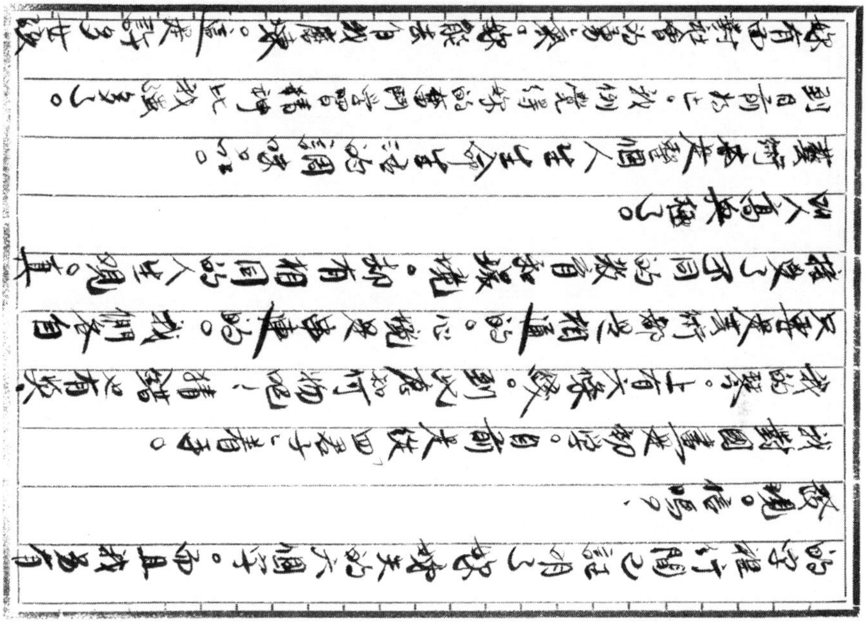

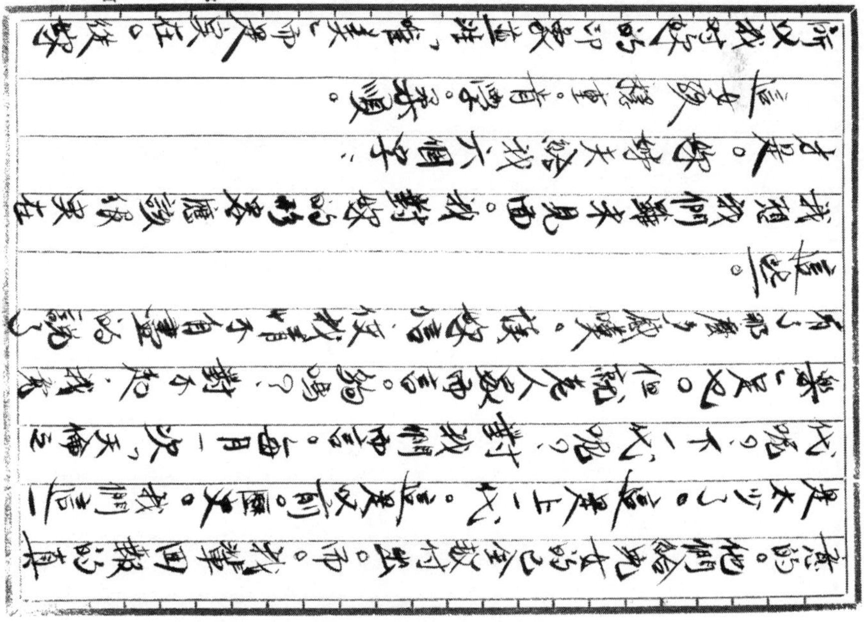

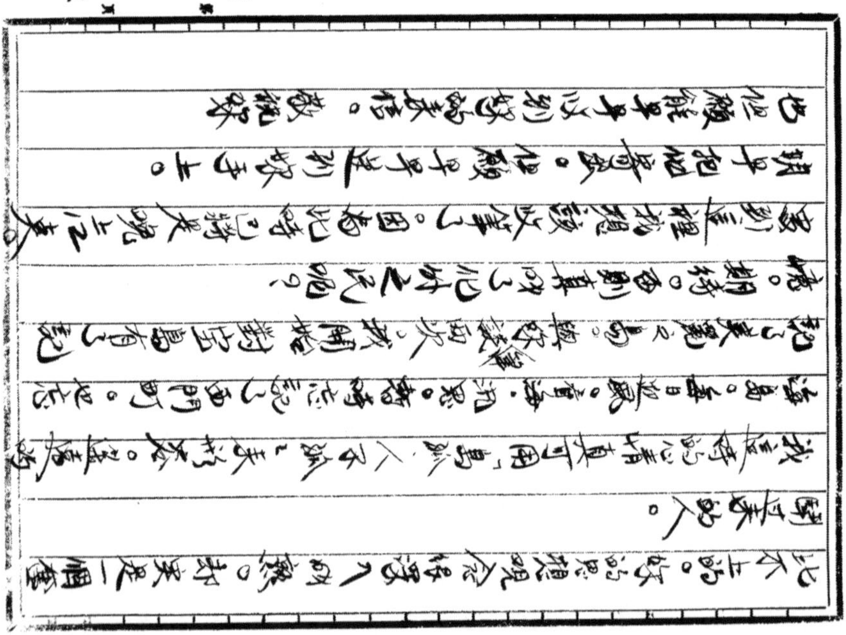
比不上的。妳的思想觀念很深入成熟。却实是一個奮
鬥过来的人。
我這時的心情真可用「島孤、人不孤」来形容。遙遠的
海島。每日迎風。看海。沉思。暫時忘記了西門町。也忘
記了美麗之島。與妳筆談兩次、我開始對宝島有了記
憶。期待。否則真成了化外之民呢?、
寫到這裡我想該收筆了。因為此時已將是晚上12点
明早把他寄出。但願早早送到妳手上。
也但願能早早收到妳的來信。　敬祝妳

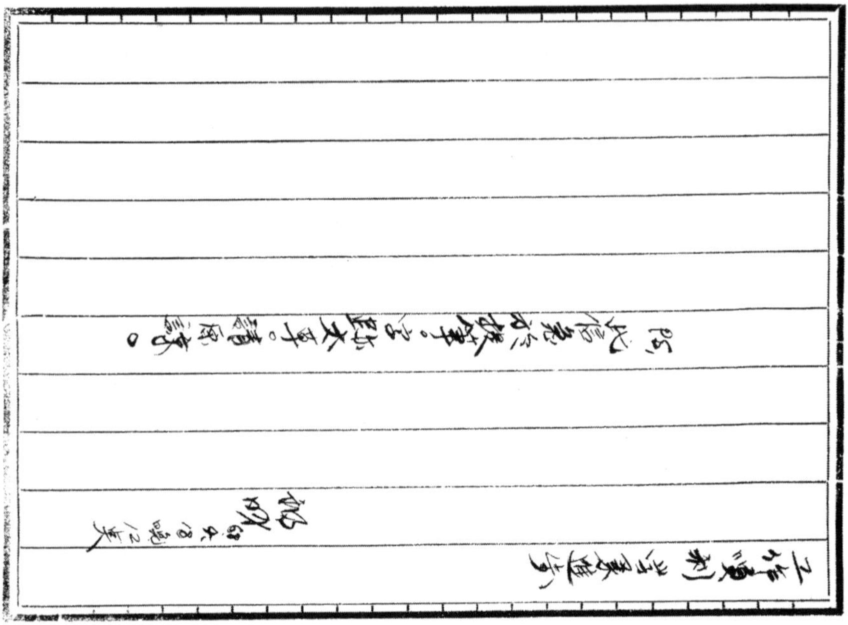
工作順利　学業進步
朗明 68.9.18 晚12点
附：此信急於投筆。字跡太草。請原諒。

潘潘：

每當有船要來，就叫人盡不住地由衷心開始高興。明天將有公務船要來了，這是期待了好多天才有的消息。但不知那大船上載有多少上書着：「陳福成先生收」的信。如果快的話，也許潘潘更把書寄來了。那會使我生活更加有意義更充實的。因為人生中的小目標又達到起來，既達到，就要全力以追，否則便追不到，也失去了達到那目標的含意。多少年來，在自己內心達到過多少小目標，也

國 軍

有些中型目標，當然身為軍人，尤其男人，總會有很理想的大目標。然而，理想和現實必竟有距離，失落了多少，達到了多少？平凡的人們，總會計較，高興、煩惱。

就我來說吧！潘潘，妳不可笑，要仔細看，我可是說得很深入的。我的許多作為，奮鬥的過程，如果用妳「突破」來解釋並沒錯，突破只是我人生的過程之一而已。但並非全部，更不能說突破是我的人生目的。

身為一個男人，沒有那個敢說他不要一切

「將相名利」。我以為將相名利是人生的過程
和手段，但非人生之本質。以我的觀念，人生
還有比將相名利更重要更可愛的事物要追
求。這就是潘所認識的我，是潘將要實
以終生一身的[illegible]，潘同意這個"我"嗎？潘
以為有修正之處嗎？
近讀劉述先（現任南伊大哲學系副教授）的一篇
論文："理想與現實"。有一段給我一些鼓勵，
我讀了數次，如下：
※由於人不全知，所以人要吸取經驗，投射

理想。理想有時不能切合現實要求的情境，
所以吾人必須隨時修改自己的理想，使其富有彈性，
方才有在現實中實現的可能。又由於人不全
能，有時既使有正確的理想，也由於現實的
種種阻礙，而無法實現。在這種情況下，則
人不應該悲觀絕望，或看隨波逐流，而應
該貞固自己的理想，與不利的環境奮鬥，不
應該與現實輕易就妥協，這才能發揮「理
想改造現實」的功能※。
我想咱們同時在追求一種"很重要"的東西，我

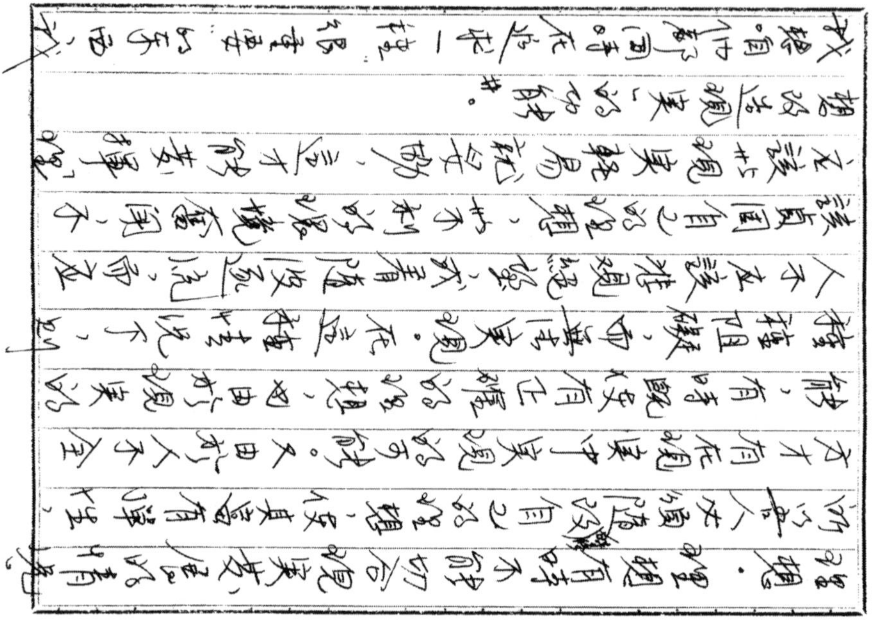

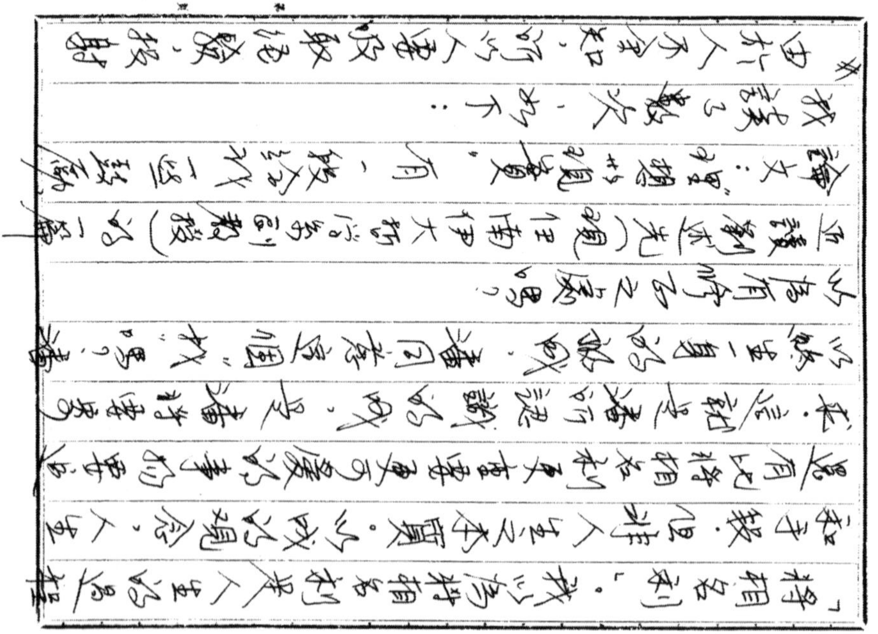

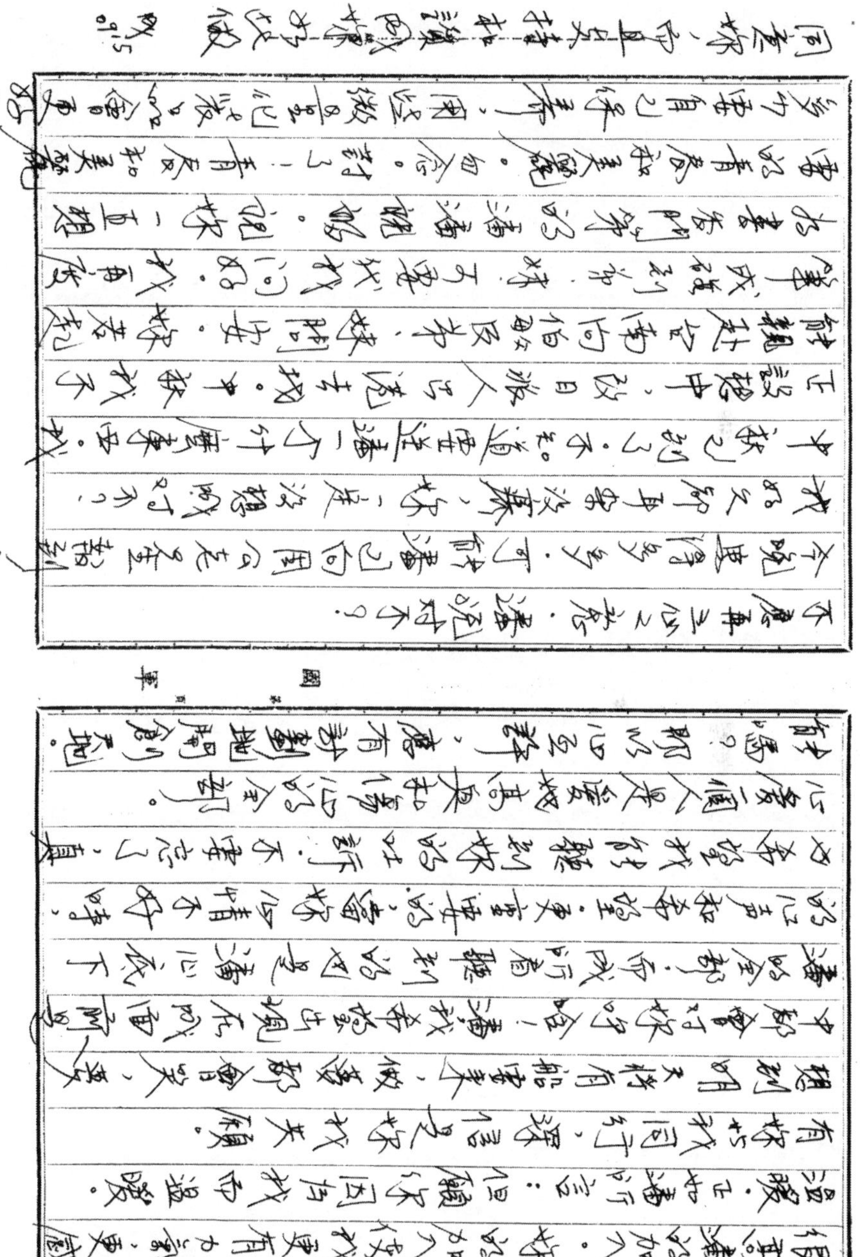

很高興潘的加入。妳的加入使我更有力氣，更感
溫暖。正如潘所言：但願你因為我而溫暖。
有妳於我同行，深信是妳我共願。
想到明天將有船要來，做夢都會笑，夢
中都會對妳呼喚！潘，我希望出現在我面前是
潘的全部，而我所看聽到的也是潘心底下
的心聲和希望。更重要的，當妳心情不好時，
也希望我能聽到妳的吐訴。不要忘了，真
心愛一個人是愛她高興和傷心的全部。
能嗎？那以心互許，應有計劃地開創天地。

國　軍

不應再三心二意。潘，說對不？
今晚思緒多多。可能潘已向周公老先生報到。
我好久都再來沒寫，妳一定沒想吧，對不？
中秋已到了。不知道要送潘一個什麼東西。我
正設想中，改日派人出港去找。中秋我不
能親赴台南向伯父母及弟、妹問安。妳若起
筆來，或碰到弟、妹，可要代我問好。我再度
為妻家門第的潘潘說好。祝妳一直想
要的青春和美麗。勿念。對了！青春和美麗
多少要自己保養，用些微量化妝品會更好。

同意妳，而且支持和讚賞妳如此做
明　0915

親愛的清清：

最近几個晚上看書較晚，好像心裡比較實在些。一方面覺得有一些我的工作在開始進行，就不會一大早想睡覺了。讀了書和沒讀心理也不太一樣。沒讀時，心裡總不对勁，好像欠了人什麼東西似的。讀了就感到对得起自己，似乎這一天沒沒有白活。內心有了安慰，已經有很久很久沒有這種現象了。幾天以前姊夫收到妳的信，他拿給我看，妳已对姊夫表白了態度和決定。他問過我，我倒是含蓄了些。

不过再一陣子我想必須向他表白我們的決定，因為姊夫很關心我們婚事。但願我們能年前完婚。

中秋已过。島上傳說是昨日的月和夜，只是夜風來時更涼了，妳要注意身体。免得感冒。須知「身体健康乃成為人生幸福及事業成就必具之條件」

上冊〈教育概論〉P.189

這段時間把妳寄來的書，大致翻一次。教育概論上下及教育行政妳都已讀過。其中真的有許多可貴的智識。見白言考試，讀起來雖累，不過叫人有充實感和快感。教育心理學較難，它比較屬於專門性，看時要耐心細心才能吸收。這本妳似乎未讀過，上面沒有讀的筆跡。上回講說自己年紀大，其實我並不以為自己或妳的年紀有多大。它只是一個生長過程的指標而以，即是代表着人生的歷練和成熟。一個人的青春與否不可用age去衡量之。即是心理、思想、人生觀、身体的綜合。請說是不是？好晚了！12點。妳一定開始做夢了，明天即是双十國慶，休假。好美的名詞，不過島上的我惟一是「看書、聽錄音帶」與大睡一覺。雖然上午有個小週會。妳大主持的，很莊重的。今晚看書看的好久，這信是日在"下課"之後，睡覺之前趕筆的，妳不怪字太亂吧！晚安。

妳愛的
明止
68.10.9.
2400

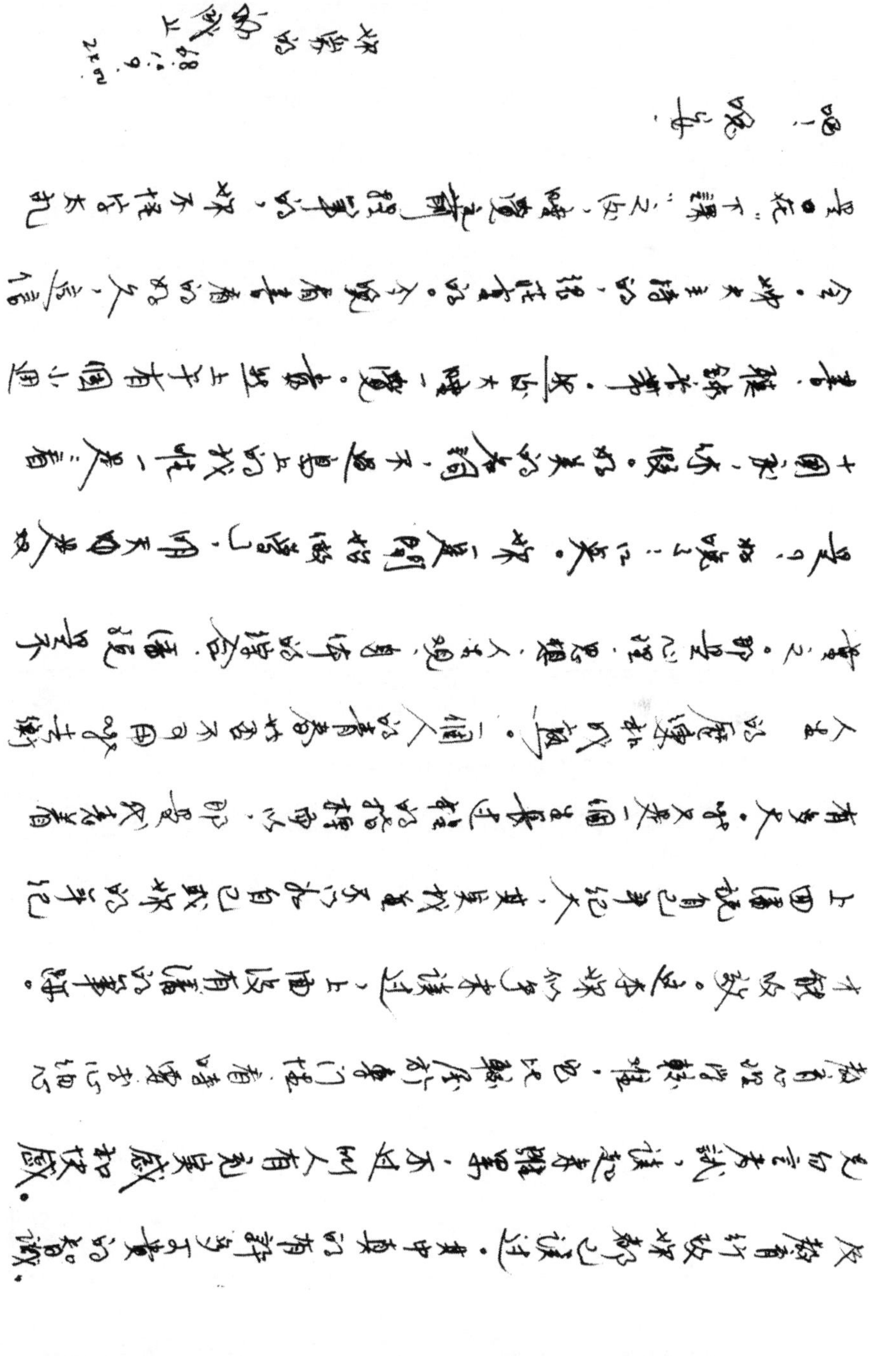

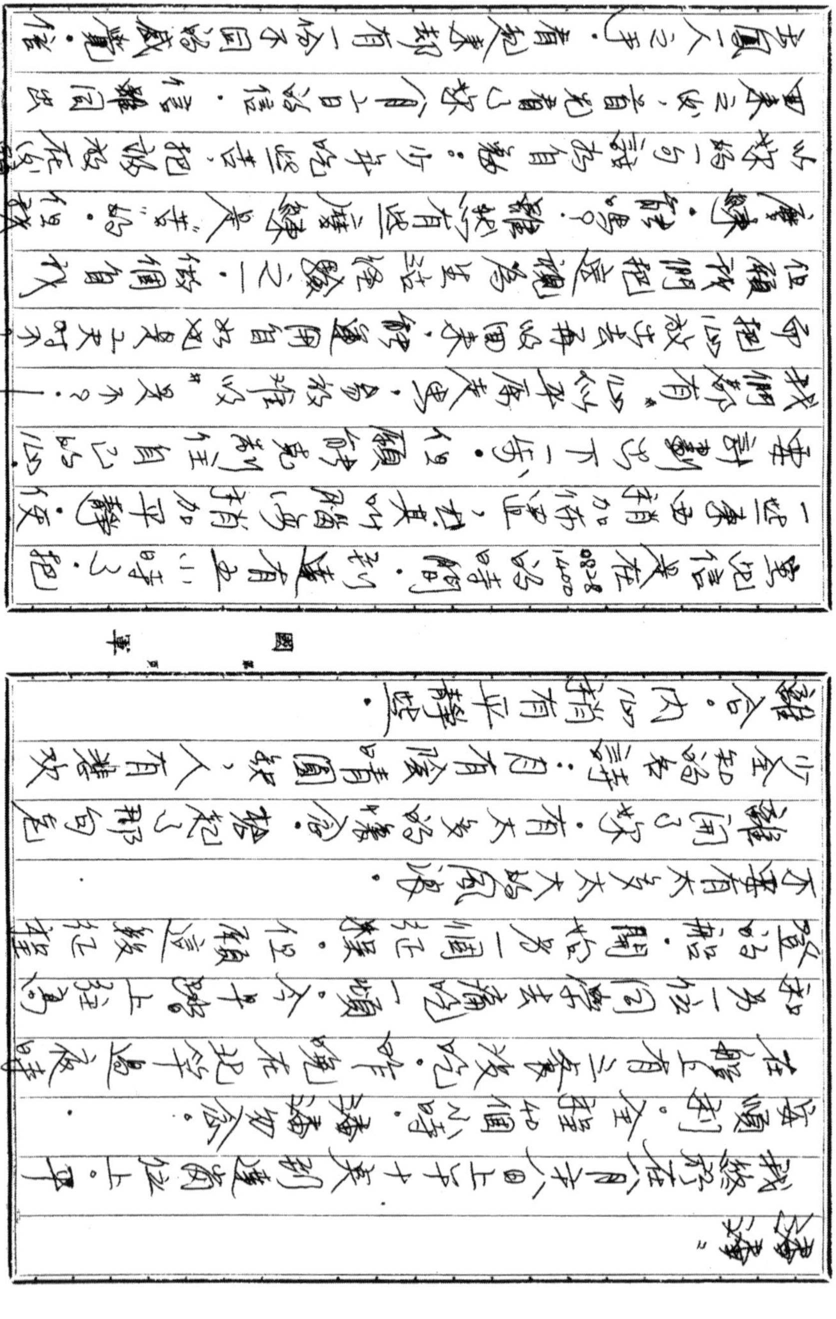

潘潘：

我終於在八月廿八日上午十一點到達崗位上。平安順利。全程40個小時。潘潘勿念。

在船上有三餐沒吃。昨晚在北竿過夜時和另一位同學去痛吃一頓。今早踏上往高登的船。開始另一個征程。但願這段征程不要有太多太大的風浪。

離開了妳。有太多的懷念。想起了那句定少全知的名詩：月有陰晴圓缺，人有悲歡離合。內心稍有平靜些。

國　軍

寫此信是在0828 1400的時間。到達有五小時了。把一些東西稍加佈置，尤其以腦海稍加平靜。使要計劃出下一步。但願能克制住自己的心。我們都有"心似平原走馬，易放難收"是不？。而把心放出去再收回來，能運用自如是工夫對不？。但願我們把這視為生活經驗之一。做個自我磨練。能嗎？。雖然有些"磨練"是"苦"的。但我以妳的一句話為自勉：少年吃些苦，把福放在後頭。

回來之後，首先看了妳八月廿日的信。信雖同出一人之手。看起來卻有一份不同的感覺。信加親切。尤其五張小卡片，很吸引人，吸引住我的心。尤其玉鳳的提詞，給我很大的鼓勵。但願如潘潘所言，握住擁有的現在，是我們所願的。

現在我正着手找資料，打算明年參加考試。如此一來，我每日的時間必須重新分配。我想習畫練字的時間必須減至最低限度，因為我的並不想做為一畫家或書法家。妳也不希望我在那方面費太多時間，對不？等我把詳細資料找到再告訴妳。

這是回來的第一封信。我們來見面時已有很好的印象。經過這回的相知，使我們更能用"愛心"去待

國軍

对方是不？就我而言，妳是很能以人用一生時光去愛的女孩。到此時我尚未見到妳姊夫，他去開會。他會很關心我們的事。我會給他很適切的回答，這妳可放心。相信我嗎？沒問題的。寫這封信時我和以往同樣自然。想到那裡，寫到那裡，但願我們永遠是這樣自然，本來生活就是要自然。潘潘說得对嗎？明天再寫。

祝妳

快樂

我

68.8.28.

1500

玉鳳：

當我把妳的信看到第三回。提筆的衝動已不可壓制。
我只能告訴妳。手上的筆已無法寫出我內心的高興。
妳的可愛。樸實的本質。正跳躍在字上。
第二天。妳大姊夫得知妳的來信。他也很高興。在我屋
裡坐了好久。而。我內心的安慰。已不可形容。
由妳信中。我稍知妳的生活。學業。及工作。甚至具
有高尚情操的消遣。無不叫我讚美。
我已能描繪出此時我心中的景像：
一個在花花世界中。卻不迷失自己的女孩
還要面對現實使自己進步
工作之外尚要學琴
更要在北師進修……。
熱愛自然的女孩。
她。就是 潘玉鳳 。對不對？

沒想到台灣目前還在下着和香港同樣的梅雨。

真的。這陣雖是每天濛濛細雨。不但下得叫人煩。也下的沒有情調。不過我自認是很能計劃時間的人。身為一個單位之長的我。公事總要多些。除此。閒時讀書。練書法。學畫。練琴。生命的情調很有自然美感。杜威名言：生活就是經驗。盡管許多人在不同地方從事不同工作。只要他好好生活。那便是最佳經驗。那就是生命情調的泉源。妳我都是。所以。相信我們有共同觀點。。

我們都對生活很豐富。

我們都對這生命都很熱愛。有同感嗎？

又是。我練的此琴非妳練的彼琴。但我們的心情一樣。是不是？此信一出也不知何日何時才收到回信。全看船期了。不管多久。我願去等待。　敬祝

學業進步　工作順利　春假愉快

福成 敬上 四月六日

玉鳳：

聽到妳有位讀台大的弟弟，我都為妳感到光榮，台大執國內學術界的牛耳。就是國外名氣也有。府上必是一片濃濃的書香味。後天環境加上妳先天的本質。當然薰陶出來的必是一個溫柔可愛又體貼的玉鳳。所以「妳會讓人很舒服之感。」這是經過妳自己長久的生活歷練。而得來的成果。

知妳七月廿一、廿二有考試。我先祝妳順利成功。不過當記孔老先生一句話：盡人事、聽天命。同意如此看法嗎？

我也盡可能把休假移到妳考試之後。我的假有十天。我們的見面相信是叫人期待、高興而難忘的日子。

關於血型。我很外行。所知不過一些些。換言之，我不太信任。所可信者。是大略的個性。誠如妳所言。會因教育而改變的。試想世界人口四十億。而血型種類不過三、四種。用ABC來判斷一個人。真荒天下之大唐也。

我住的島不但孤而且荒。所以我也教育我的一些小兵。「物質生活不能提高時，要提高精神生活。」聞華他們

P.3

看書、寫字、彈吉他等。從其中發現生活情趣。我不知道當初
為何學吉他。也只是喜歡。有時它卻是孤島生活的良伴。有的
老前輩認為吉他不倫不類、不正統。我有些口？
謝々妳把詞曲都寫下來。歌、不論中國、西洋我都喜歡。甚至
愛。歌声美化生活。"康乃馨"不但要獻給母親，而且要請我心
中的妹々、音樂大使—妳聽々。
那本小書早已寄出，不知為何未收到。也許郵誤。但願上帝幫
忙、送到妳手上。妳寄來的HAPPY將永存我心中。
寄一張照片給妳。那是我四年前，也就是官校三年級照的。畢
業後也有照。都在家裡。我自覺我本人無太多差別。同学
說我不老。我想我樂天知命的人生觀有関。願妳珍愛。
更願早早收到妳的。
同把妳的生日禮物寄上。希望妳喜歡。一封信用兩個時辰寫完。
裝成兩封。勿見怪。

祝妳 愉快

誠成 五月十八晚上

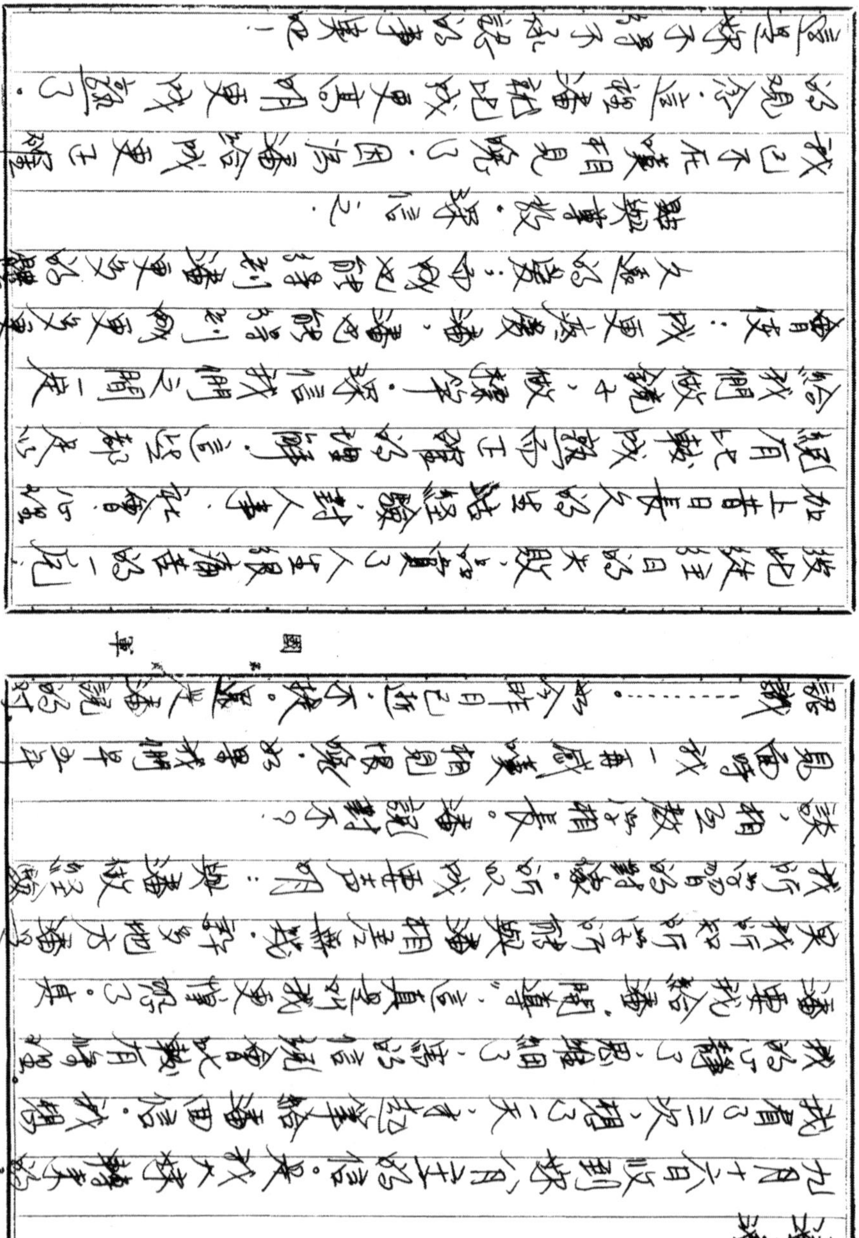
潘潘
九月十六日收到妳八月[illegible]的信。是我大妹轉來的。
我看了三次，想了一天，才提筆給潘回信。我想
我的心靜了，思維細了，寫的信就會比較有條理。
潘要我給潘"開導"，這真是叫我更慚愧了。其
實我所知所學所能與潘相差無幾。許多地方潘是
我所學習的對像。所以我要聲明：與潘做經驗
談，相互教學相長。潘說對不？
見面時我一再感嘆相見恨晚。如果我們早五年
認識……。
如今昨日已逝，不提。還是潘說的對。
彼此從往日的失敗，嚐夠了人生很痛苦的一面，
加上昔日長久的生活經驗，對人事、社會、心理
說有比較成熟而正確的理解。這些都足以
給我們做鏡子，做標竿。深信我們之間一定
會使：我更疼愛潘，潘也能得到我更多更
久遠的愛；而我也能得到潘更多的體
貼與尊敬。深信之。
我已不在嘆相見晚了。因為潘給我更正確
的觀念。這裡潘就比我更高明更成熟了。
這是妳不得不承認的事實吧！

獨身固然自由自在，但並非人類（正常的社
會人）所應行之生活，人為社會動物，必行
社會生活。"家庭"是人們最早最基本的社
會生活領域。這方面潘是了解比我更多
的。所以我們都應勇於去接受那樣的環境。
婚姻生活是人人必經之過程，物極全看男女二人
去設計安排。那裡面有許多事情要做的，大
事、小事等。正如一個國家，有其財經計劃、
教育計劃等。所以林語堂先生說：「家庭生
活是一種修養的課程。」

國軍

對家庭是要負出責任、細心、愛心。尤其新成
立之小家庭，恰似一株小花，須照料水份，給它關
心才能成其美麗可愛的花朵。
很叫人高興的是我們对彼此家庭都喜歡。我
們靜心思之，妳家、我家，士媽家，喻媽家都是
不同的"格局"。都是咱們學習參考的对象。
當然我們以後也會是一種不同他人的格局。那
是由陳、潘，融合煉成的格局。是我們必須負
出愛心、責任心及奮鬥努力才成的格局，对此潘
願提出更高段的見解嗎？

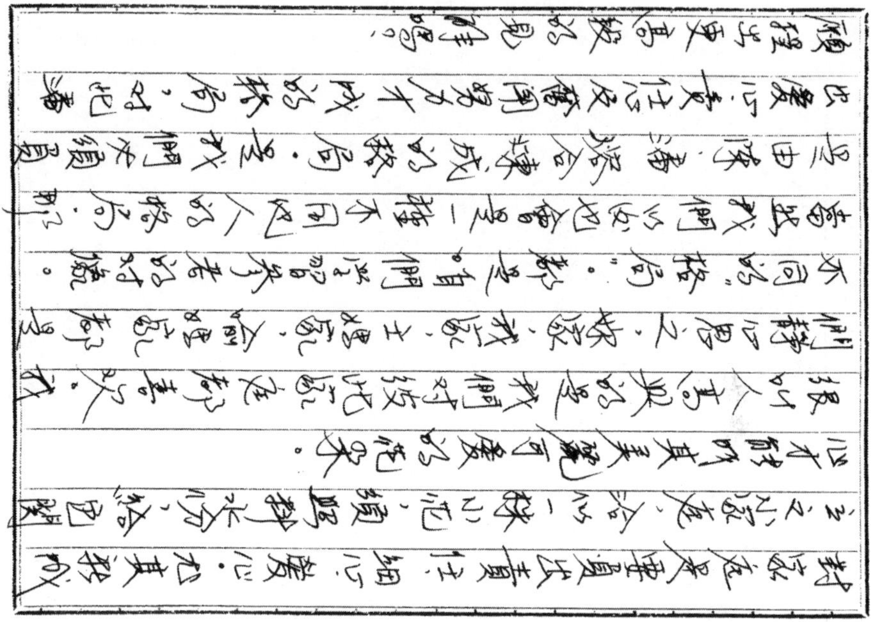

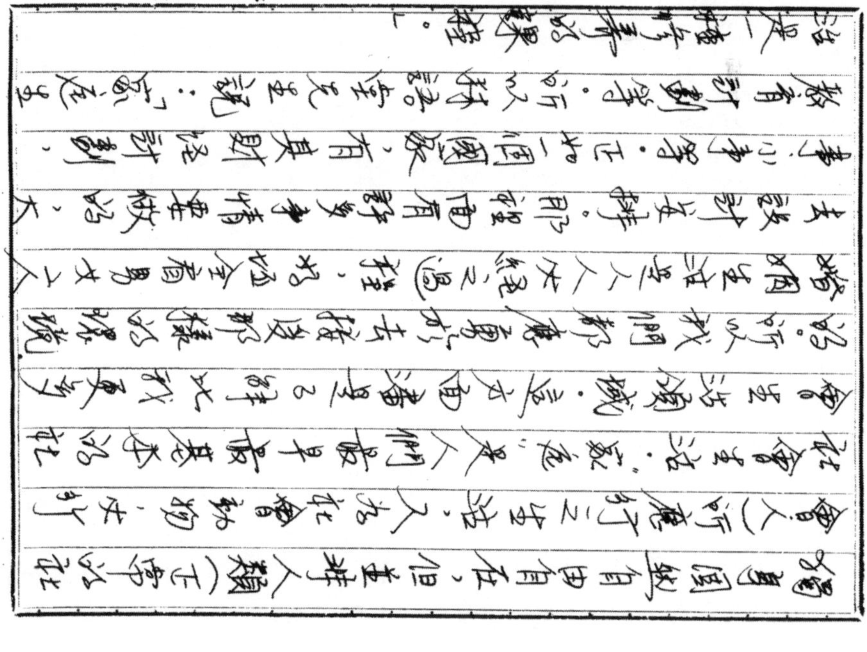

最近和婉夫談了一些比較深入的話題。當我轉達妳的請安時，他一再讚美妳。我並告訴他妳目前在學英文，打算明年考試。他認為工作可以激發人向上的意志。他所謂的工作是一種有所為的動；像「孔子言：飽食終日，無所用心。」則此人開始沒落無用。他的話也給了我一些啟示作用。據我所知，他之所以有如此大的信心和幹勁，他的夫人影响很大。使我想起「吾國吾民」一書中的一句話：不能成為理想丈夫最主要是沒有找到一個好对象。

國　軍

男人事業雖重要，但女人卻可以毀滅男人，當然也能成就男人的事業。全看二者如何相知了！有的夫婦玩想戰勝对方，指揮对方。殊不知當对方倒下的同時，自己也走向失敗之途。幸福遠離而去。當今社會不難看到這种例子，真教人深省也！

今晚就和潘談了這許多。「妳我都年輕，婚姻經驗、我只就所看所見所聞的經驗與潘說心相談，祝願我能看到潘更高明成持有的見解。

祝潘潘
更美麗

好愛妳的
明上
68.7.17

頑皮的玉鳳：

我十六號收到妳五月十五日的信。知妳也同時收到我的信和小禮物。內心感到很欣慰。一種心靈的連繫油然而生。妳之樂即我之樂；妳之豐收即我之豐收。要感謝妳為我帶來了生命的豐季。

妳說我字好。確實不能接受。我不敢接受。如果我打閱蔡襄或柳公權的字帖。更感自己距「好」字尚遠呢！那有能力教「頑皮的玉鳳」。倒是妳的字我會欣賞，相當「中國」，相當「古典」。十足的女孩風味。雖未見人。然而字已如其人，我常從妳的信及字在思想妳的人。对了！我那甲乙兩封信不知妳收到否？計算一下時間，应該也收到了。照它也收到才對。不知下航次能收到妳的玉照否？

學生和童年說代表着一種更高尚的情節——純與真。那已逝的童年已難追憶，像遠山的霧。往日的學生時代何去了。雖然自己總想再有一般的生活方式。但不知能否重現往昔那份純真。妳的信引起我太多太多的回憶以及更多的感慨。我謝謝妳，想把心中的話向妳傾訴。我無法明白我內心的高興和安慰，因為我們之間存在內心深處已達二、三十年相當好的感情以感謝。但願往昔情仰的人生思想中是最重要的部份。這份相知，這份熱切，無言的感謝，向妳本人感謝，向命運感謝。有妳這個、還知妳在外歷練多年。對社會經驗之我要向妳學習的地方。妳的天真、活潑的性格個性。除了變多的社會經歷外，更在心靈上也包含了純潔的真、善、美能把我想像的好多的。我也很喜歡了解、希望在可愛的環境中身上的變動生命的意義。感謝生命的引導在我心頭。謝謝妳給我的關懷，我也更覺得心安給妳。天長地久、海枯石爛，即將讓我走入我們最深的心底。

我們之間所給對方的相信和絕對的信賴與堅定，無需要的太多的話，真心，真情，讓彼此的心連結一起，所以說是一個

樹葉、一張書卡。都會列為無價之寶。孤島上的孤味

每在寂寞時打開妳的信，重複的讀。這是一個"慾"

在。我內心所產生的震盪。

今天同時接到的有我妹妹的信，她是一個和我比較相

近的妹妹。懂事聰明。還有媽媽寄來的牛肉乾、茶

葉、馬祖沒有的糖果等。真是"知子莫如母"。牛肉乾是

我很喜愛的一種食品。而信件在外島的重要我真形容

不出來。有家書、情書、友書。及至每個人都在等船來

了便可忘記一切去領信。每次我給妳把信寄出。便恨不得

明天收到妳的來信。我不知道為何……。

敬祝

考試順利

萬事如意

福成 五月二十六晚九點

P.S 後天妳生日，我在唸書。生日禮物收到否？

天氣。"

今天是一個很好的日子。一上午都使我內心感到暖暖的。到了中午還是沒有一點倦意。因為我記著要對好提筆。甚至興奮的筆尖有些抖動。

今天上午十點多好姊姊光臨我高雄。

十二點左右收到好在母親節那天寫的信

可惜我沒有機會叫她一聲大姊。相信她一定很高興。大姊(現在又聯不到了)在高雄只有兩個多小時，而且有許多事要辦。所以好大姊大忙得很。非常遺憾沒有時間和大姊多說幾句話。我更感謝她送我一件襯衫。真感謝好把這點心的"禮物"交予我。我只覺得很想見好。還是唯一方法。內心深處有更多要見好的感情。非寸筆所能形容。很好瞭解。也希望能快快收到好的照片。好嗎？好的建議我雙手同意。使我們有更多時間補救更多豐富未向對方寫信。固我所願也。

送妳的禮物，只是一本小書。說句過份的話：世間之物
我最愛書。送給妳一本小書，是因我看過、閱過，有我筆跡。
所以我珍愛它。送給妳。但願能珍惜它如我珍惜妳一樣。
對於妳我會更護更加愛惜：這是永恆的。相信妳會接
納我的感情。因為我遇到一位和自己同具「本善」，及相
同生命觀的女孩。更重要是他們都有著青春。去對人生
的期望開創。雖然未見：有志竟成。

小妹說好了。今晚再寫。　68.6.18 中午

之中所叫「大姊」，不知是親姊？表姊？堂姊？
五月二日是妳生日，已經快到了。我想必須送妳一份禮
物。我送的東西不外是書。我手上有些林語堂的書，
我想妳看過他的書。在近代中國文學家，我最愛林
語堂先生。

五月二日，不論國曆農曆都比妳大。所以我也可以叫妳
一聲：好妹妹。

鴻成（己酉）

玉鳳：
五月四日下午收到妳四月廿八晚上十二点寫的信。每次看
妳的信（雖然才第三封）都有一種看讀的愉快。
上封信沒有說明的。我。是41年二月十六日。所以妳
比我大的機會並不多。除非妳是元月份的。妳姊
夫倒來說到這點。
若比妳大我很高興。若比妳小是「另一種高興」。
我。是樂觀的B型人。不論自己的人生觀。生活態度
都是本樂觀而行之。我是四川人。從小卻與本省孩
子一同上山下海。所以我的台語很"行"。就是本省人又
難和我比。
孤島寶島兩隔數百里。但我覺得好像很近。甚至是
在對面說話。拙筆說不出內心的感情。但願咱們能在
默默中意會……。

我學的全吉他。說來也有十年的歷史了。沒有好好學过。更未曾拜过師。正如妳所言是調味料。B型人總愛用一些東西來裝飾生命的过程。說希望人生多姿又多彩又有意義。妳說是嗎？卻不知妳是何型人也？若加以判斷有些似B型。我只由妳的行文來看。

聽妳練琴。我真想……。可惜音波傳不到。願風兒吹來。願雲兒飄來。要頓七八月能真正洗耳聞之。

數天前寄出一封信及禮物。如果航次正好可能快收到了。否則還要多日。那是猜錯的禮物。不知我猜後有無禮物。

有件事不知現在該不該提。我七月有假返台。我想見面是我們所願。對不？目前我們是內心的相知。若加上外部的相識是不是更好。當然這要先得到妳的許可或聽取妳的意見。我才能寄出。今天就此擱筆　下回再談

(畏序)

鵬明敬上
68.5.5
AM.6

萬事如意

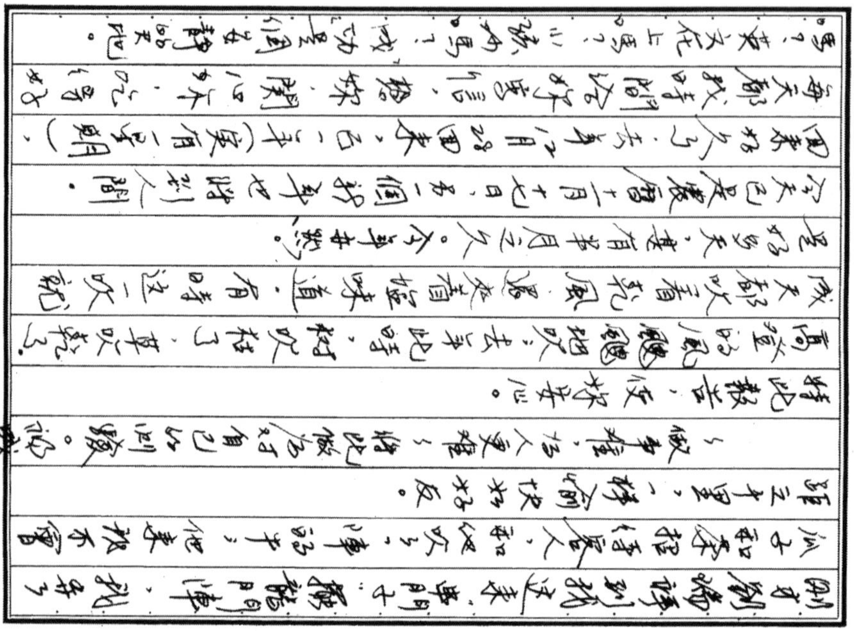

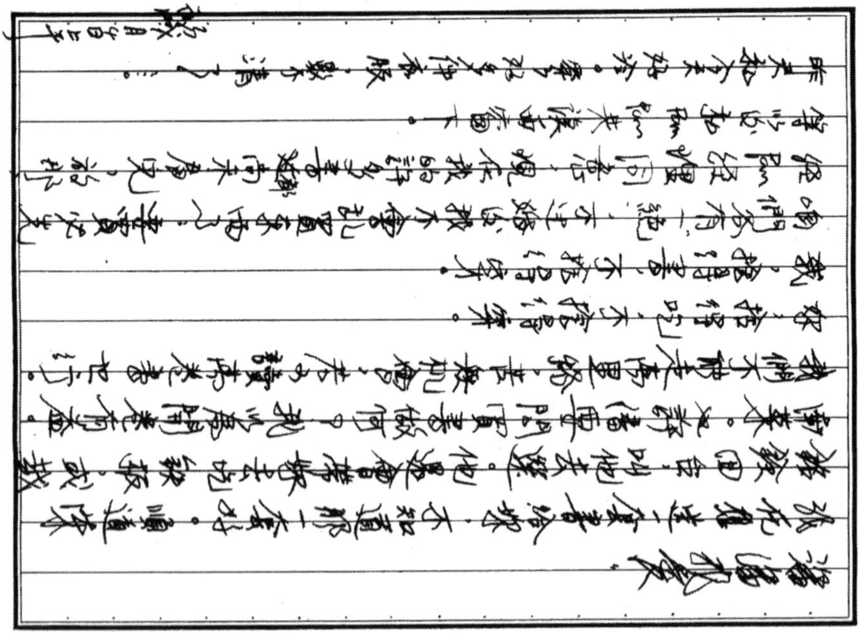

元月六日到二十號，我要去受訓，暫時離開高登十多天，這十多天會很忙，全天候時間被排滿了。受訓期間有空我會給Pam寫信，那住址是暫時的，妳回信不要寄到高登。早晚我都要收到的。我在此等有空我會多寫信給妳。

69.1.5下午

一天消逝一天，時光荏苒，歲月如梭。

今夜風大而寒冷，外面又是一片黑色。伸手不見五指，孤島上有座古堡，堡內有個人，單單地振筆寫書，給他遠方的心上人。好像是遠古時代的景象，好像是小說。

好想妳，好想擁抱妳，擁抱妳的全部，包含妳的靈魂。

妳在讀書嗎？有心得否？想妳的小鳳凰、寶貝、PamPam、小東西……。

孫晟筆
己未11月17晚上

自由牌出品

滄：

今天，平靜，而美滿。

晨起有微寒，君是北國則已一片白色的荒原那個雪白而安詳的天地，很叫人喜愛；而寶島則只有合歡山才有些勝境。

高登。這個世外的孤島，成天浸在白雲、海風、波浪裡；住在這裡的我有四佰多的日子，君非台灣有個我心繫念的小鳳凰，我會暫時把世界忘卻。

翱翔在世外的高登

風不很大，所以海浪聲在屋裡是不可聞的；屋，像一座森山古剎，空無而寧靜卻可聽到深谷的天籟之音。

早晚，不時所養的雞會啼叫三兩聲，有公雞和母雞在

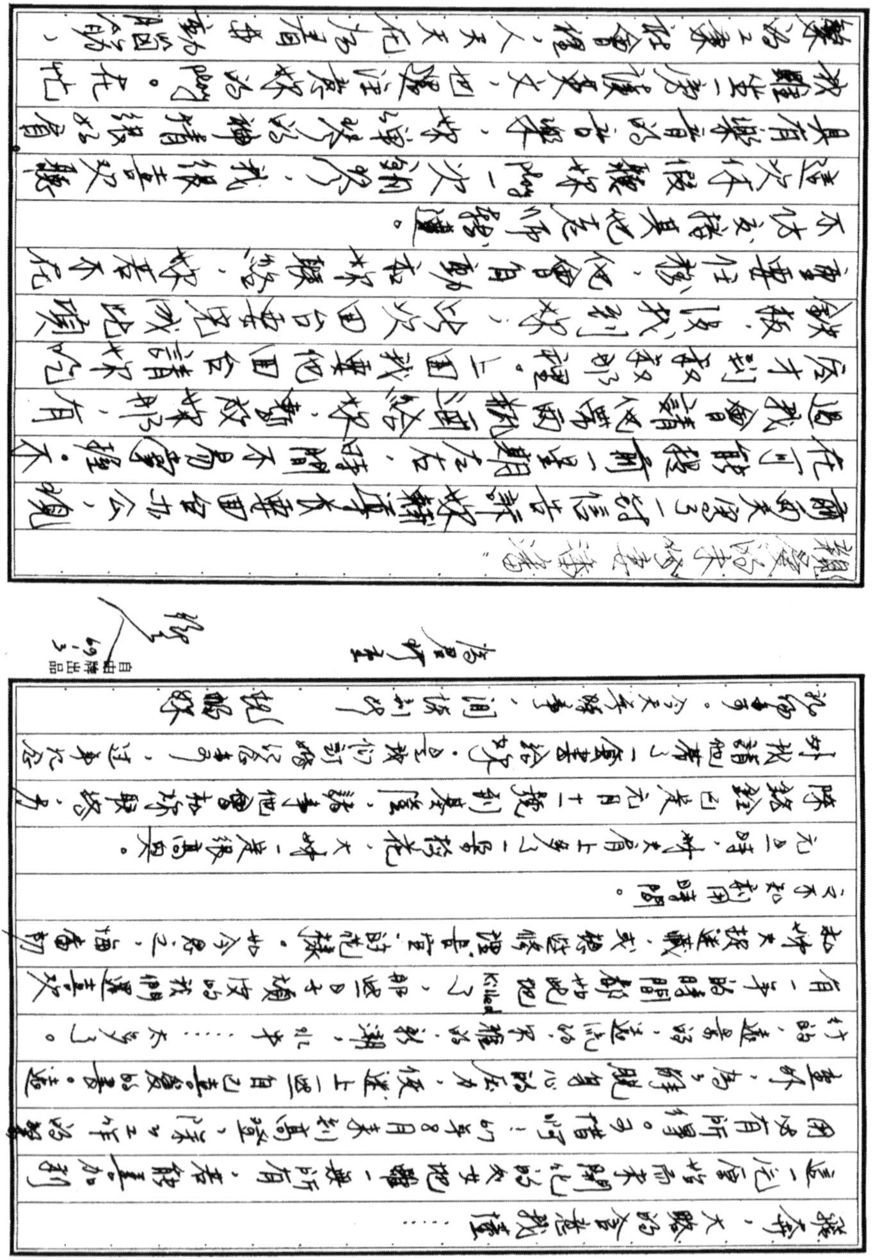

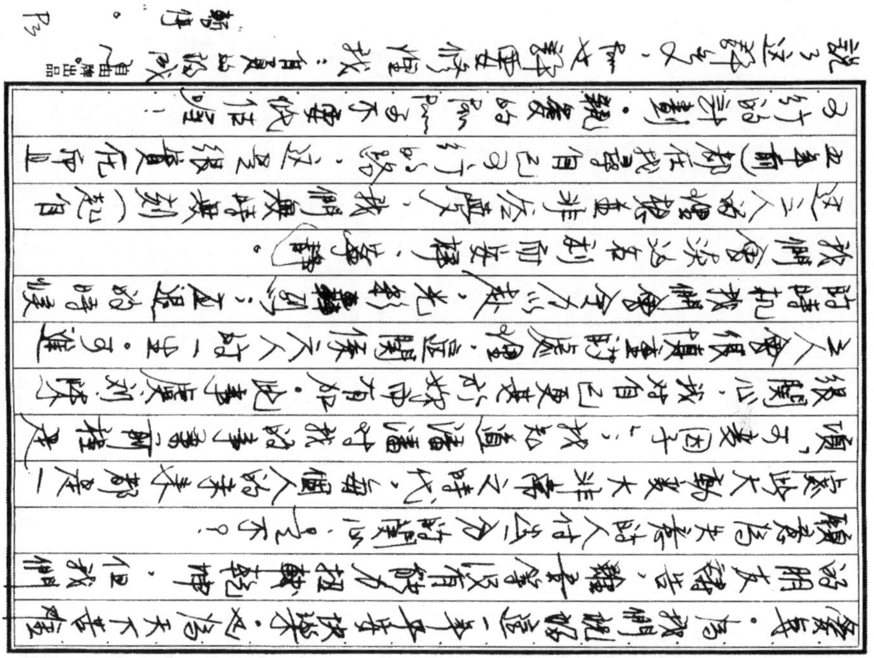

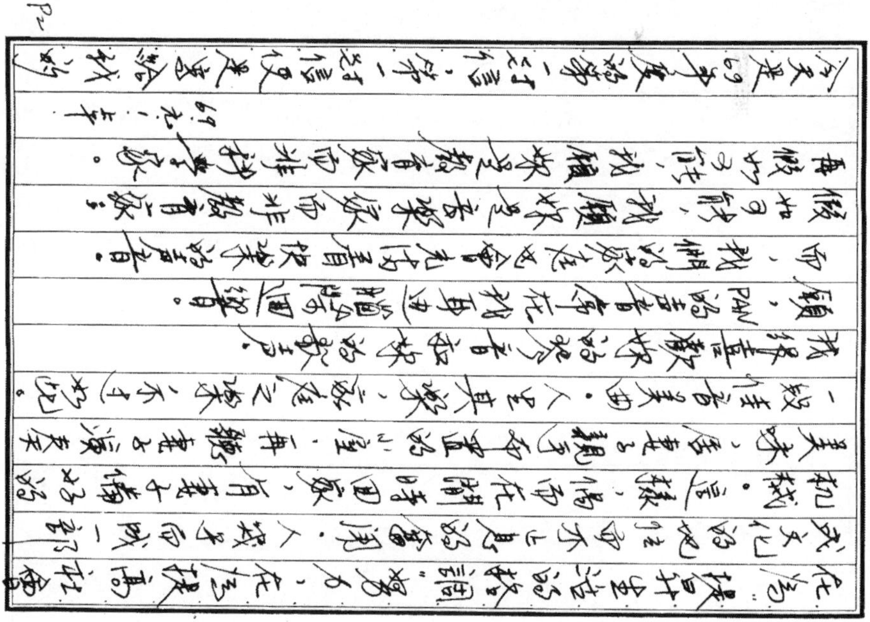

P4

濤常說我們同為20歲（今年虛廿三）有共大我小之感。今看妳信讓我體會到有許多好處。我們同年在人生旅途上可謂"同步走時"；何以說呢？現在的玉鳳正如現在的我一般。在人生修養為人處事上我倆都是同步，現在對世事對別人難免有不順之處，不順則鳴之，鳴之則易樹敵；於人何利？於己何利？#孔老先生三十而立，六十而耳順，七十而從心所欲，不踰矩#。

我們現在只能做到三十而立（二十九已近三十嘍），嚴格說來不論對事業的追求或品格的修養都只是起步，孔子是何等聖人偉大啊！他60才耳順，凡俗之吾等豈不65或70才能耳順，Pam說是不？

P5

人生之事業如學識之長讀，如事業之奮鬥，如品格之精進，都是無止境的。故古人曰：天行健，君子自強不息；時人曰：學如逆水行舟，不進則退。

今天69年第一天，感慨較多，書之於信中，和鳳凰共勉加油。

另一個農曆新年也將呈現大地上，不知要給Pam送個什麼東西，吃的，島上沒有；用的，也沒有，無一可寄。正好除錄訂一年的student review學生英文雜誌，訂給我是感也想給妳寄，便給妳訂了一年（69元～70元）。四五年前我常看此雜誌，具有新聞、知識、進修的功用。初度有些難，可中英對照着看。還有一套婦女雜誌也不錯過些時或給妳們再訂。

今天就此，再寫會超重，要罰款。

愛妳的
鄉下人
69.元.

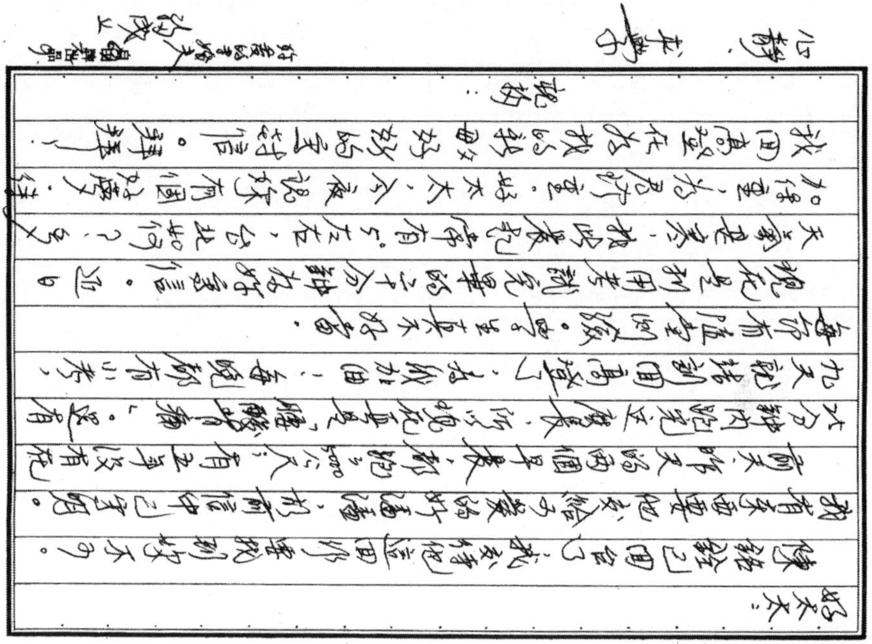

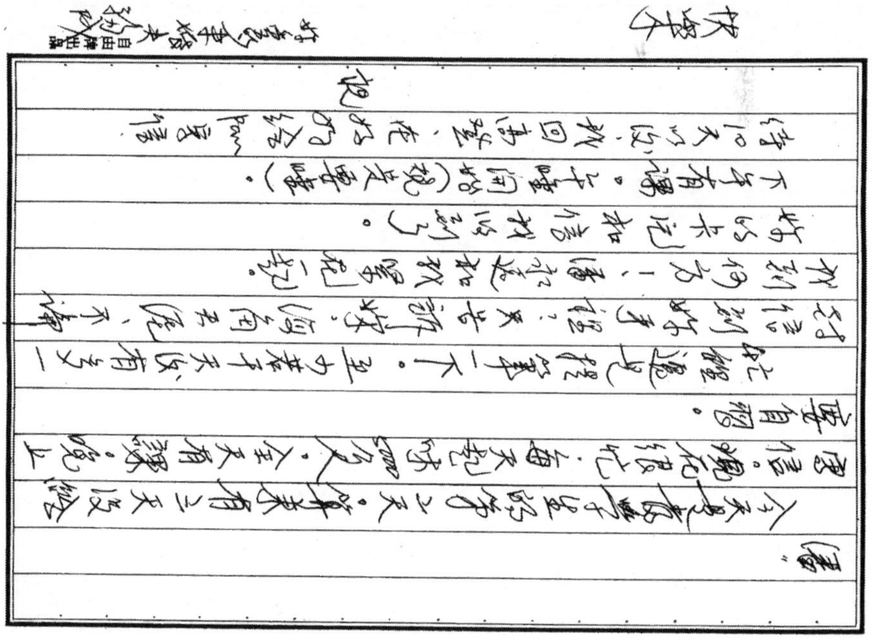

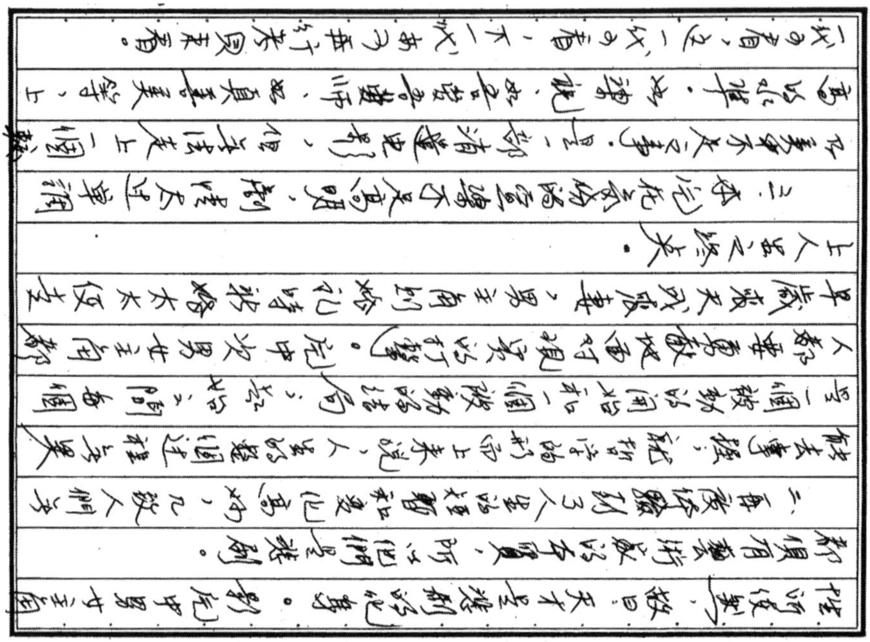

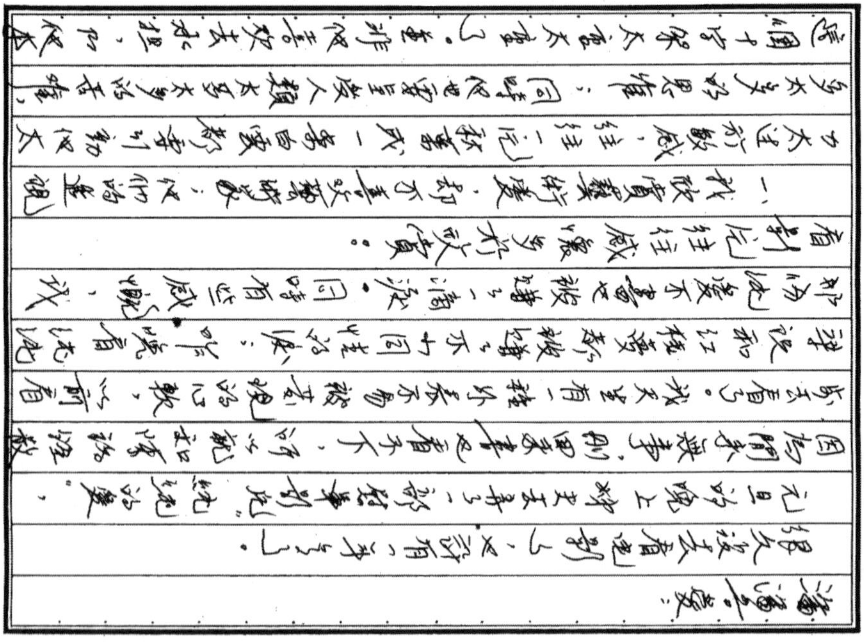

讓讀，

終於到了結訓的尾聲，這是結訓的前一晚上，明天還有兩節考試。很想你，忍不住要寫信給妳。明天下午也要回高雄了，重新過我原來的生活，這十多天，說想給妳寫信，但是太忙了。才受訓十二天，共有十五次的考試。還好，全部過關──我不願有太好的成績。

妳大哥將因事回台一次，我不知道好事！他自己也未言明，只交待了些事。人在異國因事回台，此事必然很「大」，但願一切平安。

此時我想陳銘銓那大孩子一定和妳已經會過面，雖然我知道他要說的，也不是我

教育方面的書籍打算告一段落，雖然書都看了，但花的太少不夠深入。離距合格"教育行政"人員尚有千里之遙。待以後有空看，現在打算開始準備高級班要用和要考的東西。時間也很短。正如我讀教育書籍也只有兩個月10月11月，高級班要考的也很少。要做一位成功的軍人現代軍人是不易的。

又辭別國高雄，心未收回，桂之之妻看不下，陳銘銓送我一套「弘一大師傳」有三本上中下。他就是藝術家李叔同，39歲以後皈依佛。就開始看將起來，很不錯，以後再寄給妳看。（妳可能不喜歡）。

今天是初八，妳一定也在休假，可能在娘家。對不起，訓華是很好的孩子。以後前程是很光明。

祝好

不要天天想我，一天想一次就好

好愛妳的
誠
69.1.2

自由牌出品

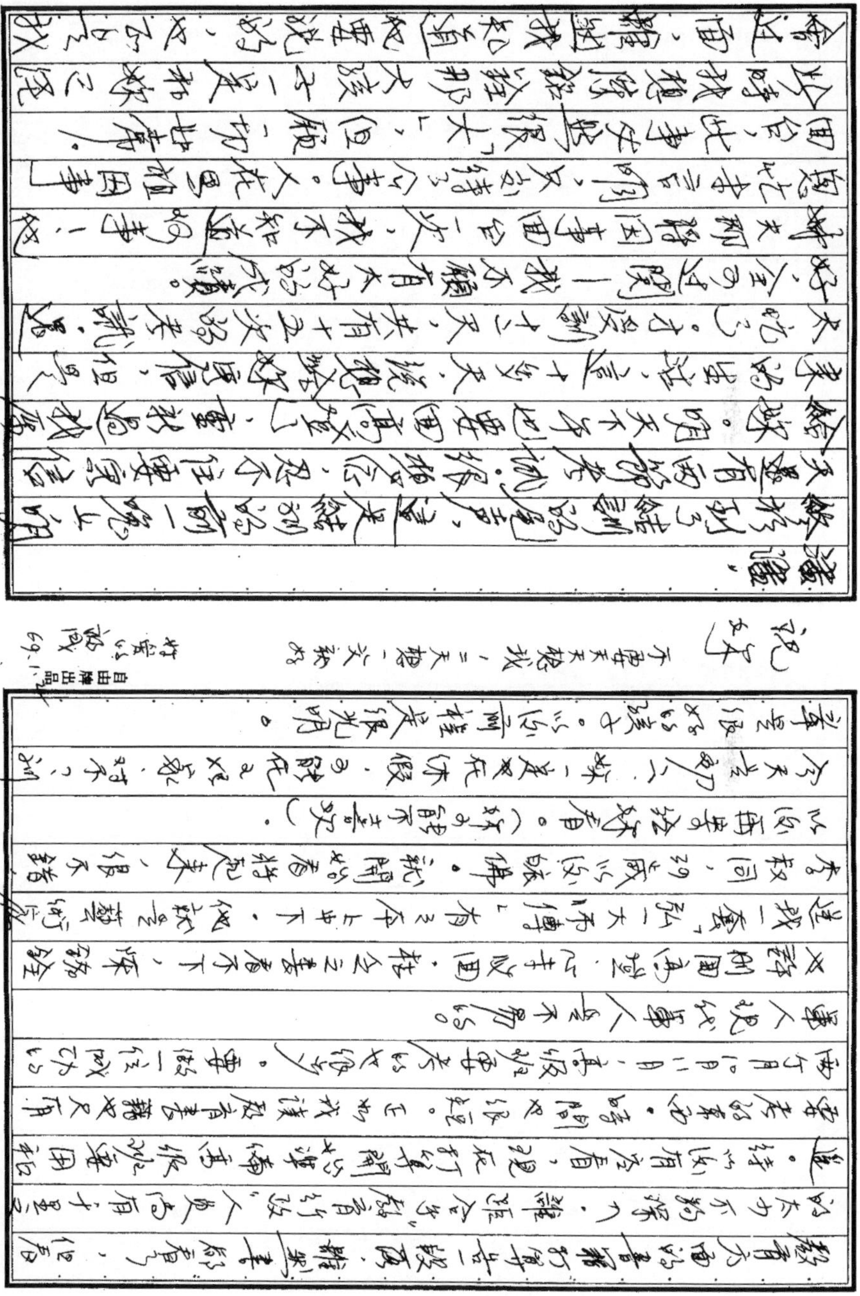

要說的，不过我依然惦念著、関心著，不知
他找到濤濤沒有？希望是有。還適嗎快嗎？
有好久未收到濤的來信，或許濤也一定好久
未收到我的信，真是难受極了。開始讀書
沒有？英文也開始了嗎？
夜深人靜，常在想著自己，近三十年了，不
知自己在幹些什麼事？真是一事無成，可
悲！可嘆？也可恨？更可憐！男人對事
業的敏感，正如女人之對自己丈夫那樣在乎的。

下回再談。

祝

快樂加咖啡

愛妳　成

自由牌出品

69.元.17晚

濤．壹義，

每當一日消失，總增加心頭許多感慨。
好久沒見著妳，那種相思之情，那種愛妳的深，
那種念濤濤之切，如何用我一支拙筆來形容書
寫呢？請我問一声，濤的近況可好？
結訓了，腦子隨之成空。打算打好行裝，回我高登。
昨晚給妳寫封信。
陳銘鈴回去，我順帶他買一套書給妳，不知妳
收到否？喜歡嗎？為了妳見我親筆簽名，我先
寫好詞，他帶著貼上去。還喜歡嗎？　69.1.18 北竿
19晚我又回到高登，妳夫已經返台了。高登

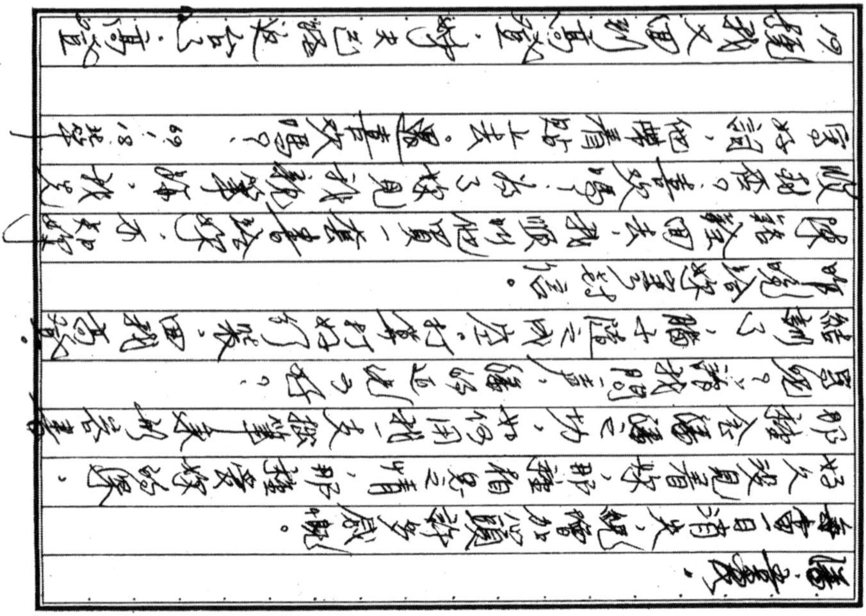

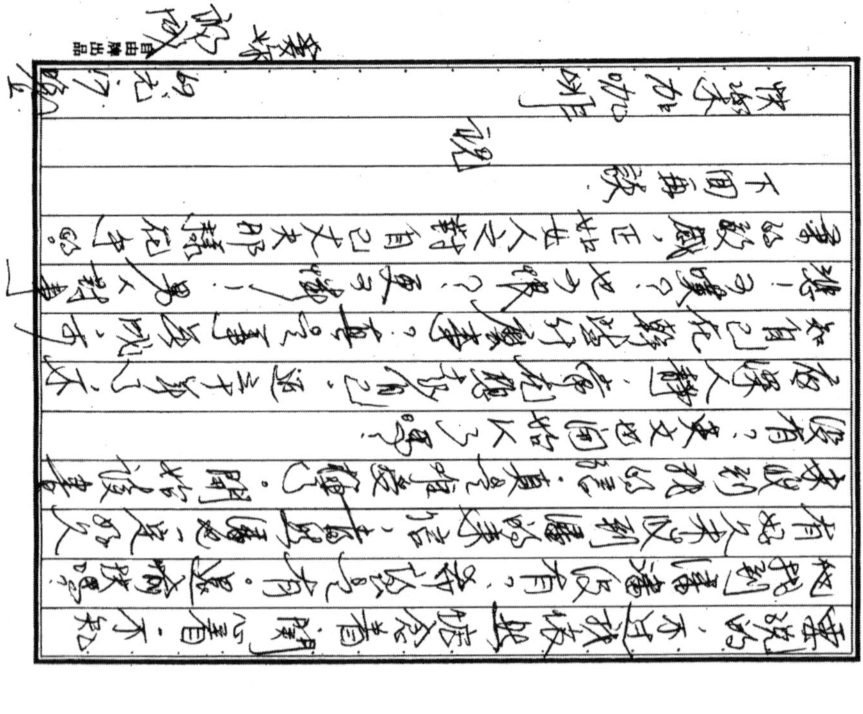

潘潘吾愛：

今天是星期日，美麗的星期天，妳一定有很好的節目。和同事爬山？郊遊？逛街？看電影？……

今天上午我利用一些時間，好好給我爸媽寫了一封信，第一次寫信，不知道要如何寫呢？不過用毛筆，很慎重地寫。我也稱「爸媽」，他們多了一個兒子，而妳的我爸媽多了一個女兒，一定都非常高興。

過幾天打算買些海產寄給台南的爸媽，本來我打算王媽、喻媽各寄一份，但是由不夠，只好算了。這兩星期以來一直很冷，可能要達今年冬天的顛峰了。天氣一冷，早晨便很懶的起床，但是非起不可。太冷不好，太熱又不好，人真不好伺候。

依如往昔之安寧平靜，看到人、車、建築會想起台北。此時此刻還是把心靜下來純化成只有妳一人；其他是一片渺茫空白，比較來的單純。

台北的妳，身處繁華都市，生活上比較多刺，不過物質生活的太過昇華，就會使人忘卻本來面目；一個人，要在高等物質社會中淡泊，還要保存本性的靈心智慧，以我經驗，不被物役。這也須要"工夫"。

這回妳自家中帶去那本「中國文學史」，雖內容簡潔，另不失為一本好書。我全部看過，生字也查過。妳若喜歡，不妨深入讀它。想看什麼書，再有些好文，妳过年不是要去台中嗎？隨便自己去找好了。從今以後再也不令我的好好。

妳的 成元 1/19

自由牌出品

P.S. 照片洗好沒？

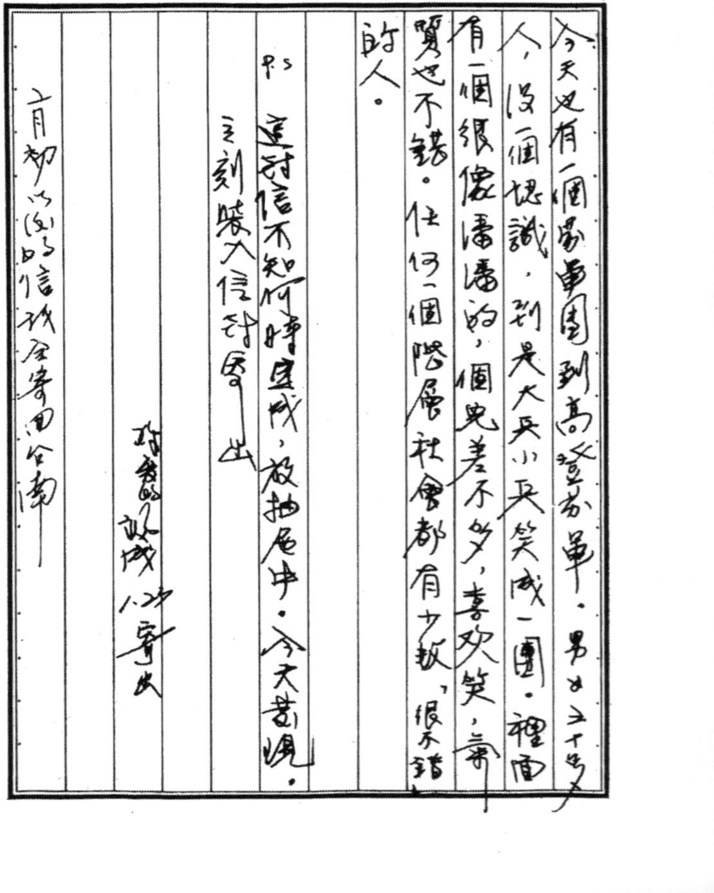

今天又有一個學生團到高[illegible]登分單。男女五十多人，沒一個認識，剛是大兵小兵笑成一團。裡面有一個很像潘潘的，個兒差不多，喜欢笑，氣質也不錯。任何一個階層社會都有少數很不錯的人。

P.S. 這封信不知何時寫成，被抽屜中。今天發現。立刻裝入信封寄出

妳愛的 [illegible] 八.[illegible] 寄

前初收到的信我全寄回台南

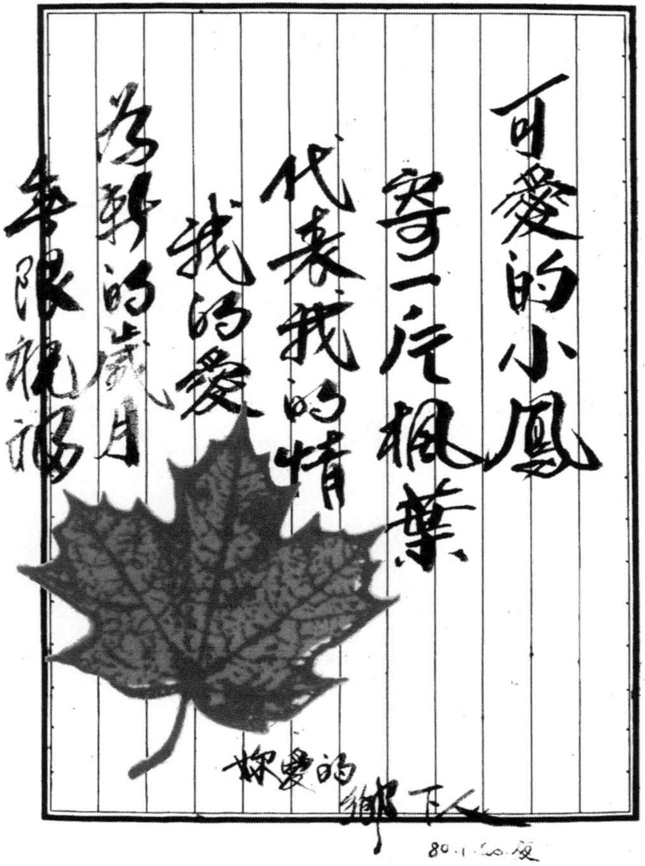

可愛的小鳳

寄一片楓葉

代表我的情

我的愛

為我的歲月

無限祝福

妳愛的

鄉下人

80.1.20.夜

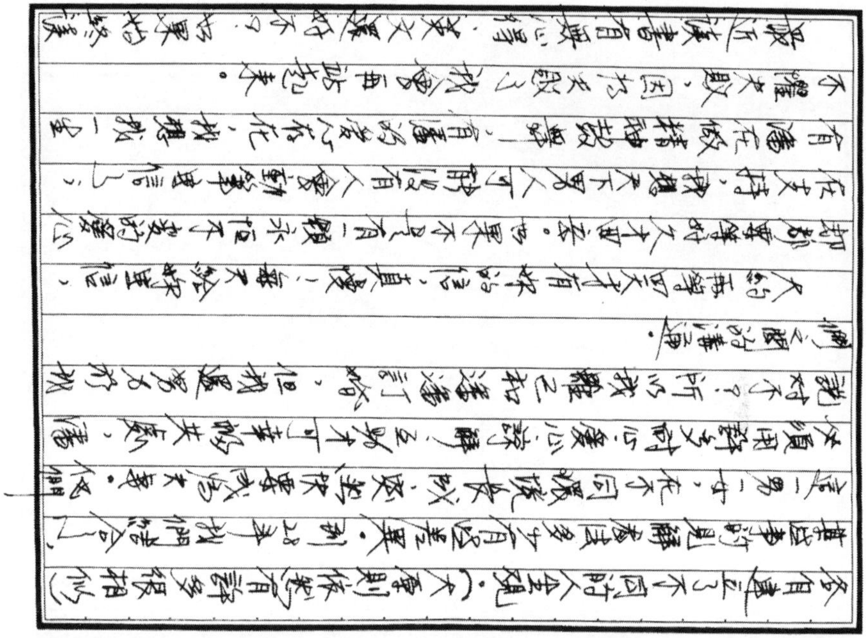

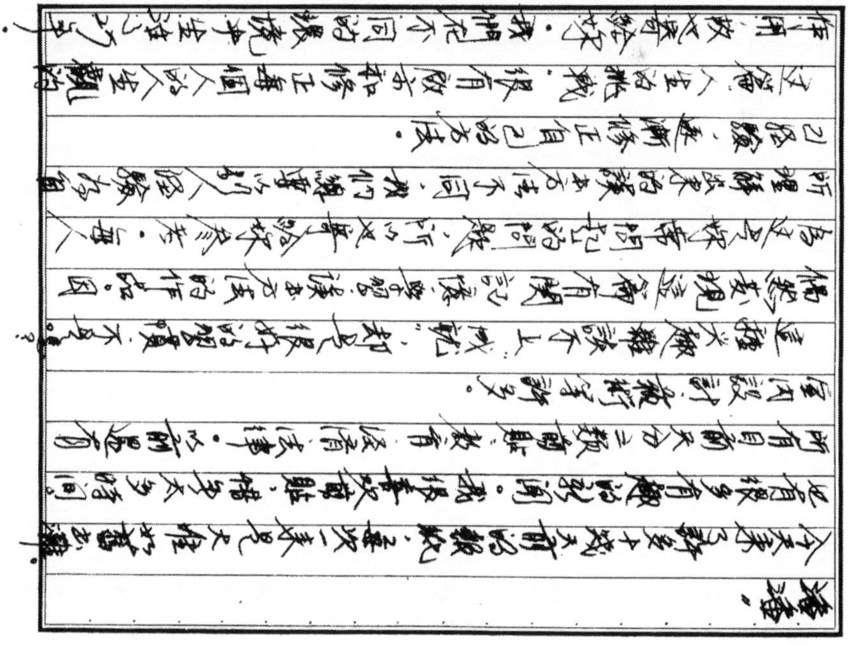

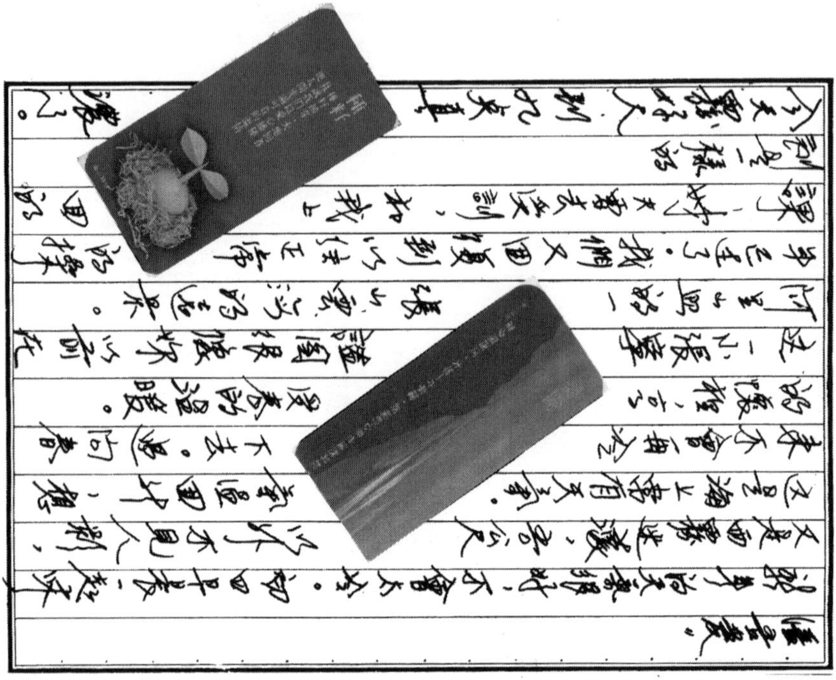

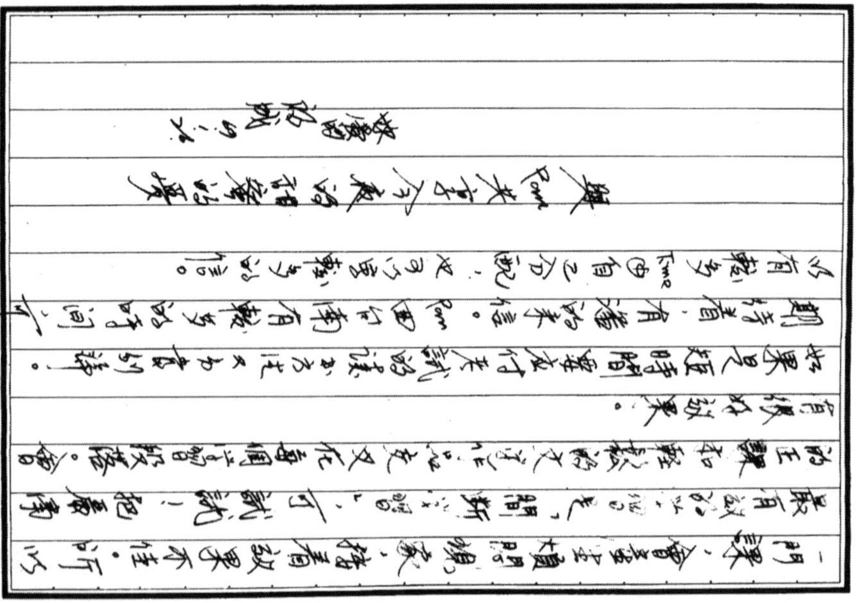

儀君愛：
新年的天氣很好，不會太冷。初四早晨一起床
又是西霧迷濛，幾公尺以外不見人影，
這是海上常有天氣。氣溫回升，想
來不會再冷下去。還向春
的懷裡，享受春的溫暖。
這一小張寧靜園很像妳以前在
阿里山照的一張山雲的遠景。
年已過了。我們又回復到以往正常的操
課，妳大要去受訓，和我上回的
訓是一樣的
今天霧好大，到九點真濃了。

一門課，會產生煩悶現象，接著效果不佳。所以
最有效的學習是「間斷學習」，可試試！把最常
的正課和輕鬆的文學作品交叉在每個學習段落。會
有很好效果。
如果是短時間要應付考試的讀書方法又另當別論。
期待著，有溫的來信。Pam回台南有較多的時間，可
以有較多Time由自己分配，也可以寫較多的信。
與Pam共享今夜的甜蜜的夢
妳愛的
阿城 69.1.26.

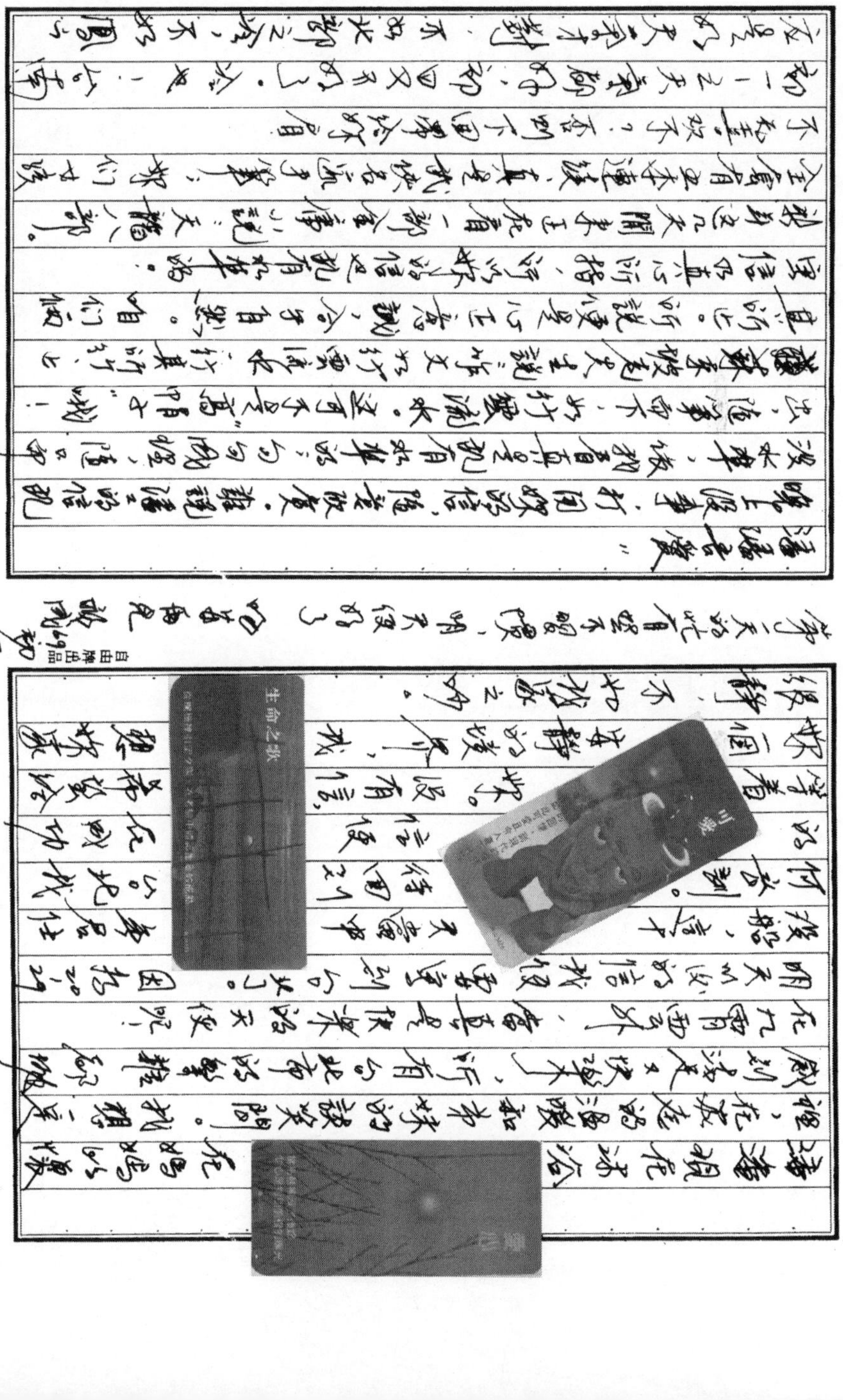
潘潘吾愛：

晚上沒事，打開妳的信，隨意閱覽。雖說潘之的信現
沒水準，依我看真是現有水準的，句句成理，隨口而
出，隨筆而下，如行雲流水。這可不是"高帽子"哦！
蘇東坡老夫子說：作文如行雲流水，行其所行，止
其所止。所說便是心正意誠，合乎自然。咱們倆
寫信亦真心所指，所以妳的信也現有水準的。
我最近几天閒來正在看一部金庸小說：天龍八部。
金庸有五本連續，真是武俠名流手筆；妳們女孩
不太喜歡不？否則下回帶給妳看。
初一～三天氣卻好，初四又不好了。冷也！台南
應是好天氣才對，不如北部之冷，不如鳳山

潘潘現在沐浴　在媽媽的懷
裡，在家庭的溫暖和弟妹的談笑間。我想一定
感到溫暖又快樂，所有台北市的繁華都比
在九霄雲外，當真是快樂的天使呢！
明天以后的信我便要寄到台北了。因為20～29
搬船，這十　天當中　多居住
何去訓。　待個21　台北找
的　信便　在成功
等着　妳。沒有信，　希望給
妳一個安靜的境界，我　想妳最
很靜，不如我家之妙。

第一天的比有些不習慣，明天便好了
吻著鳳兒
敬周69初四

自由牌出品

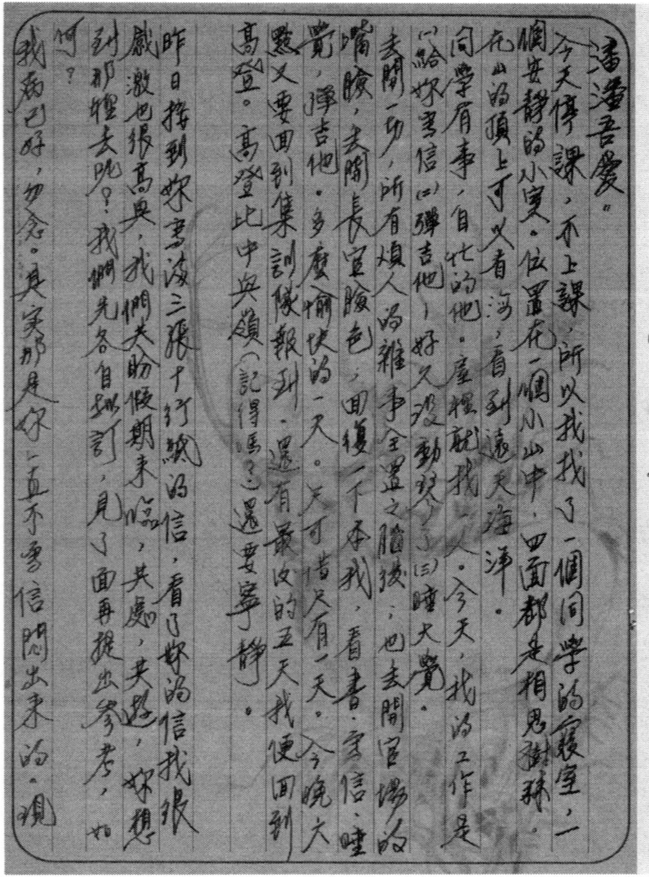

潘瀅吾愛：

今天停課，不上課，所以我找了一個同學的寢室，一個安靜的小窩。位置在一個小山中，四面都是相思樹林。在山的頂上可以看海，看到遠天海淨。

同學有事，自忙他的。屋裡就我一人。今天，我的工作是(一)給妳寫信(二)彈吉他，好久沒動琴了(三)睡大覺。

[illegible]，所有煩人的雜事全置之腦後；也丟開官場的嘴臉，丟開長官臉色，回復一下本我，看書、寫信、睡覺，彈吉他。多麼愉快的一天。只可惜只有一天。今晚六點又要回到集訓隊報到。還有最後的五天我便回到高登。高登比中興嶺（記得嗎？）還要寧靜。

昨日接到妳寫的三張十行紙的信，看了妳的信我很感激也很高興，我們大盼假期來臨，共處，共遊，妳想到那裡去呢？我們先各自擬訂，見了面再提出參考，如何？

我病已好，勿念。其實那是妳一直不寫信悶出來的。現

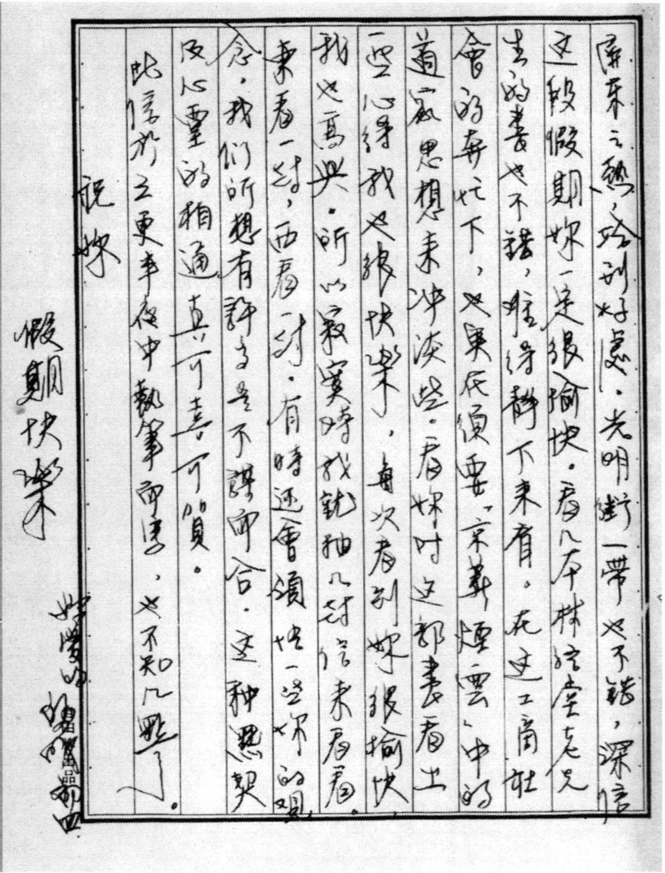

原本之熱，恰到好處。光明街一帶也不錯，深信這段假期妳一定很愉快。看几本林語堂先生寫的書也不錯，難得靜下來看。在這工商社會的奔忙下，也更須要「京華煙雲」中的道家思想來沖淡些。看妳對這部書看出一些心得我也很快樂，每次看到妳很愉快我也高興。所以寂寞時我就抽几封信來看看。東看一封，西看一封。有時還會領悟一些妳的觀念。我們所想有許多是不謀而合。這種默契及心靈的相通真可喜可賀。

此信於五更半夜中執筆寫，也不知几點了。

祝妳

假期快樂

妳的[illegible]

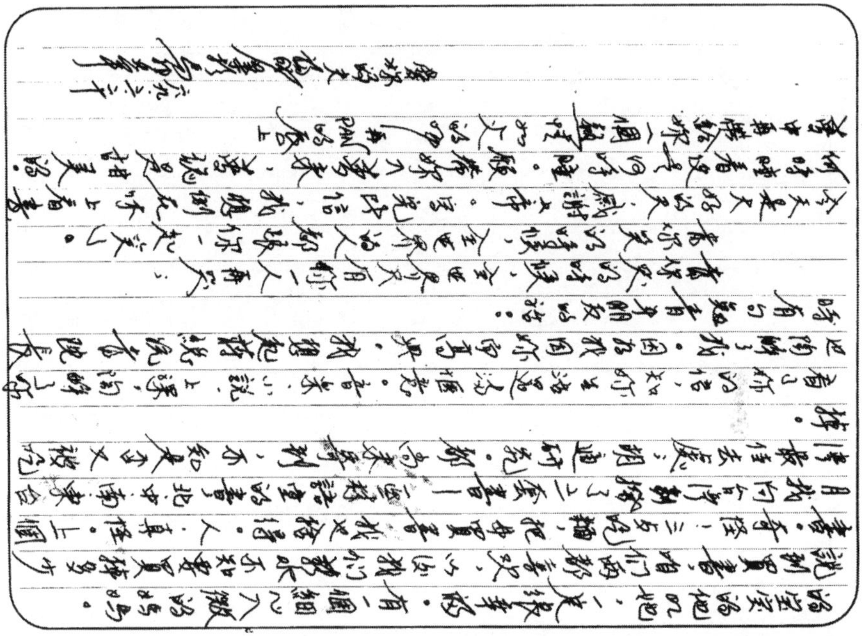

潘潘吾愛：

今天收到妳的兩封信，很高興。四月初妳要休假，只可惜我的假排在五月初。真不巧。我想妳在家和爸媽一起一定也快樂如常；看書、看小說、種花、睡懶覺、做菜、煮飯，與家人"擺龍門陣"等，不也一大快事。

我買的一套「中、北、東、南台灣最佳古蹟」那套書已寄來，560元。史學中我花新文藝發現一本「中國新文學史話」都未寄來。新譯室的書也未寄來。最近真的買了不少書，乘現未結婚多買些喜歡的書，婚後大概要省點，省下來給太太買東西（哈！自笑）。

看妳的信深覺安慰高興，心境咱們都歷經了人生一段不算短的歲月，對一些事物的觀察較比較客觀。對愛也較有更深之認識，如此對咱們以後的婚姻生活有莫大之幫助。

謝謝妳對我"肚子裡有一點點東西"的讚美，妳的讚美引起了我的自省：我的貨在哪裡？我以後尚有一點勇氣把作品送往出版社。多年前我就有意願這一生定要出版几本值得紀念的書，只惜到目前一事無成。不知潘潘會不會笑我，因為寫稿對我還是很崇高的。寫作並非我的工作或事業，說好聽是kill time的副產品，或是寂寞歲月的產品，反之那是我對人生之黑暗、不滿、現實而把生活美化的一種產品—不得不美化之。

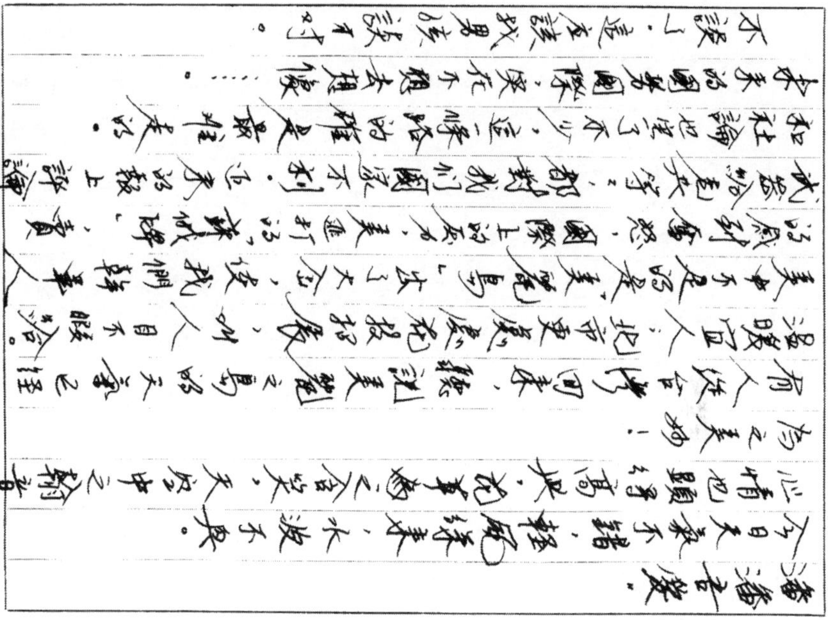

潘潘吾愛：
今日天氣不錯，輕風徐來，水波不興。
心情也顯得高興，花草為之含笑，天空中之翰音
為之美妙！
有人從台灣回來，聽說美麗之島的天氣已經
溫暖宜人；北市更是處處花枝招展，叫人目不暇給。
美中不足的是「美麗島」出了大亂，使我們韓華人
的感到奮怒，國際上的壓力，美匪打的「蘇俄牌」，賣
武器給老共等等，都對我們國家不利。近來的報上評論
和社論也寫了不少，這一條路的確是最難走的。
未來的國內國際，實在不想去想像……。
不談了。這些該找男孩談才对。

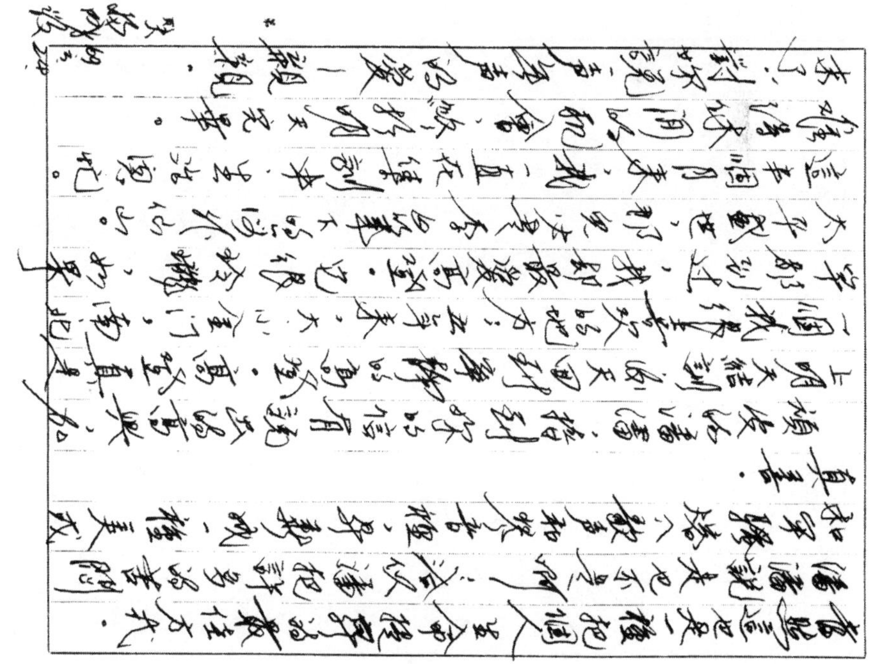

音點這也是一種把個人生命提昇的最佳方式。
潘潘說是也不是啊！恰似潘把許多的苦悶
和寂寞，溶入歌聲和琴音裡，昇華成一種美或
真善。
頑皮的潘潘，接到妳的信有說出的高興，加
上明天結訓，後天回到寧靜的高登。高登真是
一個我很喜歡的地方；五年來，大、小金門，南北
竿都到過，我卻最愛高登。它很玲瓏，好像
太平盛世，那兒才是季節下的世外仙山。
這半個月來，我一直在集訓中，生活忙忙。
難得休閒的機會，快把明天完畢。
末了，對妳說一聲一聲的愛——親親。
駿駿 69.3.24 夜

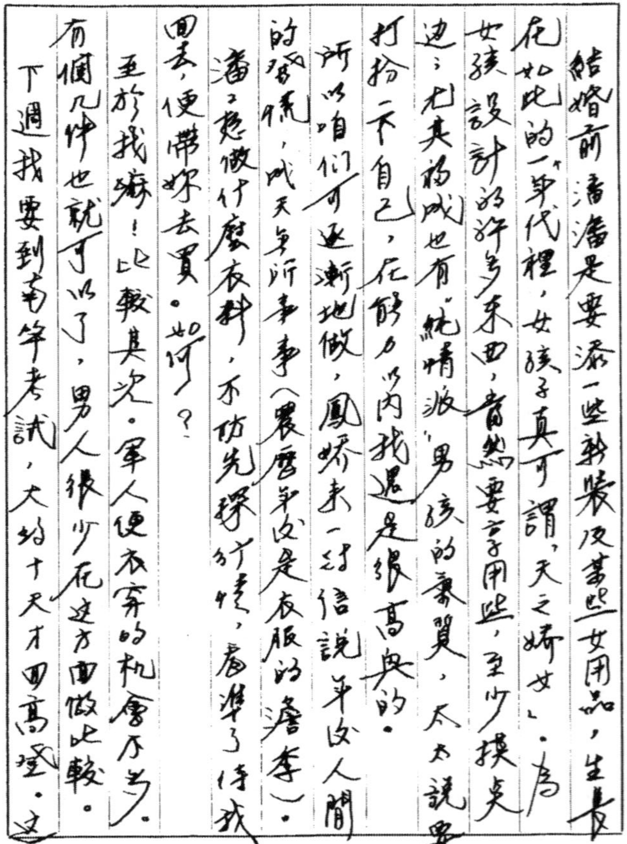

結婚前,潘潘是要添一些新裝及某些女用品,生長
在如此的一代裡,女孩子真可謂「天之嬌女」。為
女孩設計的許多東西,當然要守用些,至少摸摸
邊;尤其形成也有「純情派」,男孩的素質,太太說要
打扮一下自己,在能力以內我還是很高興的。
所以咱們可逐漸地做,鳳嬌來一封信說軍人間
的飛流,成天無所事事(農曆年後是衣服的淡季)。
潘潘想做什麼衣料,不妨先探行情,看準了待我
回去,便帶妳去買。如何?
至於我嘛!比較其次。軍人便衣穿的機會不多,
有個几件也就可以了,男人很少在這方面做比較。
下週我要到高等考試,大約十天才回高雄。這

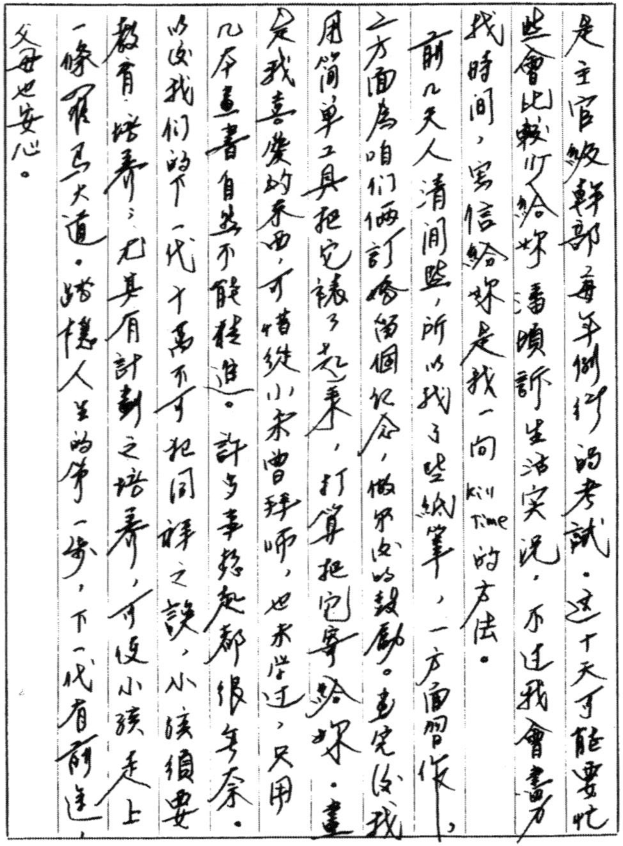

是主官級幹部每年例行的考試。這十天可能要忙
些,會比較少給妳潘潘寫信。不過我會盡力
找時間,寫信給妳是我一向 kill time 的方法。
前几天人清閒些,所以找了些紙筆,一方面習作,
一方面為咱們倆訂婚留個紀念,做為妳的鼓勵。畫完後我
用簡單工具把它裱了起來,打算把它寄給妳。畫
是我喜愛的東西,可惜從小未曾拜師,也未學過,只用
几本畫書自然不能精進。許多事總是都很無奈。
以後我們的下一代千萬不可犯同樣之缺,小孩須要
教育、培養;尤其有計劃之培養,可使小孩走上
一條康莊大道。踏穩人生的第一步,下一代有前途,
父母也安心。

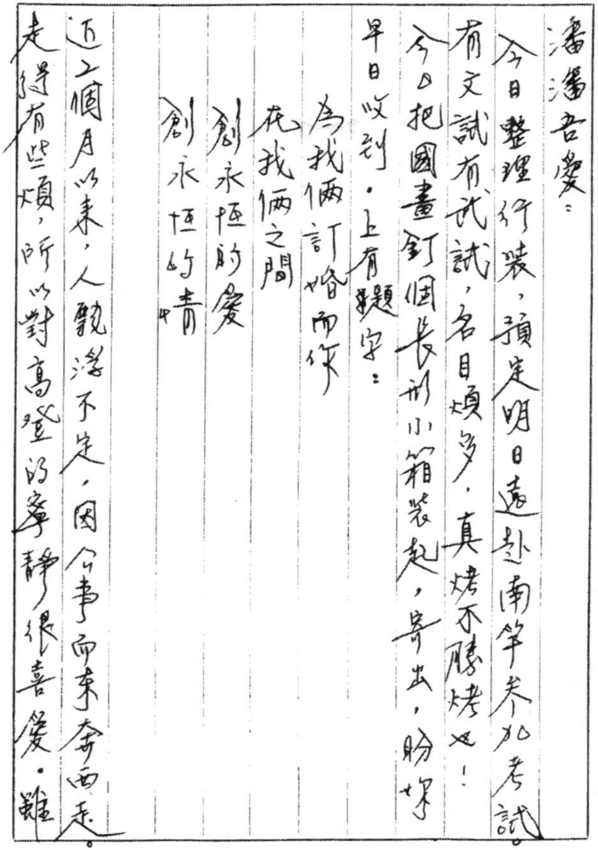
潘潘吾愛：
今日整理行裝，預定明日遠赴南竿參加考試。
有文試有武試，名目煩多，真煩不勝煩也！
今日把國畫釘個長形小箱裝起，寄出，盼望
早日收到。上有題字：
為我倆訂婚而作
在我倆之間
劉永恆的愛
劉永恆的書
近一個月以來，人飄浮不定，因公事而東奔西走。
走得有些煩，所以對高雄的寧靜很喜愛。雖

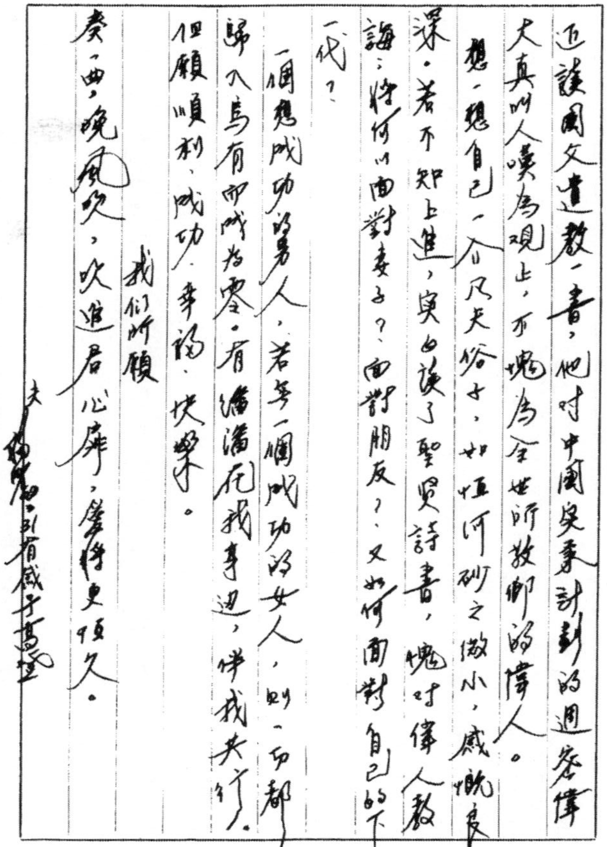
近讀國父遺教一書，他對中國與未來計劃的週密偉
大真叫人嘆為觀止，不愧為全世所敬仰的偉人。
想一想自己，今凡夫俗子，如恆河沙之微小，感慨良
深。若不知上進，只知讀了聖賢書，愧對偉人教
誨，將何以面對妻子？面對朋友？又如何面對自己的下
一代？
一個想成功的男人，若等一個成功的女人，則一切都
歸入烏有而成為零。有潘潘在我身邊，伴我共行。
但願順利、成功、幸福、快樂。
我們所願
奏一曲晚風吹，吹進君心扉，寄得更悠久。
夫[illegible]到有感于高雄

雖在高登當主官累些，責任重些，但男人几乎都是「寧為雞頭不為牛尾」。還是感到愉快，這趟出門至少要半個月才重踏高登；當軍人雖可要遊四海，如果不是自由自主地遊，也未必覺得痛快。

最近也許跑得太多，書都看不下，偶爾翻閱一些課外讀物，也是kill time的。想做的事太多，想讀的書太多，不知到何時才完成自己心願。多年來，似乎很少做出一件叫自己滿意的事。

時夫過几天要回去考參大，他準備了好久，該是沒問題，希望他順利考上。

等我從南竿回來已經四月中旬以後，很接近我們的假期，這等的真是辛苦，愈是不易得到的愈是珍貴，也代表咱們感情之濃厚，因為我們總要對方也愈迫切。

今天天氣不好，早上細雨，下午大雨。下午睡了一下午。寫信的此刻尚是昏昏沉沉的，所以沒什麼思考，也沒有靈感。早些停筆好了。

祝

萬事如意

夫 [illegible]

69.4.1

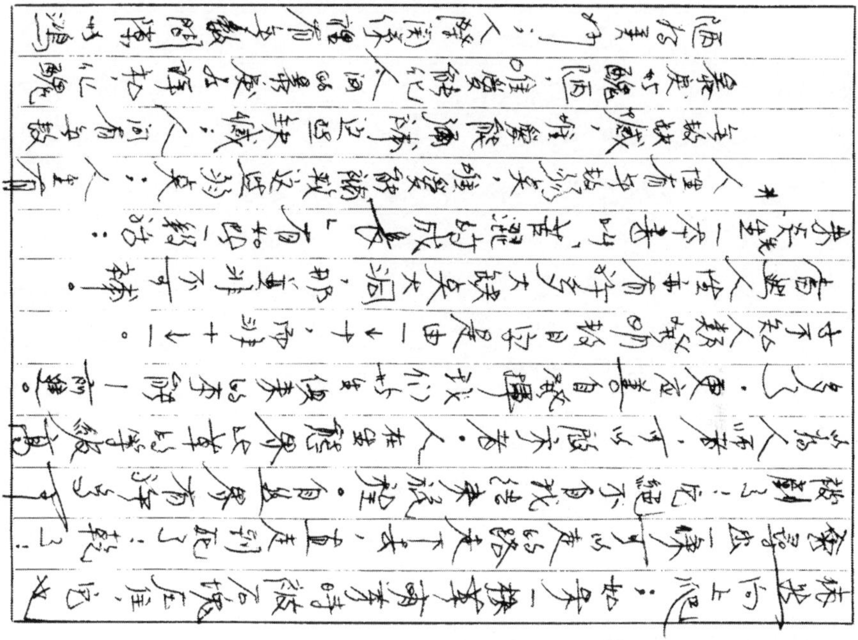

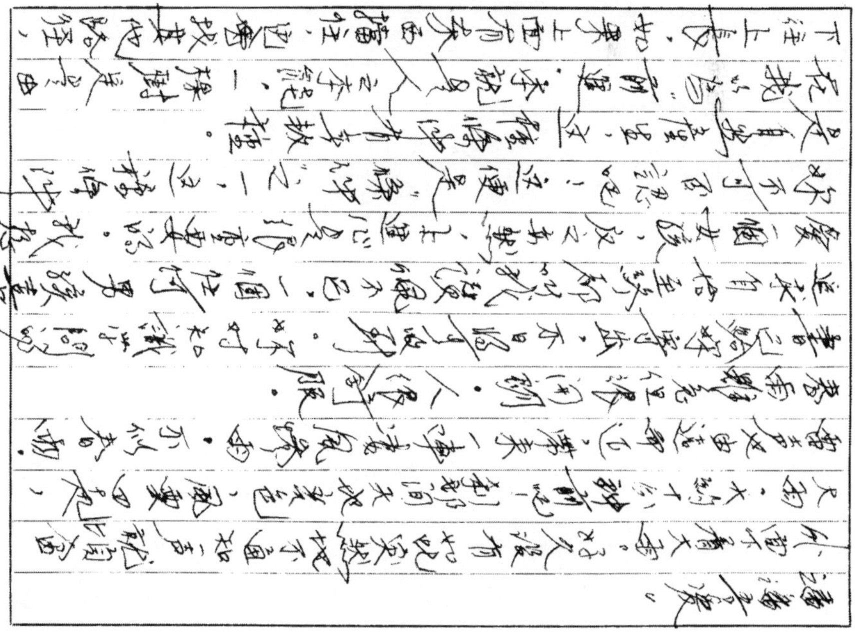

潘潘吾愛：

我又花田到高登了。昨天中午回來，就緒完畢，昨晚睡了一個好覺，睡得沉沉，一覺到天亮。

一早起來，涼風起，很冷，早晚依然是很冷。所以我這兒還是大夾克穿在身上。有二十天沒住高登，更感高登的親切，也許是「小別勝新婚」的心理作用。高登雖然荒涼，一無所有；但是，如果妳來一可惜妳沒有機會一妳一定會喜歡這海中小島。晨觀朝陽，夕賞落日；雪白的海浪翻飛衝擊，帶給人是心境上的一種愜意。有位哲學人的一句話"海浪衝著海岸，才有美麗的浪花。"人生要不斷地衝擊。正合乎咱們老大中國人古語「天行健，君子以自強不息」。

唯愛能填平這些間隙的鴻溝。

潘潘，妳以為呢！難乎？易乎？高論乎？

雨停了；風也停了。

風雨來時，實有寫信美感；風雨止息，信也將完成。

今晚有人請吃飯，高登雖是一無所有，但是聚會也是常有，大家輪流來，吃得不亦樂乎。我對吃很有限量，有時也難到非大吃大喝直到醉，否則不能盡興而退。真是不亦苦哉。

現在是下午四點，快開始了，妳不在身邊，否則帶妳去擋酒。啊，妳給人擋過酒沒？

妳一妳。

好夢串串……串

夫 成駿 69.3.30.

國軍標準規定No.3-1-14(19×26.5)cm28½磅打字紙 @100 68. 9. 4500本 中心印

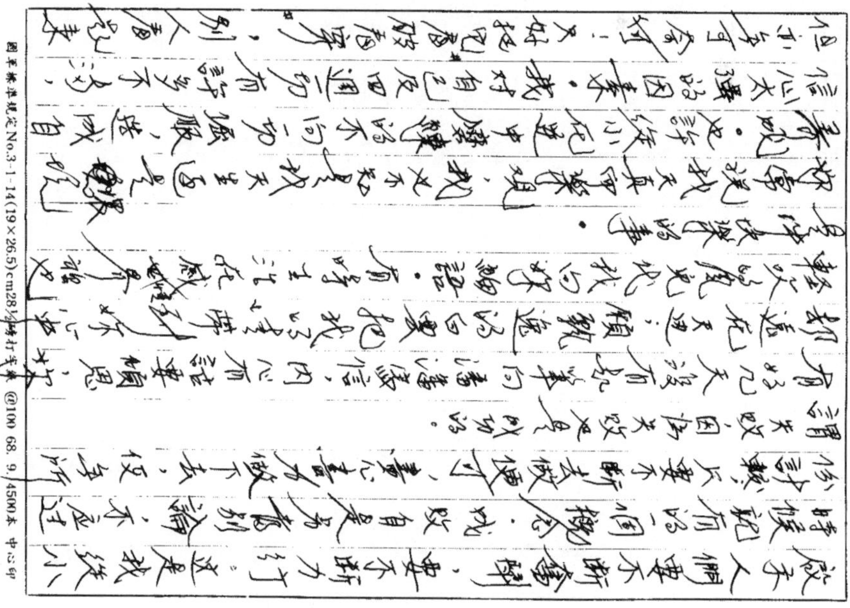

啟示人們要不斷奮鬥，要不斷力行。這是我從小
時候就有的一個概念。成敗自是另當別論，不應過
份計較，只要不斷去做便可，盡心盡力做下去，便無所
謂失敗，因為失敗也是成功的。
有好幾天沒有執筆向遙遠處信，內心有話要傾思，妳
都遠在天邊；願執遙遠的白雲把我的情帶到妳心中，
輕吹的風兒代我向妳細語。有時生活在感情世界裡也
是件快樂的事。
妳常說我天真、樂觀，我也不知是我天生這樣的性
喜吧。也許從小在逆中磨練的不向一切屈服，造成自
信心太強的因素。我對自己及四週一切有許多不滿，
但亦無可奈何！只好把它看破看穿，別人看我來

國軍標準規定No.3-1-14(19×26.5)cm28½磅打字紙 @100 68. 9. 4500本 中心印

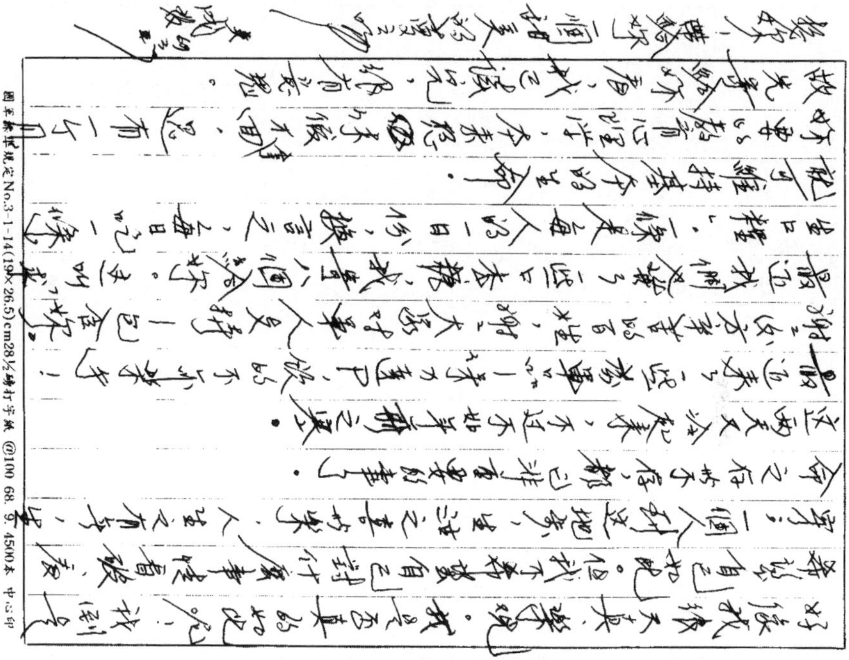

好像我很天真、樂觀。我是否真的如此呢！我倒是
希望自己如此。但我不希望自己對什麼事情看破、看
穿，一個人到這地步，生活之喜於樂，人生之有無，生
命之存於不存，都已非重要的事了。
這兩天又冷起來，不過不如年前之寒。
最近來了一些勞軍品，一來方達戶，吃的不亦樂乎！
謝謝各方善心的百姓，謝謝大家對軍人支持。包含妳。
最近我們也發了一些口香糖，我分八個給妳。這叫求
生口糧。一條是每人的一日份，換言之，每日吃一條
就可維持基本的生命。
妳要的教育心理學，本來想給妳假，不用，還有一個月
故先寄給妳看，我已讀完，很有意思。
送給妳一個甜美的夢之吻
成效

國軍標準規定No.3-1-14(19×26.5)cm28½磅打字紙 @100 68. 9. 4500本 中心印

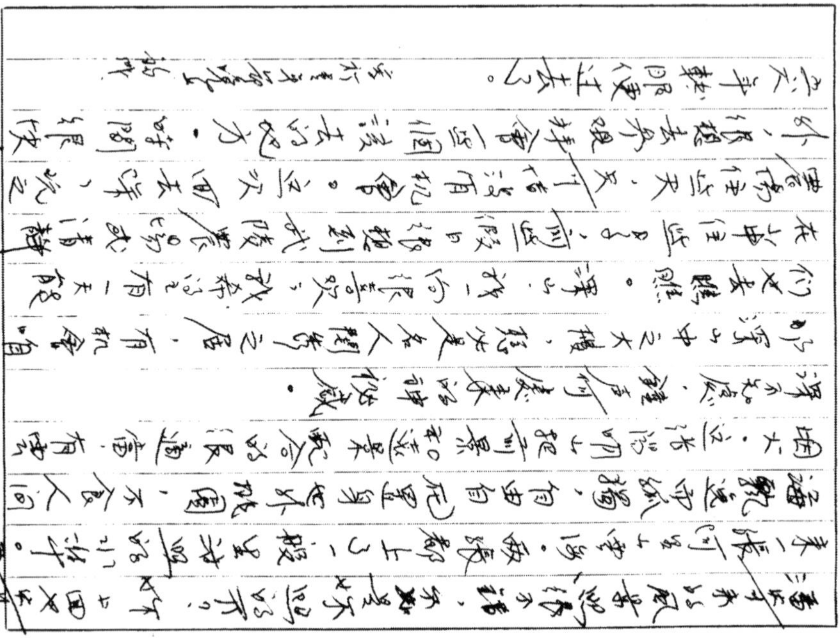

潘潘寄來的風景照很不錯，你還是不照的好，你上回也說來一張阿里山雲海。兩張都上了一般生活照的水準。海就這麼孤獨，自由自在置身世外桃園，不食人間烟火。這背陽明山把前景和遠景配合的很適當，有雲深不知處，鐘声何處來的神秘感。

那深山中之大樓，想必是名人閣部之居，有機會咱們也去瞧瞧。深山，我一向很喜欢，我希望有一天能在山中住些日子，前些假日很想到武陵農場或清靜農場住些天，只可惜沒有機會。這次回去時，玩之外，很想去外婆拜會一些個該去的地方。時間很快六天轉眼便過去了。

安祈早平節渡上

鈞帆

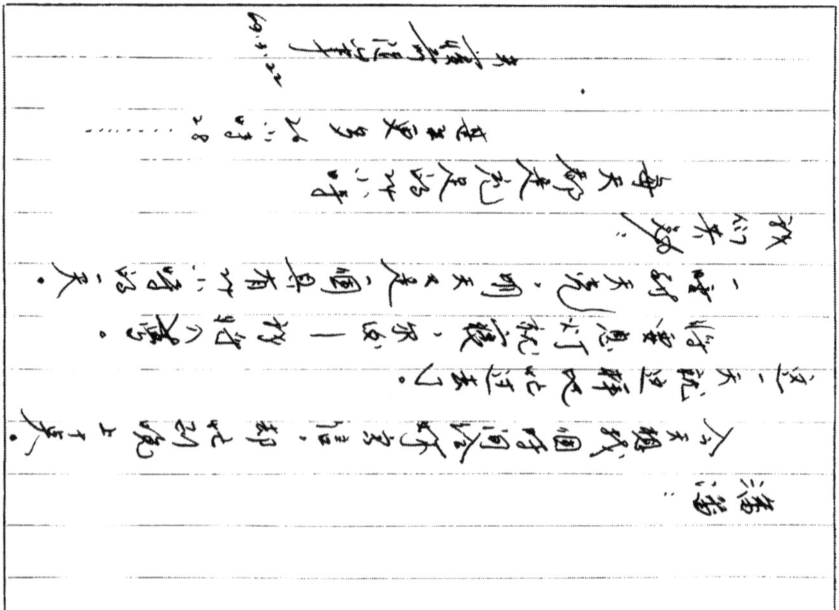

潘潘：

今天想找個時間給妳寫信，却忙到晚上十点。這一天就這樣地忙過去了。

將要息灯就寢，你也一樣將入夢。一睡到天亮，明天又是一個只有24小時的一天。

我們共勉：

每天都是充足的24小時

甚至更多 26小時 28……

隨筆

69.3.22

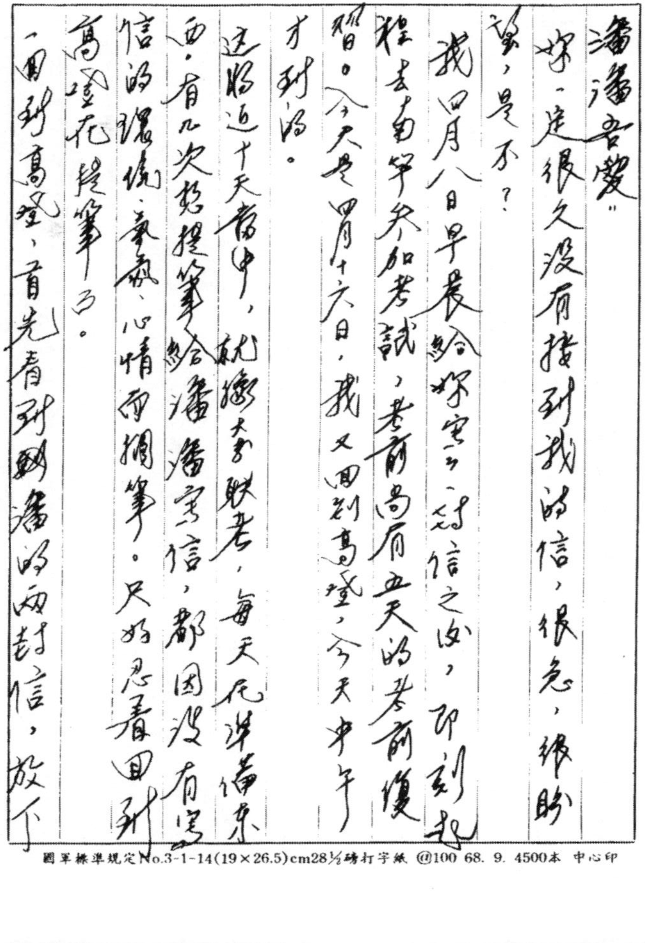

潘潘吾愛：
妳一定很久沒有接到我的信，很急，很盼望，是不？
我四月八日早晨給妳寫了一封信之後，即刻起程去南部參加考試，考前尚有五天的考前復習。今天是四月十六日，我又回到高雄，今天中午才到的。
這將近十天當中，就像大專聯考，每天忙準備東西，有幾次想提筆給潘潘寫信，都因沒有寫信的環境、氣氛、心情而擱筆。只好忍着回到高雄再提筆了。
一回到高雄，首先看到妳潘潘的兩封信，放下

圖軍標準規定No.3-1-14(19×26.5)cm28½磅打字紙 @100 68. 9. 4500本 中心印

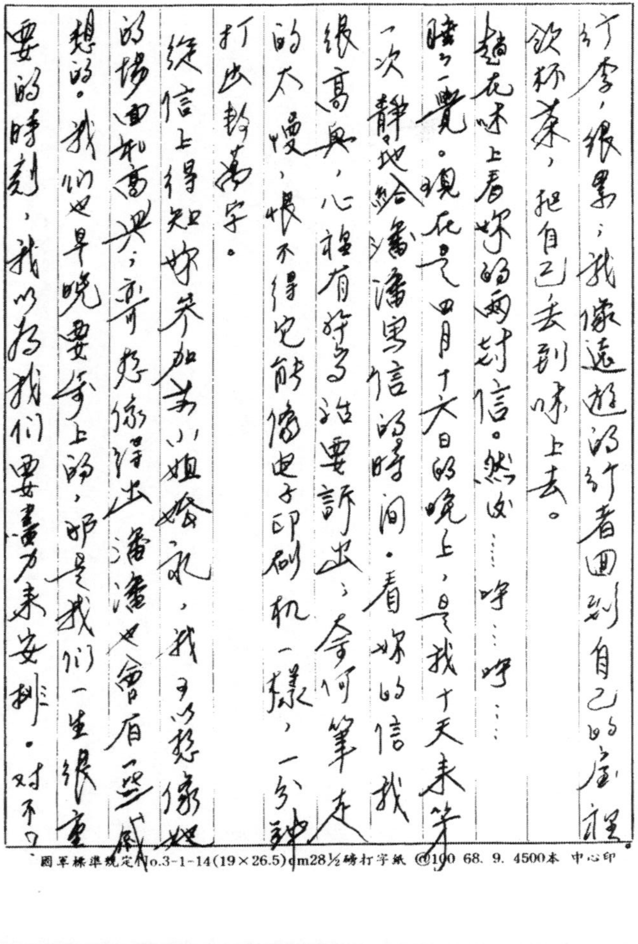

行李，很累；我像遠遊的行者回到自己的家裡，飲杯茶，把自己丟到床上去。
躺在床上看妳的兩封信。然後……呼……呼……睡了一覺。現在是四月十六日的晚上，是我十天來第一次靜靜地給潘潘寫信的時間。看妳的信我很高興，心裡有好多話要訴出；奈何筆走的太慢，恨不得它能像電子印刷機一樣，一分鐘打出幾萬字。
從信上得知妳參加弟小姐婚禮，我可以想像妳的場面和高興；亦可想像得出潘潘也會有些感想的。我們也早晚要走上路，那是我們一生很重要的時刻，我們得我們要盡力來安排。對不？

圖軍標準規定No.3-1-14(19×26.5)cm28½磅打字紙 @100 68. 9. 4500本 中心印

我們訂婚時很開心，很興奮。但外表好像有些
不自然，這可能與自己浪漫的心，不受限制的心有
關。我自小不喜愛限制，總要自由自在，現
在竟要，身陷入囹圄，內心卻常常似乎有野馬
潘潘，妳覺出一點嗎？
某老師結婚妳包600，還把我大名簽上，妳事事
做的相當好，而且動人。讓我銘記在心。日後多效
奉上。謝謝。
寄給妳的書、畫，收到了嗎？
親一個。晚安。
快樂
愛妳的
弼成 上 六○、四、十六晚上

潘潘吾愛：
伊遊明潭，伊沐溪頭風。
很叫我神往，可惜我只能在遙遠的海外，望穿潭
雲；把心語和情先寄日月潭、溪頭。
五媽的話我會記着帶回。勿念。
看妳的信，知道妳盼望很切，每封信上都提到人
人，似乎都生活在想念和盼望當中；男男女女，萬
事萬物。如花草之想念陽光水份，如人們之盼望
快樂、幸福；如潘潘之望君之愛，如弼成之思
妻子日夜更是此中之典型。
上帝造物之妙，真是不可思議。
長大了！人開始感覺江湖之孤獨寂寞。深信

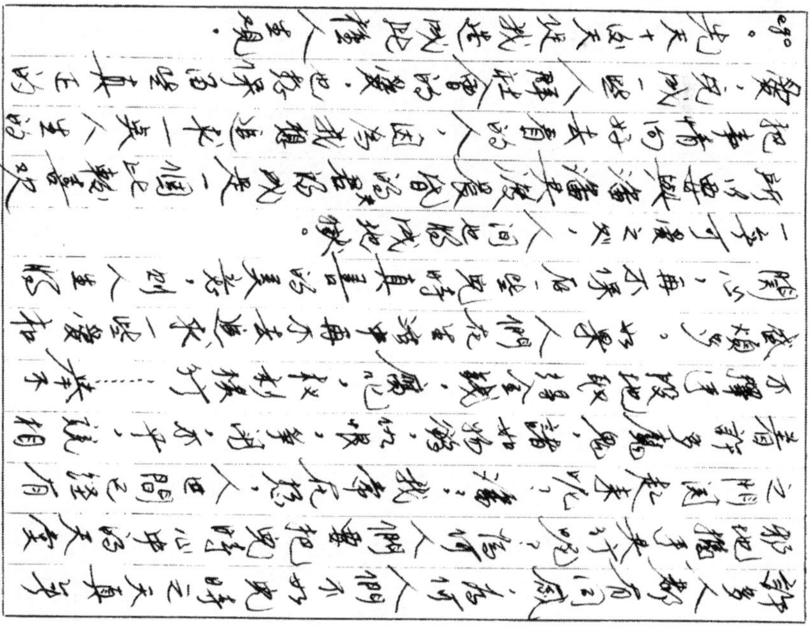

許多人都有同感，為何人們不如兒時之天真無邪地攜手共行呢？為何人們要把兒時心中的天堂之門關起來呢？潘潘，我常在想，人世間已經有着許多魔鬼，諸如物欲，仇恨，爭鬥，不平，……就相不擇手段地取得金錢，廣叱，權利積行……等不盛煩多。如果人們在生活中再不去追求一些愛和關心，再不保存一些兒時真善的美意，則人生將一無可愛之處，人間也將成地獄。

所以要與潘潘共渡晨昏的夫君將成是一個比較喜歡把事情向好去看的人，因為我想追求一真人生的愛，完成一些人群社會的愛，也想保留些真正的ego。先天+後天促我造成此種人生觀。

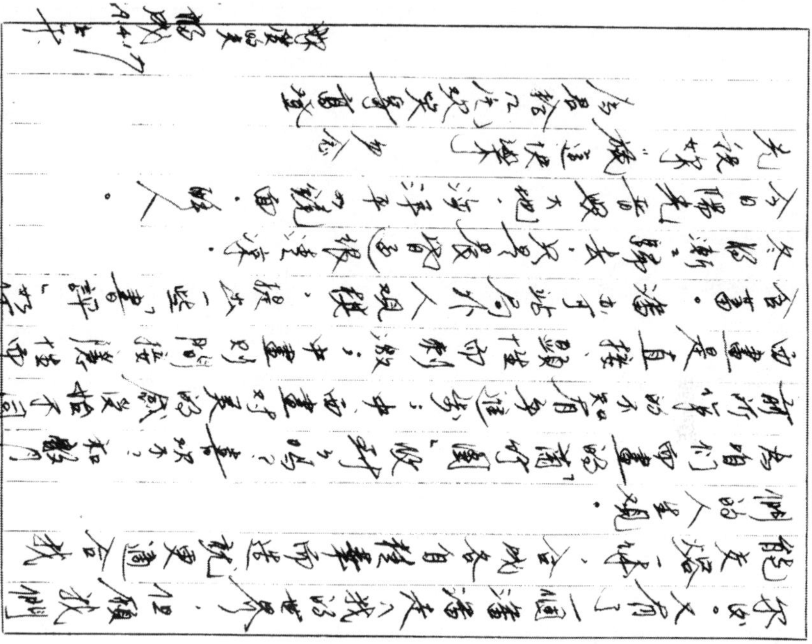

你的。又有了一個潘潘走入我的世界，但願我們能交熔一體，合成各自種華而造就更適合我們的人生觀。

為咱們西畫的「蘭竹園」收到了嗎？喜歡不？和數月前所作的不知有多進步；中，西畫對美的感受始不同西畫是直接、顯性而刺激；中畫則間接隱性而含蓄。潘潘可站局外人觀摸，提出一些「書評」如何？

冬將漸漸歸去，只是晨昏還很清涼。

今日陽光普照大地，淨平如鏡面，醉人。

先祝妳"旗"進快樂

為君拾几件歡笑寄高燈 少念

妳愛的夫

昭成 1/4 上午

親愛的潘潘：

　時光荏苒，兒童節才過又到中旬，五月在望了。看妳信知我們的兩個媽媽身體都有不適現象。妳遠在台北，還要來服侍媽看病，真是過意不去（雖然妳已算她女兒總覺是「新女兒」）。相信她會更喜歡妳。

　台南的媽媽腳痛，這是上一代人對我們辛苦一生之後，所留下的摧殘痕跡。每次想到老人家許多病痛，那家庭的奮鬥歷程，時代之悲歌，個人之命運等，都忍不住要感慨千萬。我沒台休假，咱們再回台南看看媽。不知我媽喜歡吃些什麼東西。

　洪齡妳自始至終我就很感謝她，除了我和她丈夫有不同交情之外，她的樂於助人、開通見解都

不愧是位"現代婦女"的風範。她對自己愛情的執着也很叫人佩服，妳常和她接觸，女伴是常會談些較深入的問題的。不久後，妳和她一定談的來。她叫妳"潘妹"，對不？好！妳又有一個妹妹了。她是婦幼衛生的內行人，妳想了解的，她該可以給妳滿意的答覆。

我昨天才接到她丈夫的信，談些"男人的事"。

今天沒事，給妳寫封信。寫一下現中孫中如何。並盼去教個手，看看……

　　說

愉快

夫 [illegible]

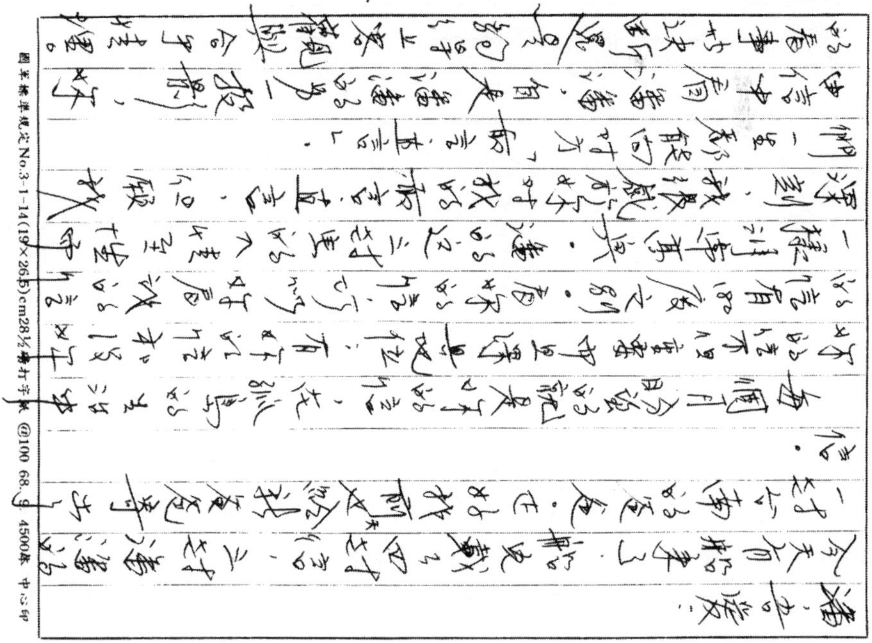

潘，吾愛：

今天有船來了，船包載了四封信，三封潘潘的一封台南的爸爸。正好我前天也給爸爸寄出了信。

每個月盼望的就是妳的信，在孤島的生活中妳的信不但重要而且深具地位；有妳的信和沒妳的信有180度之別。看妳的信，好似妳在說話的情一樣非常真實。潘的這三封更的入情至性而深刻，我很感於妳對我的前言、直言，但願我們一生都能向對方「前言、直言」。

由信中看潘潘，自是潘潘的另一投影，妳的看事於決斷，是夠得上客觀與合乎情理。

國軍標準規定No.3-1-14(19×26.5)cm28½磅打字紙 @100 68. 9. 4500本 中心印

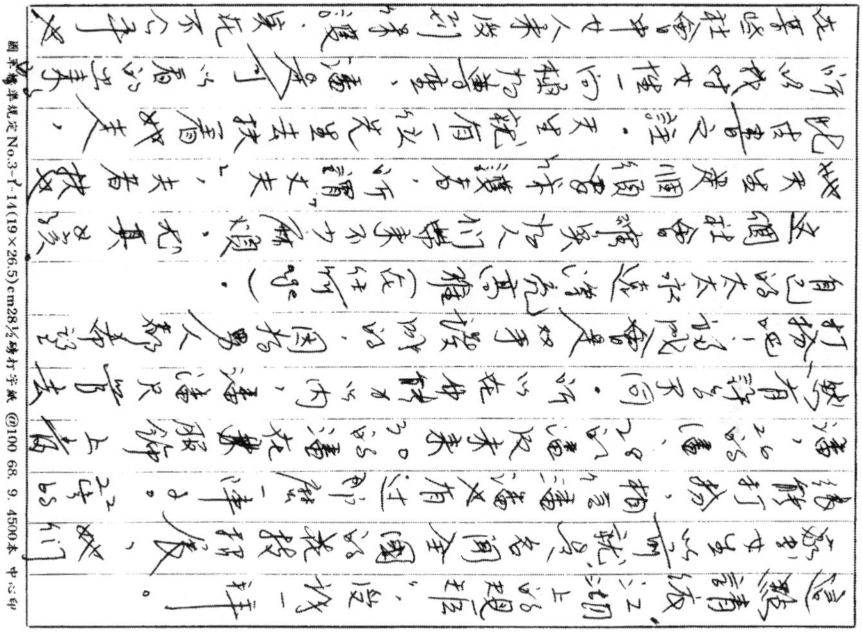

這點請依江湖上的規矩，從我一拜。

家對女生以前就是名聞全國的花枝招展，她們很能打扮，相信潘潘也有過那麼一陣子。潘，26的潘、28的潘及未來32的潘在衣服飾上當然有許多不同。所以在我能力以內，潘潘只管去打扮吧！誰說會是好事讓叫的，因為男人都希望自己的太太永遠漂亮高雅（在任何age）。

這個社會確實為人們帶來不少麻煩，尤其女孩她天生是個須要保護者，所謂「丈夫」，夫者扶也比古書之註。天生就有一位先生去扶著她走，所以我對女性一向極為尊重，潘是可以看的出來的在某些社會中女人未受到保護，實在不公平也

國軍標準規定No.3-1-14(19×26.5)cm28½磅打字紙 @100 68. 9. 4500本 中心印

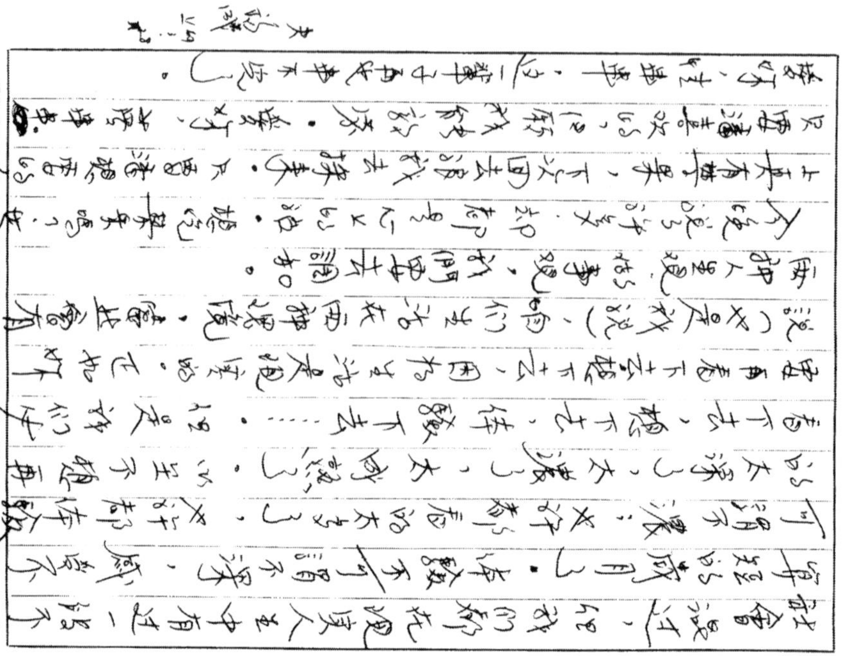

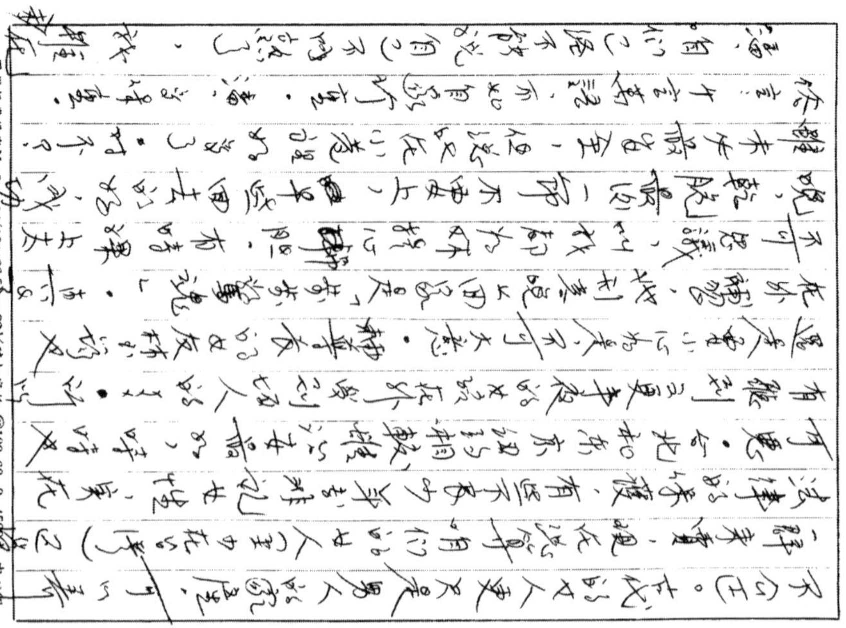

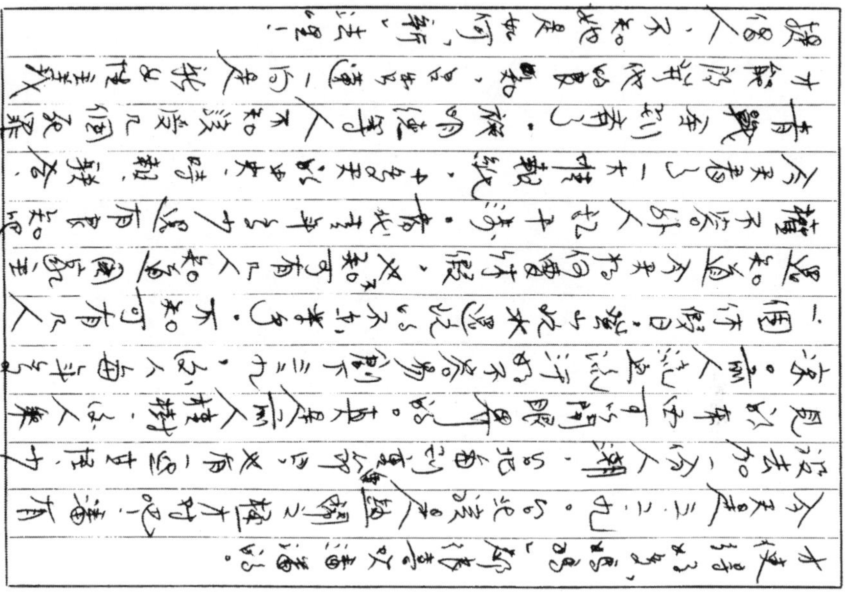
才使得好多媽媽都很喜歡潘潘的。
今天是三二九。台北該是人與擠之極才對吧！潘有
沒去加一份人潮，每到這個節日，必有一些古怪，少
見的東西可以開眼界的。真是前人種樹，後人乘
涼。前人流血流汗好不容易創下三二九，後人每年每
一個休假日，登山玩水還玩得不亦樂乎。不知可有几人
還知道今天為何要休假，也不知可有几人知道國家主
權不容外人干涉。當代青年多少還有良知吧
今天看了一大堆報紙，十多天的中央、時報、聯合、
青戰全到齊了。施明德等人不知該受几個死罪
才能除掉他的良知，呂秀蓮一向是我女性主義
提倡人，不知她是如何「新」法喔！

圖軍標準規定No.3-1-14(19×26.5)cm28½磅打字紙 @100 68. 9. 4500本 中心印

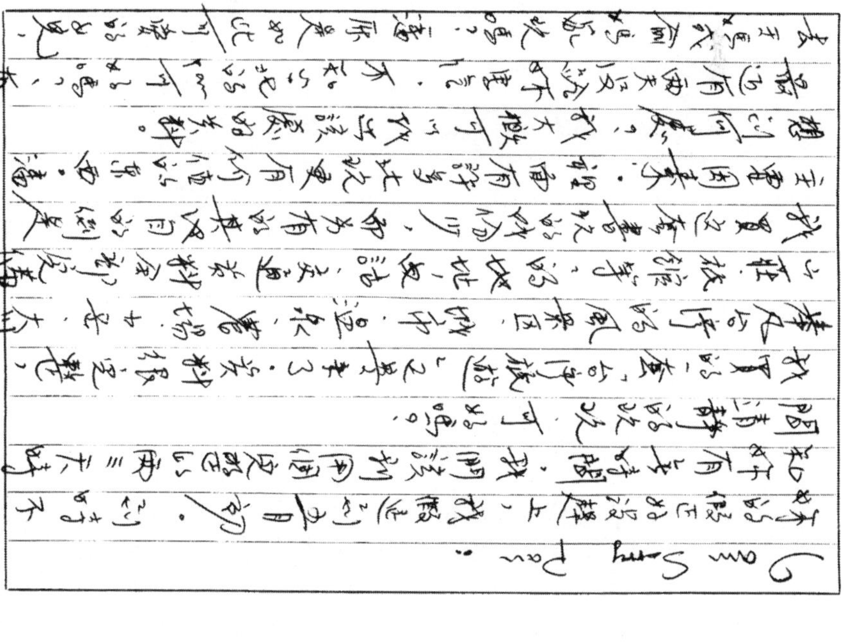
Sonny Pan：
妳的假正好沒趕上，我假延到五月初。到時不
知妳有無時間，我們該利用個完整的兩三天時
間清靜的玩玩，可好嗎？
我買的一套「台灣旅遊」已寄來了。資料很完整，
舉凡台灣的風景區、城市、溫泉、農場、小吃、大小
山莊、旅館等等的地址、電話、交通資料全部完備，
我買這套書玩的時候少，而另有的其他目的倒是
主要因素。裡面有許多比玩更有價值的東西。潘
想到何處？我大概可以找出該處的資料。
最近有兩天沒給妳寫信，不知妳也都好嗎？有
去天母或俞媽家玩嗎？潘原是如此可愛的女兒，

圖軍標準規定No.3-1-14(19×26.5)cm28½磅打字紙 @100 68. 9. 4500本 中心印

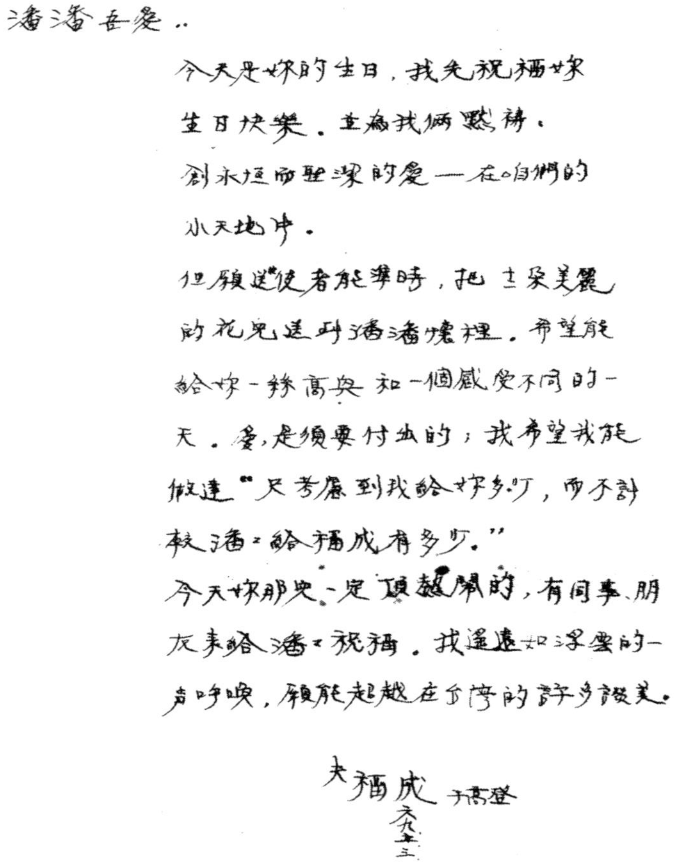

潘潘吾愛：

今天是妳的生日，我先祝福妳生日快樂。並為我倆默禱，創永恆而堅深的愛——在咱們的小天地中。

但願送使者能準時，把五朵美麗的花兒送到潘潘懷裡。希望能給妳一絲高興和一個感覺不同的一天。愛，是須要付出的；我希望我能做到"只考慮到我給妳多少，而不計較潘潘給福成有多少。"

今天妳那兒一定頂熱鬧的，有同事、朋友來給潘潘祝福。我遙遠如浮雲的一聲呼喚，願能超越在你心中的許多讚美。

夫福成 于高登
六九.三.二

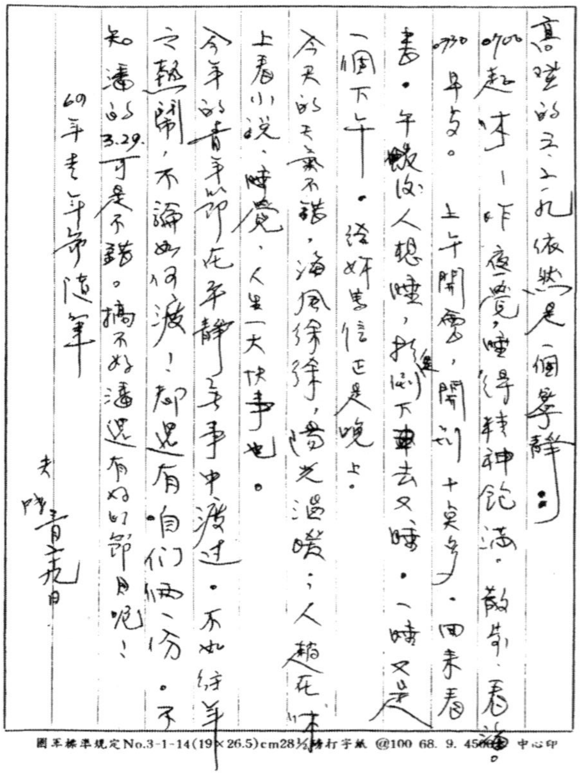

高雄的三二九依然是一個寧靜：

0700起床，昨夜覺睡得精神飽滿。散步、看海。0730早安。上午開會，開到十點多。回來看書。午飯後人想睡，於是倒下睡去又睡。一睡又是一個下午。給妳寫信正是晚上。

今天的天氣不錯，海風徐徐，陽光溫暖；人躺在床上看小說、睡覺，人生一大快事也。

今年的青年節在平靜無事中渡過。不如往年之熱鬧，不論如何渡！卻是有咱們倆的份。不知潘的3.29.可是不錯。搞不好潘還有好的節目呢！

60年青年節隨筆

夫 [illegible]

圖军標準規定No.3-1-14(19×26.5)cm28½格打字紙 @100 68. 9. 450000 中心印

瀟灑書懷

一個夏夜風輕的上午，只覺一陣快活

站在平靜地凝視河畔時，總向更遙遠天，也向近處

人，站在山丘上的懷想

冷冽，海鷗飛翔

世界的喜難，煩惱；人生的責任，憂傷…………

也像輕雲飛逝，消失

女人都是男人身側的寄託、女人的溫柔

男人也想…………

世界假如……那該多好呢？？？

可惜，……越南、阿富汗、中國…………

不想了，我，只是恒河之沙一粒

還是來追尋我內心所構思的意圖，因為我只是在

也讓別人深知自己存在

有個女孩說過一段見過的女孩一、要得別人之肯定，

先要接納別人一些不違反大原則的錯或對

不必像大海中的孤島一永不改變

老實，事物皆不重要，你只存在

69元23看海有感

[illegible]

潘潘吾愛，

一、洪玲好（秦總）：8717121／3551

二、洪的姊姊 8336233（台北）8320817（台北）

三、她家，妳去過的：市碑路民六路114巷39弄1號3樓之3。

以上是要找她的三個資料，清楚否？

四、有關one和ana's的詳釋參閱附件一。

聽到吾愛的潘要去台中看我爸媽，我真高興。雖然我爭我不在，但潘到了，多少了去老人家一份思子之情。每年

過這個重要時間媽都要流淚。沒辦法，老人家情緒無法控制，以前我常受不了，後來剋制住：那樣太痛苦，人有時要麻木些，才能在這個社會生存下去。儘實實在是動人，只是太痛苦，何必那樣折磨自己呢？

陳銘銓回來了，今天上午回路。他報告了一些我請他辦的事，均期完成。他和女友與潘潘共吃越南菜及聊了些fun的事，他描繪妳很成熟可人，他女友很喜歡、欣賞潘潘，大家聊的很開心，沒有甚麼界線。聽了叫我心花怒放，高興極了，妳的高興便是我的高興。

送給妳的一套中國新文學大系，妳一定很喜歡，是桂

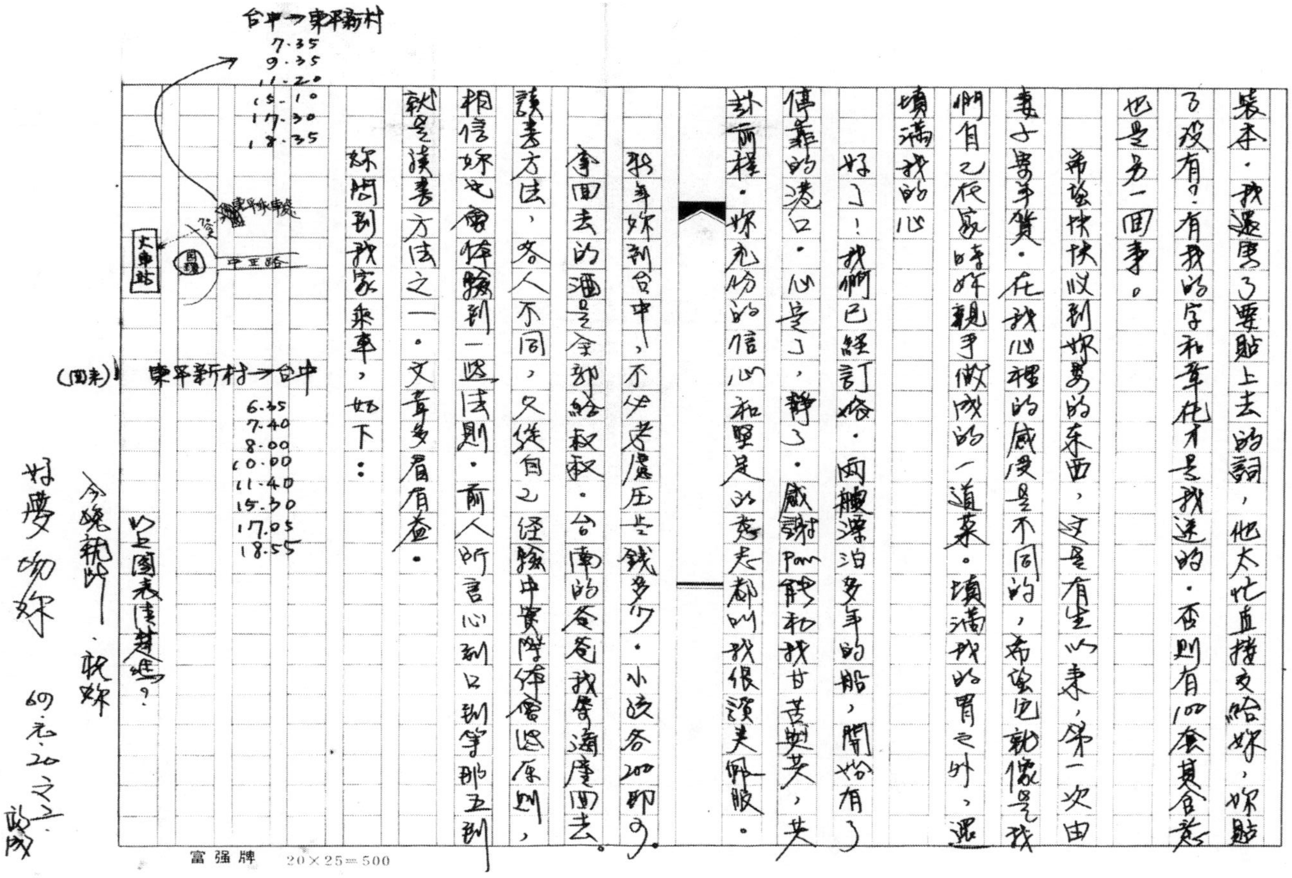
裝本。我還寫了要貼上去的詞，他太忙直接交給妳，妳貼
了沒有？有我的字和章佗才是我送的。否則有100套莫名其
也是另一回事。

希望快快收到妳要的東西，這是有生以來，第一次由
妻子寄年貨。在我心裡的感受是不同的，希望它就像是我
們自己在家時妳親手做成的一道菜。填滿我的胃之外，還
填滿我的心

好了！我們已經訂婚。兩艘漂泊多年的船，開始有了
停靠的港口。心定了，靜了。感謝Pam能和我甘苦與共，共
赴前程。妳充份的信心和堅定的意志都叫我很讚美佩服。

那年妳到台中，不必考慮花些錢多少。小孩各200即可。
拿回去的酒是全部給叔叔。台南的爸爸我會適度回去。
讀書方法，各人不同，只能自己經驗中實際體會些原則，
相信妳也會體驗到一些法則。前人所言心到口到手那五到
就是讀書方法之一。文章多看有益。
妳問到我家乘車，如下：

以上圖表清楚嗎？

今晚就此，祝妳
好夢如妳
69.元.20 文立 敬啟

富强牌 20×25＝500

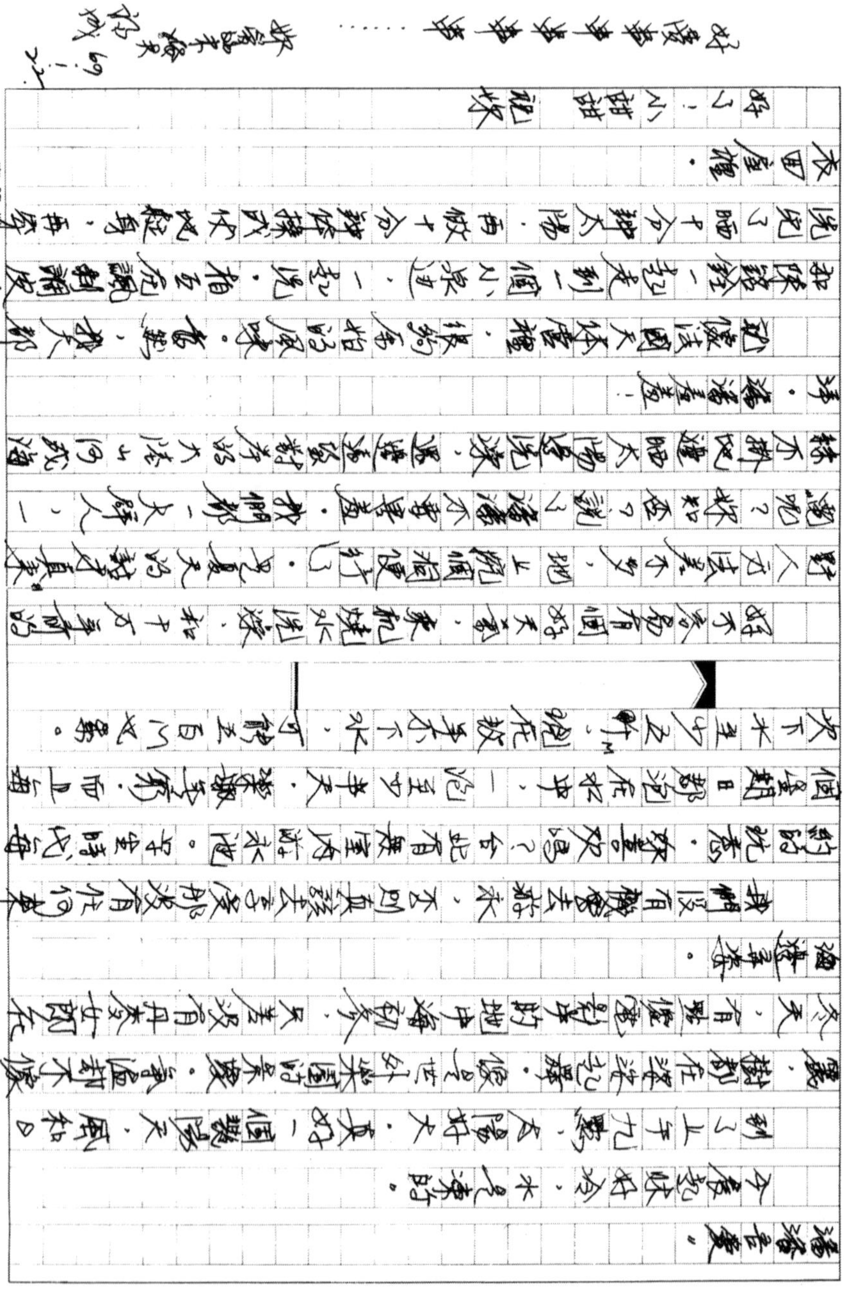

潘潘吾愛"

今夜此地好冷，水是凍的。

到了上午九點，太陽好大，真好一個艷陽天，風和日麗，樹都在婆娑起舞，像是世外桃園的景象，氣溫卻不像冬天，有點像電影中的地中海初秋，只差沒有丹麥女郎在海邊弄姿。

我們沒有機會去游泳，否則真該去享受那沒有任何束約的玩意。妳喜歡嗎？台北有無室內游泳池。學生時代每個星期日都泡在水中，一泡至少半天。樂趣無窮。而且每次下水至少五仟M。現在放手不下水，可能五百M也累。

好不容易有個好天氣，乘機燒水洗澡，和十万年前的野人方法差不多，地上挖個洞便行了。只是夏天的話才真來勁呢？妳知否？說了潘潘不要害羞。我們都一大群人，一絲不掛地邊曬太陽邊洗澡，還邊遙望對岸的大陸山河或海淨。潘潘羞羞！

記得法國天体營裡，很夠原始的風味。首先，我大都和陳銘銓一起走到一個小泉邊，一起洗，相互庇諷制調皮洗完了曬十分鐘太陽，再做十分鐘体操或伏地挺身，再穿衣回屋裡。

好了！小甜甜　祝妳

好夢串串串串串串……

妳愛的未婚夫
訪城 69.1.22.

富強牌　20×25=500

潘潘吾愛：

這回一下子收到妳的五封信元月8、9、10、14、15，可真高興極，大約有三個星期心裡沒這麼高興快活與充實美滿。

得知妳上課心裡又平靜了，真是一大喜事。對希望接受希望的人，一顆平靜的心是必要條件。但願我們都能利用這青春尚在時多求些知識學問。我不希望妳是教育家，喜歡潘潘是個好老師—學校中的好老師和兒女的好媽媽兼好老師；也不必去追求鋼琴家的地位，我却希望妳是會play鋼琴的好妻子。

就我們男人而言，追求的東西往往和女人有別。女人都百般希望丈夫的事業如鵬程之萬里，不動不倒不搖地有如泰山的磐固般的保護着她。男人何止於此吧！

妳學吉他了！只會單音。真有味道吧！沒關係，正好妳說：音樂是自己的調味品。知道如何調味便可，信中可知，潘潘極希望自己的家"好"，我何不呢？

但我要提出一句古人言來做我們的提醒：

金字塔非一日造成

菜根譚一書中更言：慢事宜急，急事宜慢。

我們的上一代在台灣經營了三十年，只不過造就出一個陸官畢業的陳炳成和一個家事畢業的潘玉鳳，其他真是一無所有。現在看我們的，妳我對前程事業充滿信心，但這是日積月累的。我們不時的努力，不要偷生，不要過一天算一天。如此，我們的人生是愜意的，也是成功的。當然妳為女兒身，能為台南的家和台中的家着想，真是了不起。不過這要等己立才能立人，要己達才能達人。對不？孔老夫子的話雖是二千年前，亦很有道理。

放心，妳的既成從未去掉對自己事業的追求；未去掉對學問的盼望；就像是我再也不去失掉自己對婚姻的愛情，不論走至天涯，奔到海角，富甲天下或一貧如洗，妳就是我永恆的情人，如日之恆，如月之恆。一息尚存，此情不移，此志不改。

廣義的和另一位性別的女和我有相同個性，否則三個也不會在一起。志同道合的朋友在世上並不多。尤其物質生活享受到極點的今天；何謂朋友之義，何謂夫妻之情，難免有些人對其定義誤解的。

感謝上帝，我在滾紅中找到了妳，一個出於泥而不染且更挺拔秀潔的妳；妳是個好女孩，好妻子，好媽媽。

69.九.20　一之一

[illegible]

潘、吾愛"

今天沒有事，都在想妳。

給妳訂的學生英文雜誌已經訂好久了，不知道初一期妳到否？一定沒有，它一年只有八期。這本書我在以前的書信裡提過，深了一些；不過讀書總要看些深的，以免停留在「這是一本書」和「這是一枝筆」的階段。此書的本篇常有我英文法的解析，對外文進修很有益。

如果妳二月九日回台南，我在元月底發的信都可寄下此；二月初的信就要寄回台南。到二月二十左右又要寄回台北。希望妳能準時收到我的信。

要寄回台南的家的海產不知要寄些什麼？現在尚未寄出，不知爸媽喜歡什麼。等妳回信一定來不及過年用，所以過兩天我派人去代買。馬祖的黃魚鯗乾在金門比較響亮，所以我想寄些黃魚鯗乾再加上其他海產。選些好的，讓潘也會嘗到一口。

過年碰到妳、我大哥和弟妹們，都請代我問安。前線將士保家衛國，讓妳們平安過年，職是之故，不能與諸位團聚。實是美中不足。

今天天氣比以往好，像春天，不太冷，可惜沒有花。

買給妳的兩本「文哉」書，研究的有心得否？十年前看這種書覺得有罪惡感，現在沒有了。人總要有進步，這是進步？還是退步？潘潘以為呢？很明顯的，就我倆之間應是進步的。因為道德標準隨著時空而改變，五百年前和五百年後都有180度的不同。以我們父母輩到吾等，到我們兒女輩又會有很明顯的不同。在社會上人要永遠固執於一是很難的，故曰：人在江湖，心不由己。

照片洗好沒？本來是不怎麼急，也不怎麼想；但是太久未看潘潘，很想看看我們的倩影，一睹相片。老等不來是不是沖洗未照完。這是pam第一次穿紅色禮服拍照，滿面春風。pam pam一笑，全世界也為之一笑。花兒開懷。

快晚上11點了，妳睡了沒？看書？寫信？play鋼琴？還是在看我送的中國現代文學大系。這真是「大」書了。

我想睡了，所以筆也想休息了；還記得吻妳以甜蜜嗎？吻pam是一生最大享樂之一；但願一個月有許多26號，一年有好幾個12月26日。今夜給妳像26早晨那樣的甜蜜。還有12月16日是我們訂婚紀念日。晚安

Kiss me good night

妳[illegible]的未婚夫
聰
69.1.24.

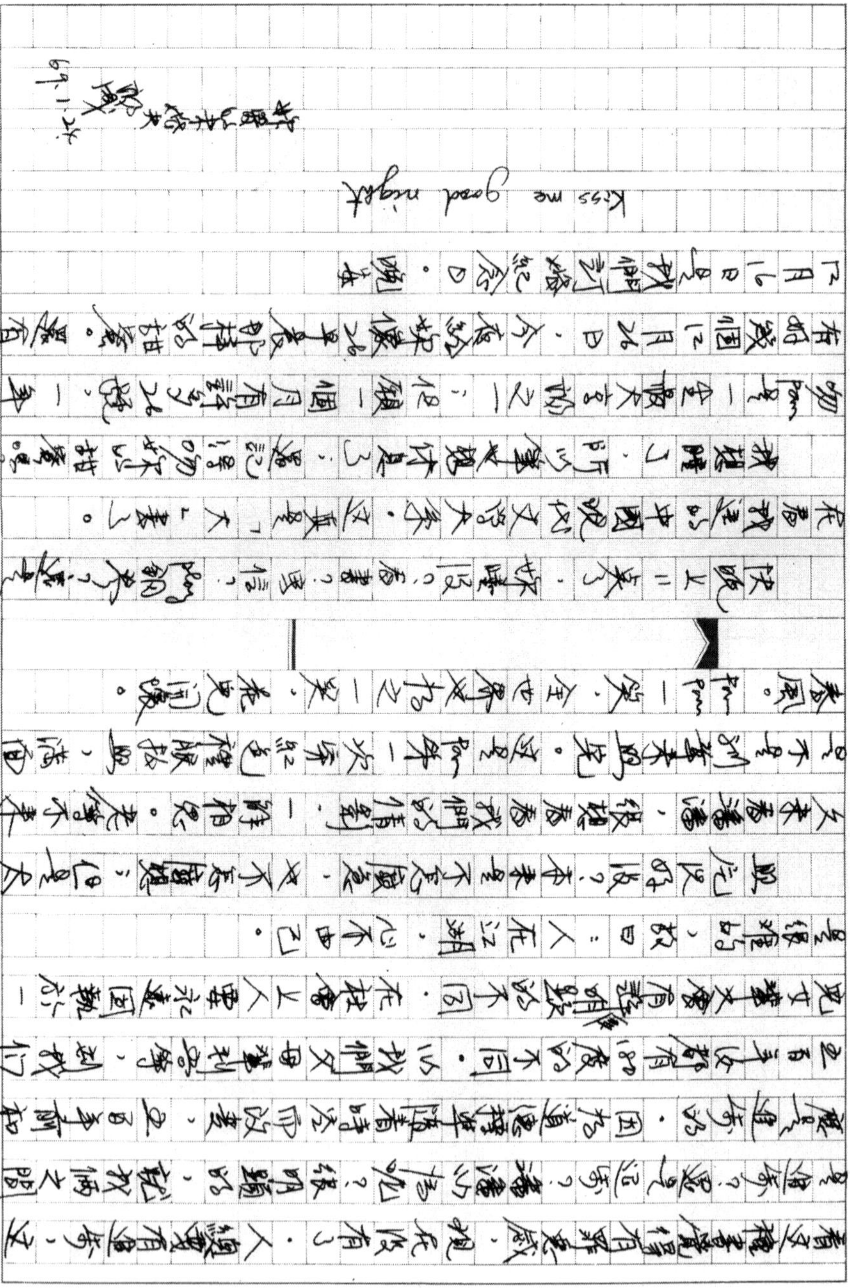

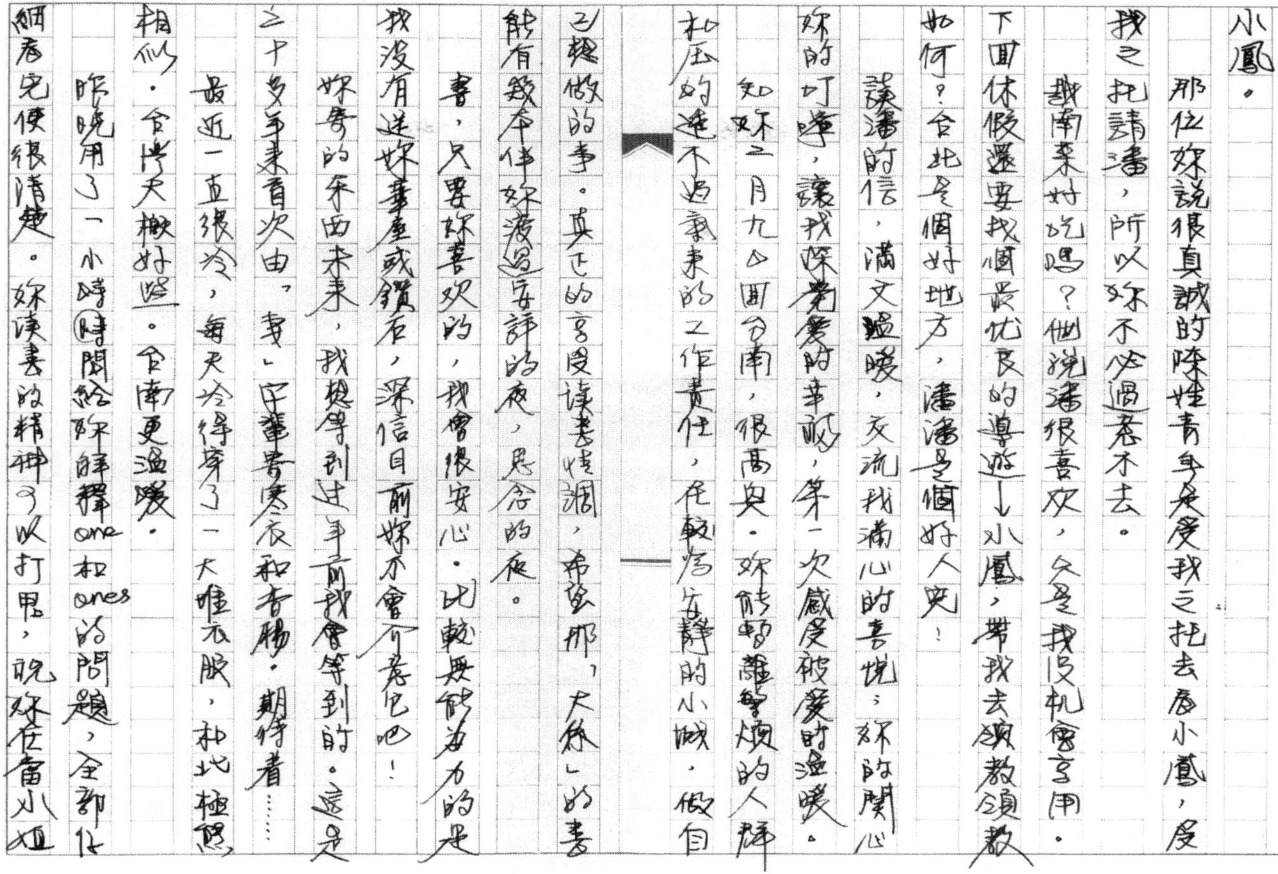

小鳳。

那位妳說很真誠的陸姓青年是受我之托去看小鳳，是我之托請潘，所以妳不必過意不去。

越南菜好吃嗎？他說潘很喜歡，只是我沒机會享用。下回休假還要找個最优良的導遊—小鳳，帶我去領教領教如何？台北是個好地方，潘潘是個好人呢！

讀潘的信，滿文溫暖，交流我滿心的喜悅；妳的關心妳的叮嚀，讓我深覺愛的幸福，第一次感受被愛時的溫暖。

知妳之月九日回台南，很高興。妳能夠離鬧煩的人群和壓的透不過氣來的工作責任，在較為安靜的小城，做自己想做的事。真正的享受讀書情調，希望那「大伙」的書能有幾本伴妳渡過安靜的夜，思念的夜。

書，只要妳喜欢的，我會很安心。比較無能為力的是我沒有送妳華座或鑽石，深信目前妳不會介意它吧！

妳要的東西未來，我想等到过年前我會等到的。這是之中多年来首次由「我」字華寄寒衣和香腸。期待着……

最近一直很冷，每天冷得穿了一大堆衣服，和北極熊相似。台灣天概好些。台南更溫暖。

昨晚用了一小時時間給妳解釋 one 和 ones 的問題，全部化細看完便很清楚。妳讀書的精神可以打甲，說妳在當小姐

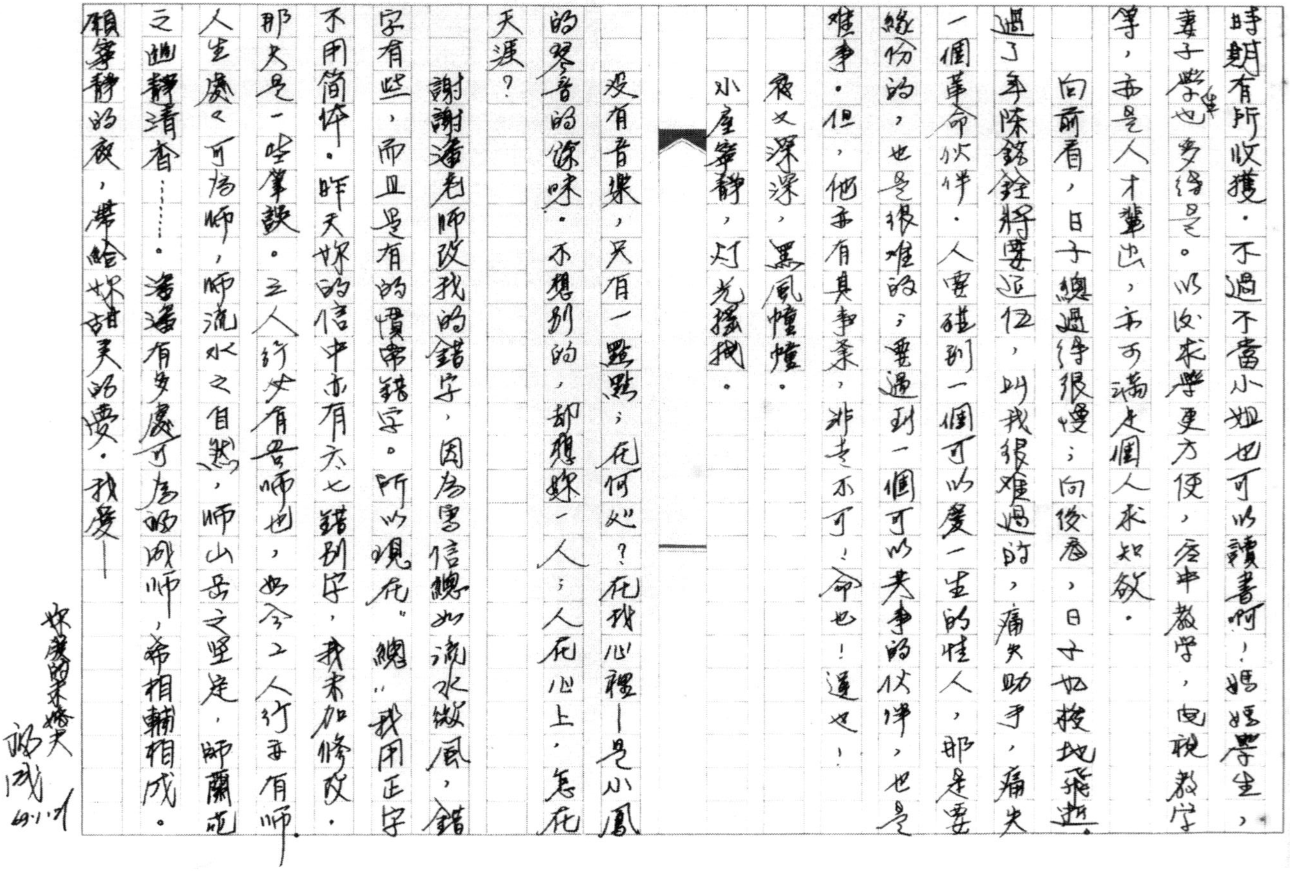
時期有所收獲．不過不當小姐也可以讀書啊！媽媽學生，
妻子學也多得是。以後求學更方便，空中教學，電視教學
等，要是人才輩出，亦可滿足個人求知欲．

向前看，日子總過得很慢；向後看，日子如梭地飛逝．
過了年陳銘銓將要退伍，叫我很難過的，痛失助手，痛失
一個革命伙伴．人要碰到一個可以愛一生的佳人，那是要
緣份的，也是很難的；要遇到一個可以共事的伙伴，也是
難事．但，他要有其事業，非去不可！命也！運也！

夜又深深，黑風幢幢．
小屋寧靜，燈光搖曳．

沒有音樂，只有一點點；在何处？在我心裡——是小鳳
的琴音的滋味．不想別的，卻想妳一人；人在心上，怎在
天涯？
謝謝潘老師改我的錯字，因為寫信總如流水般風，錯
字有些，而且是有的慣常錯字．所以現在"總"我用正字
不用簡体．昨天妳的信中亦有六七錯別字，我來加修改．
那只是一些筆誤．三人行必有吾師也，如今二人行亦有師．
人生處處可為師，師流水之自然，師山岳之堅定，師蘭花
之幽靜清香……．潘潘有多處可為我的師，希相輔相成．
頗寧靜的夜，帶給妳甜美的夢．我愛——

妳愛的未婚夫
郎成
69.1.17

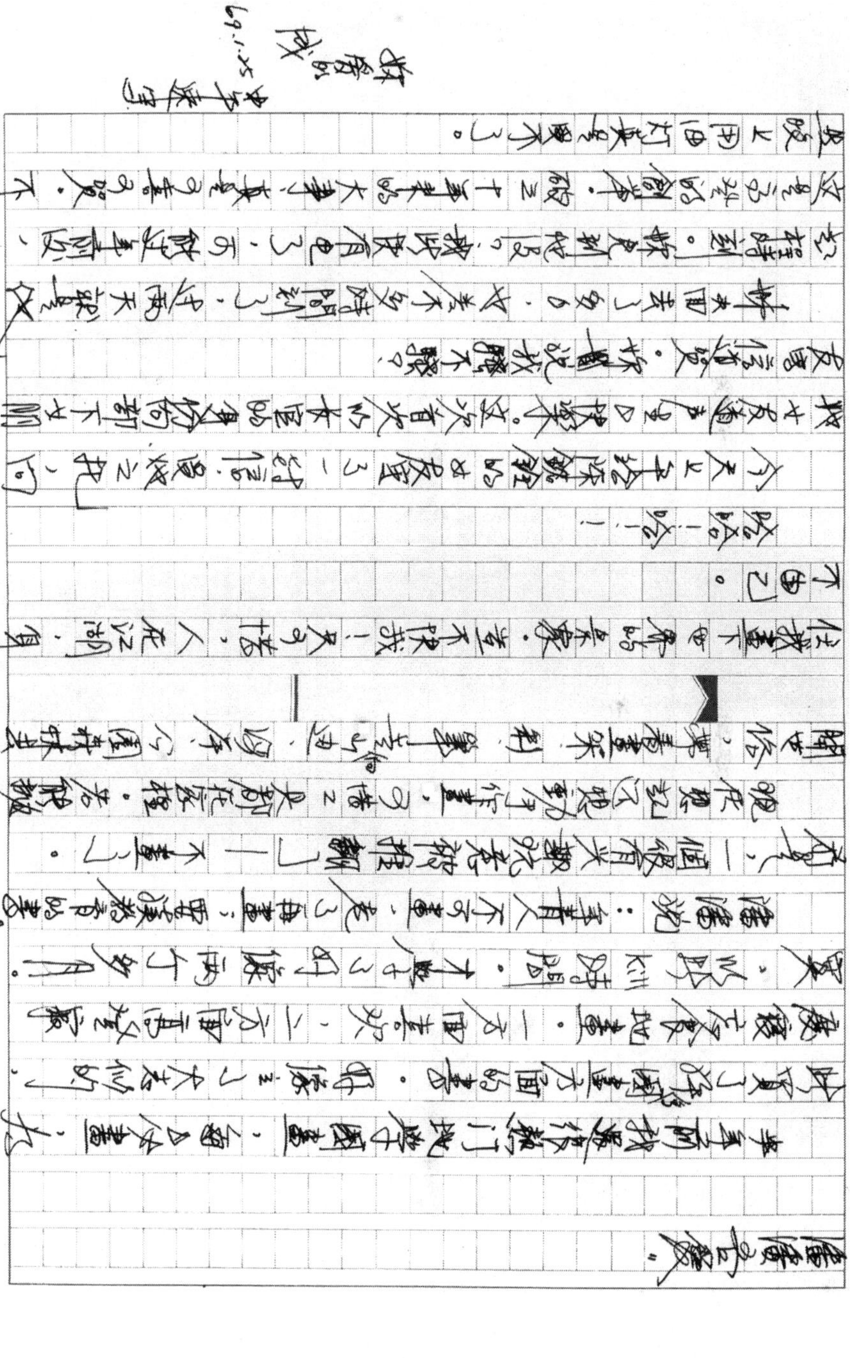

潘潘吾愛：

本來昨天有妳信，但是台灣船不來，聽說海峽的浪高達15級，所以不能行了。這一陣子天氣一直很不好，浪潮很少有平靜的時候。但願上帝保佑，用無邊的法力使海浪平息，感謝讚美主！

昨夜12點此間山邊的溫度低達零下2度，清晨起床時升到5度左右。所有人造料子和純毛織品似乎不太管用，穿了一身衣服，現在給妳寫信手上都帶著手套，否則手不太聽指揮。

沒妳的信，真是難受；附帶也沒有其他親朋好友的信。我又被許多人遺忘了，不知道潘潘這兩天忘了我沒？沒有船順便也便宜了妳夫，可以多休2天假，等於48小時。可是很長的時辰。現在我已經開始把信寫向台南，等妳回到台南就有許多信等著妳。但是，如果船也不走，也無可奈他何！

心理學讀的很有心得，甚至說喜歡了它，一天不讀便覺若有所失。很喜歡它對人的分析，這個分析是多方面的。所以對於個体現象，如內與生的、外與生的、不知覺的潛意識活動，都突然被了解。有許多實驗是以嬰兒—高中生這階段的個体做研究對象，對這時期的人的心理、身体情緒、生理、智力有科學性的分析，及其於教育教學的關係。所以我以為教育心理學也是一本母親必讀，因為人一出生，之後的二十年左右大部份和母親一起。每年母親節都花歌頌母親的偉大，而身為父親的在每年八月八日也不怎麼風光嘛！所以歷史只對母親讚美！

再說下去要打破醋瓶子了。教育心理學是一本好書，現代父母都要了解的知識；前一陣子我看教育概論和教育行政亦有同感。中國百年多以來，教育一直是失敗；失敗失敗到底！57年九年國教開始之後，才算吃對了一點藥，這生了一百多年重病的病夫有些起色了。57年以前的教育方式和那些老師我恨透了，遙遙！真對不起，我有一些激動，不談教育了。

找了一陣，終於決定給台南的爸爸寄東西：有黃魚乾四條、丁香魚，以及不知名而又在高雄很有名氣的海產。去年我給我大哥妹妹阿娥她們也寄了一些，但是她們不太喜歡，所以今年就只寄給台南的家。收到後在信中告知我。

妳讀英文不要急，以能完全領會了解為重，不求量之多寡，求質之提高；因為妳目前並未要出國或真的急用。

教育K的如何？心平氣和地讀，也不要太急燥，凡事盡其在我。何況也有若干學校的機會。

新年快樂

妳愛的 誠成 69.1.31

論語音義”
沒船，所以寄不出我的信；也收不到妳的信。沒辦法，
天氣不佳，不知何時才來。我只好默默等下去。
有時也撿本書鎮靜自己，保持平和的身心。看報有心
理學。既有好例吃甘蔗，愈吃愈甜，愈有味道。很
久沒有看這種比較費心思的書了，大三、四時代喜歡
看些哲學意味較深的書。那時內心很喜歡羅素、
泰戈爾等這些個人。看這種書，與讀古龍小說或
柴田鍊三郎（日本寫宮本武藏傳記的作者）的
小說更不同的滿足感。看他們的小說過眼雲消
只有一時的快感；讀儒家學者的那些書，不但
有滿足感而且有成就感。
我希望我們永遠如此的鼓勵督促對方。
看心理學的書，整個人會走入書中情境，忘記
四周的一切，好像內心有一片原野任我奔馳，
亦似萬里晴空讓我心中的海鷗能自由翱翔。
到今晚上，因為光線很壞，我不能看太多的書，
以我靈魂之窗換其注視妳的美感的波波
妳之注目的滿足。

期待來信。代候爸媽安好

毓成
69.2.1.

富強牌　20×25＝500

Pan pan，Dear！

有好久未見到下冰雹了。昨天早晨和今晨起床都看了這種難有的異
景。一粒粒，白色的球体，如米一樣大，從天降下。還在地上，有
很上[illegible]。

記得大二那年的暑期跟同學走橫貫公路，路經梨山。也遇到
下冰雹的情形，那是第一次見雹。事隔多年，沒想到在高雄又
見到，最近高雄很冷。我住的位置背風，又在山谷裡，較不
冷，白天3－4度，晚上1－2度。姊夫的位置真是高處不勝寒。
有時白天也零下。這使姊夫搬家。

今天姊夫到我處洽公，研究大事。談完還看我們的訂婚照，
並吃牛肉乾。一直讚美Pam的好，道Pam's能幹，Pam's溫柔
和体貼。臨走時還對我說一句"你真幸福"。
今天是九日，我想Pam一定整裝待歸，到下午一定到了。
"家"是最最溫暖的地方，最華貴的旅社，也比不上
自己陳設簡單雅的屋子。台南的家我很喜歡，寧靜，高
雅，一門書香。假如以(後)咱們的家能有如此，我便很滿意。
有一個小說(笑話)在描述現代家庭：

久別的丈夫自國外歸來，一進門，一個
五歲的小女孩對她媽說：
(媽)媽呀！那個客人是誰？？？？……

家人的心酸，兒女都認識媽媽，把家吉功高的爸爸當客人。

哈哈！Pam Pam 這也是生命中的小插曲啊！

沒事時，看桌上玻璃板上的照片，很覺心慰；看兩個媽媽的相稱，真感上帝造人時比例很配好，不是水放多，便是放少。美國有對夫婦，都是大胖子，兩人合計490kg。造物主真會戲弄人啊！

天氣雖冷，我穿的暖，勿念吾体。

二月初我便把信寄到台南，Pam一回到家便可收到。妳說要每天給信給我，不可Yellow OX啊！

我們正在80's，可能過幾年所有人都會走向"人生的光明面"一有電」。所以現在雖然白天氣溫3–4度，高處更冷。但我們都極力克服大自然的恐怖，貢獻我們的目標。這真是寶島30年來的大事，值得慶賀一番。何謂無光的世界？Pam可能未經歷過。以後再也看不到，人類文明總是向前走的。

今夜Pam即將住在四之10最暖的屋裡。家，對年青人來說有些像臨時的避風港和旅社，妳說是不？但它是最好最暖最便宜的HOTel，最安全的避風港。我們也將有一個，期待著。今夜好夢 my Venus

Your
Chen 2.9 '80.

20×25＝500
富強牌

可愛的潘潘：

一連收到妳的兩封信，都道潘的身子不舒服。也叫我好生難受憐愛，一種太过於孤寂流浪的生活，都會引起他的悲观。妳在現实社會中来去了六、七年，难免要看破一些东西的，惟願潘潘效法我的「樂觀當前」、「盡人事，聽天命」、「持正忍讓」的處世原則，凡事说得十全十美的，潘说对不？

在潘的信，情濃濃，意重重，想起了王昌齡的一首詩：

閨中少婦不知愁，春日凝妝上翠樓；

忽見陌頭楊柳色，悔教夫婿覓封侯。

男的是閨中人的愁，男人的愁；昌齡曰，閨中少婦不愁，其实愁更愁。讓我告知潘潘解药吧！：

把濃濃的愛銘記書箋

把淡淡的愁遥寄

黄昏夕陽等閒時

一本書

一杯茶

與古人暢談，那知當代……

吾愛，这個药方可解王昌齡的愁，也能解潘潘的愁思。

但願，真能解。

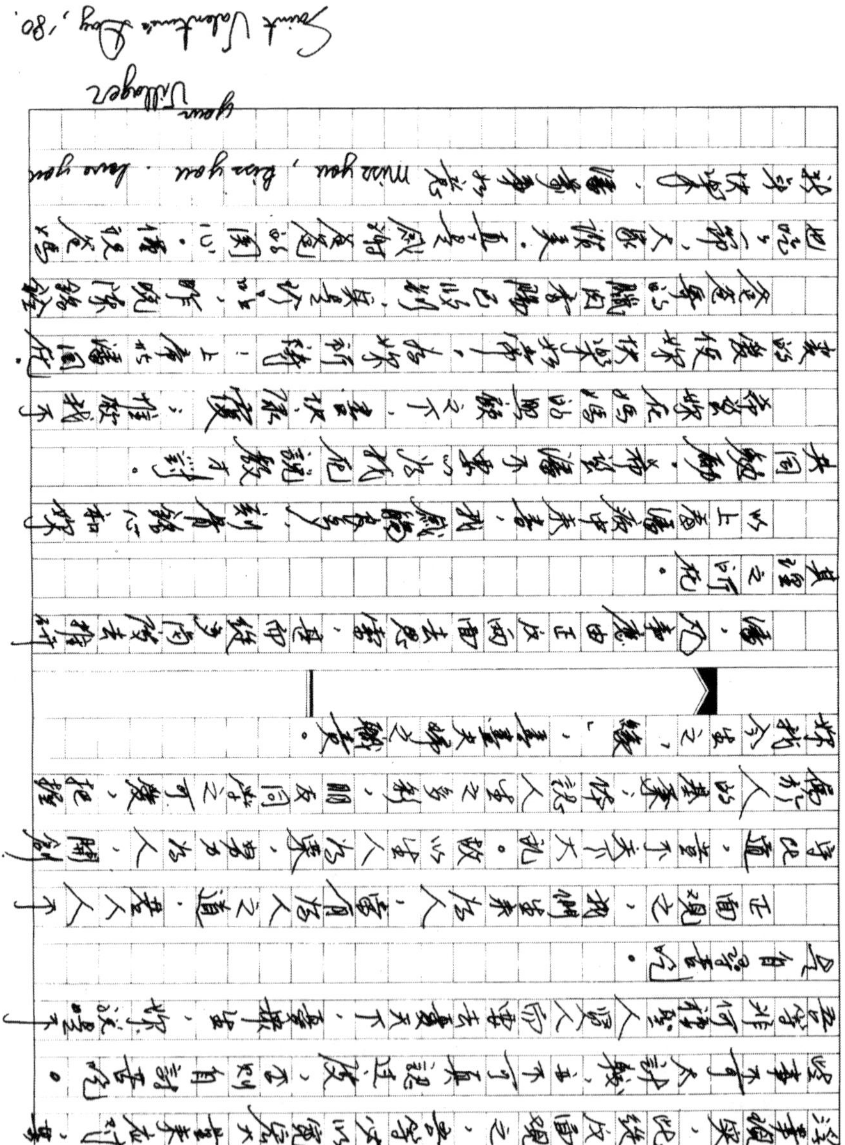
Miss you, kiss you. love you

your
Villager

Saint Valentine's Day, '80.

船
現在又成一個很幻象虛設的抽象名詞
我們是萬年前的北京猿人
想像不出船的形樣
也許是一根大木頭吧！
然而又多少個期待的希望
期待著它飄過白浪滔滔，漂向天邊
急漂向無際的天空，駕白雲飛逝
船的期待成空；信的期待也成空
唯一不空而存在的是感情的期待
不解空，不破空，也不會空
因為永無際的那邊，也有伊人的期待
不管船來不來
我總要走向她身旁——
而她也要來到我懷抱
這是永恆的定律
不管船來不來——即使不來
我總要等下去——不等船
等妳
鄉下人
一九八〇年二月二日．未婚夫有感于高雄

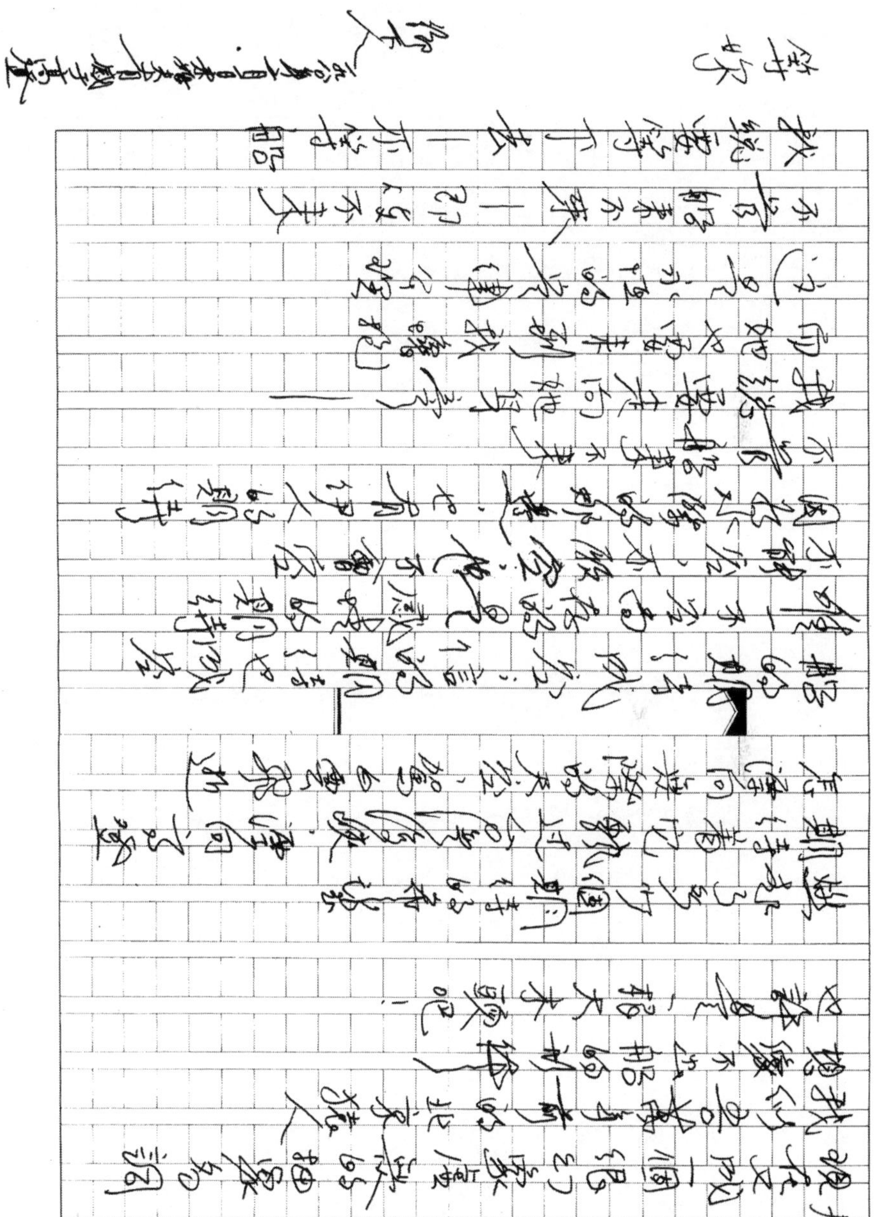

瀟灑音容」

等了又等，船終於在二月六日來了。它已經有將近一個月沒來了，它好忍心、它似鐵石心肝。

船把我們的相思隔斷了好久，使我們處在「乾渴」的地步。然而今天我又再度接到瀟的信。否則真是一點精神都沒有了，看妳的信使我振奮，使我提神。

寄來的兔毛衣現在正穿在身上，這星期高雄似乎史無前例的冷，白天都在三、四度左右，晚上大約零度上下。所有衣服似乎都不太管用，穿了多少件就會冷。現在加上瀟的兔毛衣，溫暖了許多，不但暖我身，還暖我心。感激瀟設想的週到。

寄來的牛肉乾和我們的訂婚照也全收到了，我只能說一句：好，太好了；感謝Pam感謝GOD。

看妳信，更深的了解妳。也又有進一步去了解妳，才能給Pam更多的愛。雖然妳的信有時看了叫我心跳或嘆息，但是男人要比女人堅強，要比女人更能接受打擊，要比女人更能適應環境……是不？所以妳心裡有不舒服，我愛接受Pam的責成。不可否認（心理學也如是說）的，訂過婚的女人有一陣子「過渡時期」。

瀟！我能諒解妳。因妳正要離開相處28年的家，而且

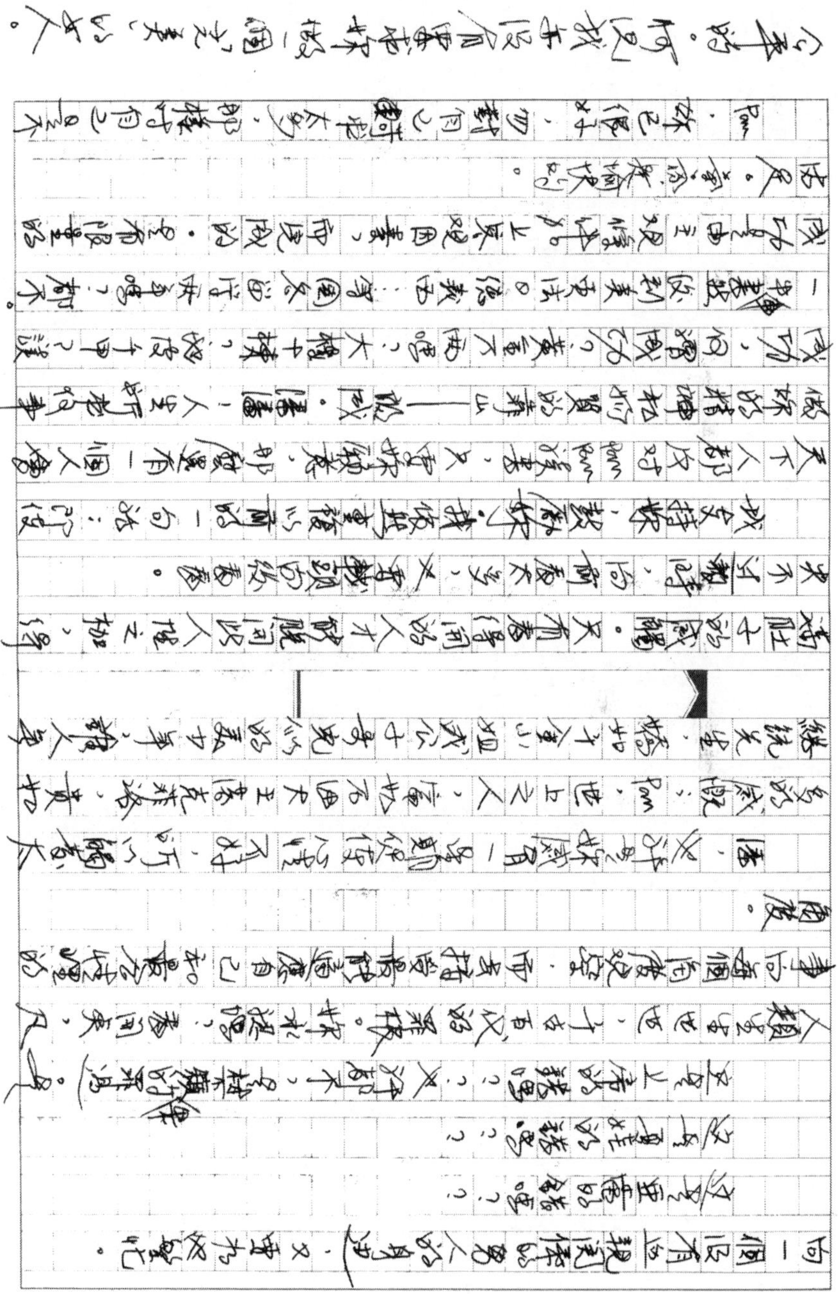

與我同在的神啊！
請聽我的祈禱。祝福她身體健康，
願她常常快樂和滿足；並給她力量及智慧
去做她喜歡做——對她丈夫有益——及別人——的事。
但要她常思知足快樂，常能樂觀奮鬥。

與我同在的主啊！
給潘潘一個寧靜的心。她想積蓄
給 Pam Pam 一個智慧的心。她要學好英文
祝福她。降福給她。把我的那一份福也給她——
Pam Pam 要做一個好媽媽和好妻子
我們都感謝讚美您的帶領。

為 Saint Valentine's Day '80 祈禱
為 Pam Pam 祝福
Villager
6. Feb, '80

潘潘：

天氣好冷，室外只有四度不到。手凍凍的，不太靈活。

看妳元月二十四的信。妳吐訴了許多，奶奶的，不如意的，怨的，煩的，讓得我滿頭霧水。沒關係，只要妳心裡的話向我傾訴，我會更加愛惜Pam Pam的。未來嘛！未婚夫就是未婚妻心聲的細訴小座。

假如Pam的幾句感言我便受到「傷害」，則我何配為Pam的丈夫呢？不過那本教育心理學妳不知看過否？如果沒有看，會有看的必要。我已看完，用了兩星期的時間，收穫很大。從一個人未出生到成人，其意識活動歷程和潛意識活動歷程，都從個體行為和教育學觀點分析的很清楚。看完之後，對自己和別人的想法及行為，會如夢醒般的叫一声：喔！原來是如此

我們都是在外多年的遊子，武俠小說有句話：江湖走多了，膽子越小了。由心理學上觀之，竟然如此。尤其是妳，七八年來未換環境生活，終年在外；女孩子總希望保持著原有自己的純真和典美，而多少無法接受完全社會化的「不能方也不能圓」的生活方式。所以咱們開始尋找一個較為平靜或(簡單)的瀟灑風度，來吧！讓我的懷抱做妳的逍遙風度。

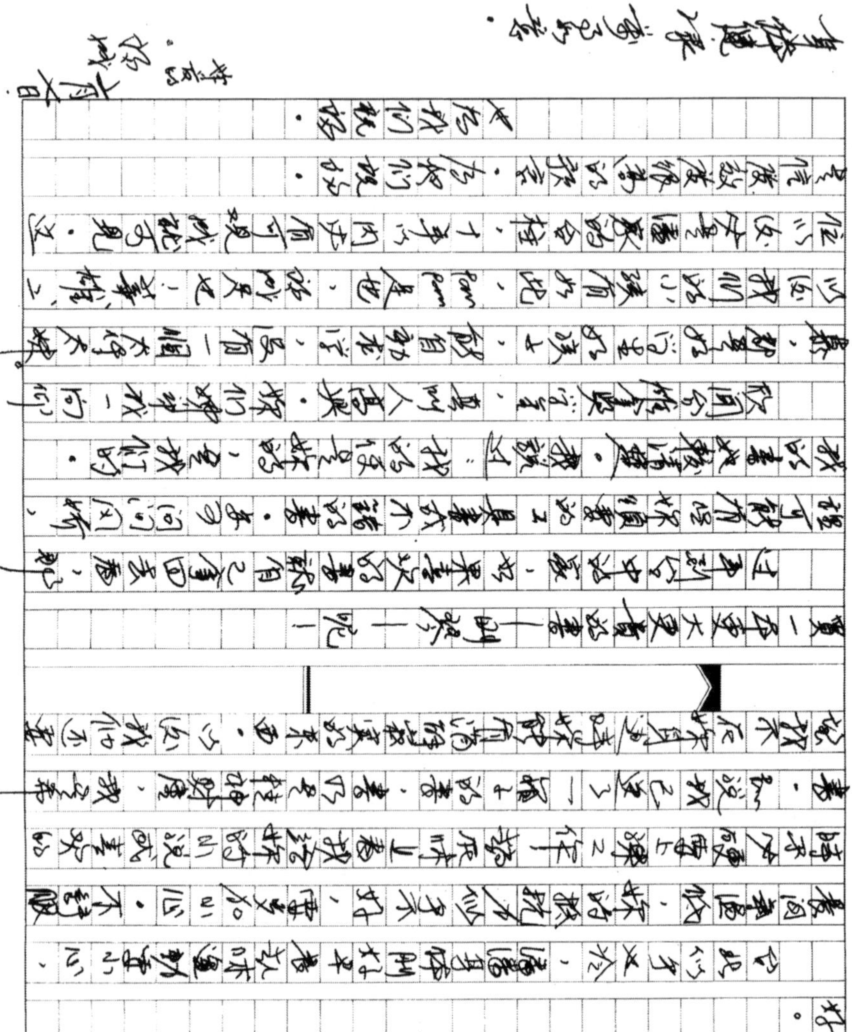

天氣一冷，人都不想動，只想做夢。白天手腳冰冷，動作不便，夜晚手足冰冷，看書也困在綿被裡看。海島風也大，所以寒風刺骨的冷，總算品味到了。高緯度地方，夏天熱又乾，還有塩風；冬天則不提了。所以還是春秋兩季好。

台北的冬又冷，濕濕身體剛好早晨氣候變動要小心，晨間氣溫低，妳的抵抗力似乎不好，要多加小心。不舒服時不妨硬著上課工作，趁在床上看我給妳的小說或喜歡的書。記說我已送了一箱子的書，書乃是精神財產，我希望我不在妳身邊時，妳能有消解寂寞的東西。以後我仍還要買一本更大更貴的書——鋼琴——呢！

送來到台中的家，如果喜歡的書就自己拿回去看，那裡可能有些妳須要的工具書或不錯的書。如有問題問嬌，我的書比較清楚。我說過：我的便是妳的，是我們的。

欣聞令妹拿獎學金，真叫人高興。妳們姊弟我一向佩服，都是好學生好孩子，能自動求學，沒有一個太保太妹。以後我們的小孩有如此，pam pam 是也，記得是也！華雄、位以後也是溫家的台柱，十年以內必有可觀成就可見。這是信從發展很高的預言。為他們祝福。

也為我們祝福。

身體健康　萬事如意。

妳的 阿城

月　日

pan pan, miss you!

先說好的英文問題目：

Add the prefixes listed below to the following words to make them opposite in meaning: 例 natural. 在此時應該加上 (dis. im. un) 三者之中的那一個。

Ans：要加 un，成為 unnatural 不自然。

1. 字相反意思 (1) easy ↔ difficult. (2) increase 增加 ↔ decrease
(3) ~~Create~~ Create destroy 破壞。

教你上面的問題，是沒有肯定的公式，各種字在各種地方都有不同的變化。有常例有特例。唯一的解答是多讀多看。多領會，用自己的思維去重新組織它，把它消化在自己腦海中。Pan 學如大海，不可急，慢慢來才能消化。

今天比昨天冷，人在室內手足冰凍。筆快要不聽手的指揮了，手硬硬僵僵的。對你申說的心真是千變萬化。看好22號的信同紙黃雲；看24號的信已撥雲見日，好不舒服。雖然有些說白：好像自己也搞不懂。

看好今年的（過年）財經計劃，真是一筆大預算，細察市價，人人有獎。我那一筆（牛肉乾、衣服）才能佔去好預算的百分比很高吧！真不好意思！有了妳使我很快樂，加上pam pam的體貼，我別無所求了。

請陳銘銓那老弟拿給妳的書，妳很滿意。希望書能使我們更了解，感情更昇華。

我寄了一大包海產給台南的爸媽，不知他們收到沒。有海竹筍，海蝴蝶、黃魚乾、海紫菜、丁香魚。丁香魚煮稀飯給小孩吃最好；黃魚爸爸下酒是上品；海竹筍和海蝴蝶女人進補，紫菜給媽媽做菜是好佐料

莫精槐，賣瓜的說瓜香。不過民間都也是說）。

Pam說休假時要天天給我寫信，這么說Pam休20天，我有20封信，pam可不要黃牛哦！期待著，並希望我的書也能在休假中給妳一些些的愉快和感想；給妳一些實感及啟示。

pam對男人的評論有修改的必要，對於"sex"上的慾望是人皆有之，只是「男人的形態和女人有所不同」而已。這是人們最原始的本能，但sex的顯現會因人的(1)遺傳(2)環境(3)教育而有不同的表現，神聖和罪惡往往一分之差。

所以不論男人對女人，女人對男人，建立一個較為合科學合情理的觀念是必要的。Pam，生活有時是很煩，人生有時很沒有必要繼續下去。但我們都不能要求爸媽說：

爸媽！你們都不要生我吧！你們把我收回去吧！

我們所能的是：繼續設法生存下去，而且要好好生活，直到本片"END"為止。

Pam，以上所言也許言詞上很明亂，表達的感情很激動，標示出人生之路的"有進無退"，堅定，不搖。還說明了現實生活的的矛盾衝突，這種衝突往往也是"共生具有"的。但在我們的內心一定要把這種思想上的衝突昇化成溫和的動力，始能心平氣和，追求生命之情調。

但願妳能在這"過渡時期"間，多讀書，play鋼琴，等，如此總能使生活上更快樂些。

Pam寄的牛肉好吃。Pam寄的衣服好穿。Pam的照片太好了，不知家中的如何？不妨寄兩張給我共享。不覺間分手已經過兩個月了，等妳29號回台北，再一個多月我們又可在一起。期待也是一种快樂，因為那是一種目標的尋找。最近天氣冷，Pam的毛衣始終在身上，很暖很舒服；只是妳不可以在感冒。妳要我告訴妳論文寫法，怎不告訴我題目呢！不過論文要蒐集許多相關資料，而後才能動筆。好冷，手不聽指揮。就此，祝

Miss you

kiss you

love you

your Chen 2.8.'80

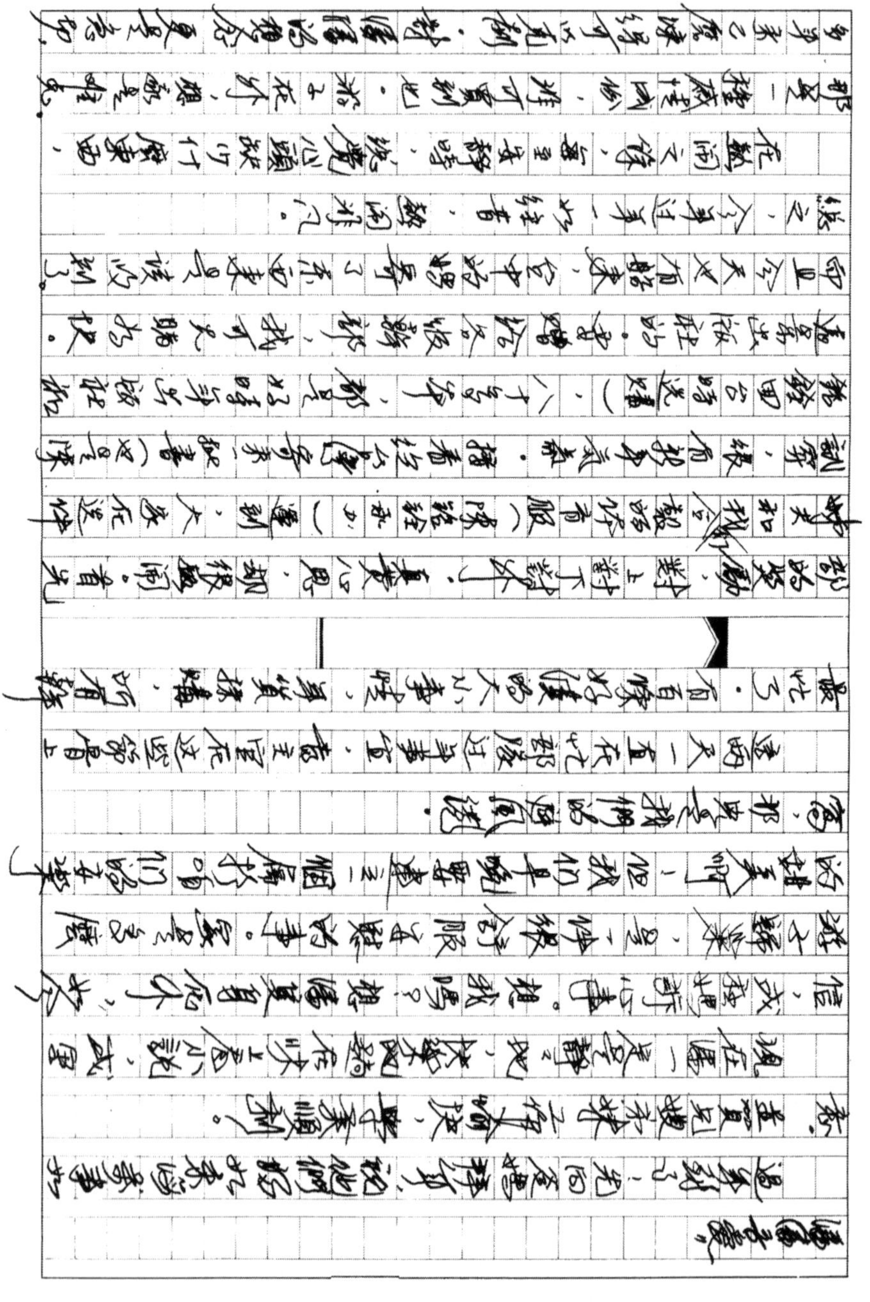
漂亮寶貝，
過年到了！先向爸媽拜年，祝他們身體如意，萬事如意。並賀兄嫂弟妹工作愉快，學業順利。
現在妳一定是靜靜地，快樂地躺在床上看小說，或寫信，或和媽媽訴心事。想我嗎？想得要命吧，好多
遊子歸巢，是一件很舒服而愉快的事。富足多麼的美啊！但我們早晚要建立一個屬於咱們的安樂窩，那也是我們的避風港。
這兩天一直在忙部隊過年事宜，尤其在這些節骨上最忙了。有百條好漢的大小事情，要負採購，所有幹部的獎勵，對上對下對外，真費心思，卻很熱鬧。首先姊夫和我合穀的休育服（陳銘銓和少）運到，大家在送件試穿，很有新年氣氛。接著給公寓寄來一批書（也是陳銘銓回台時送贈），八十多本，都是好時年出版社和遠景出版社的。要贈給各級幹部，我可大賺為快。而且今天也有好消息，台中的媽寄了東西來，是該收到了。總之，今年過年一如往昔，熱鬧非凡。
在熱鬧之餘，每至安靜時，總覺心頭缺少什麼東西，那是一種感情成份，非可買到也。游子在外，想家是唯免。多年來已磨練得可以克制，對漂漂的想念更是急切，

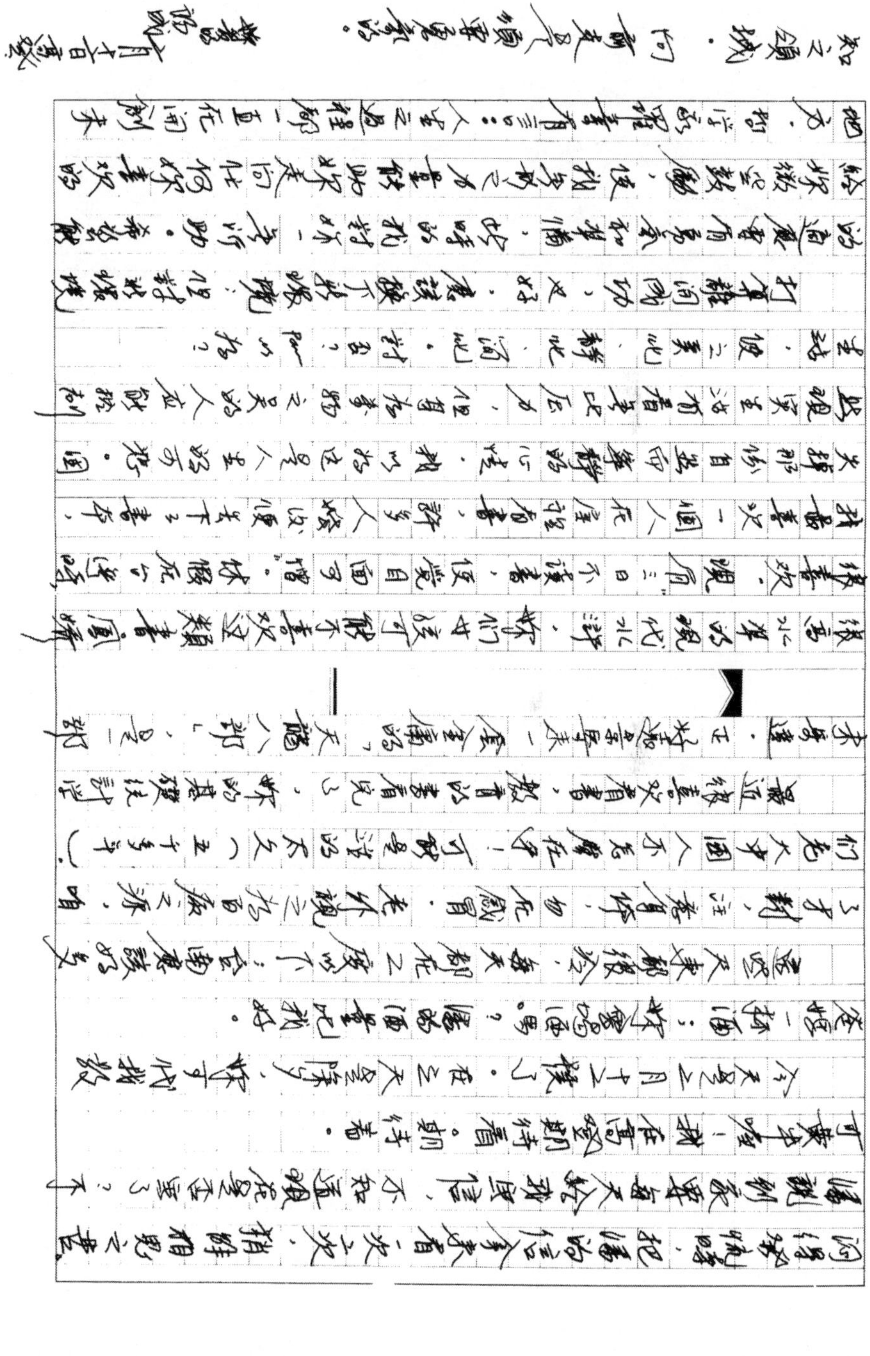

悶得發慌時，把潘的信拿來看一次二次，稍解相思之苦。潘說到家要每天給我寫信，不知道現在是否寫了？不可黃牛喔！我在高雄期待著。期待著。

今天是二月十二號了。在這天是除夕，妳可代我敬爸媽一杯酒；妳會喝酒嗎？潘的酒量比我好。

這些天來都很冷，每天都在二度以下；台南應該好多了才對，注意身體，勿在感冒。老外視之為百病之源。咱們老大中國人不怎麼在乎！可能是活的太久（五千多年）。

最近很喜歡看書，教育的書看完了，妳的基礎統計學未曾還，正好還念要來一套金庸的「天龍八部」，是一部很高水準的現代水滸，妳們女孩可能不喜歡這類書，應該很喜歡，現有"三日不讀書，便覺面目可憎"。休假在台灣時，我最喜歡一個人在家裡看書，許多人嫁了後便丟下了書本，失掉那份自然而寧靜的心情。我以為這是人生的可悲。固然現實生活有著壓力，但身為女性之美的人應能控制生活，使之美化、靜化、簡化。對否？Pan以為？

打算離開成功，也好，應該換下新環境；但對新環境的適應要有勇氣和準備，此時的我對妳一無所助。希望能給妳微些鼓勵，使我多少之力量能助妳走向任何妳喜歡的地方。哲學家羅素有言：人生之過程都一直在開創未知之領域。向前走是須要勇氣的。

妳愛的 [illegible]
二月十二日 高雄

潘潘吾愛．

現在已經是晚上九點多，該吃的、該說的都已告一段落。飯吃飲了兩杯酒，有看一些些醉意，但也公做事都沒問題，還想提筆給潘潘寫信呢？

此刻寫信的環境已和往昔大不同也！以前一向都在油燈下，雖具情調，只是累也！累也！

這兩天也一直是所有高登人很興奮的一件事；只是美中不足的，每日只有四小時有電，1800～2200。不過有總比沒有好。至少現在寫信，我桌上便有一支60燭光的電燈，亮度視線都大有改善。

今夜我們在下午四点便開始吃年夜飯，吃到天黑，而後包餃子，大夥兒鬧了一陣。外面夜黑風高，海浪濤濤，也是很冷的。想一想，一年又過去了，感念往昔，將來未來設想，太多太多了。安靜下來，不免要去想到許多人，爸、媽、兄、妹……這樣的時刻太多了。每遇此，我人極力不想，總迫自己和外界都沒有關係，全部隔離，我無法去肯定這是進步退步，是非是錯。

夜長，多夢，我只想淡淡的想想Pom Pom，想Pom的笑容，想Pom吻，想Pom此刻一定正和家人團圓，享受團圓之樂……唔；濃濃的，反而引起太濃的感觸；淡淡的，遠長而雅趣——在此刻。

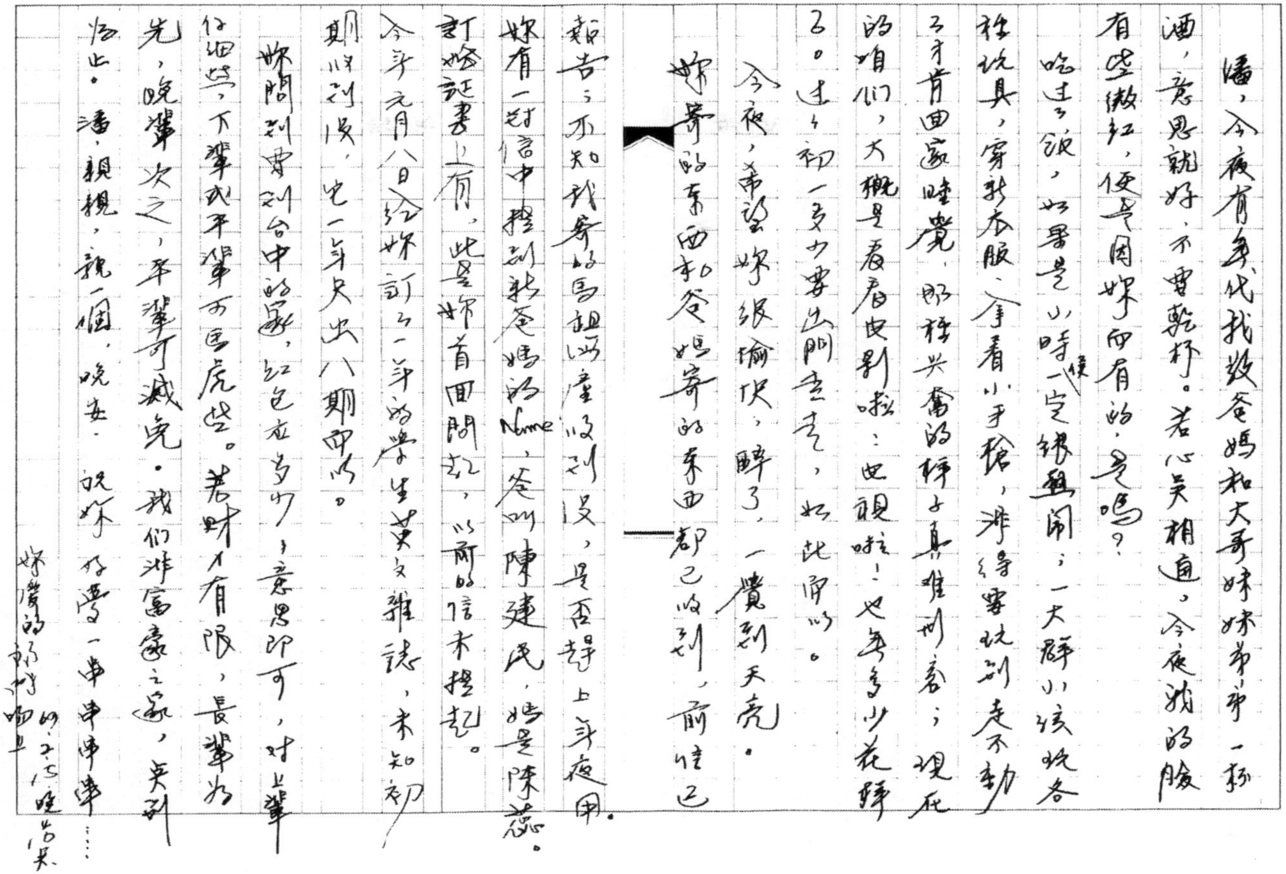

潘，今夜有多代我敬爸媽和大哥姊妹弟弟一杯酒，意思就好，不要乾杯。若心靈相通，今夜我的臉有些微紅，便是因妳而有的，是嗎？

吃過了飯，如果是小時候一定鑼鼓喧鬧；一大群小孩燃各種玩具，穿新衣服，拿着小手槍，非得要玩到走不動了才肯回家睡覺，那種興奮的樣子真難形容；現在的咱們，大概是看看电影啦；电視啦！也無多少花樣了。過年初一更少要出門去走，如此而以。

今夜，希望妳很愉快，醉了，一覺到天亮。

妳寄的東西和爸媽寄的東西都已收到，前信已報告，不知我寄的電報已收到沒，是否趕上年夜用。

妳有一封信中提到我爸媽的Name，爸叫陳建民，媽是陳蕊。訂婚証書上有，此是妳首回問起，以前的信未提起。

今年元月八日給妳訂了一年的學生英文雜誌，未知初期收到沒，它一年只出八期而以。

妳問到要到台中的家，紅包在多少，意思即可，對上輩仔細些，下輩或平輩可馬虎些。若財力有限，長輩為先，晚輩次之，平輩可減免。我們非富豪之家，只到為止。潘，親親，親一個，晚安。祝妳好夢一串串串串……

妳愛的帥帥吻上
69.2.15 晚 [illegible]

隱含震。

也夠甜了，台南一定很熱鬧。我很喜愛它的古城風味。多年前和同學共遊「懷戴京城」，有思古幽情之感，彈指之間已是十多年前之往事。歲月如梭之飛逝，當今已是廣陵一塵；甚如金石所鑄之城牆也奈何不了時間摧殘，何況吾人短暫數十年之光陰。未來思思，身不由己，真應把握良辰美景，好好奮鬥一回；不論成敗，都覺時間為花充充實實地運用。不負父母所生，不愧對年年之行走人間。

妳個子高了，希望古城給妳一份好合也大不相同的寧靜心境；家給妳一付歸鄉的安定感；而城的情給妳一份對廣博的滿足。

我想妳現在一定帶媽媽在忙的不亦樂乎，要加什麼菜呢！要準備什麼節目呢！要如何接待親友呢！還要訪友哩！……此時此刻北部也是有天淵之別的。我也有過如此的經驗，大嫂說還是小菜的節目，每年新年中我濤濤不可，看來以後咱們的小家庭是不甚注方面的事了。

要中此事也大同小異於家庭，只是範圍加大而以許用之錢石多而以，大吃大喝自是難免，不過就成一向

不喜吃了。吃到六、七分已足也，酒飲到六、三分已
是日濛濛島茫茫，真是不勝酒力也！
妳大和我們一起過年，他也會排了節目，還弄了
一個"仙利時"錶給大家抽獎。
討。今天有件高興之中外大事：電來了！
這是大山盼望了好久的景象，從此看書再也不必用煤油燈了。
是島上美的諾言，有電無電相差數百年，兩種世界
兩種感受。不過，聽說妳和大嫂也用了不少工夫去學
歌。話不多說，在這止筆。
康康好沒有，我好希望能收到妳道說康好的信。對我
來說，最是好消息了，誰的安康便是我最感高興的
事。勿忘，多休息，勿太支出體力，充沛的體力是感情
良方。
今日除夕，我身在部隊長，所以較忙。不多說了。祝
妳過了一個快樂年。
妳愛的
琢成 哲上

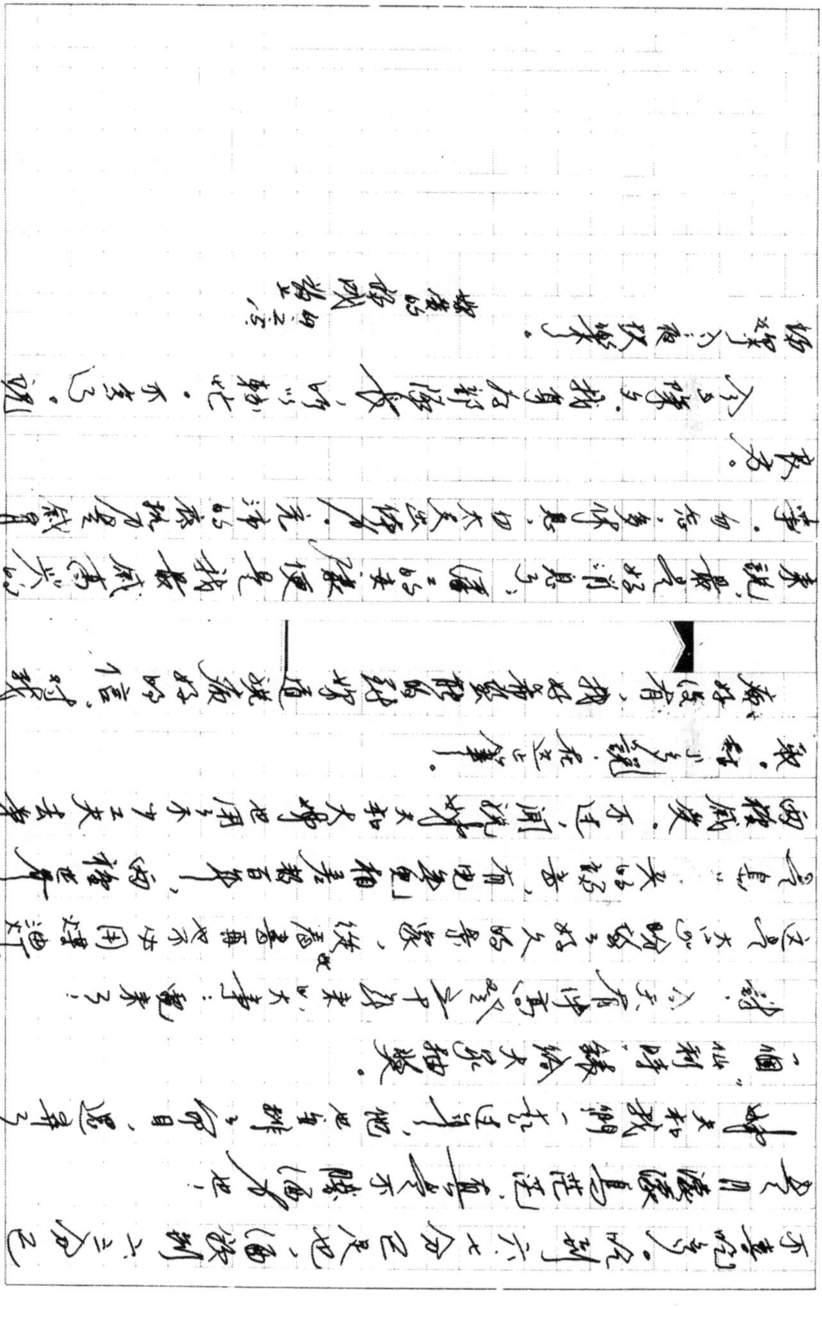

潘潘吾愛”

元月十四收到妳第一封回台南的住址來信，信封上尚是台北，元月八日，料想便是妳在台北寄出的信。此刻的信相信全部寄回台南。元月有點亂，所以元月二十以前我都寄回台南，之後便又要寄回台北了，因為再下一次就至二月廿九，已來不及叫妳在北上之前收到我的信。

從妳信得知鳳嬌和妳通過電話，有關元月留我之事，於我休假回屯之刻再以寫信回去說明。我早前也都寫信回家，奇怪之至，無一封被我家人收到。至無一返回者。好！好！好！留我之事一方面是行政人員的疏誤，一方面為我所用，說來話長，且已降太多時間，不提了！

看潘的信，似乎對自己奔走“江湖”多年有看太深太濃的感觸，對前途，當然，婚姻，人事，社會也塗抹著一層朦朧朧的茫然。我於前兩封信中對此有較深入的筆談，此不必重彈舊曲，但願妳對我的信能有一些體會。潘！把它視為經驗之一吧！

潘在信中說，潘內心尚未感受到成熟後一不羈。若真是如此，豈不愧對自己心上人；潘，也許我的不仔細，也許我那“御下人”的氣息無形為潘所接受。也許……我自己都想不起來，但打自內心，我便是深深地愛著潘。有一首歌叫「愛的表示」，也叫夕陽西沉，是否這男孩對女孩的「愛的表示」有著秘訣。我會畫房，但我不善表述作做成什麼，只盼日久天長妳能體驗的出，是吧？

妳對父母很孝順，叫我很敬佩；妳為我爸爸媽媽設想也很週到，他們都在初見之下就很喜歡這未來的媳婦。鳳嬌來信說，潘潘妳很耐看，愈看愈叫人喜歡。此話說出了我們的女兒在潘的手調教之下，豈不青出於藍而勝於藍。讓天下父母誰不希望他們的後浪一浪比一浪高呢？

初一中午請了姊夫及其他高級長官，劉科長原訂初二中午請他，上午有船來，他突然有出港說返台休假。

潘寫的"小河淌水"，那詞兒真是美極了，可惜我不會唱，我好久未聽來學歌了。待我休假妳唱我聽聽好了，那麼久了，我們從未在一個寧靜的地方，二個人，一起吉他，輕聲地吟唱兩三首喜愛的民謠曲、小調。鋼琴和吉他是可配合演奏的樂器，只要熟練，希望咱們有機會也有時間。

祝妳　新年快樂

妳的戰[illegible]　十二．13

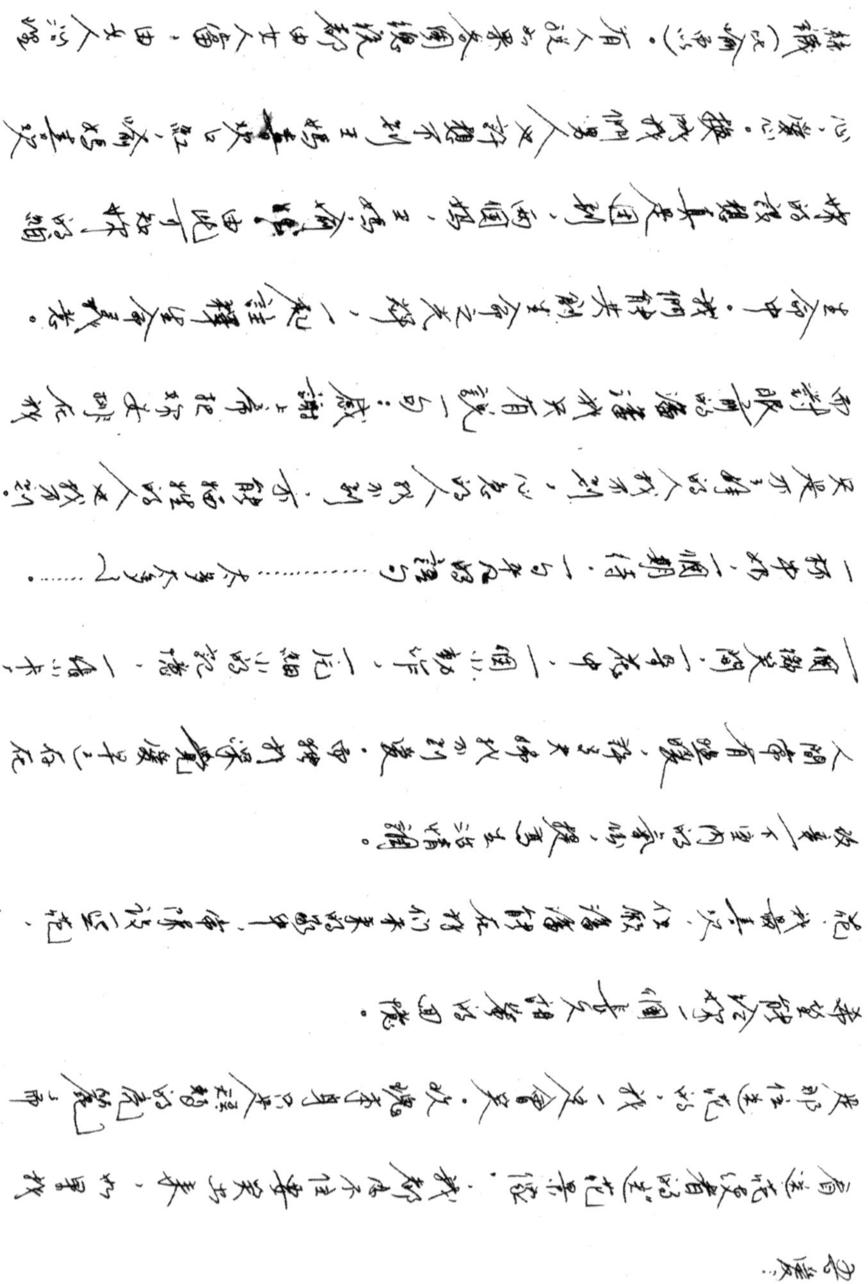

君慶：

看迷花後看的"迷"花景像，我都忍不住要笑出來，如果我是那位迷花的，我一定會笑。玫瑰本身只是一種短暫的亮麗，而希望能給妳一個長久甜蜜的回憶。

花，我最喜歡，但願滿滿能在我們未來的路中，常陳設一些花，改變一下室內的氣氛，提高生活情調。

人間常有溫暖，許多夫婦找不到愛。而我們深覺愛早已存在一個微笑間，一朵花中，一個小動作，一段細小的記憶，一張小卡片，一杯牛奶，一個期待，一句平凡的話語……太多太多了……。只是不了解的人找不到，心急的人找不到，不能犧牲的人也找不到。而對眼前的溫馨我只有說一句：感謝上帝把妳安排在我生命中。我們能共創生命之光輝，一起註釋生命意義。

妳的設想真是周到，兩個媽，王媽、喻媽，由此可知妳的細心、愛心。換成我們男人也許想不到王媽喜歡口紅，喻媽喜歡絲襪（比喻而已）。有人說如果各國總統都由女人當，由女人治理

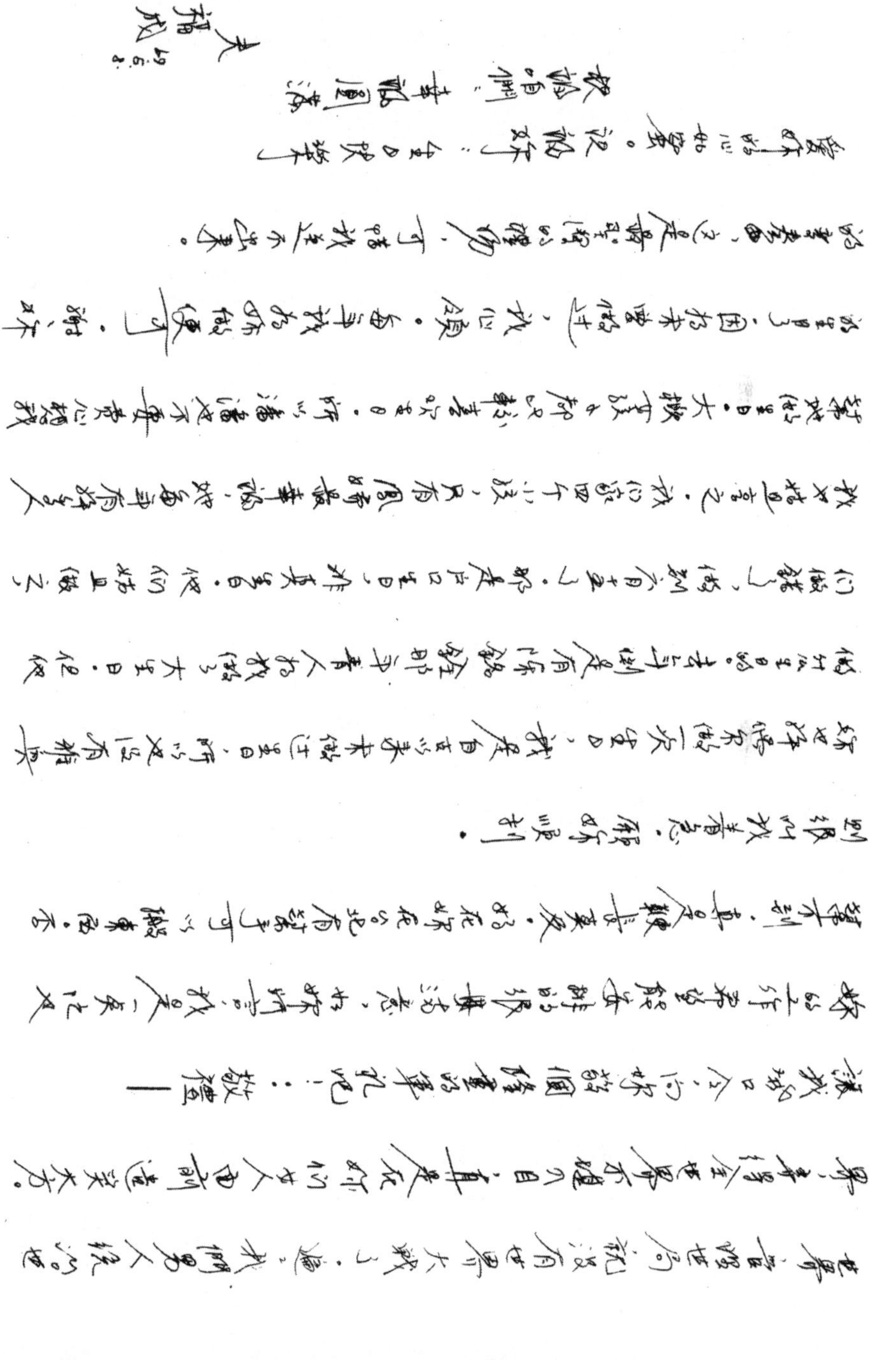

潘潘吾愛：

最近我寫信都用這種大白紙，潘潘喜歡嗎？因爲外面賣的漂亮是蠻漂亮的，只是不合我用，我常有過寫字力道受限制的感覺，所以不愛用。

今天船終於來了。接到妳三封信，平靜數日的心又再度澎湃起來。尤其收到六張照片，一張張欣賞潘潘的丰姿，和半年前稍有不同；看得出一個人離開人群走向大自然，展現在臉上的係喜悅；看得出一個成熟女孩表現出來成熟的氣質。我再說進程些——已經稍具成熟女孩的一種"女人味"。看的我有些想入非非。許多女人都會在婚後不知不覺培養出她特有的"女人味"，那是她和自己先生歷經時間之溝通，加上二者之間長久多次協調，而產生的一種"造型"。這是數月不見，首次發現一個清新脫俗的妳，所生的感覺。但願我們實際上能在時間溝通之下，成爲一個對方都慢不能

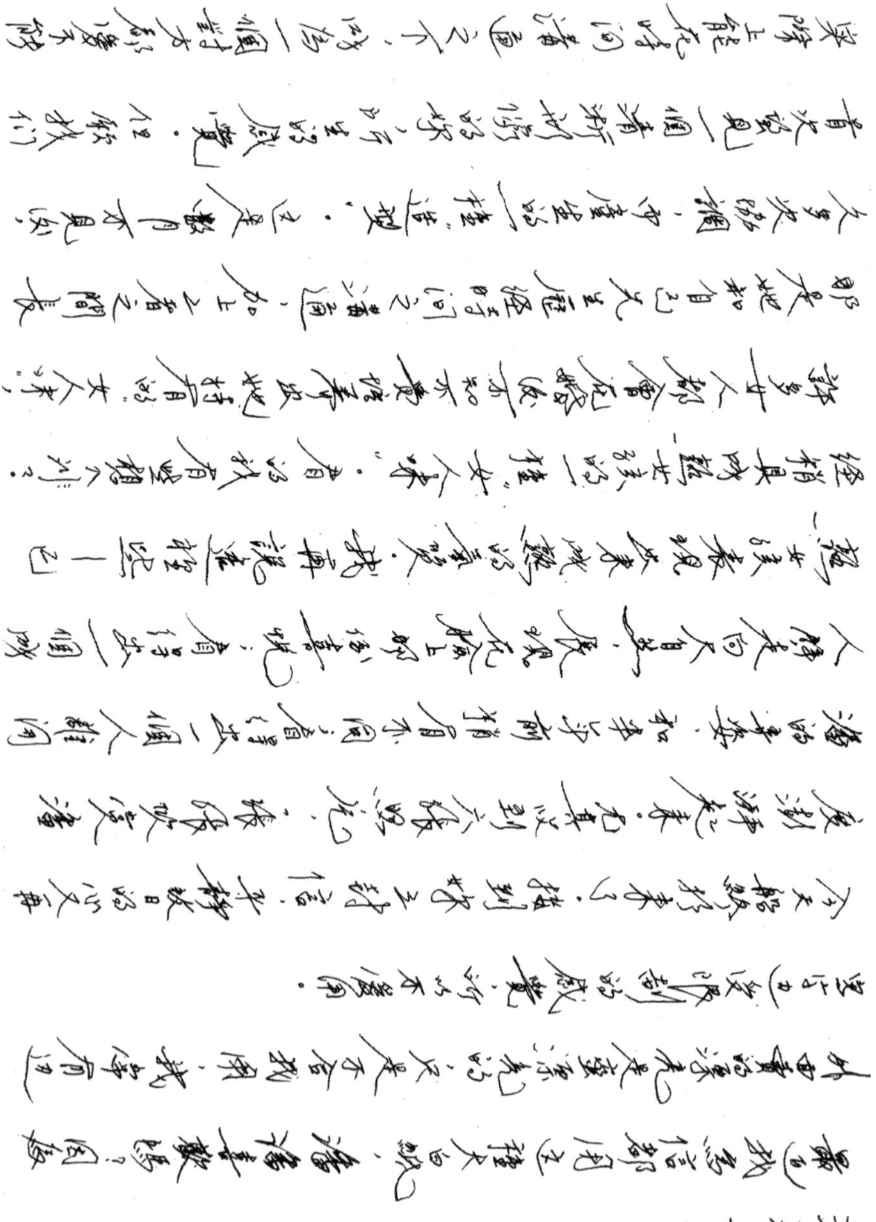

捨的造型.
從我們彼此信中，客觀地說都多多少少表現了對生活
的煩和悶。但是我們都還蠻有自制力的，所以讓我提示
几句給我們做做啟示和勉勵：
去何處尋一個人格完全完整的上司?。。
去何處找一項完全滿意的職業……
人的心情總有高潮！低潮！生活總有些苦樂。
那個年青人沒有牢騷?沒有不滿?又那個
社會合乎柏拉圖?………許多……
潘潘，我們只好去和環境講和協調，去克服，去學
習，去追尋一個已較適合自己的。相信訂了婚我們多少
進步些，成熟些。
一般言之，年輕人喜歡突破性的，飛躍的，多變性，刺
激性的生活環境，而不喜守、保規律、平庸的生活。對
不對?好例，教育心理學。所以我們常在自尋煩惱，但

讀一些書，看些科學資料，則大悟澈悟，原來如此，所有煩惱走到九霄雲外。這是一種"悟"，突然想到因為所以的道理。

不可否認的，有些事我一直沒有明確地告訴妳，偶爾也像寫散詩一樣象徵派的點到為止，說重要卻都是生命中的一件大事，說不重要是因為我視之如糞土如浮雲。但我希望潘潘所關心的是「這個陳翔」，而不是「陳翔的身世」。總有一天我要向妳全部表白。像說故事般的說給妳聽。不論妳說的，我說的，都一樣。

室外大雨下個不停，不知台北也下雨。氣候不好，注意身體。每回聽到妳的快樂如意都叫我情不自禁快樂起來，因為：妳已是我生活中的目標。每個人都想走向目標，建立一個永恆不倒的目標。

祝福妳：生日快樂

妳[illegible]的大
翔陳 上
庚申.八.

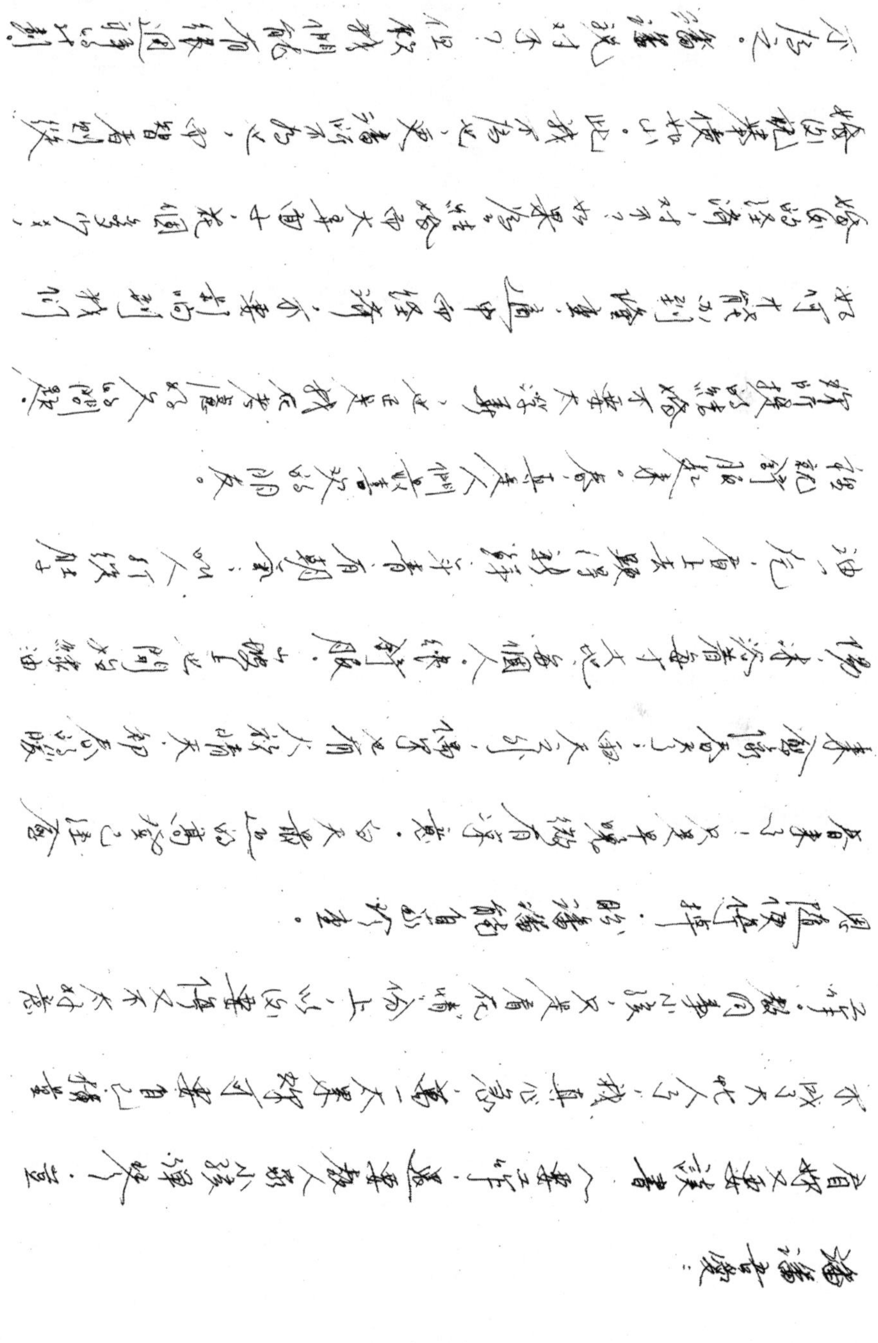

近日看報，軍公教人員結婚，其喜宴已有所規定，不太
清楚，違規者還要處份喔！潘在公佈之評知道。
陳銘銓今天就要離開高雄到北竿，一星期之後他就
到台灣。他的退伍真是我最大損失，這位前我把他弄的
很風光，還送他到港口。真是建立了很好的友誼。他是個
"益友"，所以一年多相處叫我很懷念。他回去之後我叫
他去看妳，順便把我一些照片給妳，還有一件毛衣（妳送的）他
穿回去，就暫時放在妳那裡。
最近人爽快，精神又好，所以寫了不少信，三天來大概寫了30封。
把好久未聯絡的一些朋友，遠的，近的，全都給他們一張。以前
我懶的寫時就打個問候，交文書複印十份，每人送出
一張。最近勤些用手親自寫。不過給潘的信都不是印的，
祝時親自書寫　平安：
快樂
說
妳寶的夫　[illegible]　五十　晨

潘潘：

母親節的第二天接到妳五月五日的信。當我看完妳的信時，妳預防針反應該已經好了。但願！

有件重要的喜事告訴妳，我的另一個把兄弟姓劉的已和他女友訂婚，對象是上回談過那位成大學生。她們原想留學後在結婚，現在突然來信說訂婚，我人在外島也不清楚。不过他们自有計劃。如此。一個心願都已了。長青的"陣容"應是堅強無比的。

送花的boy只是盡其君子之事而以，就商業道德而言，顧客至上。潘潘不必覺得如何！

花，潔一朵屬於我的香在妳身上

展一身多姿在妳懷念的流波

就像久別的君走入妳甜蜜的夢鄉。

妳寄的"很浪漫的婚紗"，我已在我的剪貼簿中為她尋覓一間雅室，永遠在記憶中，成為生活的點滴。寄給我的生日卡很喜歡。一份小小的回憶，珍藏的花朵，總叫人有無限情意由心泉湧出。

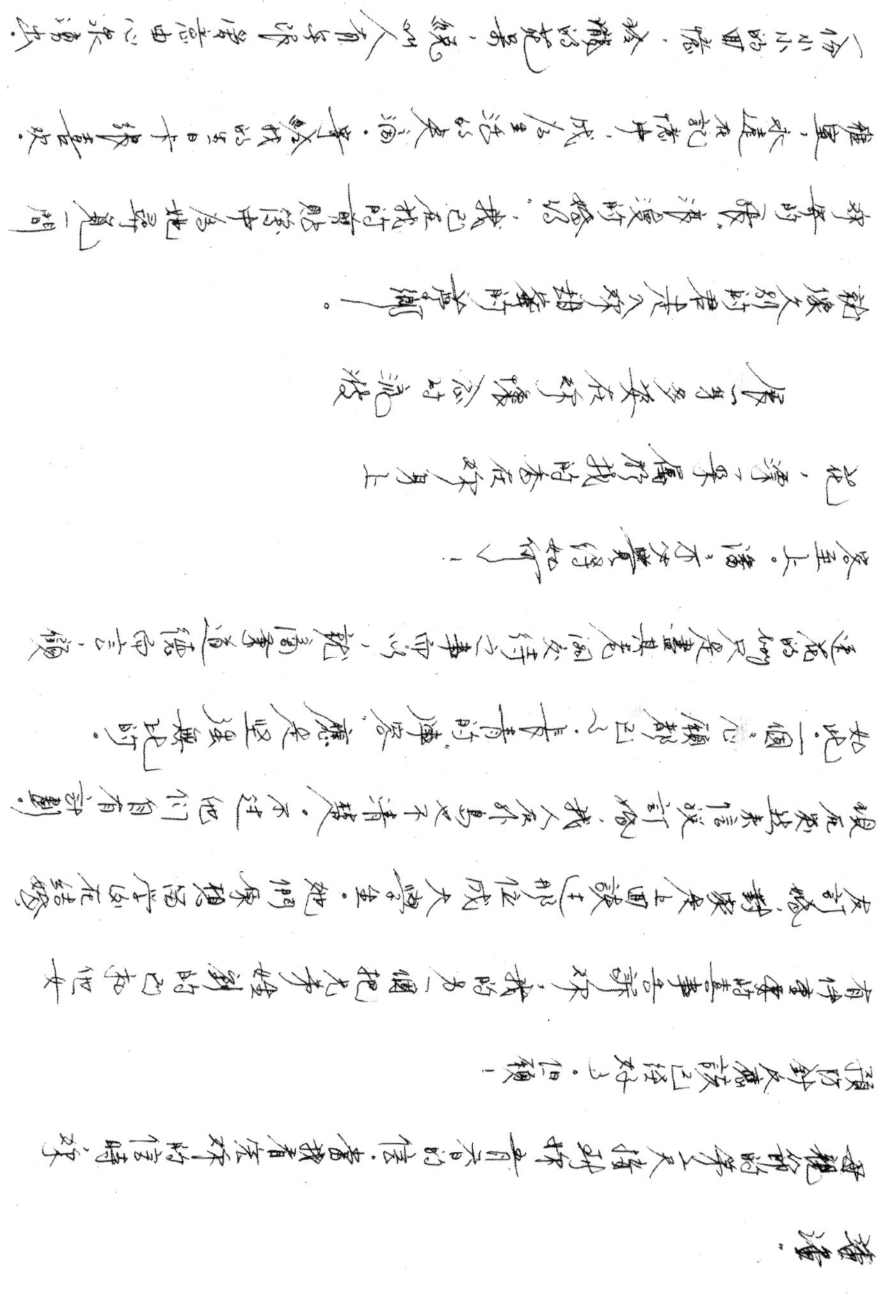

勝過一支豐富的美食，更勝一班詩班的歌頌，寧寧靜靜。

六月的信還是寄到老住址，大概還沒有搬家，希望到了新地方能安祥適宜，盡快來信，我會安心。

春的腳步快到，早晚微風輕吹是詩意，而日來海面如鏡，相逢收到了。美不勝收，拙筆不能形容，謝謝漂漂的設想。

久未見台灣，很想念這塊翡翠的美麗的島。台灣對我們這一代而言真是第二故鄉了，近來一陣"鄉土熱"狂吹，許多鄉土藝術、文學、畫開始被重視，甚至林懷民的舞團也到美濃去鄉土了。我以為（許多人也以為）是好現象，人必先肯定自我，找到生存的根，才能向上成長，也才能走出一條路。

今日不談了，改日再寫，有時寫信也會寫的感慨，不能自制。

拜拜

祝福
永遠年輕快樂

郁岷 上 69.五.十

潘潘：

今天是五月十五日，有兩個晚上沒有給妳寫信。明天我又要去流浪(測驗)，今晚我整理了一晚的東西，雜七雜八，還帶了十二套信封信紙，希望此回受訓能偶爾給潘潘寫信。受訓當學生，時間被掛的緊緊，作息時間固定；不像當官可以運用一些自己的時間。這段時間如果信寫的少，潘潘可得見諒。

此一去，將有十五天在外，風塵來去也是煩累人的，尤其轉船，大轎小、小轎大，真有些煩。好在十多年來習慣了許多，把部隊一些煩、亂、雜、視如塵土，裝成不屑一顧。結訓以已是六月初，但願能休假，這只是希望，期待它成為事實。隊務在一走比我先回去，讓他先去看看妳，至少他從我身邊過去，至少他從前線回去，叫他談談我的近況。明日一早將出發，今夜又是一個萬千..

想念的夜，再寫就成牢騷。故就此擱筆

夜安 好夢

妳親愛的 卿本人

69.5.15 晚上10点

潘潘吾愛：

窗外又下着濛濛細雨，遠處團團白霧，天氣不佳。最近几天人較閒些，但是不能休假很不是滋味；那沒事又要把人扣住，不叫人走。有一晚我和蔣銘銓聊足夜談到很晚，談到他對部隊種種不滿；上下之間那種虛假殷勤……許多更叫人看不下去的作為，說來也很痛心。一個清清白白的預官在部隊一年多退伍之後，所帶走的不是對部隊的讚美和滿意，而是一些痛心和不滿，對他們滿懷熱血的胸襟是個重大更嚴重的打擊。當然，他的感想很客觀（我以為），至少他道出一個黑暗面，但也承認其光明面的存在。

我在部隊也混了五年，加上學校也有十三年。所見不謂不多，所經驗亦謂不多。學校和部隊是兩個絕然不同而有180°之差的地方：學校是理想的、清純的、理論的，一切的觀念都是在追求一個至善至美至真的境地；部隊是人類現實的，三教九流的，实際的，一切作為在不擇手段達到一個可行的办法。學校生活像是一對青年男女在談戀愛，他們只要一些不着邊際的愛；部隊是已婚夫婦，他们所面臨的是柴米油鹽的現实問題。所以人在部隊不可談理想，要談如何把眼前的問題处理的叫長官滿意（不是自己滿意）。如果有那位書小子想在部隊高唱他的理想，保証要被碰的滿頭包。

这是我錦銓在部隊的感懷，其实這也不是我却以所感，早也如此。他將退伍回台，我請他回台後第一個看他女友、家人，之後就要去看妳，談談我的近況。上次我到南竿考試，已近期了，三月中以後才考。考完該是要休假才對。目前軍人所煩的並不是薪水高低、而是休假制度一團亂，亂的和×××一樣亂。亂和亂，所以人很不爽快。台灣還好嗎？麻煩母親節給王媽帶兩瓶好酒，現在不知到何時？我回去是帶到，這是代我向王媽說明!!

妳已從日月潭回來，一定玩的很快樂，回味無窮。「遊覽
勝地」以前你做夢都是夢寐以求，詠現在未能一睹芳容。實在一大
憾事，盼那日和潘潘結伴共遊。豈不美哉！
鳳嬌來信說媽到家總看病之回，目前狀況不錯。我叮嚀她
要注意母親飲食，那樣，淑只要飲食控制好了，就不會發病。
倒不知台南媽媽的腳好些了：現在母親節也去不成了。本來我倆如
果在母親節我與你以帶來回去看她，媽一定高興極了。可
惜！只好待命了，希望媽媽不介意。
最近幾天依然如冷，不像春天。一首歌：「淡淡的三月天，杜鵑花
開在山坡上。」不知那樣的天氣，三月就如此地美好啊！
近來好意嗎？英文不上了，自修高中英文也不錯。
好久沒接潘潘的信，是不是現在又開始黃牛了，黃牛現在可
是「非法」哩！（星期一筆談）

祝好
潘潘

快樂的夫
咏晉晉

美麗～～
快樂～～～

潘潘吾愛：

盼望好久的台灣船終於來了。那几條船對官兵真重要。每個月兄弟的咱們都要引頸而望之有三、四回，掃瞄遠天的海面上，有時老遠在十多浬外就出現几点黑点，看着它大大大大……終於看到它以一條船。每回看到都很興奮，尤其山頂上有一大堆人在做工，突然看到，真欢喜如狂若痴，大家都跳起來。這種景像很似魯賓遜在孤島上，偶尔看到几隻商輪，於是脫下白色內衣在揮跳或燒起一把火一而且是几多才看到一次，那種興奮如痴的樣子。試想當兵的有時來到這個島一住就是兩年不能回家，他的孤獨、寂寞、凄涼猶如古木座下的老人臨着晚風而望夕陽那般景像。所以我們當鄰

時髦的棉裘

枯木依寒林
逢春不變心

部的都盡力為他們找尋最佳消遣方法，把自己也不可免的那份孤寂感厭倦到最低限度。前一陣子，美麗島事件發生，前線小兵真的感傷起來了；因為我們不分日夜，不畏風雨，犧牲一切享受，來到高壘盡一國民之責，他方怎還有人扯我們的腿。可恨！可嘆！可悲！

我個人覺的二十多年來的對匪鬥爭，功勞最大最可佩的要屬在外島的離島住過的官兵。餘不多說。

說上半天船，它在我寫信的時刻尚未到高雄，還在北竿吧！不知本航次有無妳的信，有幾封信？不知妳裡有沒有信？妳朋友有沒有信？

前面有兩套時髦的女裝——對女孩的服裝我不懂。直覺感到這兩套蠻順眼的，妳喜歡嗎？婚後有機會給妳做。妳是服裝行家，大概早已找到比這更漂亮迷人的款式。

潘，不寫了，等妳的信。　祝福我倆：

一顆善心待蒼生
百年姻緣共始終

妳愛的丈夫
鄉下人上　六九.五.六.

潘潘：

今天是母親，也是星期天。沒有活動也沒有什麼宴會。上午睡了一個大覺，起來已經要吃午飯了；剛醒來又沒味口，吃些菜瓜湯，午飯又過了。下午看了一部名片，电視效果不佳，斷斷續續到六點多才end。之後沒事，整個島如往昔一樣冷冷清清。只好坐在座裡給妳起筆寫信，想一想又快，大概明天有妳的信了。

上航次妳的信中說要離開幼稚園，不知目前動靜如何。到成功的信園長或友會不會轉信給妳。繼續積極去，換個地方似乎較好，改變生活環境使人有活力，產生新的衝勁。但願如妳所言，如我所言，換個地方使自己心情快活些。

最近沒事就瞪着眼看妳新寄來的六張獨照，一張張欣賞，一張有一張的味道，還有山水培養出來的"鄉下純樸的美"。但願我們心靈上永保一種自然之美。

和我在高雄共同生活了一年多的陳銘銓終於在昨天中午去逝，在北竿滯留一週之後返台。一個歡樂的團子裡，突然少了朝夕相伴的友人，全島都顯得冷冷清清，了無生机的樣子。他和我確實建立了不少友誼，他閒著事就找我聊心，我向他消遣，時寫些小，生活實在比較有趣。同性之間的感情也是微妙，有的同學十年來必是好友，他來之後半年左右就是好同伴好弟兄，公私兩面都充滿。

近來台北的文藝季似乎辦的不錯，有不少藝展、音樂、電影，妳才有去飽個眼福。如果我碰到可能把它貴者下去看藝展。我對美的追求很認真，對美的感受也很敏感，但有一個人比我更認真更敏感，而且有點"恐怖"——此人陳銘銓也。所以他女朋友比較累，凡事凡物都要注意"美感"，否則他就"不對勁"了。

世上的人兒，千奇百怪，甚有盡有……。

他回去找要他帶妳去吃一客妳想吃的，也談談我的近況～

祝

妳福 萬事如意

妳愛的 福成敬上

夜半于觀印

我們時很愛剪貼，現在也不例外。我常蒐集的有：教育（因好中生的興趣）、室內設計、經濟資訊、法律、文學、園藝、新詩、与生活最有關係的資料、趣事、怪事、空前絕後的大事……生活也是多彩的。

五月了，有首老歌叫：五月的風。但是現在已有六日，風並不值得歌頌，也不醉人；倒是覺得像少女的心——忽大忽小，忽冷忽熱，忽晴忽雨，是叫人担憂的五月。

五月的高雄，昨天風雨交加，海上翻起白浪，午夜又傾盆，人都抱著綿被，靜聽雨声；今天中午，風平浪靜，遠處的鷄在孤獨的鳴，狗也在吠，只未聞人的声。

潘讀信到此，似乎覺得淑成好像在寫散文，談不上味覺，看不出視覺。淑成只是隨心之所欲所想，提筆上陣來了，但願心愛的潘喜歡成的每一封信。

為妳献上一個美夢

理想

奮鬥

心愛的夫

淑成 上

69.5.2

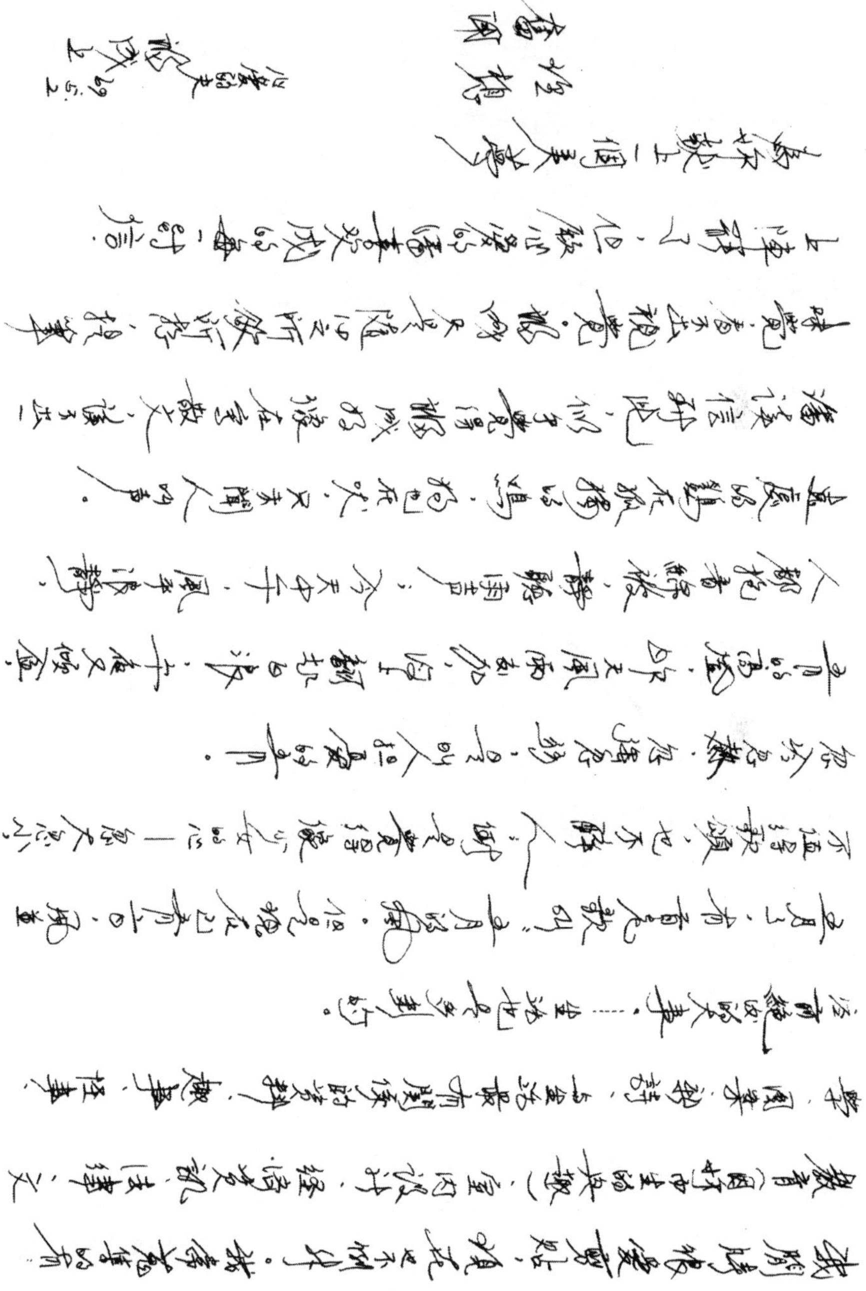

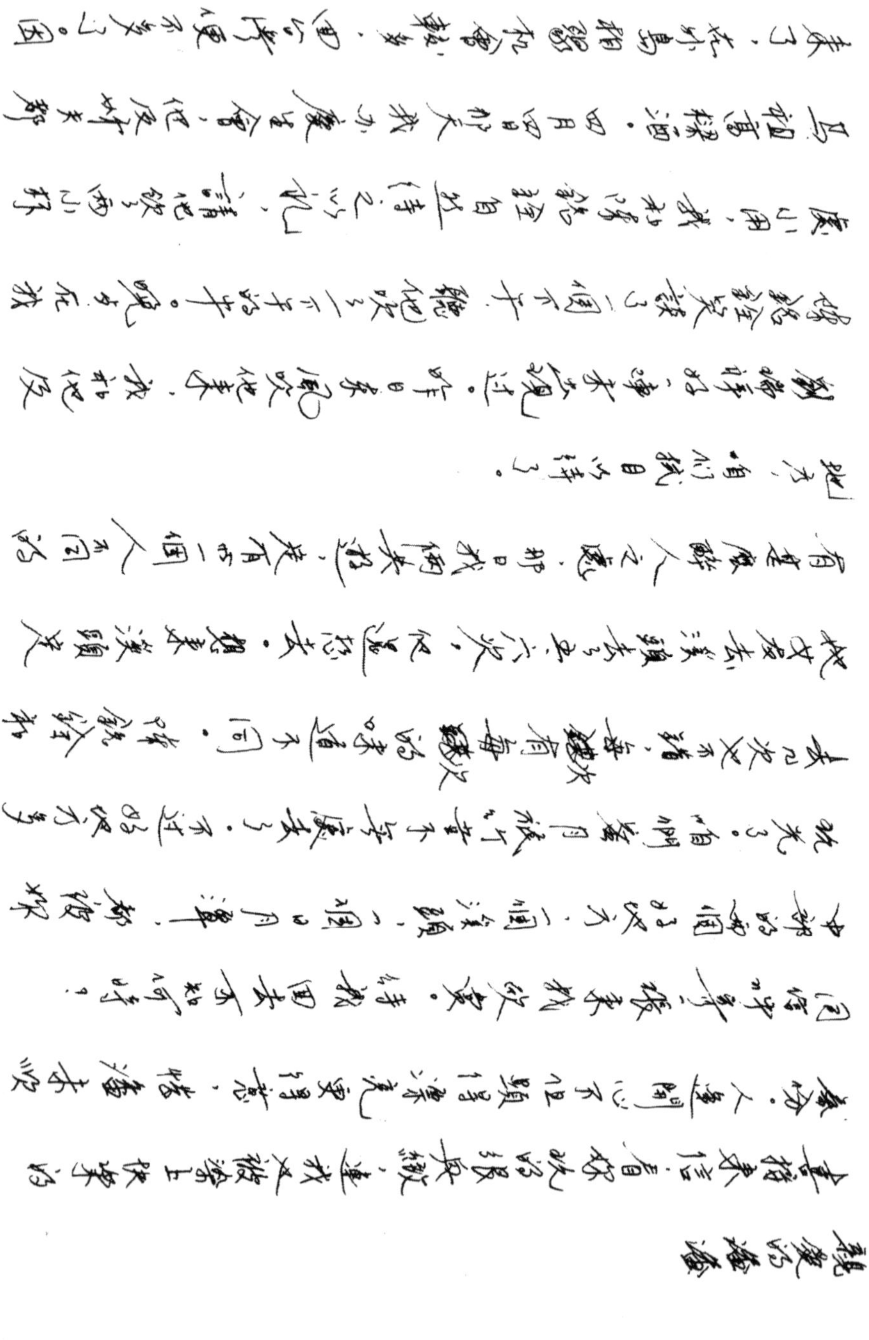
親愛的瑩瑩

[illegible]

為住的距離較遠。

我想從哲學的觀點也好，宗教觀點也好，人的本質都有些觀的成份，不太重就好了，輕輕的倒有很高詩意和氣質不同的感覺。上面休假，在台中見過三個女孩：妳、洪齡如、陳銘銓女朋友—林玉玲，都各有其不簡單之處。洪妳知道；另林妳大概未見過，奮鬥的精神，青年人那股活潑氣息，對事物的見解，為人態度……等都可由許多小地方管見一二。當代青年有些真是不錯，如洪、如潘、如林小姐。吾等應知，小市民只要安份努力就是對社會貢獻，對國家貢獻。不寫了免成"社論"。

教概、教行、教心几本書上有許多我的筆跡，可影响妳的視線吧？上頭有些批註感言之類可省去去。現在看的如何？有心得有收穫嗎？每一本我都看的仔細，融會貫通，但久未復習而忘，人腦真差，若能發上

史腦並不美哉！不過基本上的認識很多，也是一年四時中的一大成就嗎！

此刻，夜已深深，外面又在下大雨……很冷……穿了衛生衣褲、毛線衣，還窩在棉被裡給潘潘寫信。今天是四月二十九了，算是四月已經過去了。五月要來了，該也是很快，很快！有時覺得時光最好如飛馬驟足，盡快到來；有時恨不得如烏龜走路，愈慢愈好。千古怪物居人——怪！怪！怪！

母親節快到了，對於母親不知如何表示，潘可否提示。還是等我回去一起加，如此晚了些罷。

我也會記得現在的心給王媽媽，勿念。想念潘。

為妳祝福

潔光……

好喜歡妳的
御下人　上
69.4.29.

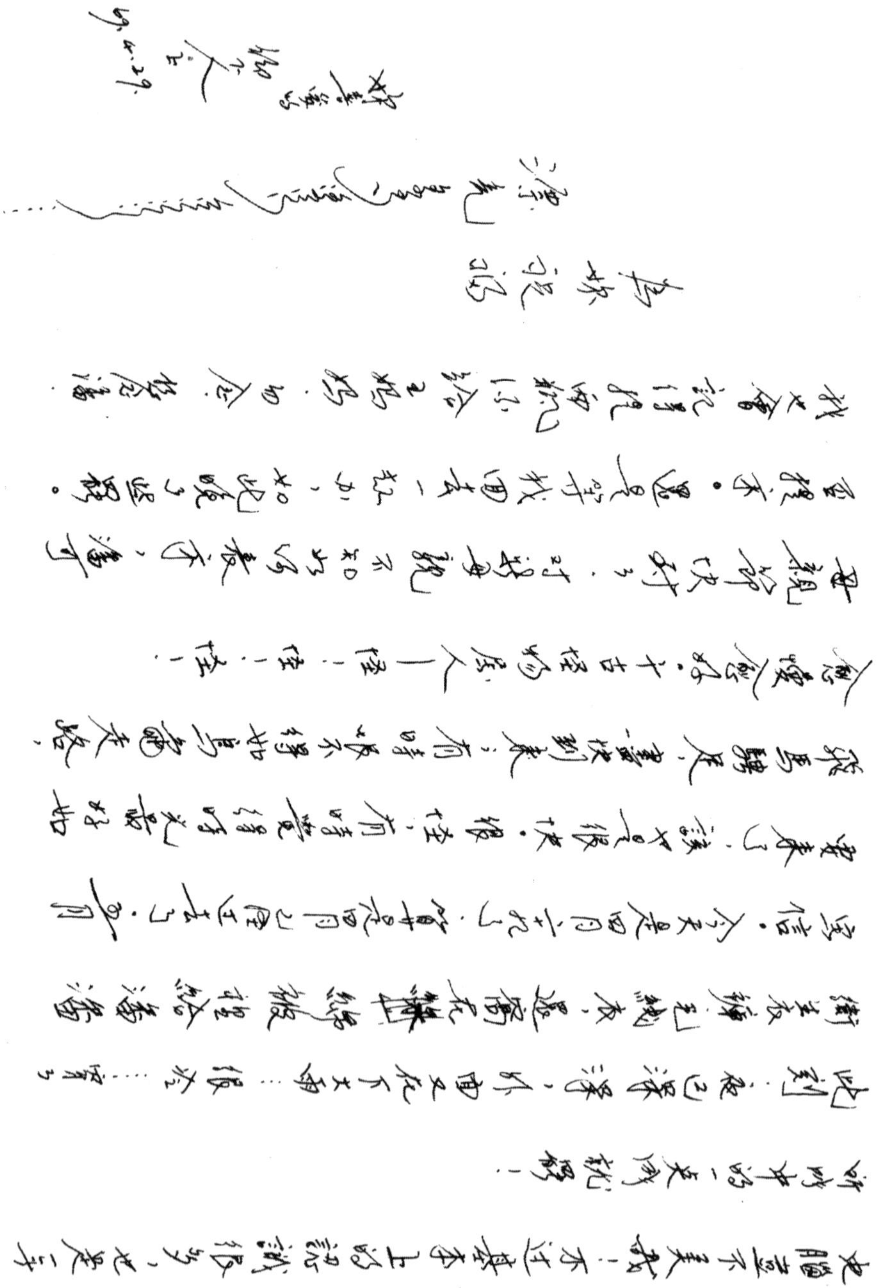

潘香愛：

今天該是妳到日月潭的第二天了，玩的愉快嗎？湖光山色總是醉人的。教師會館該是舒服的，雖不是一向不變住旅館，現在可暫住。當今交通發達，人們南來北往；也許全球到處跑，在外只有住旅館了。

不知妳要寄情山水多少日？食人間煙火的我們，總將我倆享人間煙火味的翠巒深谷去雅坐天，不亦快哉！

今日天氣尚可。外面陰色涼風，鳥語如歌，樹梢起舞。馬祖天氣有時很差，變化太大。昨天早晨好大的太陽，大地如春，視野可到海面八公里之外；以來妹夫招集了一個會議，約會四十分鐘左右，室外、海面、山邊，白霧茫茫，二十公尺外不見景物，有如人間仙境一般。難怪馬祖人叫此時謂"霧季"。

潘潘，

一連下了好多天的雨，每天到處是溼淋淋的，坡上有細細涓流，樹木枝葉翠綠。人有時感到舒活，有時感到沉悶，雨下久了還是不好。

晚上好冷，室外灑灑淒淒。被人們所遺忘之島。近來是霧季也是雨季，大概所謂梅雨季節快到了。成天下的人亂煩的，如果身邊有個潘潘伴着，興緻來了在雨中散步一番，讓心靈沐浴清淨，豈不快哉！

咱們中國文學（西洋也有）就有不少感人之妍作。靦腆的我多年前在校刊上有一篇名曰：風雨中的蘭魂。古人有「風雨故人來」的佳句，鬧胡的想，下雨也蠻好的。

阿里山的霧，溪頭的小雨，一定很有情調。

這兩天沒有給潘潘寫信，這48小時過的好快，唏哩嘩啦！便也飛去。小學課本上有句：日曆，日曆，掛在牆壁，一天撕去一頁，使我心裡着急。

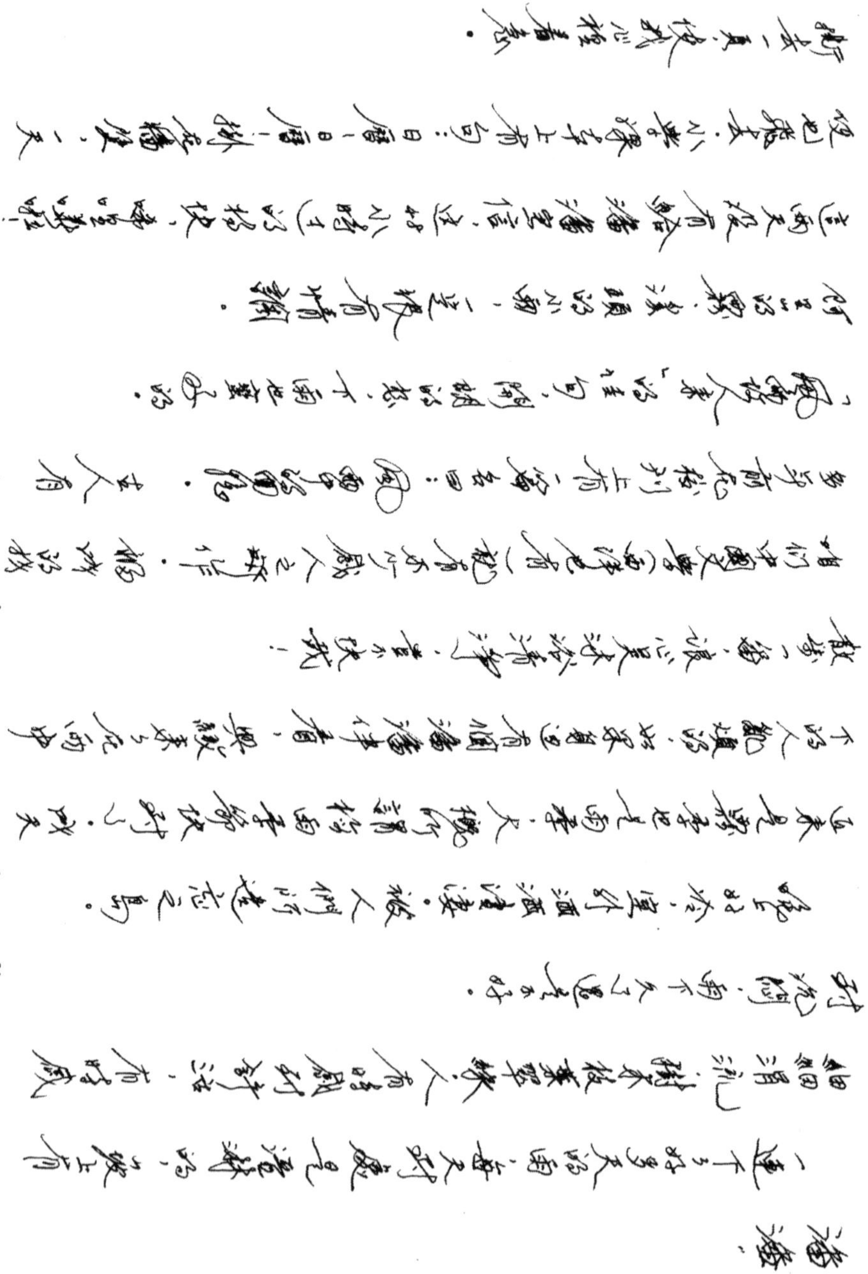

昨日接妳一封信外，鳳嬌也有一封。說了媽之北上看病，說玲妹如何撒嬌，說二嫂如何照應，還要二哥好好地待潘潘。自是不在話下，对不？

有一次我和玲妹的丈夫私下談天，談到他們如何生男生女之办法，真是妙也！現在我還不太相信。不知潘潘可有此办法，生男生女可任由夫婦晉割，若能咱們豈不……

日月潭如何？不知和十年前有多差異，台灣有許多近年才開放的觀光聖地，比日月潭還迷人。當今世界有更多的好地方，地中海的浪潮，維也納的音樂，黃石公園的原始風味，大溪地舞，埃及之神秘……不知可有此之命，像三毛樣浪跡天涯。現在只在幻夢中才敢如是想。天地無常，不知明日又將如何？

五月中旬要考試，而許多正書却無一能入目，更談不上心到了。太多的問題懸在心中，個人婚姻當然是第一等大事。十年前自己所憧憬的婚姻真是好像「白馬王子和白雪公主」那般，年歲之長，到如今才知婚姻還有許許多多現實的大問題要處理。我喜歡凡事計劃好，不喜歡事到臨頭一無所有。

諸多因素所我思考着卡繆一句話：「沒有現實，藝術不成東西；失去藝術，現實更毫無意義可言。」雖然我們的修學不少，但有許多還是不懂；諸多現念上的問題還要參照哲學家、現實環境、本身固有的去中和出一套屬於自己的。

個人的事業，也是第一等大事，好多的問題，走不完的路，不走也不行。除銘銓輔導長家裡雖應有盡有，但他也在煩惱這位他的工作問題，他最近也不穩定。婚姻、工作事業前程，似乎古來就喜歡玩弄男人；女人呢？可有？我想一定有，而且多多。今天心有所感，胡思一通。

為妳祝福的每一刻悅的，

快樂多多

妳愛的夫

[illegible]

潘璠吾愛，

又是一個風雨之夜，外面墨色般的黑，風好大。風中夾雜著海浪的濤声，教室裡一群年青学子的讀书声時雜的還一群蜂在嗡嗡地叫。

好熱。台北更熱，現在的潘潘正為何事呢？忙看讀書？看電影？逛書店？逛百貨公司？回想這半年來，我們雖未見面，或花個五十、六十去旅行去玩。但是透隔重洋的兩顆心，能想的更切，愛的更濃，每回提筆修書都不盡也感到很安慰。而這不變的心正是我們長相廝守的第一步。

很想能更快收到妳的信—明知其不可能，還是會想，想妳不知已寄到高雄几封信，那些信都會放在我寢室。當我再回那親切的島時，第一件事我就想打開妳的信，再看桌上妳活潑的照片。一切的不如意，一切的辛勞，也都隨而飛到九霄之外了。好熱，汗流濕了內衣，今晚又缺水，就一身臭汗在陽台上或门口吹乾就打算上床睡了。好險妳不在身邊，不然妳一定罵一声：臭男人。

想妳 吻妳 安

夫福成 六九．六．十五 馬祖南竿

潘潘

自從四天以前在高雄寫了封信給妳，有這久未動筆了。這段時間人一直在中等船，以及準備考試的項目，我考的東西妳也許有些概念，也許不知。反正那是一些軍事東西，我很忙。如此而以。

今天也是忙了一天，用過晚飯，好不容易找個一些時間為美麗又善上的潘潘訴了已久的情話。數數，咱們多久沒見面了！這漫長歲月有過多少思念，真是說也說不完的。好久沒有接到妳的信，今天有信到高雄，可惜我又已不在高雄。十天後，也許又回去那孤島，再一起看妳的信。暫且把相思藏在心中吧！

陳銘銓已回到台灣，當妳接到此信時，希望他已代表他的老連長去看過妳。讓妳多知道我的近況。倒是妳，不知是否已經搬了家，還在不在成功。但願能接到此函。晚安

夫

楊成寫在天涯路北竿前 五.六中

潘潘：

夜，又已深深。

風，徐徐地來。有些微涼，像冬已去，似春要來。

今天，閒着沒事，上午去逛村莊。馬祖的村莊，大多是六十家左右一起的小部落，經營小雜貨店。靠軍人吃飯的。古香古色的村屋，有些地方拍電影倒不錯。

中午睡了大覺，還在床上給你寫了封信呢！寫了不到六十分鐘的信，翻過身子倒頭大睡，一覺到五點。海面上已顯出黃昏景色，有幾條歸船。

大海、山景、夕陽、微風中有日落的人，構成一幅美景。把宇宙縮成眼前的世界。如此有了一個半小時。

我很重視生活的調整。一向的條文是：

當物質生活不足時，提高精神生活。

當條件許可時，適當提高物質生活。

兩者的百分和總要到達100，如此人才不致走進死巷。或走入極端。現在的我，正是如此環境。

身似浮萍，不由自己，如果心在不由自己，則是天底下最可憐、可悲、可嘆的事也！當我因外在環境使我失意時，工作不順利時，想念潘潘而該見不能時，心情惡劣之極，我則做下列諸事：

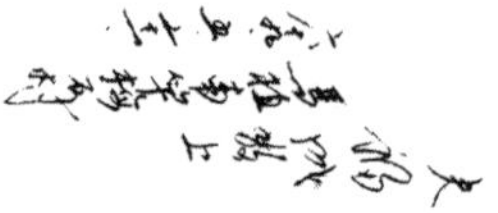

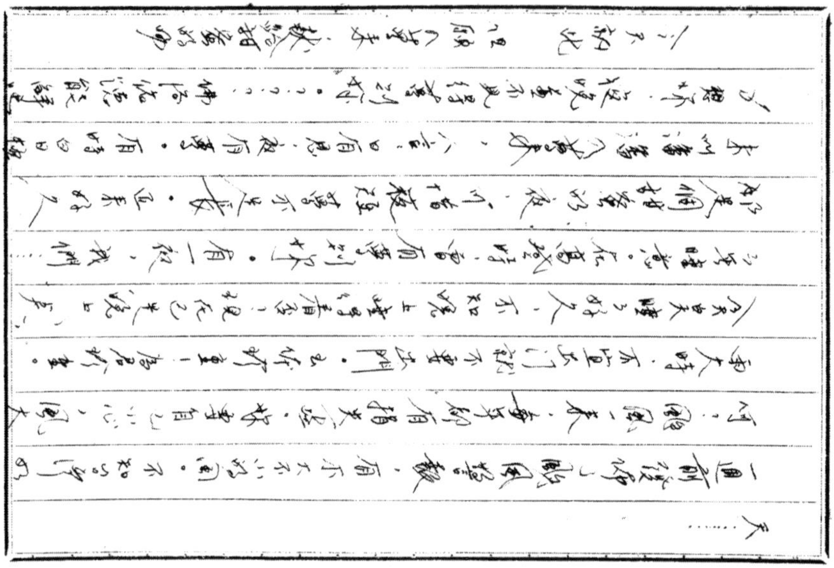

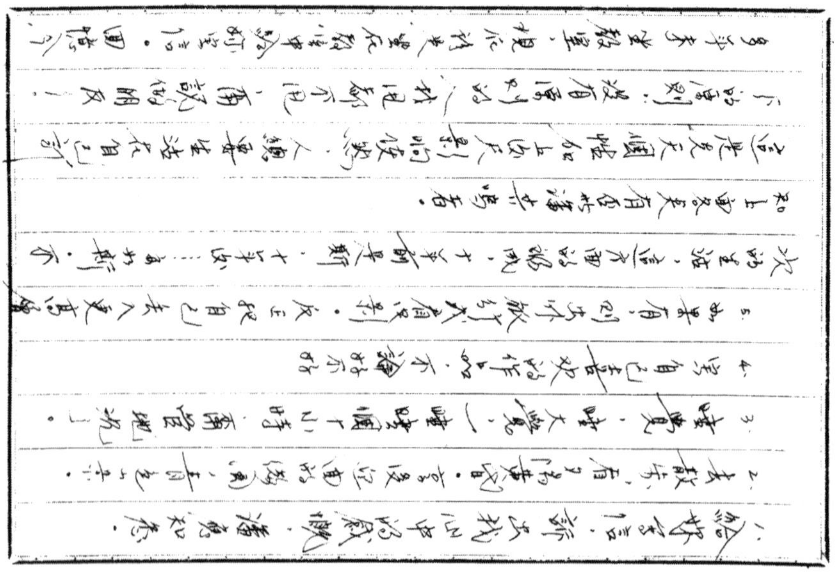

潘潘吾愛：

我現在人已在南竿，天氣好熱，人也很悶熱。書也讀不下，只好拿起筆來給妳劃幾個字，這種情況下寫的信真是最沒營養的啦！

這几天到處流浪，東住西住，南吃北吃，到處混。平時所有同学忙於開車，一但一起受訓，有多年不見，四路八方英雄好漢都聚於一堂，真是熱鬧非凡。這几天就是這樣過的。現到了受訓地點，編班後，開始要作正事了。蜜果的。（五月十二）南竿梅石　晚成

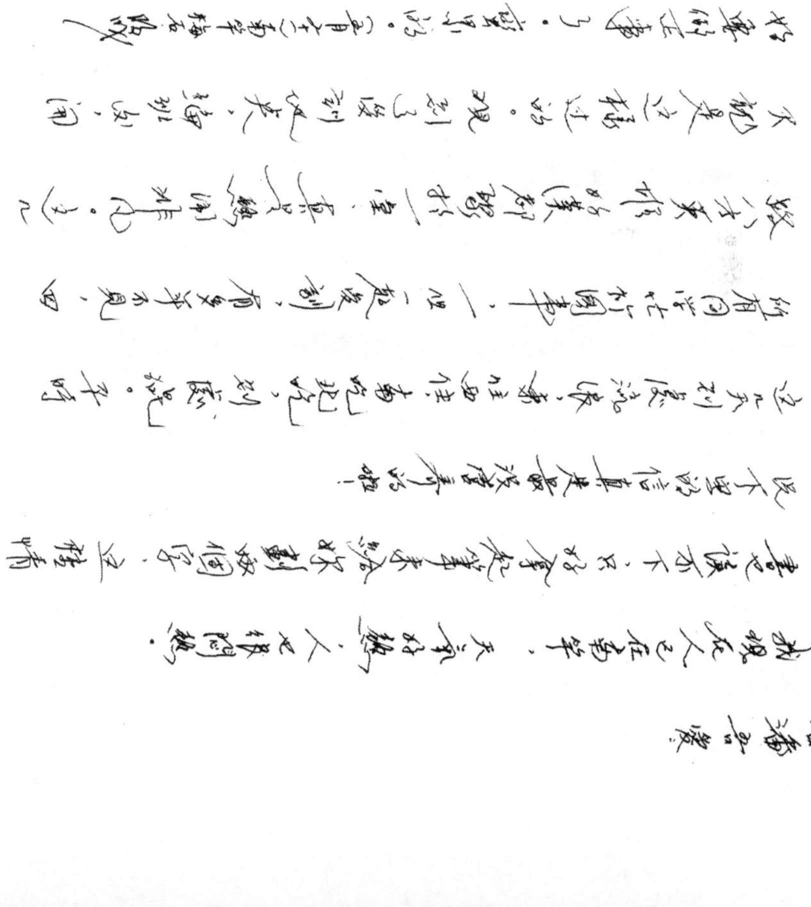

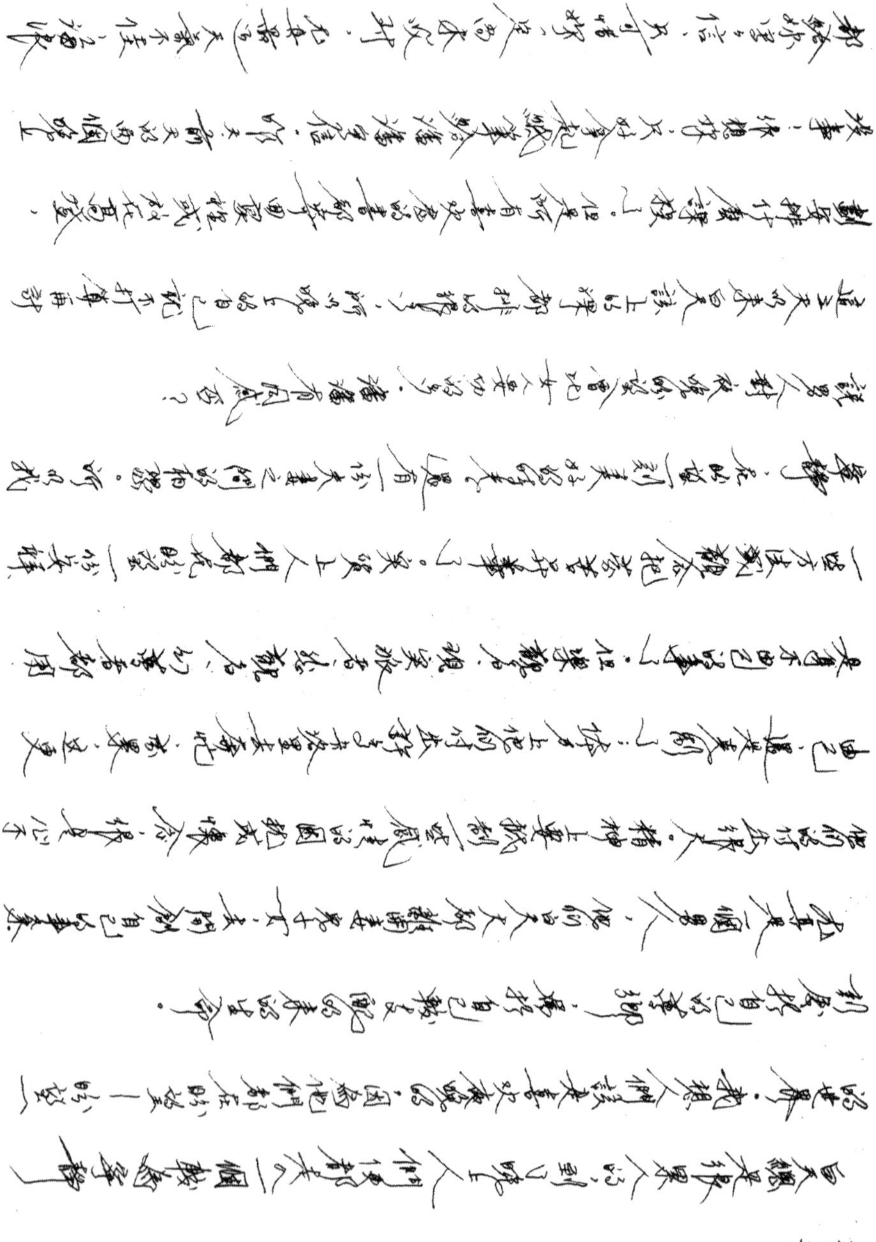

潘潘，

白天總是很累人的，到了晚上人們便都走入一個較為寧靜的世界。我想人們該是喜欢夜晚的，因為他們都在盼望，盼望入創屬於自己的夢鄉，屬於自己較支配的未來的生命。

尤其是一個男人，他們白天大都離開妻兒子女，去開創自己的事業，他們的付出很大。精神上要抓割一些感情的困扰或懷念，很是心不由己，還是要割了；体力上他們付出許多，在路里去奔忙，結果，這更是身不由己的事了。但樂觀者、現实派者、悲觀者、幻夢者都同一些方法或觀念把苦苦弄掉了。实際上人們都在盼望一份安祥、寧靜，在盼望一刻美好的時光，還有一份夫妻之間的和諧。所以我說男人對夜晚的盼望會比女人要切的多。潘潘有同感否？

這三天以來白天該上的課都排的很滿，所以晚上的自己就不打算再計劃安排什麼課程了。但是所有喜欢看的書都寄回家裡或放在高雄，沒事！很想妳，只好拿起紙筆給潘潘寫信。昨天、前天的兩個晚上都給妳寫了信，只可惜妳一定尚未收到。尤其最近天氣不佳，海浪又大，只怕要通早已中斷。

我寫信，不論給兄妹朋友，一向不喜歡談「早晨起床刷牙、洗臉等事」，我常談些自己的感想、工作或讀書心得，生活花絮、人生觀等事。這兩天也看不到妳的信，不知潘潘的近況，所以都在此談些藏在深心不易提及的話。我曾有個朋友和我交友不到一年，他自言被我改變了大部份的人生觀，整個人在思想的道上突然改道。我不知自己是否真有這份能力，但我早已確立自己的事業、生活和一些原則，我有自己的軌道。我想每個人都要有其"軌"其"道"。不該走脫軌回頭或一株牆頭草，潘以為呢？

潘潘，告訴我，今晚的時刻，有沒有想我？叫風兒叫雲兒把妳的思和情送到我夢鄉，把妳的花容印在我夢的心湖，讓妳飄在我湖的面上。採一株水草、濺濕衣裳、盪起水紋。只在今晚。

今晚我身處花海之外，心卻全部給妳了，還有今晚的時間。

為我們祝福

滿意嗎？

夫

福成

69.5.26.晚上于馬祖南竿梅石

吻

念

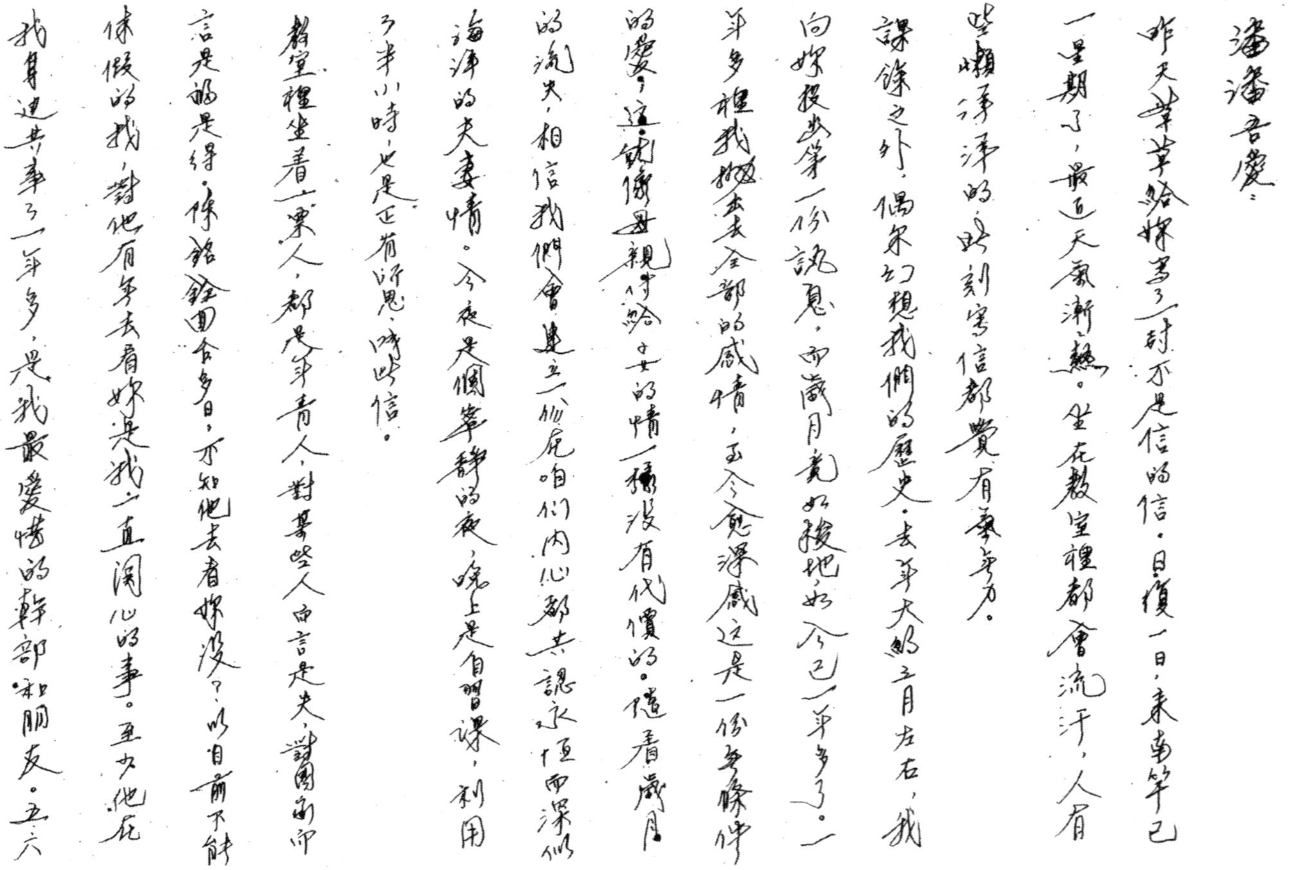
潘潘吾愛：
昨天草草給妳寫了一封不是信的信。日復一日，來南竿已
一星期了，最近天氣漸熱。坐在教室裡都會流汗，人有
些懶洋洋的，此刻寫信都覺有氣無力。
課餘之外，偶爾幻想我們的歷史。去年大約三月左右，我
向妳提出第一份訊息，而歲月竟如梭地，如今已一年多了。一
年多裡我拋出去全部的感情，至今愈深感這是一份多麼偉
的愛，這就像母親對於子女的情一樣沒有代價的。隨着歲月
的流失，相信我們會建立一個使咱們內心都共認永恆而深似
海洋的夫妻情。今夜是個寧靜的夜，晚上是自習課，利用
了半小時，也是正有所思，寫此信。
教室裡坐着一票人，都是年青人，對某些人而言是夫，對同鄉而
言是的是得。陳銘鈴回去多日，不知他去看妳沒有？以目前不許
休假的我，對他有無去看妳是我一直關心的事。至少他在
我身邊共事了一年多，是我最要好的幹部和朋友。五六

年來，官場裡看遍了口是心非的虛偽面孔，每天都
必須把最純潔的一份自我心靈深深埋藏在心田裡。官場
裡為了得到上級一點佳言的那種作做面孔，同事間那
種「老哥兒弟」的相互姑息，相形之下和社會之黑暗面
相差無幾。人與人之間很少把真心搬出來的，能交個夠
得上「知心」的實在難。相對地，劉、廣和我，三位也許應
該感到安慰。而我之碰到陳銘銓大概是天意，至少
我們共事時沒有為個人利益在爭，都把真心搬出來，
合乎是總留下值得回憶的一段佳話。
看信至此，讀者也許覺得我的牢騷滿腹。我想天
底下可能沒有人對一切事都感滿意而沒有牢騷的，尤其
社會現實如此，人與人之間惟利是賴，我們能沒有牢騷
我若生而為莊子，也許早已入山尋道去也！今日的我，仍
然是陳舊的，在現實洪流中來去。我們雖然必須在現實中
奮鬥下去，在所謂的事業上，與人拚鬥，拚鬥智，與
人爭長短，追求所謂的名利。
論論，就把這當牢騷看吧！誠如有時我也喜歡看妳信上說
些牢騷，再來說出一些道理。不知妳擬家沒有，所以就把
信寄到成功，妳說成功要解散了，信去了一定查無此人
而退回。我希望成功還有人在，轉個信，謝謝他。

今晚寫信沒有情調，該說要花些時間中吻妳嗎？
快樂加三級再加些

夫 瑞成 69.5.25

潘潘吾愛：

大地一片寧靜，安祥，陽光溫暖

打開我們愛的窗，聽咱們的心曲：

有一張：看了她，想起Pan Pan小時候也夠頑皮的，還穿小短褲子跟小男生打水戰，我還贏了。現在是lady難以想像。

：你認為如何？好学？小鳳凰

：我願我的家永遠安詳快樂

：Pan Pan喜歡你的一吻

：但願我們的決定是永遠的決定，互諒……互信……

：萬物都須要一個愛

：是我們所願的。（正面"天長地久"小卡）

：甜蜜的蜜月曲

：您～讓我更能了解如你充實我

：童年是快樂的，抓泥鰍，拔甘蔗，楊桃……田[illegible]

：握住擁有的現在

：想念妳

：愛只能體會……

都是咱們感性的歷程，一生卻難忘；妳永遠是我心海中的一座小島。

六九年四月十八日 [illegible]筆記高燈。

潘潘，

妳夫回來了 帶來了潘潘的訊息 帶來了潘潘的關心

人一時間感到很高興 很安慰 本來人真是煩 現在尚

能將煩惱一腳踢到九霄雲外。

近來，一直很冷 每日寒風呼嘯 身上穿著厚重的大衣

也許 穿的太久太長了 更感不想穿呢！但是非穿不可

不穿好冷 人會感冒。

寒風中夾著細雨飄飄，人都被擋駕在屋裡

睡著的 趕著發呆的 走著的 趕著的 長久的風雨給

不懼風雨的軍人帶來了無奈。

妳夫回來 照例請大家吃一頓 喝几杯 辛苦了 這天

我只飲了一小杯 現在妳夫的飲酒觀念也改變了 大都

意思一下 不多

最近半月以來 讀書都讀不下 倒是讀了一大堆林語堂

的書 還讀了一些台灣的鄉土文學 林海音的 林懷民

的 七等生 鍾理和等 當一個人尋求不到美麗和滿足

走入文學藝術的世界是最佳辦法 也只有如此 人世間

的黑暗醜態才能把你無可奈何

很久未聆聽潘潘奏一曲"愛奏曲" 何日再有？

外面下著細雨 昨日起就開始滴：嗒：了

等了再等 明天大概有船要來高登 也將把潘潘的信帶
來 也許船來了 而沒有信 但我已經很高興 至少妳
的存在 給我的生活多帶來一些亮麗的夢 夢裡有妳都
是很美的世界 潘，還記得有封信中我說：人性有太多
原始就存在的弱點 惡性 物慾 性之偏見 驕傲等等
已經不能在坦下去了 再下去便是地獄之邊緣 所以我
的思想（在現實之外）總要尋找些美麗的東西 而當人
們再也尋不回美麗和純真 社會的善將被謀殺盡 此
時的人們只有一條路—走向地獄—成為野獸之世界
陳銘銓要退伍 我感到有孤獨之感 在高登的日子不多

他退伍後 我打算把自己關入某一領域做一些事 他之所
以和我碰在一起，恰似妳我之相遇—緣 退伍後 將如勞
燕紛飛 各奔前程 也許要在某地碰头也說不定 也許
這段共事報國之緣將成各自的回憶 隨時歲月而遺忘
他若先我而返台 我會請他親自去拜候"潘妳好"，他
是我最喜歡的幹部，做事仔細 勤勞 有經驗 負責。
五月三日是妳生日 我也許不能回台 先請使者代我來
一份小禮 代表遙遠的愛 代表我全部的愛
來了 祝福潘潘 快活如比

愛妳的
大上 高登
69.4.23.

潘潘吾愛：

窗外雨瀟瀟，寒風夾雜海水吹向孤島，好像另一個冬天將要來臨，不知台灣天氣是否如此。

這兩天很沒有寫信情緒，腦子空空的，自從寄給潘潘寫了一封信，以後未動筆，以後未動筆，現在已是北的晚上。如果是台北，此刻應是華燈初上、人潮澎湃的時刻。然而高雄依舊，現在真很不喜歡它的寧靜了，太靜了，人都感到全世界已經不動了。

上信中妳提到媽到東港看病，耽誤了一陣。阿姨很熱心，妳現在一定越來越喜歡她了。

人言台灣天氣小姐脾氣；馬祖天氣則比小姐脾氣還不得了。記得去年還很正常，今年簡直反常。人很容易生病，所以近來我也很小心，每天至少保持8小時以上就寢時間，保持基本體力和抵抗力。

婚後咱們住何處，何處最合妳、我的環境工作，真是大問題一個，見面要好好研討一番才對。

有個問題妳把我考倒了。「中國較拙於歌舞嗎？」這要從那個角度看；從那個階層去看？並非一句話可道盡。就好像人問：「中國沒有科學嗎？」中國有科學時洋先生還是原始時代呢！而現在我們卻是不如人。如何說呢？這理相同，中國君臣在舞榭歌台時，洋妞的祖先還未聞「舞」之一詞呢！但現在咱們就不如人。事實在面前，為何？中國自從明朝開始，全國上下就有計劃地謀害自己的科學、藝術、文學、建築等等，到今已數百年之久。說來話長也氣人，不談了。

「現代啟示錄」，劇說又「不怎麼」，高雄某連長回去看的。但我希望能親睹此一部名片的電影。七、八年來我很少看電影，是否可以重拾一些歡樂。

喜歡妳的畫，謝啦！我是初學，在黑暗中摸索，希望能摸出一點道理出來。

最近，也沒妳的信，把以前的信，一些都搬出來仔細的看，甜蜜的回憶。希望明天有妳的信，信中有許多聊妳的訊息。拜拜

祝

快樂無比

妙慶的
夫上
69.4.25

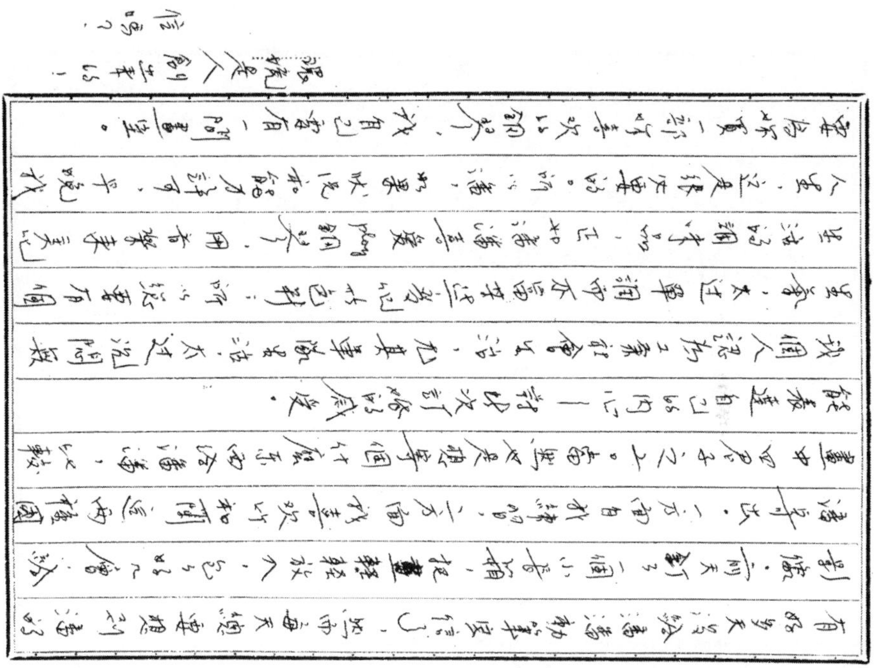
[illegible]

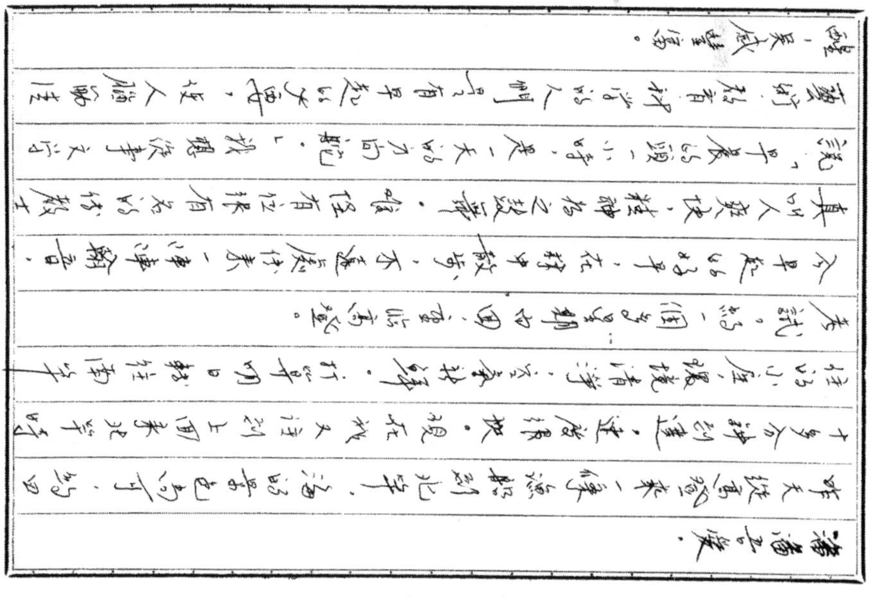
[illegible]
昨天從高雄來，[illegible]
十多分鐘的車，走得很快。現在我又住到上個[illegible]
[illegible]
[illegible]
今早起的好早，在林中散步，不遠處[illegible]
[illegible]

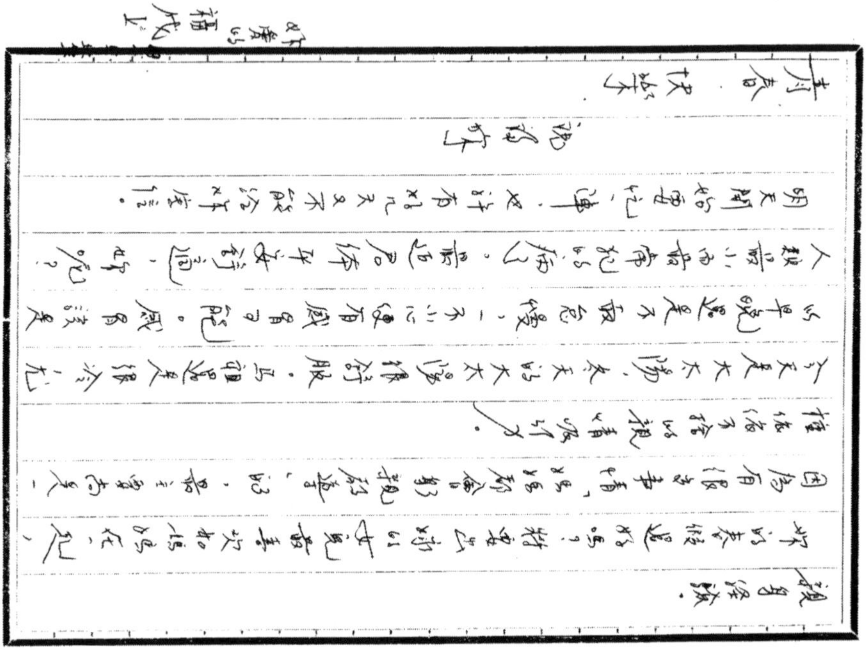

親身經驗。

妳的春假還好嗎？將要出嫁的女兒最喜歡和媽媽在一起，
因為有很多事情，媽媽都會躬親啟導」的，最主要尚是一
種依依不捨的親情吸引力。

今天是大太陽，冬天的大太陽很舒服。馬祖還是很冷，尤
以早晚還是不敢怠慢，一不小心便有感冒可能。感冒該是
人類最小而最常犯的病了。最近居住平安舒適，妳呢？
明天開始要忙一陣，也許有好幾天又不能給妳寫信。

青春．快樂

祝福妳

妳愛的
福成上

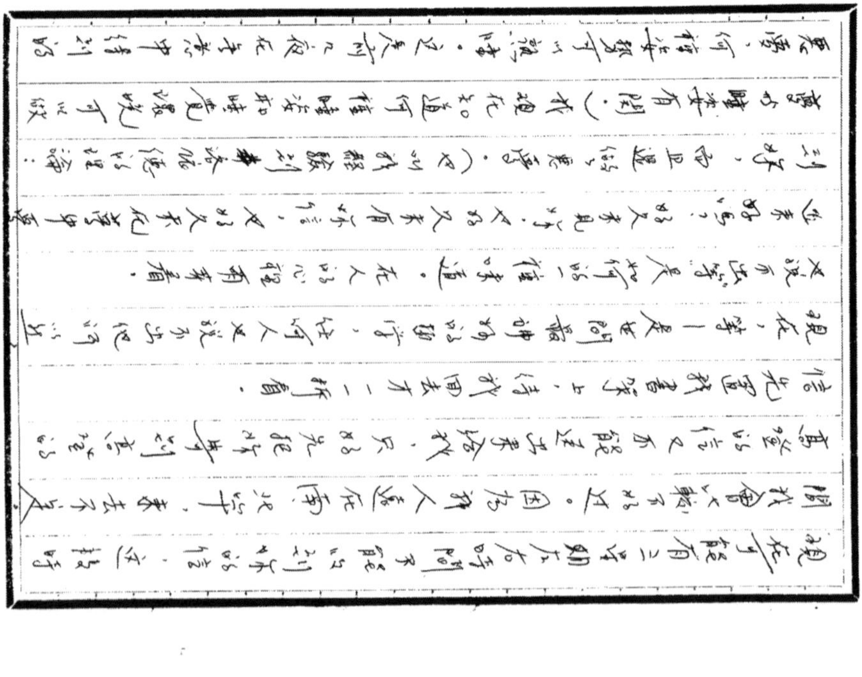

現在可能有三星期左右時間不能收到妳的信，這段時
間我會比較不好過。因為我們人遠在南、北竿，來去不定
。高登的信又不能送出來給我，只好先把妳寄到高登的
信先置我書架上，待我回去才一一拆看。

現在，等一是世間最神妙的動作，任何人也說不出他何以這
也說不出等是如何的一種味道。在人的心裡有著看，
近來好嗎？好久未見妳，也好久未有妳信，也好久未在夢中要
到妳，而且還做了惡夢。（也以我經驗到弗洛依德的理論：
夢和睡姿有關。）我現在知道何種睡姿和睡覺環境可以做
惡夢，何種姿勢可以熟睡。這是前幾夜在無意中得到的

親愛的潘潘：

今天收到妳的一封信，看妳文字好美，到了此面有好多字我看了有如天書。我想潘潘日前能抽空大練特練于佑任老先生的書法。于老的字是有史以來最神最妙最出名的草書了。

好時妳一定能見日月潭之風光，其舊名是「水沙連」。風有「美麗之島」之稱號。涵碧樓、教師會館、梅亭、文武廟、孔雀園、活動中心、文化村、玄奘寺、玄光寺、慈恩塔、光華島、還有佛里地區風景由……好多好多，風光迷人清淨了，是假日好去處。四週氣勢不凡，群巒疊嶂；花草風雨行人皆成韻味，有文人題曰：「粗頭亂髮，不掩天香國色」，真是明潭之最佳詞容了。

記多年前我和鳳嬌先妹一起去，當年有些數

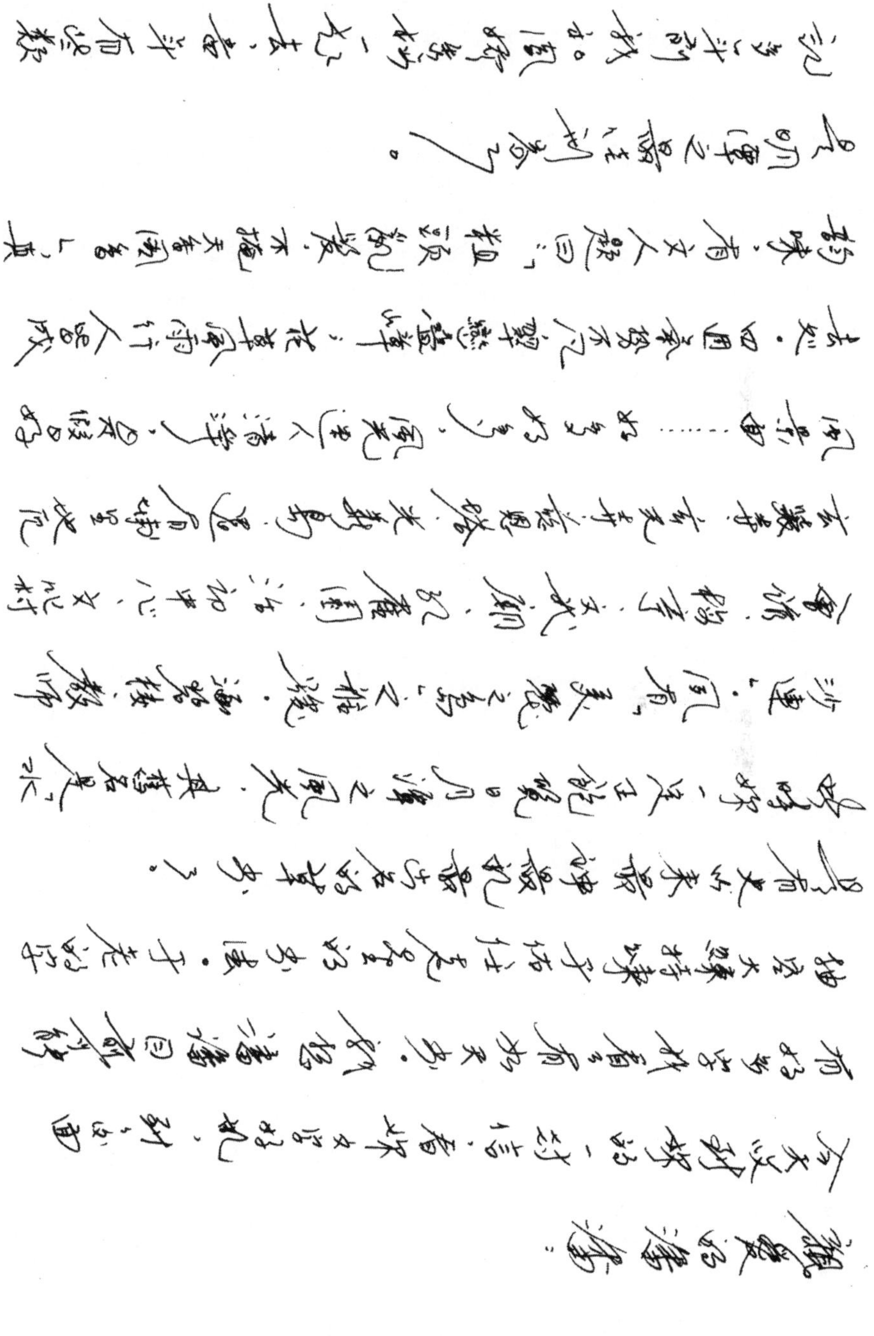

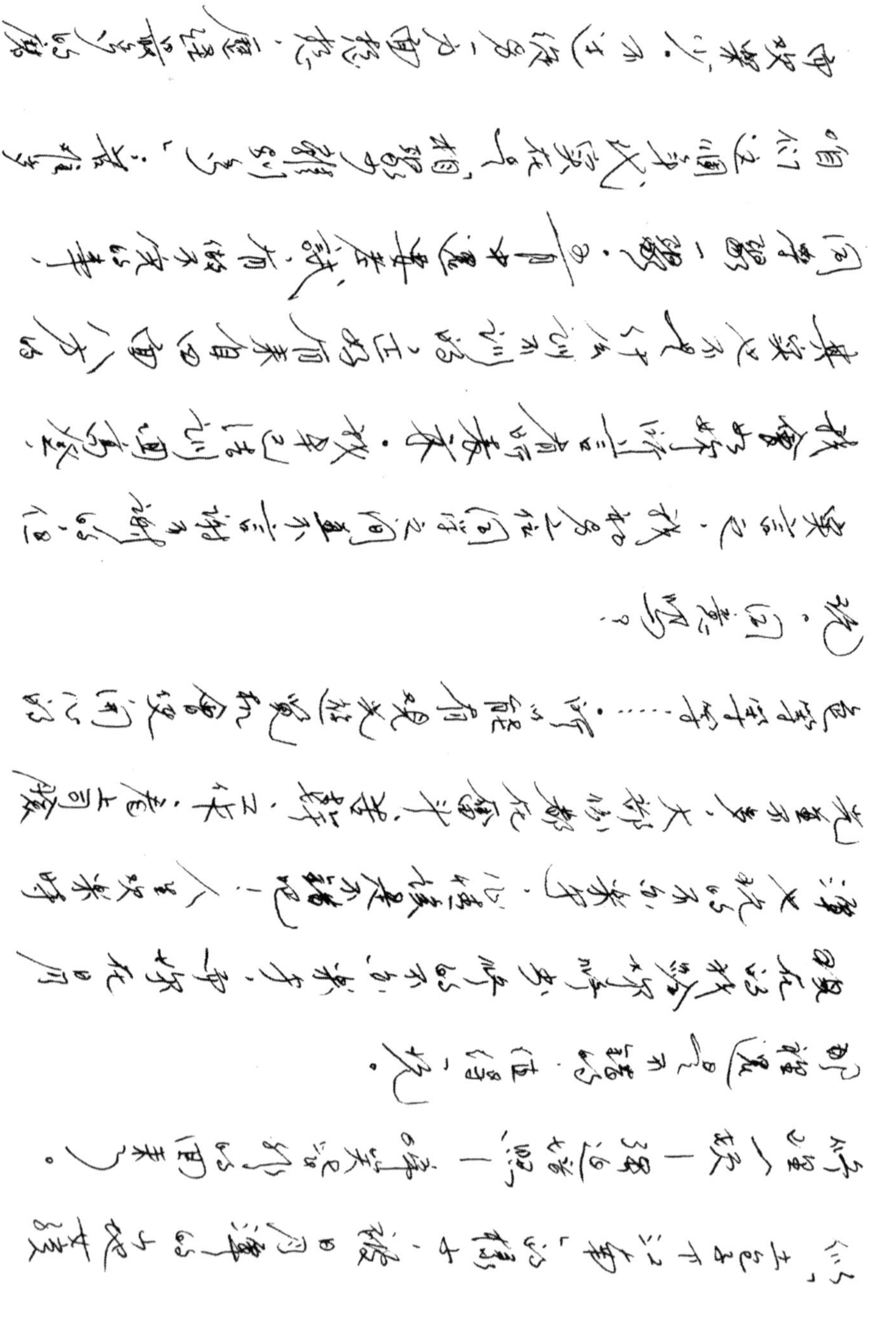

練者，也較能應付未來多變的社會，也比較能洞見人生各種明暗事理，其成功率也是比較高的。瀟瀟，咱們不能往死胡同裡去鑽，退而其次只有這樣想了。有個騎馬的，看前面一個坐汽車的，覺得自己實在……又看看後面一個打東西走路的，覺得自己也還……。世事總要看開些吧！

瀟瀟若覺讀書會，愈感自己渺小而不足道，這便是自己前進奮斗的源泉。寧靜和不浮躁若能向好的方向導引，便是好的現象。我最近看一部中國現代小說主潮，提及林海音、七等生、張文環、鍾理和、林懷民等人，可以說都是歷經一番苦難而後才成其難能可貴的一點點事業。瀟，讀前人詩書，所學何事，能此前人失魄磋磨，足矣！

詩成同此瀟瀟英魂，如皎之恒，如日之恒。今夜引妳入我夢來，並祝妳旅途快樂。 你愛的丈夫上 四·十七潘潘親親"

預定今早起程赴南竿，等船時間閒的慌，所以又把紙筆拿出給妳寫信。妳也許怪，等船怎又寫信，潘不知我的信紙信封都隨時跟我身邊的，隨時想起便隨心所欲地對自己愛人說話。安靜時，常能想起潘信中的一句話：現在已有sex的衝動。本來這是我們之間一種很自然的衝動，很自然的靈肉結合。現在必須克制下來。所以由妳假真要小心才是。我與一位已婚的朋友談起sex經驗，真是一種大學問，重心還是夫婦二人的觀念問題。他說也許三、五年，也許七、八年始能共同體會出真正的sex生活。今早五點就起來，就緒完畢，不到六點。一個人坐屋裡東想西想，便提筆寫信。偶然提到sex。我們希能共同體驗這生活之一部份，正確之，自然之，完美之。

難忘我們的初吻，常給咱們多刺一些

期待五月有好深吻

愛妳的

[illegible] 四、六、晨六點。

潘潘吾愛：

多日沒有給妳寫信，很是想念。妳好嗎？

最近几天以來都大熱天，很像屏東或高雄的夏天，人很不想動。每天要洗澡也很麻煩，不洗又不行。現在開始考試，好似在大專聯考那般緊張。還好十多年來歷經數百次場面，普通的也難不倒人。（如高考之流可能不同些，否則人人考取）

搬起腳手各指來算一算，已經有二個禮拜未看到潘潘的信，想思之心實不可名狀。也許每禮拜都有二封信寄來，如此算則有六封信了左右在高雄等我，心情也就比較好些。但願回到高雄有妳的多封信。

以前人都以為當兵人可以不要讀書，而今當兵人似乎不讀不行也。天天須要好多書要我們讀。

很關心妳在台灣的生活，我又不知情，希望妳能多加保重，須知「自家保重，勝君千萬言」。今日、明日科目多，不再寫了。

快樂

夫 福成

61.5.30 于馬祖梅石.

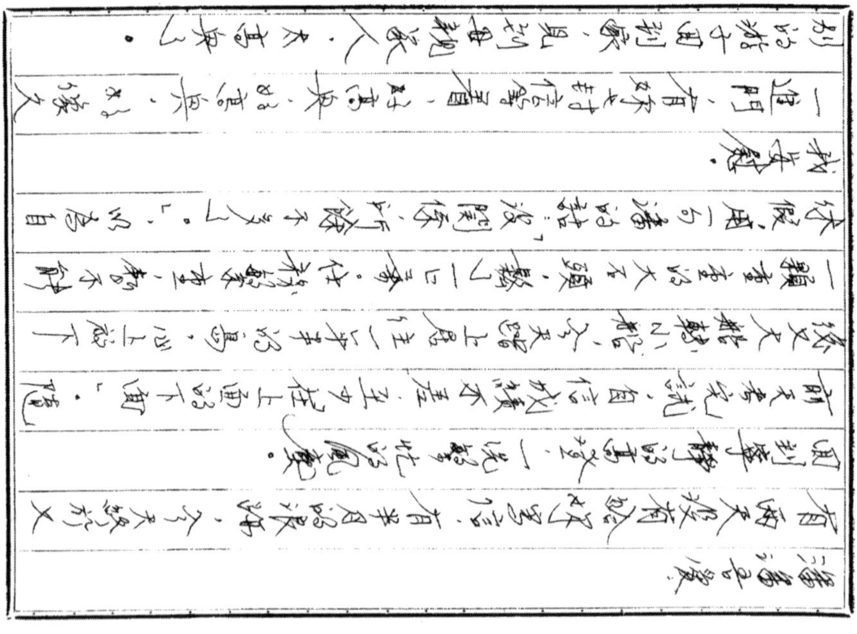
潘潘吾愛：
有兩天沒有給妳寫信，有半月的浪跡，今天終於又
回到寧靜的高雄，一洗繁忙的風塵。
前天考完試，自信成績不差，至少在「上面的下面」。隨
後又大船轉小船，今天踏上居住一年半的島，心上放下
一顆重重的大石頭，鬆了一口氣。任務繁重，暫不能
休假，用一句潘的話：「沒關係，所餘不多了」。以為自
我安慰。
一進門，有妳七封信等著，好高興，好高興，好像久
別的遊子回到家，見到母親家人，太高興了。

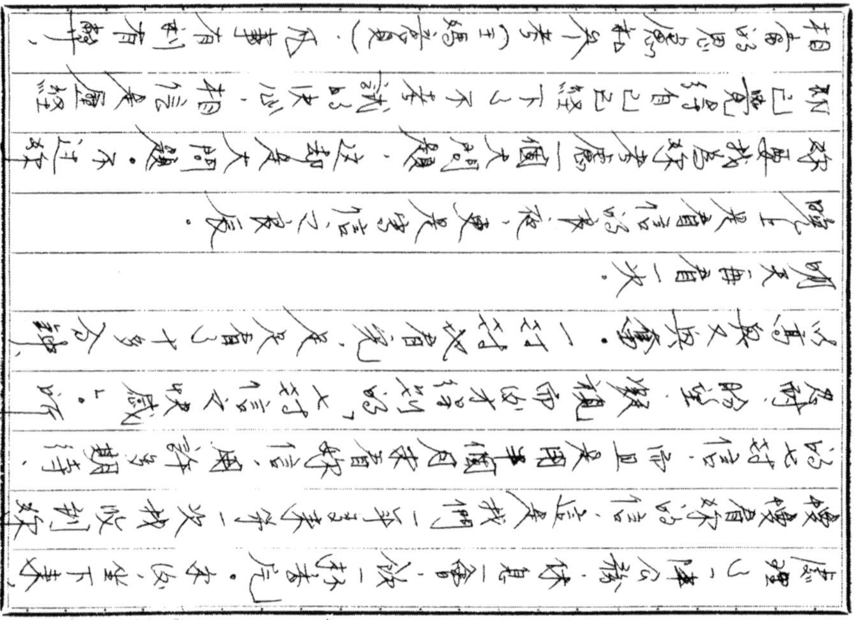
處理了一陣公務，休息一會，飲一杯香片。來後，坐下來，
慢慢慢看妳的信，這是我們一年多來第一次我收到妳
的七封信，而且是用半個月來看妳信，用許多期待、
忍耐、盼望、凝視而得到的「七封信之快感」。所
以高興又興奮。一封封地看完，足足看了十多分鐘。
晚上是看信的良夜，更是寫信之良辰。
明天再看一次。
妳要我為妳考慮一個大問題，這卻是大問題。不過妳
亦已覺得自己已經下了不考試的決心，相信是歷經
相當的思慮和參考(王媽意見)。凡事有利有弊，

跟我說一些吧！都是平凡年青的道理：

如果妳讀教育學院：

1. 潘潘依然是會做一個好太太，但給先生的少一些。
2. 我們會有幾年比較苦，這必須有超人一等的耐力。
3. 幾年後，妳學識提高當然更好。
4. 讀書和家庭也許不能兼顧，也許有些小trouble。
5. 如果妳生產，會有一段時間的"學業困擾"。
6. 家庭計劃也許要改變，但我們依然可以適應。
7. 妳會負担重（精力、体力），我們的財政亦須計劃。
8. 會受到許多人的反對，雙方家人、朋友、王媽、喻媽等。

但有一人不反對－鄉下人。

如果妳不讀教育學院：

1. 妳是我最好的太太，可以全力照顧自己的家庭。
2. 經濟負担減少，家庭生活較好。
3. 妳是自由自在的天使，想工作亦可，不做亦可。
4. 可以全部照我們自己的計劃，不論生產或其他。
5. 減少妳精力体力透支，妳身体會很好。
6. 缺少追求更高知識的良机，也許內心感到失望。
7. 減少一個找工作的机會。
8. 受到許多人的讚美－包含鄉下人。

且你國畫不多換。現在妳都決定不考，我好高興，因為

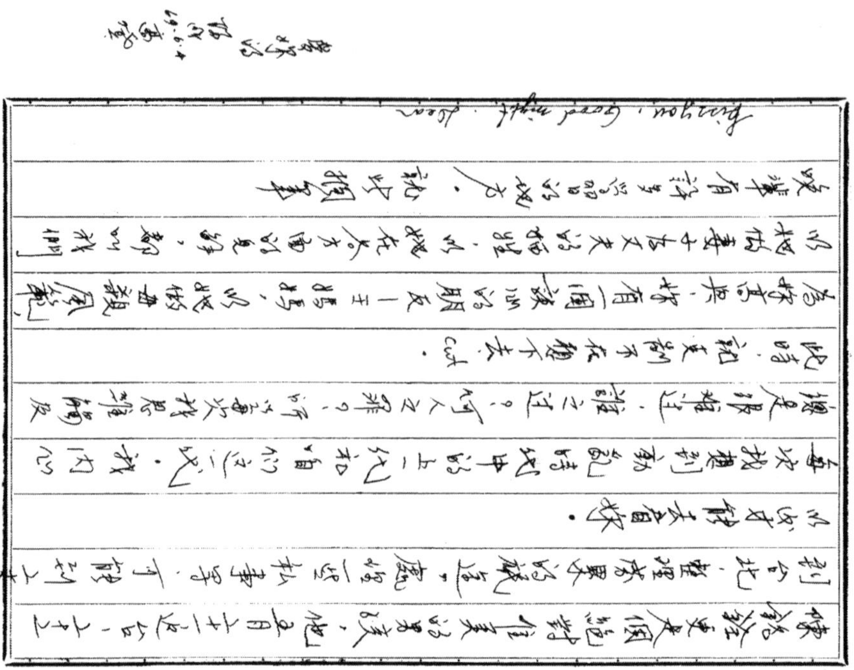
kiss you, Good night. Dear

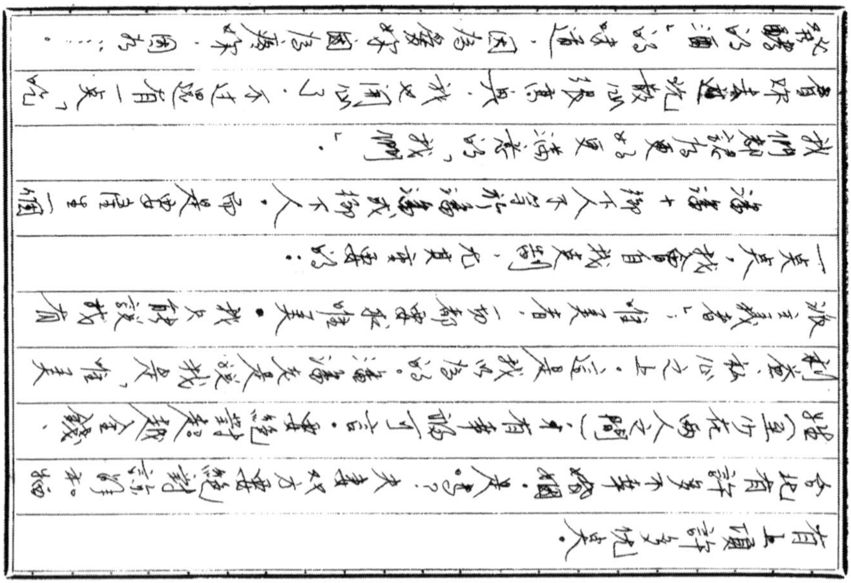

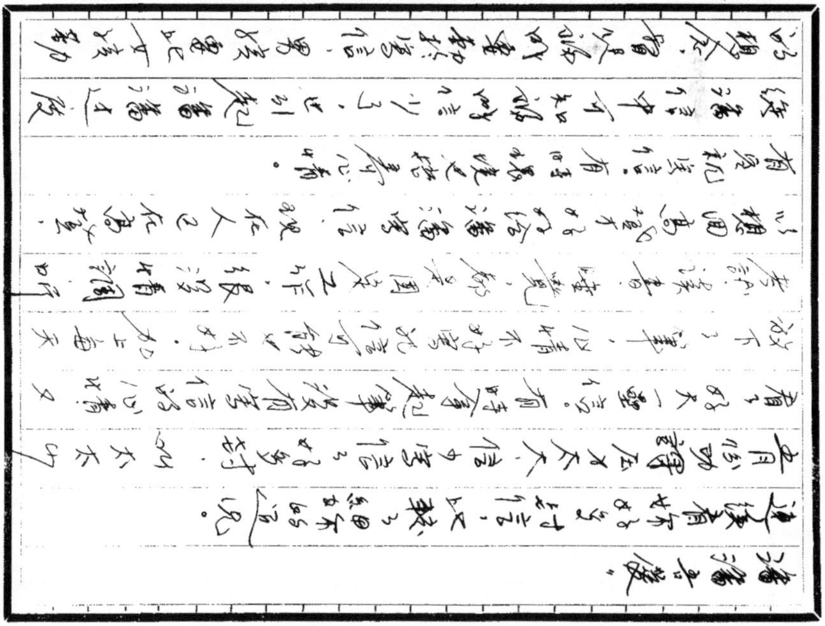
潘潘吾愛：
連續有妳好多封信，比較了解妳的近況。
青份功課壓力太大，信也寫了好多封，所以太太少
看了好大一疊信。有時拿起筆沒有寫信的心情，又
放下了筆，心情不好寫的信可能也不好。加上每天
考試、讀書、睡覺，都是固定工作，很沒情調。所
以想個高招才好好給潘潘寫信。現在人已在高雄，
有空就寫信。有時根據也培養心情。
總潘信中可知妳的信少了，也引起潘潘才過度
的想念，曾說妳要勤於寫信。男孩要比女孩勤

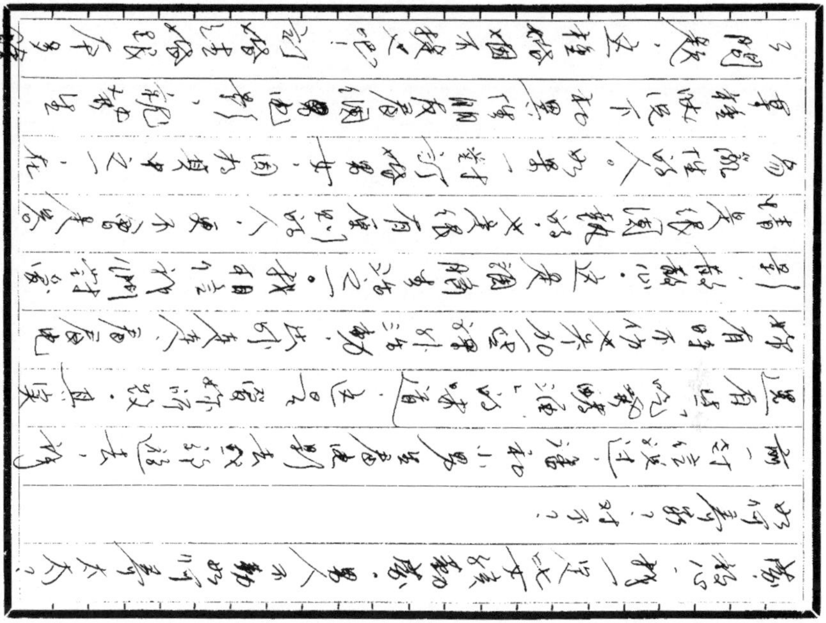
勞，散心，我一定比女孩勤勞。男人不勤如何養太太？
如何養家？對不？
前一封信說過，潘和小男生看電影去或許過去，許
還有些「吃飯聽酒」的味道。這是愛妳所致。其實
妳有時不妨也去參加一些課外活動，也可走走，看看電
影，散散心。這是調劑生活之一。我相信我們對愛
情是很固執的，也是很有原則的人，更不會是容
易亂性的人。如果一對訂婚男女，因為其中之一，在
某種狀況下和異性朋友看個電影，就扯上
了問題，這種婚姻不提也吧！訂婚、結婚跟本多餘。

婚姻也是一個開通人，講親原則、講親立場，而不講親外表的型式。

有些人結婚是終站，有些則是中站，更有些是起站。完全看夫婦二人如何去計劃他們的生活。不過婚姻相信唯美派的婚姻加上寫實派的論調，是會有一段美麗的前景。就我而言，生活、工作都講究一種情調，當然情調是有工作邏輯和對工作的進取心做前提的，否則容易走向「花月主義」，也是一種不健全的人生觀。我希望我們要努力在現實的婚姻生活中建立一種屬於我們自己的生命情調，而不是人云亦云、每天吃飯、工作、睡覺。如此的生命，不要還好些喔！和我共事一年多的陳銘銓也有這種思想，而且比我更濃。一個正邁向現實環境的人，能找到一個和自己理想相近的朋友並不易。陳銘銓家世雖好，但並不是給我充分友好的條件，因為家世不是交友的條件，他是個有思想、個性、感性的人物，有原則的人，非人云亦云的人物。正如以家世也不是婚姻的條件，那是一百年前的老觀念，現在行不通。有些家長不信此邪，結果造成悲劇，活該！

看妳最近的情緒很激動，希望回去前能聽到美好的琴聲。祝妳平安、寧靜、快樂。愛妳。

天鵬
69.6.6 書

潘潘：

不過考試中讀書，可能是一件相當快樂的事，但丈夫總是要注

意到自己的婚姻生活，以不使那般快樂和專業、受騙的人。

我們要不停地把心用在丈夫身上，好可以減少許多反感，摩擦及紛爭。況

且現代都有[illegible]，我和多數，隨時都可因為性格[illegible]自己的缺點。多多體諒

[illegible]

[illegible]

[illegible]

[illegible]

[illegible]

[illegible]

大凡愛情者，[illegible]

[illegible]

不過，他們能把愛情的水準降低，只要能够上水準，我要將一些程度之[illegible]

彈。寶貝吧！為妳加油。

妳有可愛、誠實、上進、知禮的弟妹，真叫我"眼紅"。二十年，人比人氣死人！也為他們加油，台灣也很好，小孩都可玩，大人要在有限度的限制，現在的高中生似乎很小，記得我們以前讀初中就很大了。對他們咱們都已"鞭長莫及"，但願我們當哥哥、姊姊能對"後生"有點影響力。至少為家庭造就一個好弟、好妹會造就一個公民。

對於我的未來……。潘潘真是「先天下之憂而憂，後天下之樂而樂」，我想我能盡力而為，與另一位兄弟有些作為，以中証來討長，日後再研究。我認為不論我做什麼，潘潘都是我的好助手，我們定能共創幸福的家庭。

冬去春已來。山坡上一片油油綠又綠油油，看去心裡好不舒服。天氣不太穩，海風宜人，小浪花平等，有點像住在海外仙島一樣。在這裡有時想想妳，想想妹妹媽媽，也頂快活的。人越大，視野越廣，對許多事物能看的開，對世事較不喜歡計較。好？壞？天知道。

現在是中午，外面鳥兒在歌唱呢？也是大自然界的歌手。

祝福妳，像小鳥……

常保的
[illegible]
於上[illegible]中午。

可愛的小鳥：

看妳五月六日的信，開始有些等不住了。原因是我的信太少。前些日子正考試中，所以提筆機會相對少些，潘潘說男孩要勤勞些，所以我今天特別勤勞，現在這封信是今天的第二封信。剛回來，不想做其他事，只想寫寫信。

軍人之妻實在是很了不起的女性，她要忍受許多寂寞，她要獨立應付許多困難，她要……太多了。過份的多了。所以顯然，妳也看得出來，我並不打算幹軍人一輩子，頂多還有五年，到時，和我二人將走向另一條道路，我們都認為十八年的青春報國已足，對國家，對自己內心都已有滿意交待，一生並無對不起國之事，可也！這方面說來話又長了，以後我會和妳細細的談，請妳多了解我，了解我的事業觀。

必竟我也不是大英雄，無法完全獻給國家，我也是平凡的人，有著私人的愛，必須保留一些，獻給我的愛人，我的家庭。當我立在崗位上時，我會站在國之崗，盡力的做。

談到我做衣服，說來話長。捫心而問，放眼觀展，天底下何人不想「錦衣、美食、華廈、轎車」？必竟莊子有史以來只有一個，我的觀念思想並未超越到那裡，因為凡人都有凡人之慾。只不過我自己參考了各方面因素與環境，加上實際現狀，把自己的慾望做了大部份的克制，而盡量去提昇精神領域罷了！

只要在人際關係中，交際場合中不要太「那個」，可也！所以我並不固執於一定「如何」，視狀況須要，有時還是要做一些衣服。以後再說吧！

時代觀念的不同，女人在外表的「美化」比男人來的重要些，潘，有同感否？不論婚前婚後，女人的內涵、氣質、服裝、打扮，都是很重要的，潘潘[illegible]友對嗎？本來我信中少提這些，潘提到了，我也不妨就現代觀念傾向，表達一些看法。咱們做為朋友就是了。

「用鋼筆寫的末一段已「擦掉」了」。婚前這方面我們該突破嗎？至少到婚後，我們可以調合，這是大學問，却不知如何調合我們的生活，相信時間會是我們的老師。不多談，以免想入非非，又剎不了，對不？

祝妳M.C.期安靜快樂，晚安

夫　上
69.6.5 [illegible]

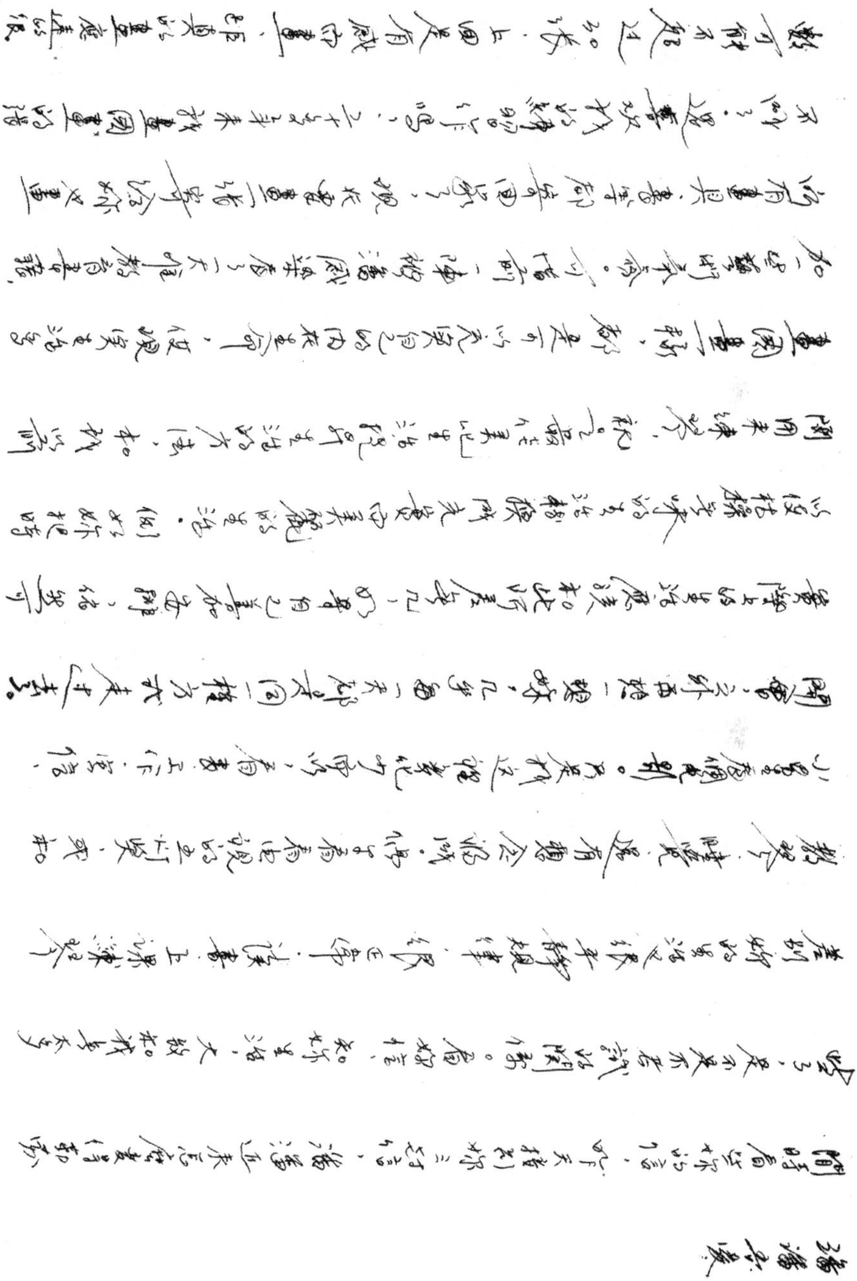

也知妳要參加考試，用通信報名，考一些經驗也不錯。關於讀教育學院的事，我在前三封信中給妳提了初步分析，給妳做為參考。不過如果我現在是局外人，我可能不讀教育學院。為何會有如此結論，其中原因太多，我不細訴以免影響妳要讀書的決心，如果此回妳考上了，而妳想讀，我倒也會舉雙腳同意的。三餐吃饅頭都要讓妳讀完，完成妳的心願。所以最後的決定人還是妳。不論王媽、叔叔、嬸媽、嬸嬸、以及我的話，都不過是一本「參考書」，懂嗎？有一個原則，不要過度強迫自己一定要如何？因為時代的進步，目標可以從許多不同的路線達到的，妳說對嗎？妳在那邊太久了，也許換個環境會好些。如果王叔叔給妳加的薪所為可能應該不錯，至少薪水高些。在工業社會裡，薪水是個「社會問題」，弄的不好，工人罷工，社會動亂，國力削弱，也是很危險的，所以薪水在我們生活中的一項「決定因素」。論有何感召？七月軍人加薪20%，但物價又因而昇高，未必見得是好事一樁吧。

不知此地物價如何？薪水的調整趕不上物價昇高，使

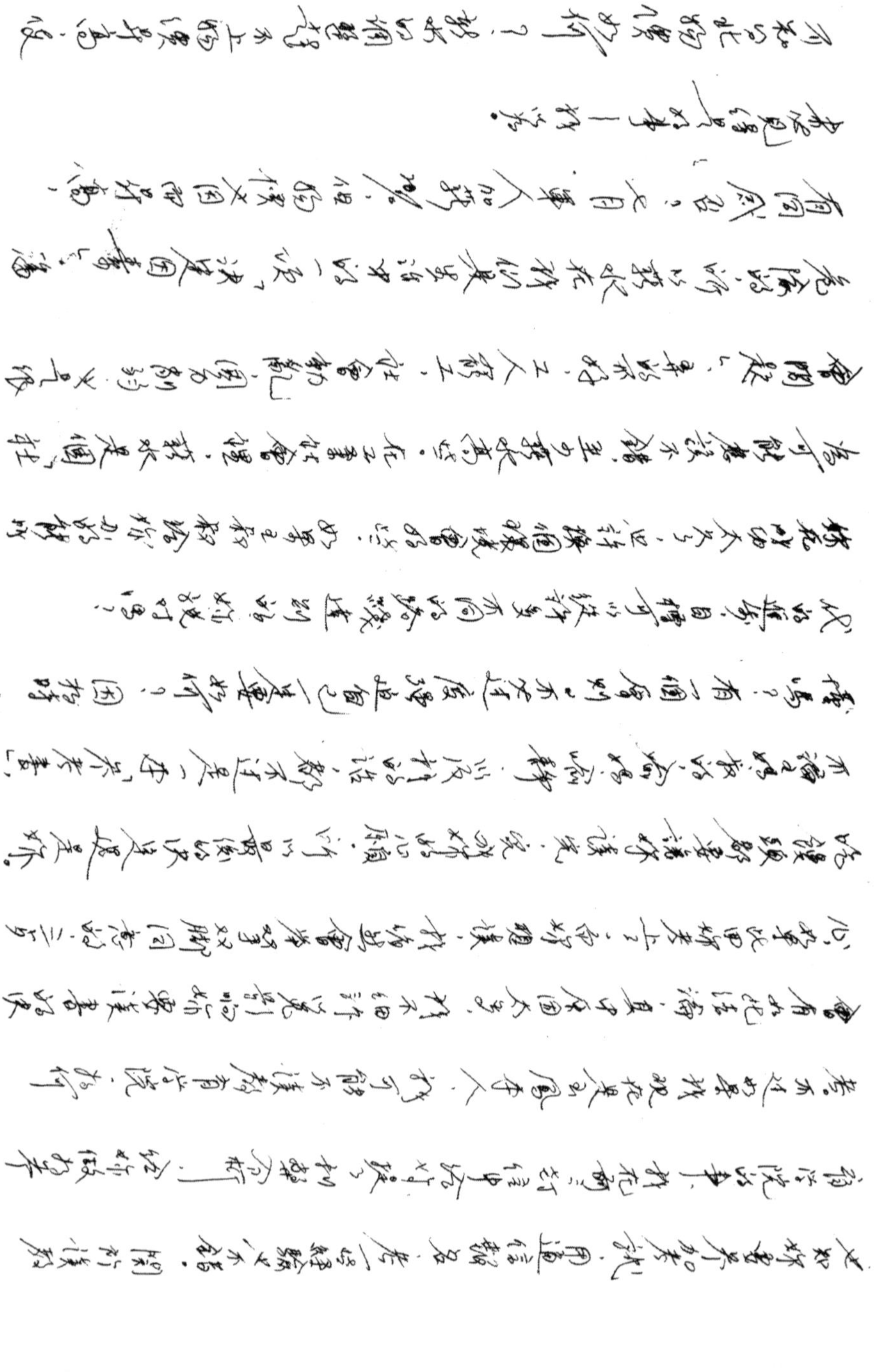

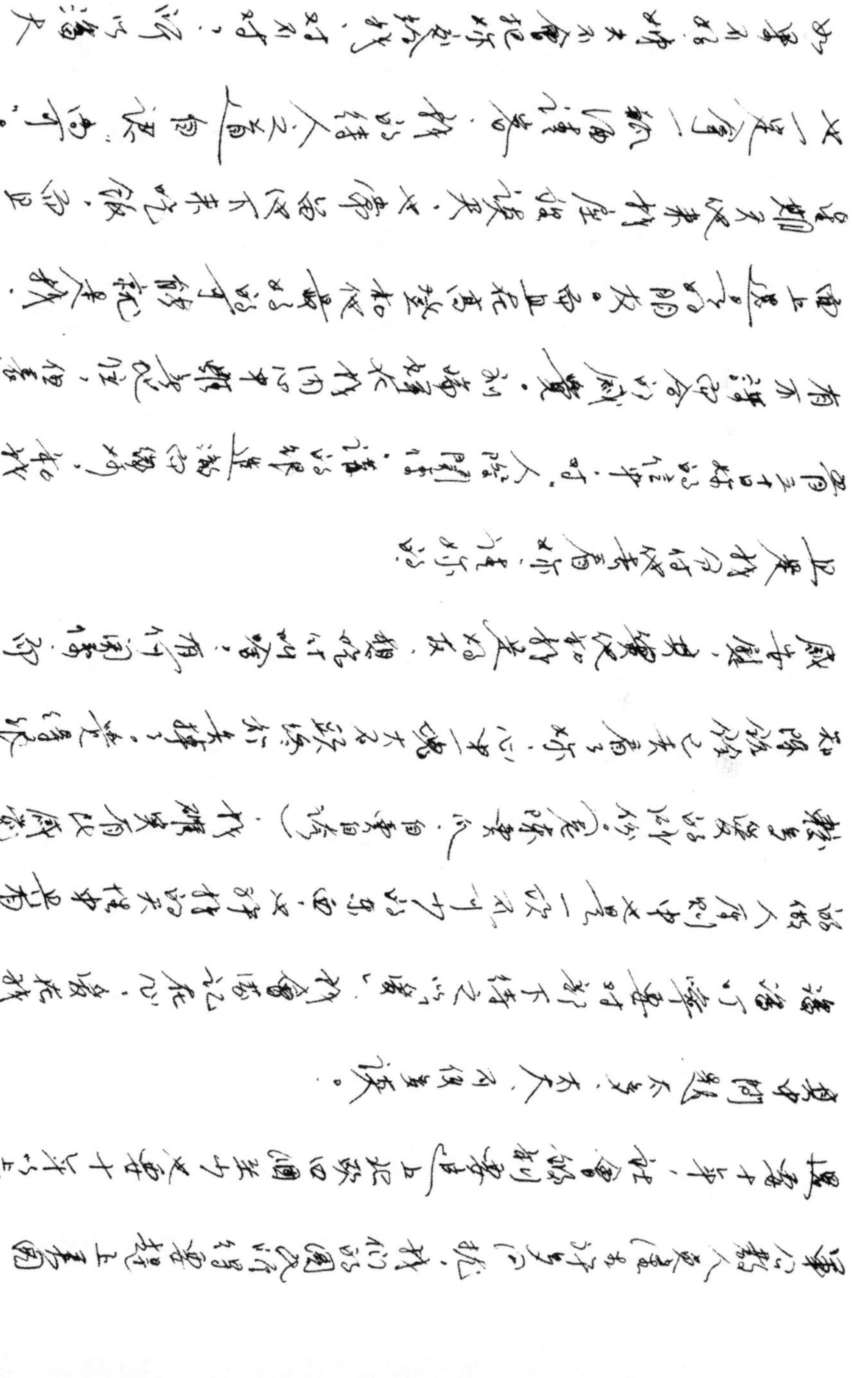

可敬心的的做人處事。

今日天氣不佳，窗外又是雨濛濛，這是想念妳的時光！

今早我妳就在想妳，又把妳的信翻出來看了一番，然後寫

了封信，瑣瑣碎碎的沒有一點要緊的。不知妳，我們夫妻，

我們不恩愛，誰才恩愛呢？盡管外面世況下去，天掉

下來，火山爆發了，我們依然是要恩恩愛愛的過此一

生，愛情價高，生命也貴，我們當然要珍惜上帝給

我們的安排。對不？當然的。

有一本書叫「我愛上一個女孩」，很好的書，內容寫的

很前進合理，是道古今中外，筆法激昂的，述及夫我倆個人。

去買，再寄給妳。幾年前就看過這本書。好書！

妳的信不但寫在信封裡，也寫在信封之外——背上的信，信封郵

票上也有妳筆跡「中正紀念堂」。就此擱筆。

為我倆說說：

站在上帝那一邊才能得到最後……

夫 錦洲 上 6.7 晚

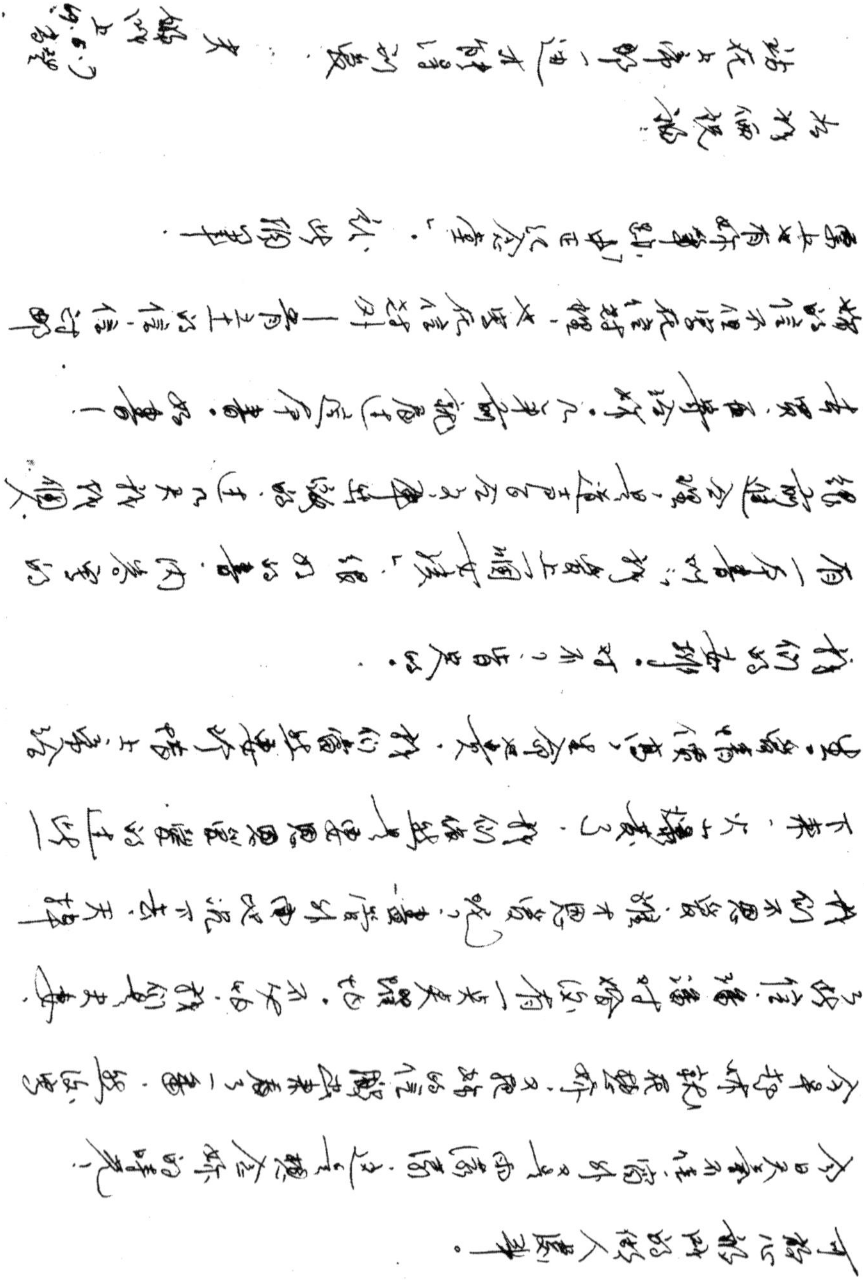

潘潘：

歲月如梭，轉眼之間已是六月，記得學生時代的六月總有滿城的鳳凰花舞弄着。那時的情景回憶很深，畢業五年以來，很少有空去想到六月是什麼？鳳凰花為何？人愈大，許多自然情調為何消失了？

昨天寫了一封信給陳銘欽，謝謝他代我去看妳，可能他忙才延誤幾天，害潘潘多等了幾天。對不！談到他帶的一件毛衣，本來他要穿回去，船上冷的關係，後來天氣有點改變，上船前又叫人拿回給我，大概他也懶吧！沒帶回，尚在我處。

近日天氣不是好，常有小細雨，突然又熱起來，對人体不太好，我會小心！

我這裡有十多張妳的和我們的照片，人們時他花叢上看一看妳，花叢中的妳，那張最有"女人味"

的潘潘，綠竹林中的潘潘，山地女孩般的潘潘，紅色禮服的潘潘，學生時代的潘潘，和一大堆小朋友合照的潘老師……多彩多姿的一個女孩。縱照片上妳並（不）怎麼古板，是個頂可愛活潑的姑娘。

最近看一本書，曰：耶穌哭了！高理翰著。不知他老人家為何哭了？是喜？是憂？所以就買來看，剛買，因我受他老人家洗禮，頂關心耶穌的，就一直看下去。在這個許多人都以為「上帝已死」的年代裡，這本書很值的看。人們都在最痛苦時才須要耶穌，很少在青雲直上或得意時須要耶穌，不知是不是人類本性。哲學家說：人只有人性，在高等或超越也不會具有神性。不多談，以後給妳看。（不是向潘潘傳教）

今天好忙。又到了晚上，窗外細雨，涼風陣陣。盼妳沒事真想跟妳聊聊一陣。晚安

祝福妳

Beauty
+
HAPPY

大成
69 6 8 夜。

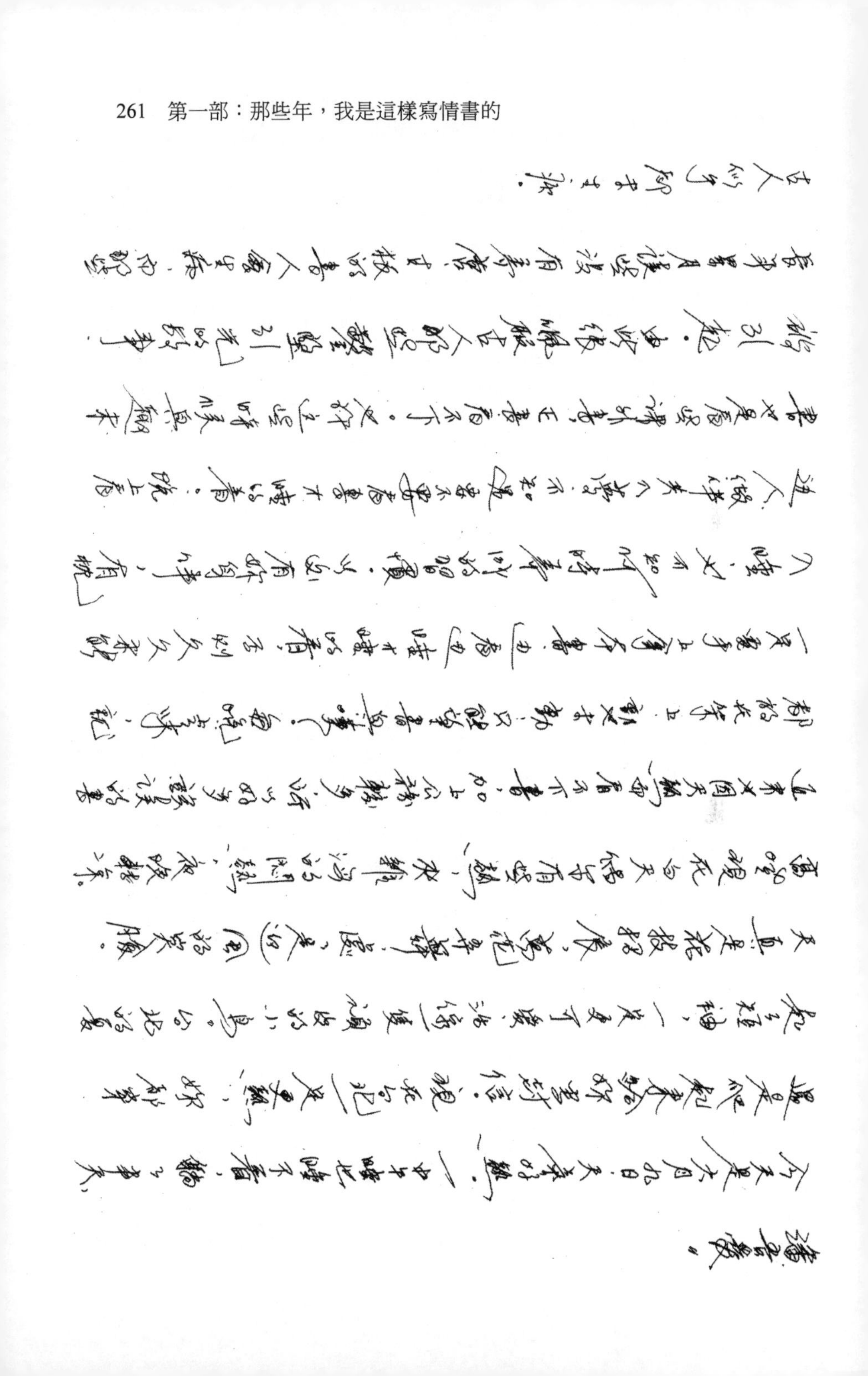

[illegible]

[illegible]

[illegible]

[illegible]

[illegible]

[illegible]

[illegible]

[illegible]

[illegible]

[illegible]

[illegible]

[illegible]

[illegible]

[illegible]

[illegible]

[illegible]

我最近買書較少，原因諸多：(一)看書時間不多，(二)考試太多，考些軍事書，必須要看軍事書，(三)錢不多，陳銘達伍時他的存款未到期，由我買下，現我身邊錢款不多，故也。(四)未買書，(四)我書也不少，還有許多未看完，以後要慢慢把以前的書搬出來看。

林語堂曰：少年讀書如屋裡看月，中年讀書如庭上望月，老年讀書如台上玩月。以前瞭解書上提過，人生每個時期讀書其所感慨即不同，就是讀同一本書，也有不同之感想。現今我讀書有「愈讀愈一無所知」的感覺，天地學問之多如九牛之毛，吾人傾畢生之力可能讀不到九牛之一毛，悲哉！

已是下午兩點，下午尚有下午之工作，人生有做不完之工作，任那一行都一樣。今天中午至此

午安

來鴻於中午隨筆
六八、六、九

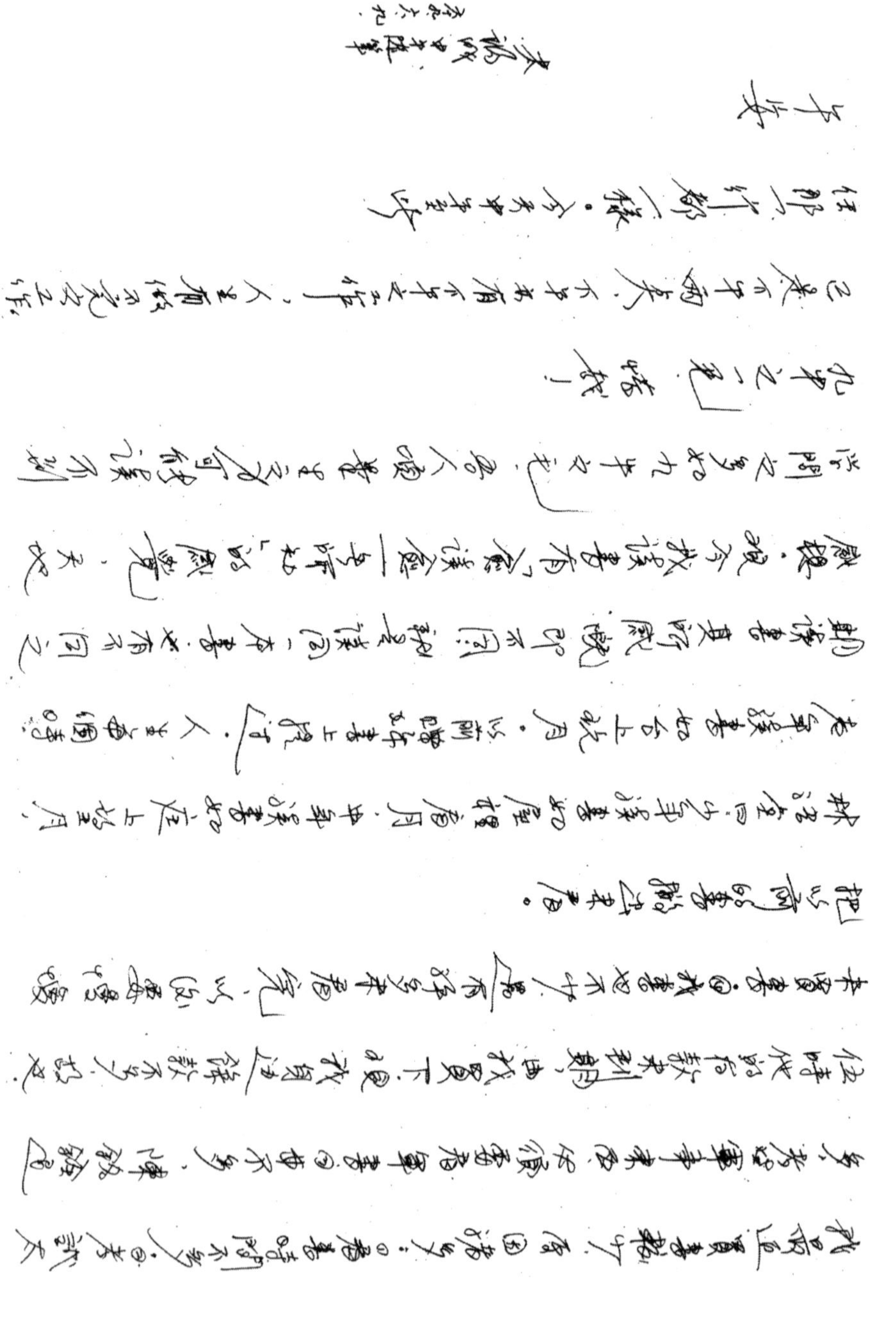

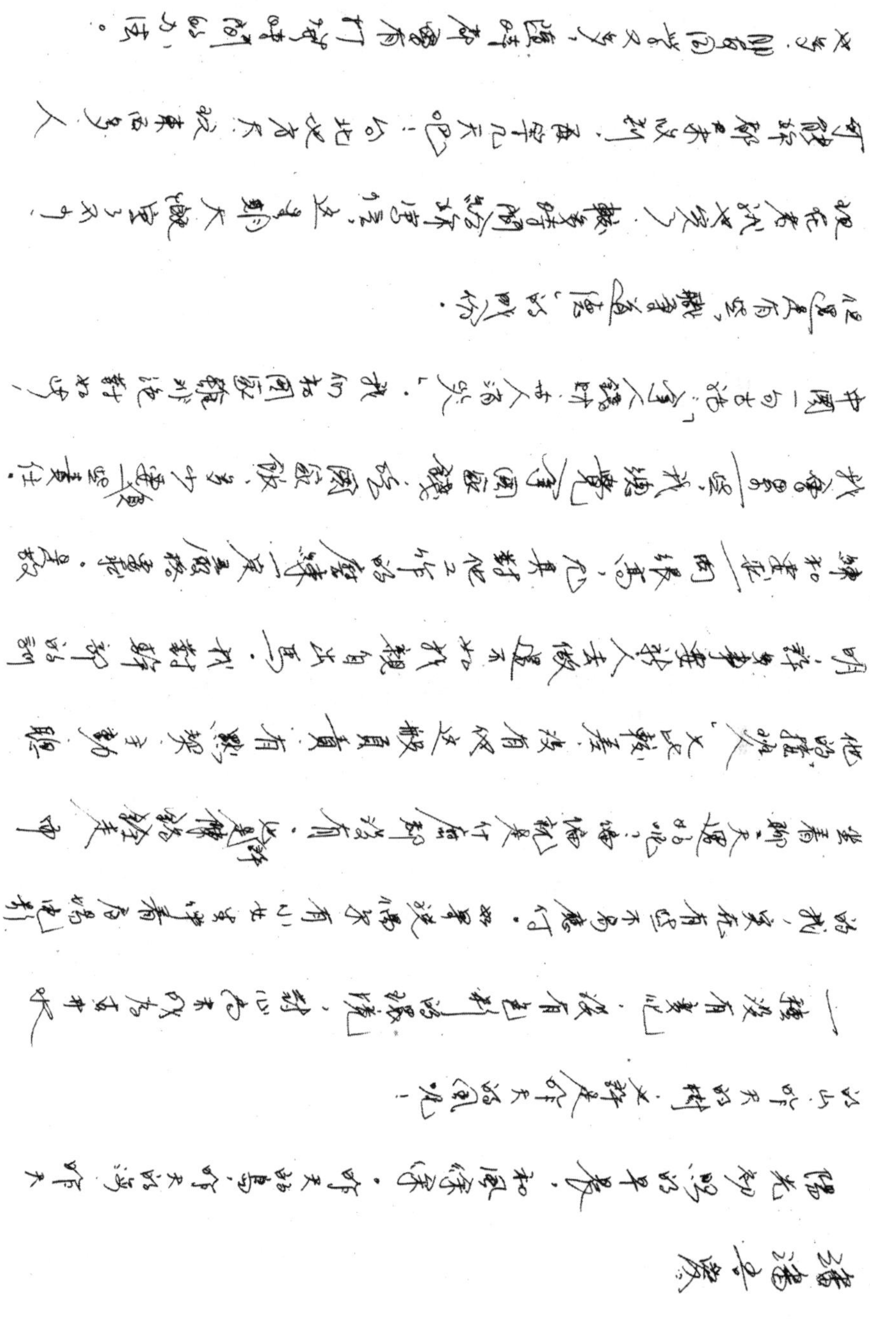
陽光初照的早晨，和風徐徐。昨天的雨，昨天的淚，昨天的山，昨天的樹，也許是昨天的風吧！

現在妳即不把考教育学院列為第一重要之作，就該把心情放開，喜欢做些什麼便做些什麼，例如妳愛練琴，就一心一意好好地練琴也不錯。以前沒時間練，現在不但有time而且有心情，又有靈感，play起来一定很快樂。人生最大之樂事就是做自己喜欢的事。而大多數人都不能如願，唯多能於百忙中抽出一点点時間去做自己喜欢的事；大部份時間所做都非自己所願。此其中最大之錯事，也是最大之悲事就是「男幹錯行，女嫁錯郎」。非其所願也！潘潘，咱們能抓住一点時間做自己喜愛之事，何樂而不努力以為之呢？但願我們的家庭能常聽到音樂之声，不為雜事而拂擾，是我們之幸福也。

祝

快樂

祝福妳

夫

瀚成於69.6.10早晨。

潘潘老婆：

昨天收到你寫的"生日信"，又有3一封，說送了你的限制，把它給小天用。我自己設個日報，讓我自由自在。一向就不接受到一種限制，人已經逐漸把自己關入圍囿之中，因自己的觀中老死。很使人類心失上進前進修的大障礙。種族之間的大歧視，社會之間大不了解，人與人之間的隔閡看見我了，那多再說。有的大多是鄉土、職業、年齡不同等，十步伐有來往一0，百步，十步老有一世界一百年社會之事。

最後，我體驗人的意義，要開放自己，不要把自己關入體制中。要學去認識多人，多懂別人，體諒別人，與何家別人來往。所以不論自己多小的限制，不要找以為是不合，我一年的事。以前我都是以個大路的思考信，就是個大的信紙，十分之一的貨。今日我也又不同，我們講完個人，

美麗，幸福……謝了。謝謝。

近來因為沒有時間讀些好書，人變得沒有什麼內涵，加
上我又不愛看電視（沒有time），對外面事情真是一無所知。誰
有好的新作我不知！這暖在那裡也不好找！電影看，唱片看
更不知其為何物！快成老古董了。記得五年前受訓，有同學在
台北集訓，我是在台南。幾年後，北部受訓的人笑我們在台
南的「已經落後時代十年」。待我回到繁華之島的
台北，潘潘可不要笑我成「落後了十幾年」的高級大包子。
以前我到台北總像「劉佬佬進城」，現在也許更嚴重了哦！
天氣好熱，打着光背給潘潘寫信，身上還在流汗，流一
身臭汗。久了沒讀書真不行，腦袋空空如空桶，真要
倒出一些水都不可能，人的心性多變。潘潘常說我這好那
好，我倒覺潘潘比我成熟穩重。十年社會經驗的磨練
強過十年軍隊經驗的歷練——就一個人的進步歷程來看確
實如此，潘以為如何？但願我倆相輔相乘，教學相長。

萬事如意

鵬洲謹上
6.11

潘潘吾愛：

很久沒見到妳，不知親愛的小頭皮現在是胖了……瘦了？高了？氣色好些，已成熟更有女人味了？

男女之間總有許多懸念，我常在想著潘潘的現狀，我像這般婚姻態，尤其對這人，許多女人一社會上許多女人，有的早已結婚，有的未結婚，但女性非常不同，有的未婚已老，未婚未老的年紀，其中，比如說，到了某種程度，在此也被認為是女人。因為女人，這是不公平的另一面，但女人有其所感，做為一個女人其內在的美和內在的美，是從外在的美和內在的美共同構成。男人何嘗不想做一個能夠讓女人舒服的好男人呢？

我要一次見面，花上幾個鐘頭，我要跟潘潘這個女孩在一起，男人女人的愛，因為她的溫柔而感動一種神的人生的感受，一種對男人最好的，最美的價值，在於我會努力的去愛，我深愛妳，不只是愛而已，而是全心全意的。我們之間的美麗日子，相互不離不棄的，我願意永遠守護妳，直到永遠永遠。

妳會把鵬成的愛拿到磅上去量一量嗎？不會的。鵬成有生之年會源源不斷地把愛給妳，只要妳喜歡，只要鵬成有，只要鵬成办的到。能給的全都給妳，就像妳把一切給我，包括妳珍貴如玉的身体，更包括妳貞潔的處子之情。

似乎又有好久沒接到妳的信，很想念。當一個男人愛上一個女人時，女人就成了他生活的重心，成了他身體上不可或缺的一件寶物。他不論走到天涯海角總要帶著這件寶物，即使不能帶着也要把她的心帶着走；把她裝在自己的心田上。現在我已經把妳裝在我心上，沒有裝飾的紙，未用最原始的情愛來包裝。

八、九月之間預訂把我們的結婚報表向上級報，好趕的上今年農曆年前結婚，至少要在年前一個月以上結婚，剛於年正好就緒完畢。對不對？有關資料我會提前告訴妳，還有許多事要準備，如俓的、等等。說到我們：

華瑜　快樂。

鵬成　寫于 69 6 12 日.

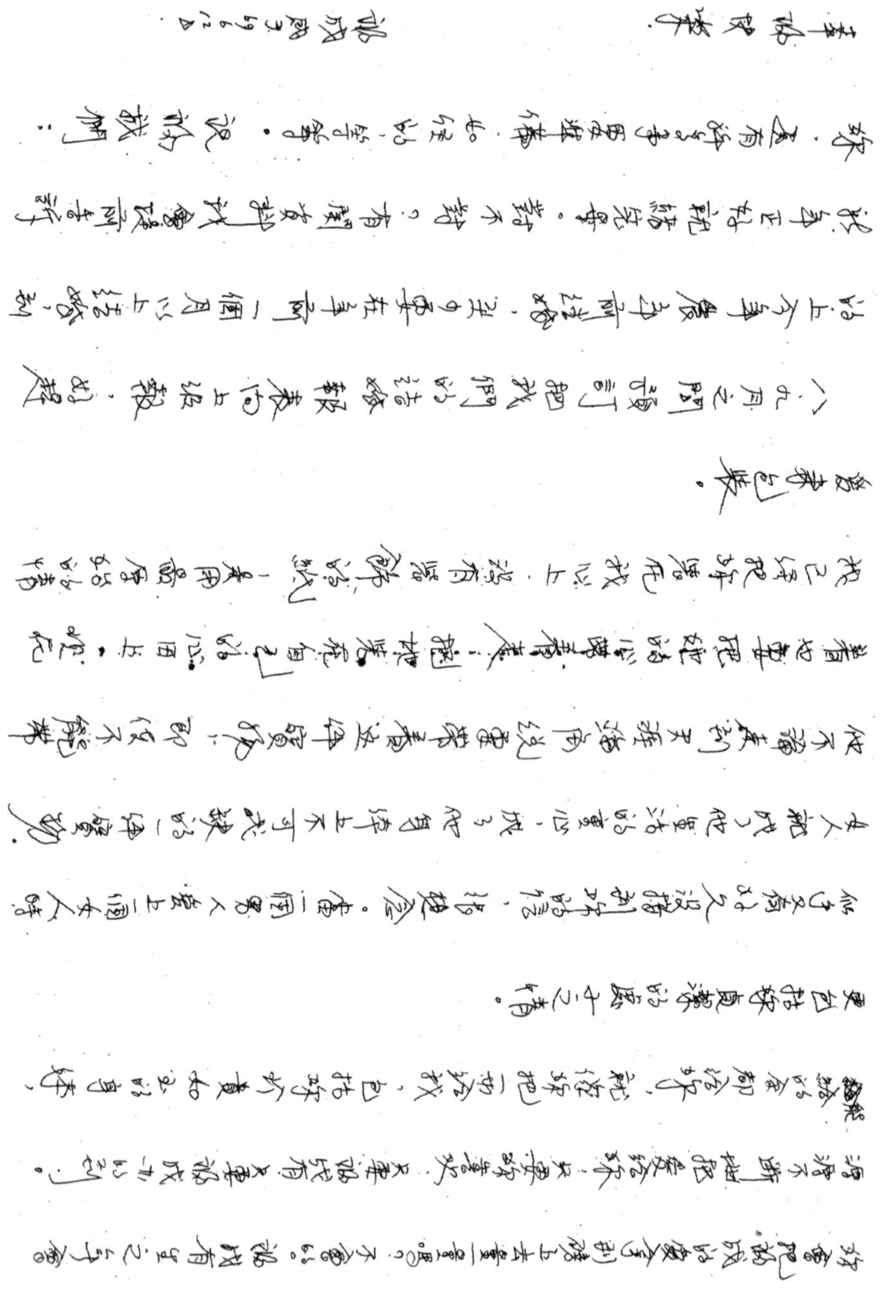

潘潘吾愛

山嵐。嫩綠。原是玲瓏翠黛的青山

陽光。和風。如玉女体貼纖前

這便是今年的端午佳節，正是春花明媚，心裡格

外感到愜意舒爽。

「每到佳節倍思親」。人世間可念之親太多太多，要銘刻

之情更是記也記不完。就在這一天，我把其他事私人全部拋

到腦後；我不想去記憶太多人，也不願把雜亂的事裝太多

在自己心中。

讓我的心。清清。靜靜。單純的人，一顆單純的心。

以這樣的心境來想一個女孩－潘潘。以今天的心情，

今天的佳節，今天的意義，我心上只想裝下妳一人。我

的這一天會是快樂而甜蜜，雖未見著妳。

我深覺太太在她丈夫的心目中：

她雖非全世界最美的女人，但在她丈夫心中要是個美女。

她雖非全世界最貼最多情的女人，但在丈夫心中確是的。

她也未必偉大的太太，但在丈夫心中的地位要高出一切。如果一

個男人在心中能確立這個信念，再如果一個身為人家太太

的女人能這樣去努力。

那麼這是一個成功的家庭，快樂的家庭。
一對幸福的婚姻，神仙似的眷屬。
但永恆的愛情，從此得到滋養。
潘潘，從愛上妳的那一刻，我就這樣努力，以期培養
我們深深的愛情。潘的聰明，聰明的可以感覺出說成
愛潘愛的極深，極為絕對，極為不能自拔，也不須拔了。
此時風光媚人，伏案窗前給妳寫信，心情極好。
今晨07.00起床　07.30用早歺。之後開始想妳、看妳；在玻璃
板下追尋花叢中的妳，欣賞最俱女人味的一張。
我同意潘潘說的，還沒有真正許以愛以前，男女可多交
幾個朋友。一但以心相許之後，他們就要努力去追求屬於
他們永恆的愛情。反之，悲劇和問題因之而生，就短暫的人
生而言，是很不划算的。
在想妳、寫妳、看妳、愛妳中，一個上午隨之而去，
中午要吃大歺，我一連之長難免要飲一杯。然後瞌睡一覺
下午看小說。或想想妳
告訴我，妳的佳節如何渡過的，有趣意的事吧！說來聽
也叫我高興一下。　說
佳節快樂

夫 福成
的端午節上午十寫於

潘潘吾愛：

端午節過的還愉快嗎？在王媽媽家過？在俞媽媽那過？在我們的大路上過？……總之，我跟潘潘一定過了一個美好的佳節。

謝謝你始終在給我寫信，在信上想我，思念我。

謝謝你也給我寄了兩本書「我讀上一個世紀」、「我想念你」，都是這真有意思的。還不錯，好一是豐得住，沒有那麼嚴重了。

就是累點又有了，但只到又有了。我知道你現在比較沒有壓力，可以看些課外書。閒暇下心情，應知看些書如品香茗，如夜觀明月，如交益友，如賞名花，是生命中之大快事。

近兩天收到潘潘以往寫給我的信，快樂半死，只可是瘋子也似到我的信嗎？應該是收到一部分。現在工作正常，寫信也比較正常。大約是每天都寫信，但少的沒有寄出。不過一星期才一次郵寄，所以，是不能稱為潘潘的「有信族」吧！一批次寄來的收到我的信也不過三五封，多的時候有七八封吧！不用一上午就看完了。有時再拿出來，細細地讀，翻一封信慢慢地讀，明天再讀，下週再讀，下月再讀，以後每天讀我書，很讀我書，風雨之夜讀我書，明月下讀我書，都各有不同感受，不同心境，潘潘領悟了些些了嗎？

給你那首詩是大自說的，少年讀書，中年讀書，老年讀書，其心境、其感受的深度都是不同。看信如此，讀書如此，今之

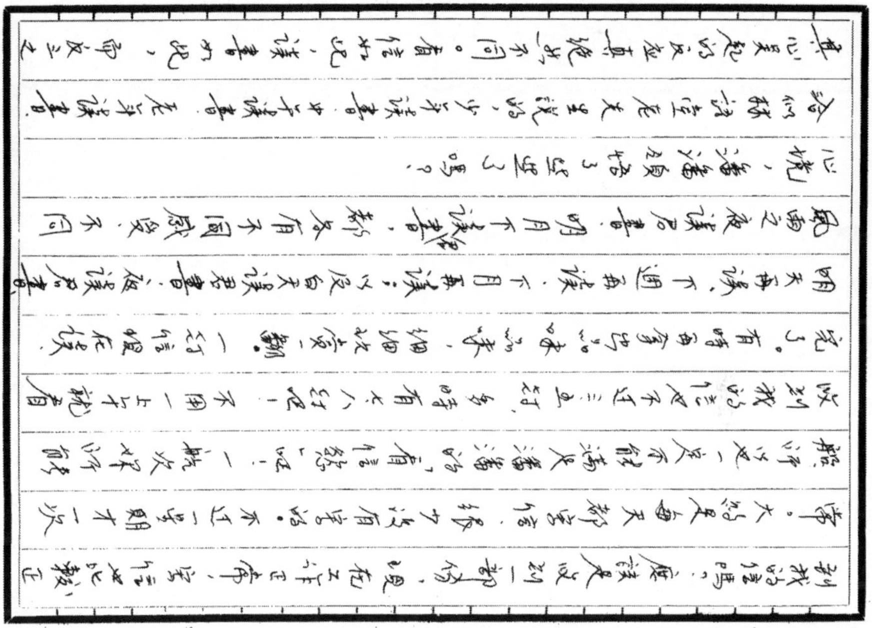

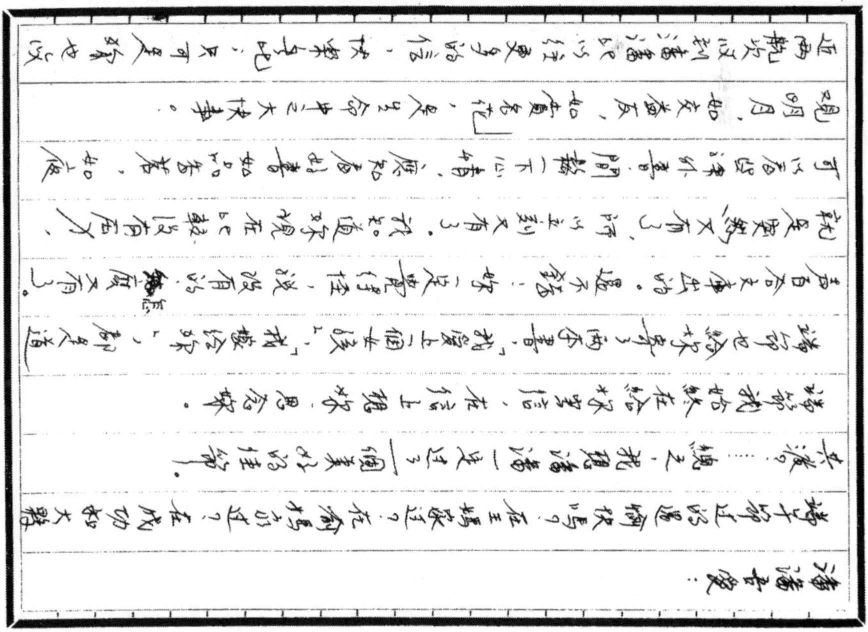

O.K.

汝，為人做事亦然如此。十年前的咱們，現在的咱們，十年後的
咱們，在為人之道，做事之法上一定有所不同，
看看妳照片上的笑臉，總叫人起憐惜之心。所以潘潘一
生都會被一個男人——翊城所愛着，愛她的全部，並不是
只愛那一部份或只愛那一面而已。潘潘在一封信中問我，你
愛潘潘那一點。在做詩時也許可以說我愛妳的……妳的……妳的……。其
實男女之間的愛不該只愛「那一點」，而是要愛全部，從頭到腳
從內到外，從上到下，甚至說要連他(她)的缺點也一併地愛了。潘潘
說有理沒理？
下回休假我會記得把潘潘去時要送給王媽媽的東西帶回，

勿掛念。
天氣熱時易生病，要多注意。最近我們就一打了預防針，未
昏昏沉沉的，手酸酸重重的，昨晚好早就睡了，一覺到
今早6點，晚上都沒有起來噓噓，一起來精神很好，心情也好。
熟悉的音樂又響起，忘我之下，拿起筆給妳寫此信。此
信中都沒牢騷，也全不好意的事，故可知我最近心情轉好，
一方面最近看了几部小說。
我身體很好，體重不變58kg，重嗎？輕嗎？我的體重是人不
增不減，每天吃的東西不知何處去了！妳呢？kg。

說

夫
翊城　上
69.6.19
子夜

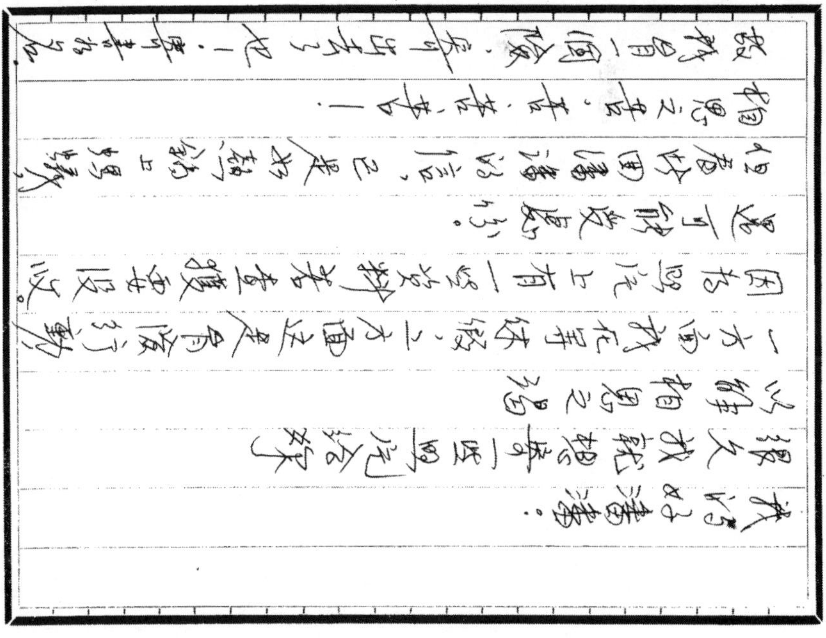

我的好潘潘：
很久我就想寄一些照片給妳
以解相思之渴
一方面我在等休假，一方面這是省隊行動
因為照片上有一些資料若查獲要沒收。
還可能受處份。
但看此回潘潘的信，已是如熱鍋上螞蟻，
相思之苦、苦、苦、苦！
故我冒一個險，寄出去了也！寄書為名。

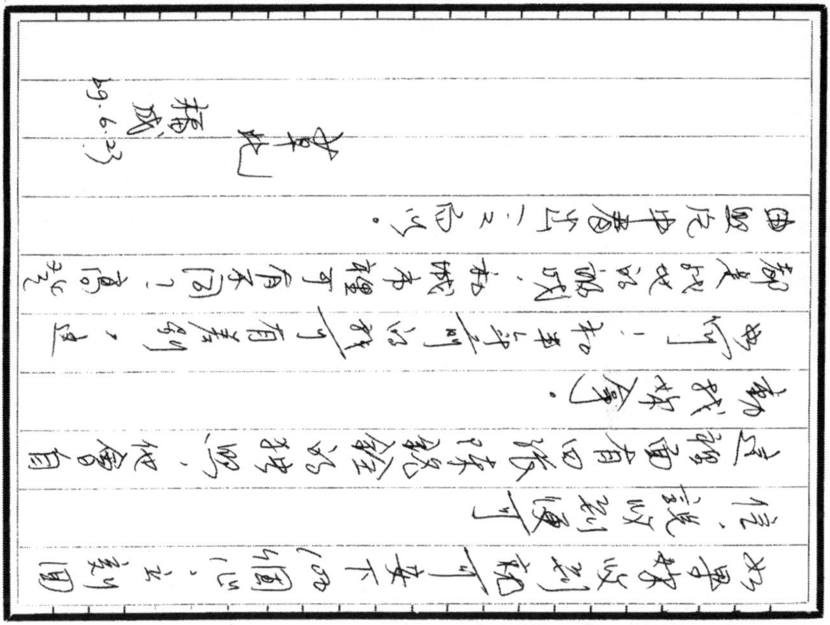

如果妳收到就可安下100個心，立刻回
信，說收到便可
這裡面有四張陳銘銓的獨照，他會自
動找妳拿。
如何！和半年前的我可有差別，這
都是我們的戰地，和城市裡可有不同？高雄
由照片中看出一二而以。
草此
楠成
69.6.23

第二部
那些年，她是這樣寫情書的

經理課

第 一 頁

穆武：

「我」是個很平凡的女孩。但有可愛之處。因每個人都有不相同的優點與缺點，[illegible]不同而已。[illegible]

點也就是她的優點了。[illegible]

的。我們的友誼也有好幾年。[illegible]。

在[illegible]

[illegible]

[illegible]

[illegible]

[illegible]

中華民國 68 年 7 月 8 日

第 八 頁

[illegible]

[illegible]

[illegible]

[illegible]

[illegible]

[illegible]

[illegible]

[illegible]

[illegible]

[illegible]

中華民國 68 年 7 月 8 日

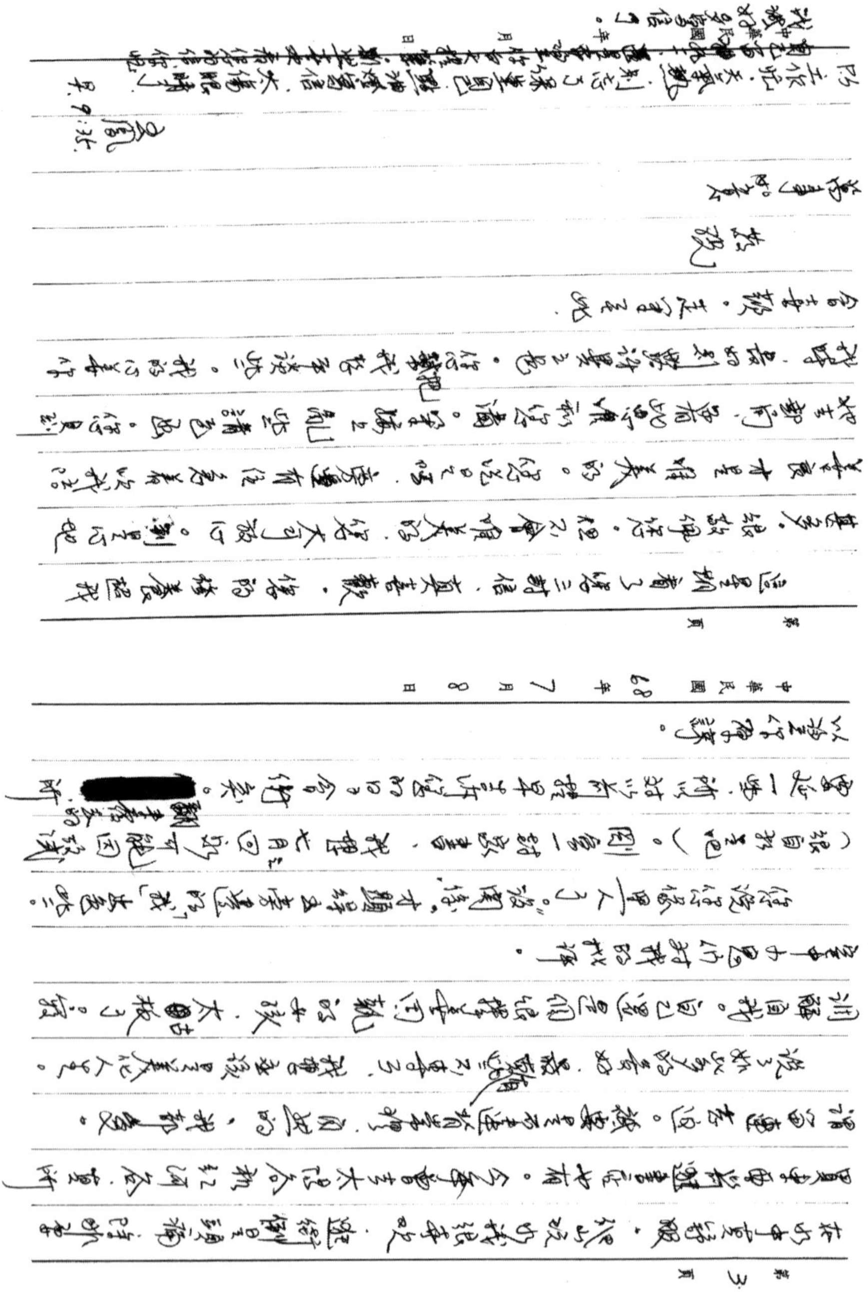
中華民國 68 年 7 月 8 日

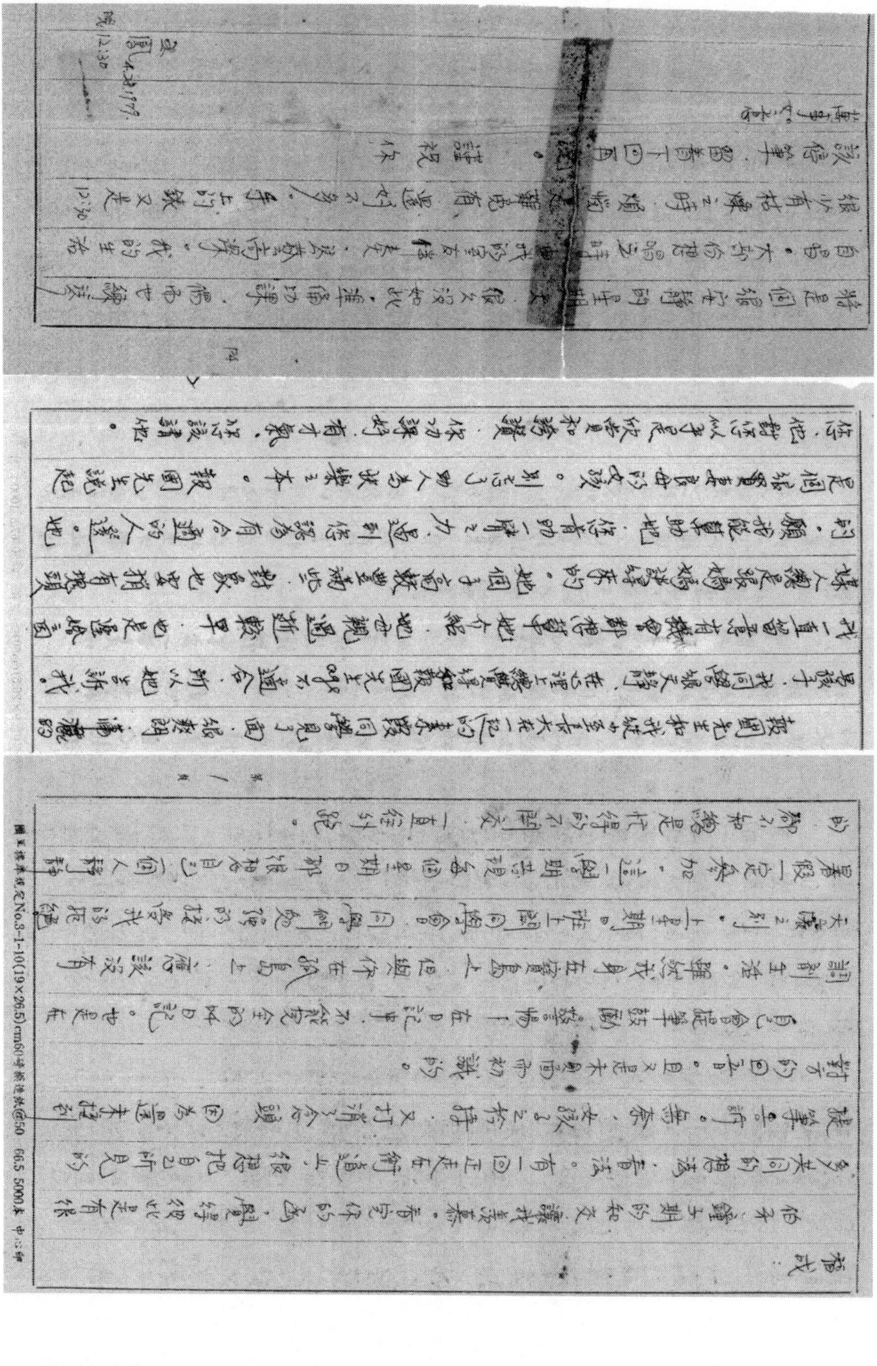

福成：您好。

星期三四時半安然抵至家中。今天已是星期日，家中很熱鬧，全家都回來了。小姪兒們都回來，很好玩。不過自己都不很想看書，也不集中精神。昨晚和同學李霞聊了很久。我們從初中至高中的同學，也是好朋友。

回到家這份舒適，會有懶散的覺得。還都是媽弄得好好的，媽說開飯了，我們就吃。跟自己在外面有些天壤之別。星期三晚我看了一部電影，蠻好看的。平常很難得看見電視。家中的曇花開了5朵，昨晚又開了一朵，雖然是曇花一現，但很美，蠻喜歡它的。

你寄來的信，同事們會幫我轉寄於家中。大姊夫星期四向我問候，很不敢當。也謝謝您對玉鳳的關懷。

回到家歡聲很熱鬧，更喜歡這大哥的小孩，現在這麼大正好玩，早上帶他們去家後面的田地散步。有時有種想念，自己很屬於鄉間的一分子。但台北是學習的好場所，競爭會讓我有向上的念頭和毅力。

姊夫告訴我，您月初或中旬至台。我會等待。工作之餘別忘了休息。見面時我會送您一件您會喜愛的禮物，要讓收收自己的心。走筆至此，祝

萬事如意

P.S. 抱歉，用筆記本紙字的潦草。

玉鳳 7.22 9:30 早

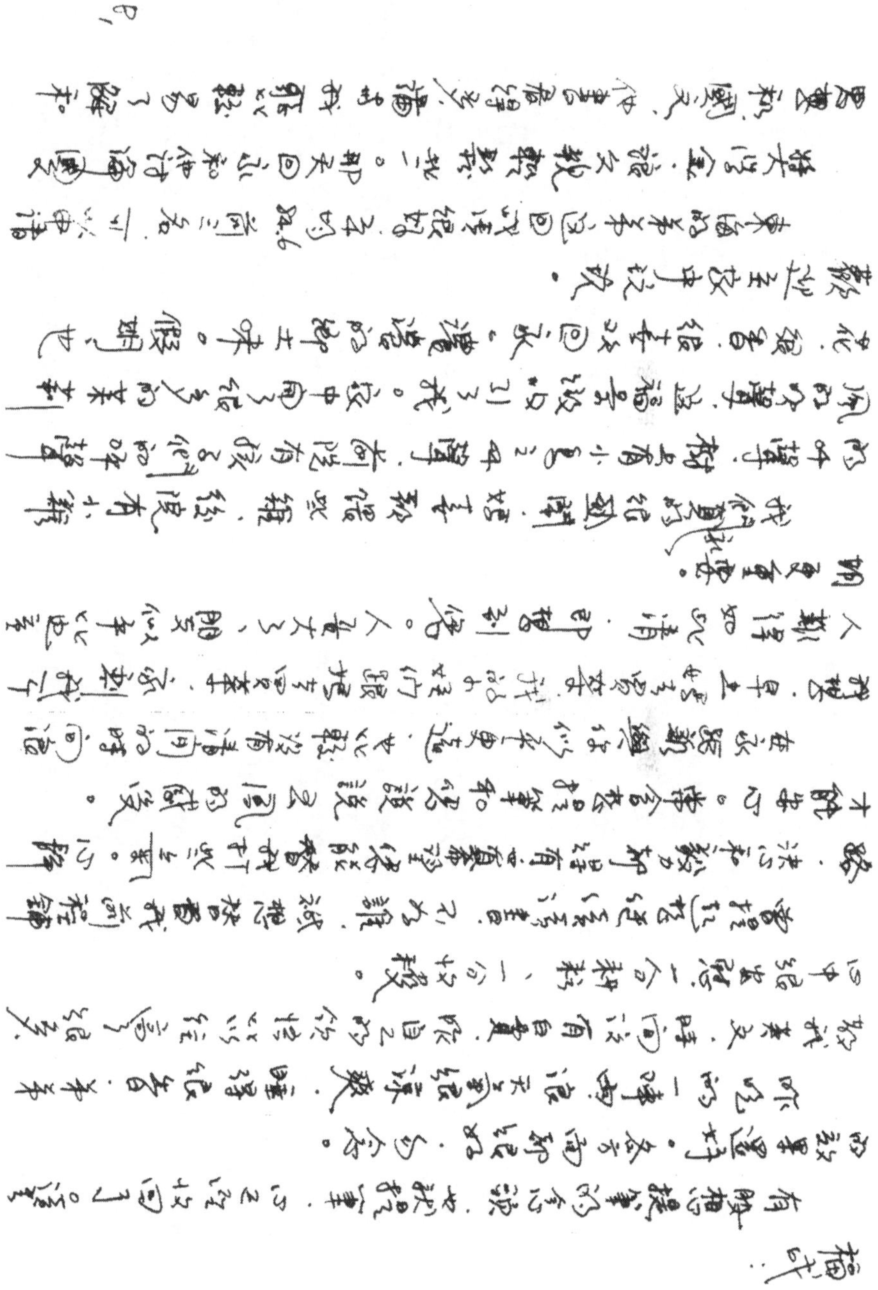

記得。不敢奢希望，盡量努力而已。
剛收到寶文們幫我寄來的畢業證和准考證，這是師大
的插班考，教育系祇錄取一名。他們真好，滿熱忱的鼓
勵，很受感動。真得好好用功，免得辜負他們。
改完先請他們看電影，聊表謝意。他們都是剛
踏出高中畢業的校門。很乖，很好。喜歡他們。
我的程度是差了些，勤能補拙。不知能踏上
旅途否，祇望一帆風順。
寄上二張圓圓的葡萄，看起來很甜，很美。

之鳳
7.24.

福成：

「書」愛不釋手。平常自己的生活太現實了。愛的小詩增添了我的生活——詩情畫意。謝謝您。

四月廿日的信是在昨日(14日)收到。5月5日的信是母親節收到。精緻的禮物也是昨晚收到。很快樂豐收的一天。是從淨來的。

昨晚拆開包裹時，讓我心頭甚之感。出版與讀書常寄它的詩刊予我，還未揭曉就喜歡上它了。您的字和文筆是我所不及和該學習的，願意名師出高徒嗎。課外書讀得不多，自己是在白天上班，晚上讀書的情況下，於去年在實踐家專畢業。今年又接着準備一些考試，所以平常看報紙增進自己的孤陋寡聞。當如夫告訴我時，很樂意的答應。自己一直在學校中，所以學生氣息還很濃厚。天天又與純真的孩子們在一起，心中很單純。很感激如夫介紹你與我認識。在自己的感覺中，你我很相似。雖沒看過你，但卻對你很親切之感覺。心中的話都想告訴您。出門在外的自己，遇到困難都要學着適應和保護。住在宿舍很好，也方便，中餐由學校包伙食，晚上就自己弄來吃。晚上去買菜時，賣菜的媽媽說了一句，可以嫁人了，接着又說幫我做個媒，又說有樓房可以住，只要燒燒飯。我沒有回答，笑了一笑，在台北這種事少見，而覺得多怪，南部就是很盛行了——不足不怪。

窗外濛濛的細雨，天氣涼涼的。在外的您可要多增添衣物，別讓自己着涼了。母親節的早上帶學生到動物園參加圖畫寫生比賽，全台北市的小學、幼稚園，人真是多。恰巧那天又熱，平常都愛穿舒適的便服，園長規定穿洋裝，雖然很有女孩味，又穿了高跟鞋，但真是有些活受罪，不太能亂蹦亂跳。室友們都很年輕，都是剛由高職畢業出來（幼教科）他們都跑去坐摩天樓（兒童樂園中）我長了那麼大還沒這膽量，有一天自己定要嘗試一番。在家中我和妹妹都和母親很相像，愛玩，喜歡做家事。家中男孩又多，所以真是所謂的男主外女主內。弟弟會騎着摩托車帶母親去兜風(?)。新年陪爸媽去烏山頭，我呢，看家的份。偶而會去(和母親妹妹)逛逛百貨公司。小時候的我們比較幸福，我的母親最辛苦，所以我們對媽媽的好，爸爸會吃醋呢？孩子長大了，自己照顧自己，不想讓父母親煩憂。就如您說的「給了您一顆永不敗退的心志」「現在卻有更接近之人生感」你會踏上理想之途。　敬祝

萬事如意

玉鳳 5.15. 8:00晚

P.S. 我不知該送您禮物麼！讀書時都喜歡用音樂伴着我。今晚是交響曲，很多種聲音，包括打雨。信紙裡有一張了，字太小請多費神。該個放大鏡吧！抱歉。很頑皮的玉鳳是嗎。

福成：

謝謝你提醒了我，對父母親的愛。我很愛我的家，也愛自己。曾聽過一句話，在自己男朋友之面前到大聲看自己的家，以前是沒有能力分辨，母親說的今天，很本該的說了。不愛自己的家將來又如何能去愛自己所建立的家呢。你說是嗎。

這學期中自己情緒有些不平穩，還是沒能達到之標準，應之未知道，想想人生之路多麼，又何必與自己過意不去呢。你說若再這樣判斷其人事，就會限制會把人量局限於女的。難堪，竟生其它的……。我是。判，在這過程中之經歷是，坦然，瞭解面對，有時也會生氣。不過在本身就是能體諒之個人。我也不知道為何。但我的個人觀點是把事看著，過程中之人以不同角度。

昨日上課了之個錢之假，到台大看弟弟1000公尺之長跑，雖然沒

第 1 頁

多次，但在障礙賽跑了分團的努力，很讓妳敬佩。下午他還參加了3000公尺障礙，很愛運動的弟弟。他代表學校參加大專運動會。鼓勵他明年再來，破自己的紀錄。

記得小時候心目中之白馬王子，是一匹不喝酒，不抽煙，不打麻將，現在似乎很難了，尤其在斗溝的男孩子中。不然就是我太苛求了。家人都不會，大可全一致。但許多好的並不相同。我是台灣長大的浙江姑娘，說起台語，家也很像一樣講得大笑。也有人說我講的好聽。本省，外省我覺得一樣。我的好同學本省也很多。想說在的社會能讓我們手牽手之一代再去介你是外省，你我本省，是嗎。

6月3日是我的生日，你說你比我大還是小。我有一項建議你願接納嗎，我想過前有空時將我們對方，增進彼此的更多了解。期望回了以後會有更好的進步。」

第 2 頁

你的言出必行，讓我讚賞。願你永遠保持如此之美德。也願跟你學。你說你有否禮物應該沒有。?…… 因為男、女的天生不平等，所以這時候應拉成水平線，讓我樂一樂。不過可以提出抗議。

七月份我參加一項考試(兩科 20日左右)，這是我一年的心血成績，剩下不多的日子中會很盡力的去唸，可能會瘦，我們見面時別太訝異，反而讓我吃驚。我不漂亮，但會讓人很舒服之感。琴是在書看累時才上樓消遣，到時別太出醜即可。(也望你包涵)一天約6个鐘头之睡眠，对特別愛睡的我很累。你覺得有寄照片的需要，你就寄。我願把權力交予你，因為那是你。大姊夫很欣賞你之上進心。有志竟成，共勉之。

母親節我送了三份禮物，最重的一份是媽媽。還有一份是王媽媽，媽媽的好朋友，在台北很關照我、弟弟。一份是大姊夫的岳母，喻媽媽到了二位媽媽家就如自己的家。你呢?每逢佳節倍思親。

福成：

昨天早上8.05分的復兴号至台北12:20.很快，没等車1:05即到家中。我請哈幫我們看家。所以回來哈也弄好飯等我和美美吃飯。美美这几天回来那政特攻。回到台南家東西多人多，觉得实实的。回到这兒太安静了。留我一个人在家还真有些寂寞。不过每天像些客，也过去了。最近自己又開始織毛衣，比較热闹些。

今早9:00開始值班至1:30。校園不大（因分部）和主任也已有數面之緣，和他一起上相处人还不错，哈也说他们主任蛮会照顾部下的。现在即是開学後要和同事处（有几位同事比較難处）。反正现是以賺錢为主，其它的就抱三不管。這樣也很快乐的。他们的学生素质都很高，因大部份環境較优的家庭。說起來人比人真氣死人。

家裏決定还是讓令龍讀逢甲大学。所以爸媽比較累些。做姊姊的想稍给弟一点錢，讓他開学有些錢。當然多是不行，意思意思。

送給爸之的襯衫。他很高兴，從台中打長途Tel來。母親的零用钱2000.-（2个月）也都寄了。這月來之去之的。

你在外島操心家事，还真幫不上忙。今天晚上丁家裏說要讓他朋友暫住我這兒，讓我考虑一下。（老毛病沒改）。我已去告訴王叔叔，王叔叔說不可以。因王媽媽现在美國，不能決定。說起來家裏也真不懂事，要帶人住这兒也不经过王叔叔同意，且我不喜欢。每天晚上都住不能花了如此多的金钱。所以若家裏帶人住這兒，我就拿我房（小一点）价钱不能太高。你放心我会斟酌的。不是自己的家，真操心。難怪我不甚也得老。夜深了，明天再聊　晚安　祝

萬事如意，身体安康

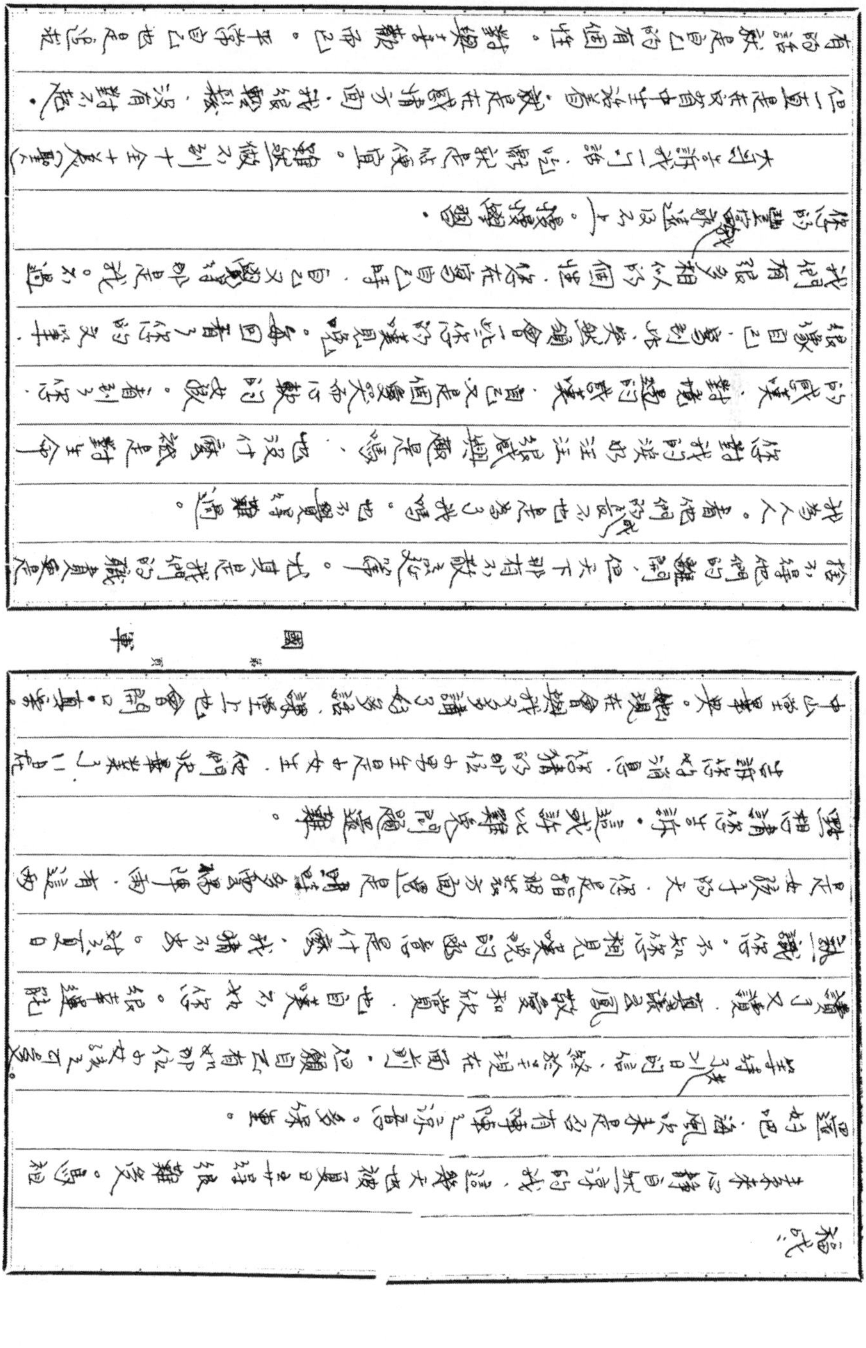

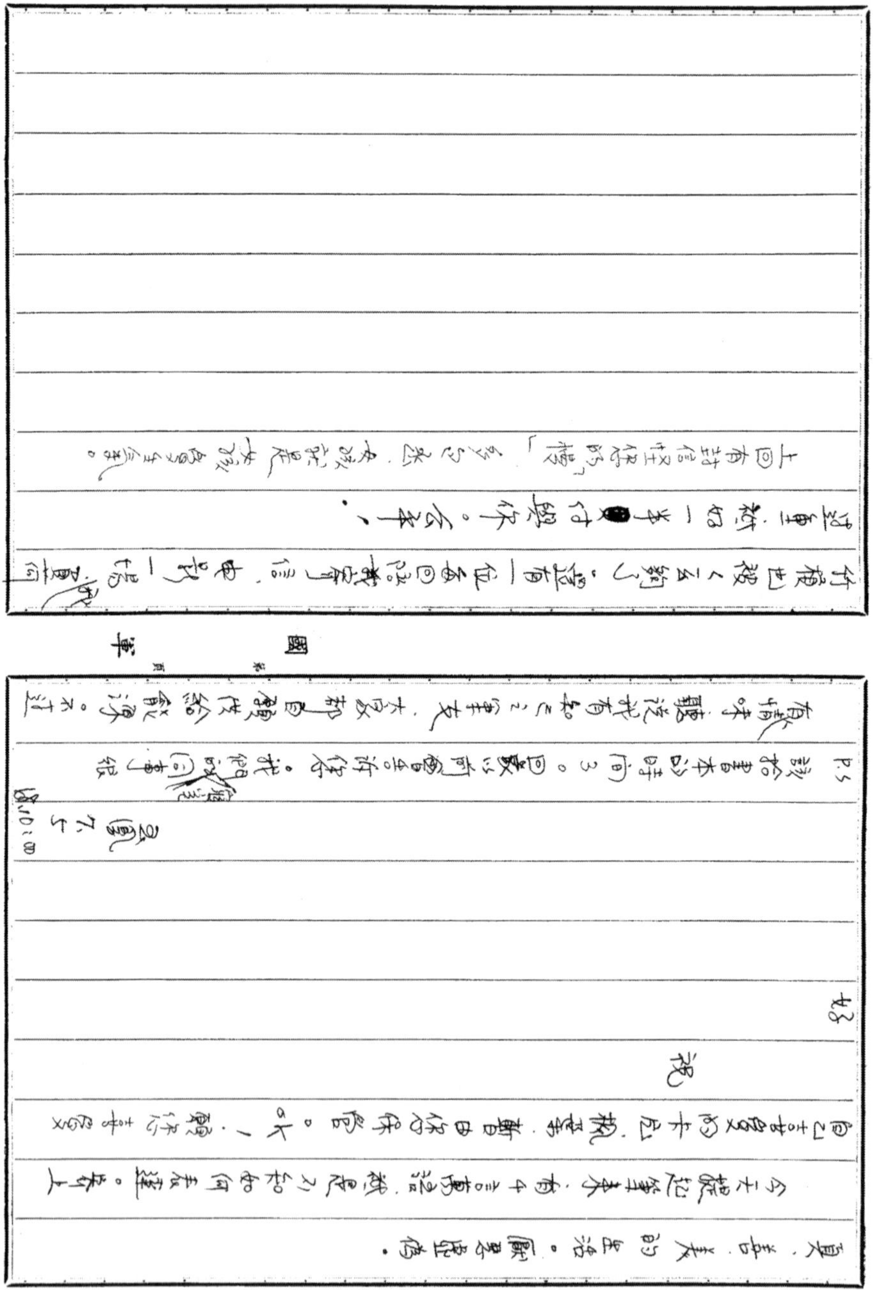

穉民：

是嗎？想今天大概有我的信，很高興，不知是你的工作忙，還是明，還是人懶了也記錯筆了。我沒有忘記你告訴我的話，希望能讀到又厚的信，祇怕自己文筆的不流暢讓你見笑。也希望你能指導，以、

今天，晴天，這幾天今好難得的溫暖。我的故鄉風風大，這兒似乎沒有見。你那天氣好嗎？自己有股很可愛的念頭，有這麼一天，自己真正做了，能回到鄉間去教一些鄉村的孩子們。排除萬難與纏上，有位老師有一句很中聽的話：「老師不老，學校不小」。真的，有時站在孩子群中，實在是不像老師，像大姐姐。我喜歡他們，他們也喜歡我。誰說老師只有付出沒有收穫呢。

一天天的算，日子是過得很快。再一個月，我們可以見面了，是很此時盼望和期待的。你是說我們會是好朋友嗎。你的職位是連長，我們不同，工作的性質就是大不相同。你告訴說關懷他們的精神生活，有機會更希望從你的訓練部隊得到一些。聽到鬥志高昂，敬我軍一番。你曾說有老師的指點比較好，不過沒有能動，一樣會有所成果的。多看，多讀也是很重要的。想你在那一定是位討人喜愛的好連長。

今天的心情真輕鬆，這一段日子似乎沒有如此過，對你真該說聲抱歉，有時忘記了給你去信，而把自己一些不很快樂的事告訴你，但願不被我所感染。心情如一切都好，提起筆來也很順，不用改擦了。

我的收聽也近，是想起了書中的趣味，不知是誰說過「一日不讀書，面目可憎」

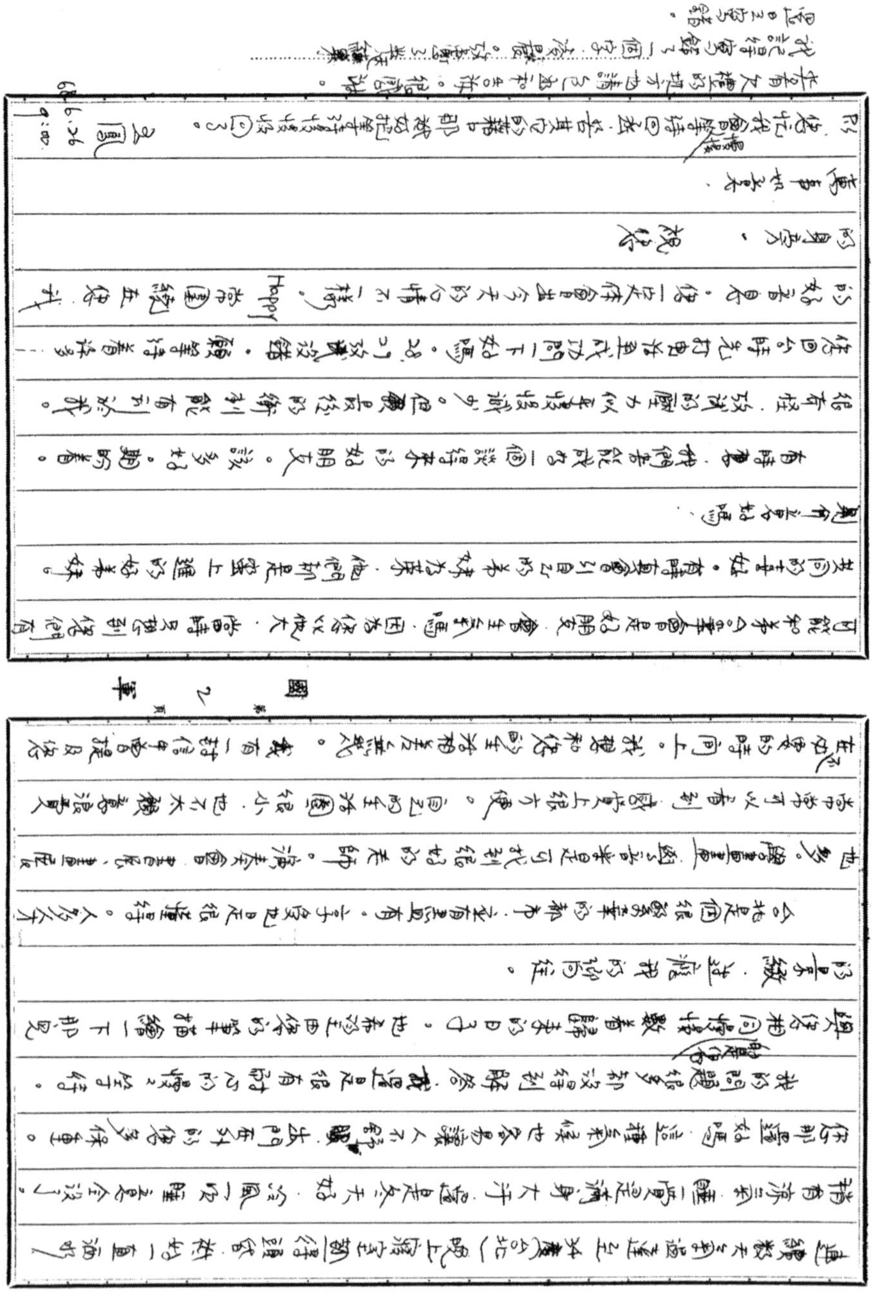

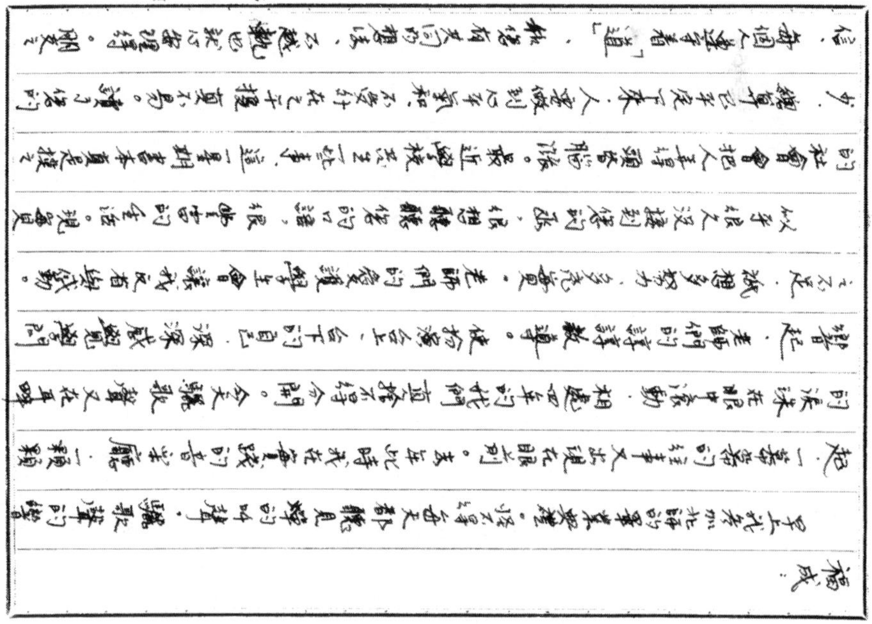

福成：

早上我參加北師的畢業典禮。坐在台下看見學弟妹們那種喜悅的神情，驪歌輕唱的響起，一幕幕的往事又出現在眼前。去年此時我在臺上跟同學們唱，一顆顆的淚珠在眼中滾動，想起四年的我們真捨不得分開。今天驪歌聲又在耳畔響起，老師們的諄諄教導，使我站在台上，台下的自己，深深感覺到學問之不足，應該多努力，多充實。老師們的愛護與學生會讓我又有些感動。

好久好久沒接到你的來信，很想聽聽你的心聲，很關心你的生活。現在的社會會把人弄得頭昏腦脹。最近學校發生了一些事，這一學期當中真是忙透了，總算已平定下來，人也像到了平靜，不然什麼也提不起興致。讀了你的信，每個人都有「追」，抑或有不同的想法，不過也就只好體諒。聞之

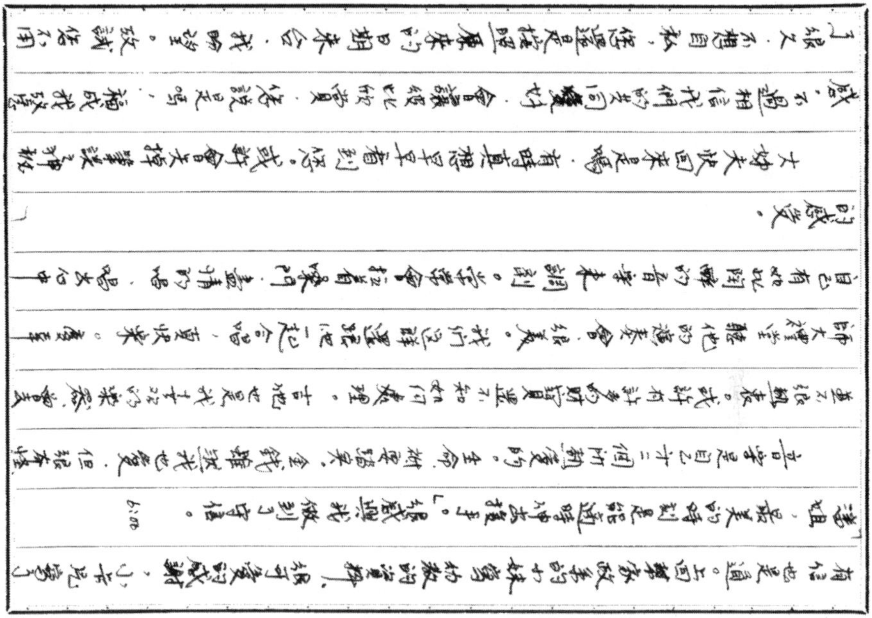

有信也是這。上回那本故事的小妹寫的很有趣的禮物，很可愛的感謝，少年兒童了這些，最美的時刻是從這時伸出援手。」讓感恩我做到了守信。

吉他是自己十二個所創造的。生命、拼命追求，金錢雖然我也愛，但我本性並不很看重。或許有許多的時間並不知如何處理。吉他也是我十分的樂器，曾是師大標準能他的演奏會，很美。我們還讓過程一起合唱，真快樂。希望自己有些比例的音樂來調劑。小時常拉著琴門，盡情的唱，唱出心中的感受。

大哥大快回來了嗎，有時真想早早看到你。或許會去指導我神秘感，不過相信我們的共同嚮往，會讓彼此欣賞，你說是嗎，祝我我們能了很久，不想自私，你還是按照原來的日期來台，我盼望。改試你不用

掛心，會很沈着的參加。OK！對您甚感愧疚。

一次次的畢業，心中很多要說的，卻不知該說些什麼。我的乾爹乾媽、王叔叔、王媽媽，他們真好，幫我決定了自己不能做主之事。每回碰到難題，就像他們求救。因而長久在外的我很安全感。記得高中畢業的那一年，就在台北，但那時親友不能會聚，所以看到父親北上，我還會哭呢，現在不會了，想一想真可愛。明天再用快寄之筆，許些輕鬆的笑語，讓您開懷。寄上兩張我的心意。願您喜愛。

祝

萬事如意

鳳

66.6.22.8:00

國　第2頁　軍

附，您說六月份的船期怪，我也覺得。

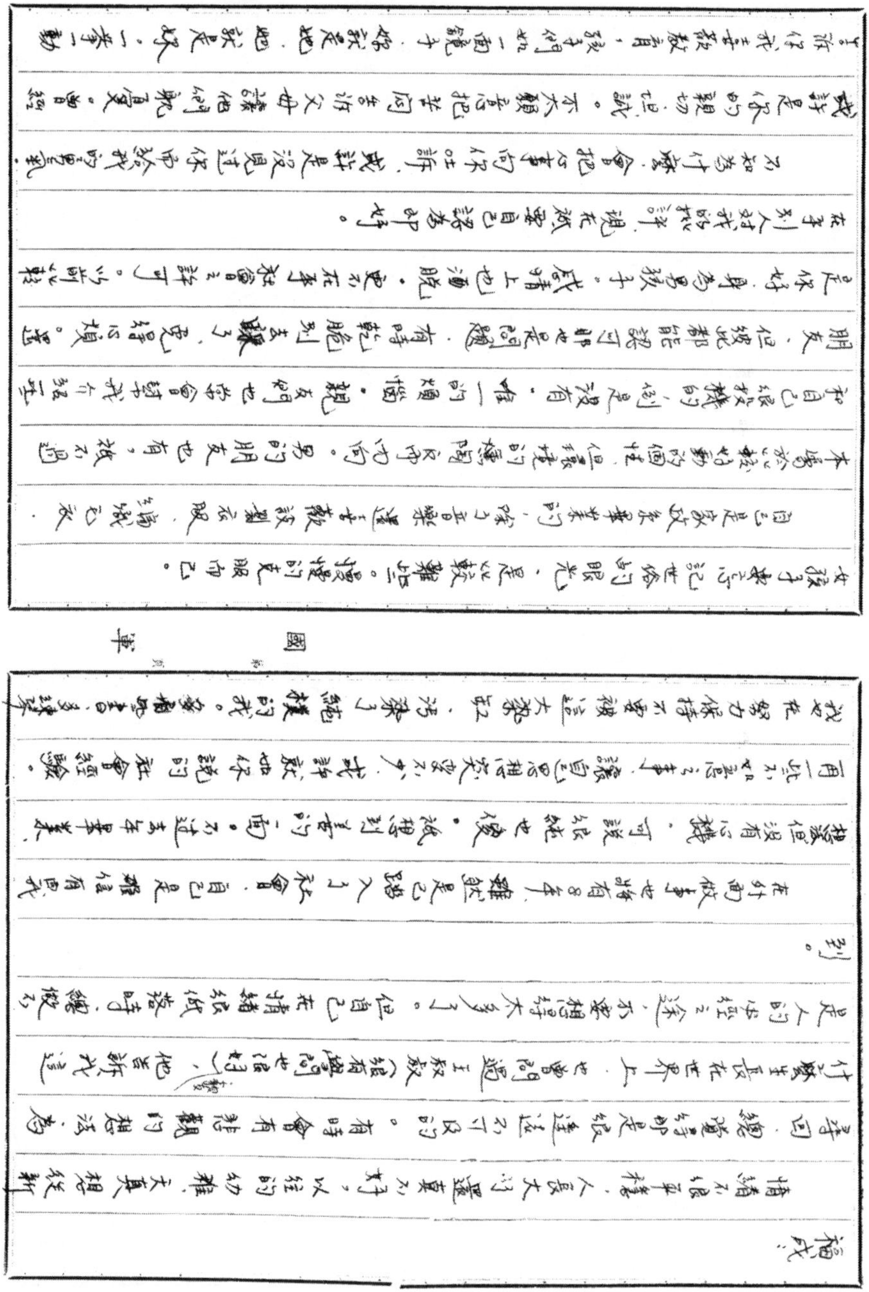

禎戎：

　　情緒不很平穩，人是太過要求不對，以往的幼稚、天真，想從新尋回，總覺得那是很遙遠不可及的。有時會有悲觀的想法，為什麼生長在世界上，也曾問過王叔叔（很有趣的也很好），他告訴我這是人的必經之途，不要想得太多了。但自己在情緒低落時，總做不到。

　　在外面做事也將有8年，雖然是已踏入了社會，自己是相信有些我想像但沒有的樣，可說很純也傻。從想到這的一面。不過這些年來，用一些不知道的事，讓自己明瞭很多不少，或許就如你說的社會經驗。我也在努力保持不要讓這大染缸，污染了純樸的我。[illegible]

國　軍

女孩子要忘記世俗的眼光，是比較難些。相處的是朋友而已。

　　自己是家中[illegible]，除了五[illegible]還[illegible]，[illegible]。本身就比較好動的個性，但[illegible]。男的朋友也有，但不過和自己很投機的，倒是沒有，唯一的煩惱。親友們也都會替我介紹些朋友，但彼此都能認同那也是問題。有時乾脆別去赴約了，免得心煩。還是你好，身為男孩子。感情上也灑脫。更不在乎社會之許可。以前比較在乎別人對我的批評，現在就要自己認為好好。

　　不知為什麼，會把心事向你吐訴，或許是沒見過你面，給我的印象，或許是你的親切、坦誠。不太願意把苦悶告訴父母，讓他們煩憂。曾經告訴你我是老大，弟弟們也一個一個長大，[illegible]。[illegible]

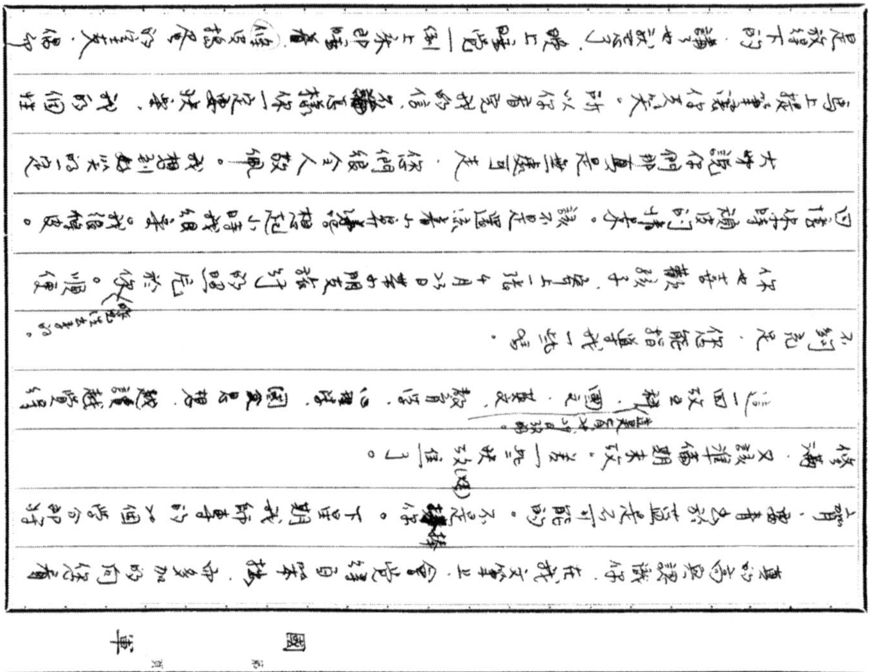

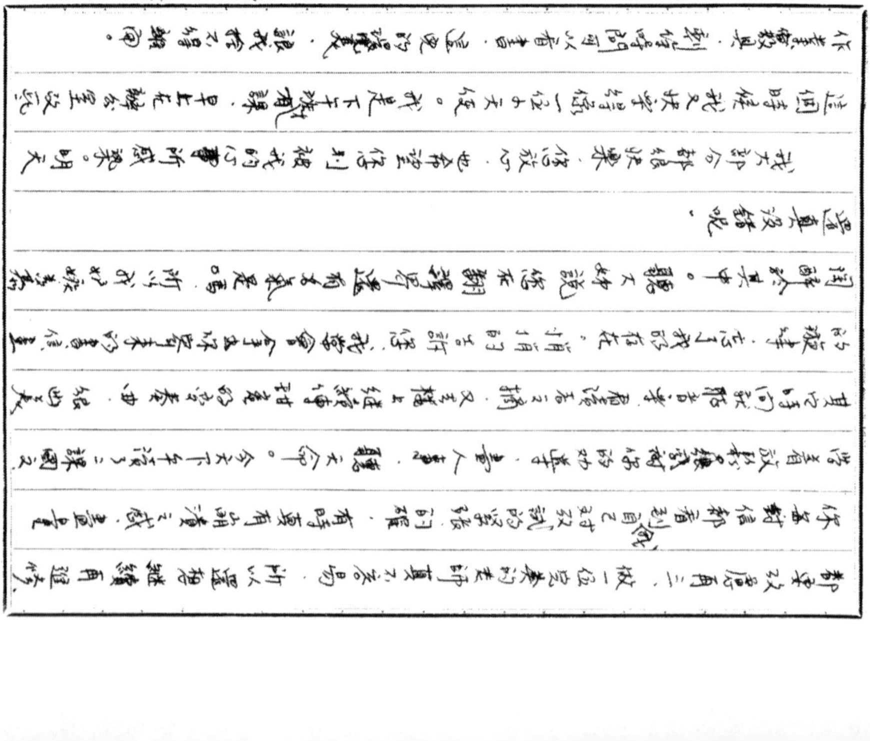

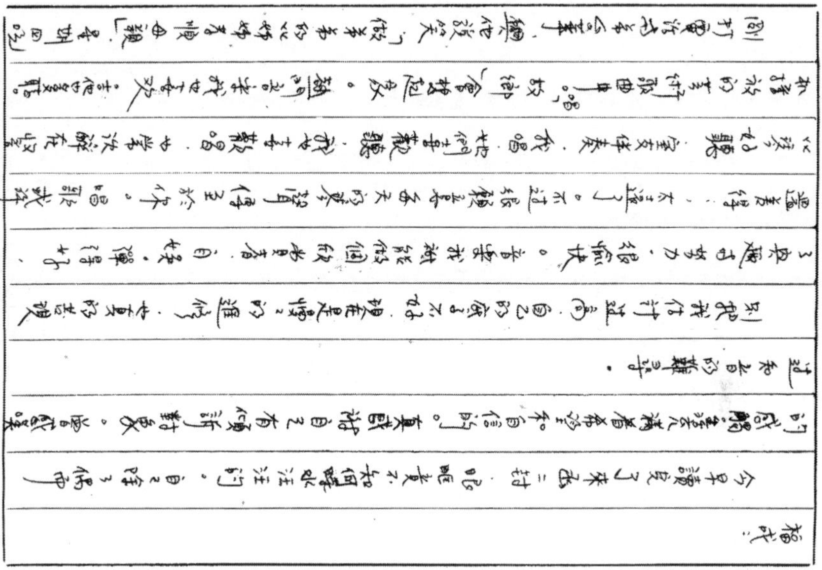
福來：

[illegible]

國軍標準規定No.3-1-10(19×26.5)cm60磅模造紙　@50 67.3 1000本 中心印

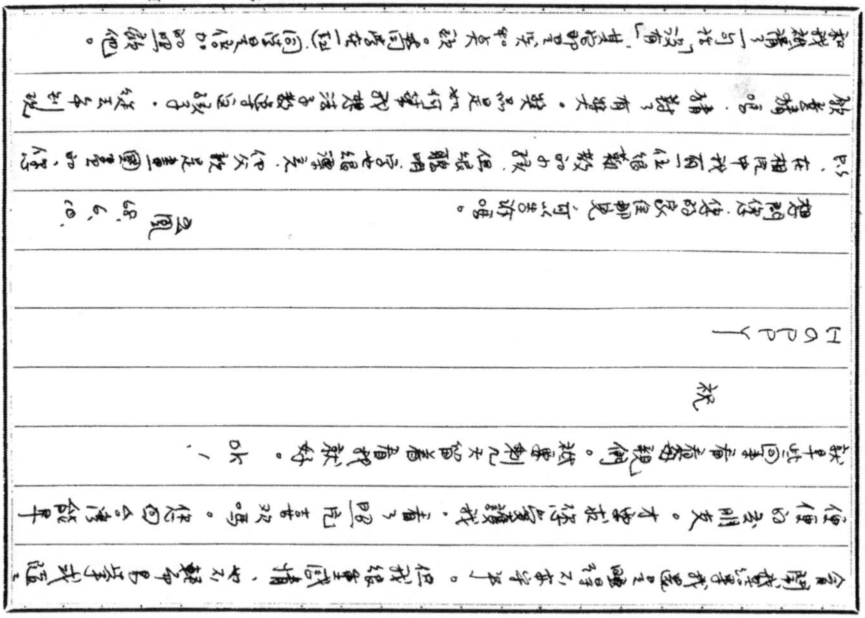
[illegible]

祝

HAPPY

鳳 58. 6. 10.

福成：你好

剛上完課回來，這星期工作很多，星期日晚上趕回學校[illegible]，我還得準備[illegible]，整整花了一晚上的時間。我的寶貝又來[illegible][illegible]能圓，看你的信[illegible]的，[illegible]你，[illegible]得[illegible]了[illegible]之，不過[illegible]大方的文體[illegible]。[illegible]的[illegible]。

星期一接到三封信，看得很過癮。[illegible]，不能[illegible]也[illegible]快樂，[illegible]。你看到了吧。[illegible]我[illegible]，很美，[illegible]有[illegible]，[illegible]。[illegible]你有如此的才華，能[illegible]。[illegible]很有充裕的時間和生活。我每天上班，[illegible]（[illegible]）[illegible]了，但[illegible]起[illegible]，[illegible]你[illegible]加之行、[illegible]。[illegible]。

今年的生日最熱鬧，因為你的關懷。我感謝。快樂真是重要，怪不得大家都說[illegible]。最近是以[illegible]了。你的文詞感動我的。正說你說的「相似」「親切」。

[illegible]我[illegible]，正如在[illegible]中有一[illegible]，[illegible]的[illegible]也在[illegible]，[illegible]。[illegible]了[illegible]。自己的腦中[illegible]有所認。[illegible]。[illegible]可[illegible]會[illegible]，但現在不會了。[illegible]「如果沒有困難等你解決，要你幹甚麼？」[illegible]「生命沒有[illegible]的激盪，那能激起美麗的浪花？」[illegible]。[illegible]，但生命充滿了無限的希望。

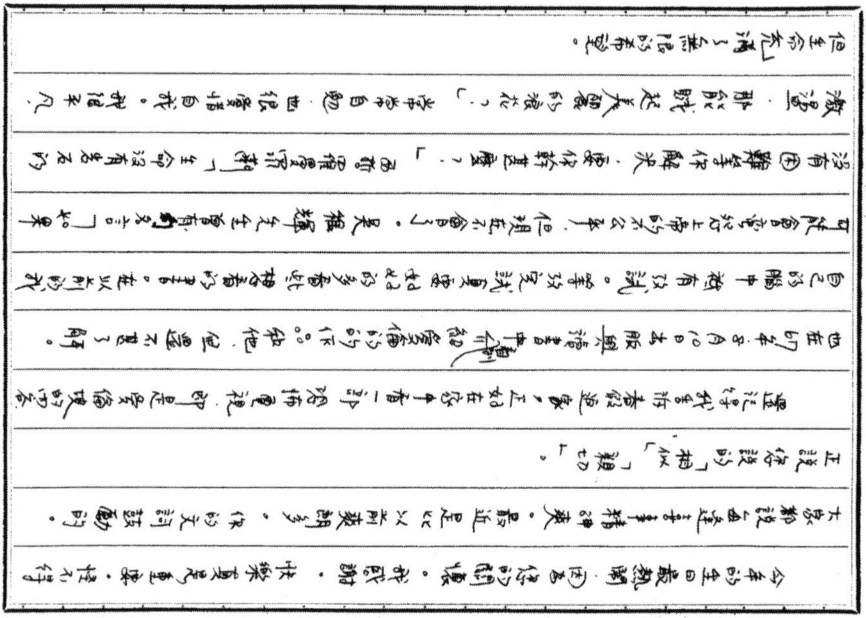

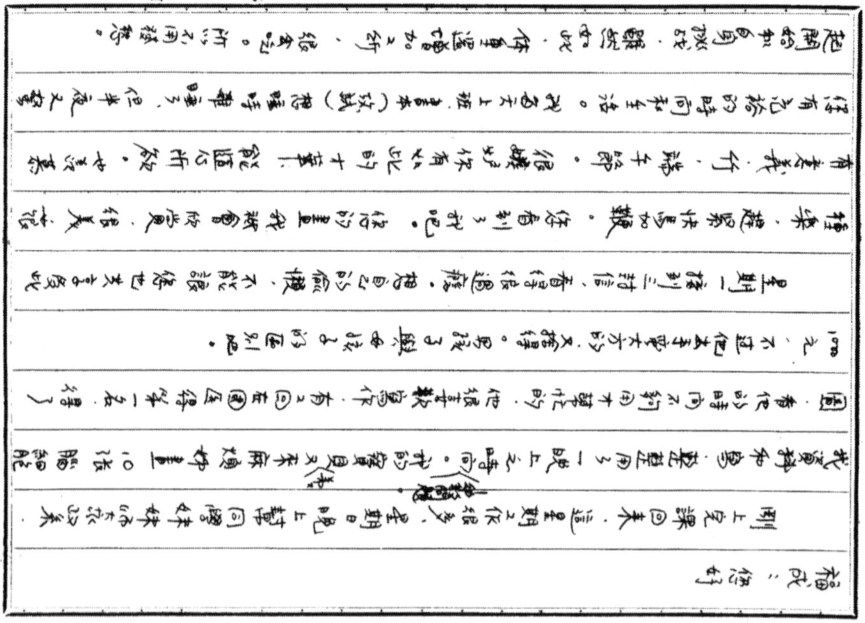

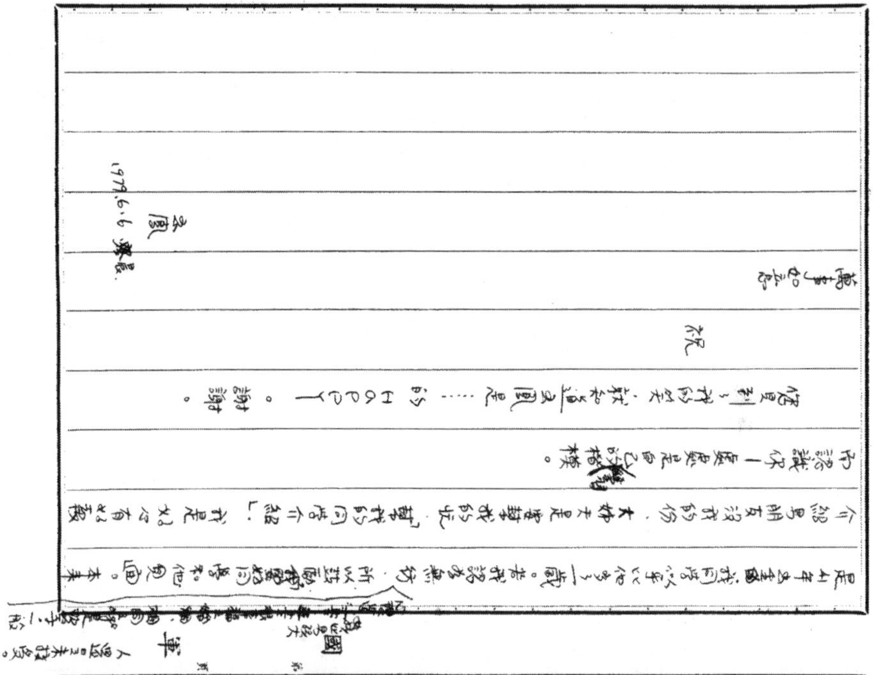

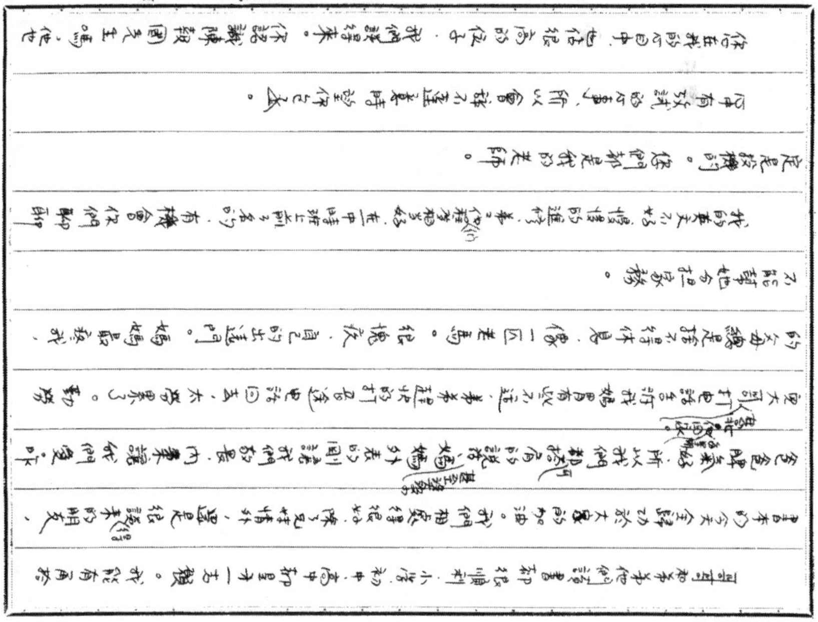

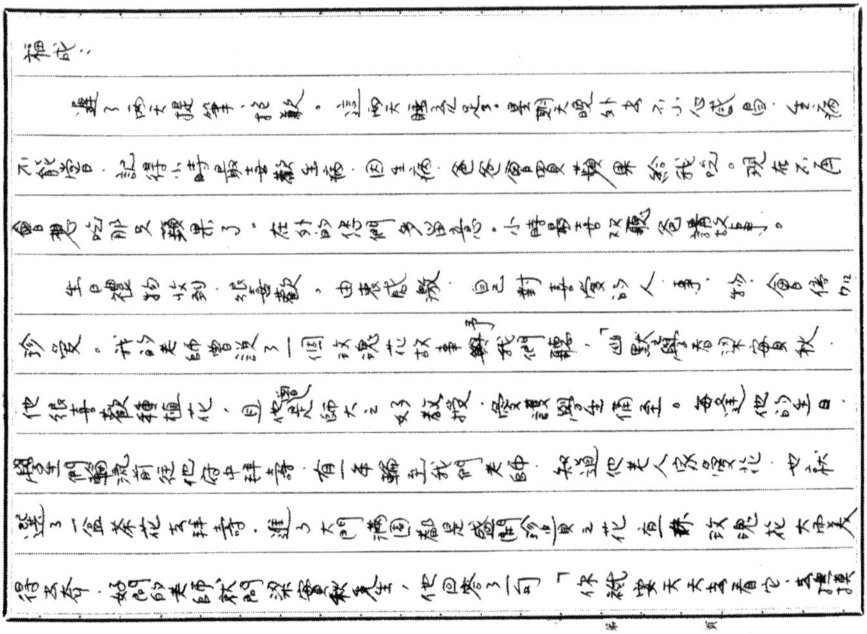

補充：

畫了兩天，提筆花數。這兩天雖然忙，畫到天明，外面下小雨回，生活

不能迴避。記得小時候畫素描生活，因生活，爸爸會買糖果給我們。現在不同

會想吃什麼就買來了，在外面從沒有過的。小時候常常沒有畫過素描書了。

生日禮物收到，很高興。由衷感激，自己對每個人、事、物，會像ㄌㄧˊ

珍愛。我的老師曾說了一個故事給我們聽：「曾經有一位畫家，秋，

他很喜歡種植花，因他是個大畫家，好友們常到他家作客。每逢他的生日，

學生們都會到他家中拜壽。有一年輪到我們老師，來到他家，看他老人家的花，也許

送了一盆茶花去拜壽。進了大門，滿園都是盛開的各色花，有株大花，又大又美

得出奇。她的老師，我的老師，就向老先生請教，他回答了一句「你就要天天去看它，去撫摸

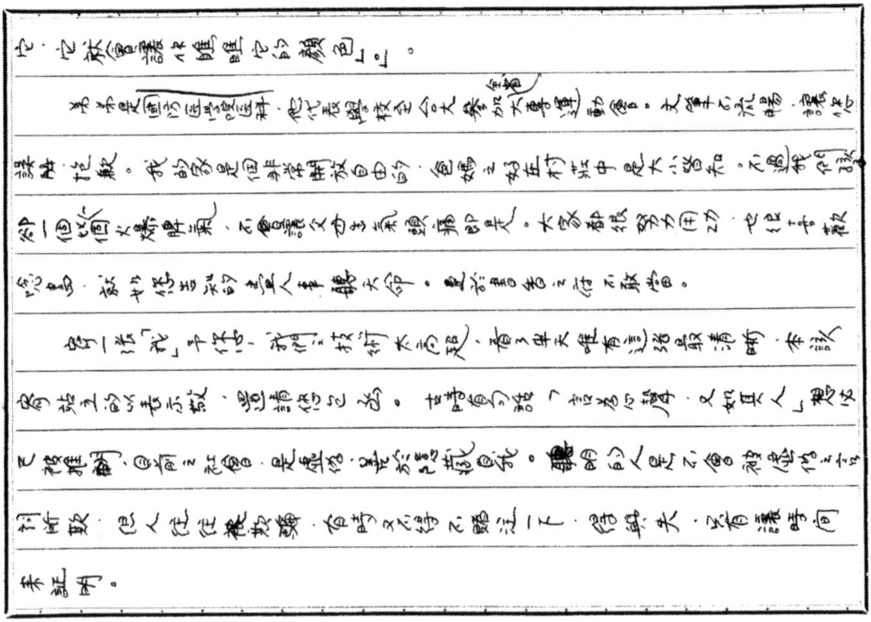

它，它就會讓你體會它的顏色」。

本來是國防醫學院的，他代表學校全台大專加全國大專運動會。大專不流暢，請你

諒解，花數。我的家是個非常樸素的由的，爸媽在村莊中是大小皆知。不過我們認

爲一個人，個人修養非常，不會讓父母丟臉，讓人瞧不起的。大家都很努力用功，也很有禮

貌的，就如你所說的家人事業大字。[illegible]的。

以一張「花」字作參考，我們的技術太幼稚，看了半天，好不容易才想起來，本該

寄給你的，表示歉意，還請你見諒。有時候的話「言為心聲，文如其人」，那是

已被推翻，因有些社會上是這樣，表於書上的我。有的人是不會被社會們所

利用。但人往往被批評，有時又不得不說出一下，但真是，只有讓時間

來証明。

你的假日有沒天，忘了說，寄給國的是件喜慶和慶幸之事，謝謝你對我的祝福。
幼稚園的六月底結束，會立刻通知你。我？在彰化政試，將往回覆你。8月初才會北上。
今天先告訴你我家的住址和電話：台南市光明街10號，電話：三七五四一二。幼稚園
電話：七〇七一〇三二。也都有時寫便早告訴你。
你教給我的部下們，是很好的建議，值得去履行。也很希望自己能
增添你的生活情趣，讓我們在一起的生活中不孤單。請問你，記得
回來過年了好多，你忘了沒，在此讓你聞聞清新芬芳的好嗎？香氣往你
的鼻孔。
人說在我的家庭裡，不很重要，但希望自己的理想伴侶是位不抽煙的男孩子，
雖然林語堂先生是贊成男孩抽煙斗，自己好像是不能接受，聞到煙味

雖然去看了，但好看的電影卻得到看自己，所以能去看早場或晚場，增添
了一些快樂。有時想想，世事的事也未嘗不是好事。男女之間愛情，
在一時衝動之下沒有經過考慮，彼此吸引，但有一定的時間，也需有意來相互的時間
有相互之條件，總是不能永恆。所以要時時說，以真心為重來維繫一
自己之生命。想想凱撒和安東尼都是為了一位「女」，不必當時他們為情犧牲的
所以天下都上了一課外國史。
「大好」說來話長，等我們見面再告訴你，好嗎。也是從台北市軍中回北
是我實任將軍之special nurse。很讓人羨慕能有此行。
我的政試延至七月四日，到日前為止還沒上軌道，雖然忙很，也要常給
有時實是做不到「求其行易」。勝與敗都會有情況，這是我多次的經驗。

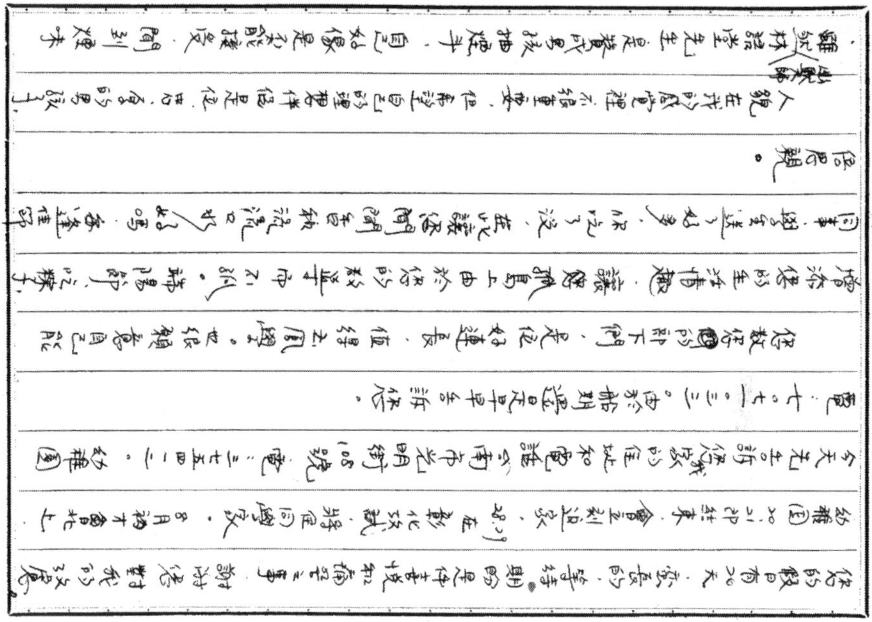

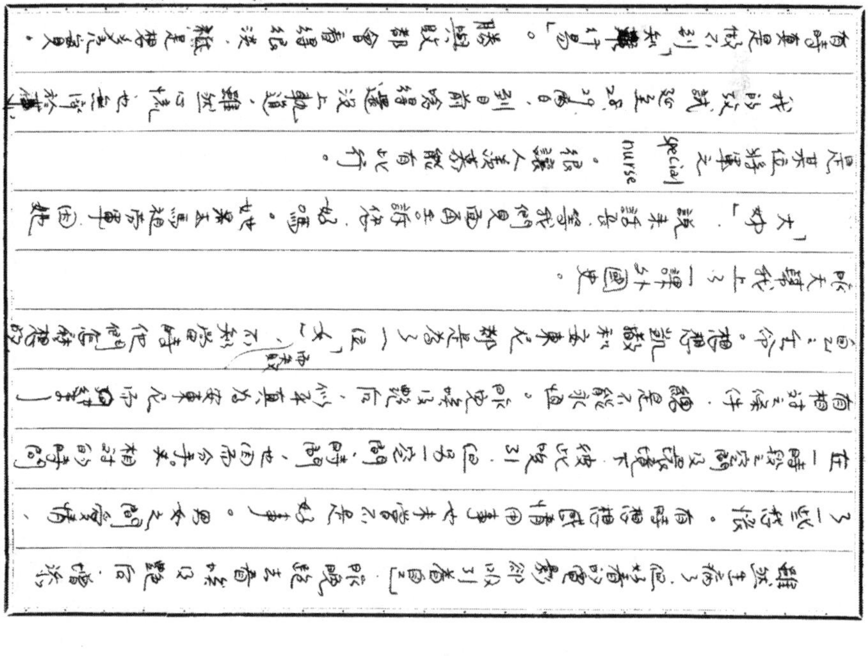

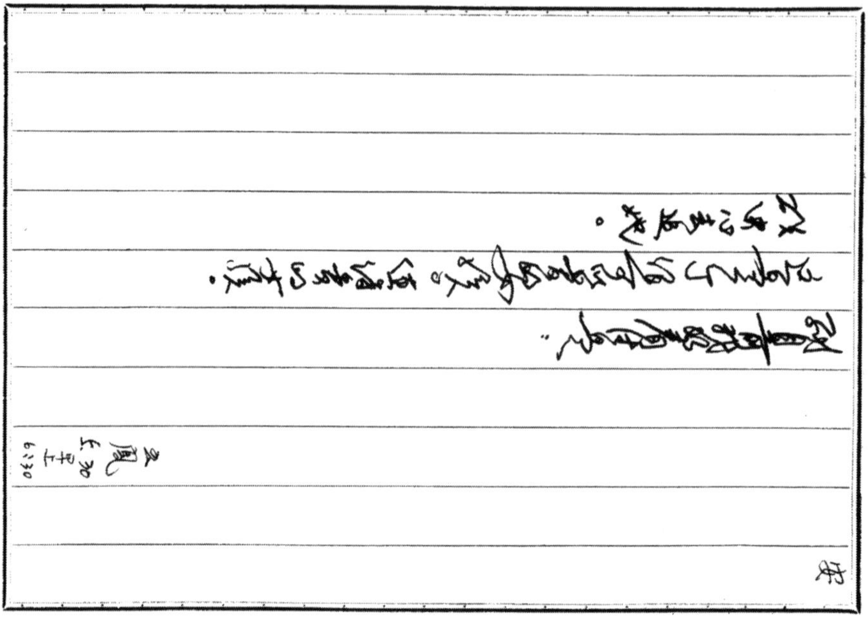

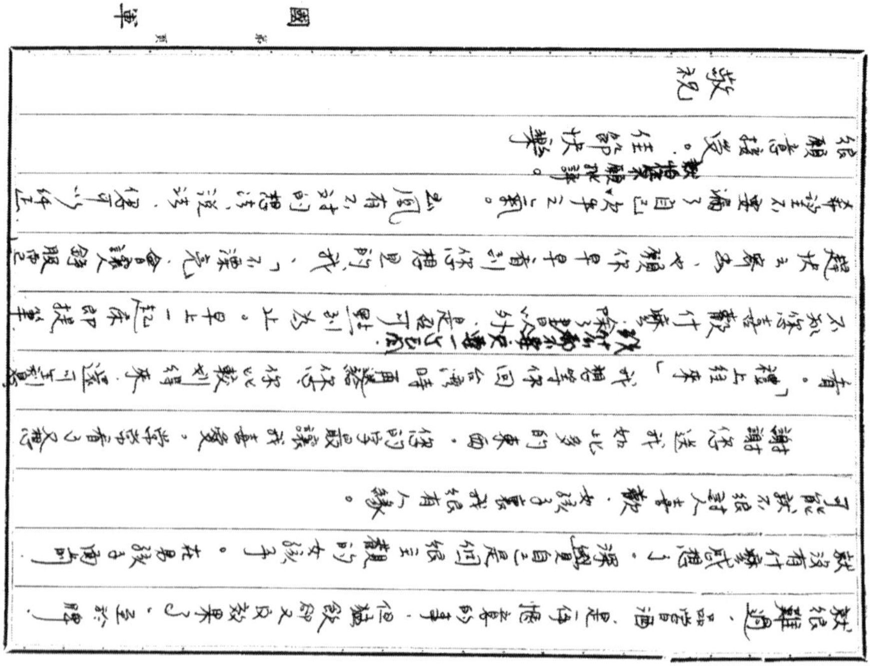

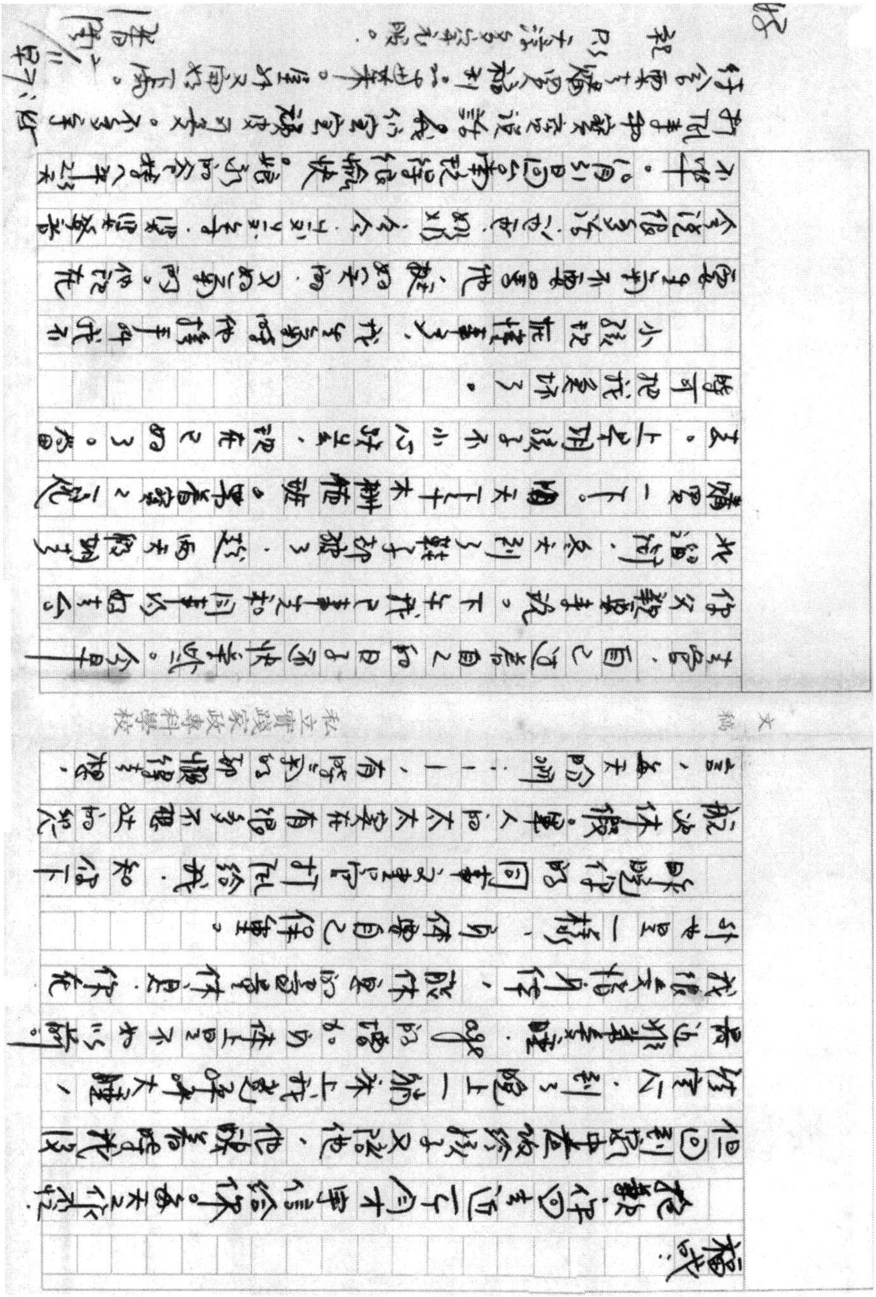
福成：
抱歉，你回去近一个月才寫信給你。每天工作忙，但回到家中又要給孩子又陪他，他睡著時我很累了，到了晚上一躺床上就呼呼大睡，最近非常貪睡，age的增加，身体上是不如以前。
我很会惜身体，能休息的量休息，你在外也是一樣，身体要自己保重。
昨晚你的同事文書官打電話給我，知你下船後休假，軍人的太太實在有很多不想說的怨言，每天盼啊……，有時氣的都懶得去想，去管，自己過着自己的日子還快樂些。今早你父親要來說，下午我已和同事約好去台北溜溜，冬天到了鞋子都破了，這兩天假期去補買一下。明天下午木柵植班，帶着寶寶一起去。上午明孩子不小心跌去，現在已好了。當時可把我急壞了。
小孩說很懂事了，我生氣時他揍手叫我不要生氣不要罵他，挺好笑的，又好氣的。他現在會說很多話，西西、奶奶、人人、媽媽等等，就是要發音不準。10月31日回台南玩得很愉快，娘家的人都誇獎……
打電話和寶寶說話，我們寶寶很可愛。不多寫，你今年要爭取福利出來。望好又向好下属。
祝好
P.S 天涼多穿衣服。
潘 11/ 早7:45

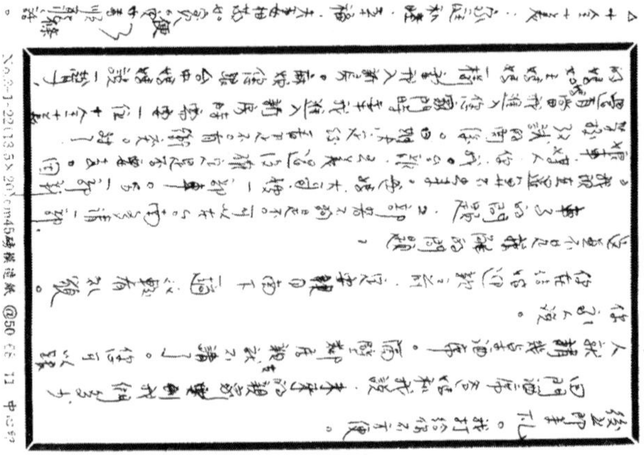

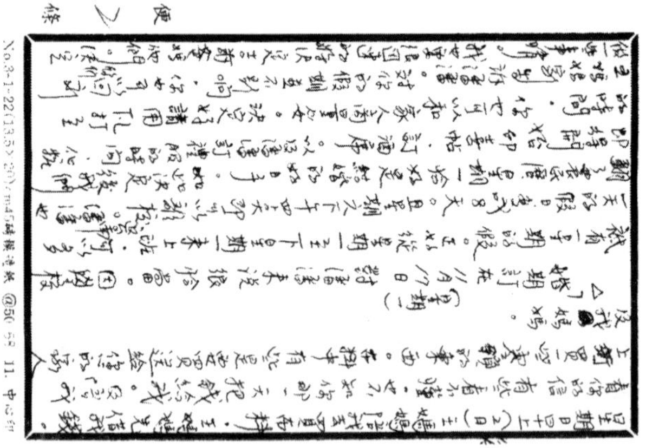

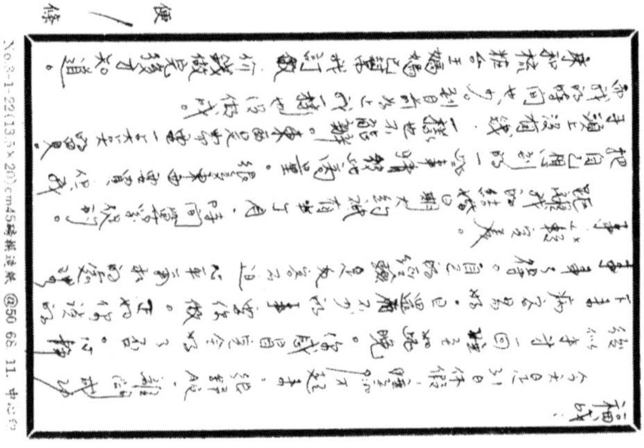

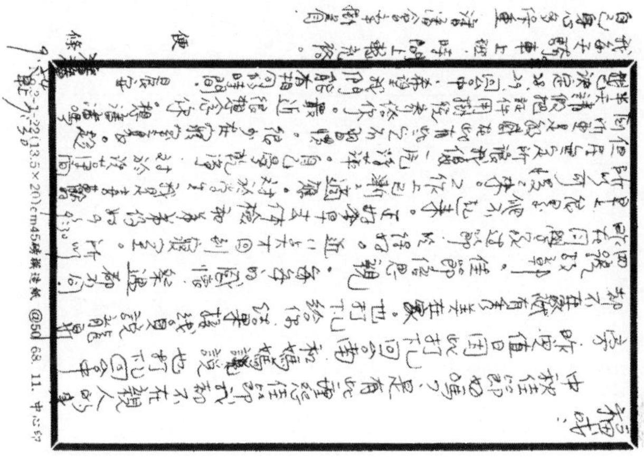

福成：
中秋佳節好嗎？是有些遺憾佳節我都不在親人的身旁。昨天值日因此打電話回台南，和媽媽說說，也打電話回台中都不在家，只有秀美在家。也打電話給你，結果接線員說龍泉四號放郭。佳節倍思親。每年的感懷，際遇都不同。昨在同學家過節，還很好。近日未回到寢室。所以早上很累，爬不起來。正好參早去体檢和弟弟們的9:30 所以可趕去來。工作上已漸漸適應。對於學生我只要嚴。但是無法所謂我像一既往。自己學乾淨。對於沒有空間的那更是我在此有些不習慣。很少在宿舍。趁半天請假把証件用掛號寄給你。想潘潘嗎？也決定28、29回台中。希望我們能有相同的時間。晨安

我每天騎車上班，時間上較充裕。
自己身心多保重 潘潘
9.30

便條

No.3-1-22(13.5×20)cm45磅模造紙 @50 68. 11. 中心印

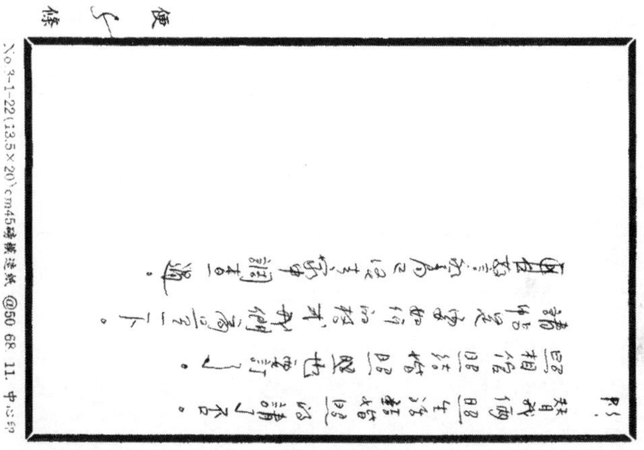

形：
替我倆照生活結婚照的請了否。
照相館照結婚照也要訂了。
請問是要如何的格式我們商量一下。
再甚麼言我們已經去家中調查一遍。

5 便條

No.3-1-22(13.5×20)cm45磅模造紙 @50 68. 11. 中心印

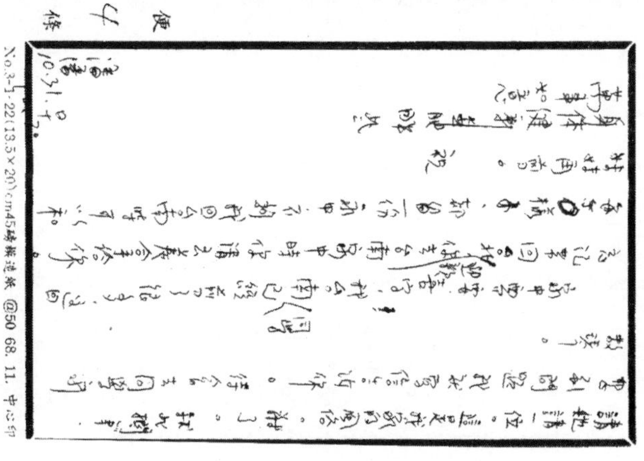

請她請一位。這是我家的風俗。謝了。就此擱筆。
要到問題我說寫信告訴你。待會去同學那較好了。
家中要喜字，我台南已經印了很多，這回忘記帶回台北給你。請先去買合乎給你。每份都留一份，家中，不夠我回台南時寄以和妹妹用的。
祝
身体健康
萬事如意
潘潘 10.31.早7.

4 便條

No.3-1-22(13.5×20)cm45磅模造紙 @50 68. 11. 中心印

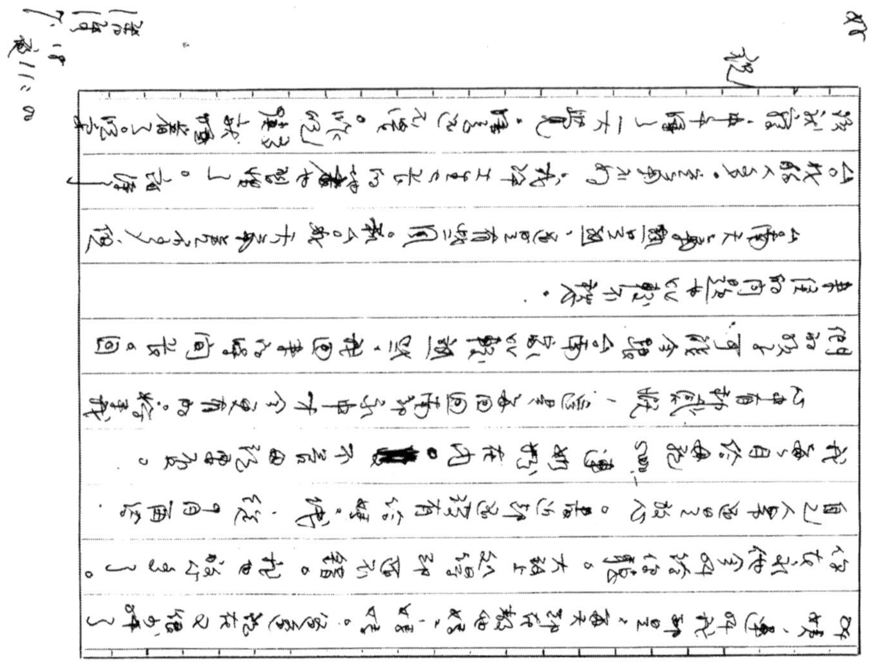

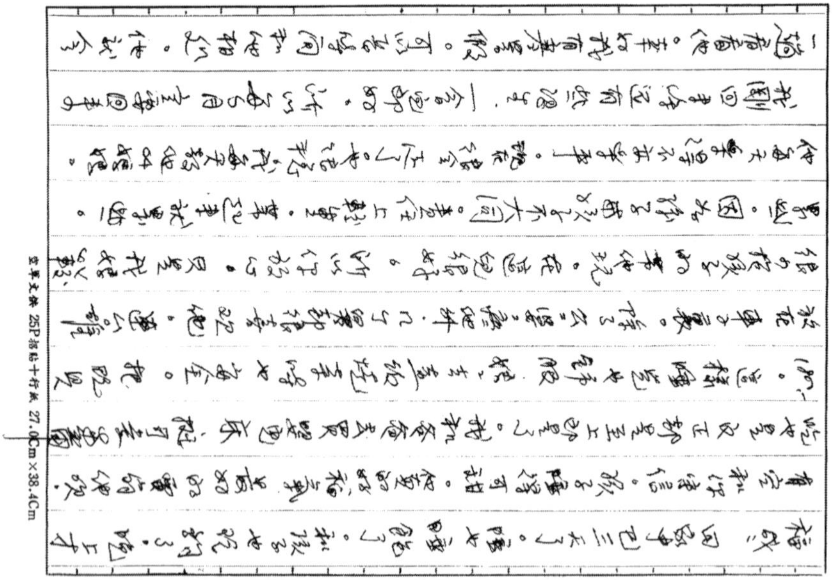

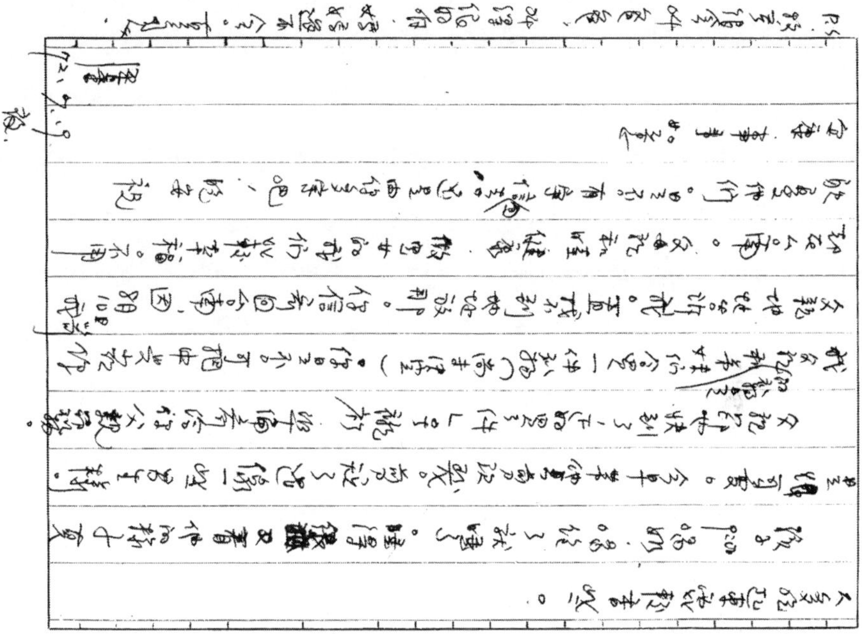

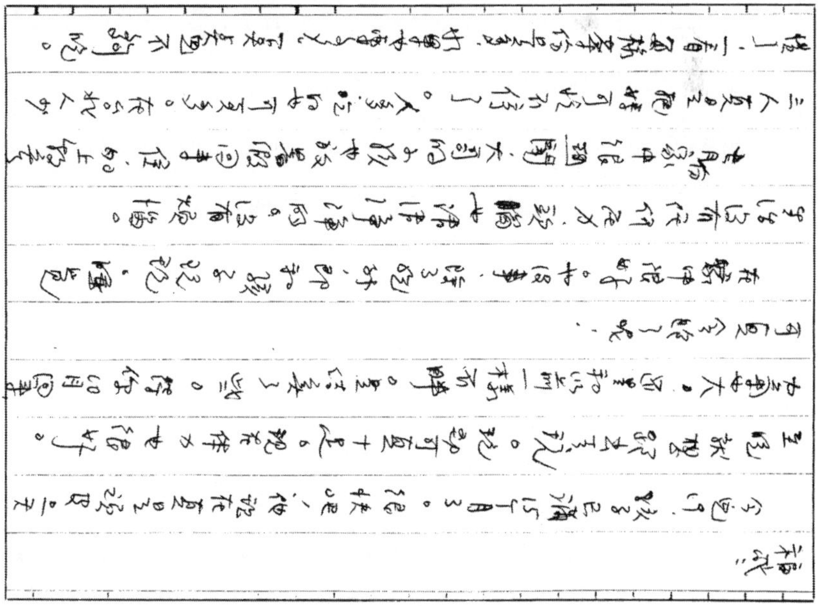

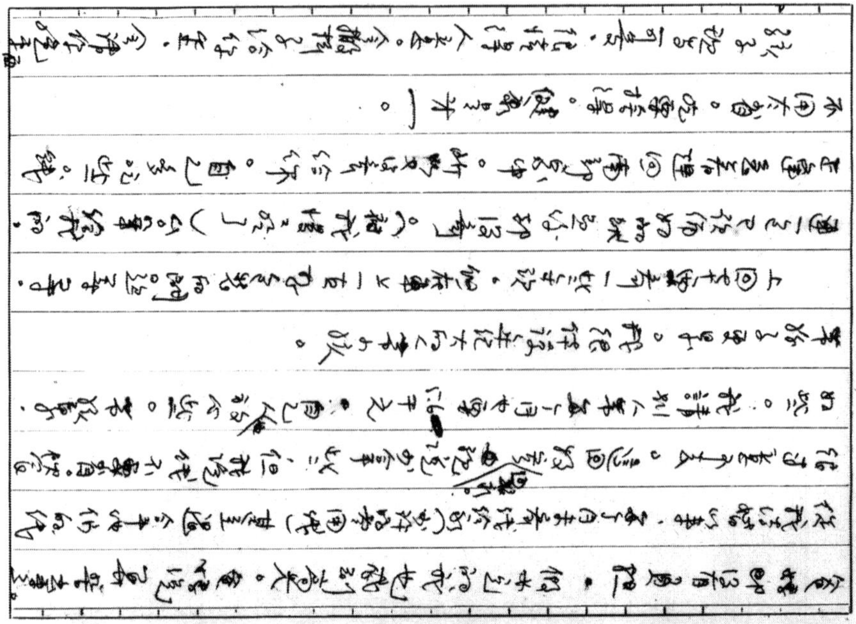

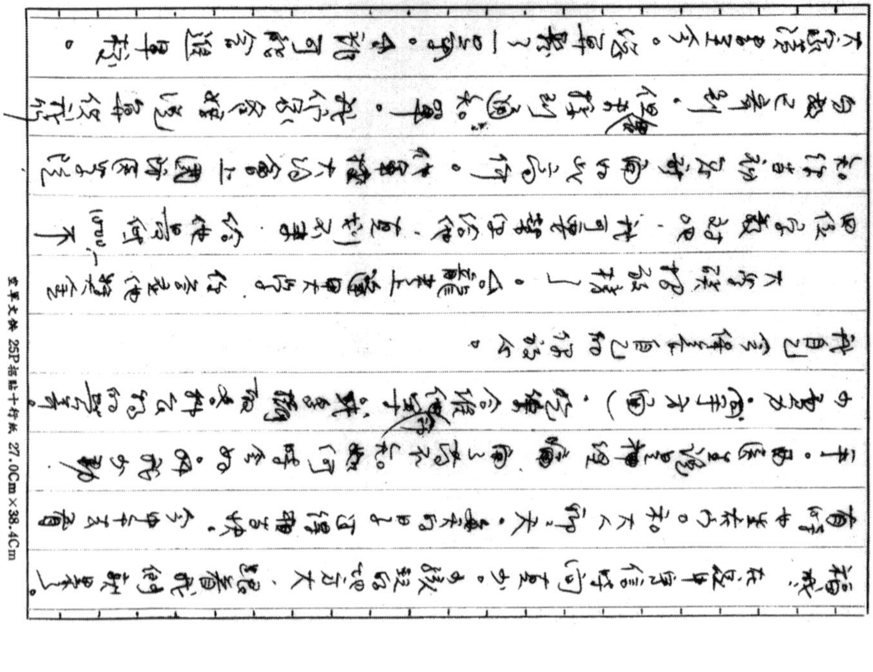

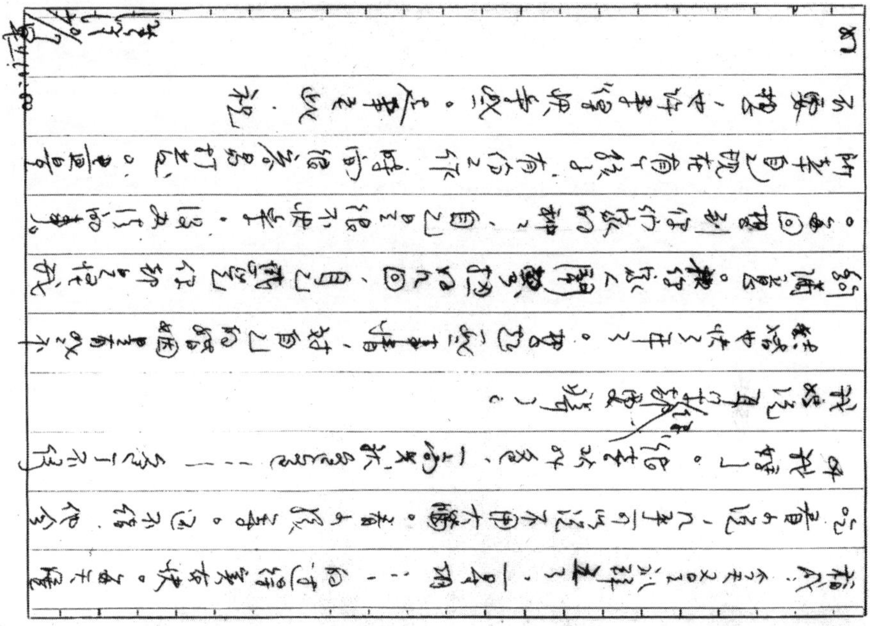

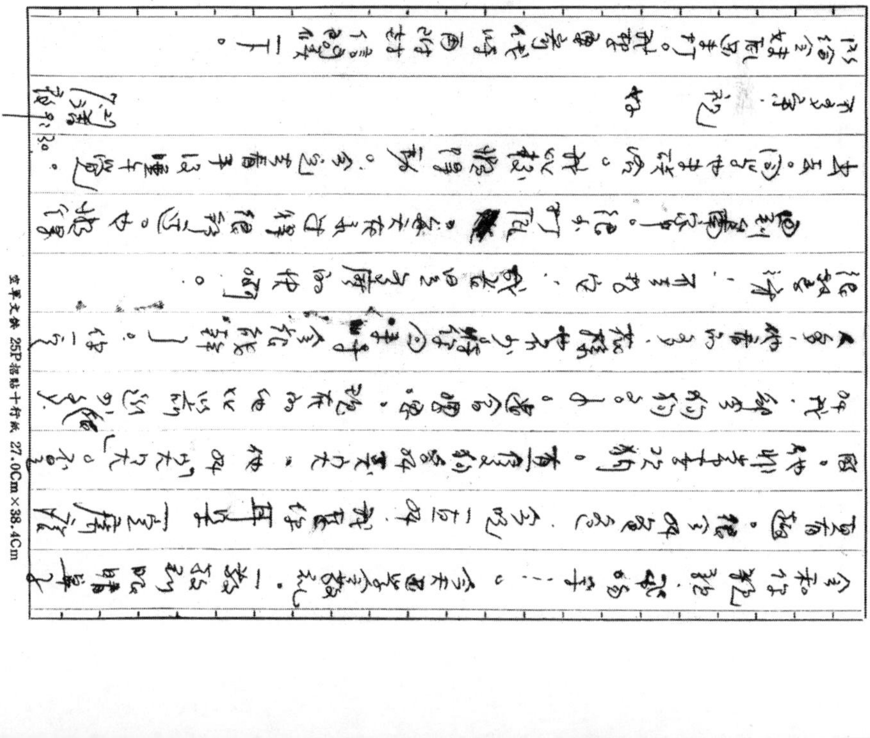

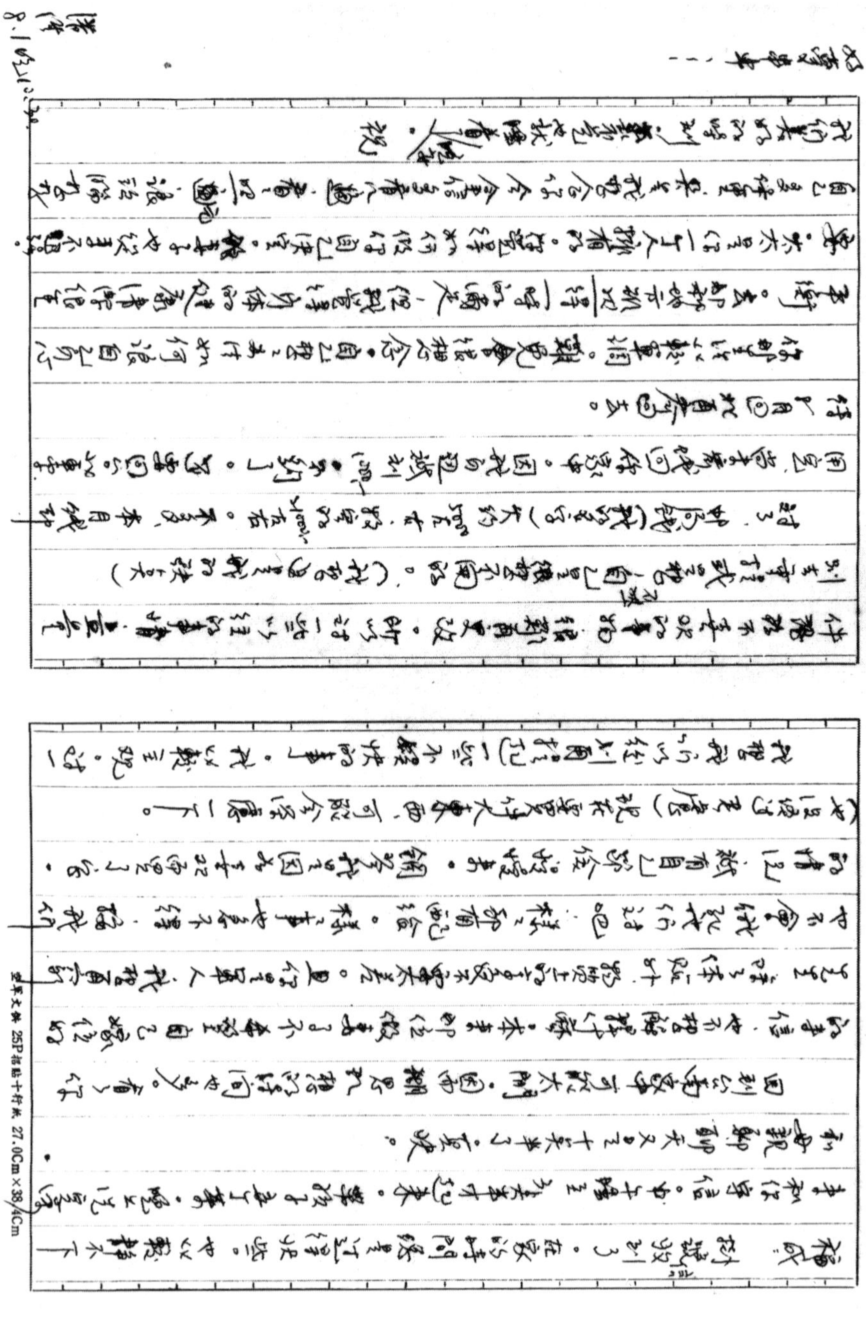

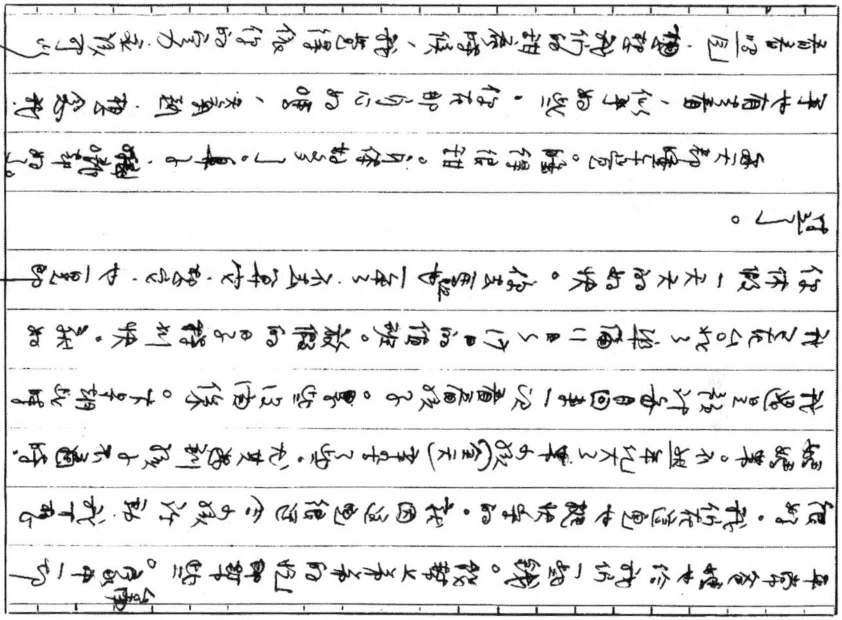

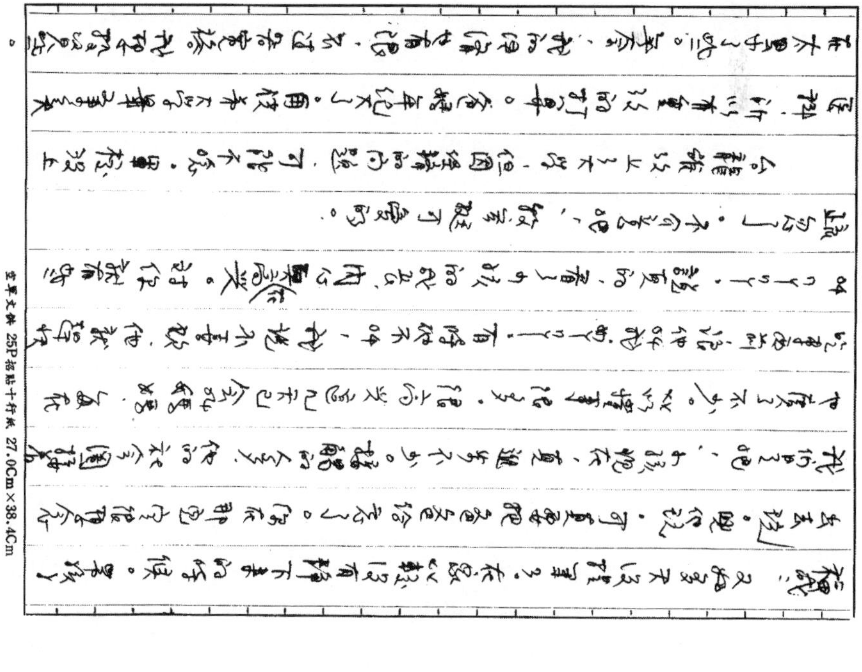

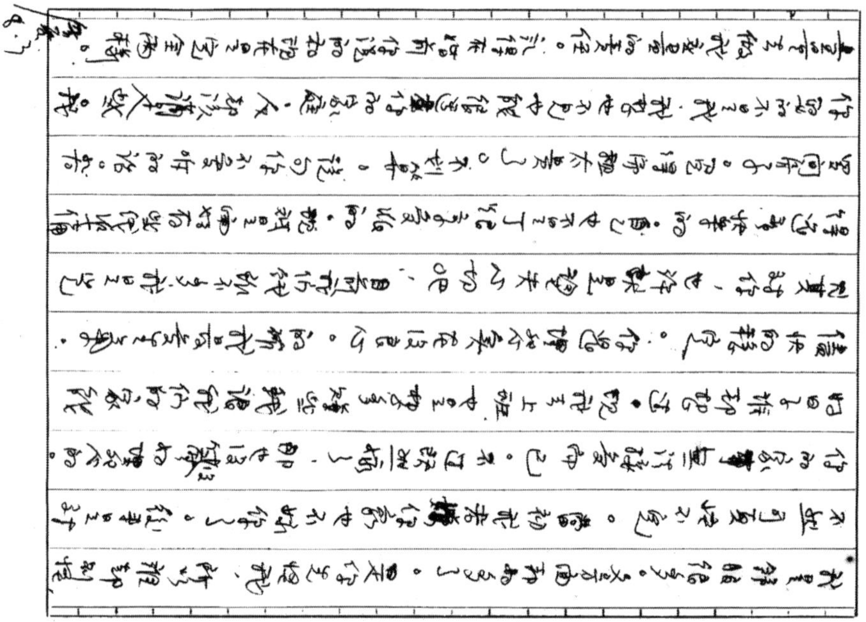

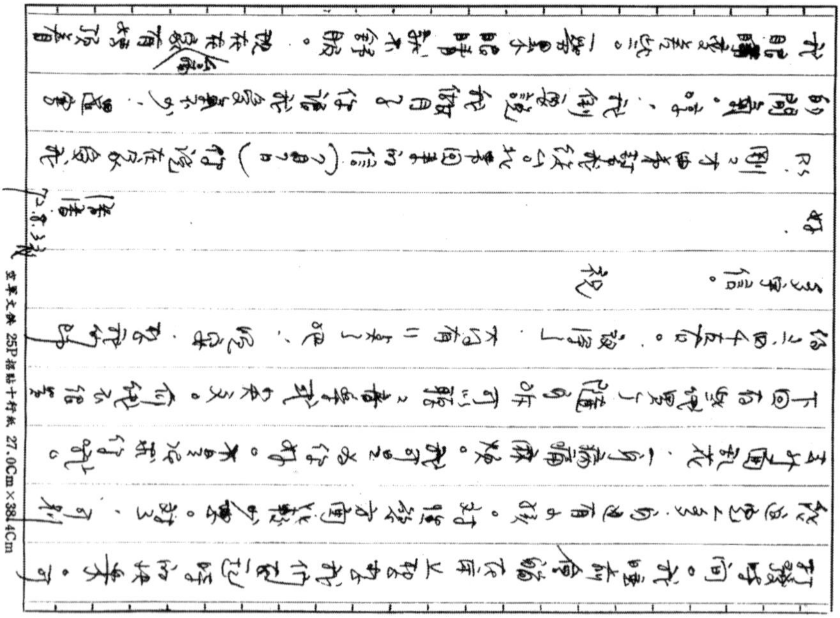

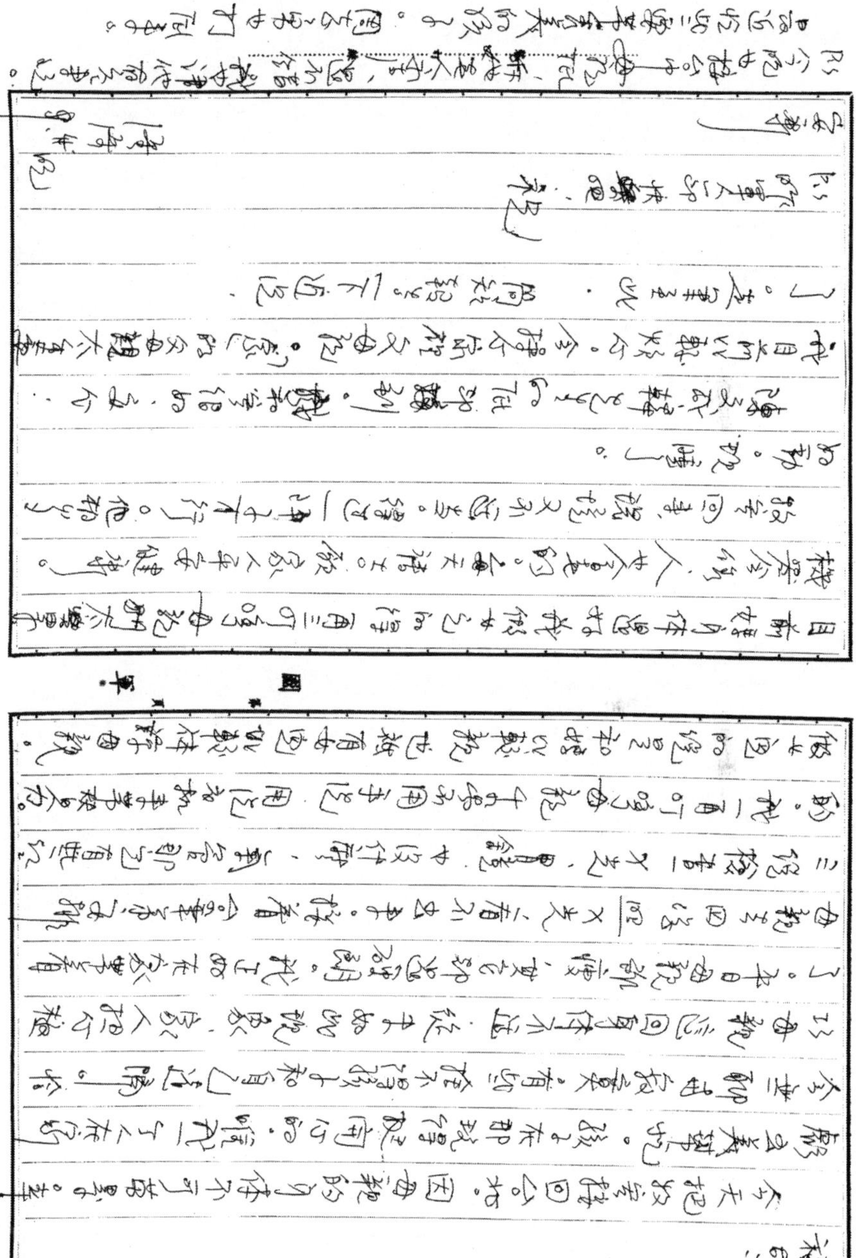

福成：來信收到（3封信），有9月7日的。最近比較忙些，也比較沒心情寫信。一來要操心母親的身体安康，孩子、工作，可以說沒有時間想念你。在台灣生活很充實，你在部隊就不一樣了，所以你甭操心我們。

我今天領了[redacted]一萬多元，中秋獎金我們共3仟元，還不錯的收入。我不喜亂用錢，存一些也花一些。這次台中、台南都沒送禮，我覺得沒必要。10月你回來時再回去兩看看。不是省錢，你的禮太多了些。對於自己的父母親也比較実在喔。過節例外。過年父母給我們些，但我們平日不給他們，也只有在過年時意思意思。

工作上還尚可。孩子也好。

我買一個全自動的照相机，2800元，和我同學買的。先買便宜的可以照照。不過牌子還不錯，同學她從國外帶來也是同樣。下星期二即是中秋，白天會帶它出去玩玩。我們的生活很多采多姿。

我每三天晚上班，1、3、5（7:00分從家出發）8:30到校。時間上比較不緊。反正每件事都有它的利弊，一切看開了也就好了。

昨天台中母親也打TEL來說中秋，我想星期日再打個TEL回去問候一下。

我怕你也忘了中秋，要寄吃的給你，想想還是等你十月初回來。我們等待着，孩子剛從台南回來，最近總算上軌道了。云姜常找我談心。年輕人也好交些朋友。我們盼望著你多保重。祝你佳節快樂。

兒子很會叫爸爸，下班回來有時也把我喚做「爸爸」而不叫媽。[illegible] 9.16 晚上

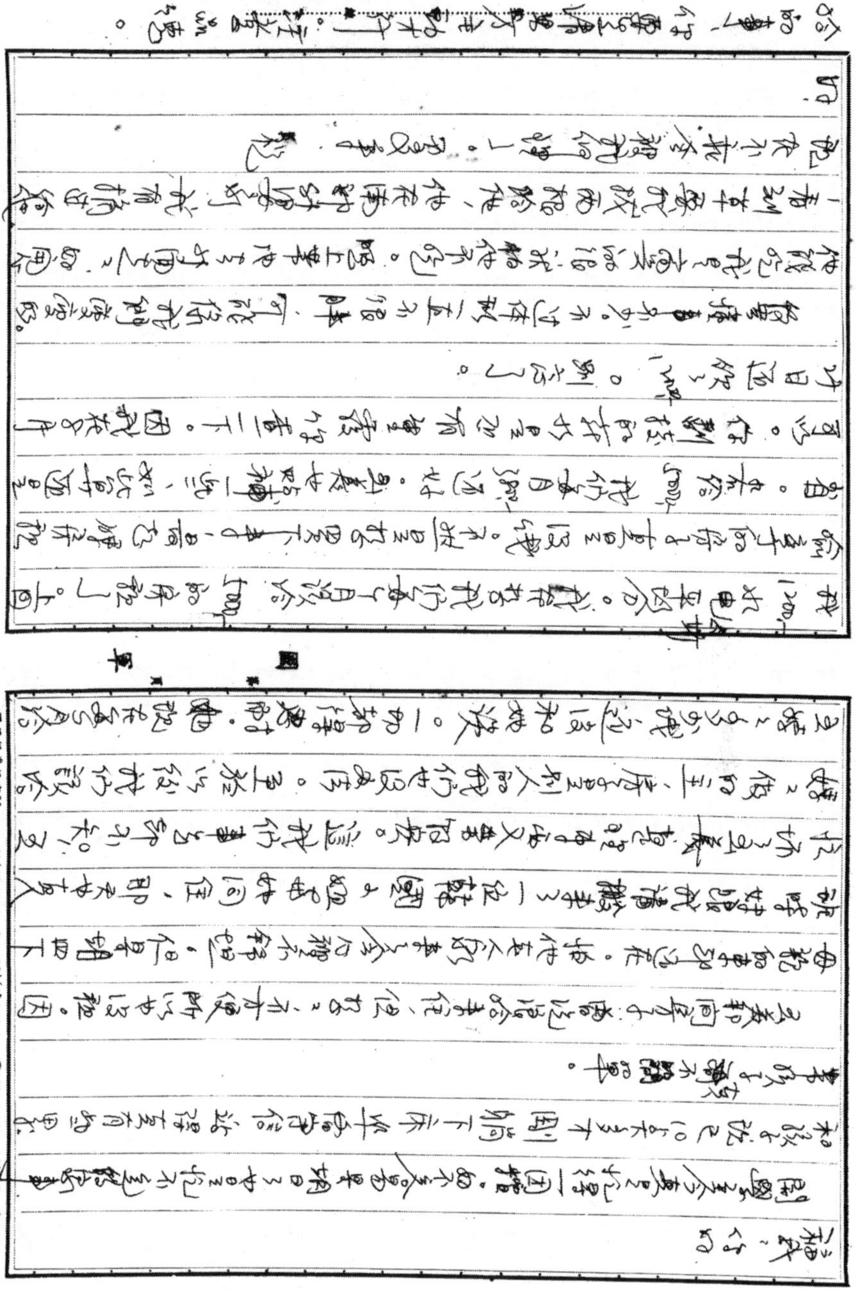

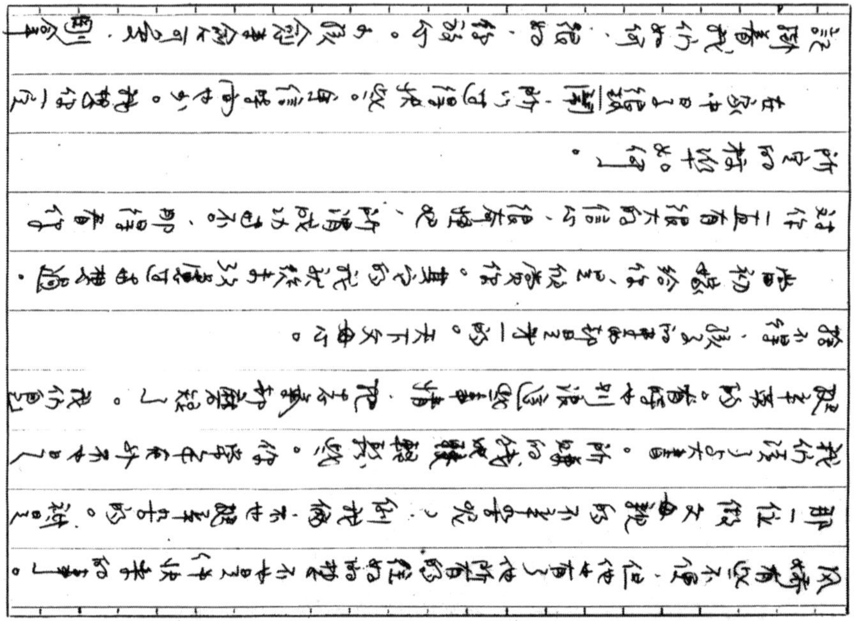

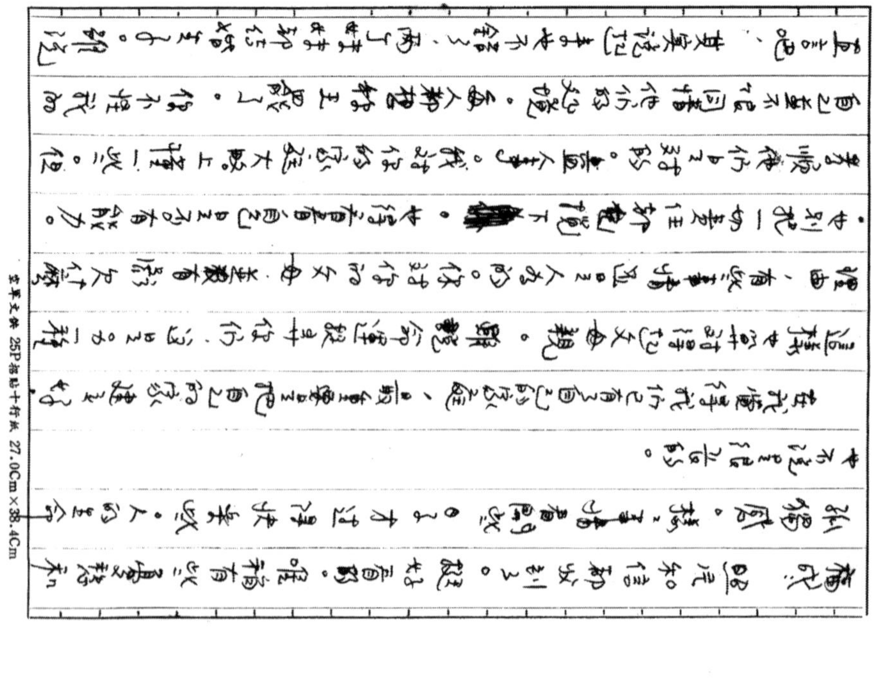

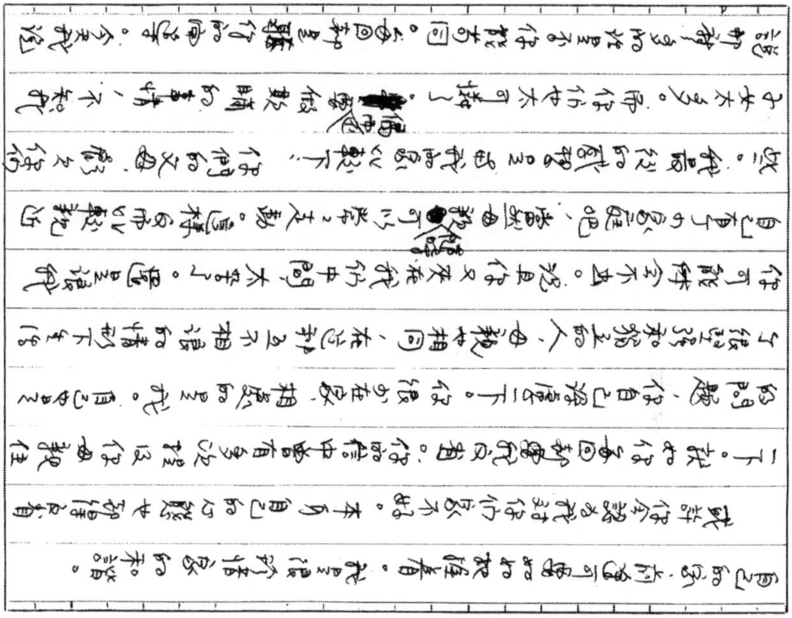

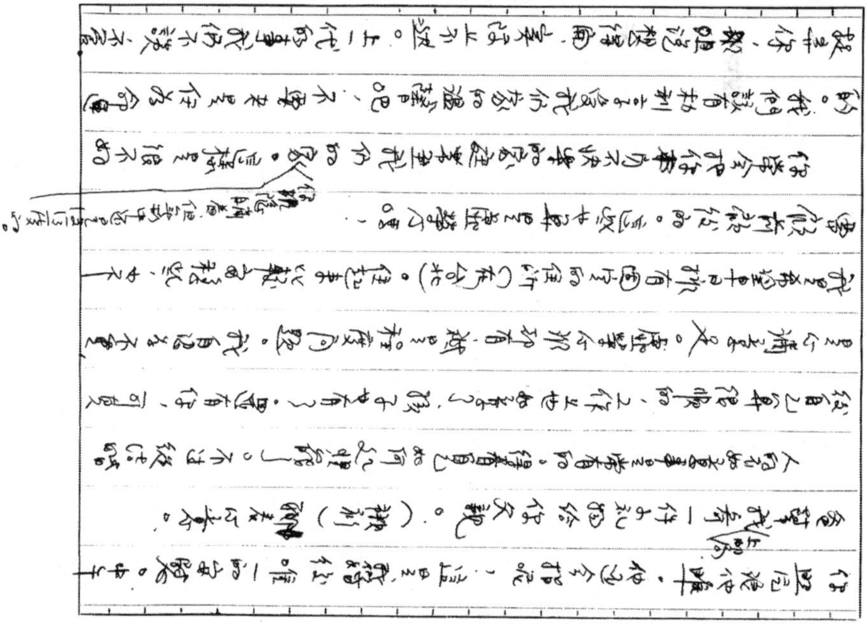

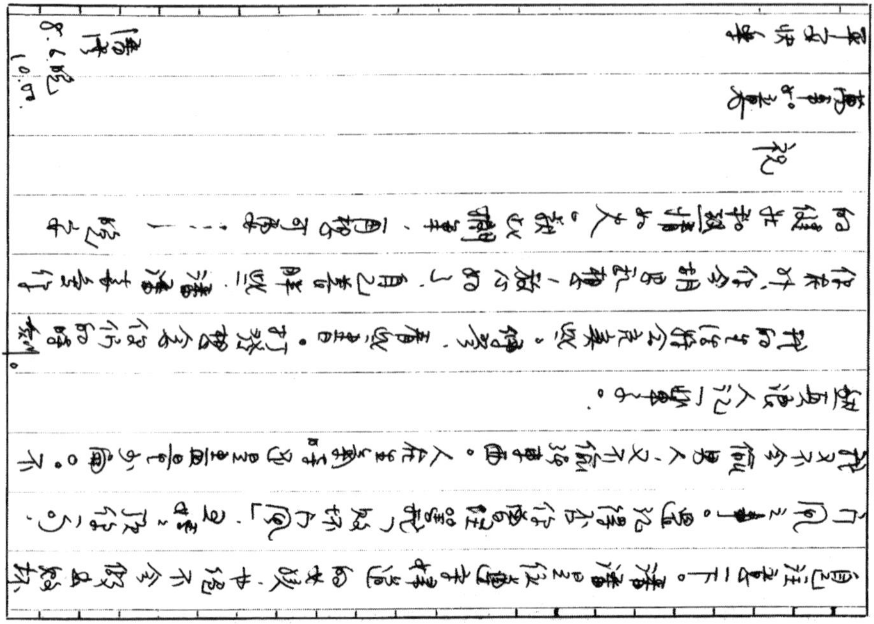

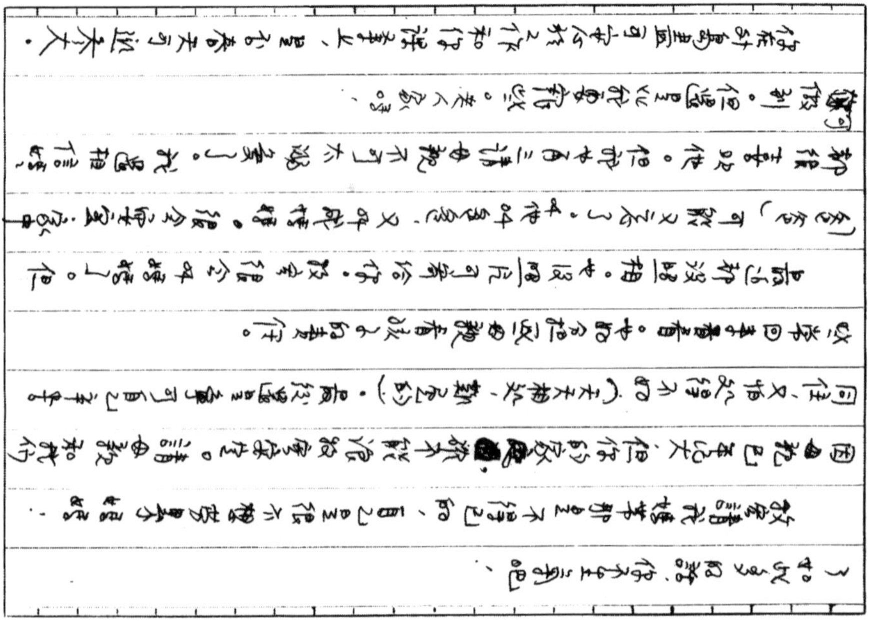

福成：

今下午在木柵再興值班。實在無聊至極。已看了一個半鐘頭的書。真有些頭痛。這裏環境很美。在再興中學裏面。教室也很特殊的建築。一個人在這沒事做。這裏離萬盛街很近。坐公車，10分鐘即到了。過明潭下車。我想你知道吧！你部隊也曾在這附近吧；我星期三就回台南了。星期日再回來。今早已去把票劃好。是12:30的國光號。回到台南也近6:00了。

這個月車費用了不少。沒去算它。交了你的薪水給我，扣掉貸款2070，會的2000，所以4800也差不多用完了。100元拿去車費，一下子即沒了。我從下個月開始上一會5000的。再興的同事。我們也真該存點錢了。不然真是空空的。

人太閒即會胡思亂想。但願時間過得快些。再9天你去營也2個月了。下回休假不知何時。10月初休假也好。我在家時間比較多。因有國定假日。周遭再興，請假就不好。不過中午可以外出。有事我可以利用中午出來辦。是很希望能常放假。晚上下班回來，自己照顧孩子，時間過得快些。不然只是想念你了。還記掛着孩子的瑣事。這樣子更累些。你去外島也一年多了。也消逝了。明年此時即回來了。孩子也2歲多了。該準備再生第二胎。有時想想還真懶得再生一胎，一切又要從頭開始。我現在的身材很苗條，又恢復到了少女時。身體上都還好。但也不能太勞累。體力上比較不夠。早上爸也打電話來說孩子很乖。

這回你休假除了回台中外，可能得回台南走走。我若有時間也一起。得看你排的休假，是否與我相配合。明天是農曆初七，牛郎織女明天相會。我們還不能。做妻子的我們還真有些埋怨呢？

賺錢真沒什麼可享受的。賠了就全空的。這了5000的會有24人，要繳2年。到的9月份止。我即向會又提了3000-只剩2000多元，也沒做什麼東西。另外那本是21000-（是我和妹妹的）。其它就沒什麼了。以後我們的開銷也大。4800-房租，清云美芬放5000-（她還給我一些房租費）房屋貸2070，會款1000-，一会標5000-

給同胞書記．今就業本報[illegible]1973

福生：

今收到你寄的8000。但8月28日我們已領了6000元。不知

是否要重複。我也許不要這些。你看如下。

明白要好多少，不理。關於其他的～。設會到的理，非常沒

我那裡的照顧。今天晚上我和[illegible]說，回想到這幾天的

都是可以看到的。我很在乎[illegible]回想

不知道以後的日子。自己要好好地保重，相信你一定會

[illegible]。請回家以後的日子。你說的是啊。自己的

選擇要好好的。

有一封信[illegible]到了。不知你今年可好？

總是在想念人。我會想你的。你要保重。

中秋節我們又要來過。[illegible]回家的時候用那些東西

因為我已經[illegible]回到一起的事情。我總要回家

[illegible]。你的日子[illegible]。來的時候[illegible]

說我[illegible]回來。[illegible]

有[illegible]。請你自己回去。你也十分[illegible]。

開始[illegible]。請[illegible]

[illegible]。祝

好

[illegible] 1962.10.13

宗福哥：

小孩不在身邊是輕鬆很多，就如我們剛結婚時。（我一個人在家）所不同的是心境。現在牽掛的多，孩子的種種，你的……。暑假過了心境上就要穩定下來，安心工作。每個月抽1次回去看孩子。目前在那兒都還好。玉美現也在家幫忙帶。

今天忙了一天，早上逛樓，中午即出門辦些事，看個朋友，順便請他幫妹妹找工作。8:00左右正準備寫信，記帳，雅玲來這兒坐坐。一聊即是10:30了真快，洗了澡現才能提筆聊聊。

婧婷那麼會走，穿鞋負責，2雙都破了。所以今幫他又買了2雙。現在走得很穩，也會小跑步。他會做些事，請他拿鞋子，去丟紙屑都會。真討人愛的。比在台北黑些，頭髮黃些，因南部太陽強，比較須出些，且每日又在庭園玩。陽光直射。祗要不要生病即安心。預防針我會很留意。你放心。10月份會去打。最後一劑。

工作上還可以。新班有些即以東的來些。我的工作尚可。學生也好教。唯有几位同事（年紀比我們大些）比較會計較。這種人我一向是敬而遠之。井水不犯河水。走筆至此明早再繼續。明天又得去劃票。對了你何時休假。7/8 夜10:45

早上起得晚些，近七點才起來，洗衣服、洗拖鞋、打掃房間，乾乾淨淨住起來比較舒服些。一個假期得真工作完畢。早上不上班，又騎回家上歇歇，順便和你寫信。中午買完票又有事情，下午又記過了。晚上高中同學開會，在國賓飯店。還不知道是否能去。忙都忙在一塊了。

7月26日回南部到8月1日北上。這趟回去暑假也告一段落。收收心，安下來準備工作。9月份即打算回南部了。（你回來倒好）不過回去也得利用星期假日較多了。10月兩個星期日正逢雙十節，有2天半的假日我該會這時候再回南部。10月份有2次假即是2天半的時間，過後即好了。來回也是挺累的。也得慢慢訓練自己。天下父母心。做父母的都是辛苦的。不過就把孩子當我才行。

你要抓緊時間，我都知道吧！余妹也叫我回台中玩，但小孩不在身邊還是不打算玩吧。小孩送回台南是因工作的關係，且回到台南老大門的孩子多，我很羨慕。放秀會去吃飯去好遊玩，他們的工作更快，一腦即不見。我跟姊說大門要開，好了！前些天他們回去給阿州。屋子多一下子多了2個男孩，還是不便，房門都得開。

我曾寫了三四封信寄至9314信箱，不知收到否。收到你的97年-6信，而

福成：

昨晚4:38的復興至嘉車站9:35回到家也10點半左右了。長途的坐車還挺累的。這次暑假有2、3天假我就回台南，看看孩子，是很捨不得。玉美可能還是決定找工作，因她已3年級了。再不找工作就沒有工作經驗，何況我家中又沒人士，一切都得靠自己。讓母親常常我放心，祖母當很高興孩子的各種生活起居。他在台南過得很開心，不過胖黑了，也長了一些痱子，臉還是白白的。很會走，也會跑，好動得很，只有睡覺是乖的，其它的時間沒有休息的時刻。我很喜歡他。因孩子太好動，所以母親又老不敢請別人帶。別人那有自己人的用心。家中一切都還尚可。

對了，曾提起家裡搞帶另一位男生和他住。實在不便。昨晚回到家看到男生還真不慣。房間門都是上鎖睡。我們也不知人的好壞，一切等玉梅回北時再商量……。有必要我們可以慢慢找房子。屬於自己的押金從5000元是可以租到一層樓的房子。只是說不當街道的人，也安全些。我會看著處理的。目前都不會亂搬動，你放心。房門都上鎖。玉美也請他至我們浴室洗刷。玉美她還在台南家中打工。弟弟也在打工賺些自己的錢。每回回到台南家，真有些捨不得回來，最起碼房子是屬於自己的，有種安全感。看看家裡的一切，還是想起了你。我的工作不錯，工作量也不重。錢也不錯。得知你也換工作。好嗎？還和以前相同嗎？有機會再參加公職考試。要注意身體，上班工作也……

祝

萬事如意

身體健康

附：有11封信寄至原地址，不知可收到否。

[illegible]

8.23 早 7:00

福成：早上5點即起來。因中午12:30的火車，我弄一些壽司做好火車上的中餐。乾淨些好吃些。洗衣服等工作，3點才全部弄好，不過我早已吃飽了。離上班時間還早，整理和作家事。回到家中常常孩子玩也就跟多些。現在美治輕鬆，決定是否幫我帶孩子，當然有工作更好些。早些有報告，畢竟去了才不會為工作煩惱。如果在娘那邊很好，就是我會想念他。母親責任重些。你的休假日也即將來到。它很甜蜜我們。

昨下午怡便來走走。也和另一個以前的同事聊聊。他們即一家人已真行，大膽和大家打交道。到對面佩服他的家族子，她有8個小孩，都是攻讀博士，個個成就都不錯。他說他對待他的孩子，「勇往直前，不要回頭」。當然他們的先天環境也好，才有那麼多本錢，政治子們全國外留學。不知我們將來孩子讀書情形如何，但願這個細節多些。

人的成功與否，真是要努力。但也有辛苦一世卻還是禁不起。但快樂的多少，我們的前途，還是看自己決定。像我們父母，每天看他們辛苦工作，但他們也有他們的快樂，例如為孩子而努力等等……。祝福他們身體健康、能吃好的我們即安心。你的母親，糖尿病者更小心，一切都要看自己不能多吃，且要素食（很多東西都不能吃）在吃的方面做得好。就像你了。但一般人都往往做不好。

今下午我們6:00會到家。不要等到上班時間更近，望你請自己多注意身體的健康，多保重。我們一切好，放心。每天都想你。

祝

好。

清潘 8.17早7:38

福成：

母親北上檢查身體照X光、胃鏡等都正常。我們稍輕鬆一下。昨天還了我不上班，順便和媽媽一塊兒去說說，中正紀念堂、動物園、植物園等。今天下午2.30的火車回台南。回去順便商量一下。何時把孩子接回台北家中。星期日有望回來，因星期一要上班。星期五（9月7日即將正式開學）我是全日都得上班。

母親倒是沒甚麼。但我想可能是太勞累。想了又想還是決定把孩子接回。父母親是捨不得，但總不能讓媽太勞累。因她身體不好。晚上我一個人在家也冷清，孩子在家，我也可忙些。孩子漸大，帶起來比以前順手，他也定會聽話。會增添家的氣氛。文義會幫我的忙，自己人還是好些。

至於家中的事你放心，我會處理得妥當。因為自己本身也需要穩當的心情。這幾天台南家中大小事都由文義一個人來做。今後會幫忙一些。爸爸和哥哥都在工廠上班，哥哥打工賺錢，讀書時用。說真的，結婚至今除了家裡給我錢外，我真是一毛不拔。文義住宿（含），都是3、2千的給我。因爸媽看我們不很有錢，不想讓我們增添負擔，但是我們總是[illegible]，老了我們都要多，總不能都是進而不出吧。別說要幫哥哥弟弟的忙，也是沒。7、8兩月都沒給媽帶孩子費用。這次給爸5000元（包括10月[illegible]）也算給是我們孝敬給的。我在前幾封信中也曾說過我輕鬆生活。現在我們的家庭很平靜生活過得很好。很高興你的工作如意。你覺得你喜歡的或適合的，你自己決定吧，固定的工作當然好。祝福你　事事如意　安康

P.S 信寫得少，沒關係，注意自己的身體，寫寫即好了。

淑蕃　9.2 早上

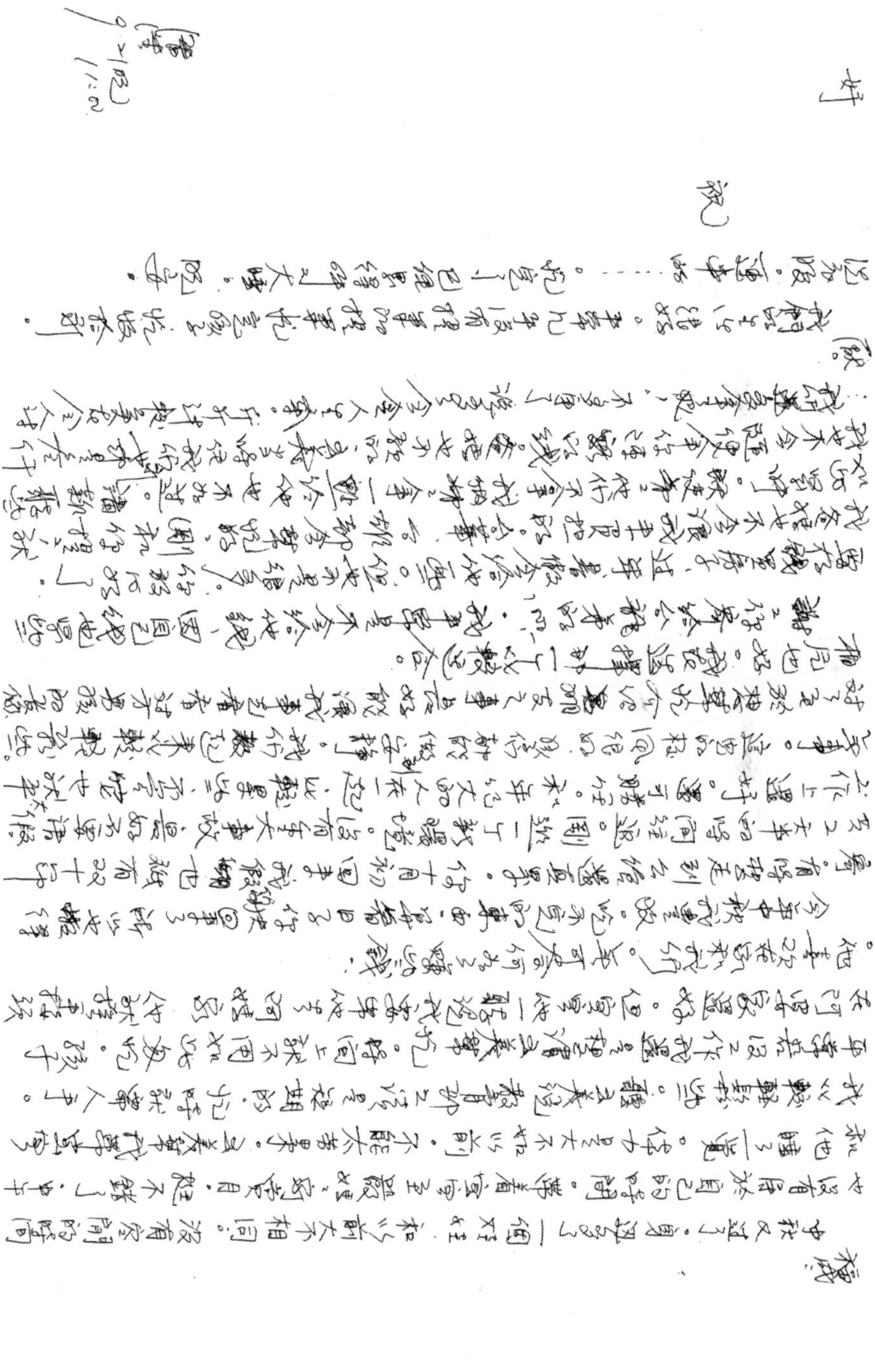

福武：結婚後~~我們~~的財運還不錯。不論別的，我們還是很和諧的家。

下午去逛街買了二雙皮鞋，挺好看的，又便宜，共275，又買了一套衣裙150.-

順便請客150.-因我今天發薪水。很高興第一回賺那麼多的錢。你今天我像你過了一樣的吧！你是否要猜猜看，以後多一點了。還是告訴你吧，也好讓你分享我的快樂。我們倆人一起賺，比較存得快些。雖也不多，但工作量比以前卻少多了。又有寒暑假。$14535.- 還不錯吧，我今天領薪時很高興，8月份才上10天班卻~~[illegible]~~可以領全月薪，跟以往的幼稚園比起來。實在是有些制度。以人來說還好。比較尊重老師。我的薪水比你多200左右，因我從在多一點。實在很感謝你。文哲！別忘了，是有人品較好的材料更積一點的男生就幫忙介紹給哈研所。哈研所除了幫我工作外，他還是很夠朋友的好友。他和我們家人也處得很好。哈研所現回他家，其實他們家環境還挺好的。爸爸、媽媽都對他很好，就是[illegible]要有用事。我們可得要多留意。

我和玉美跟~~[illegible]~~上一個$3000.-的會（各1,500）。一共11人，一年即完了，比較放心。大部是我從前成功的同事。到每月（成功國長）會頭。從8月開始。9月自己上了個5000元的。我會當心的，你放心。我們還有一筆保險未繳，還得存一陣子。上上會比較快些。你的收支很有條理，又借給王媽存，所以沒有什麼收支過。我還是很捨不得吃穿。每天上班都穿得很樸素。

把經濟算一下給你看看 12000 + 14535 = 26535，我們收入 + 1500（文義房租）= 27835

房租 4800 + 5000（保險）= 9800 + 2070（貸款）= 11870 + 1000（給母）= 12870.-

會 5000 + 1500 = 6500.　12870 + 6500 = 19370

本來是收玉美2500.-，我想我們經濟也好轉，且玉美不住，我們還是要租，只是收來，聽說是該不能收的，她是說幫我們出些房租費。玉美目前也沒有固定工作。　27835 − 19370 = 約8465.- 這些是我們一個月的生活費，還挺足夠的，包括水電費等，足夠了。這一陣子我再多寄500，給母親。我們都得為自己也不能太多給母親，將來生了二胎又是一筆費用。你說對嗎。該省的還是要省些。我想我們倆人卻不會一毛不拔。不多寫，已11:30了，我該睡了，你該要吃好~~[illegible]~~

祝

萬事如意、平安、快樂，

潘原 8.15 夜11:30

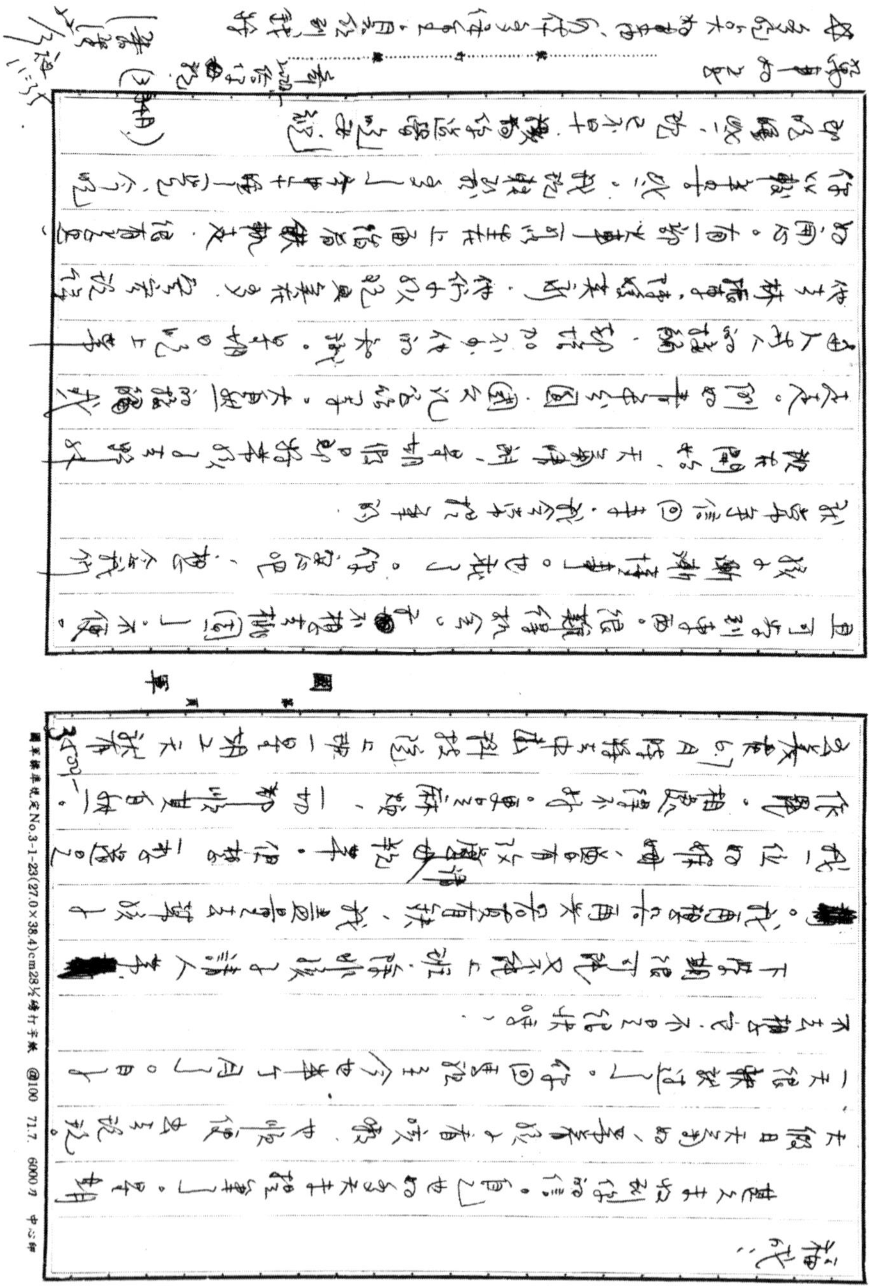

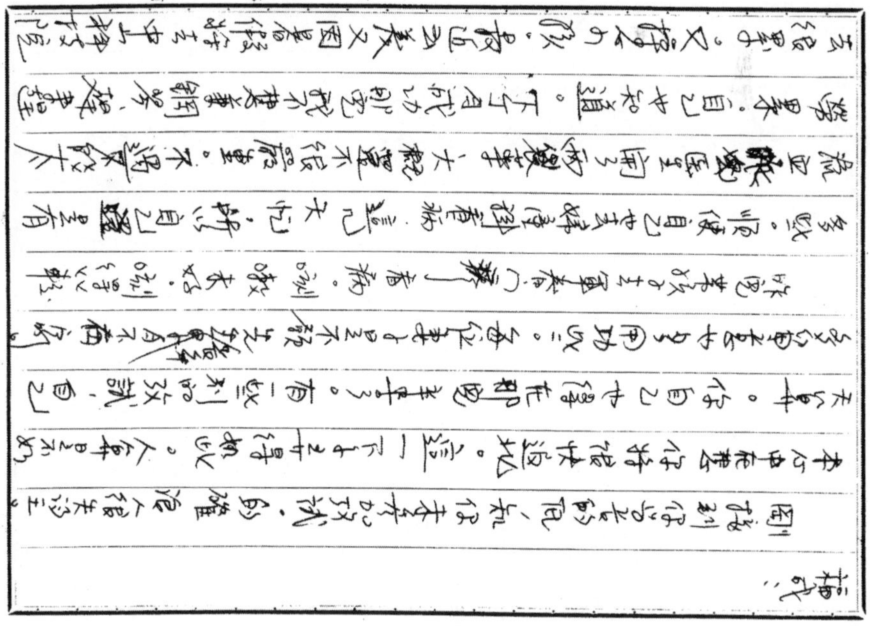

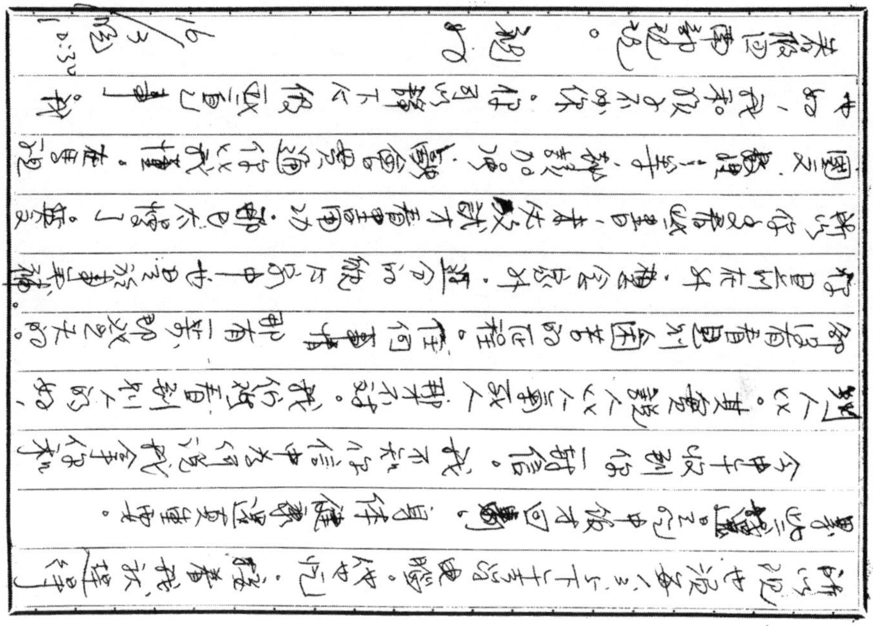

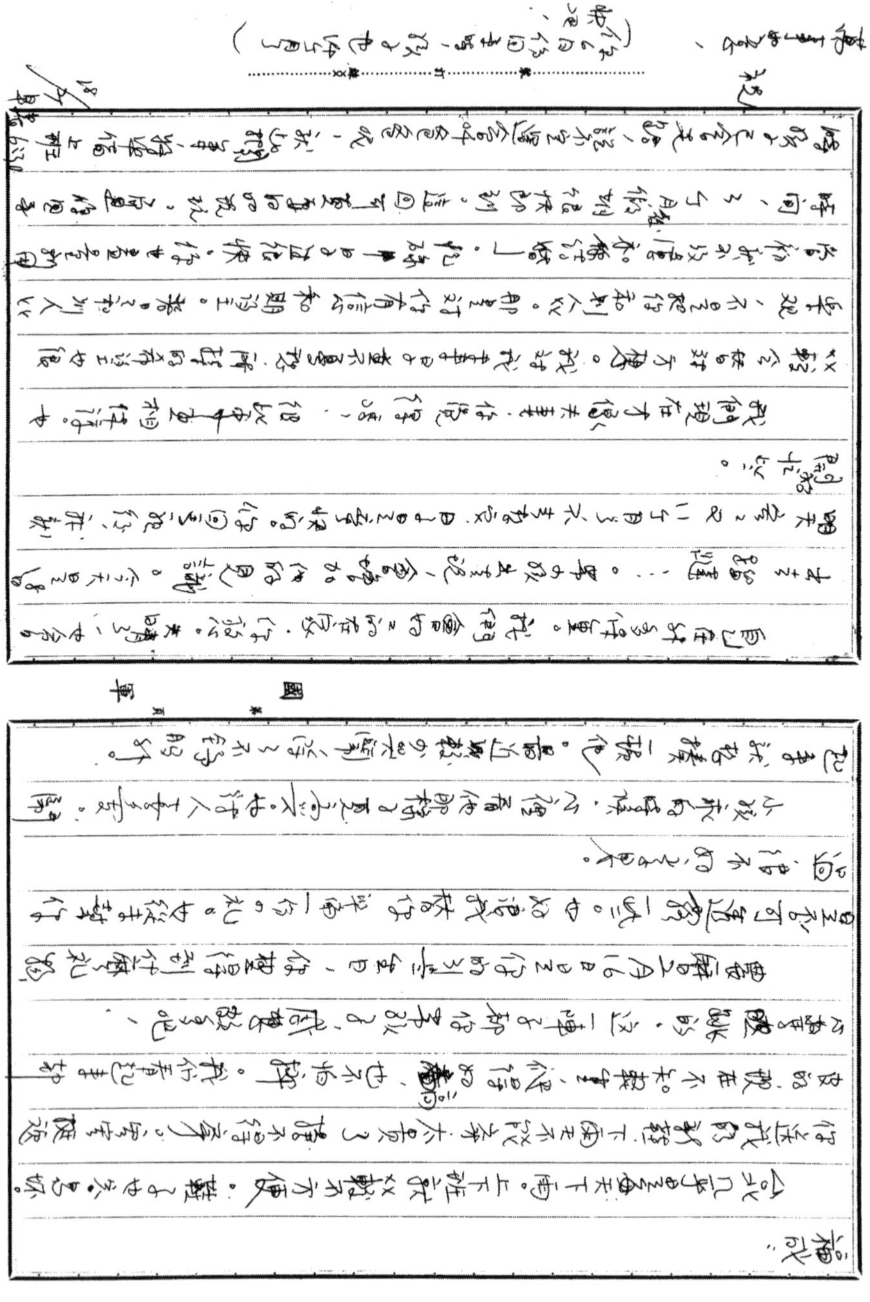

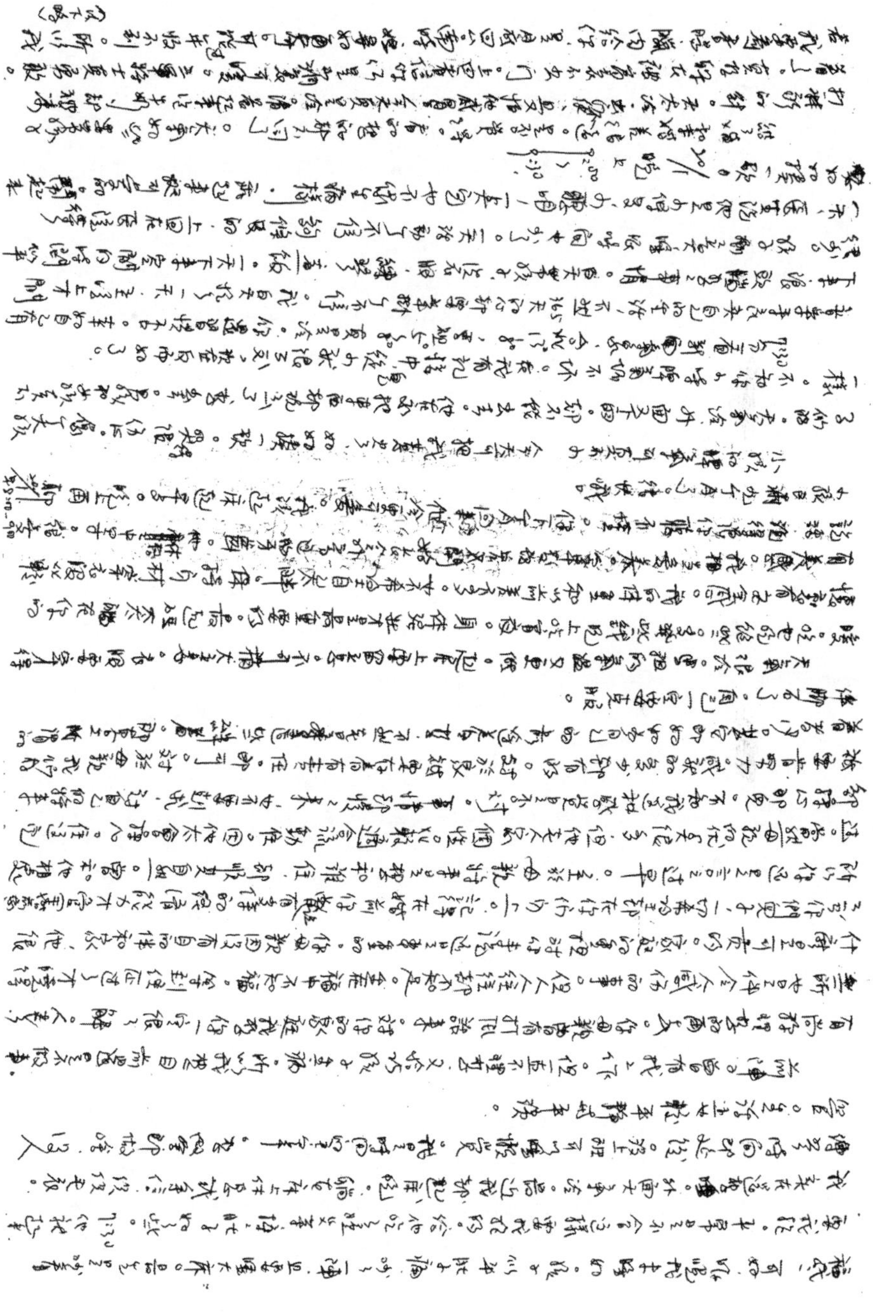

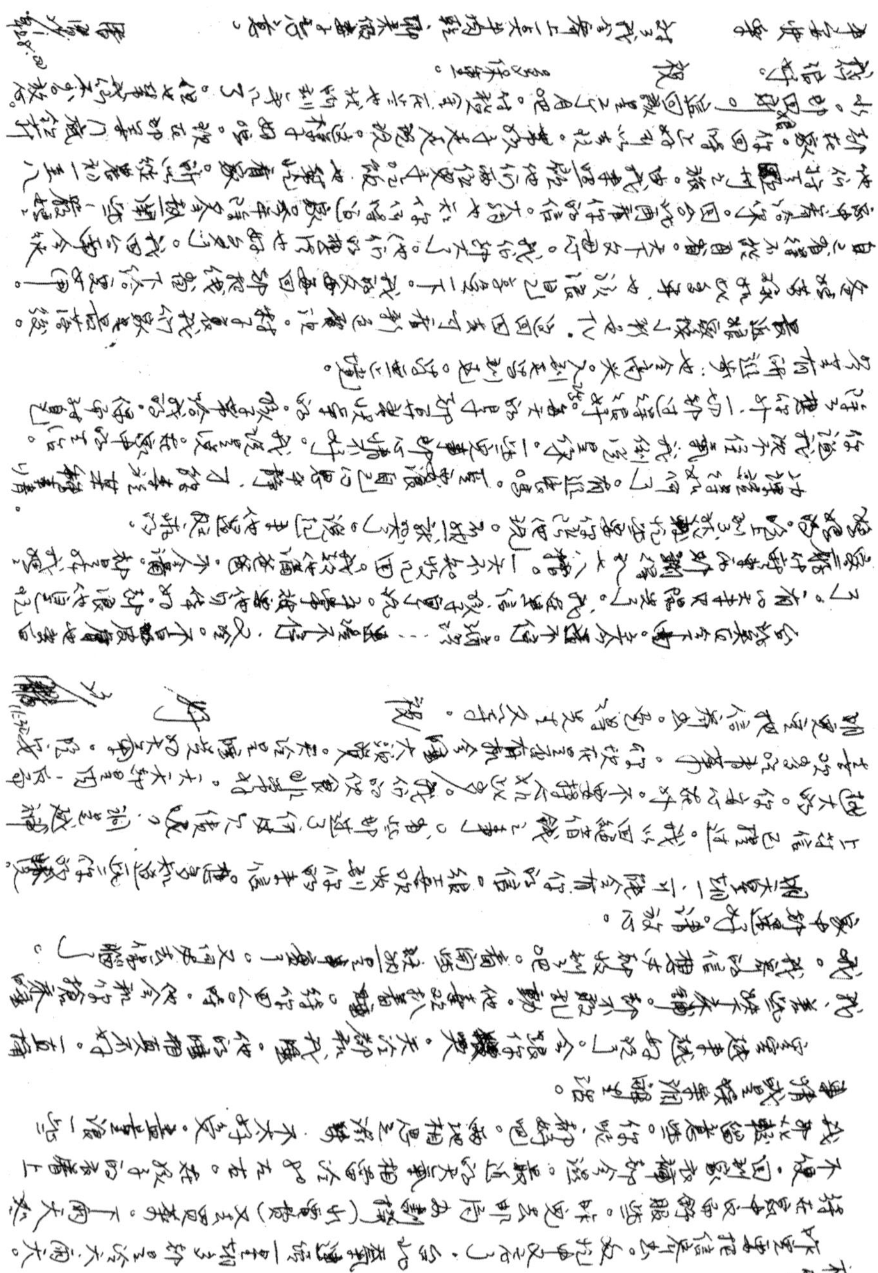

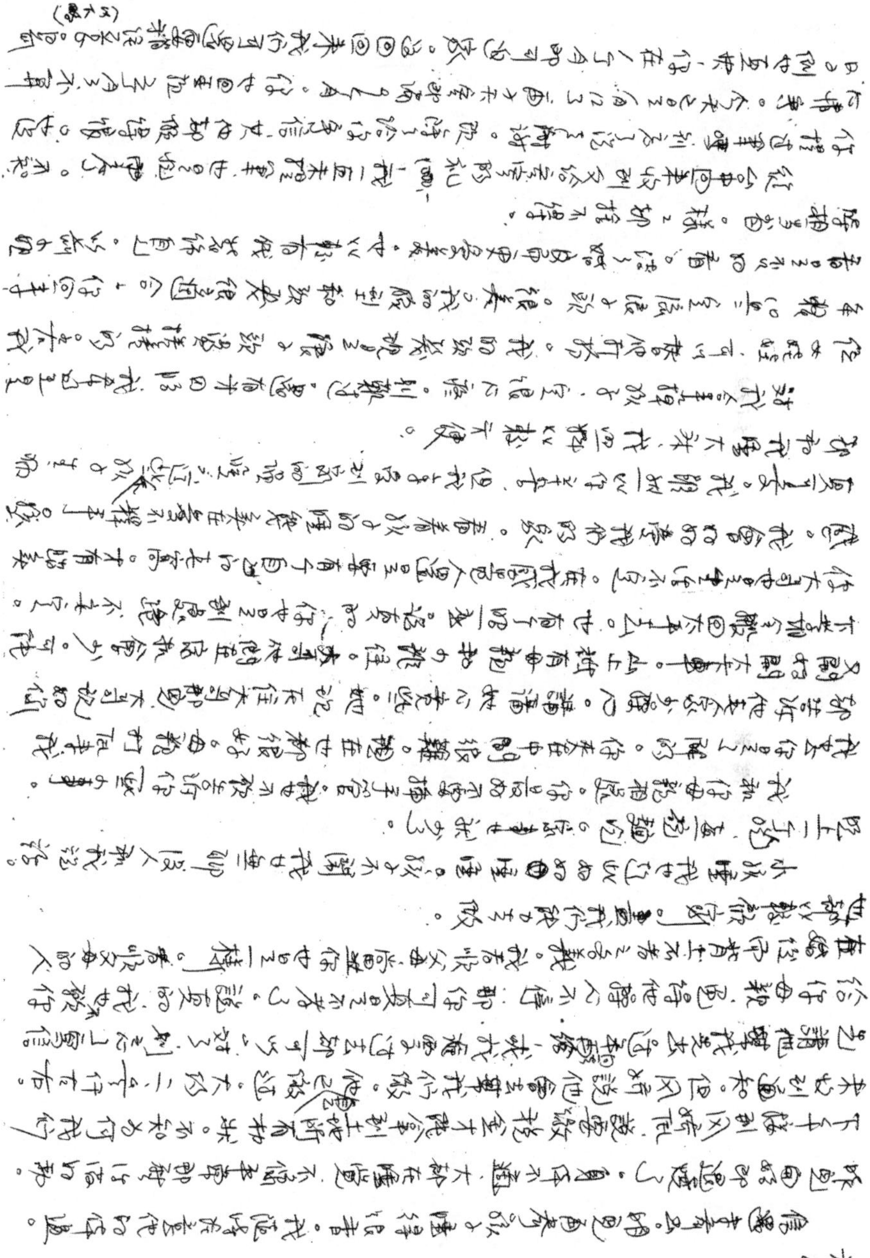

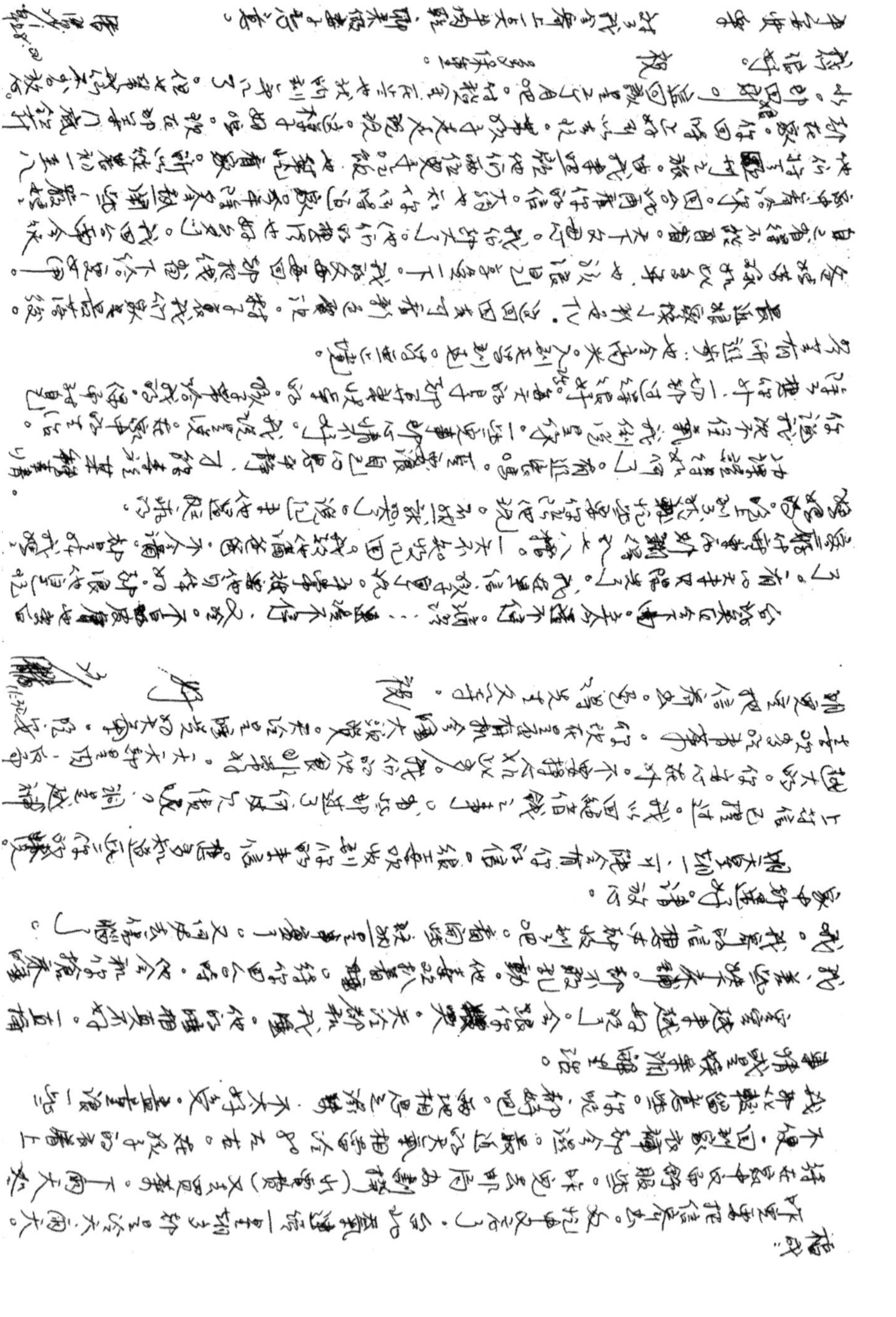

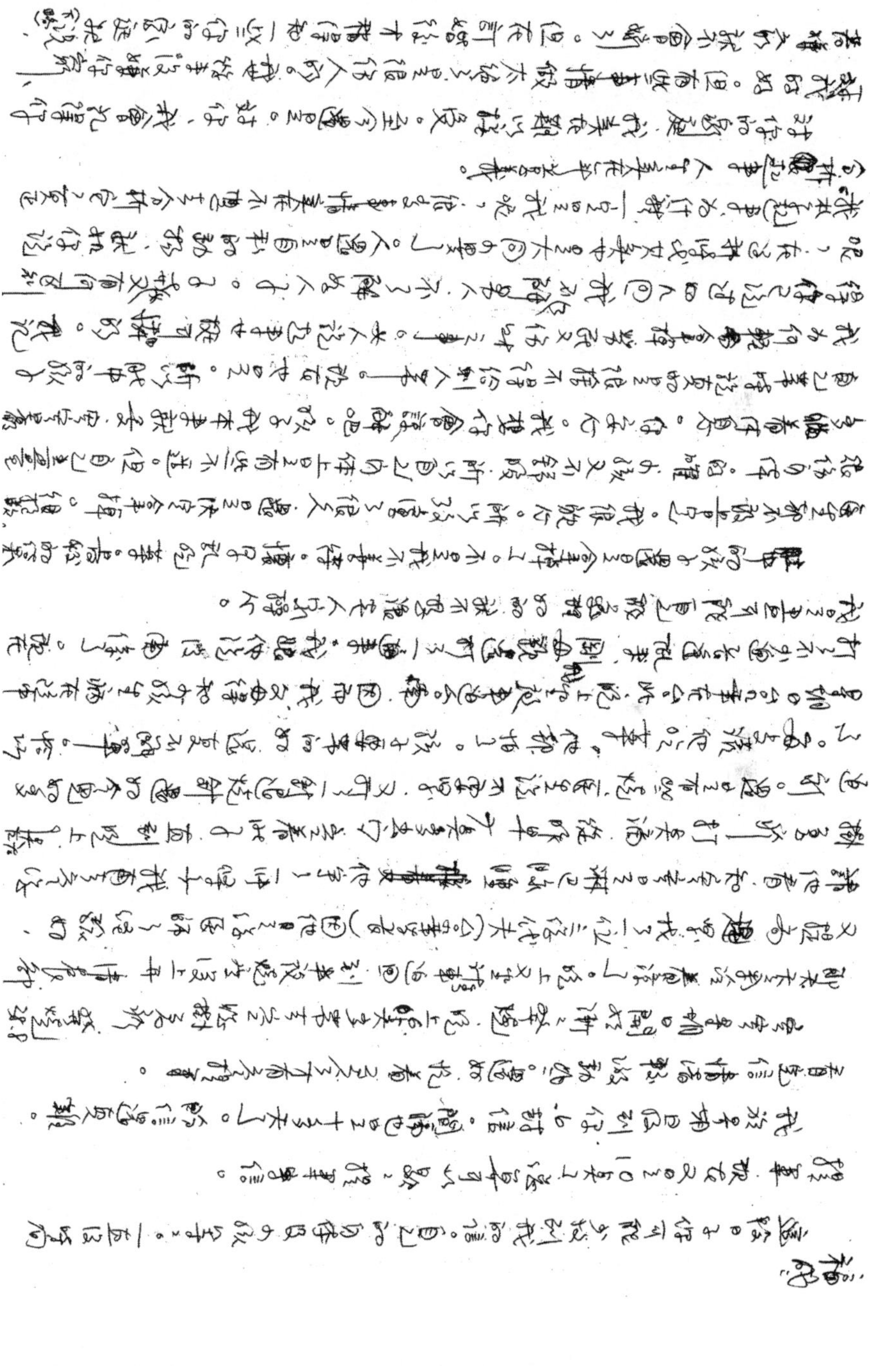

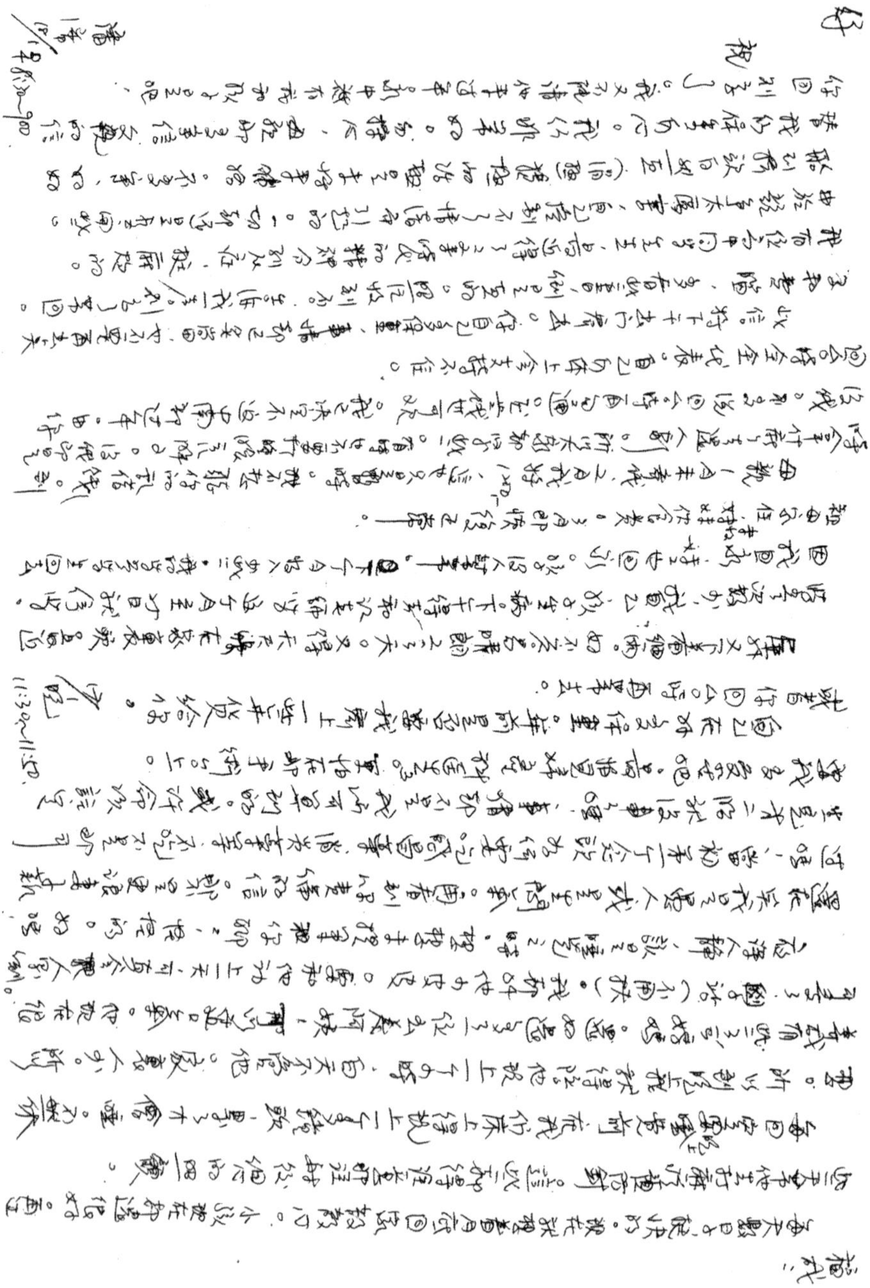

福成：

人往往在情緒低落時不敢寫信。會影響至對方。我們分開得太久，或許在各方面都不夠平衡。再加上一連串的金錢壓力。這回又花了不少錢，在房屋上，因未繳[illegible]元、土地所有權狀拿不到，並還多繳稅金1500元，一共繳了4000元。等雙薪來再寄還給令妹。我的存款本只剩4400元。在年前順便把母親1000元存些寄去。即可省下一些郵費。我們這回已經花了8400元左右。但是無可奈何，真是沒錢。以前借還有會錢不還，現在借了。不知何時能還。我借給王媽媽的錢，因住他的房子沒住全，所以等待用日。不然還可先用一下。土地所有權狀拿去抵押信用貸款。

我的身體不能太勞累。不然還會有一些毛病。所以自己大都靜養，打打麻將。生活上是過得很舒適（可存以）。本想早些回去。但月底要修葺，所以修完并不能回去。最慢3月2日回去。住1個8~10日即回來。你的信還是寄到台北，我回來再看。但那時我不知你日子在不在日本過年。我大約何時返家。

工作上、身體上都還如意吧。現每天在家中。和外界接觸機會少。但自己也很習慣此種生活。上班是被時間所束縛。不上班沒人約束。自己有事長所管，很自由自在。自己很滿足。人比人會氣死人。更何況，命運註定，你說在何處？（就如我嫁給你）。

爸爸的信，煩你寄。我很不歡提筆。我的主觀太強。

小寶的病是好了。這下我又開始忙了。要陪他玩。他和你一樣愛吃麵。我都煮麵給他吃。重病剛好。就學著站。（不用扶）看那樣子真是得意。現在似乎都是ㄨㄛ一ㄚ不知講什麼，自己很會玩。肚子餓了、累了會喊媽媽。躺在床上給你寫信，快九點了。還未吃早餐。你此時一定忙得不可開交。所以你也別埋怨了。你還是跟你的孩子和太太很舒適過生活。謝謝你。隨時有空再聊。

祝

萬事如意

潘潘

71.1.15晨8:30~9:00

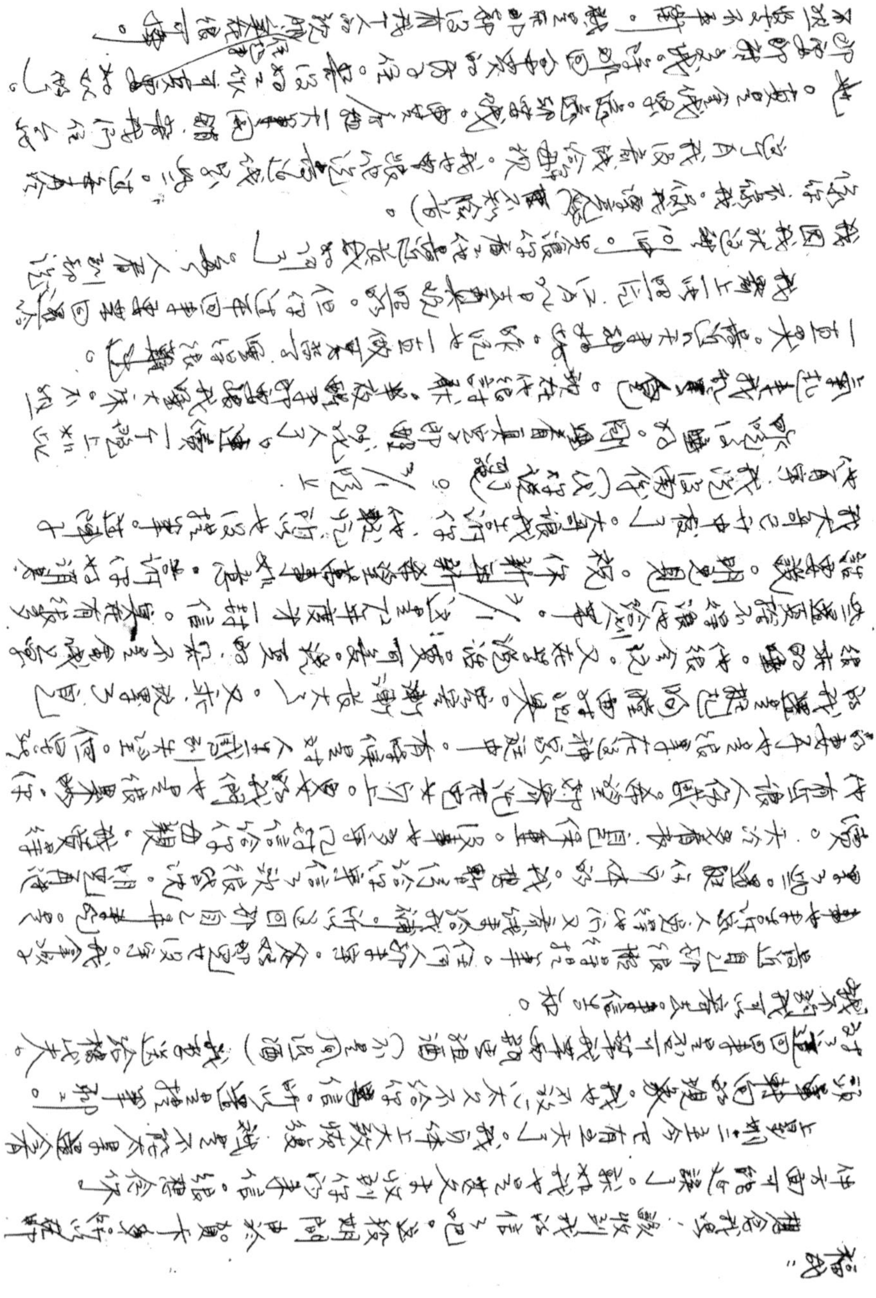

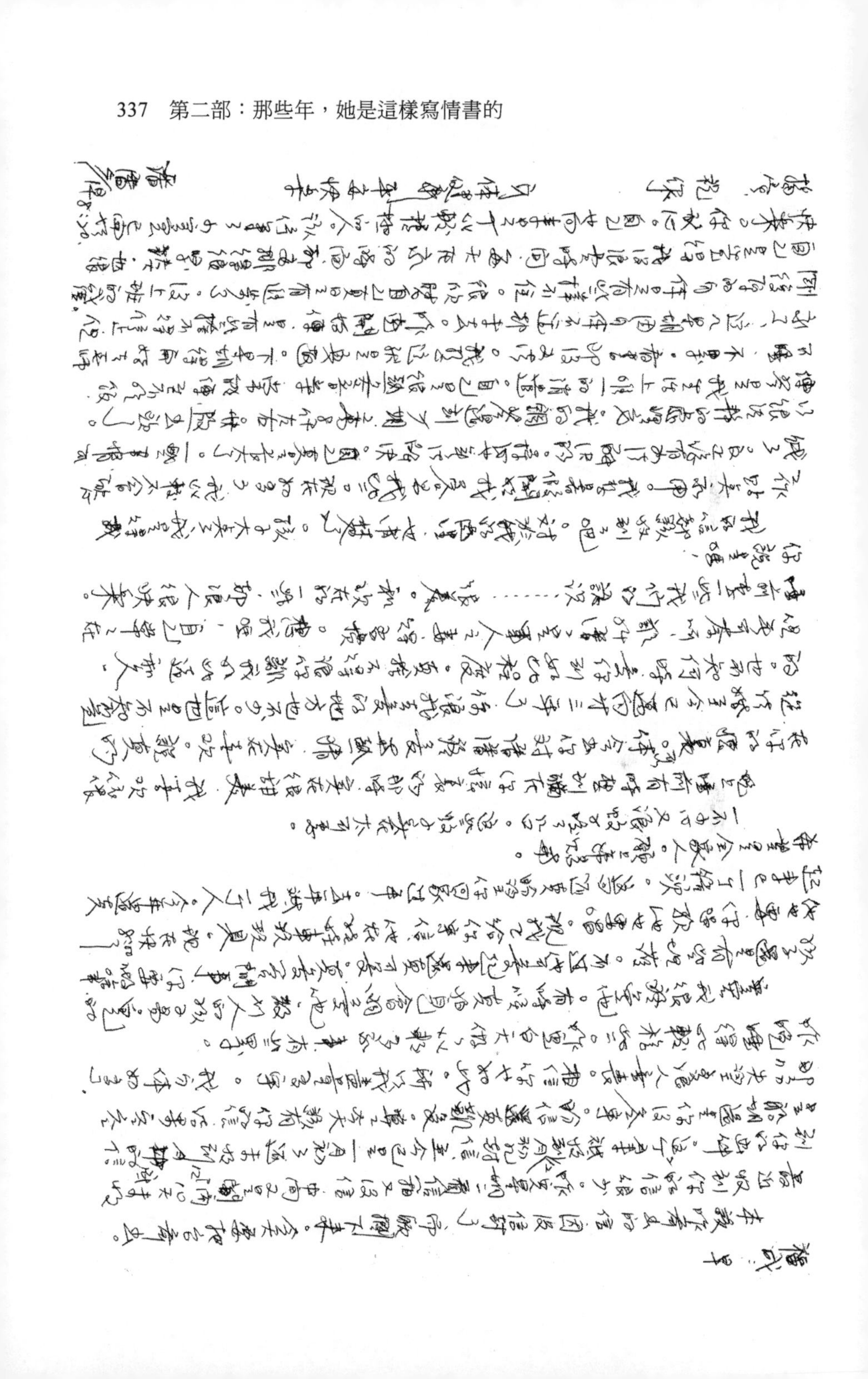

[illegible]

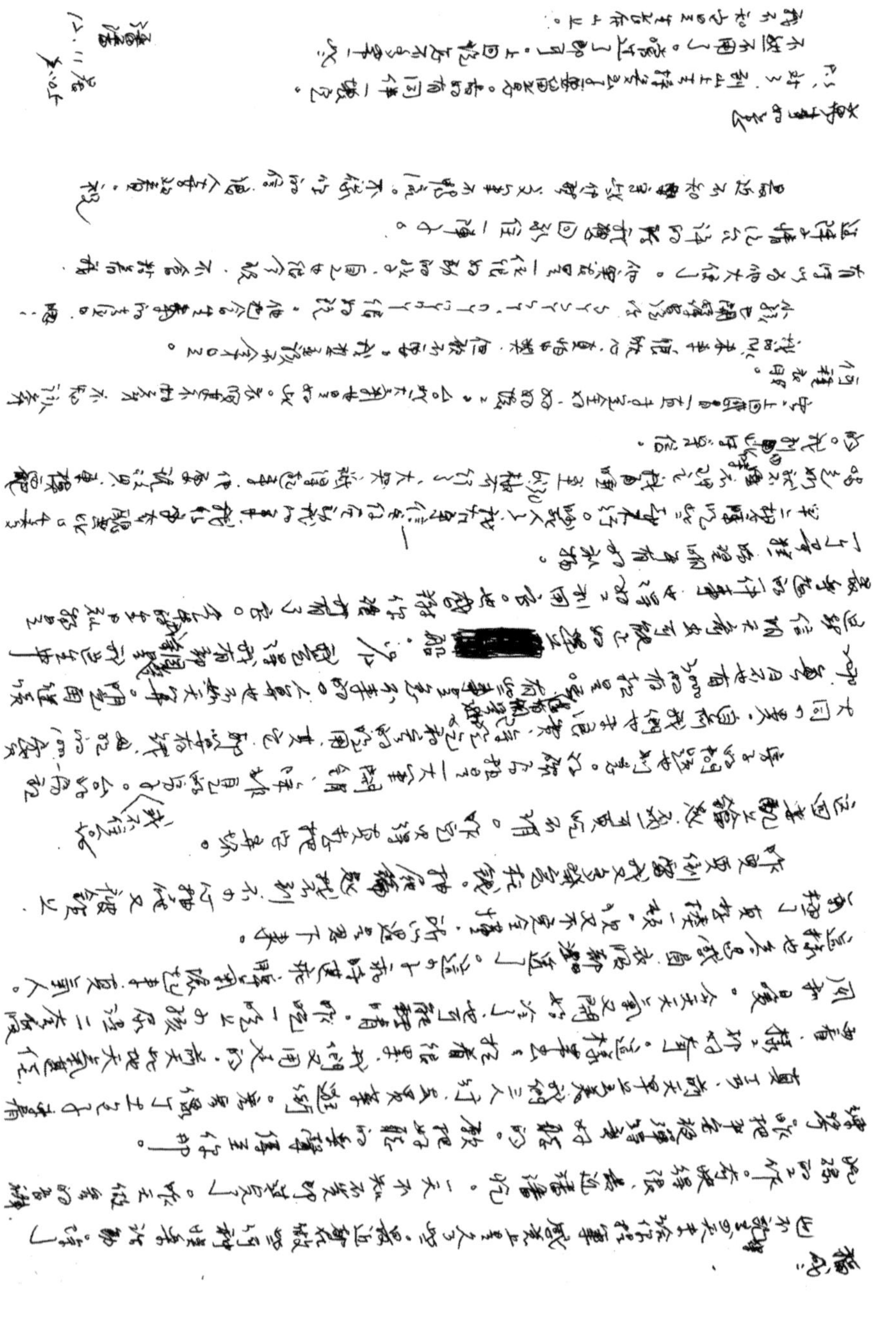

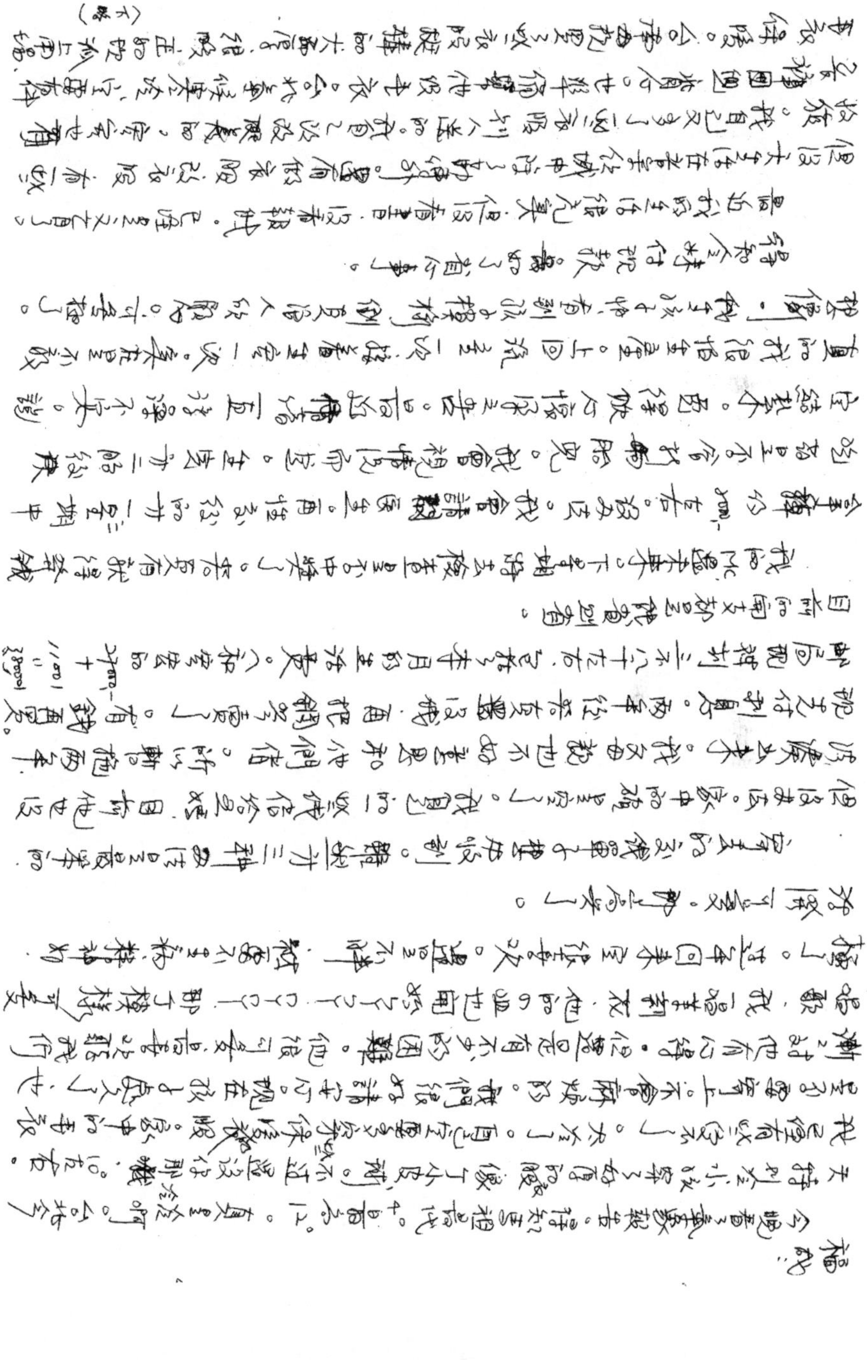

福成：

「愛」這東西實在是件很奇怪之事。就如我你。當初認識時和你還有這麼些不認意。對這字也是不自然。至今說真的，是愛不釋手了不知何時踏入這個境界。

今晚想做好人，除了打了一通電話。還記得大哥的朋友唐先生（有一晚在我們這吃飯）和我們同年，和他通TEL。談了很久。他和你都是思想成熟的男人。所以談得來。我告訴他婚姻的美滿。應該結婚。你是越來越喜歡的先生。我如在被人熱愛的感覺中。當然也有失望的時刻。最後結婚的經過。我們婚姻生活我喜愛。現在除了你還有家裏。更有家的氣氛。某方面是挺好的。你不在家中大小事，都得自己處理。再加上牽掛。

我於昨晨收到你的來信。一是又是十多天才收到你的信。會耽心。你好嗎。工作上、身体上、精神上。看了信。才知你收到信的時間太長了。你收到我九封信了。得知你快休假了。心中真是高興。可以見到思念的先生。可以向你撒嬌。

心情要放清些。不如多找撲克牌發洩思念之情。孩子最近比較鬧。長大了就比較會玩、會出去、會坐、會爬。所以都不太能分身。練習的時間因而減少。

這幾天身体比較不好。火氣大。鼻子過敏。氣管不好。醫生開的中藥挺好的，已經吃完了。可以不用吃了。 22/10 記

今天又是雙十（以前叫國慶說）光復節。我現在是放假。又不被時間控制着，是舒服多了。昨天很暖和。今早和孩子去[illegible]，逛到中午才回來。家中今日只剩我和寶兩人。妹妹去爬山。寶好是下雨天。這幾天是暖些的好天氣。人在此種天氣下也舒服一點。（沒有吃消炎片）22/10

這封信寫得真久。現在孩子睡了還是提筆寫完。孩子的成長不知不覺是很快的。寶現在已對音樂好的。真是可愛極了。洗完澡常坐好看又書、又聽音樂，寶挺喜歡聽。我放的、他和音樂在一起，很乖。一回聽唱歌，一回聽古代。你休假回來看了一定更開心。下星期開始將要上教才藝。

台北這兩天相當冷，又是雨又濕。寶和寶更冷，衣服加多些。自己要多留意。也希望身体健康。

很歡迎你休假早早來信。我們期待着和爸爸相聚也等着。好了，不寫了。

祝你

平安、快樂、如意

22/10
唐誾
夜

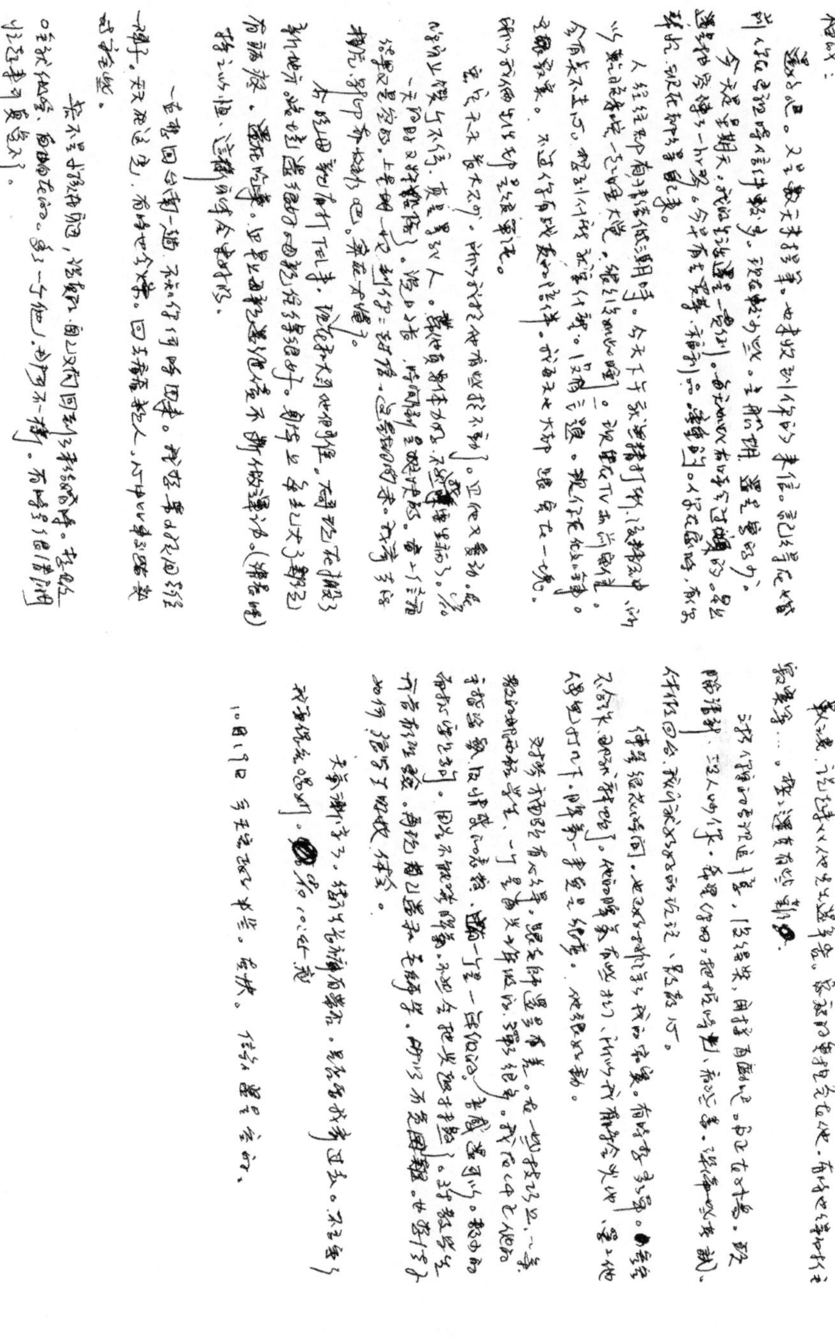

福成：

還好吧。又是數天未提筆。也未收到你的來信。記得在婚前你在受訓時信件較多。現在較少些。[illegible]還是蠻好的。

今天是星期天。我的生活還是一貫的。[illegible]早上還是抽空練了一下琴。今早有去買菜，[illegible]。你在家時，有你幫忙，現在都得自己來。

人往往都有情緒低潮時。今天下午就無精打彩，[illegible]所以乾脆和[illegible]一起睡大覺。[illegible]現在在TV面前寫信。[illegible]想到什麼就寫什麼。沒有章法。[illegible]不過你有我[illegible]陪伴。我每天也大部跟[illegible]在一塊。所以我們生活也是很單純。

[illegible]天天長大不少。所以我抱他有些抱不動了。[illegible]真是累死人。[illegible]

[illegible]

[illegible]

一直想回台南一趟，不知你何時回來。[illegible]

[illegible]

[illegible]

[illegible]

[illegible]

[illegible]

10月17日 [illegible]

福成：今天又是星期三。一星期的中間，日子过起来還是蠻快的。早上一大早七点多就跑去福和大橋下買青菜，又便宜，也順便運動。用走的是遠了些。宏恩放在家裏，五美看。宏跟我很合作。要我的我都叫他的狗。白天他都在聽我練琴，晚上他就鬧些，要我抱他。今晚跟他一直說爸爸……他好樂，一直笑一直叫。你休假回来看了一定覺得孩子更有意思。

五美回家日益亂，昨晚回来。帶了好多東西。還給我買了一套新服（冬天的）很可愛［illegible］。大哥大嫂送岳父二盒新東陽肉鬆，也得近四百元左右。暑假回去大嫂已送我們兩套衣服。小孩現在開始吃蛋黃、稀飯（我都用大骨燉）、保衛兒（嬰兒錠210）他很歡吃。今天一天吃了一碗稀飯。牛奶、還有麥片（gerber）給他吃的都是很好的。小孩有味口，身体健康，長得高大些。我和妹妹兩個人平時節省些（在吃穿方面），所以經濟上還可以。把心靜下来K些書。你的將来，現在也得慢慢而前進了。想得越多，做任何事都沒勁去做。離開五人以後再到另一所学校，我想我會是很好的。五人是踏腳石，且認清了方向。很多的事態。哈丽月一直幫我送麼工作。除了商头，還有加十一所大幼兒園。因自己能力知道消息。寒暑假会再寫一些信給他去。

哈丽月中秋節會送月餅給我們吃。說真的很想做他的好友人。有机会不好意思下。千萬要注意。你要了解对方。不需說我。一切些諒。

身份証我已请风妹幫你寄去了。証件方面幸好我還不笨。不然的話，会把人急死了。你東西都乱丢，丢到那里都忘了。上回連月曆東西等，叫我记下你的身份証。

今晚身体有些不舒服。8点多我睡。11点再起来弄五美的吃的（包水餃）。睡不着（今天想给你寫信）所以又提起筆和你聊聊。

你還要寫給台南爸媽寫信。爸媽已開始唸怎麼還未收到你一封信。別忘了做人本来就難。家中全部文筆還可以。全子隆要請了去念書。周山大哥邮地址有空不好也寫封。地址，周山前新西路349巷23号。

我想你一定收到了我的信和相片。心中也該安下了心吧。兩个多月才知道我們的消息。當然心神不寧。不过還適應。你放心我做任何事都會很謹慎，尤其你不在台灣時。軍人妻立得堅强能幹。還好請，還錢捨得也放得下。要節省。昨晚一天都很辛苦，但昨已沒時間拿筆。今天她些人真是很忙碌化。你也不好多寫信回来。祝你

好夢、如意、平安、快樂

潘　10.14 早上

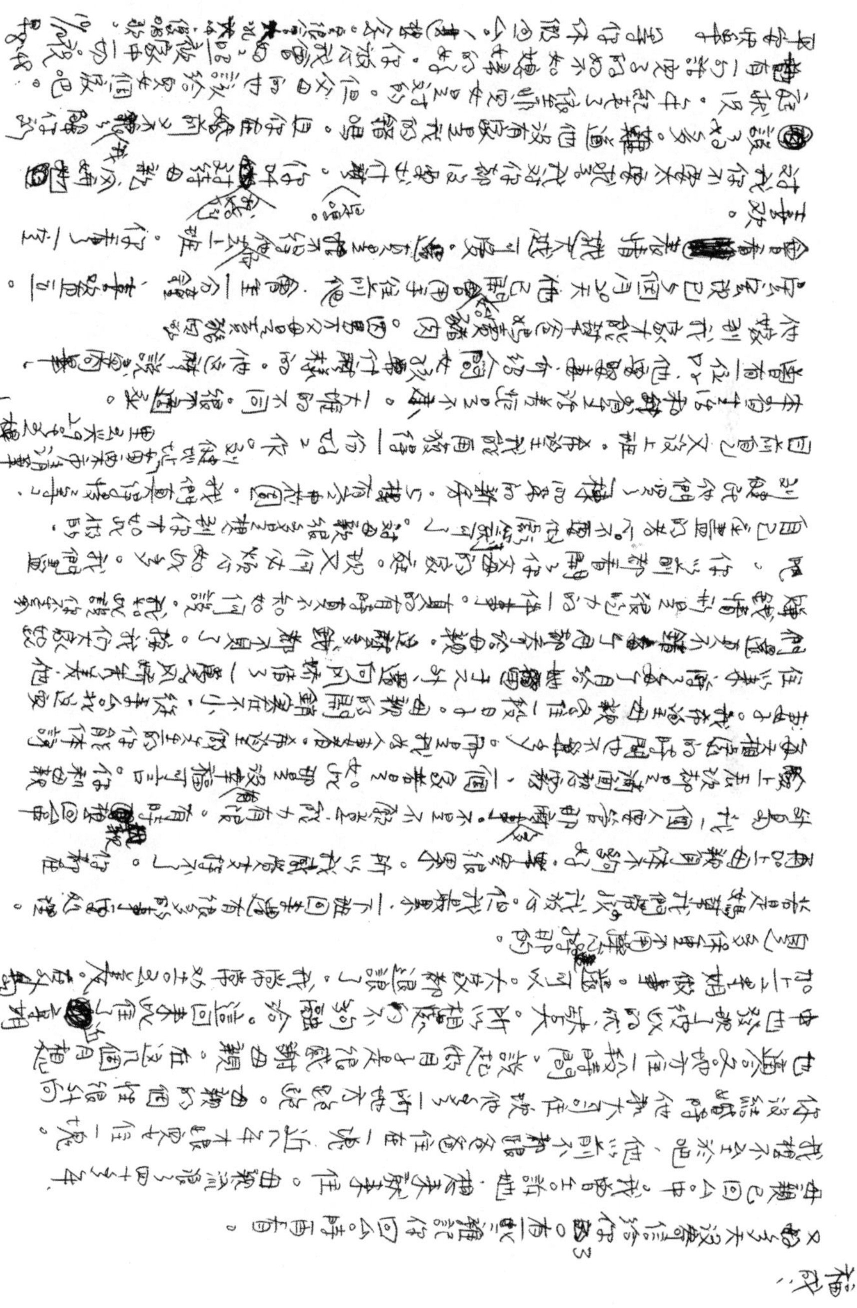

福成：

10月1日收到你有地址的信。今10月11日。中間相隔十天才有聯的往來。是長了些。看看信箱很盼望有自己的信。所幸的是每天除練鋼琴。還有宏宏陪伴着我。很少有寂寞時刻。因為忙碌充實了。每早上6點左右抱着孩子散散呼吸新鮮空氣。下午宏宏吵着要出去逛街。所以每天這兩件是每日必行之事。熱鬧、親友會排除了很多的相思。看了你兩封信。很心疼你情緒似乎很低潮是吧。沒關係想到什麼就告訴我什麼。現在的潘潘是和一般的我差很遠。

人都是做一行怨一行。其實做什麼都是要接受人的臉色。祇是各种形象不同罷了。

上回辭職也是恰巧。學校正好碰到不如意上。再家中又是不如意之事。所以想想。何不休息一陣子。我想孩子大些我有好工作我一定會再出去多賺些。也好早些達到我們的目標。

過去的事雖然都都過去了。但那已是一個隱性的疙瘩。自己度量也不夠。有時還是會越想越氣。

至於和母親相處之事。我們都別操之過急。我你也知道很不易接受別人的人。而年長的母親也有些缺點。一切都順其自然吧。任何事都勉強不得。母親已於上星期四(10月9日)回台中了。身体的好與壞是要自己保養的。你方便寫信多提之告訴母親。

言多必失。的權。自己也不想多說話。現在家中的生活很舒適、靜靜的。白天我很忙。晚上和美(今天回家)到小姐。從小在靜的環境長大。看到人多口多之處很煩。也不習慣。難怪你說把你的親戚都丟光了。我盡量做到表面功夫。

現在的年青人大都組成小家庭。而我娘家也是小家庭

今早4:30[illegible]。[illegible]衣服如前說一直在大笑。你說他高不高。10.12.

。說真的對你的家庭環境我感覺非常不適應。不知何時才會接受它。自己也喜歡小家庭的生活。

想必你也收到我們的相片和信了吧。那几張你的宏宏拍的。喜歡否。你有空常寫信來。也等於每日一記。收到我的來信總該安心了吧。好好充實一下自己。別看我在家不上班生活還是很規律性。按時做一些事。早上還是聽錄音帶。每天練很長的琴。補補衣服。日子一天天的過的很快。自己星期六、日看電視看完。平常很少看。我覺得看TV很浪費時間。

你去馬祖。任何事都有它的兩面。好與壞。好好的利用它。也好好的去消磨它。那你就覺得生活充實了。晚上睡覺前想想我和宏。潘潘每晚上躺在床上想然後就睡着了。白天很忙。很快入睡。失眠很少出現。

我想我會多寫信的。好好打算一下。該準備何功課。是否要潘潘寄些衣服等。身份証星期三請去美寄。因明天星期二家中無人。孩子不知如何是好。

現在的宏已開始要尿了。三次預防針都OK。身高還未長。倒是很會叫和叫的。也常常跟他玩、唸兒歌、做運動。玩得咯咯笑。真是不亦樂乎。你可真要羨慕極了。我想你大約11月時會休假吧。我們再好好地計劃如何玩玩散散心。我的經濟情形你不用煩心。房租是4800、我不想再分租給一個人。家中與我東西都這麼。且她想來住時有個地方。我的父母來玩時也可住住。是吃力了些。你体諒潘潘吧。其它的都沒有了。

今晚就此停筆。祝你

萬事如意、平安快樂

我的朋友們都還好。總是那麼歡快他們。你在那裏一定要好好注意。身體保重。安心工作看書。我們之潘潘很好。[illegible] 10.11晚

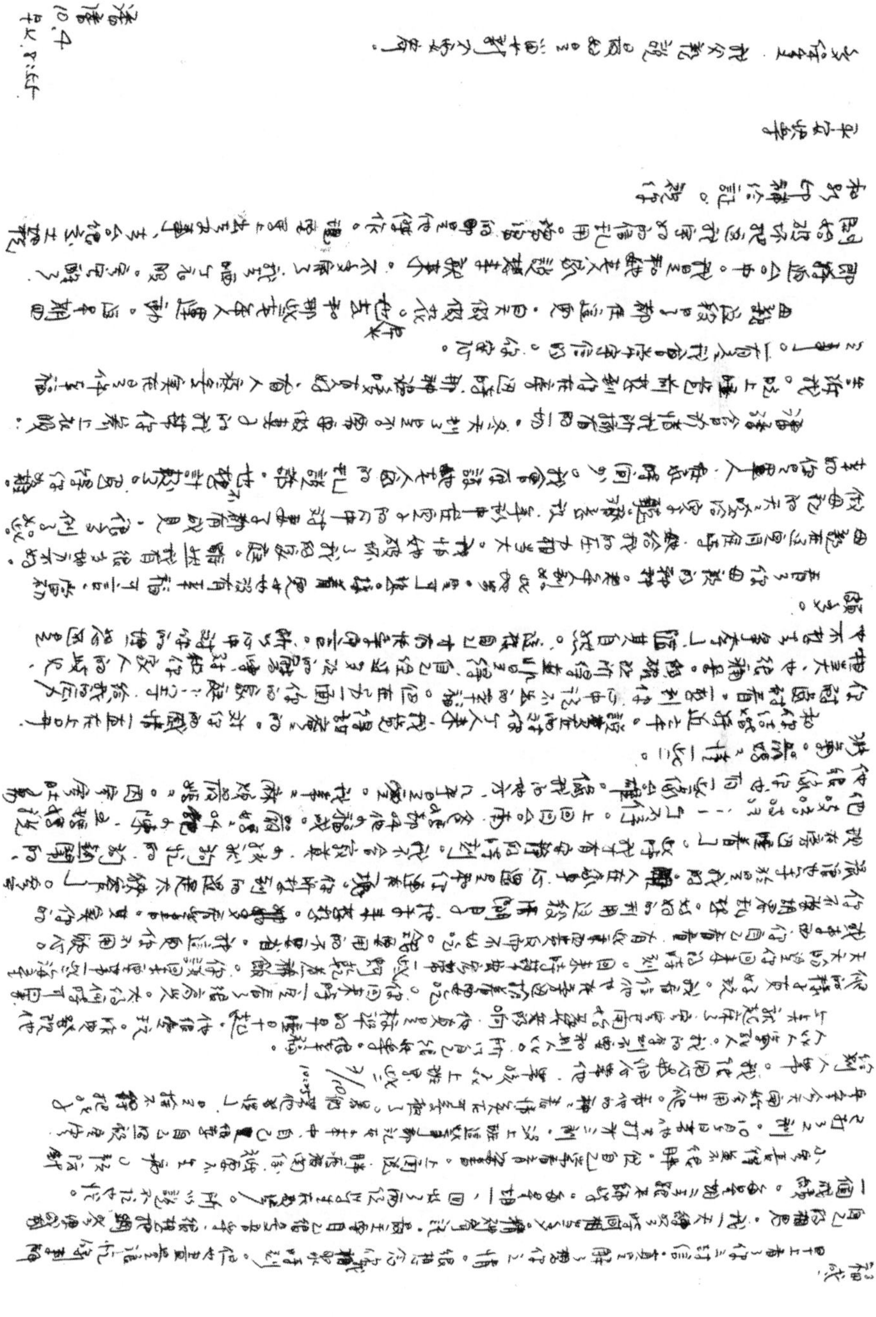

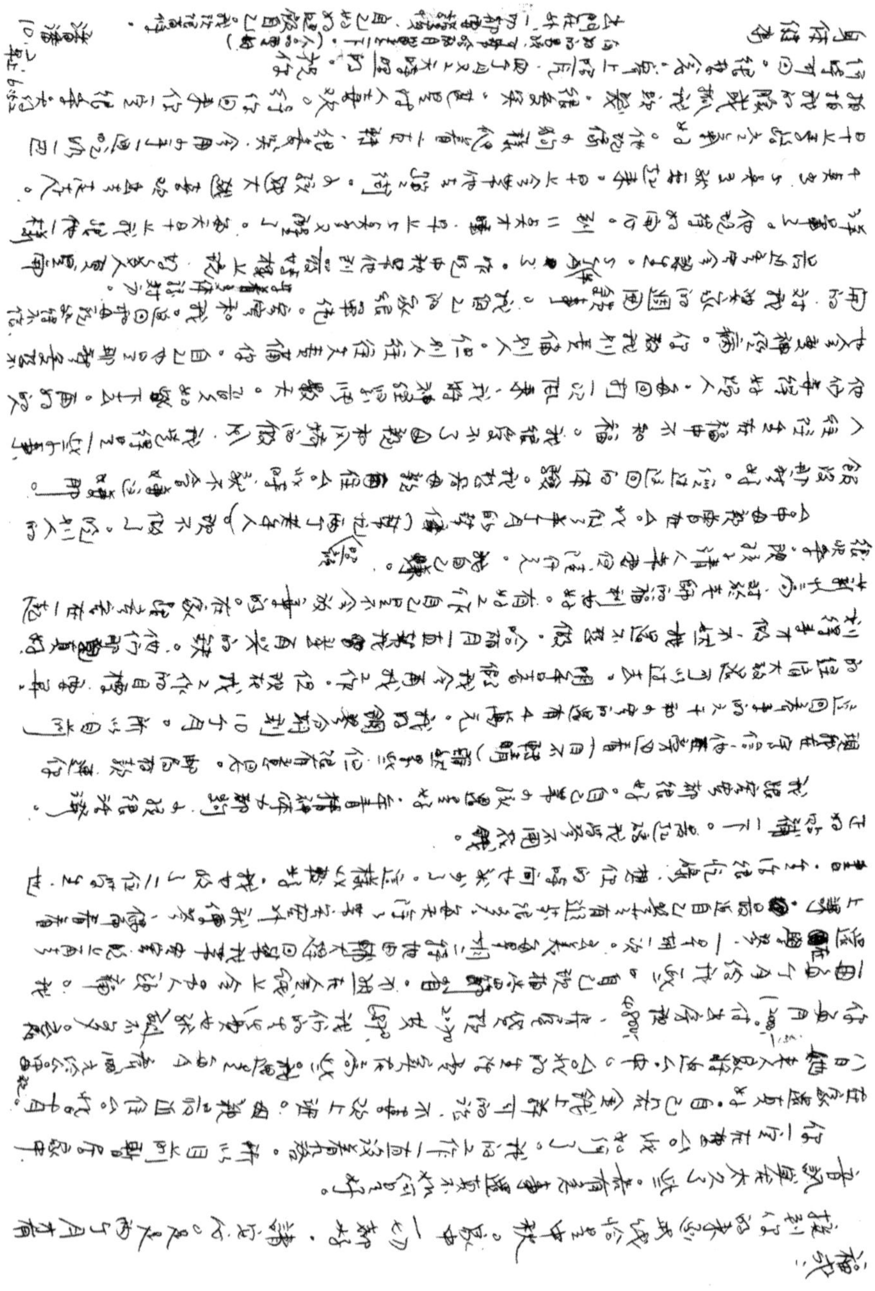

福成：可好，

這幾天生活比較踏實，但心情有些浮躁，容易發脾氣。也懶得說話，總歸一句心情不平衡。並不是因你不在身旁的緣故，這些你放心。生活我會安排的很好。但給你的信多少還是要有，不然也太沒意思了。

我的預產期是4月24日，今天又去檢查身体，血压又降低了，很正常，心中頗放下心。今日金華陪我去的，順便請了他的醫生，這位醫師似乎細心較內行，比較仔細。大約會請總醫師接生，因主治大夫，要從二總過來，時間上有差。

晚上翻了一下照片，訂婚照都很漂亮。很遺憾結婚照一張都沒有。你的辦事效率還是？想起來會令人生氣。只是對過去的事盡量不去想它罷了。

現在提筆寫信，還是很煩燥。對一切事都有種無可奈何之狀。

去年流產至今已將近一年了，且自己馬上也要做孩子的母親，但去年和你家人發生的不愉快，還是很深刻的在自己腦中，自己是一直不很諒解此事。就如你的家人一直說我的不是相同。從認識你家中的環境就不喜歡它。也從來沒想過我將是你家中的一份子。雖然是了，但還是很不情願之事。自己抱著沒法度的心情，不是逃避現實，而是根本不想接受。這些還希望你諒解。心中老是被這些事情攪得很氣憤。此刻的心情是討厭……。

回去一定很忙碌吧。謝謝你請的西點。很好吃。雖然氣氛不對，但自己卻愉樂了自己。天天吃自己喜的東偶而換換口味，新鮮一下。心情也輕鬆了許多。

自己有時也覺得自己很孤僻。幸好不很嚴重。在同事朋友中間，我算是很隨和的人。大部份的時間我都一個人在家，想想事情、看看書、彈彈琴，生活並不寂寞。

你很久才回來時，心中是有些不平衡，但盡量不去想，讓其它的事情來代替。分離太久，比較沒有感情。自己有此感（很陌生）。

你出門在外一切格外小心保重。我在家中很好，勿牽掛。

我4月4日～8日開始放春假。正好可以好好休息整理東西。離生日產期也將近。重很也輕鬆多了，每天挺個肚子，也挺辛苦的。女人還真不好當。不多寫了，潘潘想睡了。

祝

安康

P.S. 女人結了婚，對先生都應有依賴心。

自己距離妻的標準還很遠。

潘潘

3.31. 9:46分

福民：

三天的假期很快就過完了。單人(?)及他的妻子都得習慣這種生活。目前自己還是依賴小蜻蜓(?)。很希望能常休假。能在自己的身邊。互相照顧。不過那是無可奈何的事。

這多天來因感冒不舒服。精神一直不對。情緒上也低潮些。過些時即好。

這回你沒回台中。結果是不歡而散。對於過去的也就算了。想開些。你的情緒不好。全針向我的。看你那表情。自己情緒也跟著一樣。尤其在目前懷孕期間。不好的。你得忍忍，我更要忍。

人都往往只看到別人的錯、自己的好。幸好自己並不很在乎別人對自己的批評。當然。剛聽的那刹那。心中是不平衡。事後我會平靜的。請你放心。好好的照顧自己。不要胡思亂想。把工作放第一位，心情即好。

今天和王姐姐談一下房屋問題。問題是沒，但害(?)很希望遠嫂嫂住，家裡並不喜歡。所以我不想勉強繼續(?)。王姐姐是告訴我以我為心(?)。所以對於房屋問題別管，母親來幫住我們寢室。家裡自動搬去王姐姐的那一間。你覺得這樣好嗎？錢看少需4800－5000左右，也是一筆數目。

在鄉裡事情少的。不要把話說太大，盡能力去做。我覺得你有時說話過分肯定、往往都不能實現到。

P1

在接母親來時，要和他大略提一下自己的狀況。希望大哥失望更大。很好我們睡地舖那是我所謂的。我去細說。那是太和了些。但當時王姐說我結了頭，根本沒想到。且當時說要和我睡。更沒有想要條件，對這件事是很生氣。我的錯也不少，過去了也就過去了。誰叫時間去沖淡它。我盡自己本份去做。不會很你有難的。誰叫我是你的妻子。

我們彼此一定要互諒、互信、互敬。不能因你本身在廷(?)的不美滿而影響到你自己的家庭。你也別想太多，能看到自己的就看開些。

結婚一年多，我們感情也很融洽。彼此都很關心對方。我會好好珍惜。你放心，有時很有才沒有氣話。我說我很想你。希望你也是。以前你不敢講出自。這是自己的直腸子，性情的。

自己對於房子(?)很小心。有時就消極得很。但不會拿孩子和自己開玩笑。醫生指示不要到處走動及多躺下休息等…。娣娣(?)那邊和妹妹我和她上和同事去買Baby的衣服、尿布。28日我們回留在鄉下，你若有空可打TEL給我，或我打給你，方便嗎，我也好打聽。時間不早。請請安睡了。晚安

祝

心胸開朗、萬事如意

潘潘

2.24.10:40 晚

P2

福成：

從生完小寶至今，很少有自己的時間。今晚小寶在睡覺，提起筆來訴訴自己的一些心裡話。

最近這段時間我也相當忙，[illegible]就[illegible]了。

多一個小孩各方面都忙。費用也大。想再存錢有些不可能。

昨晚偶然發現記事本中有你的筆跡。那個都懂，祇是做到的就沒有多少。

自認為很少讓父母操心，但今天的事沒面子，不跟父母親說，誰又知？誰說我了？在月子時候你也不分青紅皂白，破口大罵，又把門踢壞。一口咬定我敗壞門風。當然我也有想到說不和以離。也不能這樣一直到你們家的神主，我會受不了。很不喜歡，也不習慣。跟你在婚前說的都完全兩樣。

那天自己心情不好，再看到一群人心煩，平常碰到不喜歡時，是不喜說一句話，所以也就沒打招呼。2/6 8:00 要到這兒，母親因突然性的喉嚨痛，所以我暫停而帶她去看醫生，幸好小美在家看小孩。還好是急性喉頭炎，吃了藥就好多了。不過你母親實在是位多愁善感的人，還未看醫生就請我打掃下。他告訴阿姨說……等等，我想你大概都知道吧。

帶小孩真是要經驗。從換奶後，自己有些糊塗，而把奶粉份量加多了。不少（一半）難怪小孩一直叫著要吃。幸好台安事先告訴我。自己也是不少。量了體重，竟怎麼沒胖。那天帶去打預防針（因有些感冒本來即不能打）量了體重，身高會的，體重輕了些，希望她打了針能漸漸胖些。因奶粉用完，怕明早來不到，所以趕快去一趟，這段時間才拿筆寫。也順便把擦一擦奶，早上起來小孩餵奶即方便，現在的媽媽也不好當，沒有喂母奶。

剛說我來替你想，你何曾替我想過。尤其是那天，你以為我那不懂。合得是不是你們的事，我卻未吭聲（因自己不對未打招呼）寶寶就剛。又罵出如此大的氣話，不想想越來越氣。你滿話真的很刺耳，不要管我們家的人，還要趕出去，這些話要是一直記在心中，那真是一件不好的事。母親我們沒有在心上，因她的知識是如此多。

第二件事，你不在家，責任卻在我身上，我來替你想。你說你要我如何做，說真的，是有些後悔嫁給你。家庭的經濟，又是常不在家。不知我還有什麼？

福成：四點多我在練琴時，媽媽來此，這正是媽媽現在是否覺得有些緊張。令堂現在她又決定本星期五搬回老家住，先搬輕的東西（休息很了些。），星期六再請搬家公司搬大的東西。而我也跟着團團轉。心中算得了七上八下，頗為煩惱。但這也是無可奈何之事。劉秋香說好搬家了。爸爸他們得擠一下了。當你放假回家時家中則是熱鬧萬分。和長輩住在一起是有些拘束和不便，尤其是我練琴，在想幾乎沒有練琴的場所和時間了。心中很感嘆，很多事情真是人算不如天算。

以後搬家的事，我們再慢慢我和你商量。心情緊張和煩惱。盡量輕鬆自己。和爸爸媽媽住，想好些，也是各有利弊。明早得上班，就此擱筆。晚安

祝 好

潘潘 3.8 10:45 晚

今天是元宵，我吃了六個湯圓算是應景。別太操心，我心中吐吐為快。一個人不知該向誰吐？

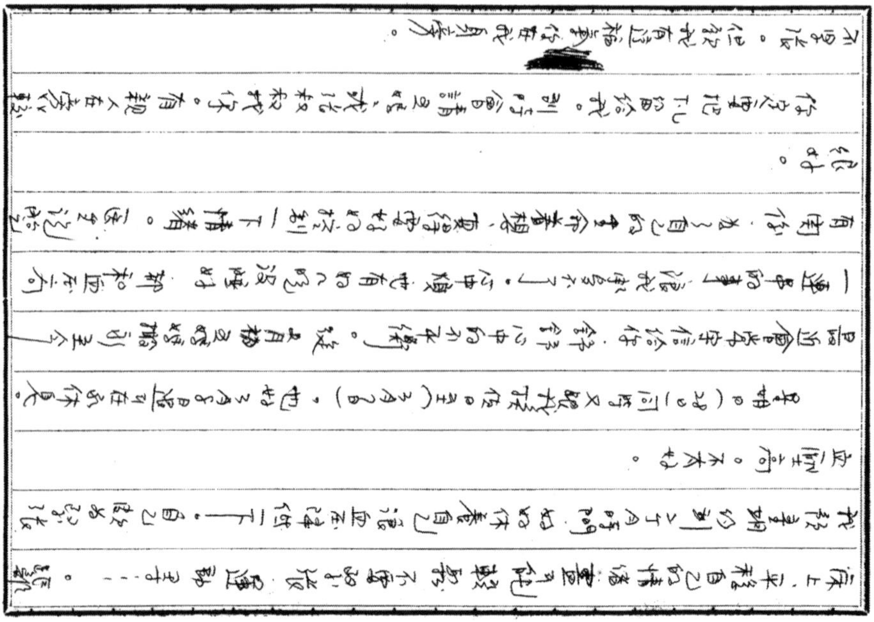

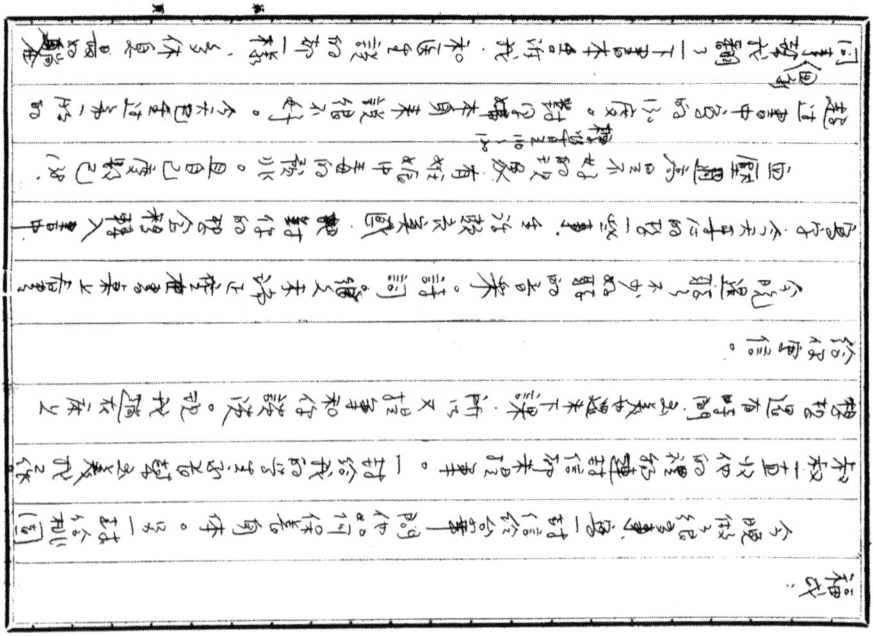

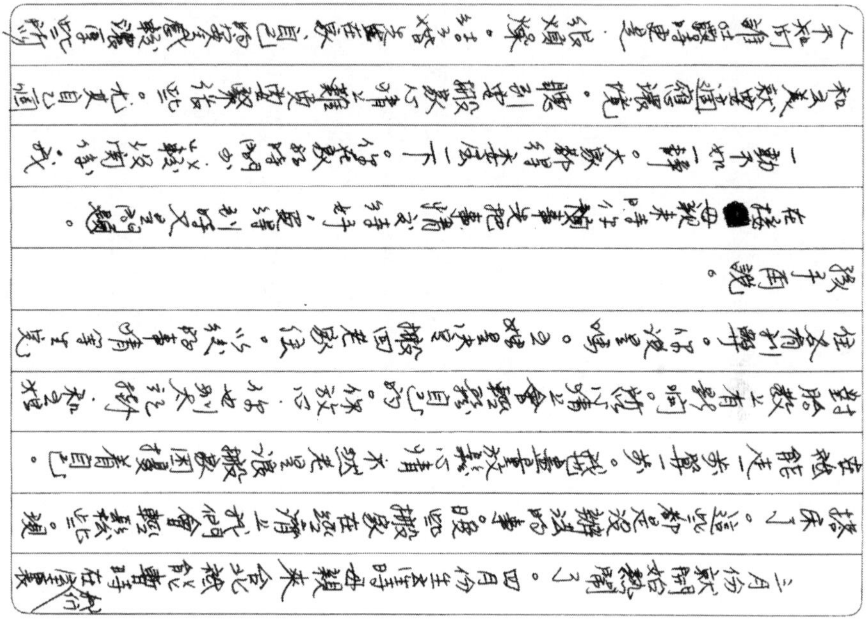

三月份就開始熱了。四月份生念佳時母親來[illegible]以[illegible]時在[illegible]家
搭床了。這些都是沒辦法的事。晚上搬家在[illegible]我們會輕鬆些。現
在想能走一步算一步。我對事情往往看不到光亮，[illegible]看自己。
對於教書有影響。想了想會輕鬆自己的。作文呢，好也別太在乎，私立想
住[illegible]有刊物。你說是嗎。只要我們能搬回老家住。以我的事情[illegible]
孩子再說。
在[redacted]由就來寺什麼事先把事情說清楚，聽說別時又要吵閙。
一動不如一靜。大家都等著看一下。你我的看法，以較沒用的。我
和兒美新是心[illegible]愉快。聽到要搬家心情就轉變很多。也是自己[illegible]
人不知向誰說[illegible]。說實話，[illegible]自己的[illegible]說些。

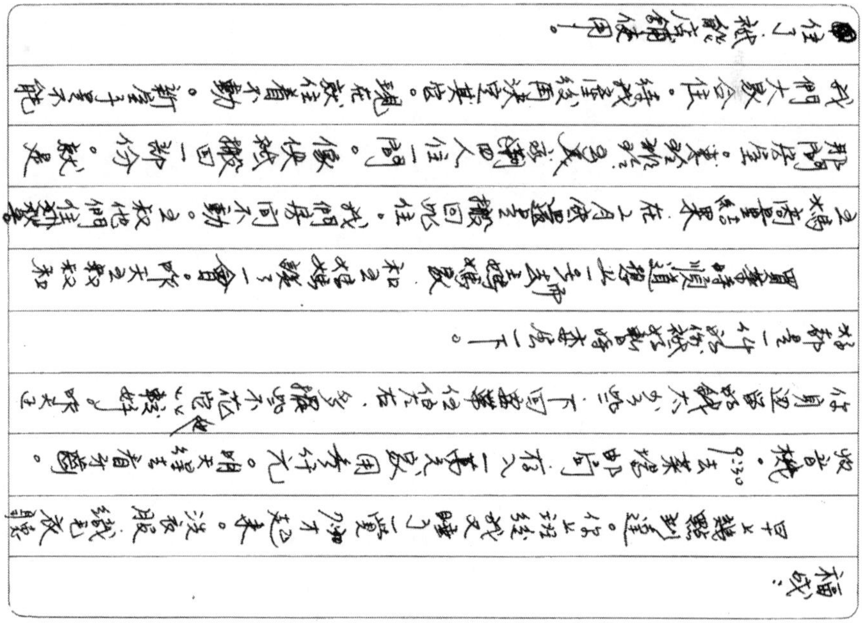

福成：
早上九點到達。你上班後我又睡了一覺才起來。洗衣服、[illegible]
[illegible]。9:30去菜市場買了一些[illegible]。明天你去看試題。
[illegible]太多了些。下回[illegible]，[illegible]不如[illegible]較好了。明天[illegible]
都要一件[illegible]一下。
[illegible]一[illegible]。和[illegible]一會。昨天[illegible]
[illegible]在[illegible]搬回此住。我們[illegible]不動。[illegible]他們住[illegible]
那[illegible]。[illegible]人住一[illegible]。像[illegible]搬回一部份。就是
我們大家合住。[illegible]。現在就住著不動。[illegible]不能
住了，[illegible]。

你能多待家中一刻，心中踏實得多。軍人的妻要學着堅強和應付一些事情。

有些日我們開學，上班，生活也就充實。寒假把我養得像胖胖一樣。哈哈，睡都夠飽了。二月21日的值日，我會和同事掉至三月份去（正逢你的慰勞假）留在家中

對了，我們洗衣機暫時不用買，用三嬸嬸的。嬰兒床也暫時不用買。所以會錢三月份可以不用標下來，一標下來就會用完了，到時要找錢就麻煩。先標下一件伍佰元的會，以數合共是些二。

就此擱筆，文義合那星期四來，順便帶他們去逛逛。不會走遠。若你有假那就更好。男人以事業為先，若不輪到休假你就好好待在部隊裏。

我們樂了。自己要多保重，覺得很大肚便便的潘潘牽掛。

祝

萬事如意，心身愉快

想念你的
潘潘
2.8 下午 3:10

P.S. 租房子，找房子雖然不難。要適宜我們的條件的，又理想，又方便，就有些難了。自己的感覺是得到別人的好處不要把它忘記。

郵政標準信箋

福成：你好。

回家的日子过得很快，28日2:30的火车，至今已有20多天了。家里来去的有弟弟和他们的小朋友又多，还有小狗、小鸡等，非常热闹。但还是有些怀念在台湾的生活。在家中只有我和爸爸两人可以照顾他。在这里住的很好。我妈妈和爸爸是小俩口了。太好动，在客厅他走来走去，动作很快。还会做些[illegible]了，这回你回台，你家很[illegible]。不过我们倒是有些老了，头上都有少许白头发了。以前没，最近发现的。孩子要懂事了。

下学期我们已可能再回成功教半天，最少有5000左右。玉美平常每月给我2000，所以我想让玉美分担这个钱，帮我带一半天。且孩子和玉美处得也很有感情，一学期来，每天玉美都帮我的忙，也大略知道孩子的情形，且爸爸也喜欢他。玉美我不用给她2000，做好工作再给他一些零用钱。年青人带孩子，当然经验少，但孩子会比较活泼；老年人带孩子比较冷静。所以我希望你能接受我的意见。家中现在处得很融洽，对待我们，都像姊妹一样，安安静静的。还记得在我和你母亲相处，难免我有不好的地方，但是每天都比较的难过吗。很不好受。尤其自己的身子出过错了，一下子改不了。

回家来和[illegible]同学们聊了一下。婆媳间住的口角是常，因为都不和谐，这种很难堪。[illegible]你又再你家的过年。这封信你一年前会收到，先和你拜个年。祝愿……红运全年。还有你生日好。祝你春节快乐。

我很想印度，你回今后再去玩。

原来此刻睡得很香。我也该睡了。不知此时几点了。时钟夜深人静。

做母亲的人都是疼爱女的。妈去吉林也定还是和自己女儿谈得来，相知如此久。

我疼爱

我愿我们的家庭永远平安快乐，我永远温暖和谐。

爱着它。因它是我们创造的。

永远爱你

涛涛

4

2/元 晚 11.

親愛的爸：

最近生悶氣，所以比較少寫信。但想想你會在盼著信。還是提筆寫寫近況。寶寶很容易肚子脹氣，在吃方面都得很注意。小孩子真像[illegible]。[illegible]時節[illegible]，一生病要上[illegible]下來。真是快。寶寶好多了，味口又恢復正常。前兩天沒[illegible]。我呢，很好，但鼻子還是老樣子，天氣冷時較不好。你鼻子以前也打噴嚏。你呢，可好。也想念你的。

知道你這回心情也很靜，替你高興。好好利用我不在你的時候，多看些書，工作忙吧。別忘了多注意自己的身體。

台北這些天氣候突變，變得好冷，屋外又下著雨，更增添了寒氣。沒出門在家好處，可以讀點英文書，也可以在被窩裡寫信，看些書。我[illegible]，還要了做長褲，天冷薄褲都用不上了，只得趕緊多做幾條長褲。天冷有些懶。寶寶更冷，我有[illegible]。早晚穿厚衣服，襪子、手套都要戴著。家中全好，媽媽照顧一切都好。

昨天很冷，兩個都吃火鍋，自己做很省，兩個花不了一百元。最近自己很饞，所以都買很多水果吃。真有些怕中獎。好孩子這個時候在家中很[illegible]的事。[illegible]年、台北。

昨天收到你二封信。看信真是件快樂的事。想必你也是。寶寶昨天開始已學會用他的手指（我教他的）揮手、拍手。他最會「再見」，但他會拍手，看起來很可愛。這小子脾氣很急，昨晚不知怎麼了，抱他睡，一放下去即大哭。真氣人。

時間走這樣快，今天已是12月7日，已離你上船回來的那天近一個月了。你在家時，家中熱鬧，而我呢也忙了。拉著陪你去吃的

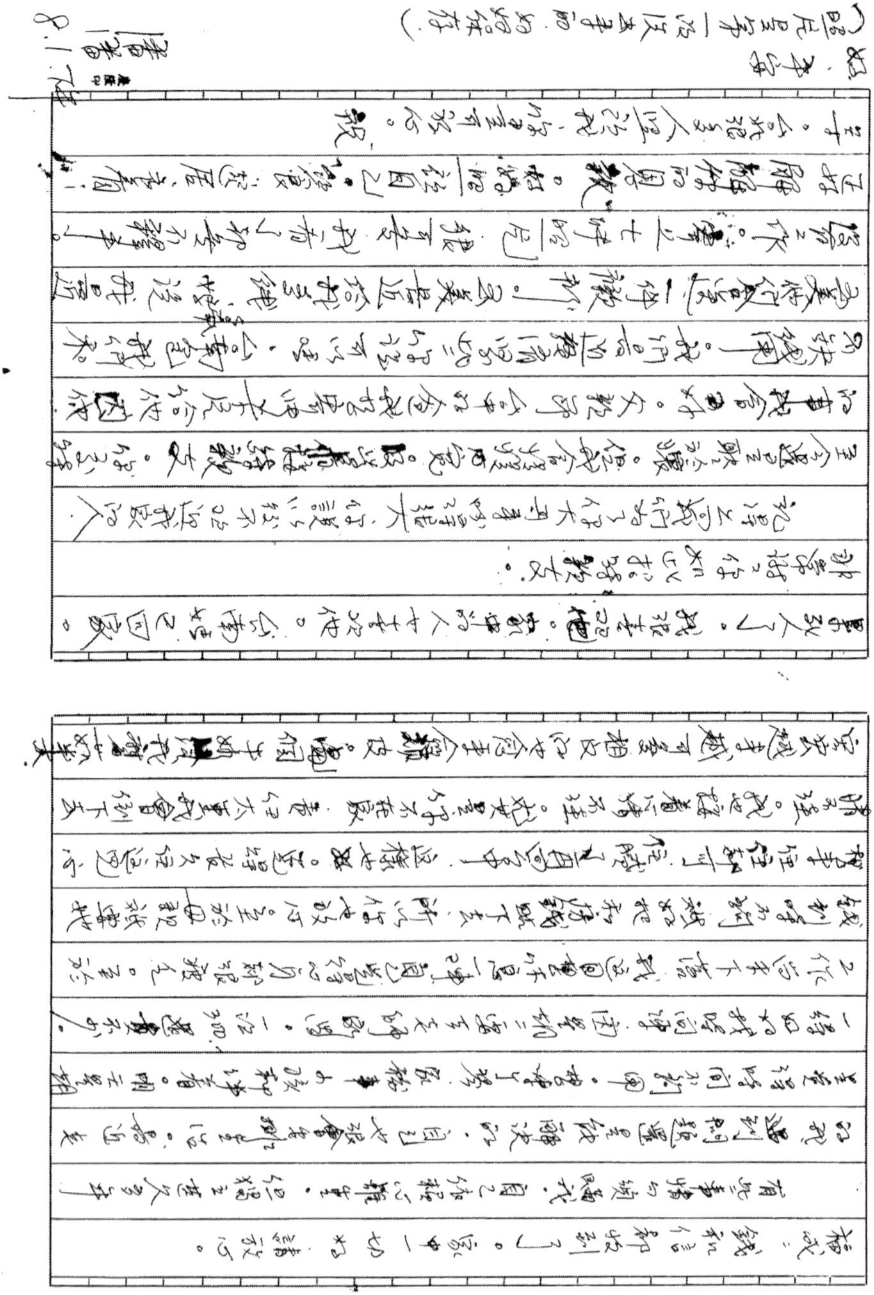

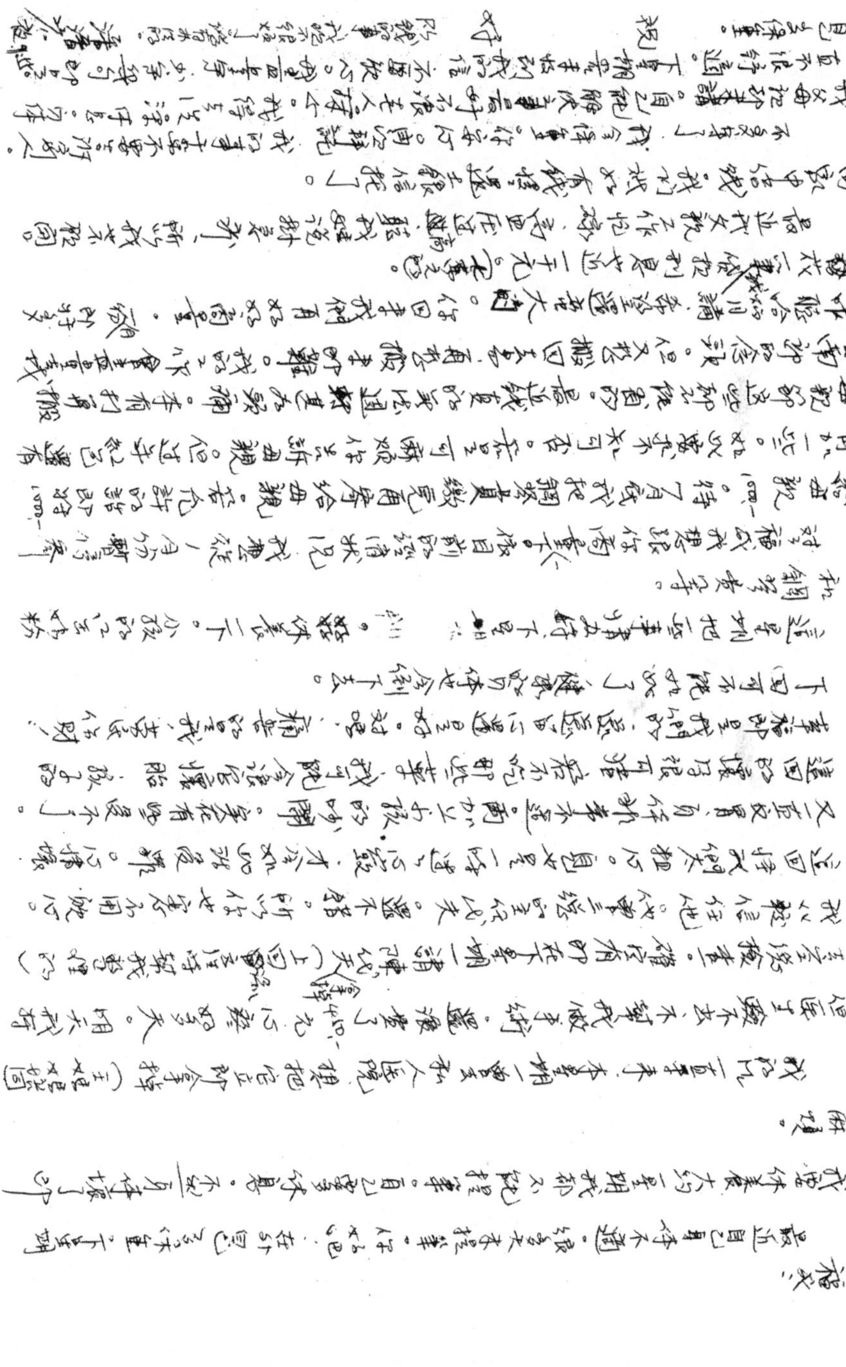

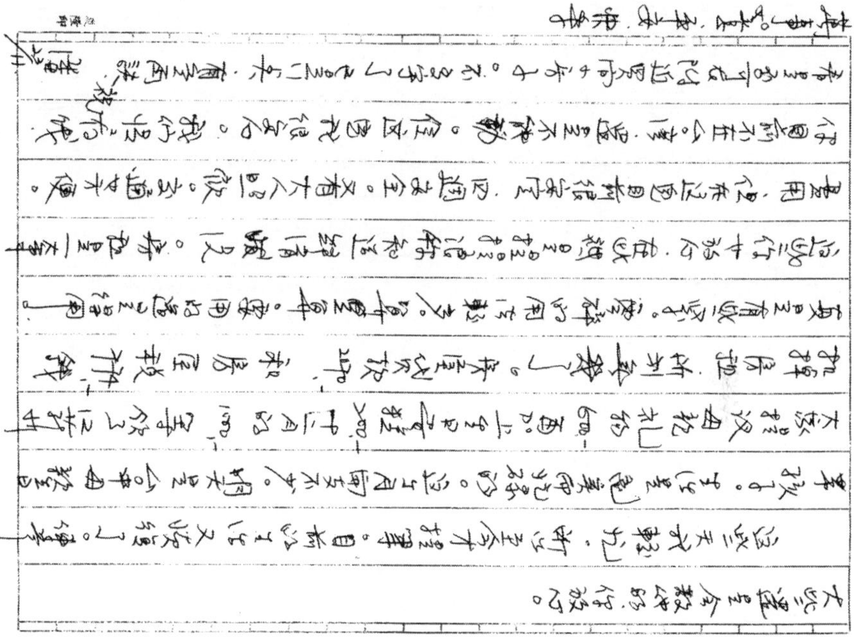

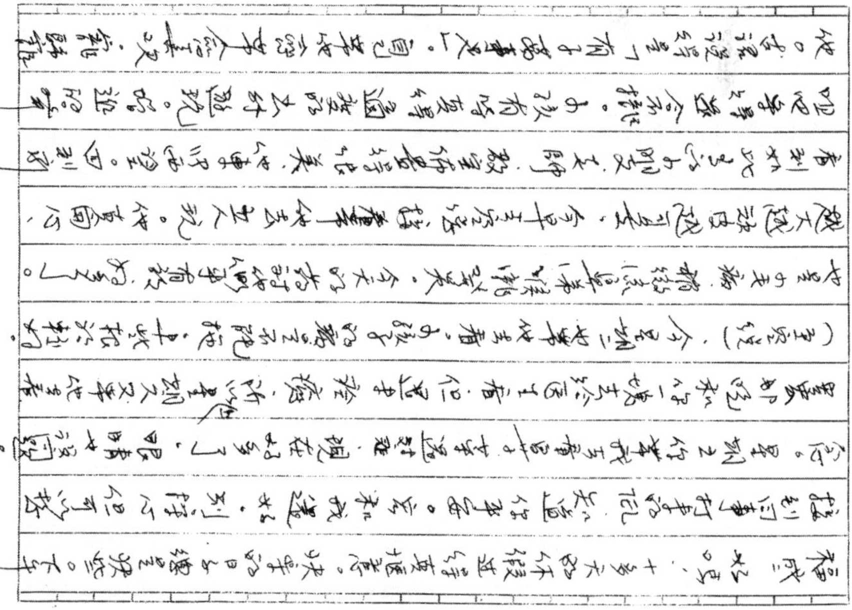

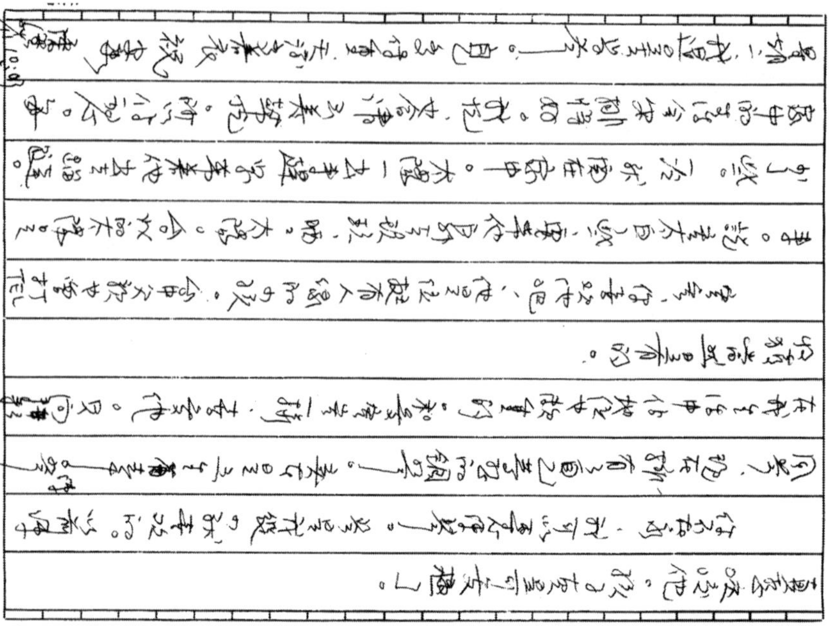

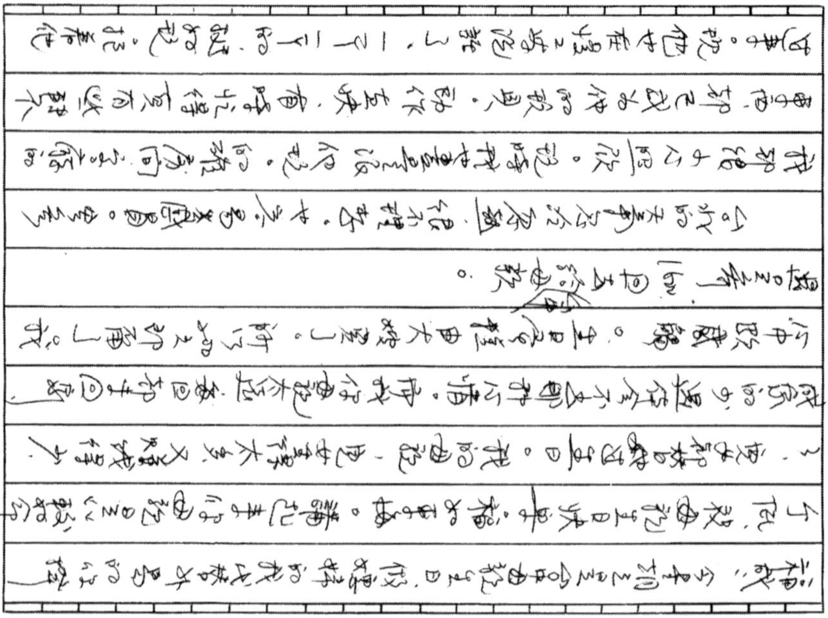

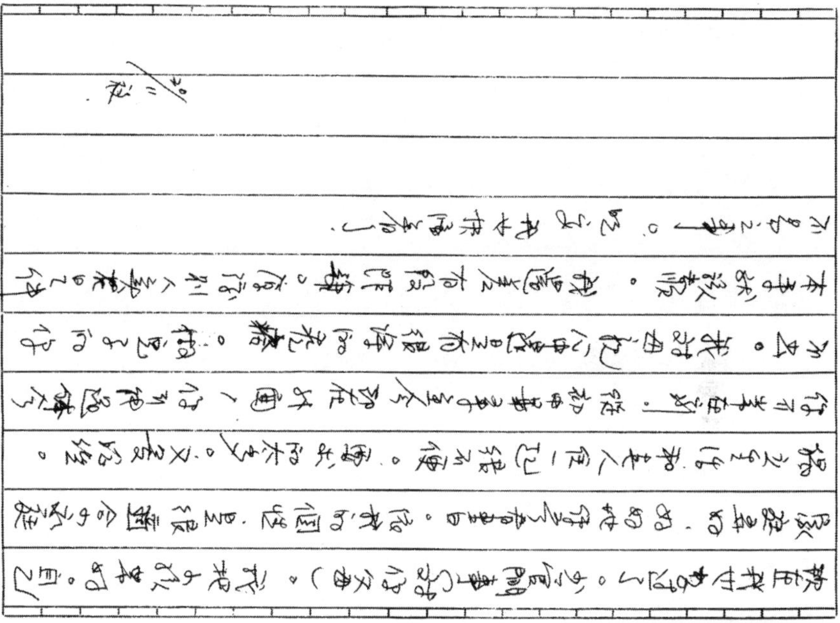

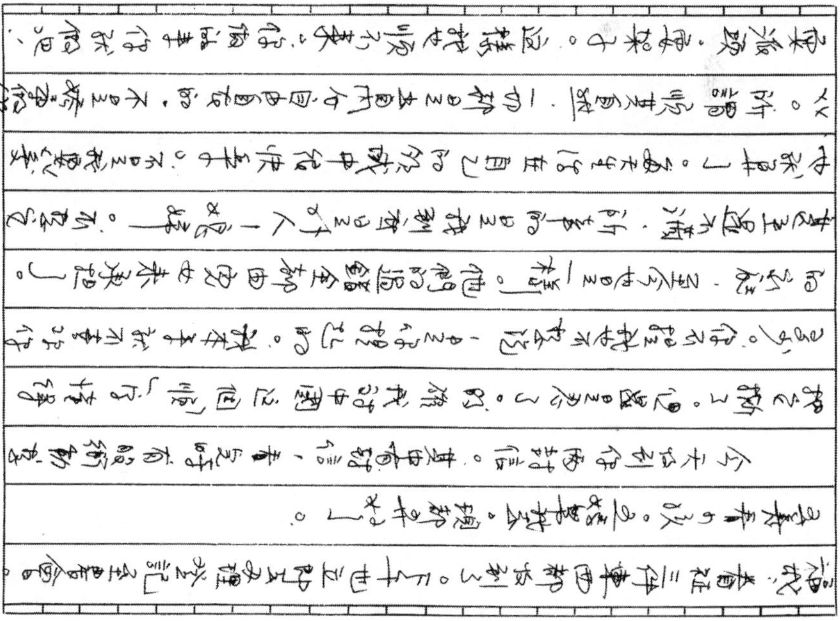

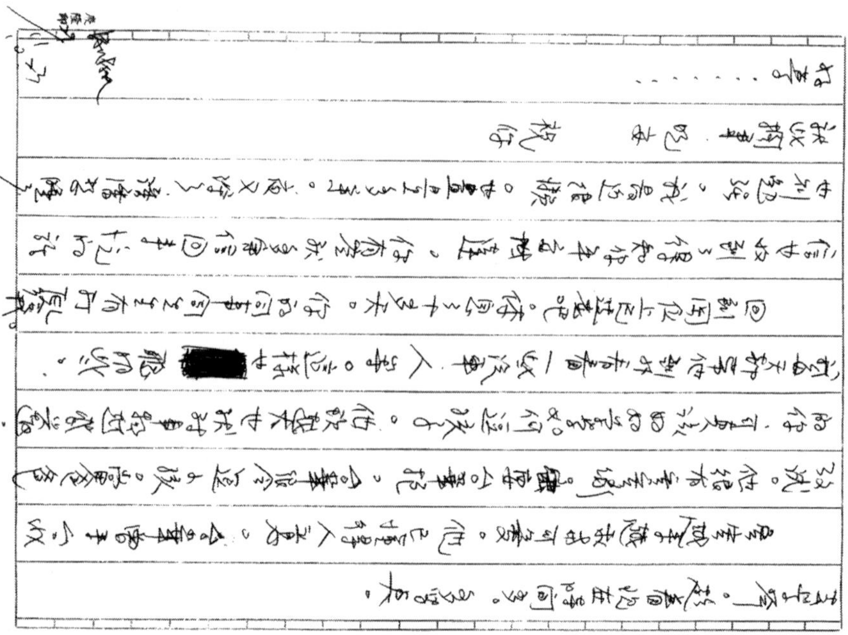

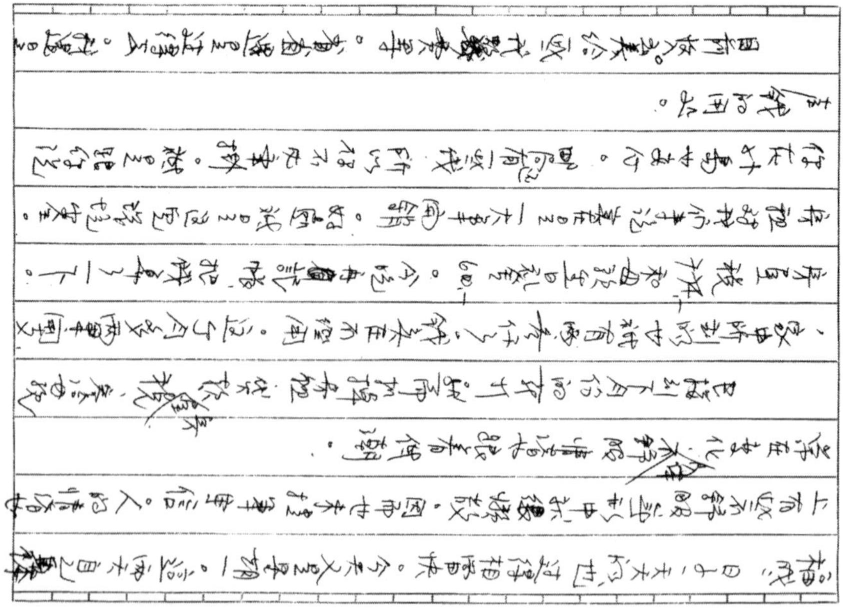

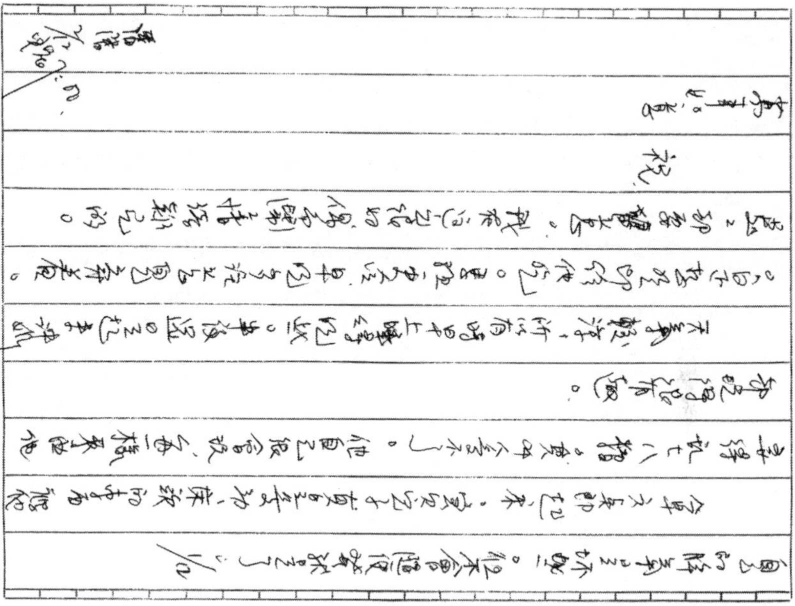

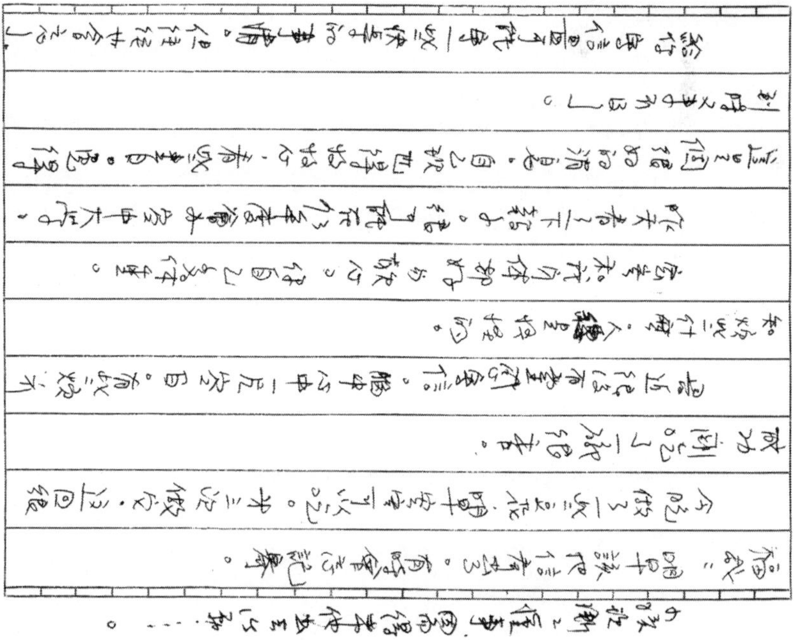

福成：好嗎：想念你。天氣很冷吧，添些衣服。台北很冷，祇有10度左右。現在看國語長片，每星期六、日看得很密集。平常大都不看它。每天都相同的生活，看看電視娛樂自己。你呢！最近看書情形可好。其它順利(?)吧！外面很冷我正穿著你的睡袍在寫信看TV。紙上是以作業(?)。都讓對工作的事容(?)。你常把「幸」和「辛」這兩字寫錯。要注意哦。

11日了，再過8天即滿8個月。不去想它還真快，也真巧，我們都正好11日、16、16日生的。所謂同一個人。

吳小陽在(?)事，可愛不得了，我都無可奈何。尤其是吃的，怕吵著別人。有時要我抱著他睡，一放下即大哭。白天都不會睡，自己會睡。他是粗線(?)，就要我去……，我想打一頓。最近自己的身體(?)。好看的一些衣服（自己的）都會舊的。最近手也痠，因常常洗手，都裂開。害我兩天沒洗衣(?)。明天要加油了。不然手即有傷(?)。11/2 晚11:10。

已連續好多天的寒冷，今天更冷。

最近一連串的用錢，心中甚為煩惱。的確錢都不夠用。

寄上支票 台中的房子常要準備文的單子，有三種方法。因我們即向本處也沒錢（祇有會的1000多元）無償分(?)事，所以我選了第三種方法。每個月付利息，等以後有錢再還。這也是無可奈何之事。這下子我們又減少近1000的可以用。所以錢真煩。你每個月給我的錢我們可以用的，也所剩無幾。生活也越來越難(?)。心情不好，不要寫了。

自己在外多保重。

小寶說已有些習慣了。活潑無比，即很好搞，又會唱歌哈哈，說爸爸……睡覺的時候，已會好有模仿能力。再大些更不得了。他滿懂事，所說之如是他的玩具，即我們的垃圾。又好氣又好笑。稍一點沒有問你，不生病，精神即可。每個人的年紀有關。

祝

總即快樂

P.S. 最近不少小孩好像流行病，家人多保重好吧。

11/12 10:24 晚

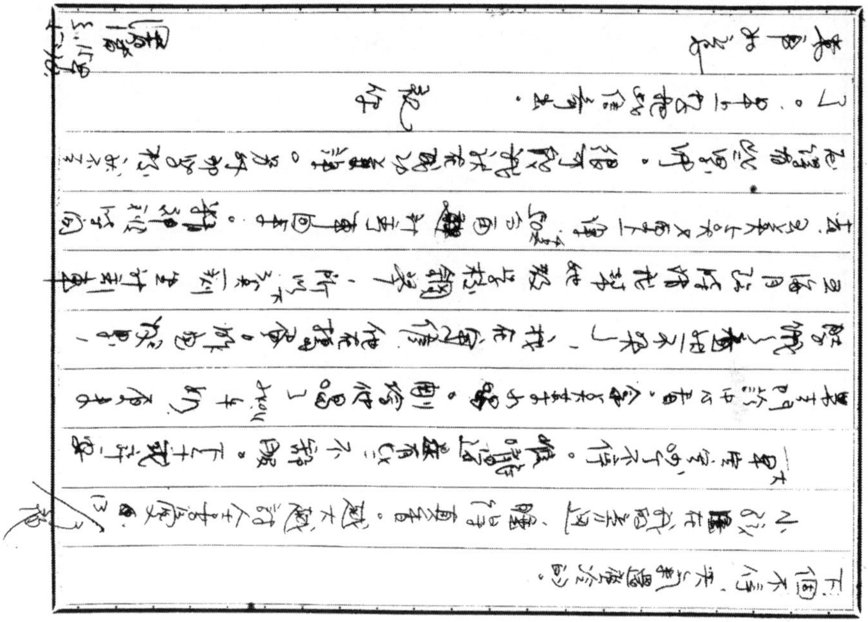

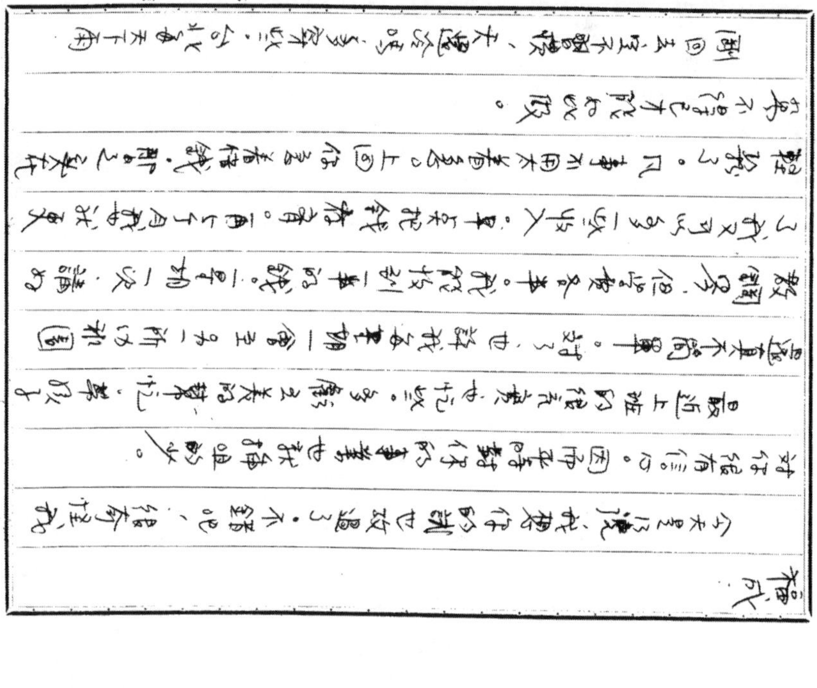

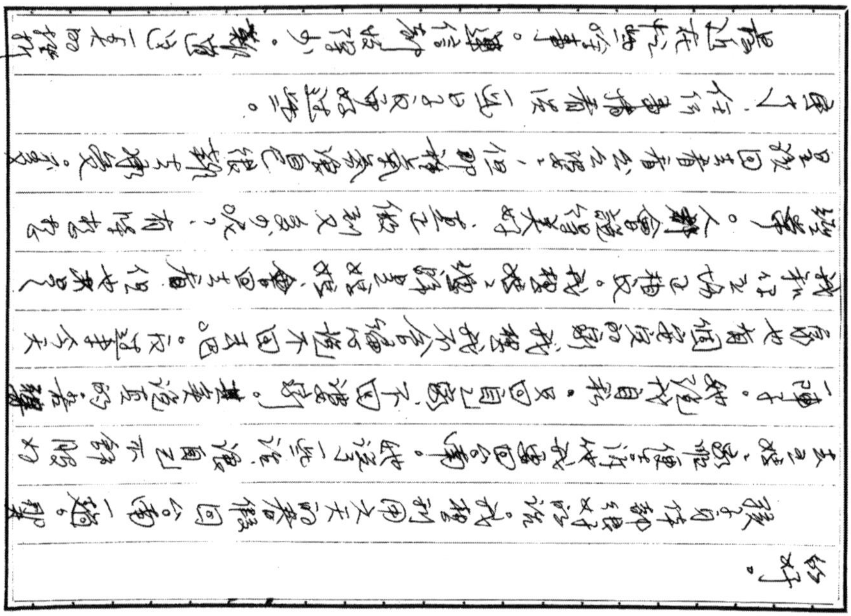

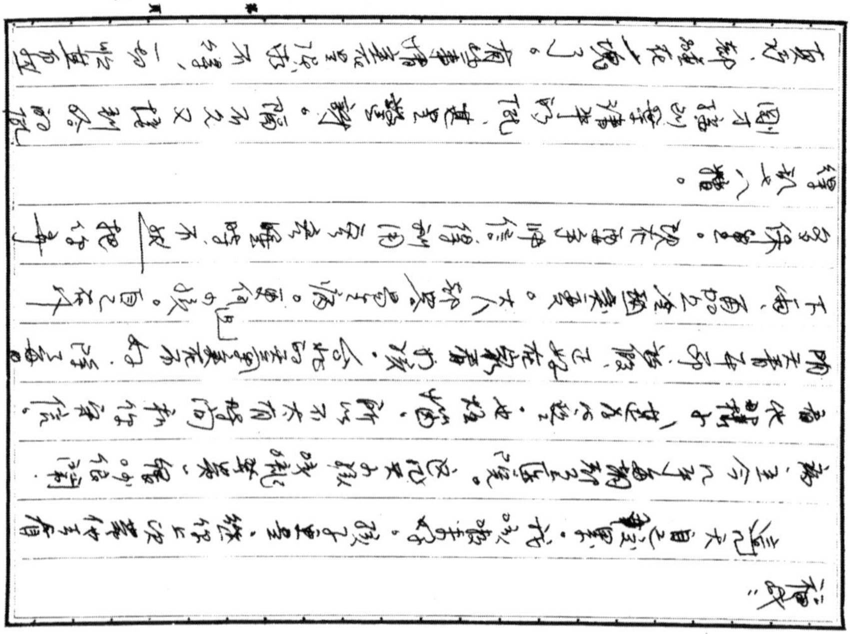

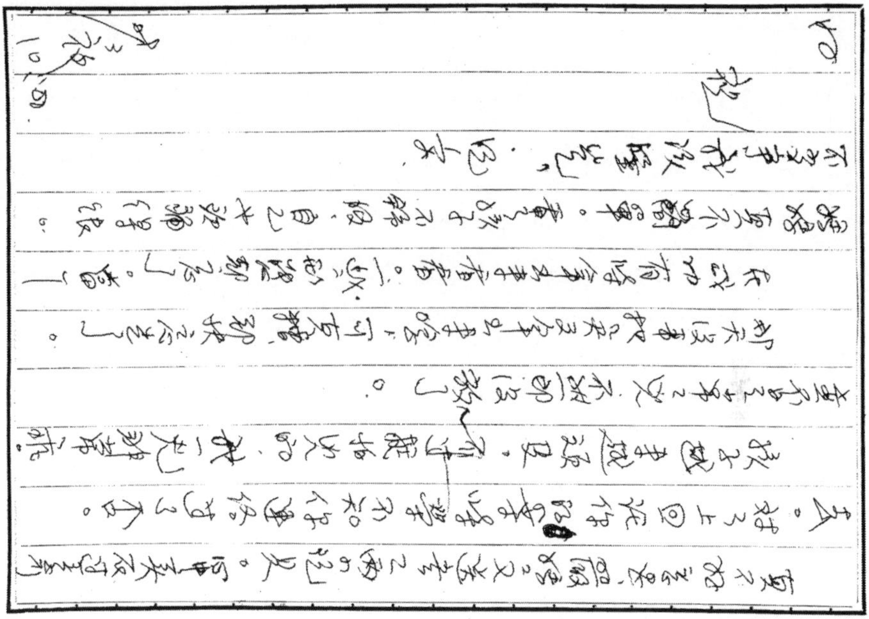

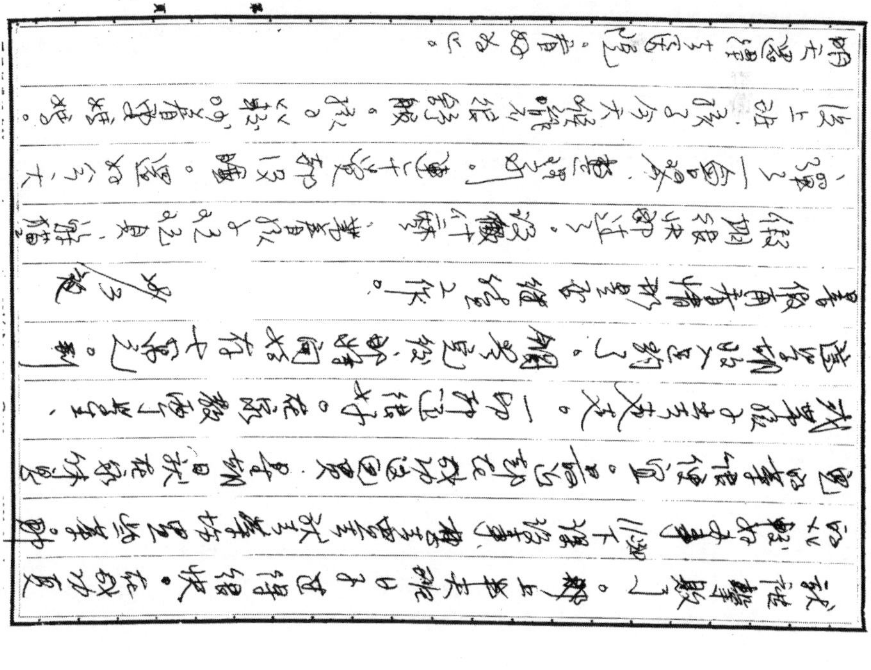

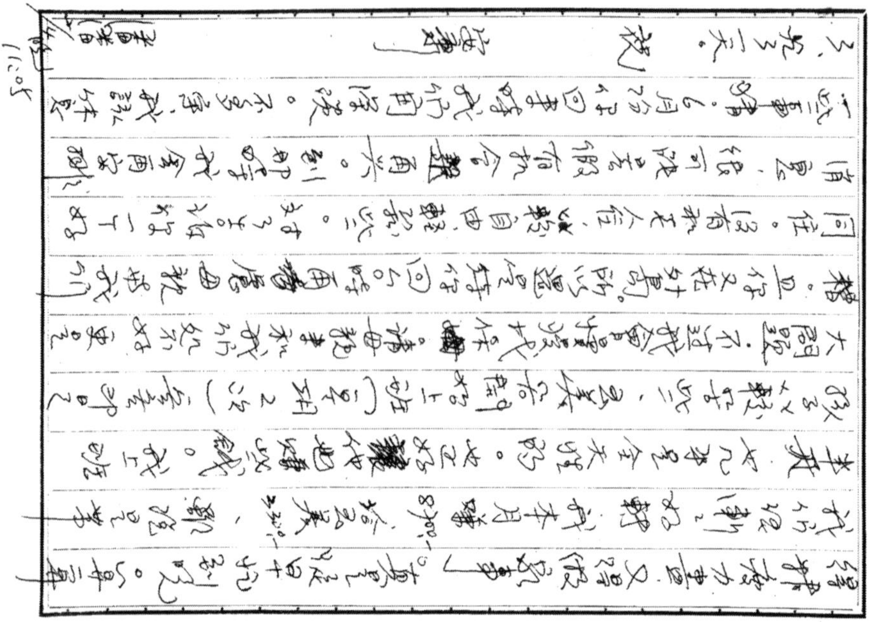

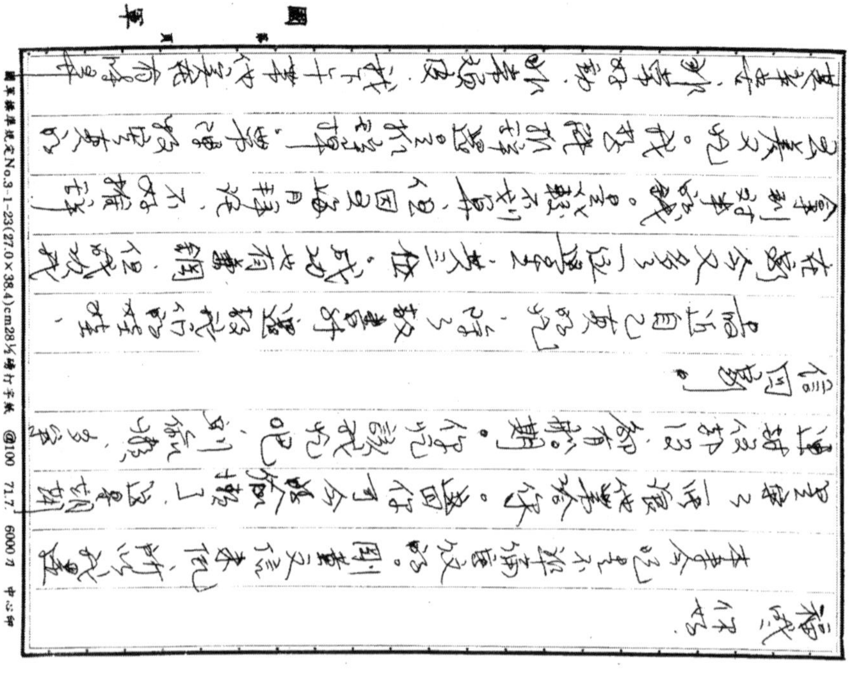

國軍標準規定No.3-1-23(27.0×38.4)cm28小格行字紙 @100

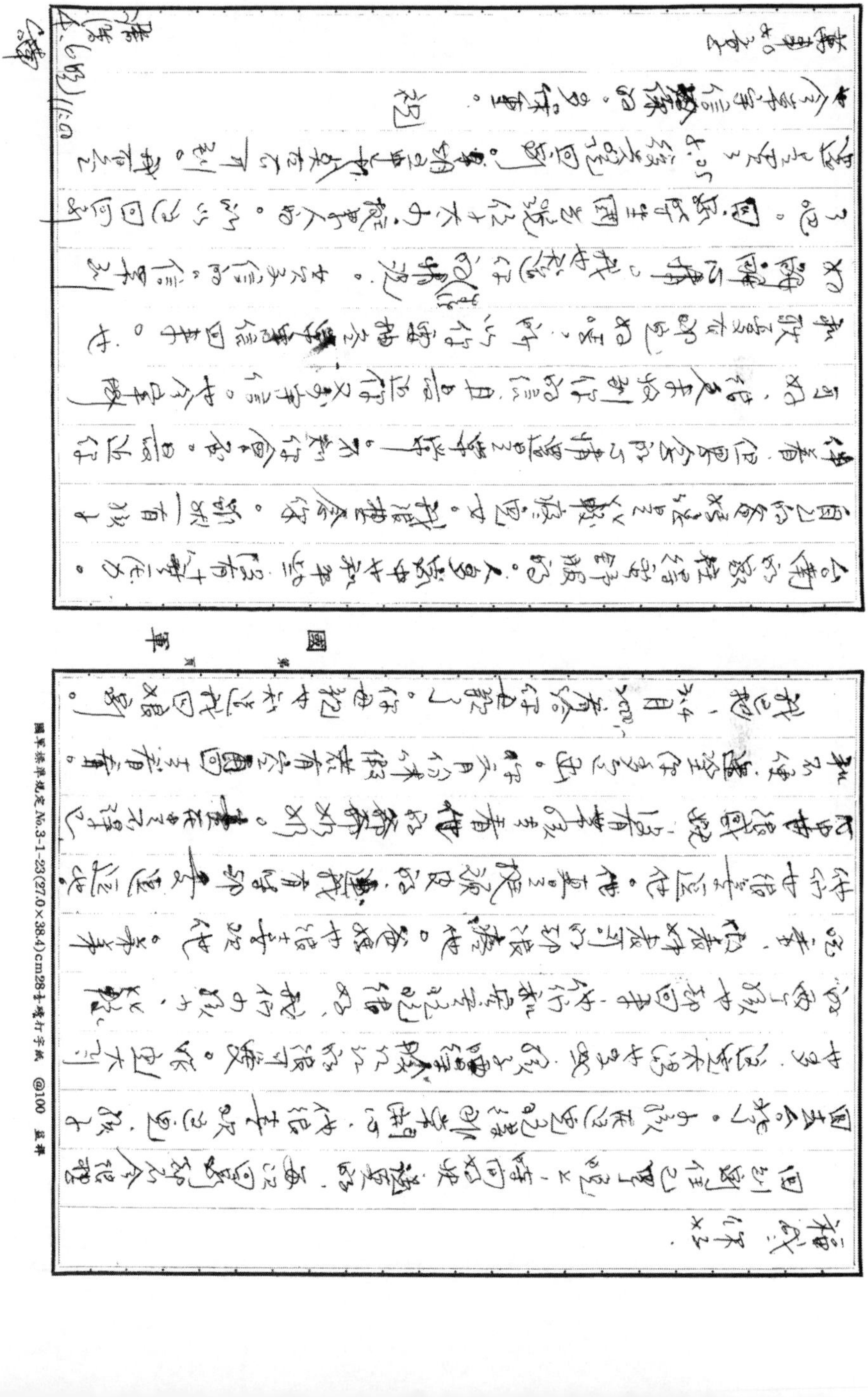

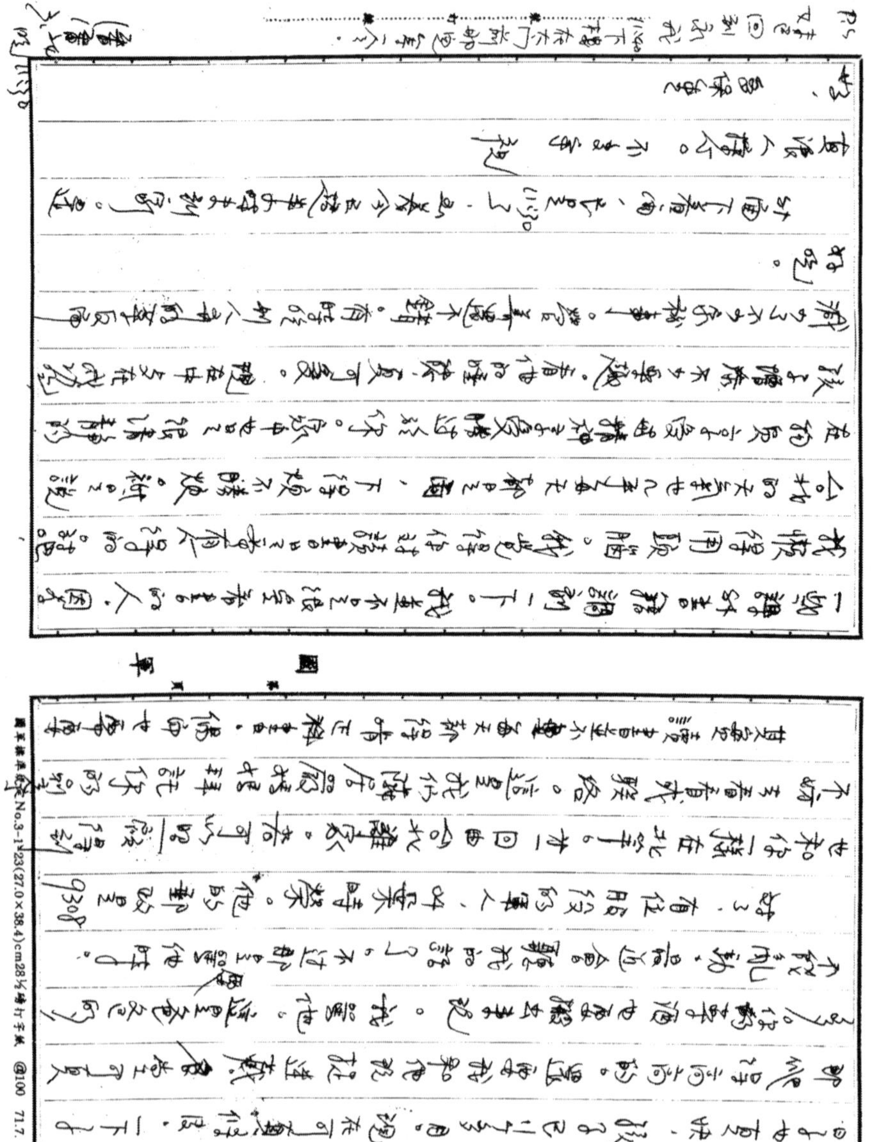

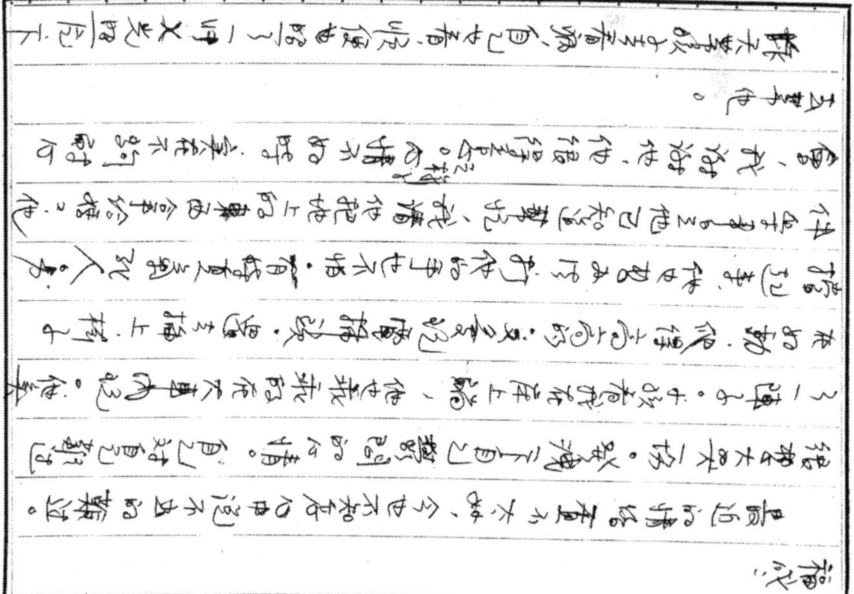

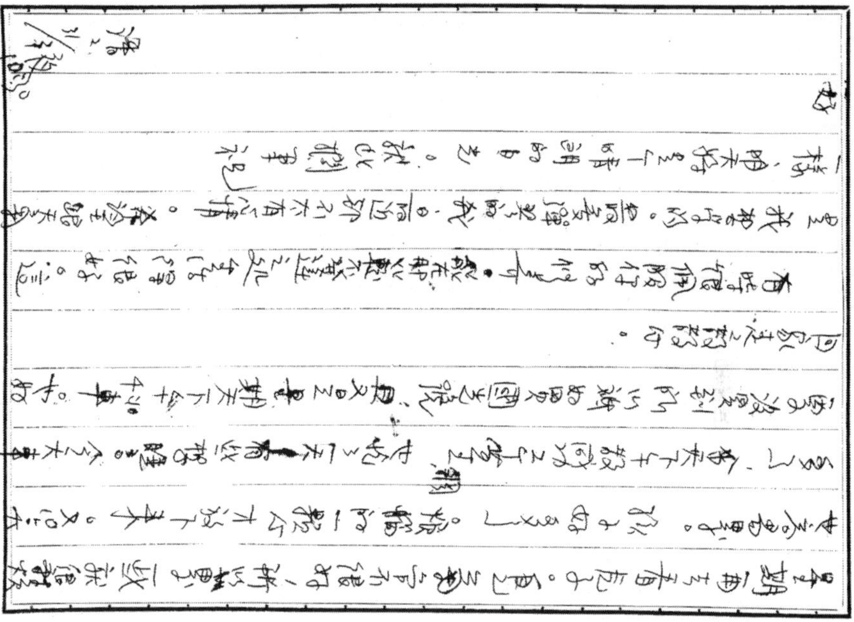

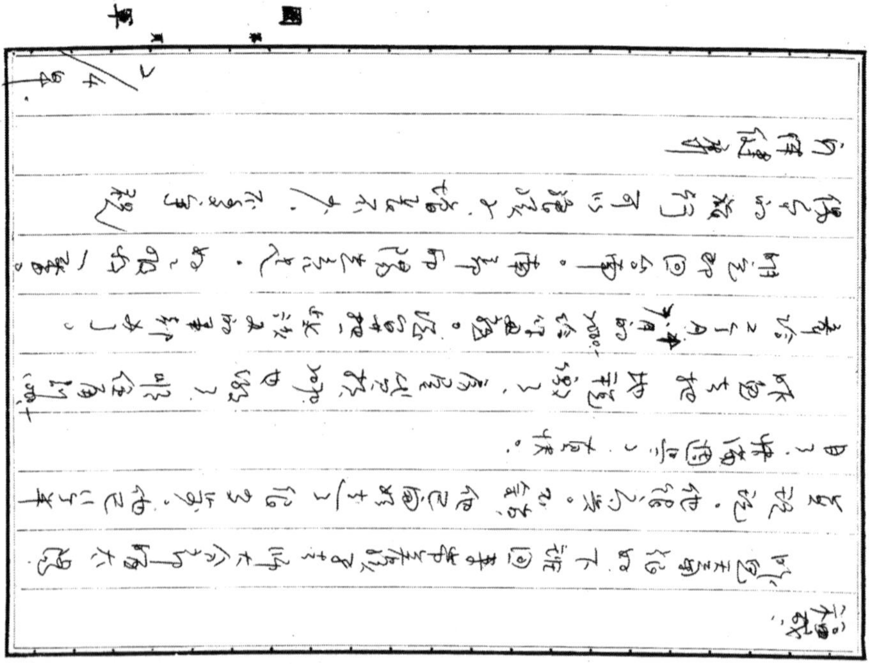

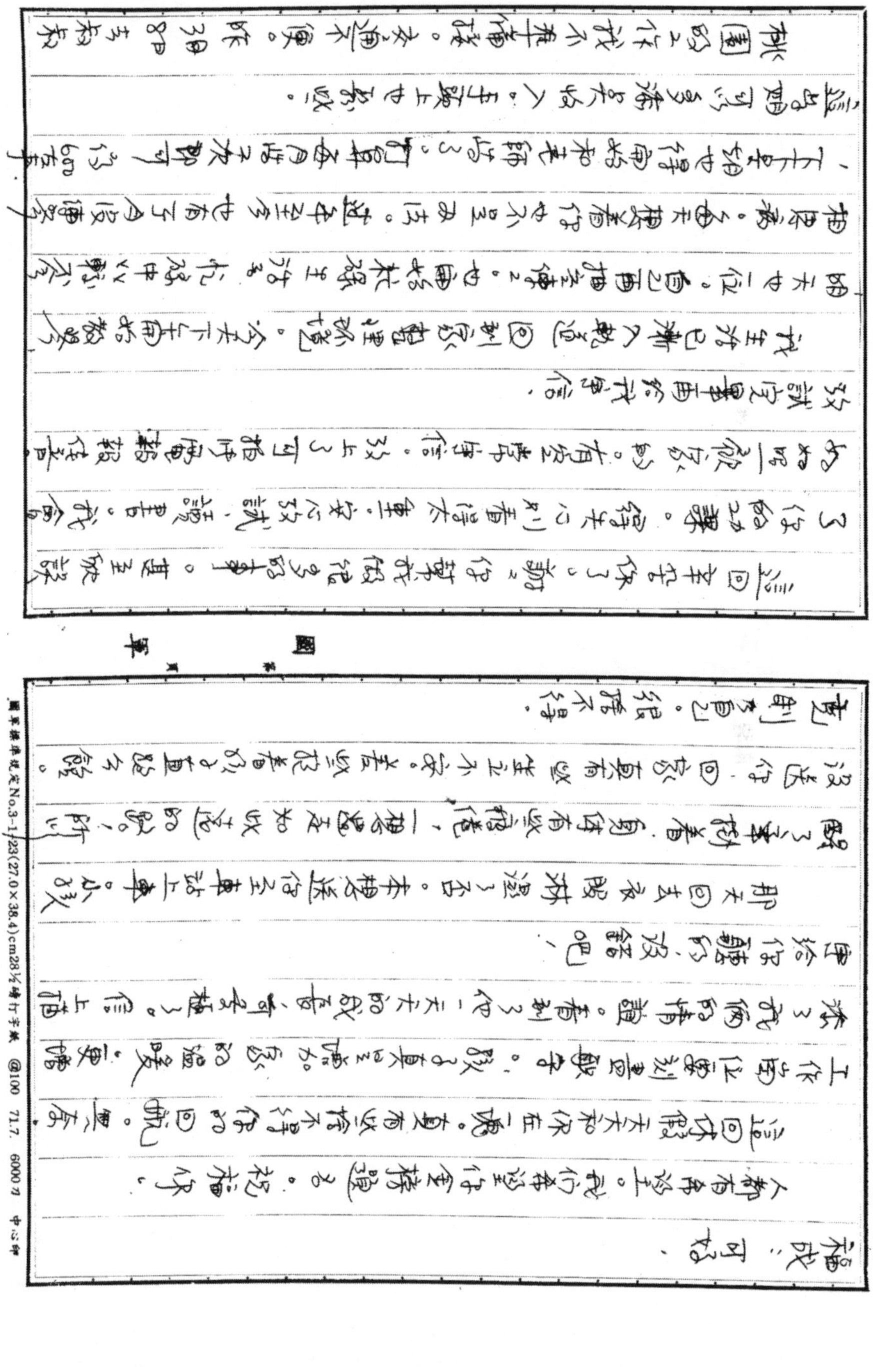

桃園的工作我不想轉換。交通不便。[illegible]

[illegible]

那天回去承服撐過了否。本想要送你至車站上車。[illegible]

[illegible]

福哉：可好、

國軍標準規定No.3-1/23(27.0×38.4)cm28½磅竹字紙 @100 71.7. 6000刀 中心印

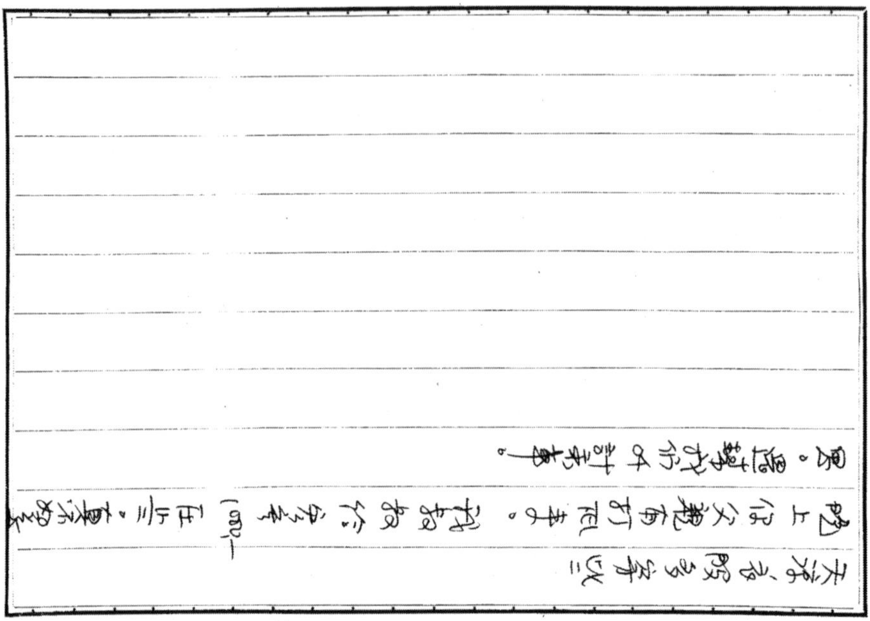

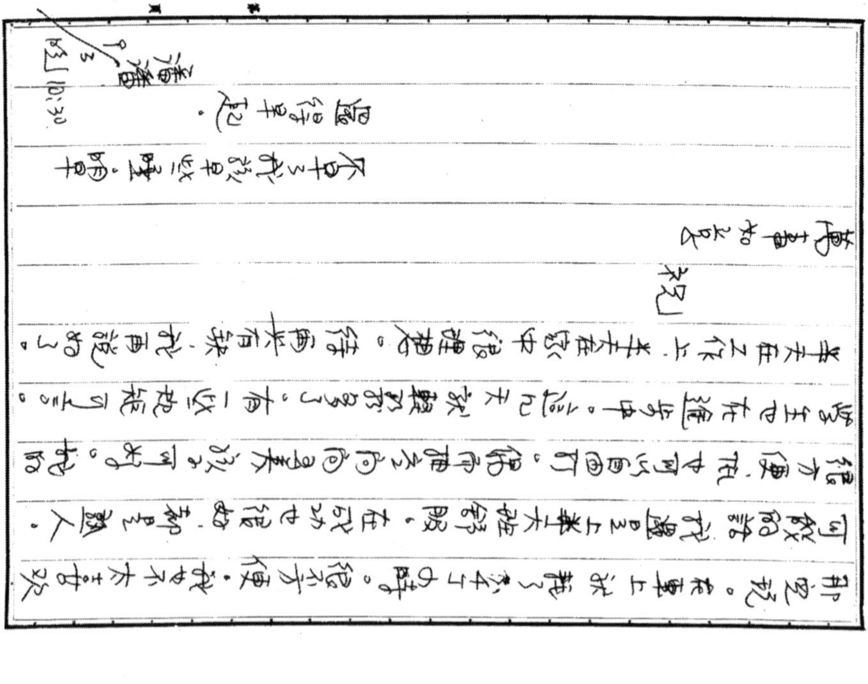

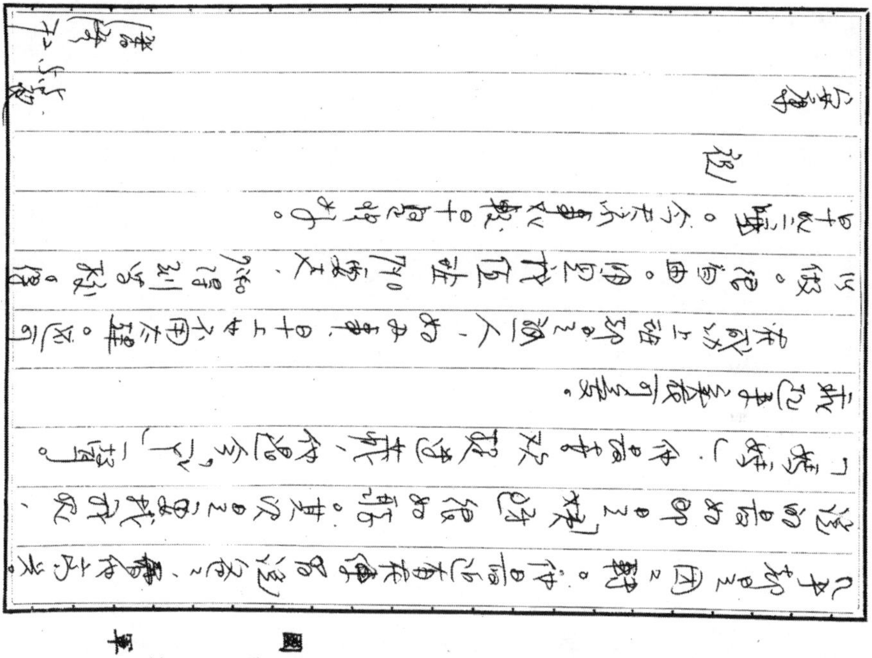

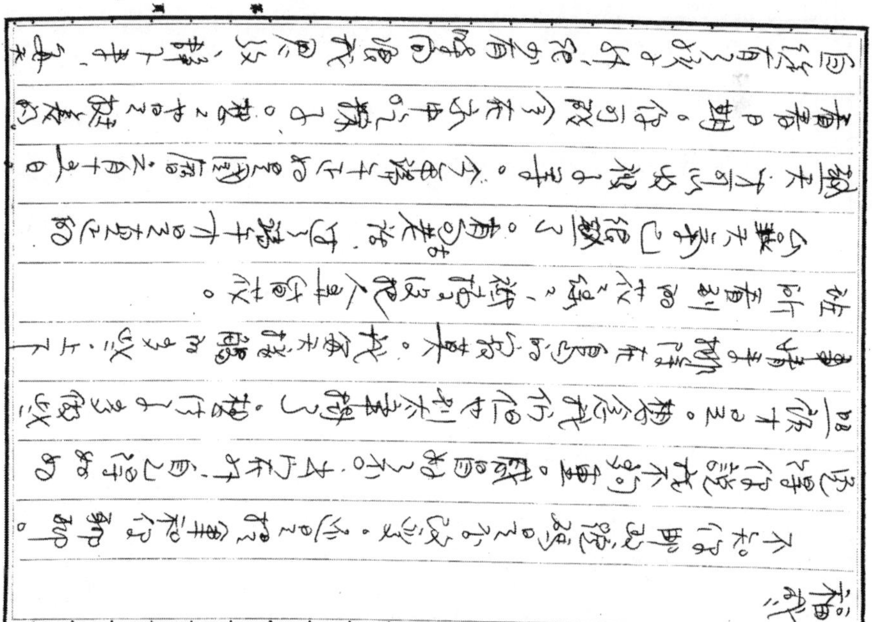

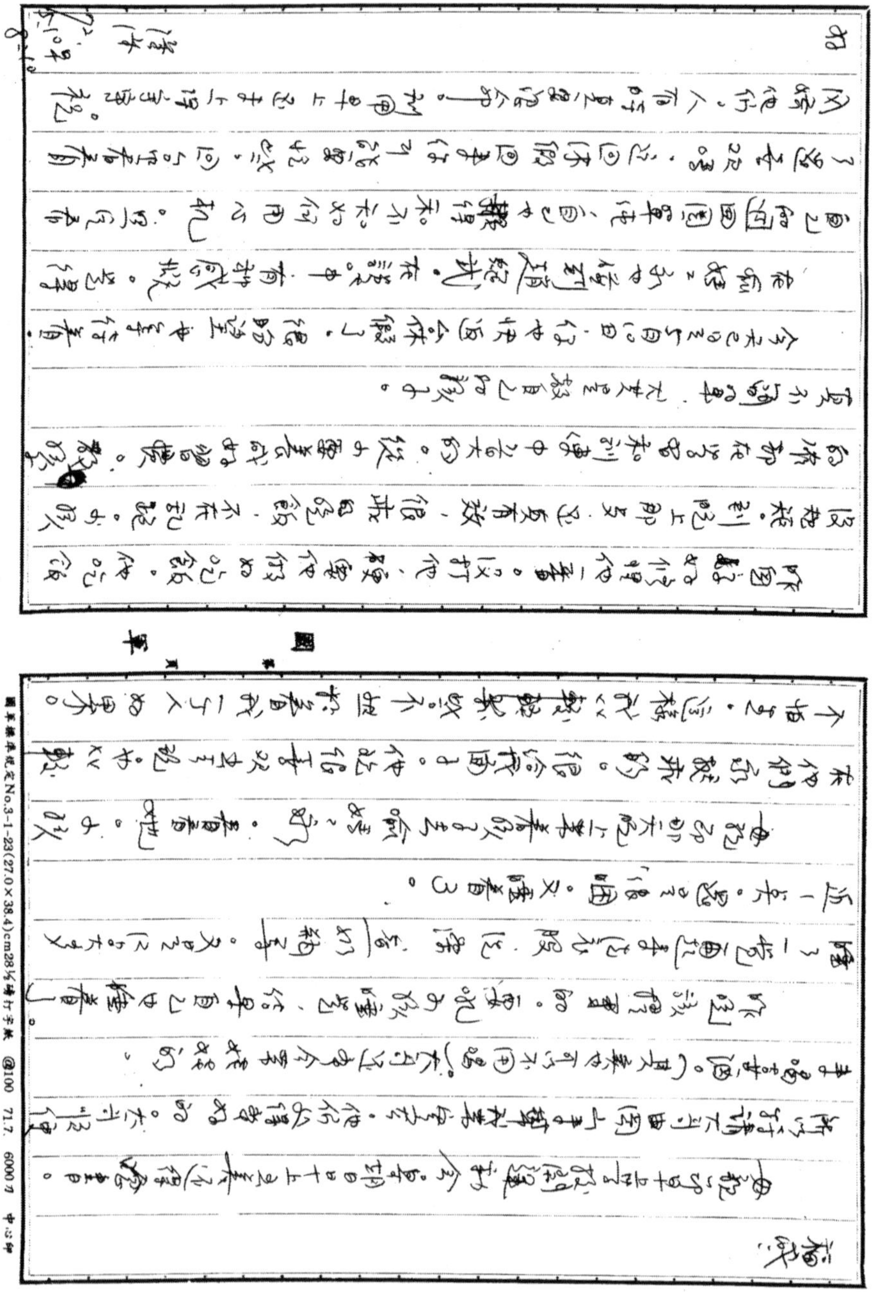
國軍標準規定No.3-1-23(27.0×38.4)cm28½磅打字紙 @100 71.7. 6000刀 中心印

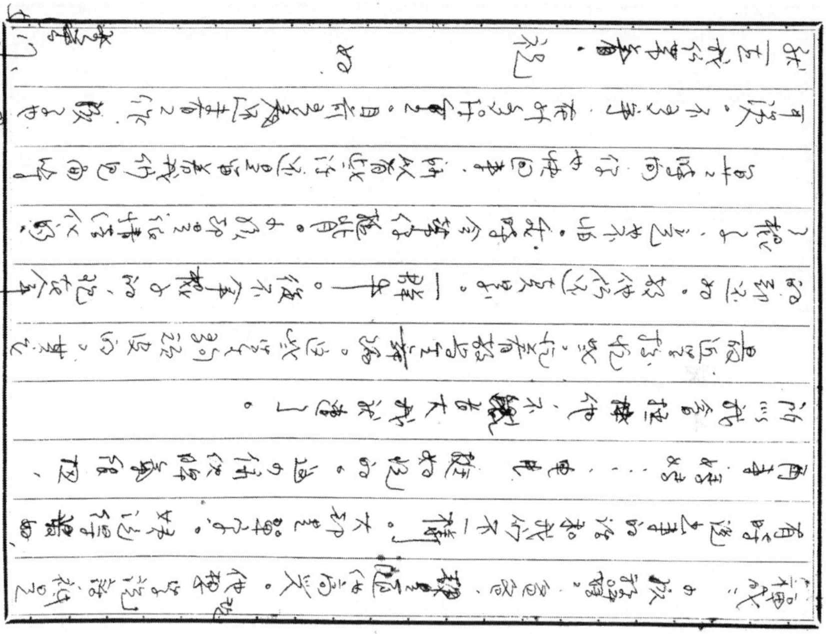

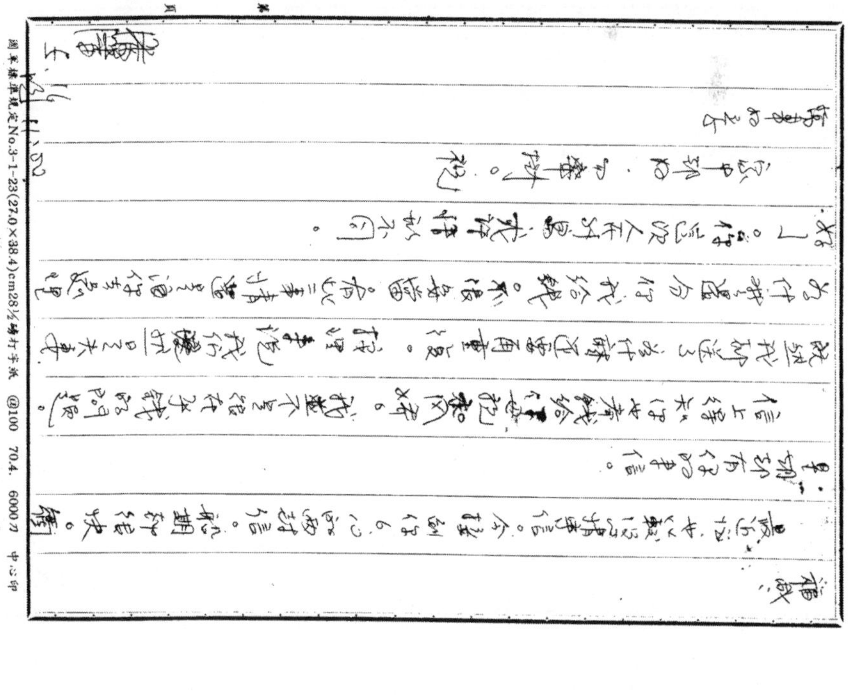

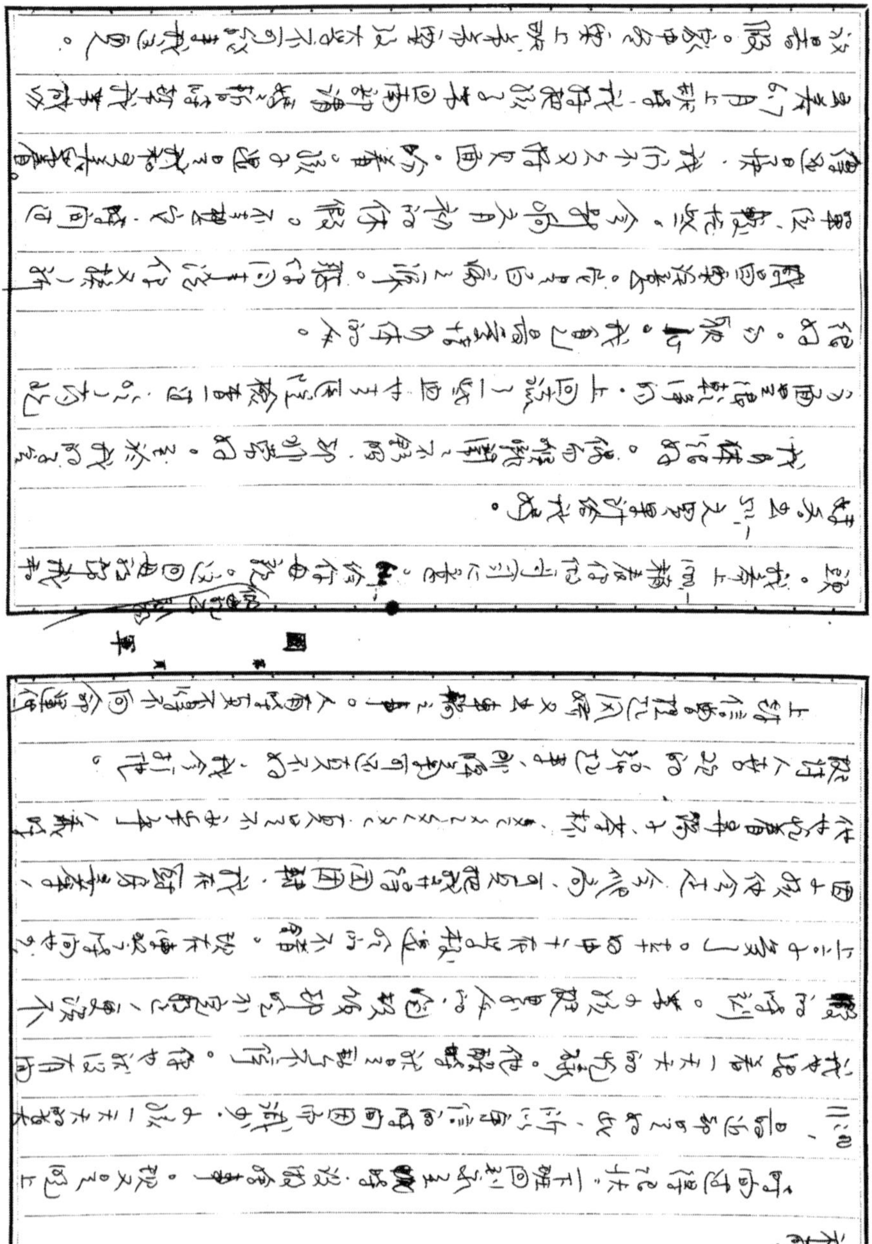

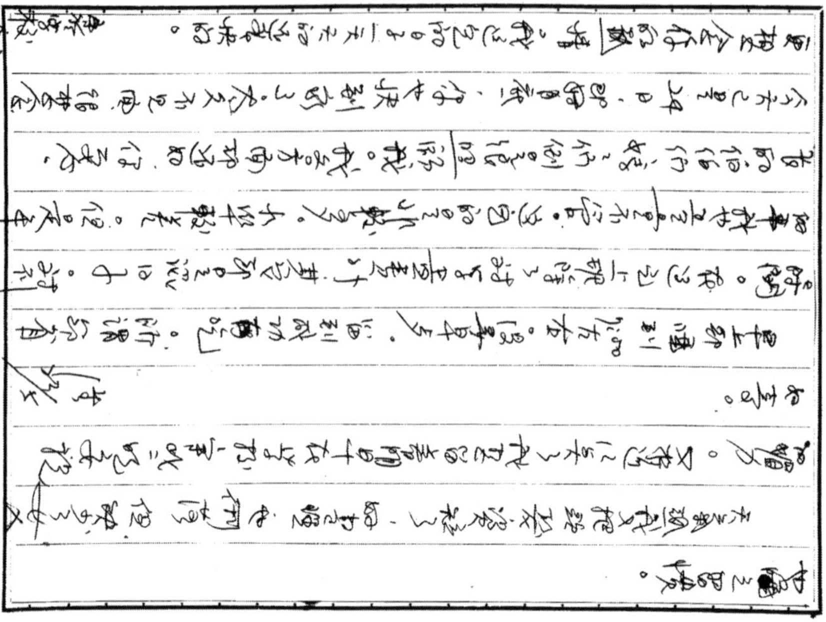

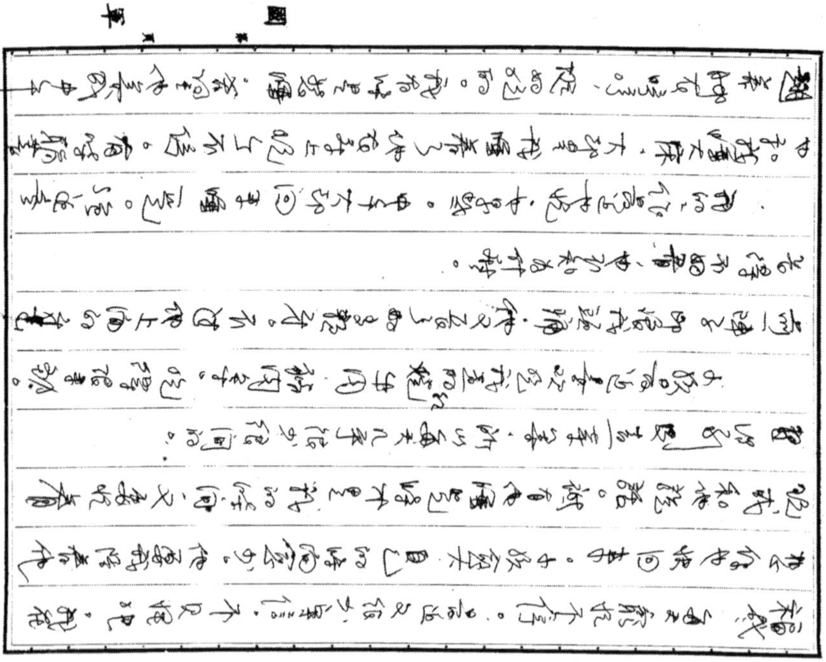
國軍標準規定No.3-1-23(27.0×38.4)cm28½磅打字紙 @100 71.7. 6000刀 中心印

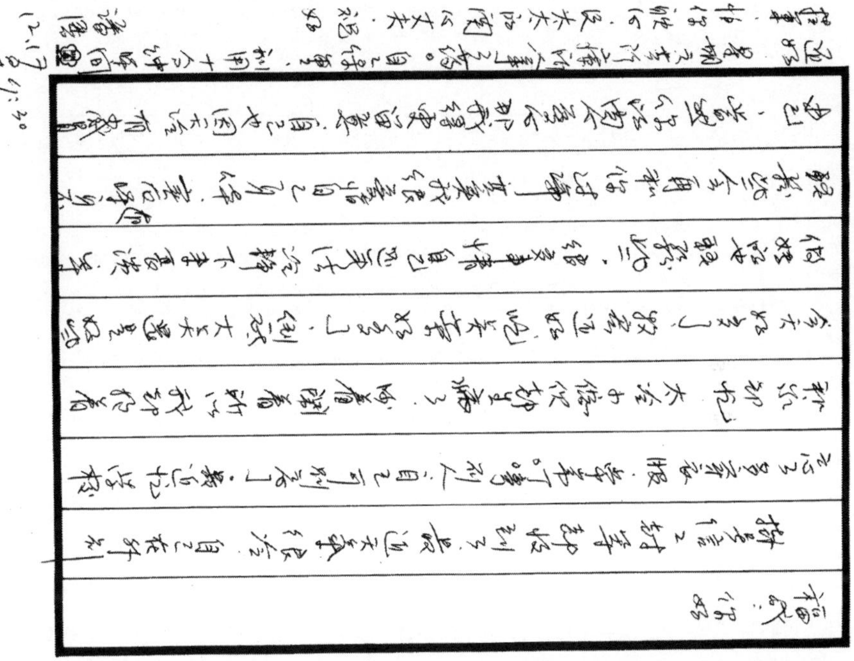

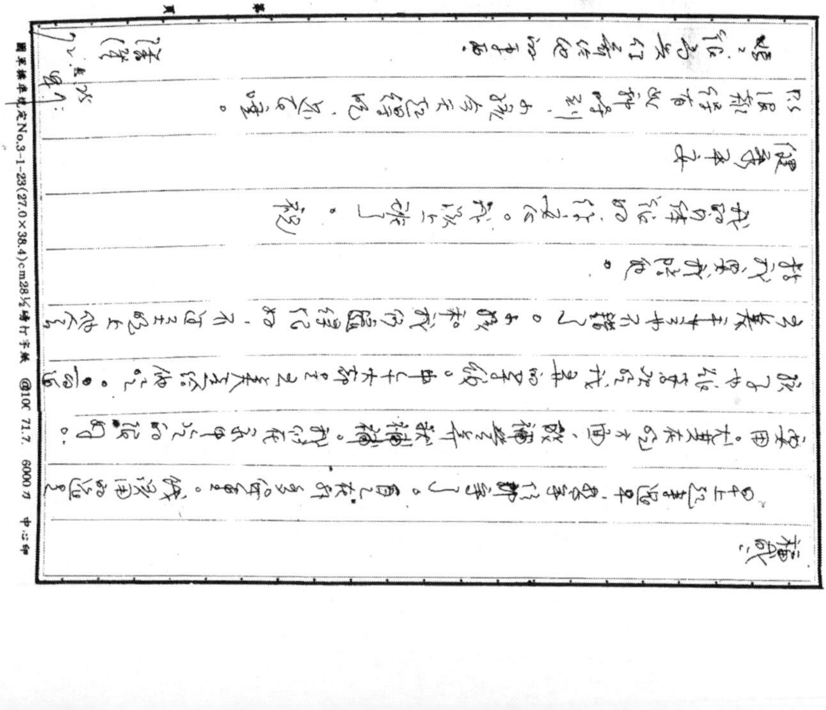

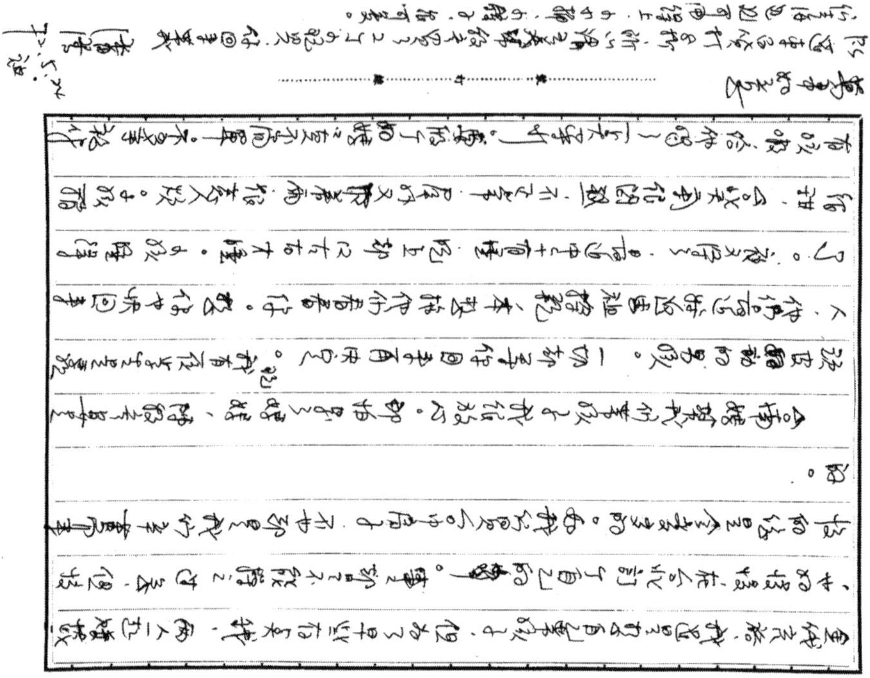

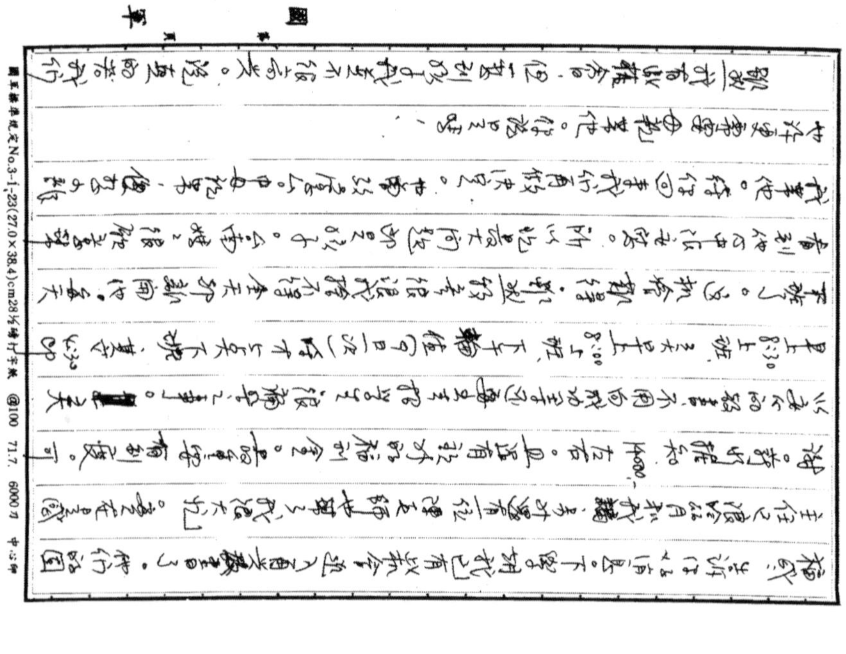

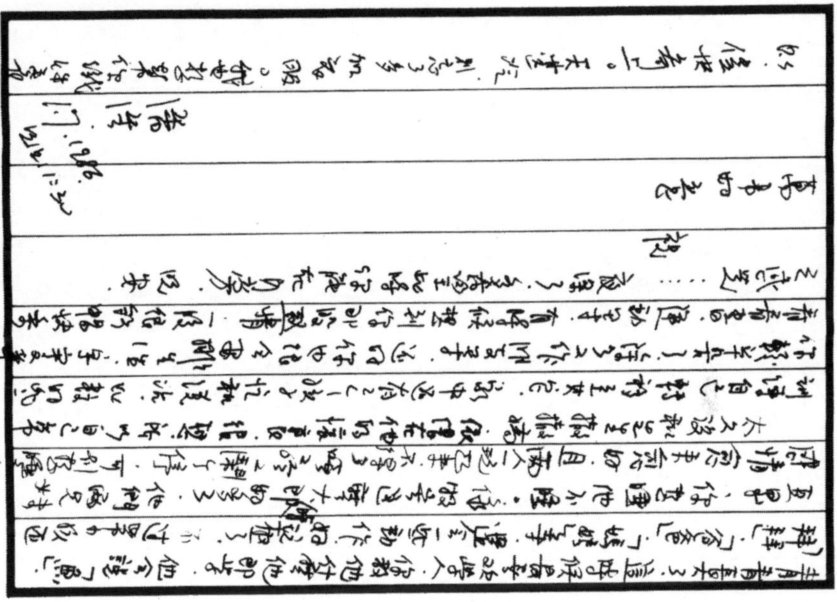

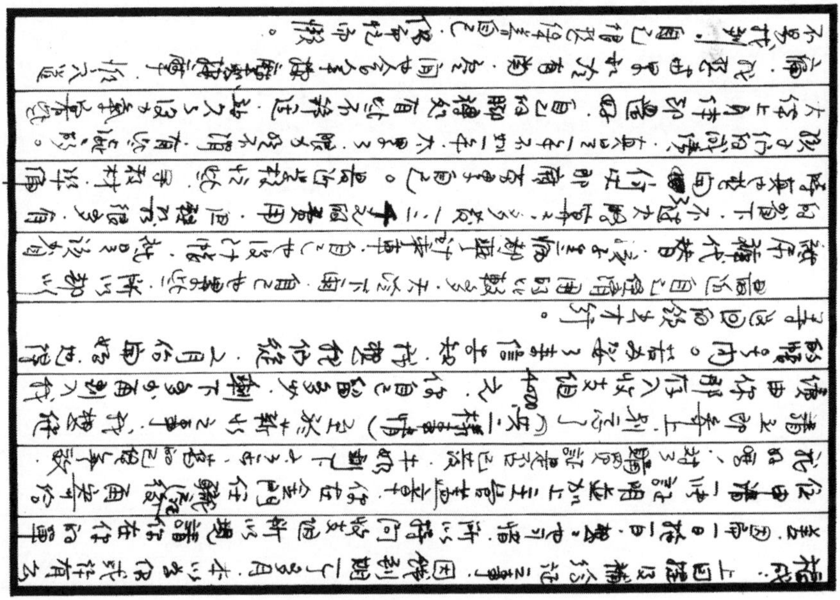

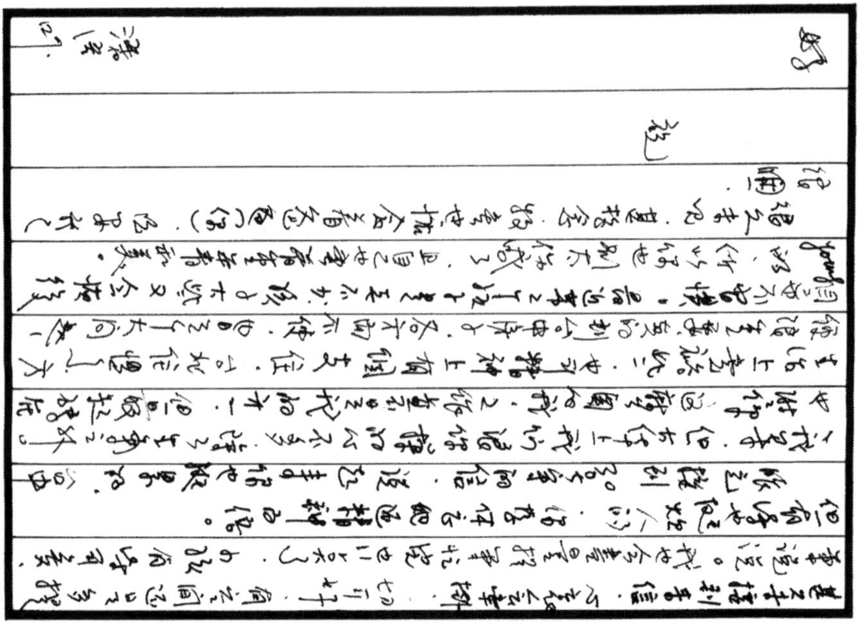

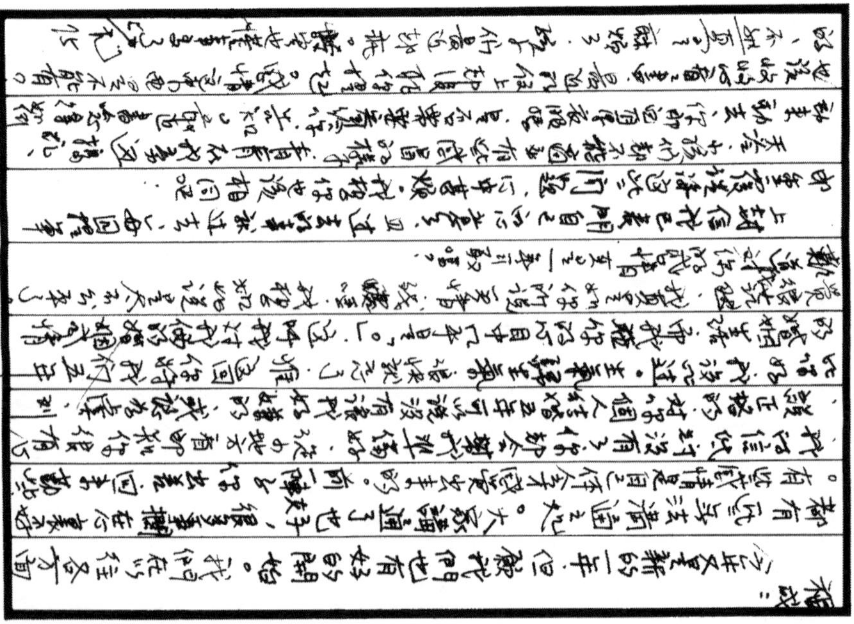

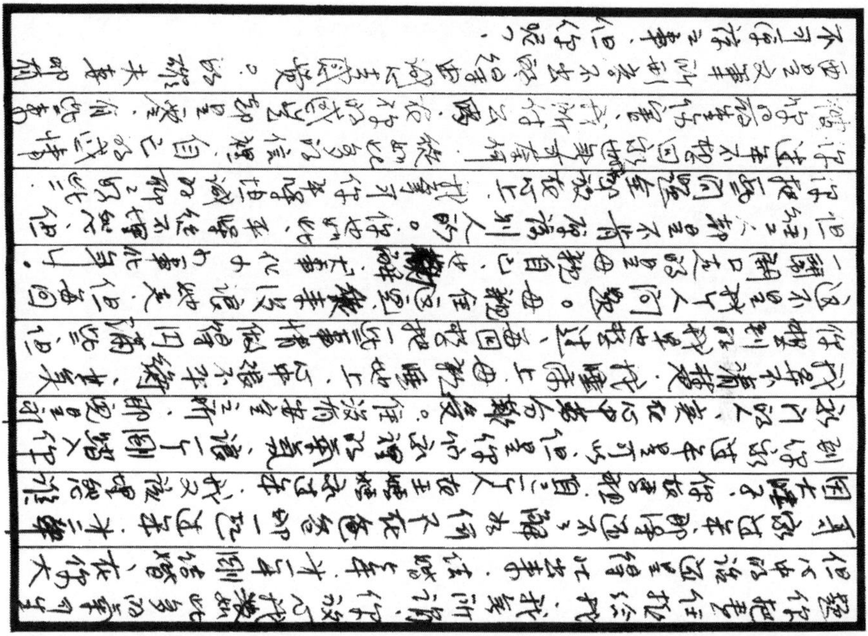

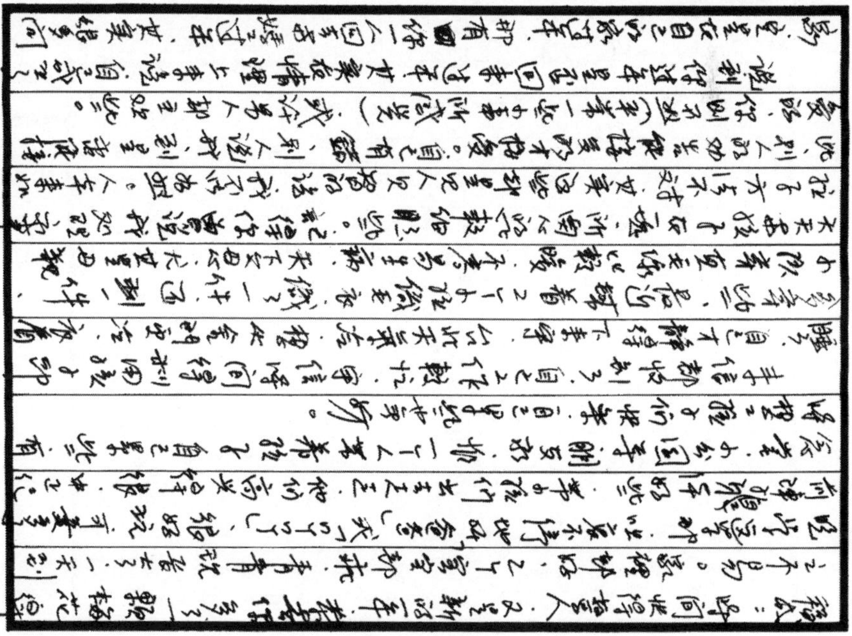

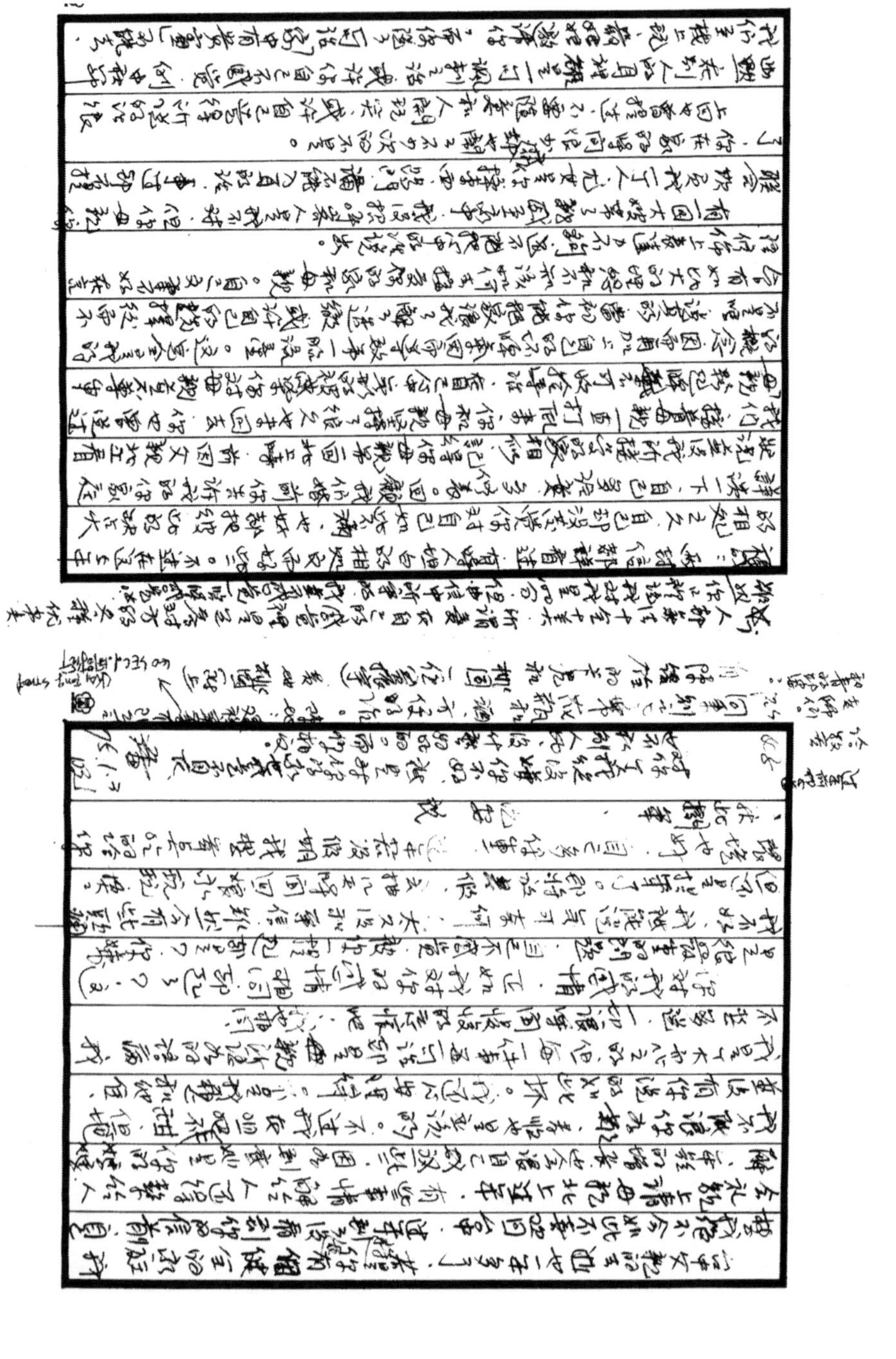

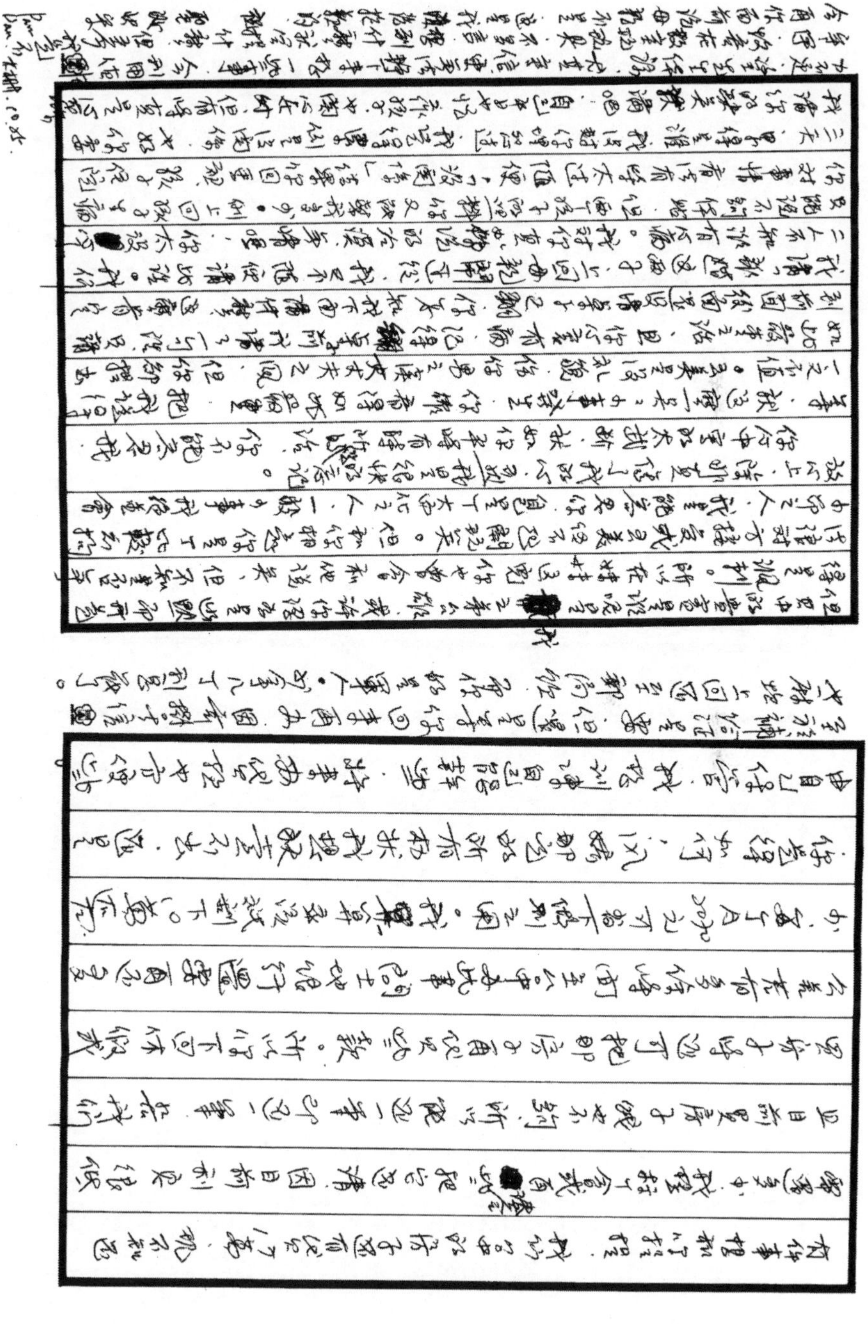

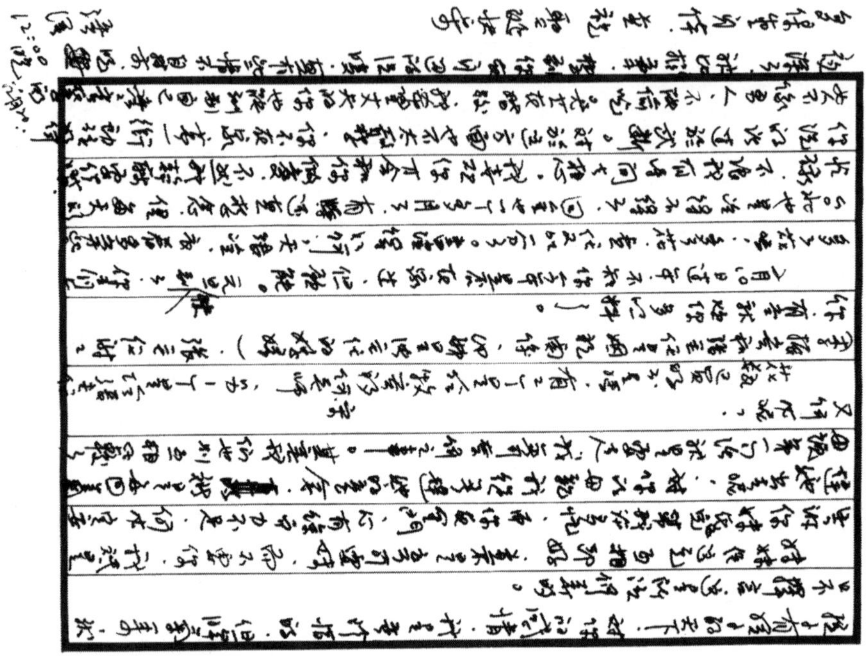

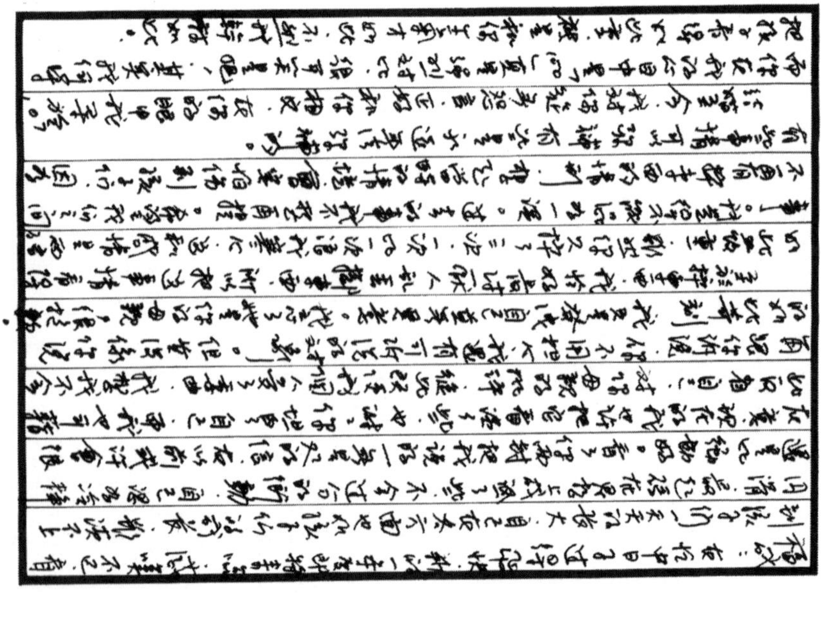

福成：

在家的時間除了家事外，陪孩子玩玩(收看T.V.)又到睡覺的時間，心也靜不下來寫信。所以一天過一天，又有一陣沒提筆了。出家在外，得到家書是最珍貴之事。

上回寫給玉美之信，我沒讓她看，我想能忘掉她的就算了，況且玉美已不搬來，又何必再增加一個苦惱。尚請你見諒，做姊姊的會利用時間找方法勸解她一番，其實我自己像她這種心時也是很相像的，因我的父母對我太過遷就，變成沒大沒小，屢次的教訓和經驗，總會改變的，就如我自己，在個性方面，已經改變很多。目前我的孩子小，家裡有了新人對我來說很重要，萬一有事可以接替。花 中午

昨晚看到你寄的信和所貼的文章，都看了，現在除了工作、孩子，一天所剩讓我好好做自己的時間幾乎沒有(因累了收完了又到睡眠時間)，當然也是自己想多休息之故。最近身體很好，疼痛少多了。(樣子)

花瓶不需換字，但願你能幫我選花色較美好的。價錢在她不要低於即可。

我想在婆媳之相處，相處之初給彼此兩者都得互讓，就如你和玉美相處時間這麼少，你又能了解多少呢！這信中的幾句話，自覺得若是我提筆並不會寫"算是不算是"。人都是覺得自己做的都是對的，且說別人的不是容易，雖然有了孩子後看書時間少，但是在人與人相處間，自己的經驗還是不少的。

至於你幾次掉東西，我想這回也是我所講的最後一次，至於你改不改，接受不接受，我沒有權力讓你如何做。

和你母親也有一段長時間之相處，剛結婚時不懂禮儀，得罪親戚，在婚前甚感自己的不是，但反過來你也得承受這些，因我無法接受你的家庭，但經兩次我自覺並沒你說我了解的也太少，心中祇有排斥，那有接受之心。但經兩次我自覺並沒理虧，我也在大眾之前任你母親說，每回母親是自討要回台中，我也盡心地挽過，人總要替自己留後步，不要把話講絕了，那是會讓人笑掉大牙！說此話太過，最好不要和她開玩笑得看人開玩笑，像玉美心胸不夠開朗，

所以你她因欣心功課不好，因而把工作辭掉，但又在意自己是否有工作，加上考試的壓力因而曾提過，四阿姨打電話也提過，自尊和自卑的作祟，演變成如此的場面，我對自己很自責，把事情處理得如此。

或許你認為她姐姐嫂嫂，和你相同，你不也想沒母親，誠

想也別互相比較。

人都是相對的，婆媳難道都是婆的錯嗎，不盡然。

你和妹妹之處也有對方所不能容忍之處。

我想這件事就到此為止，用這去睛。

本來在12月初即我的房子要搬好，總算是姊妹，幫我

安美也好了，

忙這學期把青青帶着，短短時間找不到人。我也輕鬆些，青青也好。

不用早去晚歸。妹妹住這兒總是說住上比較好些。其它好多了

也沒怎樣了。在我的感覺你覺得我不是個很好的媳婦，而你對妹妹

要這做到姊夫的樣樣嗎，都自我反省過。

感情是很奇妙的東西，自己也說不出所以然。有時想婚姻也要

沒意思，善後這些事。

說的也是自己感情不合丈夫該冷靜呢？最近更得讓自己冷靜些。

對自己的婚姻，丈夫沒有信心，惟一讓我安慰的即是孩子、工作。

她的事情很少想。不多寫了我已經有些語無倫次了。

祝

家中都好。

平安快樂

P.S 照片帶了，自己更是養孩子
又操老了不少。你說過
好多次，我怪得不得清，
自己是多操勞了些。

P.S. 兩個孩子都好，有些小感冒已好了。

明天下午帶兩個孩子診所看看。金美華　玉鳳

12月6日晚上

晚上有事，也就沒時間寫事情了。

常理說你去台之後剛剛好，我也經由他的老師說過。

今天星期三，利用一点時間和你聊聊，學校有午休。

自己的身体還好吧，多保重。你說耳鳴，這幾天我累得很，有時也會耳鳴，很不舒服。你吃了二個星期的藥，是否有改善。別忘了吃。書唸得如何，是否有些心得。別忘了工作與休息，做爸爸不容易，賺錢養家，還有事業。

我父親昨天打電話一萬元給我，真不好意思，做父母的總是想到兒女，不拿他又不行，他們的一片心意。

自己最近錢花得多，[illegible]一個都不好，又到私人診所看才好，[illegible]費事，自己身体不好，原本很少用的都用掉了，自己沒有節流。自己也看開了些，花點錢身体舒服就好。

我會利用時間多休息，你放心。祝 心情愉快

我全部都看了，就是比較不懂，在學校吃很快又快，這幾天要吃他的藥。

[illegible]

（他也說有家長的有要吃一大堆[illegible]的藥，他很有[illegible]）早上被我們[illegible]一下，不吃了。你的時不知是不是這種藥，我是不敢吃。

青[illegible]
10.11.
晚上1:30

平安快樂

[illegible]國我送爸媽、大哥、弟弟，他們第一次來所以都很高興。有機會帶我常回。[illegible]給[illegible]和家人的祝福！

福成：

時間過得真快，你離開家也已一个多月了，一直想提筆，時間[illegible]用，至今才給你提筆，不見怪吧！不用你說，自己也覺得身体不好，最近自己常覺得不舒服，但自己一直挺着，不然真會倒下去。

其實自己也很想多休息，[illegible]孩子們每天家事，青青前天又感冒生病，除了花錢，[illegible]累，睡不好（兩人都睡不好），還好有假期，可以緩衝一下。昨天雙十節放假，帶着小孩到武[illegible]公園玩，自己實在很累，但為了孩子還是撐着自己，帶他們走走看，二个高興得不得了。青青很少外出，帶她晒晒太陽，別看她小，聰明得很，我大聲叫了[illegible]，她也[illegible]，二个不停，二个在一起挺會玩的。下班回來，[illegible]青，看到我們高興得很，哥哥逗她，哈一笑个不停，她身体好時很好，[illegible]太多，相對之我也辛苦些，還得當心。

上回提到說給台中[illegible]錢，考慮了一下，我還是二个月[illegible]一回至[illegible]，[illegible]，[illegible]還是我們收比較好些。11月我[illegible]，[illegible]我拿了1000元給她坐TAX！順便報告一聲。

最近眼睛不好，買了一些白菊花和[illegible]泡開水喝看是否有效。

你的長官王子[illegible]，因他是在[illegible]那兒，和我有段距離，我想能遇到他們導師或者到[illegible]再與他們老師聊一下。我曾和你長官之妻聊過，才知道有這麼回事。打聽一下應該沒問題。

福成：別來無恙。錢和信都收到了。這星期都還未提筆，一來忙些（學期即將結束）二來最近特別愛睏，發福的現象。昨晚今都半大班，也都把孩子接回來，[illegible]鍋裏熱著飯菜，肯肯正好睡了，所以利用此刻要討信給你。並寄上一些照片，這回距離未取好，所以照得不夠好，沒接上學習。看看照片，還挺樂的。

說起來很好，很久未聽到平和聲了，星期六早上聽到平和聲，所以我也今早可上平和了。現在的時間的確可貴，不過自從我懂事以來，我是很善惜時間，把握著每一刻，雖然不是看書，總是做著自己喜愛的事情。別笑我了，還說我文情並茂，和你比起來，那簡直是大巫見小巫。對人生的體驗，到目前有些心得，事情的分析也漸漸透徹些、客觀些，人總會隨著年齡的增長而成長吧。從小雖然生長在不很富裕的家庭，但溫馨的家庭，也把我們訓練的像一朵溫室裏的花，還好我們都還能教，能學。自己比較樂觀些，所以我的日子一直過得還算快樂的，當然鑽牛角尖的時候也是有的，那可也不得了的，現在比較少一點。本月我們倆多領了一萬塊左右。端午節今年少過些，吃的人少，一斤足夠了。我家[illegible]合南還病，挺受苦的，也是[illegible]藥搞了些，像你她，肚子餓了，就叫擱筆，祝

平安如意

74年　[illegible]
6.15
中午12:30

P.S. 小孩現在很能幹，翻滾自如，大床四週得圍好，不然真會翻下來。

福成：

得知你平安抵達，放下一顆牽掛之心。家中還好，青青晚上睡眠時间也日增，拍拍她，她即能入睡，不过非得把灯关了，才有效果。所以这几天我也跟着早睡早起。你的信是21日寄的，我23日即收到，金门的邮信不像马祖，时间拉得长。

这几天每天都5点左右起床，整理家務，作一些運動，還不錯，很多褲子已經可以扣起来，自己也感覺肚子瘦了一些，不过我的眼睛不太好，太勞累，眼睛即紅紅的，不舒服，今天又是星期六，下午準備去门診看看，顺便也帶小孩去看看，青青的眼睛眼眼比較容易流出，很想去看看是否有问题，但也比較不美观。

今早是8:30的飞机，距离你上班时间還早，所以提筆和你聊聊。晚上爸媽打TEL来，也告诉我你給他们的信收到了。台中那边我不知，有空再打TEL问问风妹才美也聊聊。自己多保重，有空的話…就常去吃吧，我看到横竖有一轉，除了工作，看書外，別忘了休息，不多寫，再聊。

祝

平安快樂　萬事如意

1725　我們又開始寫情書了。

劉眉　

已經了幾年治過是差

有理由加註解。

9.4.5.25 星期六

早上 7:30－9:40

福成：哥好。

信都已收，最近忙些所以寫信少。我7月5日即將放暑假，當老師的好處，工作累了有一段長時間休息。本可立即返南但因開會(7月20日)所以只好在台北待命。

今早媽媽跟我說小孩脾氣太急躁，他有些說不清不想講了，說真的急性得很，脾氣一來不得了。我想大一些會好些。所幸我要放假了在家可好好照顧。最近台北好熱，風扇吹不停，小孩滿臉都是痱子，所以昨天把他頭髮剪短，那个樣子可真像你，當然跟你一个模樣，頭髮也是相同。忽然沖涼只不過得很，這樣子即如他因个性急，所以皮膚不好。

這兩天(前)有颱風，還好沒有下雨，前晚几乎沒睡，呼呼地響，且又聽見東西碰撞的聲音。起來好多次。

自己也包了(20~30)个粽子，還不錯，你有吃嗎？上回信中得知你也忙，前天喉嚨不知怎很不舒服，很久未生病了，可能天氣熱出事的，太悶了，很不好受。

我的值日表已排出，7月份20晉學，28下午值班，29返校，接著放至19返校(8月)，17.20.(21.22)註冊，23.24.25值班。暑假的時候要好好的利用，我想暑假去學一期的韻律舞、鋼琴課程。8月10左右返南待較長回家，準備就此。至於在工作，應該沒問題。

寄上一張照片，讓你瞧瞧，幫我好好保管別弄壞了，下次再帶回。101中的，在中山堂照的。看看太太孩子，也可聊聊。青青睡了(今天睡得還沒醒)趁此寫封信給你。就此擱筆 晚安 祝你 好夢連連……

清清 6.24.10:00

福成：

來信收到，現在真的是忙得不可開交，二個孩子弄得我團團轉，胡秀還好，小孫青青讓我操心不已，胃腸不好，所以瘦了許多，好不容易胖了些又胃腸不好，昨天摸摸她手臂，例手是皮包骨了。她很喜歡亂咬東西所以喉嚨易發炎，因而引起胃腸，這幾天又好了。自己的身體也不如從前，遇到機會就得休息，所幸上班不勞累。中午有30－40分鐘午睡自己常鬧頭痛，有時也很受不了，自己還愛惜自己身體，所以你放心。

中秋節自己過了，我們這裏附近上巖峰樓上玩玩。

等明天帶着二個孩子上山同樓看看青山，吹吹風曬曬太陽。上個分都太累了，懶得走，等青青大些再去。

其實她這件事情的看法已隨着年紀、見識改變許多。操心也暫着待出以省，比較好些。

上封信寫令妹之事，並沒有什麼，祇是把心情吐露一下，已把在外出時間少，和人聊天機會也少，太多的事一直放心上也不好，隨筆提了一下。說話是藝術，同樣的話，會說的人說得好收些。有些人說話得佔上風，永遠不吃虧，自己說已很難讀不少，吃虧多年紀大難。

前幾天台中母親隨着退休團遊覽台北，順便來此，說起來像母親這姊節，可以隨處玩，人往往不知足。也不懂得愛惜所有同學之弟、朱道德。我想叫他記得名字。

中秋我沒寄東西給你過節，不見怪吧！你太偏心。

假者很有，懂事多了。吃飯也好些，上學也喜歡，惟早上叫也不起來。要跟他哈麻煩，多虧妹妹幫我不少忙，將來你好好們還得大大謝，利用中午時間，斷斷續續和你聊聊。永遠

祝順

敬之　　　　中秋快樂

户籍謄本這得上區公所申請，明後天請完再寄　　9.23 中午

福成：

來信收到了，劉健民的話也傳到了。最近家裡三口都生病了，尤其是青青咳嗽得厲害，自己看了心中甚是難過，所以自己也整日愁眉不開，憂心得很。我最感謝大哥你給我和青青，我今天好多了。不然也真不好受，又是眼淚鼻涕。台南很熱，台北也熱，南北氣候差別多少有些不適應，所以最近忙著照顧孩子，也無心寫信。

我要謝謝四叔四嬸回台北，要謝謝陪我到這裡一趟，好像都有去住，希望孩子快快痊癒。

天下父母心，你信上說的其實我都有想過，做人說是有良心的。我和台中母親的感情並不是一日之積，當然有了孩子已慢慢接受，但沒想到去年此時被母親鬧得自己幾乎得神經病，台南家中半夜你母親回來的恐懼，至今有時聽父母親說起，晚一點聽到電話會怕，說真的他們都是上了年紀的人。很多瑣碎之事讓我要忍，我是無法改變對母親的關係，但你放心，我會盡力做自己該做的事。當然很多事情我做不到都是你去做，我可說都沒干涉。

相對的你說王美的態度，的確不好，她對我這個做媳婦的也常是沒大沒小，但我不是沒教她，這是第一次請她，並不是說她對你態度是不好，而是她和我們相處得多，所以你感覺的也多。

也別怪弟妹和他們對你的態度，在婚前我也和你說過，自己曾和別人談論過婚姻，對兼也和家中較熟悉，所以他們並不是排斥你，而是還未接納你，就連我自己也相同。

我們家的孩子也是父母親太縱容了，所以脾氣都很不好，社會的磨練也圓滑多了。信中我得等孩子睡了，睡一覺，前幾天連續幾個晚上幾乎沒睡，所以自己也重感冒，真是歲月不饒人，體力不如前。你在軍中，不然真是無聊，祝你平安快樂。

對了，若方便可以帶一些酒回來好存，有時喝或送人。

潘雪 8.18

福民：

今天天氣很冷，想你們也冷，衣服多穿些。由於你們那兒的心想也深，怕他們生病，被寒氣受涼才好，所以每一禮拜都得帶他去看病。最近學期末工作甚忙，所以少寫信給你，回家除了帶孩子外，還要料理他們的瑣碎的自己的工作等。還好吧，在這兒很想念你，孩子們也一樣想念爸爸，好久沒在一起了，空閒時想起我們的親近，自己總有股情不自禁的衝動，那天真的想了，我們二人去旅行，回味一下蜜月的生活，有了孩子真是忙碌，心境也不一樣，總是想著他們。

今天是1月17日，由工作單位收到你的回信，一直盼望著，人有希望生活就起勁，也比較有意義些。想好了嗎，許多決定在眼前過，每年都要我去張、大部份也是我自己決定，今年把這物少讓你，由你決定，看你上封信你也收到，所以你自己斟酌。花錢很要緊，非常要好，買了大花被都已送給媽老師，他們喜歡得很，爸爸媽媽真能幹，很會過日子。

只1月的錢都沒給母親，我想我們回去再給。順便3月你的部分一齊寄去。陝麻煩的。今年的壓歲錢也得算算，娘家的弟妹們都得給，今年你也回去，你好久沒回去了。我盼著你多住幾天，你比較多些。今年土很的錢我自己會說一下，我決定還了它。我沒看過也提早不要寄了，就此擱筆。前天你寄的書和頒獎章都收到了。大概香蕃。

我對你我一直是這樣愛著，沒有增減。祝

好

愛你的

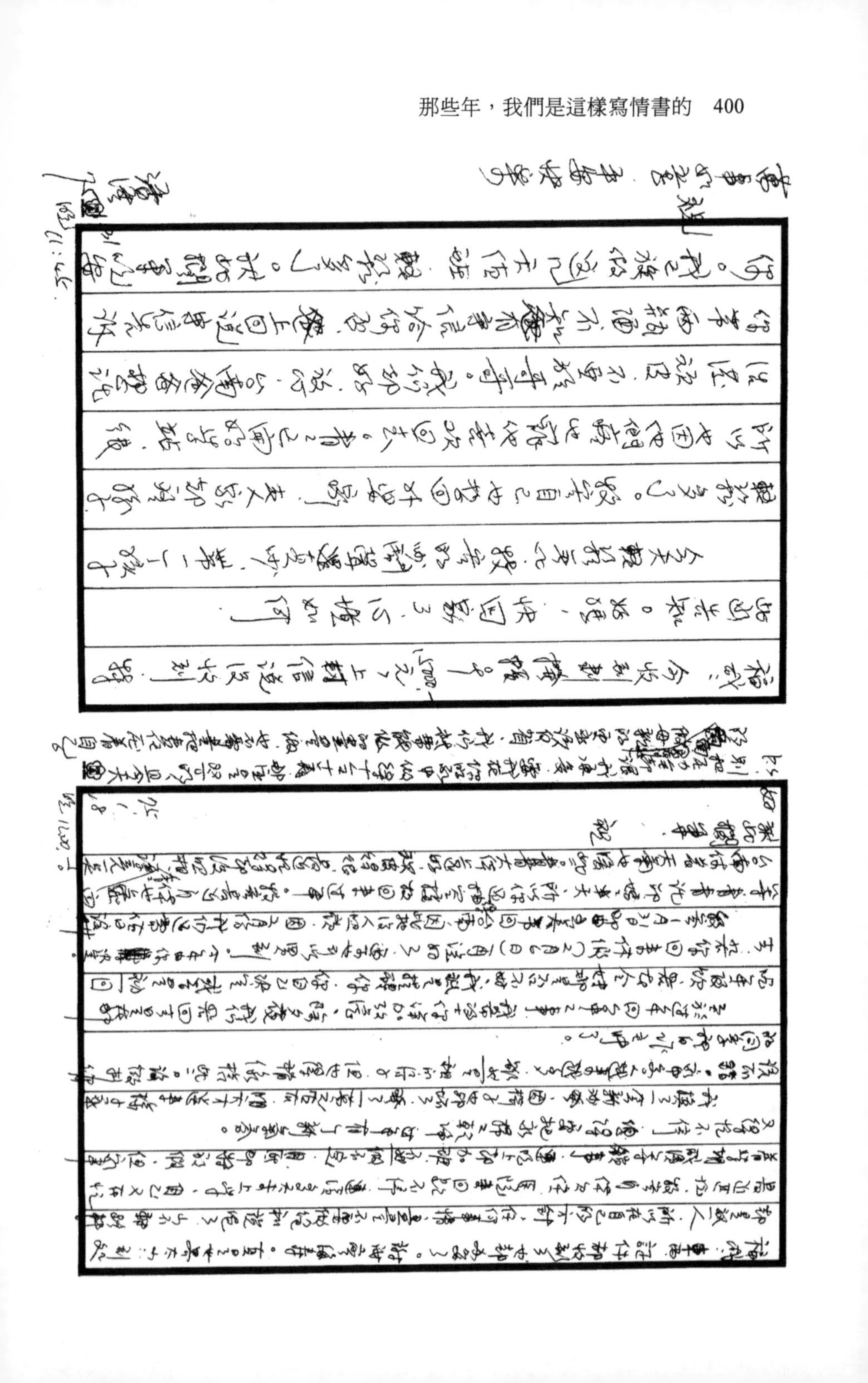

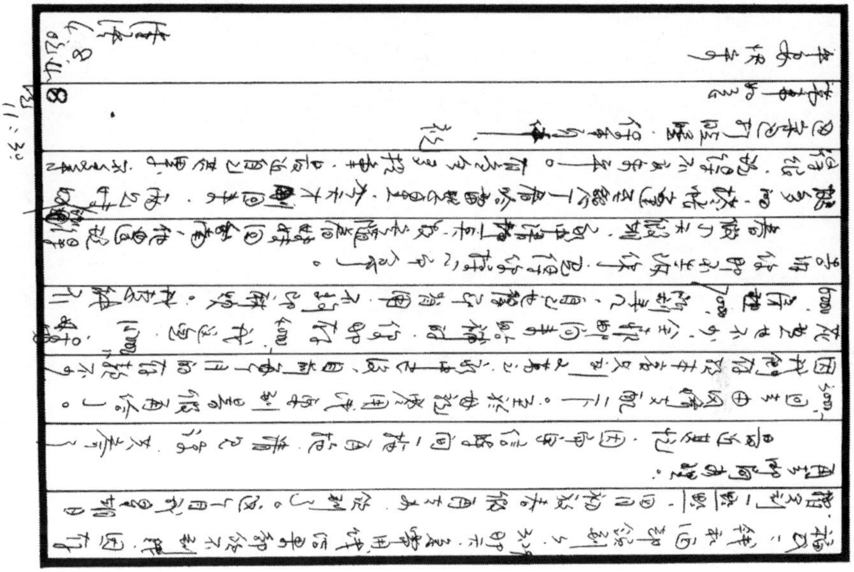

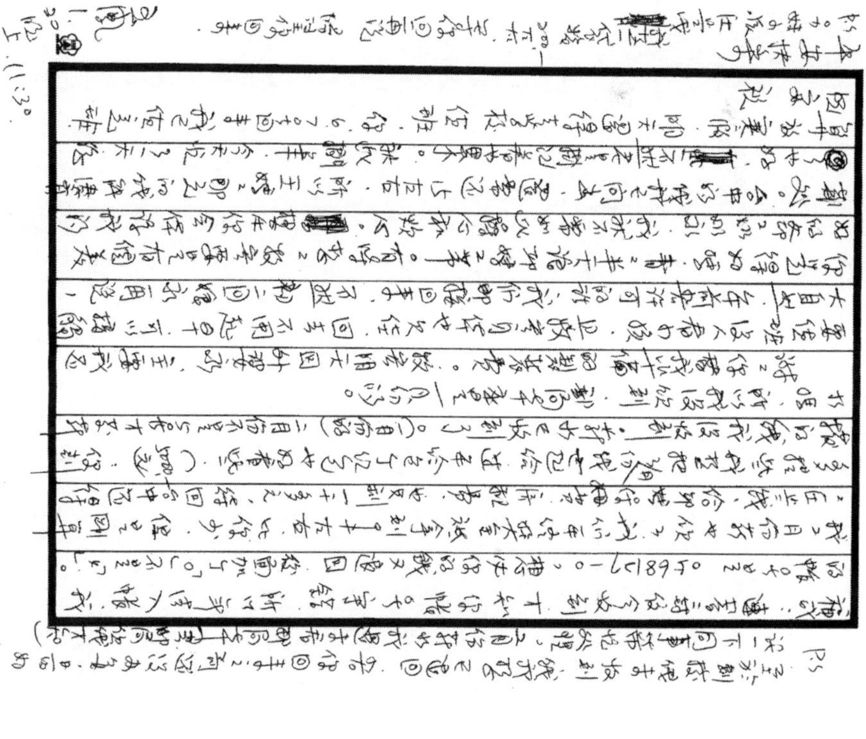

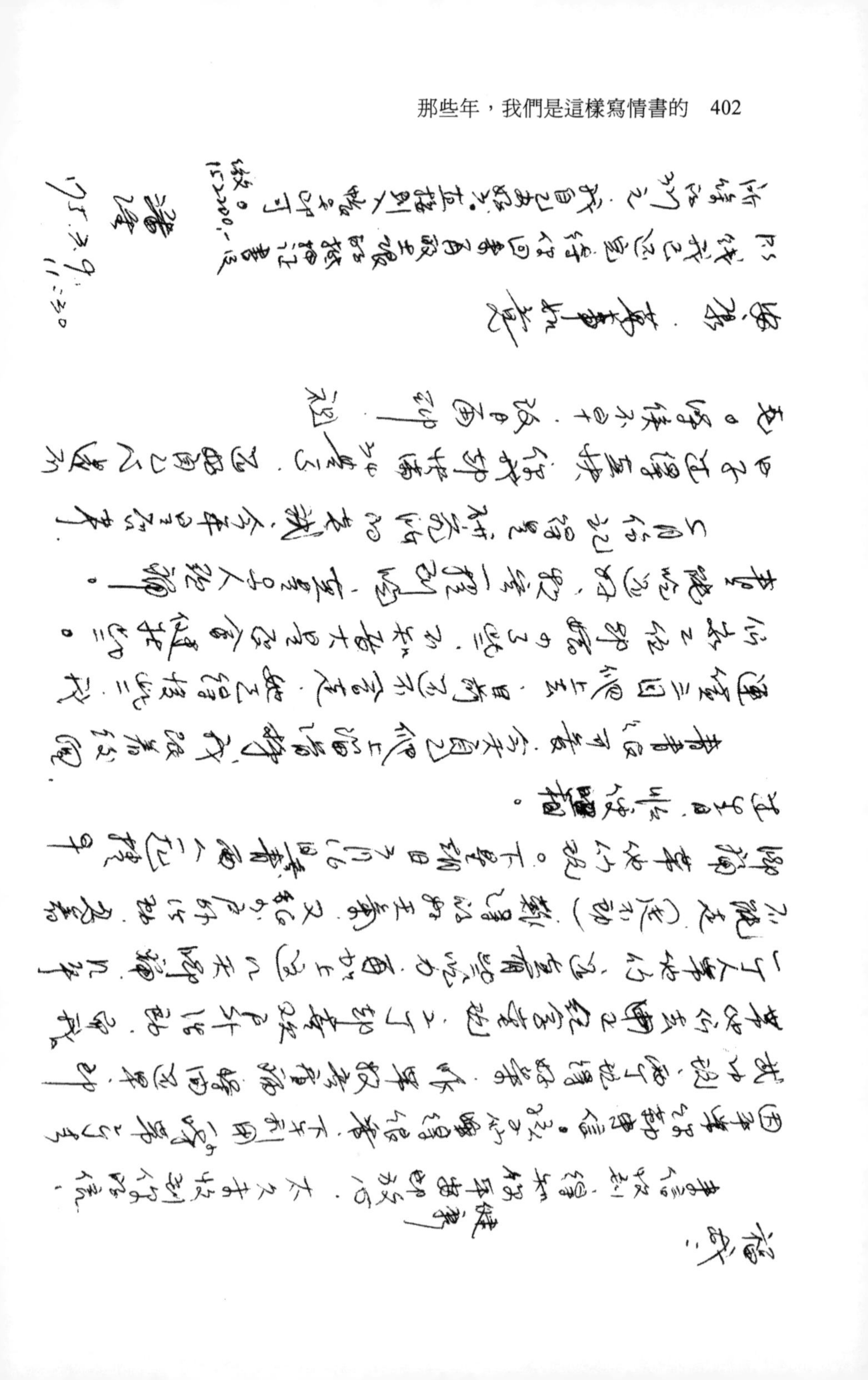

[illegible]

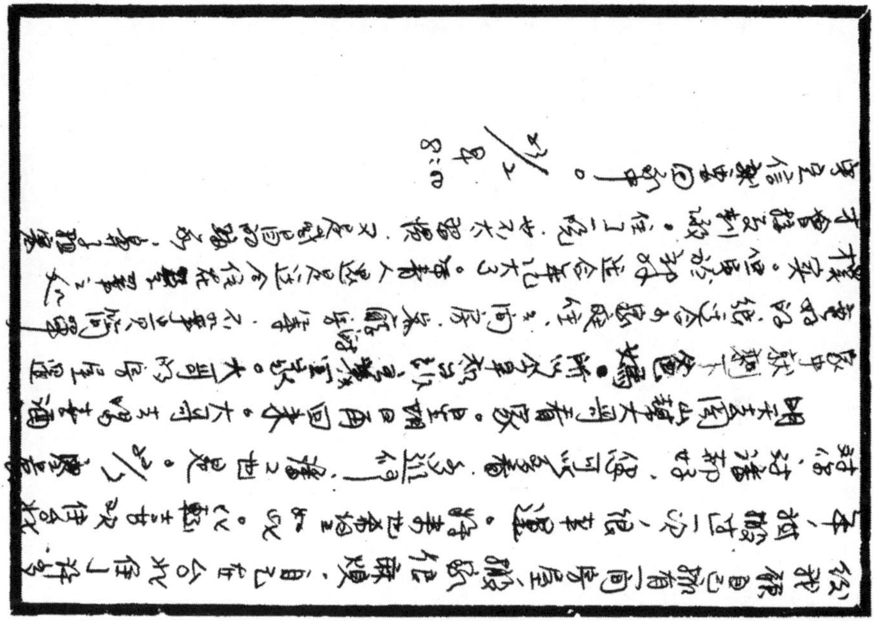

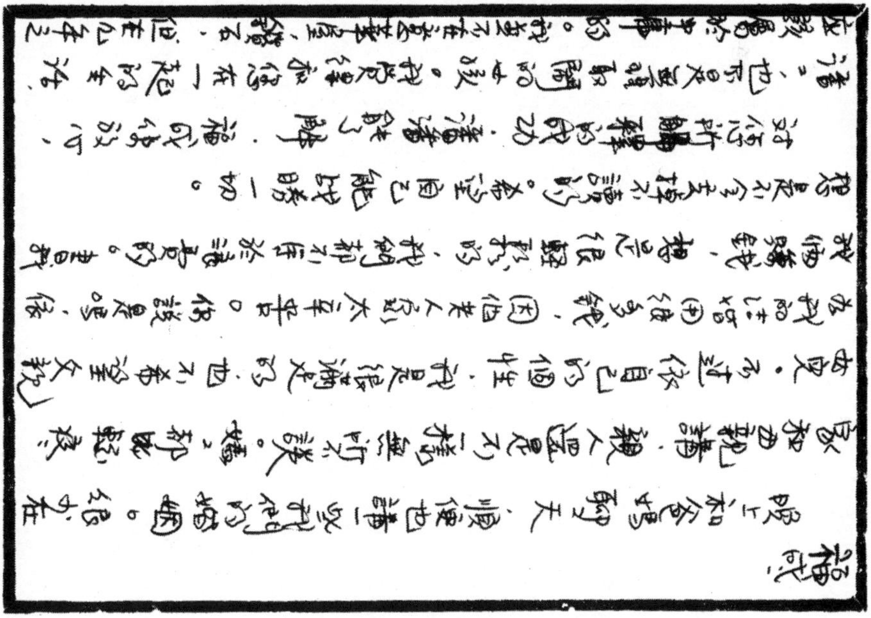

福成：來信收到，爸媽的海芙蓉收到，米酒未收到，你可向公司索取賠償。我於22日返北，因媽媽咳嗽、慢性支氣管炎（老毛病），太累了。青青因旅途勞累，發燒三天，也流行性感冒麻疹，我覺得[illegible]，直有些不知所措，看到孩子的病痛，那可憐的模樣真叫人心疼。很好，所幸自己還未開學，可以照顧他，我於29日開學了，那就得麻煩如美照顧了。

你也別擔心，女人最情緒化，如美和我都[illegible]，像age，學習我吧，在不也很好嗎？情緒化的處理事情，你也放心，台南的母親會責怪你的不是，如美你們同住，那吧爸媽很清楚，更不會產生誤會。這些都是小事，不過當時我就覺得[illegible]，你覺得能和如美溝通溝通，你是敢幹，還得體諒多包涵。[illegible]人如果將情緒化轉移出，不必做得[illegible]如美心胸不可太狹窄。已做的事不要計較。

過年雖然過得愉快，但自己心中卻有种說不出的[illegible]，或許你給的[illegible]我會去贈自己的家，讓自己的家也有快樂的地方可享受。

說話是種藝術，自己最近在慢慢地研究。有些話是在損傷人，有些是間接傷人。這回自己也算著實聽到你和你家人的對白，我才真是說者無意聽者有意。其實每個人都有私心，[illegible]假如今天如美是[illegible]你會不覺得有問題，因為那是你的[illegible]，你覺得太太說的有理嗎！

至於貸款的錢（我還在湊）。

書讀得還好吧！別忘了自己的工作。

我要還來，就是過大節了，吃得少，難得有他愛吃的時候，明天又得跟媽媽早起辛苦了。所以青青暑假[illegible]不等[illegible]，我打算請台南媽媽帶，自己[illegible]可輕鬆些，我也輕鬆些。早上[illegible]郵局的[illegible]錢，[illegible]如果福利品等，就[illegible]

先生在的新日子是比較快樂些，但為了事業、家、開銷等不得不忍耐，不得不自己擔負起責任，有時會覺得很累了。

擱筆　祝你　平安

孩子的媽媽
2/6 早上 7:30

福成：

久久未收到你的來信，在金門可好，天氣甚冷（13-6°）台北也（10-7°）所以都沒帶孩子外出玩，青青已好了，病後胃口更好，更好吃，但吧吧不停休息，都還算乖，孩子已和我上學，累了一點，天氣太冷，一大早還未醒他就得上學。

天氣冷，自己多穿衣服保暖，讀書別忘了寫信給我們，孩子們很想念你，孩子被我揍罵時，吧吧就喊著"爸爸"，他們漸漸長大已知爸爸的作用了。青青很好玩，娃娃叫得很甜，出去已漸很有禮貌，早起也看了報章雜誌，今年婦女雜誌訂完，我決定訂小牛頓，一來孩子可以翻圖片，二來可以當我的常識教材，到書店去翻書，我比較沒空。我利用看他玩一邊看兩個孩子玩，也常常從電視，學問學到很多很寶貴，兩人一天天過得很好，青青也快滿一歲，學習對象很多，照你帶他們去外面走走看看，還不會走（嘛），天冷小孩衣服穿得多行動不方便些。

家中都好，自己也很久未提筆，今早也未達到標準，別忘了休息，我比較少提筆，沒辦法，休假回來，煩你再買個大花瓶（一瓶風濕酒）孩子們的何老師很喜歡（第一個給她母親）（500）紅包那樣送她。

安[illegible]

P.S. [illegible]

[illegible]
3.4 早 6:30

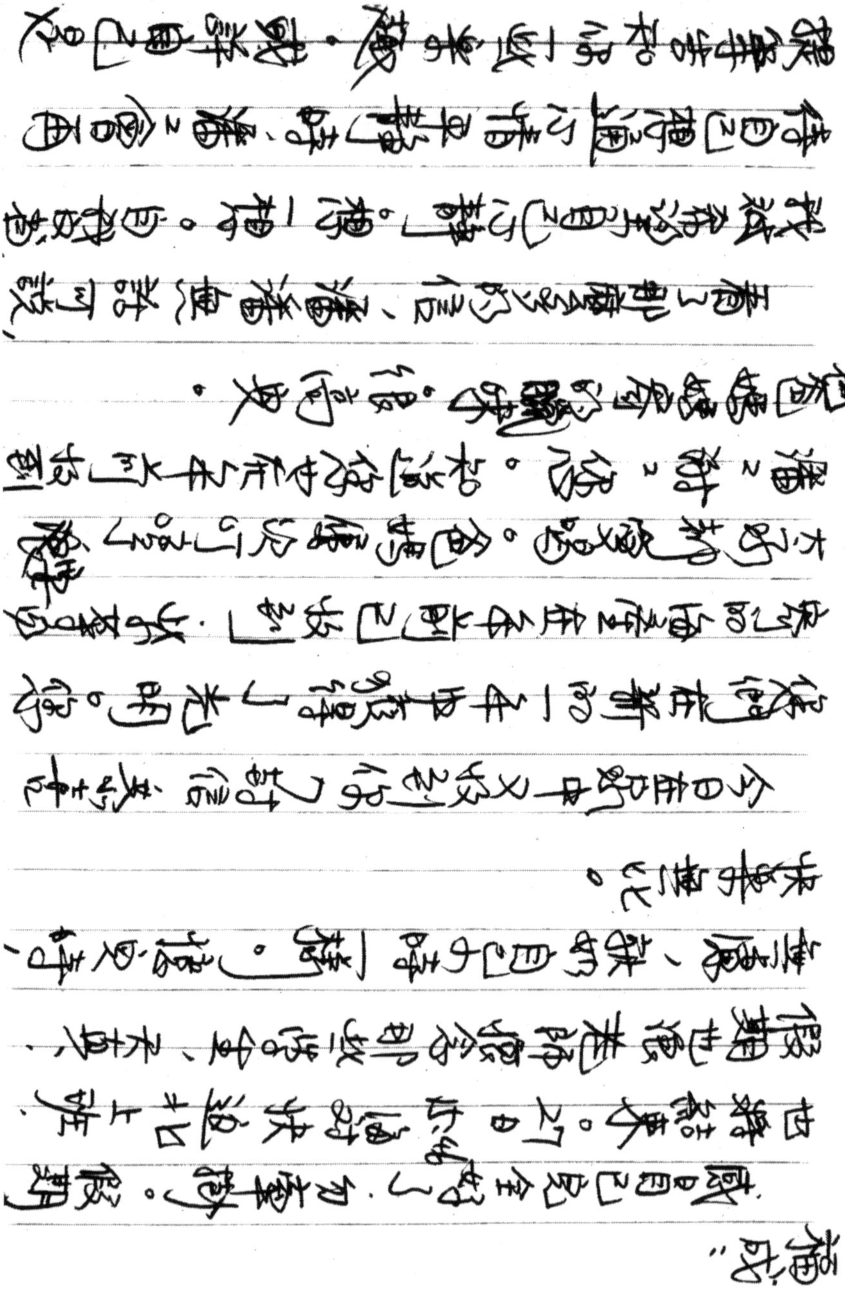

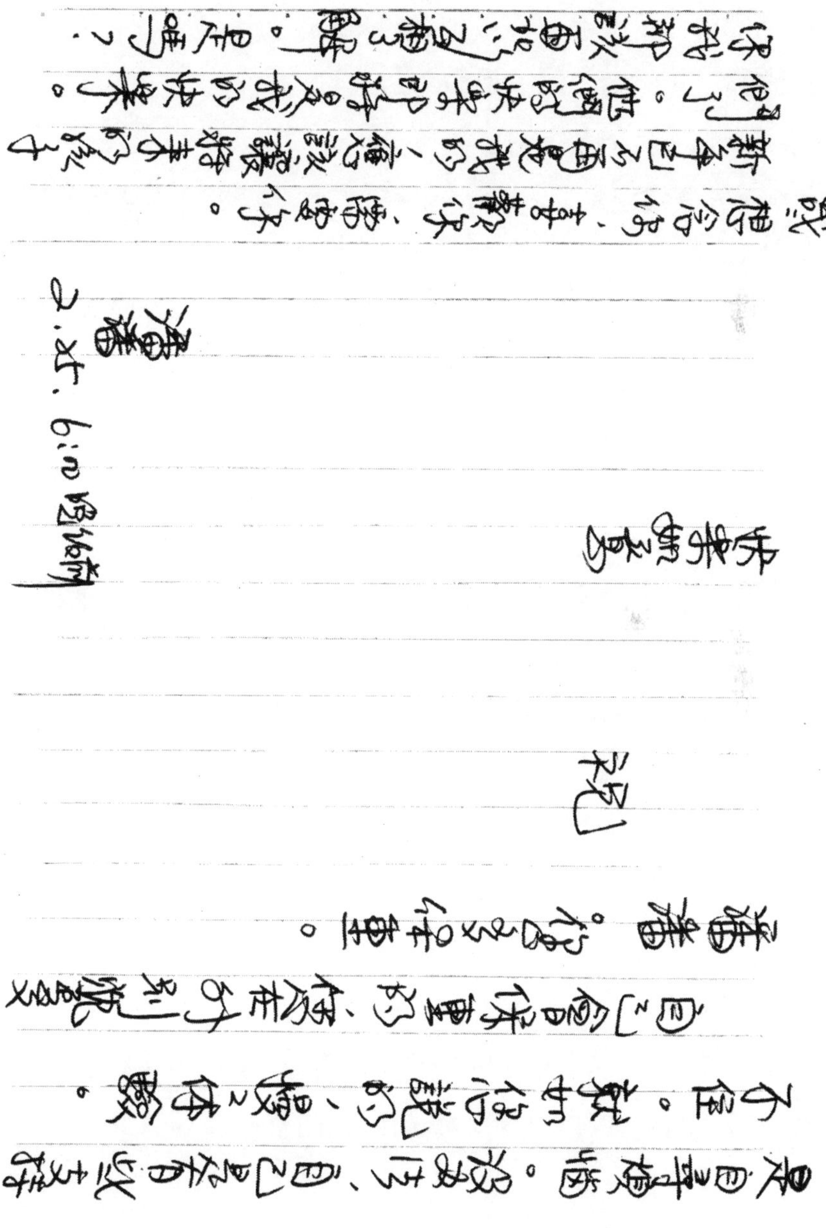

是自尋煩惱。沒辦法，自己是有些支持
不住。就如你說的，慢慢體驗。
自己會保重的，你在外別凍著
潘潘。你多多保重。
祝
快樂如意
潘潘
2.25. 6:10 晚飯前

讀讀想念你，喜歡你，需要你。
新年已不再是我的，應該讓將來的孩子
們了。他們的快樂即將是我的快樂。
你我都該再加以互相了解。是嗎？

福成：您好。

在家的時間更快，今天已初四，明早將早起要去台中拜年。自己很難（懶）得出門。其實祇要出去了，逛逛還是會開心的。昨晚，初、高中的同學聚會，很難得，大家都還是相同，不相同的是多添了人口。說說、吃的很樂。某些時自己的個性是很封閉的，我自一個人該是太內向了。

的確要放開，看開些。人就是如此。最近幾年感觸特別多。

也不曉得為啥，總覺得自己体力已不像以前，每年談東西都很好，而今年很想得做事，甚至辛苦。體力還是太差，恆心也不夠，此到家也都沒看書，吃、睡、想，自己很喜歡想。

家家有本難念的經。我在補英文時讀過這一課，回去時再翻翻內容，已忘記了，瞄我真不會用。

你看信的信，一定感覺到不太有內容，真的我寫在寫不出。但怕你擔心，還是提筆。

幸福，昨天的聚會是由在一位同學的娘家，她嫁得先生好，又是有錢階級，二個小孩又乖又漂亮，同學都說她幸福，我想這種物質的滿足來感覺出的。精神上是他先生好，很疼孩子。這些都是表現的情況，真正的幸福，我想該是由自己去體會。

讀現在想想覺得自己也不因是愛情的崇拜者。在自己還如此的流浪生活，個各方面都不很滿意自己的時刻下。真是有些心厭

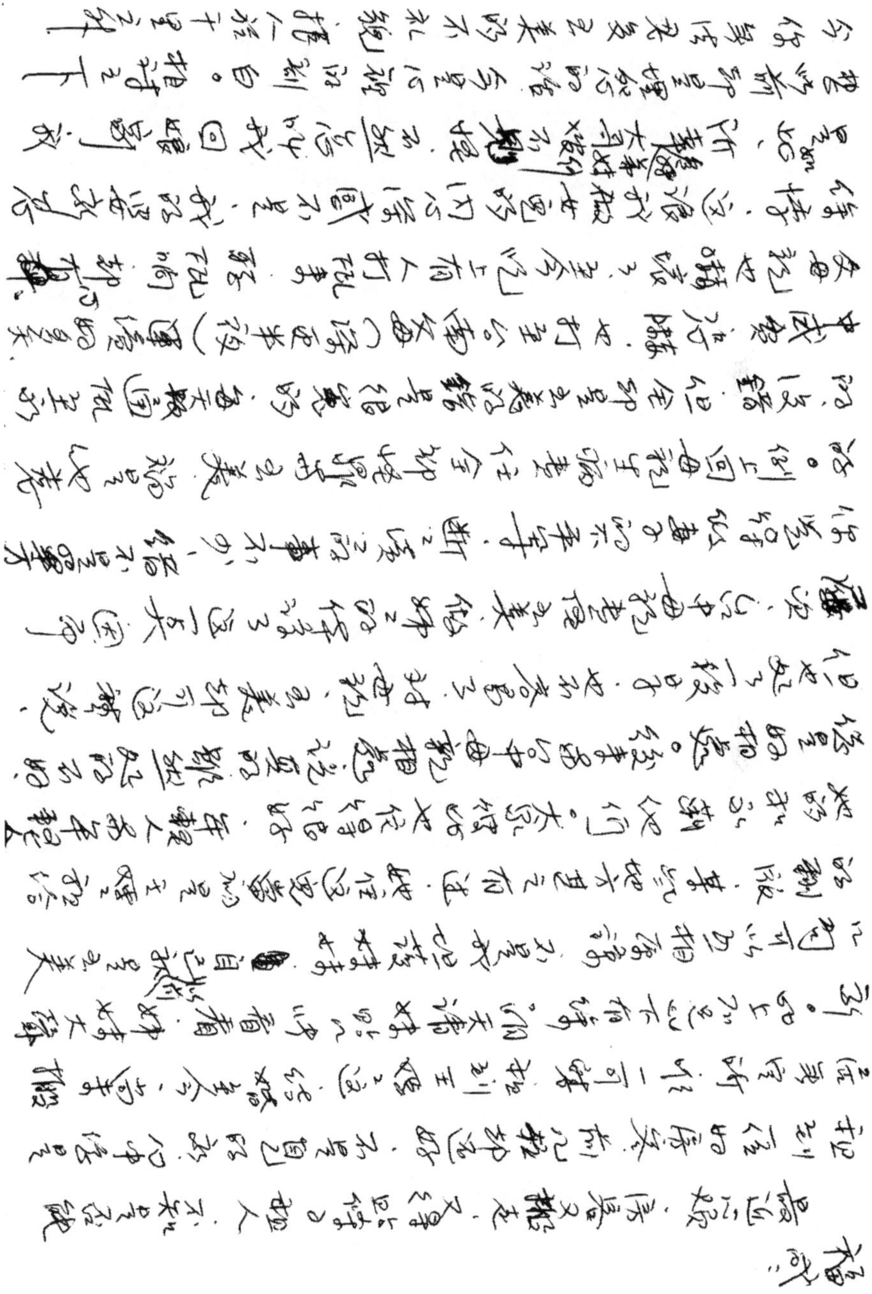

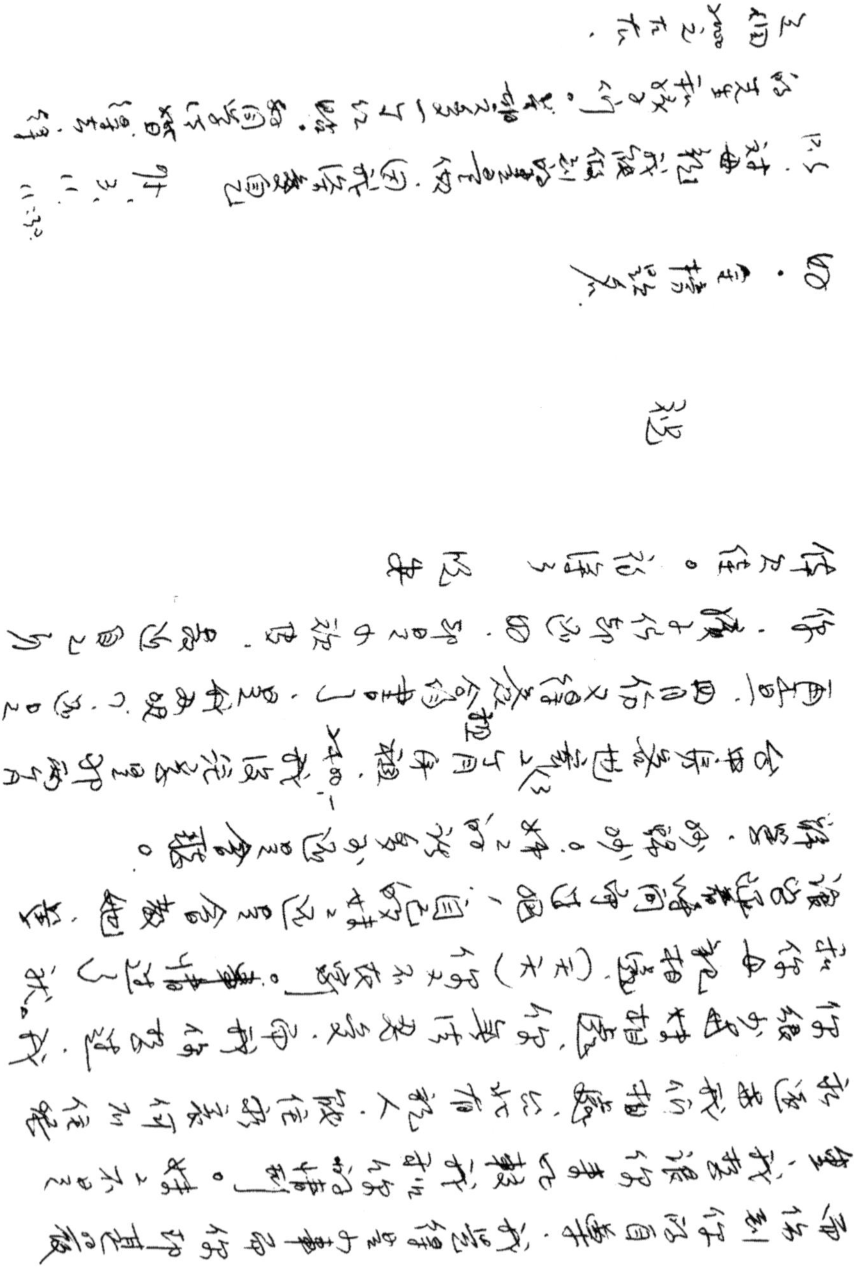

福成：

學校開學後比較忙碌，每天除了忙家事外，還有二個小傢伙就夠我忙的。二個身體都還好，青青也慢慢恢復往年重，上回因感冒而引起腸炎因而瘦了不少，最近好多了，爬得很好，也站得很好，挺討人喜愛的。上個星期日帶她去照相館，順便去看喻家，喻家說她比哥哥漂亮，又愛笑，真有人緣的。我看太瘦了，最近還能吃，過一陣子看會不會胖。全班最瘦的，早上班的了才一小，還好下午班還有比他小的，他排第三。我看他瘦讓我操心些，能吃是福讓他吃。

青後知你身體比較以前多些，主要是因睡眠時間少，工作繁忙，又有壓力，情緒上緊張，自己也要放鬆些，考試盡人事盡人力，也別太在意了。健康當然好，身體第一位。我最近身體很好，自己星期日順便看牙，醫生還不錯，說了一些星期的事我放心的，小孩晚上都還乖，所以我睡的時間夠。晚上10點左右睡，早上5點多左右起床開洗衣機等，掃掃地，因青青在地上爬，家中要特別乾淨。下回休假，我看你去找我去看幫嬸介紹的中醫，順便幫我看青青是否有可能長高的秘方。

十月開始，邱嬸嬸說青青體力太好，跟都不睡，不要帶她，幫好玉美最近辭工作，麻煩玉美帶早上，邱嬸嬸帶下午，不然又是讓我操心之事，我倒是還蠻好命的，雖然累些，但還能吃能睡的。有件事拜託你，玉美同學之弟正好在金門服役，有空麻煩你一下，「鍾9188部付10号上」。中秋即將來到，今年我和孩子們過節了，帶小孩們多少累些，倒是挺熱鬧的。

福成：我又忙了二天時間。今此天氣悶熱，青青最怕此天氣了。但果她不是姊胖的她又瘦了。我們也做不由己，對他們的健康又不，幸樂著自己，哪也知道要放鬆，還是沒辦法不擔心。我祇有睡覺是休息，不然真是應不開眉頭。看到她們什麼處處很健康的心中也很舒暢，真是所謂天下父母心。

昨中午接到令妹（明婷）TEL，有時候真是話不投機半句多，在我的記憶中接到令妹的TEL都是在說教，孝順父母是義務等…，想了一天總算想通了不去計較，就當是人家命也，不是我不孝順你媽，因你媽已傷透我的心，或許表面功夫都不好。反正來一切的錯都是我的，隨便你們人如何說也罷！令妹沒得奉過公婆，嘴巴都會說，要說孝順自己的父母，那她不是常常掛嘴邊的，我自認孝順我的父母並不輸於你妹妹，祇是沒說出來了。由外人去評論吧，更不會去教訓嫂子，我們年年次次被教訓。我也有大嫂，從來沒如此過。或許環境不同吧，

又於我台中的房租12000元，還是每個月給你媽媽較好些，你母親的花用也不少，就要你妹妹出也不公平，甚至還你好自出來，好做人。我會請房客去接劃入令妹的帳戶（新竹你告知帳號）

叶醫一是心聲，不得要神經病，你放心好了不要拿我和你母親比，你希望我像你媽一樣嗎！貴的我是一個不堅強的人，遲早會被你們逼去

福成：

剛把小孩哄睡了。睡覺前小妞會發一陣大脾氣。抱她四處走走，好好抱回床上拍拍背總算睡了，數次的經驗。越大越可愛，很愛說愛笑，翻身還不怎麼會，但趴著時頭能抬得很好。

今晚屋裡格外寂靜，幸好接到你的來信，解解寂寞。玉美今晚參加教會活動不回來，明天也是我和小孩兩個人，晚飯也簡單，今晚上煮了一碗米粉吃，一個人吃懶得弄。

你說每月要留14000，一個月只留1000，一則不夠用了，離家近還可回家拿，這麼遠多不方便，你自己斟酌吧。在台北1000元拿出一會兒就都沒了。今中午收到一張匯單，傍晚有個女孩來看，還沒講成，明天得去郵局一趟，順便再去跑跑看。早點去可以節省一筆開銷。教(?)家在台南爸媽家，我還真輕鬆多了。老人家都喜歡小孩，把孩子當個寶，說起來小孩不哭真是可愛。今晚全些打了個TEL給阿婷，得知台中母親還好，你也可放心些。

你也收到台南父親的信，別忘了爸爸在軍中一直是處理文書的，沒有把例子都選好，高中畢業那段時，曾和父親在軍中一起服務過，所以較了解些。

我的工作上都還好，日子久了也習慣成自然，雖然它(?)還是時常多雲偶陣雨。好在我的學生很有一份感情，因他們大多數都是從小就跟著我的萌芽的學生，說真的我還有孩子緣。教書說起來挺有趣味的。工作前書劃定了睡眠時間，就會多保重。我自己也很留心，昨晚參覺腳不舒服，心中一直就擔心，趕緊拿紅花油擦，今天好些，我每天都得做腳部的運動，自己覺得腳有些不通。其它都還好，勿念。晚安　祝你　平安如意

10:30　[illegible]

福成：

想你已平安抵達。看到新貼的壁紙使到整個屋子煥然一新，住起來很舒服。感覺整齊輕鬆多了。自己一直很希望擁有一所住起來方便又舒適的房子。目前我們的經濟能力有限，祇能再等一、二年。

這幾天恰巧你母親也北上，自己本想做得很好，很想和母親聊些，但是往往說得很僵。即使當了幾年的婦女，不過大體上我覺得還過得去。只是不喜歡人哭哭啼啼、拉長面孔。想到你我夫妻，她是你的母親，真想去多親近些。看到她的做人處事之態度，心中就有種說不出的厭惡感。很想盡快忘記別人的缺點，把那些陳年的往事暫時遺忘。

今早阿嬰來這裡聊天，總是看你走了後。又從口中聽了一話，心中滋味不是滋味。當然玉美其間的態度是欲圓場，也故了稍，不過據我直覺從開始，你母親就想排擠出去，我是玉美之姊。更何況玉美當初來台並不是向我們租房子，是跟玉姊租的，我們祇租一間。等母親要來，玉美也就去和母親同住，大家相安無事。若我是玉美，可能早就起衝突了。

結婚已近5年，真的祇有當初一年比較沒注意你的家庭，我也在慢慢適應，結了婚並不是僅你和你的親友們所期望的，祇是要看時間多方面的許可。我是在改變自己。沒想到在我改變之中，卻又發生如此嚴重的問題（在我認為，也許肚量太小）。那時的我幾乎要神經病，每天接著看冷漠的面孔，有時半夜起來睡不著，摔東西至今回想起來猶如昨夢一樣。有句古詩還真可用上「一朝被蛇咬，十年怕草繩」。真的我很想做到很好，因為我很珍惜我現在的家庭（你和孩子們）我也怕你夾在中間很難做人。所以自己覺得不好時，內心因而會產生劇烈的矛盾。我不敢對誰說，同事也不能說，家醜不可外揚。

這回你母親說，玉美若不便過來，她即可以住下來幫我帶孩子。這種話聽了又叫人緊張，好好也罷。我寧可花點錢請別人幫忙，免得煩了起來又一言不合，那時我可慘哉。目前自己拿些錢與你，祇要在精神上愉快即好。

福成：

日子過得很快，三天的假期今日已是末聲了。下午輪值木柵，青青留在家，牧宏跟着我。

昨日帶了二個孩子去故宮、雙溪玩，你一定很驚訝吧！尤其青青可高興，拖着他跳呼跳的，這會兒什麼呢，倒是我拖她，今時可真酸，一手拉手會痛，還好去……卻無計較事，適當的戶外活動要帶的。記得你放假我都在忙家事，沒有休閒時間，或許比上班還忙，這種時間等孩子大些，星期假日之時間都得騰出帶他們走走看看，這是因每天所接觸的都是呆板嚴肅的生活，難得假日應放鬆自己休閒一下。一切家事都得分配到平日。孩子大些會較好些。

這回回金，一直未接到你的報平安信，想是工作忙碌忘了。可惜工作都好吧！我去看眼睛和鼻子了，醫生說是季節的關係，每天吃藥好多了。不過我這是過敏性的，吃藥只能控制住。還是要避免接觸對自己所過敏的東西。

在家你看到我整牧宏，因你買了本書跟我看，其實道理都懂，然而真正輪到自己孩子可不這樣。牧宏吃飯是很不乖，總不能天天都要喂着他吃飯吧！不過還得謝謝你幫我買的書，偶而看看提醒自己。

今中午鳳婷打電話來，說母親上回換裝的排泄系統不太好，得住院重新整裝，但803醫院沒床位，所以得托人情看是否有床位，所以這回休假你的功課也要多的。聽鳳婷說母親是老人病，不過60歲在這時代還算年輕，有時心病比生病還難醫。

我想你一定感覺到每回提起母親我對她都有成見，這得你多體諒，不過我會盡量提醒自己，別讓你不好做人和做事。

窗外又下起了雨，還不小呢，還好帶了雨傘。台北的天氣不穩定，几乎常下雨。昨晚開始吃風濕酒，希望有效。聽你提醒我可不能送人，但台南媽媽腳風濕得很，所以我想給媽一瓶。現在可和結婚前不同，跟和台中母親處得並不很好，但總歸是你的母親，所以孝順了自己的媽也得想到你的母親，不然自己心中也怪怪的。當然手指都有長短不齊，所以難免有些不一。在自己的感覺是親密度不同，自己的媽媽比較隨便些不拘謹，也可隨便開口，自然些。該收筆了，已是4:00，再20分鐘即可回去。去練了琴，在家把時間都放在孩子上。很難有我的時間。今下午還不錯，睡飽了，信也寫了。回去又得準備明日的課程了。耳朵好些嗎！

祝

平安快樂

潘潘
10.29
下午3:00
4:00

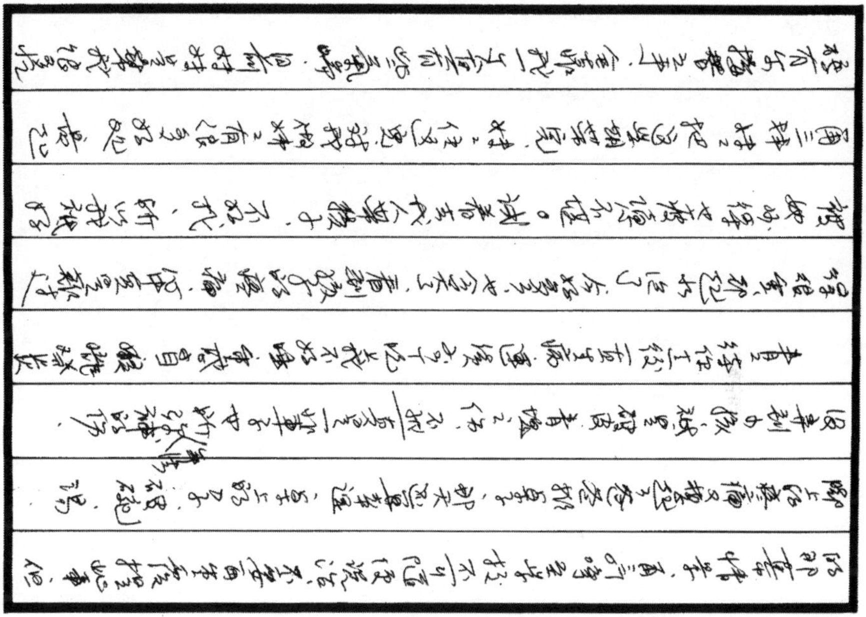

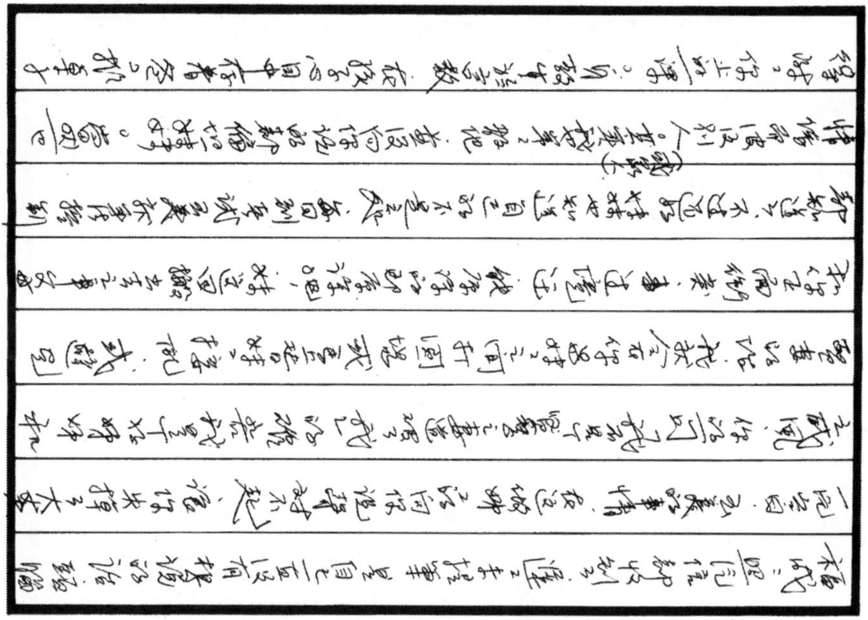

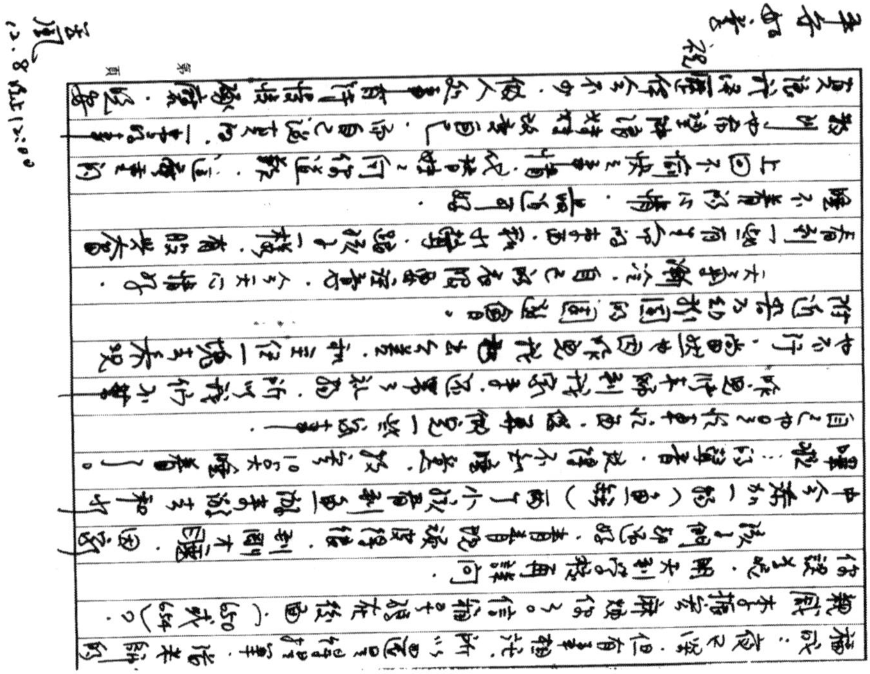

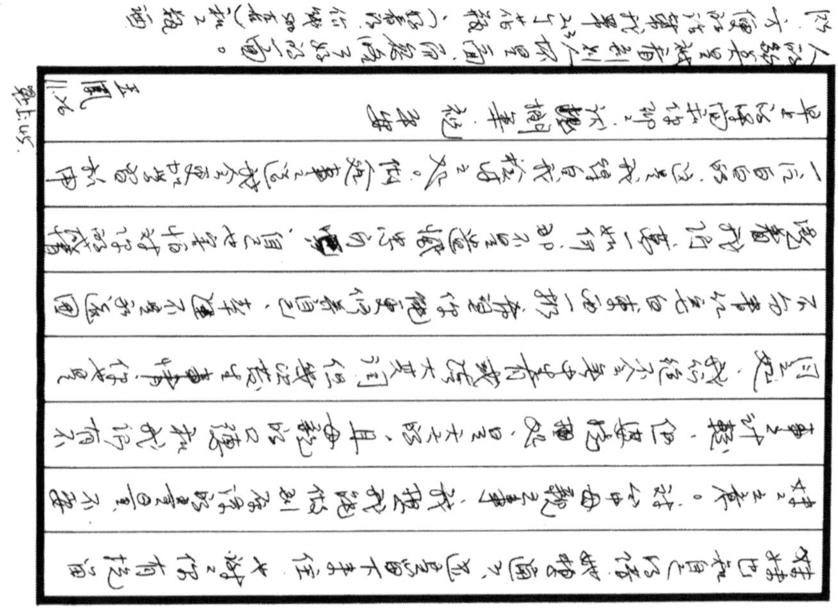

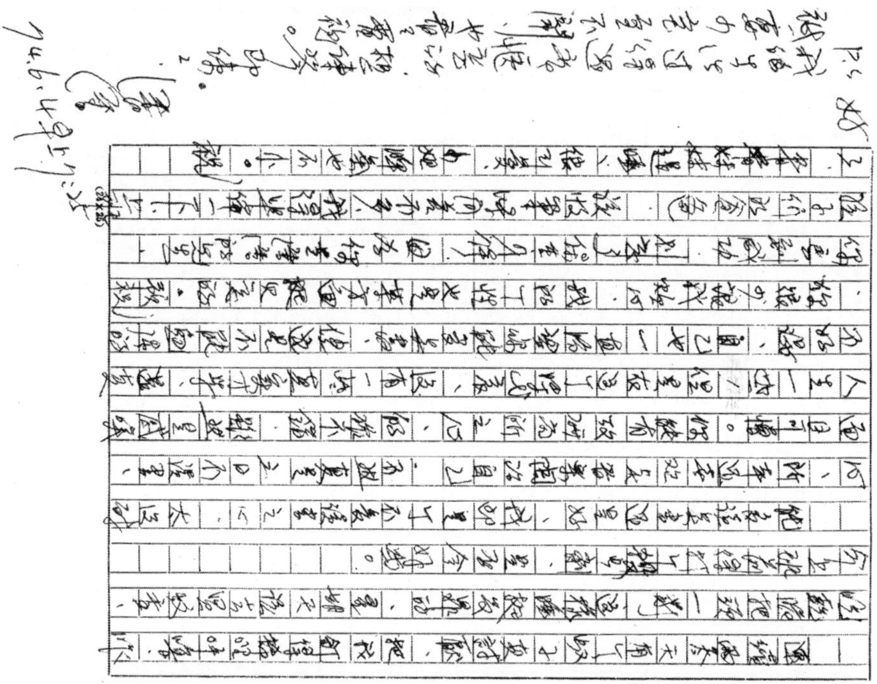

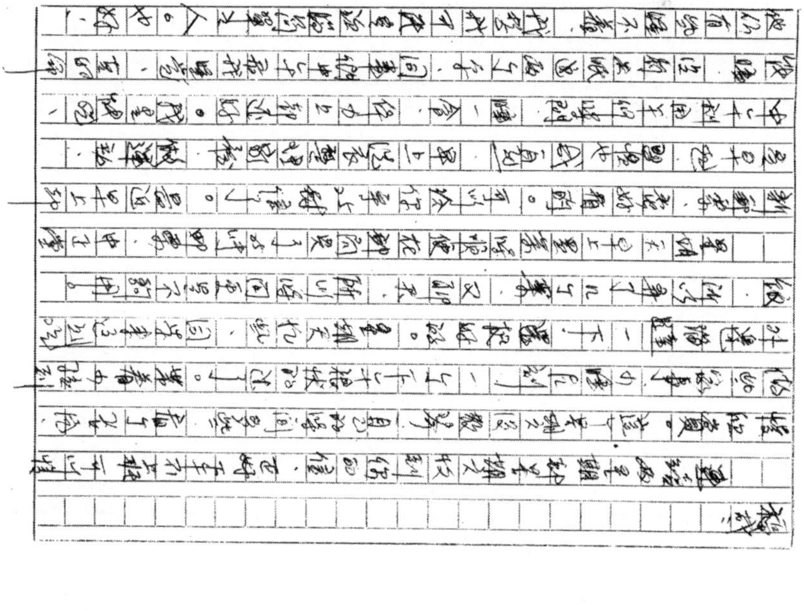

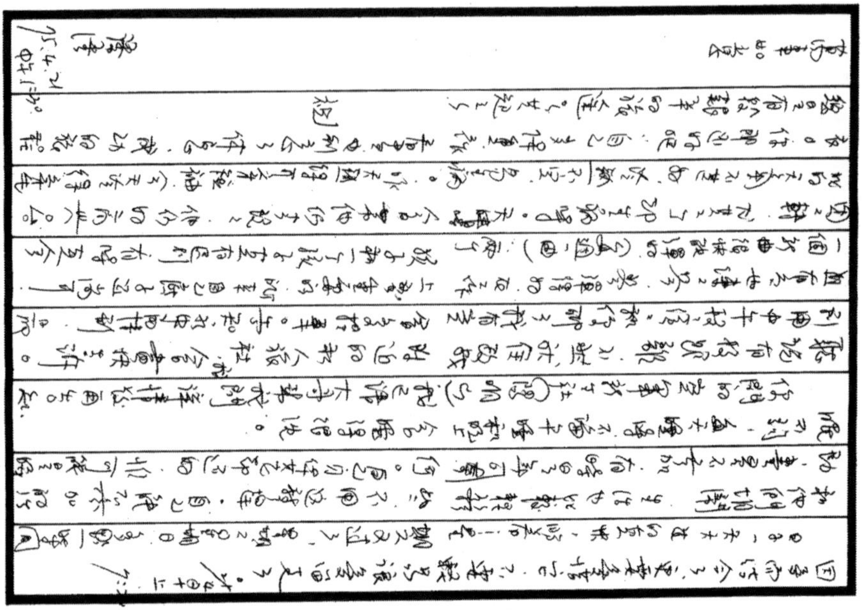

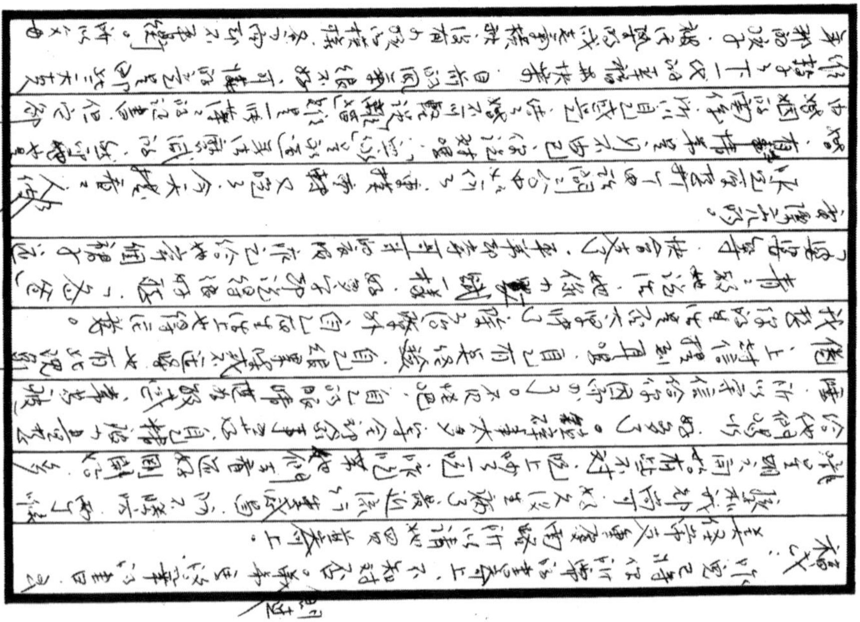

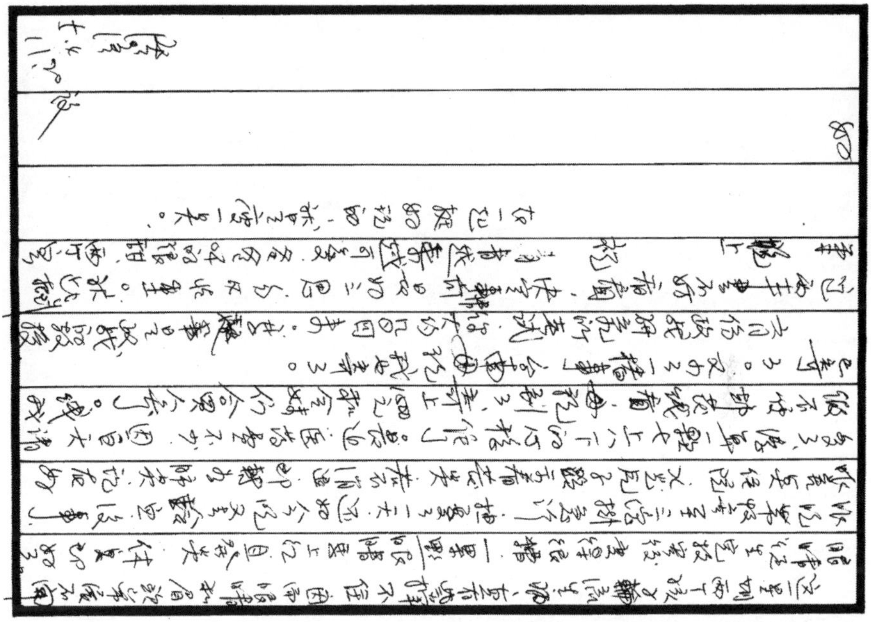

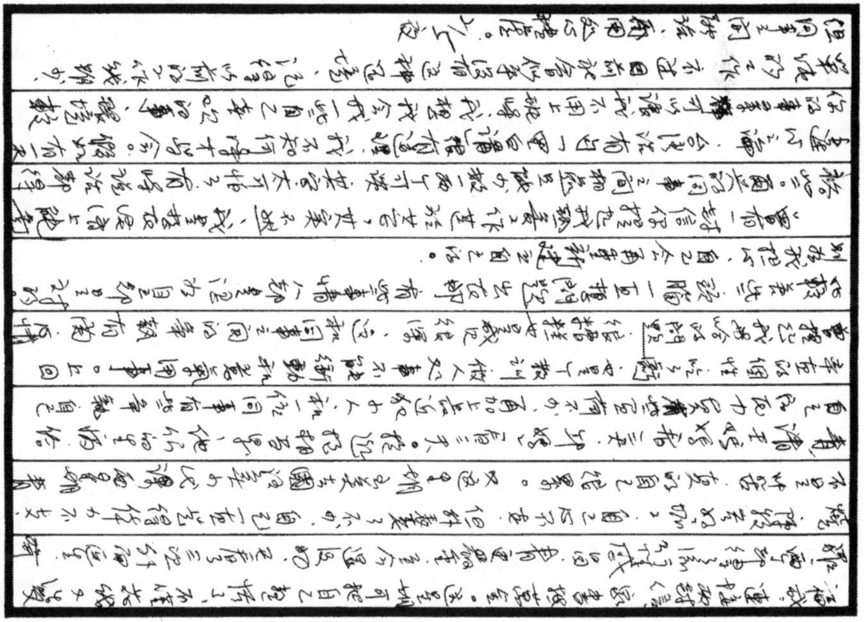

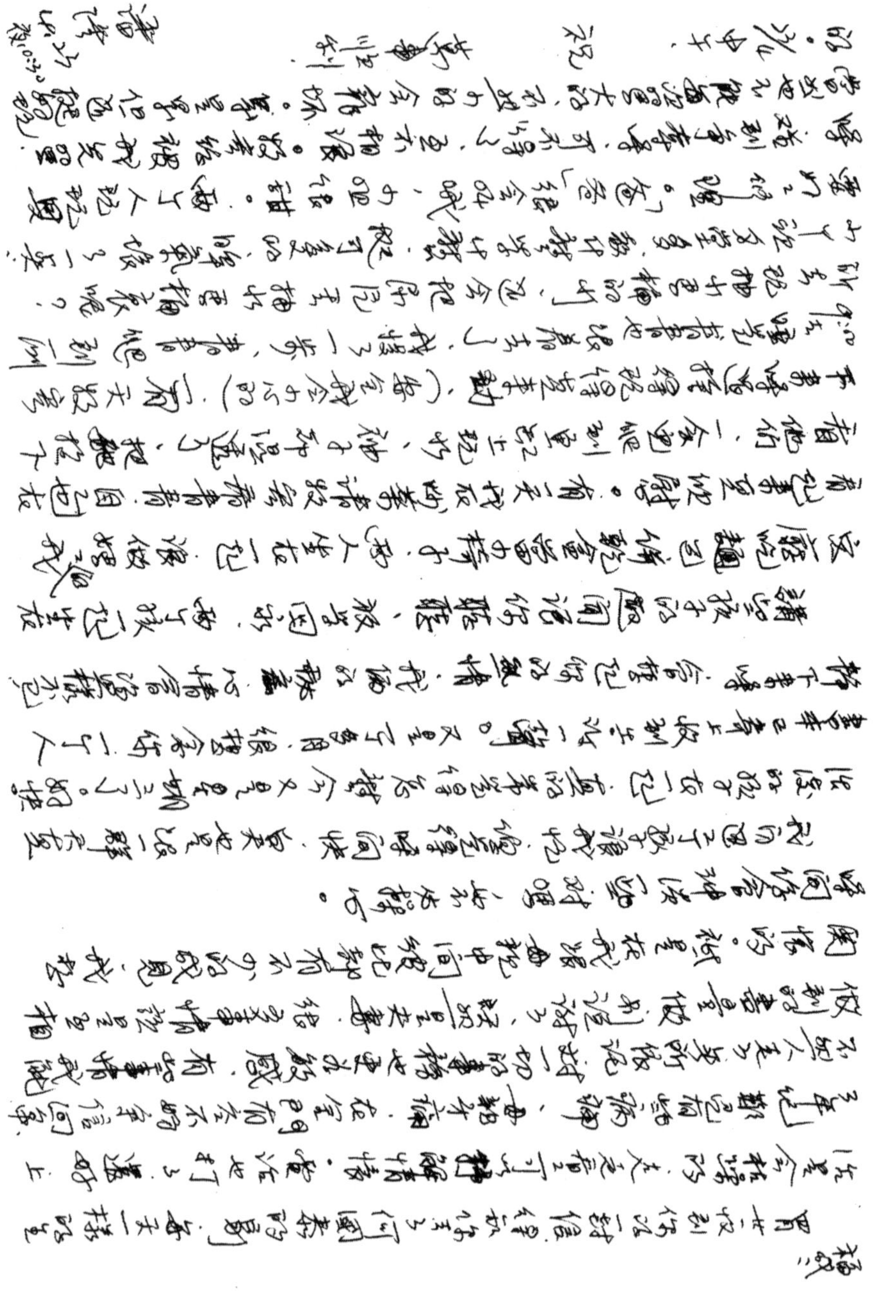

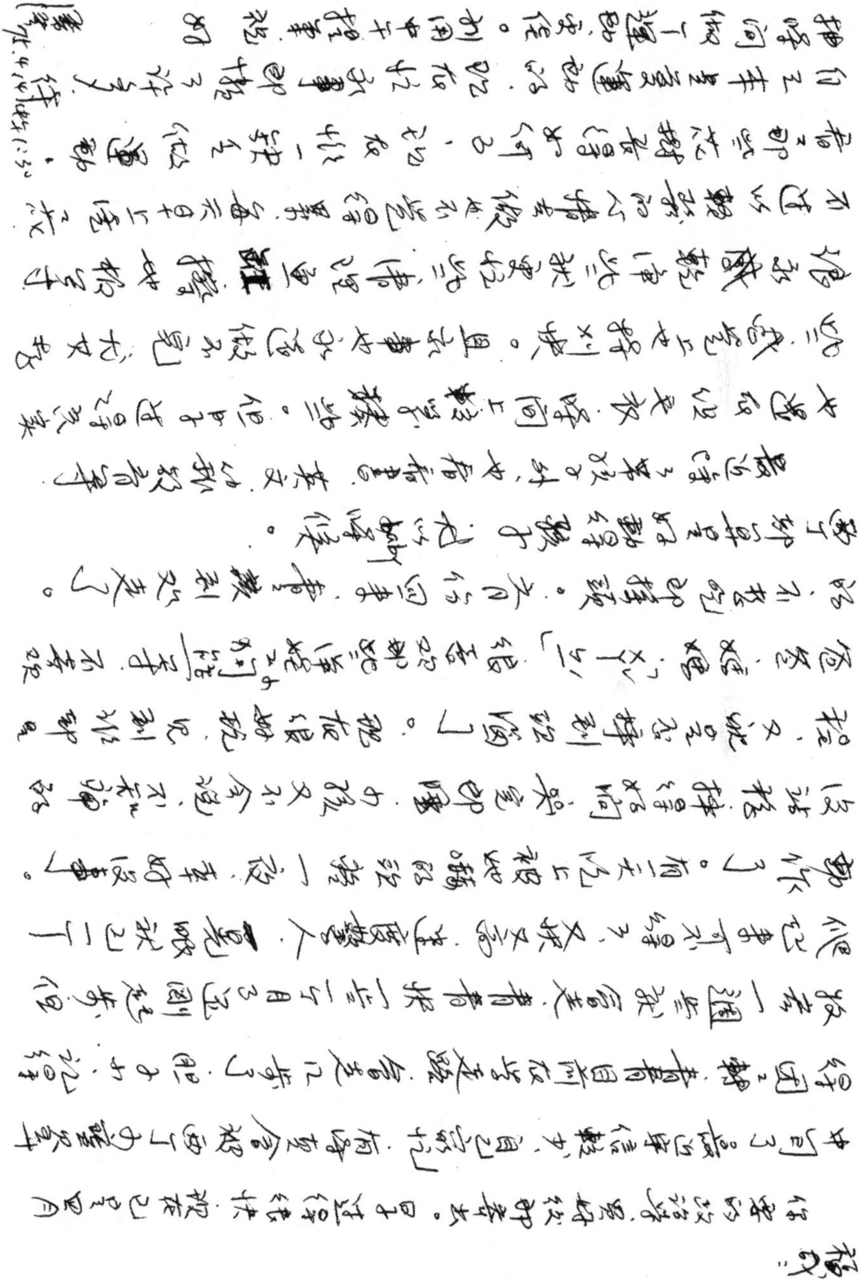

福成：

想你已安然抵達關島上。這孩子該睡時仍未睡。工作忙、家事忙、寫信的心境也沒有了。這回孩子住院了，足足兩個晚上沒闔眼，一直注意孩子的情況。點滴打了四瓶，發燒至40°C，生病的過程，孩子痛苦，作媽媽的也跟著忙。所以特別請台南母親至北幫忙，今已返台南。因爸他們也得由母親煮飯照顧，一切還好都過了。孩子的情況漸漸好轉，但是還是有些咳。飲食方面都得很注意。孩子要纏著人不放。因他很喜歡吃大人的飯食，因剛[illegible]吃的東西都[illegible]不一樣，所以我們大人吃時都不敢讓他見着。今晚我吃飯是[illegible]他睡着，真是[illegible]呢！17/2

星期日一整天沒外出在家看孩子。也順便整理一下家，乾乾淨淨的空氣也好，紗窗門都洗得很乾淨。覺得清新異常。房子從下個月1日開始我們的房租又是5000.一因[illegible]小姐搬入到我家那間房子。丁家要搬至同學家。我們又多了一筆開銷，算算錢很緊，母親那兒的錢還是每月寄1000.一。這回孩子生病，花費不少。我還沒算。每晚都是近9:00才吃飯，等孩子睡着了才吃。這幾天格外累。學校工作也忙，真是說不出的疲乏，身心都累。看着孩子生病難過，自己也掉眼淚，沒有人來，不知怎，最近依賴性特別重。無人可說，自己[illegible]着難過。有時真是很埋怨，先生常年累月都在外，在家的時間太少了。埋怨……一切還是無可奈何。

心裡在想等我們把家固定了，經濟允許的話，我還是要在家照顧孩子，整理家。孩子生病，在上班也一直牽掛。現在是無可奈何！你一定責怪我太多牢騷。孩子已恢復健康，但是還有咳嗽，瘦了不少。很心疼。下回[illegible]千萬不要打臉，我大部份都罵他，其實孩子什麼都懂。有時還是挺乖的。

這幾天心情不佳。有太多解不開的煩惱。順頌 祝 好

對了，過年前又有你的同事你說等着，[illegible]用封條的，說你那就寫了你的名字。假期前我想問[illegible]。我們知我們可領到一個半月的薪大約22000.一還有你的，我們有一筆好收入。我想收支[illegible]4000.一我[illegible]在前面第一次、第二次是媽媽給我的利息。以後的我還是想辦法。3.4月我又有一筆15000.的收入，可能錢不會有些。我們的房屋是我們最大的目標。孩子的飲食費用，我很捨得。永康健康最重要，把一些不必要的省起來。

福成：你好

我的劃撥帳號從本月(9)開始前後各加0.
是0568127-0、本月寄時請更改. 至於你的劃
撥帳號也更改. 我記得幫你改好. 不知你拿了否
令我找了半天沒找到。

對了 順便把你給你母親的1500順便寄去.
免得我再跑一趟郵局. 最近一直都上着半天的班.
教宏已送去學校讀書. 情況尚可。英文、星期六下
班去接教宏竟然不認識那是我的小孩. 告訴老師
說不是. 陳宏宏卻拉着不放. 眼睛紅紅的. 要哭的
樣子. 因他穿上了男男的圍兜(制服) 似乎是長大
了不少。非常頑皮的小孩. 有時真不知如何管教。下午
午睡不睡. 一直往嚴媽媽家串門子. 自己開門爬
上樓。很好動的小孩. 咳嗽還沒好. 連續跑了几
趟醫院. 今天暫時休息不讓他吃藥. 吃了一个多禮
拜的藥。晚上這几天也沒好睡. 怕他咳得厲害

70.1. 2,000本

福成：你好。

寶寶的嘴巴已好，穿上了中一號的。像個小大人似的。頭髮沒梳好。

昨晚曾打TEL至冈婷那，問你父親的病情如何，她說已掛號後，今天不知去否，未曾聯絡，你父親不想去。

想成枝筆寫字，還真容易，陳校長把筆一摔，摔的破壞，祥祥把筆收好，不然被他敲碎了可真不得了。

最近咳嗽已較好，胃口能睡，感冒也好了，唯鼻塞甚為討厭。

陳寶寶的咳嗽也很少，這是做母親的人最高興的，今晚吃了不少，吃了小塊餅乾，半碗飯（有剁碎的肉和青菜）且是自己吃的，我很高興。上了學使他懂很多，老師也每天個別照顧，訓練他能自主也好。剛喝了一瓶牛奶，現睡著了。

福康和倩亭聊天，一聊八點了，喝完牛奶得睡了。

祝

蘇懷

P.S. 早上為拉芳老校長上學，在車上才想到未帶信，所以又遲了一天，8點以後郵局也沒人了。將到告知。

倩蕾

9.25

11:10

福成：最近可好？工作、書、身体都還如意吧！大家甚為想念，尤其是牧岑，被我教得時時嘴裡都喊着"爸爸"，以前也不懂，現在還懂爸可撐腰。青青最近比較吵些，要人抱她，喜歡外出，我上班時她就睡，也想出去。真像鬧鐘，準時得很。還不會走，喜歡人拿她走，又長了兩顆牙，咬人還真痛。一切都還好，只怕自己身体欠佳，辛苦些。你關心的都歸你。

昨天是青青這週岁生日，照了像，還熱鬧。我們房東送了五毛錢，熱鬧吧！最近都下着雨，天氣變化不定，兩個小的都有點感冒，明天假日才能帶他們去看醫生。天氣晴朗，我也會帶他們出去玩玩。

偶而空閒時，看一些報紙，或看看英文，真的自己退化了不少！我真是這幾年時間也丟了不少。明天自己一個人去喝喜酒，很難得有此機會，一身輕。跟同學們聊天，這麼久不見的同學們，聊了不少，都是老樣子，所感嘆是孩子們都一個個冒出來，我們已經老了不少。

算算農曆，你的生日快到，在此先祝你生日快樂。時間允許的話我要送你禮物給我，待你休假回來我們一塊去逛。有空多寫信給我們，台中母親也別忘了經常寫寫。

孩子們的成長可喜，喜得令人安心，得失也別太看重了。能上進的人總是有甜美的收穫，而我的收穫是你的成就和孩子們的成長，屬於自己的東西則太少了，所幸利用學校時間，偶而可偷偷看些文章或是筆，但都很少。

時間過得真快已是3月中旬了，你覺得還習慣嗎？寒假又即將放假了。請明印掃墓帶着兩個孩子不便，所以想請內人幫忙，或等你回來抽個時間回去一趟，可好。就此擱筆，利用批改作業時間提筆

祝
萬事如意，身体健康

周淳
3.17中午

植誠：

25日寫的信我於昨晚收到。一回二帖有往來返投過信的。不過昨晚還真累，小孩比較吵鬧，到近11點才安靜下來，自己也才休息。最近晚上還挺好的，比較不會鬧媽媽。最多往來換尿片，看樣子是還蠻好。

星期天帶青青去看門診，因咀吧長了一些鵝口瘡，今天好多了。最重要的是看肚臍眼，醫生交代不能讓她常哭和哭得很厲害，以免肚臍眼那就麻煩了，所以更不能像你說的讓她哭，不是狠不下心，而是不能讓她哭個不停。我也麻煩媽媽注意一下，老人家經驗多，這是我該學的。帶小孩真不易，真是所謂天下父母心。

星期六自己也去檢查眼睛，我的眼睛易被傳、且易發紅，醫生斷定是過敏性結膜炎，每天點眼藥，感覺上它是有效的。其它都好。

六月份新瑞年節會多半個月薪水，也是七月一起寄唷！

最近雜事時間甚緊，所以寫信也慢拖，抱歉。

祝

快樂平安

儷儷

5、30、早上

7:30

福成：

抽空時間提筆寫信，孩子睡了，說比以前乖多了，孩子一天天的長大，速度也挺驚人的，和你說不完的話，XYX的，覺得好笑時，笑得還咯咯響，書也比較喜讀，或許女孩也早開竅些，兩個孩子的媽了，說起來真沒有時間讓我寂寞，最近還是沒瘦下來，胖嘟嘟的樣子，像個不倒翁，早上還是繼續健美操，或許等~~數~~回來會瘦些吧！多一個人讓我忙碌和生氣。

學校7月4日休業式，5日即將放暑假，但因20日有個音樂會（慶祝我們校慶70大壽）所以7月份隨時待命，不打算返台南，也得待在學校，約8月初將返台南家中。（預定計畫）

照片收到了吧，最近自己也有些得意照片，家長照的（本人）~~也~~漂亮，本想寄給你看，但怕只有一張，祇好作罷。

你忙我也忙，也好。

金門的氣候還好吧！台北的天氣反覆無常，常讓人生病，也有下雨，還好這兩天沒下雨，會是熱的出奇。

明天上一天的班可休息了。端午節，你們吃粽子否，我已經吃了不少了，這個送，那個送，到處好多，本來是好，這幾天再包，太多吃不完。事情多人也還真麻煩，記得以前小時，搶著吃，不夠弟弟他們還會爭執，如今真是前後之差。

看你算算你的薪水，怎麼這回可加那麼多的Money呢，你的道節了2000，一定請你朋友同事一起吃飯，酒也別太過了，傷身體，真到此喔！不早了再聊，祝好

潘潘 6.20 晚上

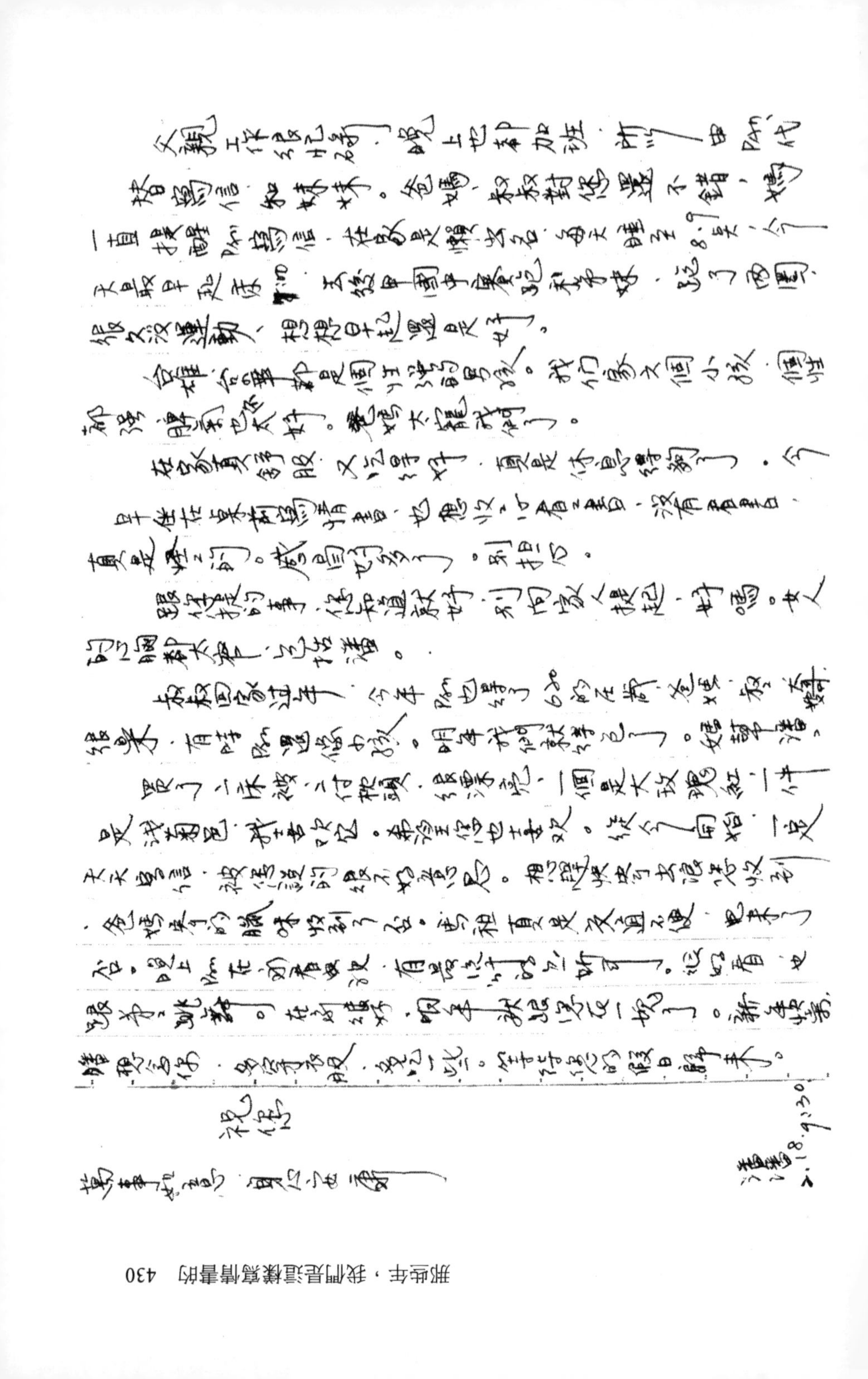

父親工作很忙碌，晚上也都加班，附一由Pam代
替寫的信給妹妹。爸媽、叔叔對你還不錯，媽
一直想請Pam寫信，[illegible]，每天睡至8:30，今
天早上[illegible]，說了兩圈，
很久沒運動，[illegible]好了。
[illegible]。我們家大個小孩，個性
都強，脾氣也不好。[illegible]了。
[illegible]又沒時好，[illegible]了。今
[illegible]
[illegible]。
[illegible]，你知道就好，別向家人提起，拜託。家人
的關係都不好，以後再說。
[illegible]，今年Pam也[illegible]
[illegible]，有時Pam[illegible]。明年我們就[illegible]了。[illegible]
[illegible]
[illegible]
[illegible]
[illegible]
[illegible]
[illegible]
[illegible]。

祝
好

[illegible]

[illegible] 18.9.30

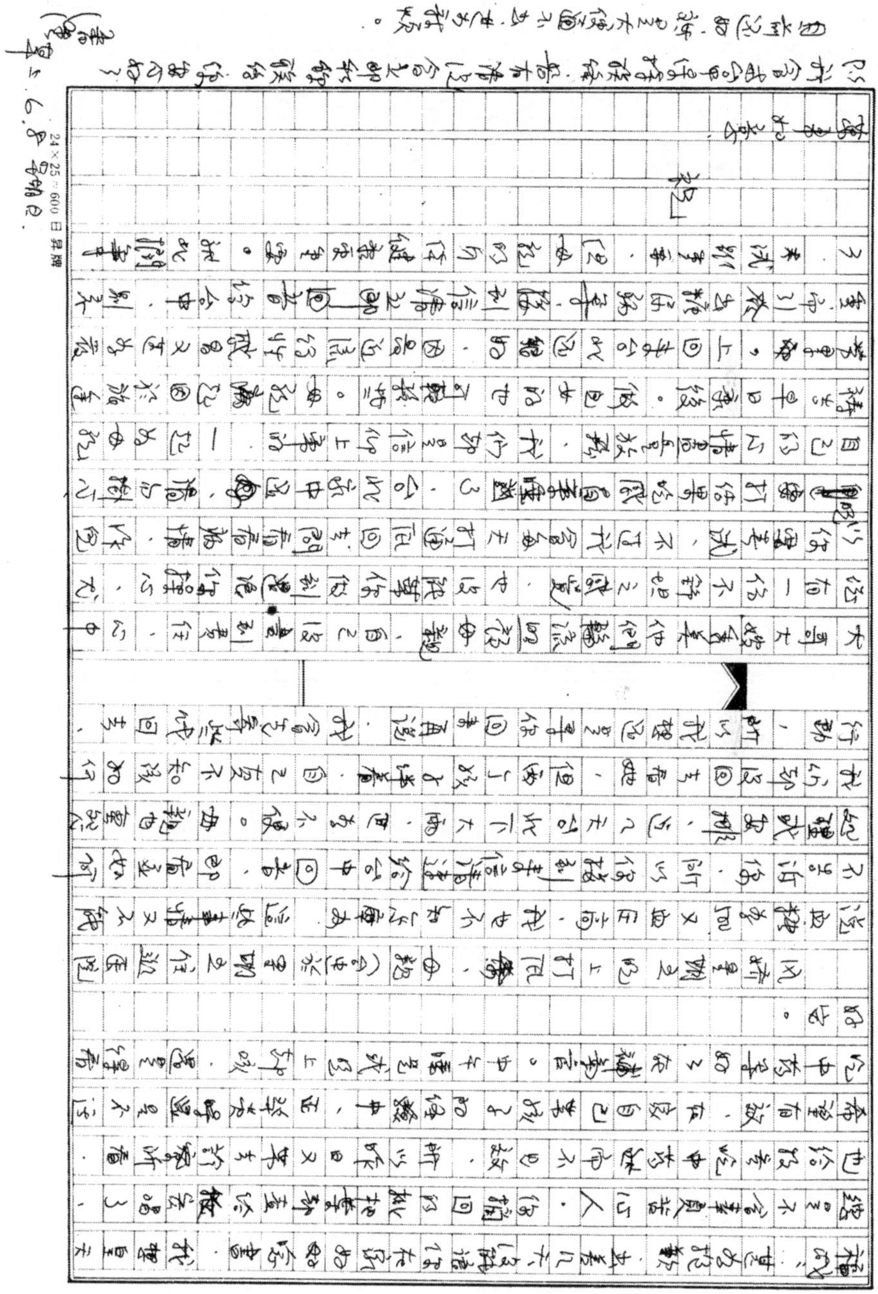

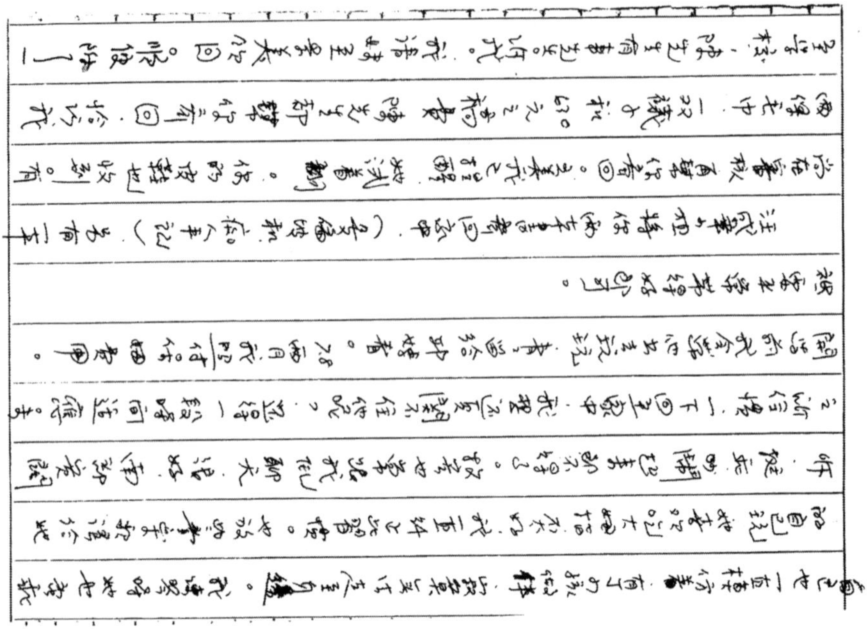

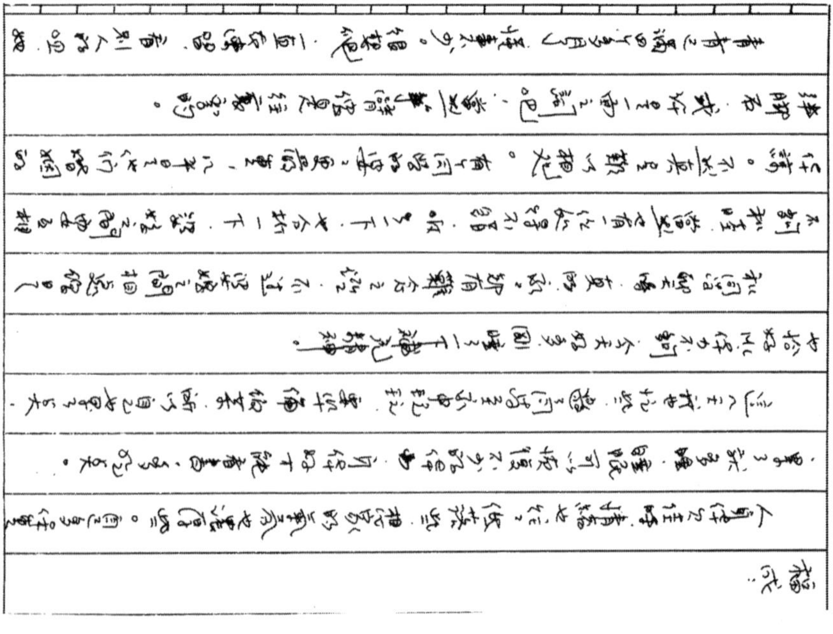

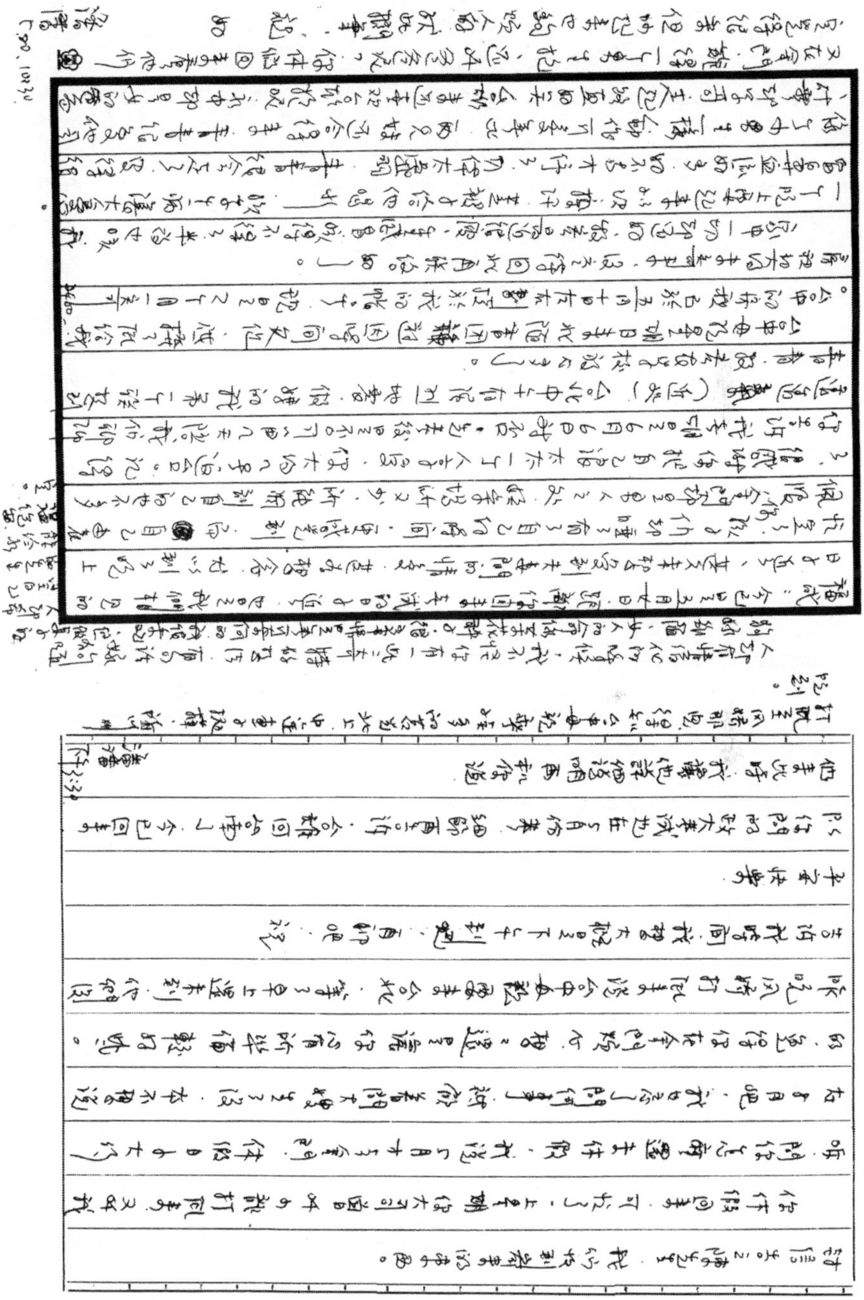

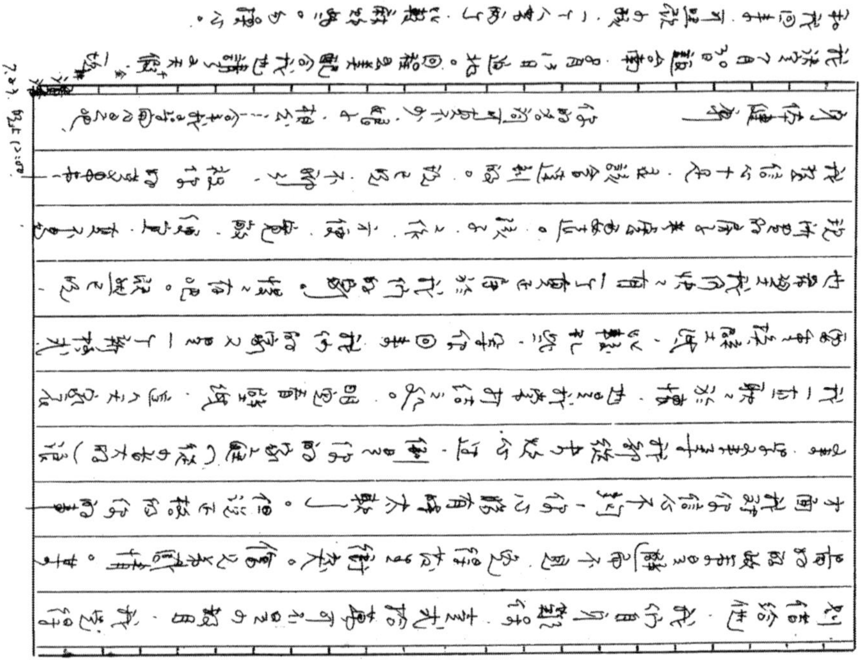

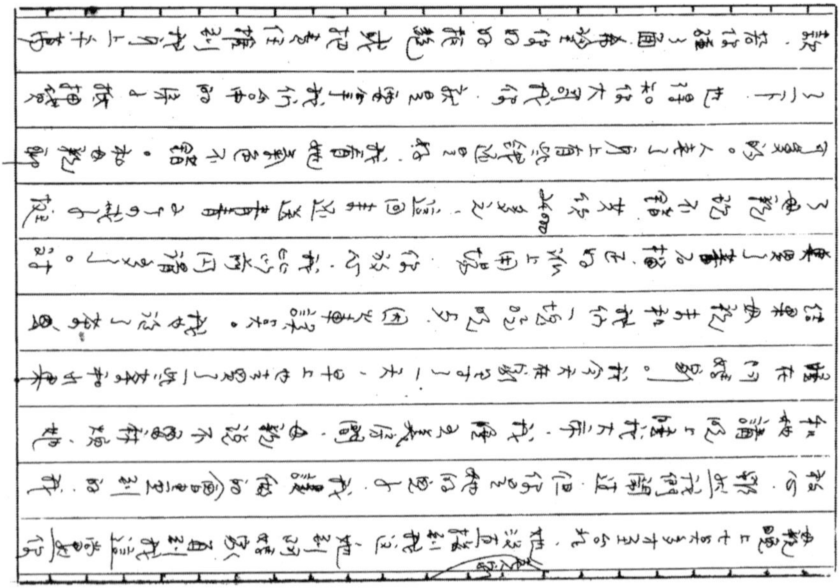

小弟弟。很會說話，還會唱歌「娃娃國，大同大同國裡好」，也會跳舞，還會逗的睡（？）寵得很。非常怕熱所以皮膚長了一些痱子，看起來醜了些。不過媽媽說他跟自己的孩子差不多好玩。

隔壁的同學已搬走，所以我又把另一間房租給一位中小姐（比較外向活潑的年青女孩）7月2日才剛搬進來，剛一個星期，看起來還蠻好的。我們做房東，覺得一位嫁人（因為方便）多收2000元可減輕我們的負擔，自己去讀了個經驗，利用今日的假日，整個屋還是看起來美些。

好了，在等一些酒回來吧！我要你在會的時間毫不表情。全標題出時別忘了以最快的速度通知。

祝

萬事如意

P.S. 最近台灣又開始流行性感冒等 自己在外也很多照顧自己，要保重自己的身體

濤濤

7.10.日 下午5:30

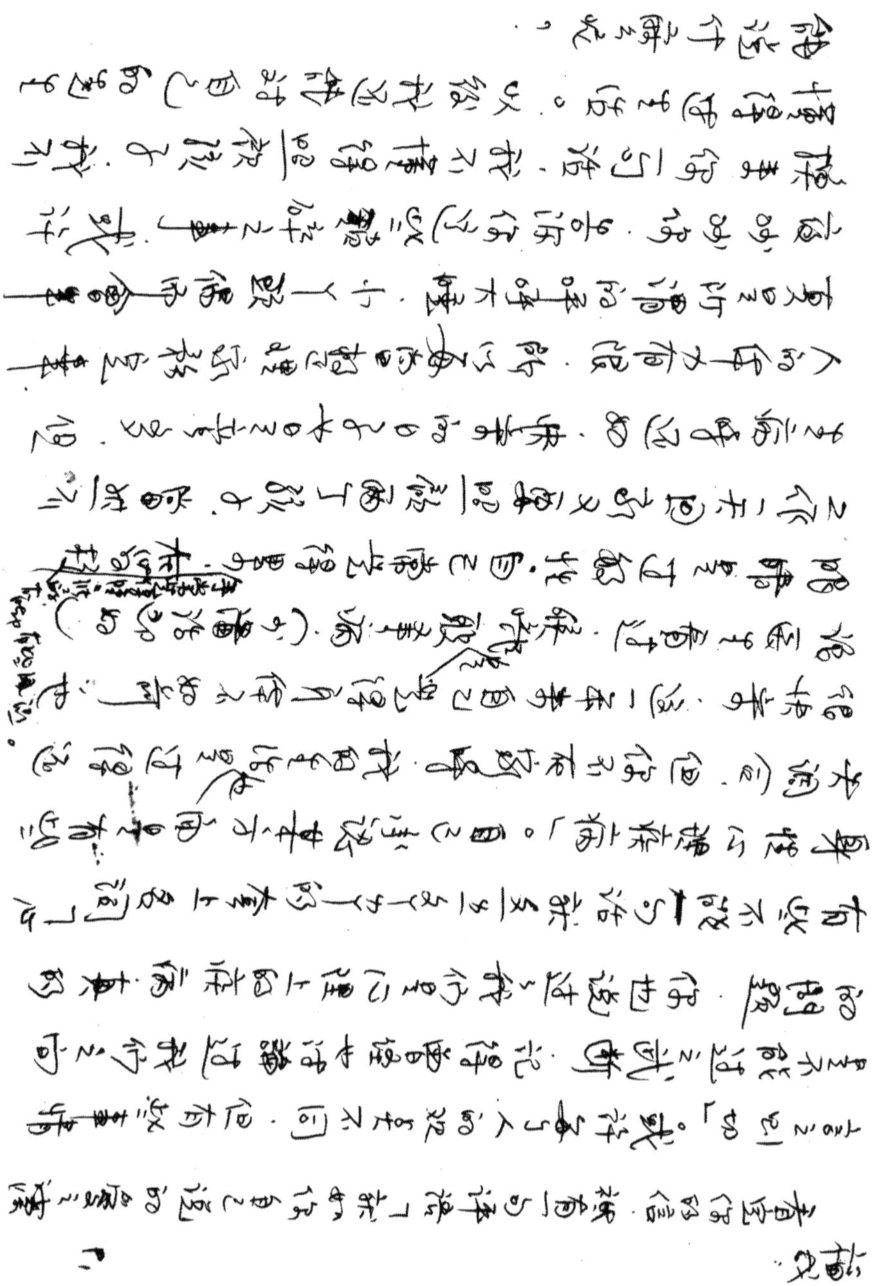

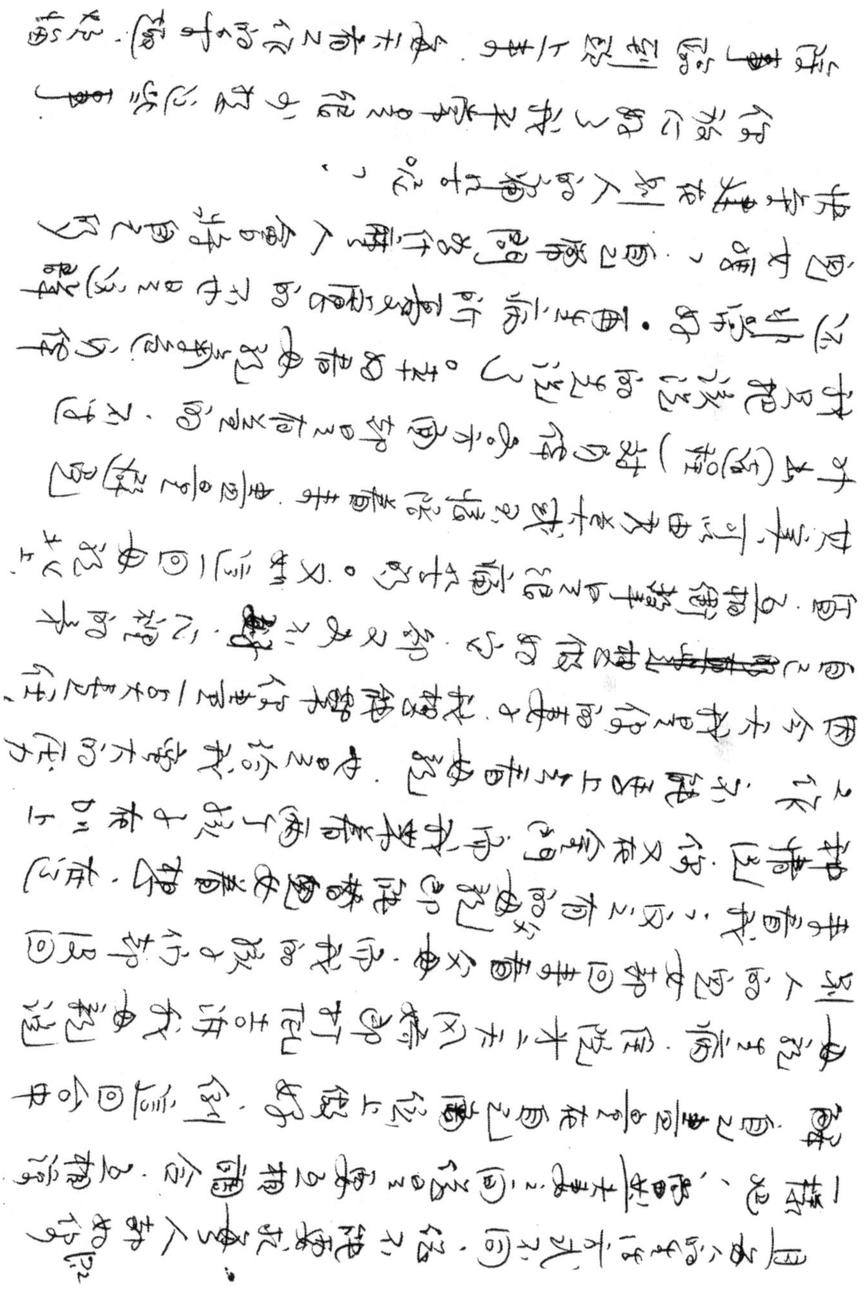

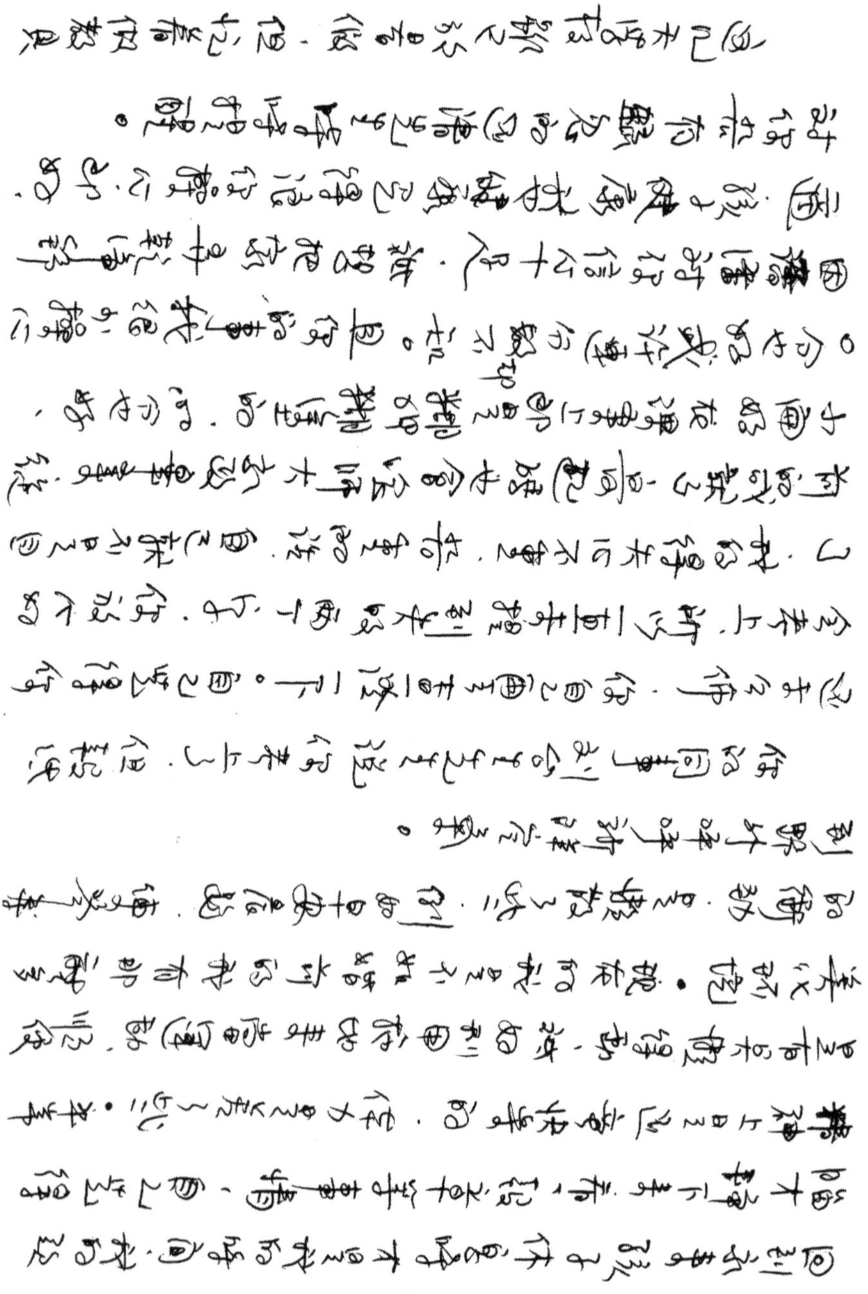

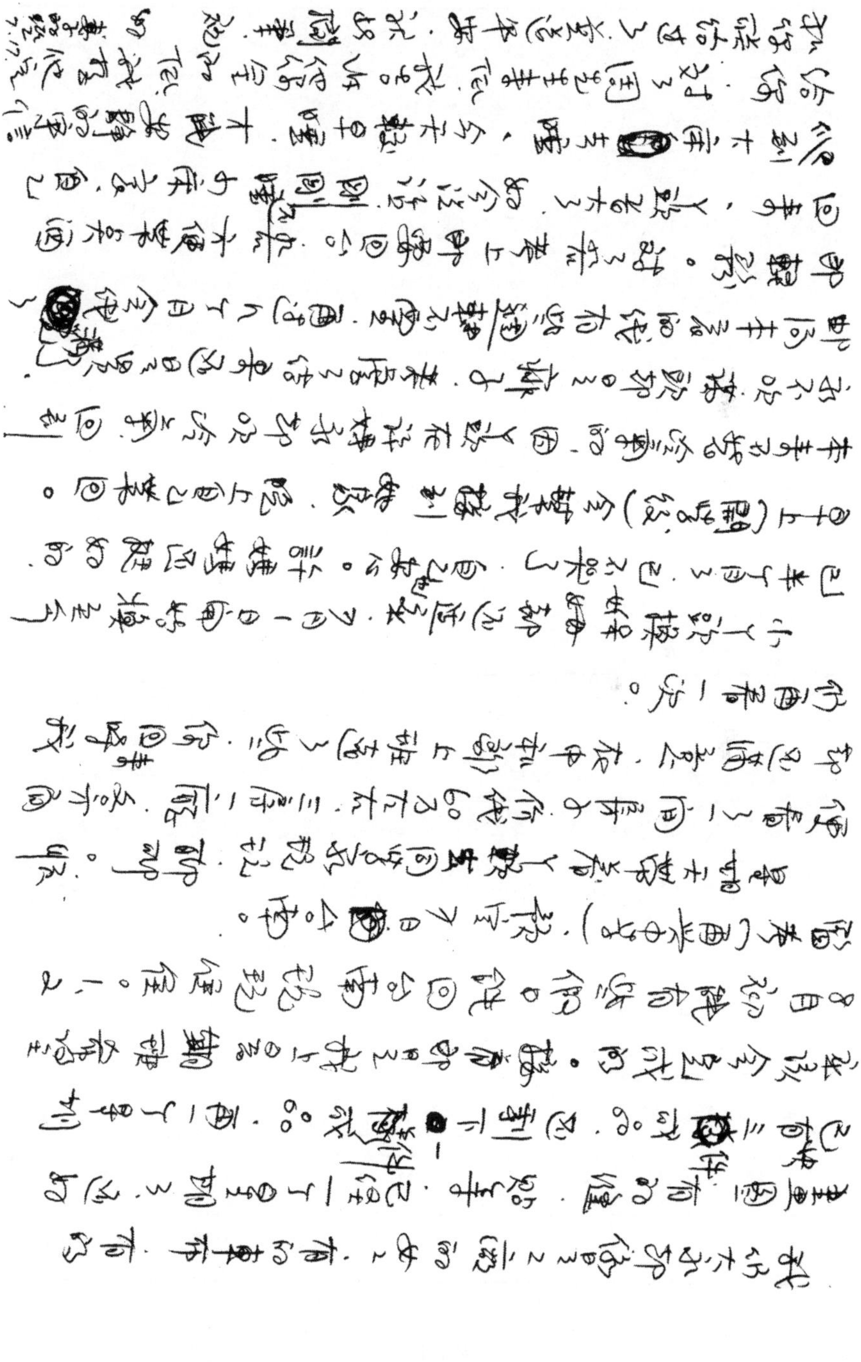

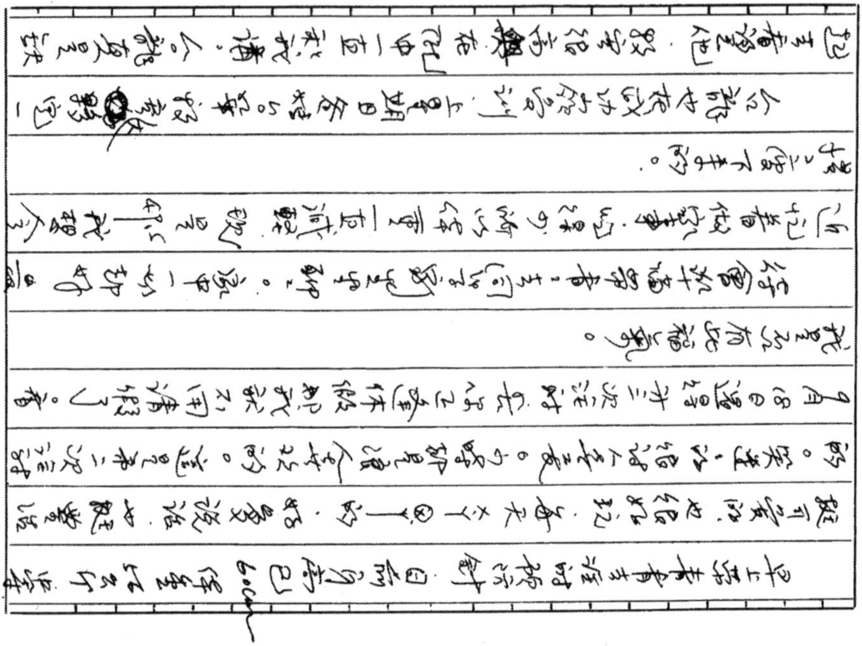

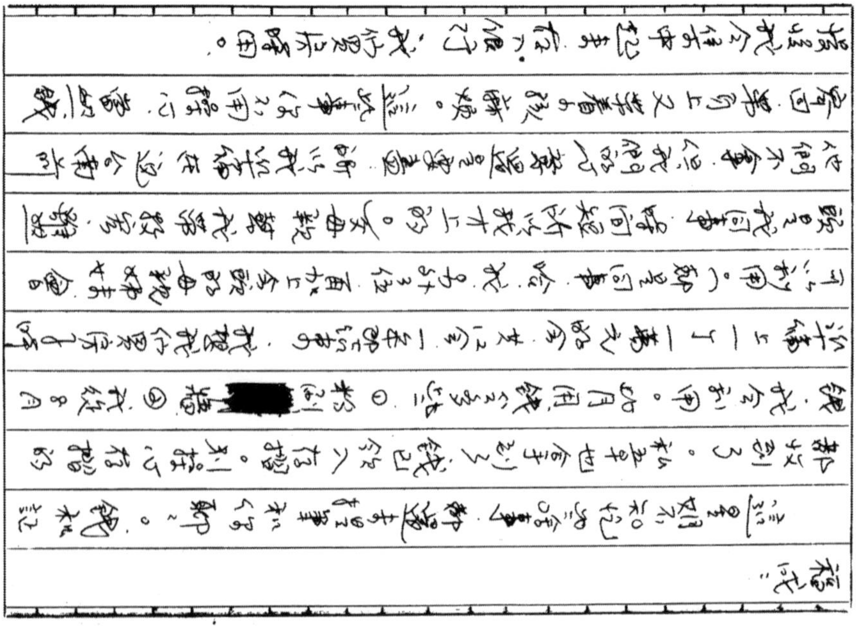

小露佳：去不到八天就送往她的住院兩天，台華特地請假去看她。

弟弟也來信告訴我，呼吸急促，四肢麻木。本來他身體

也蠻好的，現在難了。

今天忙了一天，忙聊天，忙小孩，可真累。因小孩注射疫苗　18/7 早上

針，所以比較鬧。幾個高中同學聚聚，所以還是去了，不多

見青青鬧得凶，我得哄他睡覺。　晚安 祝你

萬事如意

深田青
7.18
晚上10:00

福成：

今天已16了，再2天即滿月，這種日子還真不好受，幸好現在孩子生兩個禮拜了，這回可把壞了你，身體自己多注意，記住、每天別忘了吃藥，耳鳴整天沒停很難受，耳鳴的滋味更不好受，難為你還忍了這麼多年。

小孩滿月你是否也要請紅蛋，錢帶了沒。

幫你買的好好的芳湯也沒喝，不提醒你，都忘了。

有件事你回來時告記提，上星期三廣義還打TEL來問候你，但他星期天早即返金門。

接電話時你身体狀態比較空閒時再接，他在台南家中要好好的，倒是很想念我們，尤其爸爸很寵他，早上也打TEL給我，說妹妹要和姊姊說說話，晚上也打來，他說了不停，一下問爸爸呢？一下問妹妹呢？

孩子真有趣的。老爹手帳，自己多注意身体，任職都是比較有趣的，只有管，但你是家中的棟樑。身体是這一個月，都有些不舒服，尤其是去到同事家人等久住，更深感這些錢賺多，同事之間沒有「情」字，提起悲哀的。上班前好好的，自己多注意心情，平常每天天可以穿美麗的衣服。

祝

身體平安、萬事如意

青青
4.16

P.S 有了暖爐還要好好用，方便多了。

70. 1, 2,000

21
11:30.

福成：

每天生活在忙碌的日子裏，想你的時間也少了。這星期來特別多睡覺，晚上11點左右即睡，但還是睡不飽，今天總值班，帶小朋友在「托兒所睡」，正好宿舍不在，跟著他們一起睡，睡了2個鐘頭，總算好一些，早些睡，給你寫信的時間即減少，不見怪吧！

青青晚上來了。今晚和校官聊天，講了許多，有些話我還真聽不懂，他的小嘴巴某些音發得很不標準，真是跟他爸爸說的一樣。東問西問「爸爸呢？去金門？金門在那？坐船去嗎，他聽了笑笑，他又問，在那之生，一連串的問題，又數數弟和這些詞對他不陌生。他又問，前幾天爸打電話來，都不跟我說話，因怕我罵，今天說給我聽。前幾天爸打電話來，都不跟我說話，因怕我罵，告訴他我說他不乖，所以怕接媽媽的電話，孩子大一些還是較聽些，懂得他的心理和心理，像青青還真得仔細觀察，所以這樣得很這位小姐脾氣也不小，又這麼大，越可愛，越漂亮的。每天唱啊唱的和你笑，有時想見一見這責任得的。

宗嚴還未和我去，還是得暗傳說，明中午我去看看，明天又是晚餐的是個人，自己可以輕鬆……。

你在那都好吧，自己多保重，今天用錢搭米了，再給你媽錢6000，一也差不多了，到你的算好。我們就是這個學期開支很大。但還好我並不很煩惱。少存些吧。最近頸椎但仍肉骨些，所以有些衣服可以穿了。還在努力每天運動（腹部）。不多寫，再聊，晚安祝

平安

　　　　　　　　　　　　　　　　　　　　　陽陽 5.31 10:30

福成

又回到了工作崗位，5天的假期很快的過去。这回回家较累。因母親的右腳不適，做家事不累，但心裡的負擔，家的重擔壓力讓我很累，自己感覺瘦了。到晚上才有時間給你寫信，但卻坐在電視机旁陪媽說說話，我在家的時間一直都短，很慚愧。

有時去想一些事情，自己的遲婚還是對，實在很不想被家所絆住。雖然我沒什麼事業成就，但是有時不想結婚，單身的生活也習慣了。自己似乎又很久未提筆，下回你幫我數數看，是寫了幾封信，在心理學中的 S、R，似乎是常常用到。

學校最近發生一件大事，心中很難過。老師的職責實在不可疏忽啊。這件事是在下課後5:10–6:00的事，雖然是如此，卻也影響了我們，提醒了我們，敬業樂群，做一天和尚就得敲一天鐘。曾和你說過自己住在這裏有種壓迫感，因我四週的男生都是未婚而age大的，心中都不平衡，且也有多少的變態。自小對age大而不結婚的男人都敬而遠之，包括我的叔叔。就是在父親的面前帶着都是疑惑。自己是很會保護自我，多年來的獨立生活所養成。爸媽一直都放心的原因。讀夜間部時也是心驚膽跳，我想這就是男女最不平等之所。

你好嗎？我也很久未看你的信。心中一片白白的，似乎你我素不相識，而自己的確是你的未婚妻，時間、距離拉遠了我們。

今天中午收到你的包裹，謝謝你，一直在猜是什麼，很驚奇。還記得你送我一幅竹，在病中讓我感覺，這幅竹的你似乎比較不穩定。在畫中竹的根是讓我欣賞。我不懂畫，但卻愛它，如你一樣。

一直盼望你突然的出現，但總是失望，也就不敢想了。

當在春假打TEL回台中的家，得知母親身体也不很舒適，又嬌妹讓我聯絡洪小姐，今早已聯絡好，限時寄送也寄回台中，就等回音。洪小姐就幫母親掛號，大哥會陪母親北上。你放心。早上看病，我會陪大哥去，下午我就不放心我的學生，因最近又別班發生事。自己在慢慢學習愛人如愛己。

自己在想你我的認識不夠深刻，相聚的時間又短，自己個性又怪怪的，不知你會習慣嗎，我的心中很平靜。一切都好，唯太懶了些，由你信中得到了許多鼓勵……etc

目前看書並不是為了考試，只想充實罷了。今晚想早睡，補這幾天的少睡眠。

晚安 祝你 健康快樂平安。

潘潘 4.10 10:30

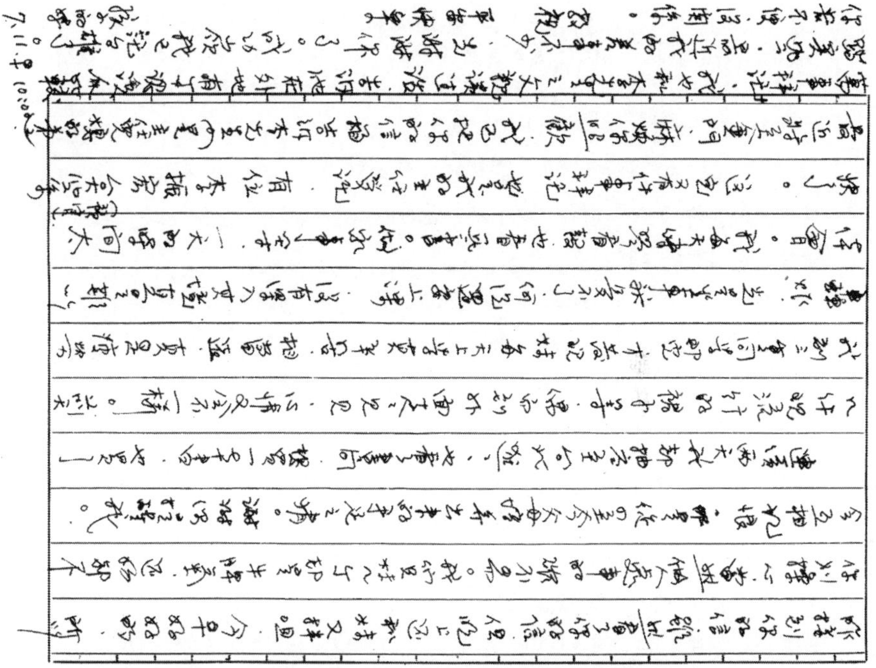

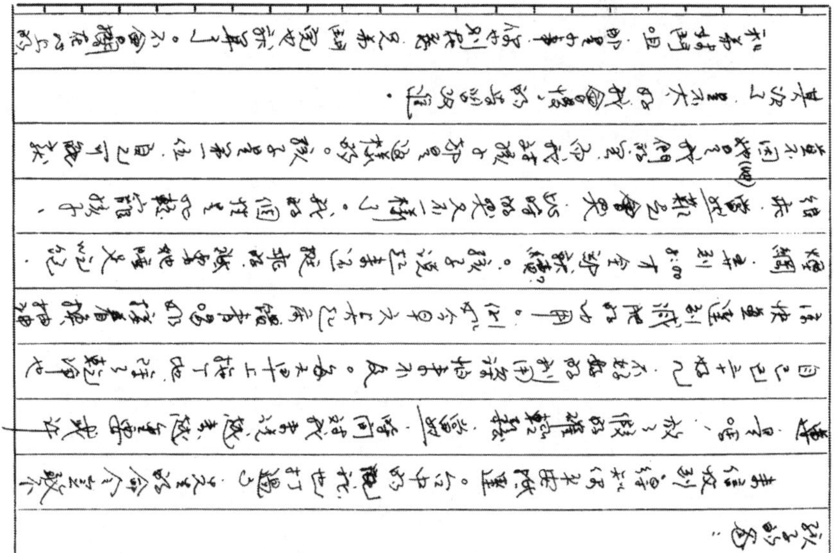

福成：寫一封信會花很多時間，潘潘盡量寫。你送我的東西夠多了，別再送，只會讓家人都叫咱媽媽說。
你假回來什麼都別送了，祇要你第二瓶酒給王媽媽，順便是我送他的，她說你不必的，恰好。
深深體會寫信的可貴，一直盼望着你的歸來，然而一點消息都無。心情也煩躁，
今天接到你十封信，得知你的假延期了。才放下一顆等待心，「等」的滋味
很深奧，說不出的的所以然，你曾用哲學來說起。哲學我不懂。在這兒
平安無恙。你安心的工作，受訓吧，自己的身體多保重，休息充足了再給我
寫信。Pan知道你忙。

四月份起我不學英文，因自己有些負荷過重，精神，金錢都有，也想休息。
自己目前可以慢慢的看了，我都在讀高中一至三的英文。也有參考書很好。自己
是覺得在前進中，step by step 總會達到理想。
我們有共同的遭遇，在窮困中長大的孩子，自信心特別強，但較能經得起
考驗。成功的定義如你說的，我們盡力而為。似乎記得和你說過，「毋意毋必
毋固，毋我」這是孔子的話，我曾拿它來做座右銘，共勉之。
有時是有些會羨慕那些富有的人，但自己可以肯定不會去和別人比較，祇是依自己
的價值評可。有時寫信和講的話也不相同，往往也會誤解對方的含義。愛美是人
的天性，我穿着新衣，祇是為了取悅自己。自己向來不再乎別人對我的看法。
是很狂。。
我告訴你會去學琴的事，練琴，祇是不想浪費時間，也不是kill time。倒有
休息的感覺，書看累了，彈彈曲調輕鬆一下。每天的生活如此緊湊，台北尤甚。
19、20去日月潭、溪頭二處。18日帶學生都迎去中正紀念堂和植物園。似乎很擠
人太多。我的身旁有你該多好。
書我想你在信裡給也可以買的，別花如此多錢，祇要計算得好。做太太了，總
是如此嘮叨，但願婚後還是少講。人的確要常常自我反省。
有位從得來的同事對我的批評，自尊心特別強，脾氣壞，嘴不饒人。我接受
她的好意，也常常思改忍耐。
收音機正播送着一些鋼琴曲，在晚上很容易讓人陶醉。我的溫柔似乎不見，因自己
喜把責任往身上推。好累，福成你真的了解潘潘、容忍潘潘，婚前是需要慎重。
我很好，學生，書本，琴，時間真少，現早上6:00以前起床看看英文。你在我的心目中
~~地位~~和我在你心中相等地位，許久未看你的letter令我着急。又偷失落了？不知是(做)什麼？
你回來我就會很快樂。深深寫去說聲秋寂，晚安，
謝謝你的熱吻，真甜，好想念你，祝　平安快樂　4.11 夜11:00

福民：

這幾天都很忙，所以日记也没记。昨晚台中的媽和大哥來台北，預定檢身體，多虧汝齡姊犧牲睡眠時間幫忙，等你回來由你謝謝你的好同學。她實在是很賢慧的woman，雖然從age上比她大，卻在做人處事尚差一截。人緣好、靜欣賞有能力的人且又有善心的人。這種朋友目前在社會上不容易找到。

我想你也忙完了training吧！今天帶領娃娃們旅行，這回旅行自己很喜歡，雖然累些。唯中途吃午餐時，我們班便當少了8份，自己的牛脾氣一直責備，不管上司在不在，你對我知道的不多，我對你也同樣，但願我們能合得來。自己似乎更有些厭倦目前的生活。能想的辦法就有讀書充實我。我的方向不夠堅定，常會偷懶休息。

昨晚在T.L中和王媽媽談了很多，年長的經驗談、鼓勵，心情比較好些。我很多事情會跟王媽媽說，讓她來分析。離媽媽比較遠，難得回去一次。頭痛的事、不愉的事很少讓家人知道，爸媽夠累了，他們又比較不能學會學校等來溝談。自己在台北的事也多虧有王叔叔、王媽媽的照顧。也常會煩惱悶哭，經王媽媽一說開朗了不少，也較會去接受一些事情。

明晚這時候在日月潭教師會館，自己對於那一直不很實在，以前總是住在台中，但小→大的暑假旅行都沒去過，這是湊熱鬧。以前在家時爸媽也都特別寵我們姊弟。所以妹妹和我脾氣都不很好。家中就只有媽脾氣好。爸是age大了，沒脾氣了。我記得那時大爸媽都沒打過我，弟弟被打最多，因為看武俠小說。想起了小時我們跟媽媽要些零用錢，都快樂，大約四年級每天給我們吃。我家的姊弟們似乎比較好看些，但年紀，是無法去形容的，尤其是媽。這幾年爸也是，春假回去拉著媽媽，讓爸吃好些，爸工作近年好，不很吃力，曾經有一份工作，累得全家跟我們受痛苦。目前爸工作好些。我結婚也不想花錢，因他們賺錢不易。

其實有些事是不公平，女人找金龜婿就是拜金，相同的，那一位男生又不想娶一位有錢有勢的太太呢。男女之間的選擇，條件似乎都很重要的。這是現實吧？

我的情绪一直没稳下来，两三天又突变一次。总是要逃避它想。可以说自己很可悲，没有信心的人生。我在别人的面前还能做到快乐，但自己多半是容易吃力。这也是属于我的一种。人的性格是多重的。这也是自己最弱的一面。

你说的也对，应该自己寻找生活的乐趣。我很想快乐，却快乐不起来，你不在我身边也有关系吧！情绪低落时大多不想写信，也怕影响了你。今天自己很烦，这一星期都是，烦躁得很，易於降落，又难收拾。好像多年的修养都白费了。

上回跟你提学校出事的事，幸好比较轻不严重，却很惊动大家。不敢太随便。机械做久了会故障，人在某方面做久了不改的话则会挖东西坏。不想再讲了，我该回寝室准备行装。这两天我总是放松心情，很想大家的亲切，增加我对人生的信心。

妈刚打电话给我，因为记得台中的电话，打回家问，妈妈一直不放心，有时更不要结婚，自己那么大了还让父母操心。心情很坏，爸又加班到11:30。快乐是远离我的。拜不能讲。

抱歉，让你也烦心，在这封信前也提笔过，却心情更糟，所以撕了没寄。自己的心乱如麻又期望我好。

多保重。晚安。

祝
快乐如意

玉凤
4.8. 10:00夜

陳福成 80 著編譯作品彙編總集

編號	書　　　名	出版社	出版時間	定價	字數（萬）	內容性質
1	決戰閏八月：後鄧時代中共武力犯台研究	金台灣	1995.7	250	10	軍事、政治
2	防衛大臺灣：臺海安全與三軍戰略大佈局	金台灣	1995.11	350	13	軍事、戰略
3	非常傳銷學：傳銷的陷阱與突圍對策	金台灣	1996.12	250	6	傳銷、直銷
4	國家安全與情治機關的弔詭	幼　獅	1998.7	200	9	國安、情治
5	國家安全與戰略關係	時　英	2000.3	300	10	國安、戰略研究
6	尋找一座山	慧　明	2002.2	260	2	現代詩集
7	解開兩岸 10 大弔詭	黎　明	2001.12	280	10	兩岸關係
8	孫子實戰經驗研究	黎　明	2003.7	290	10	兵學
9	大陸政策與兩岸關係	黎　明	2004.3	290	10	兩岸關係
10	五十不惑：一個軍校生的半生塵影	時　英	2004.5	300	13	前傳
11	中國戰爭歷代新詮	時　英	2006.7	350	16	戰爭研究
12	中國近代黨派發展研究新詮	時　英	2006.9	350	20	中國黨派
13	中國政治思想新詮	時　英	2006.9	400	40	政治思想
14	中國四大兵法家新詮：孫子、吳起、孫臏、孔明	時　英	2006.9	350	25	兵法家
15	春秋記實	時　英	2006.9	250	2	現代詩集
16	新領導與管理實務：新叢林時代領袖群倫的智慧	時　英	2008.3	350	13	領導、管理學
17	性情世界：陳福成的情詩集	時　英	2007.2	300	2	現代詩集
18	國家安全論壇	時　英	2007.2	350	10	國安、民族戰爭
19	頓悟學習	文史哲	2007.12	260	9	人生、頓悟、啓蒙
20	春秋正義	文史哲	2007.12	300	10	春秋論文選
21	公主與王子的夢幻	文史哲	2007.12	300	10	人生、愛情
22	幻夢花開一江山	文史哲	2008.3	200	2	傳統詩集
23	一個軍校生的台大閒情	文史哲	2008.6	280	3	現代詩、散文
24	愛倫坡恐怖推理小說經典新選	文史哲	2009.2	280	10	翻譯小說
25	春秋詩選	文史哲	2009.2	380	5	現代詩集
26	神劍與屠刀（人類學論文集）	文史哲	2009.10	220	6	人類學
27	赤縣行腳・神州心旅	秀　威	2009.12	260	3	現代詩、傳統詩
28	八方風雨・性情世界	秀　威	2010.6	300	4	詩集、詩論
29	洄游的鮭魚：巴蜀返鄉記	文史哲	2010.1	300	9	詩、遊記、論文
30	古道・秋風・瘦筆	文史哲	2010.4	280	8	春秋散文
31	山西芮城劉焦智（鳳梅人）報研究	文史哲	2010.4	340	10	春秋人物
32	男人和女人的情話真話（一頁一小品）	秀　威	2010.11	250	8	男人女人人生智慧

陳福成80著編譯作品彙編總集

編號	書　　　　　名	出版社	出版時間	定價	字數（萬）	內容性質
33	三月詩會研究：春秋大業 18 年	文史哲	2010.12	560	12	詩社研究
34	迷情・奇謀・輪迴（合訂本）	文史哲	2011.1	760	35	警世、情色
35	找尋理想國：中國式民主政治研究要綱	文史哲	2011.2	160	3	政治
36	在「鳳梅人」小橋上：中國山西芮城三人行	文史哲	2011.4	480	13	遊記
37	我所知道的孫大公（黃埔 28 期）	文史哲	2011.4	320	10	春秋人物
38	漸陳勇士陳宏傳：他和劉學慧的傳奇故事	文史哲	2011.5	260	10	春秋人物
39	大浩劫後：倭國「天譴說」溯源探解	文史哲	2011.6	160	3	歷史、天命
40	臺北公館地區開發史	唐　山	2011.7	200	5	地方誌
41	從皈依到短期出家：另一種人生體驗	唐　山	2012.4	240	4	學佛體驗
42	第四波戰爭開山鼻祖賓拉登	文史哲	2011.7	180	3	戰爭研究
43	臺大逸仙學會：中國統一的經營	文史哲	2011.8	280	6	統一之戰
44	金秋六人行：鄭州山西之旅	文史哲	2012.3	640	15	遊記、詩
45	中國神譜：中國民間信仰之理論與實務	文史哲	2012.1	680	20	民間信仰
46	中國當代平民詩人王學忠	文史哲	2012.4	380	10	詩人、詩品
47	三月詩會 20 年紀念別集	文史哲	2012.6	420	8	詩社研究
48	臺灣邊陲之美	文史哲	2012.9	300	6	詩歌、散文
49	政治學方法論概說	文史哲	2012.9	350	8	方法研究
50	西洋政治思想史概述	文史哲	2012.9	400	10	思想史
51	與君賞玩天地寬：陳福成作品評論與迴響	文史哲	2013.5	380	9	文學、文化
52	三世因緣書畫集：芳香幾世情	文史哲	2015.1	360		書法、國畫集
53	讀詩稗記：蟾蜍山萬盛草齋文存	文史哲	2013.3	450	10	讀詩、讀史
54	嚴謹與浪漫之間：詩俠范揚松	文史哲	2013.3	540	12	春秋人物
55	臺中開發史：兼臺中龍井陳家移臺略考	文史哲	2012.11	440	12	地方誌
56	最自在的是彩霞：台大退休人員聯誼會	文史哲	2012.9	300	8	台大校園
57	古晟的誕生：陳福成 60 詩選	文史哲	2013.4	440	3	現代詩集
58	台大教官興衰錄：我的軍訓教官經驗回顧	文史哲	2013.10	360	8	台大、教官
59	爲中華民族的生存發展集百書疏：孫大公的思想主張書函手稿	文史哲	2013.7	480	10	書簡
60	把腳印典藏在雲端：三月詩會詩人手稿詩	文史哲	2014.2	540	3	手稿詩
61	英文單字研究：徹底理解英文單字記憶法	文史哲	2013.10	200	7	英文字研究
62	迷航記：黃埔情暨陸官 44 期一些閒話	文史哲	2013.5	500	10	軍旅記事
63	天帝教的中華文化意涵：掬一瓢《教訊》品天香	文史哲	2013.8	420	10	宗教思想
64	一信詩學研究：徐榮慶的文學生命風華	文史哲	2013.7	480	15	文學研究

陳福成 80 著編譯作品彙編總集

編號	書　　名	出版社	出版時間	定價	字數（萬）	內容性質
65	「日本問題」的終極處理 ｜ 廿一世紀中國人的天命與扶桑省建設要綱	文史哲	2013.7	140	2	民族安全
66	留住末代書寫的身影：三月詩會詩人往來書簡	文史哲	2014.8	600	6	書簡、手稿
67	台北的前世今生：圖文說台北開發的故事	文史哲	2014.1	500	10	台北開發、史前史
68	奴婢妾匪到革命家之路：復興廣播電台謝雪紅訪講錄	文史哲	2014.2	700	25	重新定位謝雪紅
69	台北公館台大地區考古・導覽：圖文說公館台大的前世今生	文史哲	2014.5	440	10	考古・導覽
70	那些年我們是這樣寫情書的	文史哲	2015.1	480	15	書信、情書
71	那些年我們是這樣談戀愛的	文史哲				
72	我的革命檔案	文史哲	2014.5	420	4	革命檔案
73	我這一輩子幹了些什麼好事	文史哲	2014.8	500	4	人生記錄
74	最後一代書寫的身影：陳福成的往來殘簡殘存集	文史哲	2014.9	580	10	書簡
75	「外公」和「外婆」的詩	文史哲	2014.7	360	2	現代詩集
76	中國全民民主統一會北京行：兼全統會現況和發展	文史哲	2014.7	400	5	
77	六十後詩雜記現代詩集	文史哲	2014.6	340	2	現代詩集
78	胡爾泰現代詩臆說：發現一個詩人的桃花源	文史哲	2014.5	380	8	現代詩欣賞
79	從魯迅文學醫人魂救國魂說起：兼論中國新詩的精神重建	文史哲	2014.5	260	10	文學
80	洪門、青幫與哥老會研究：兼論中國近代秘密會黨	文史哲	2014.11	500	10	秘密會黨
81	台灣大學退休人員聯誼會第九屆理事長實記	文史哲			10	行誼・記錄
82	梁又平事件後：佛法對治風暴的沈思與學習	文史哲	2014.11	320	7	事件・人生
83						
84						
85						
86						
87						
88						
89						
90						
91						
92						
93						
94						

陳福成國防通識課程著編及其他作品

（各級學校教科書及其他）

編號	書　名	出版社	教育部審定
1	國家安全概論（大學院校用）	幼　獅	民國 86 年
2	國家安全概述（高中職、專科用）	幼　獅	民國 86 年
3	國家安全概論（台灣大學專用書）	台　大	（台大不送審）
4	軍事研究（大專院校用）	全　華	民國 95 年
5	國防通識（第一冊、高中學生用）	龍　騰	民國 94 年課程要綱
6	國防通識（第二冊、高中學生用）	龍　騰	同
7	國防通識（第三冊、高中學生用）	龍　騰	同
8	國防通識（第四冊、高中學生用）	龍　騰	同
9	國防通識（第一冊、教師專用）	龍　騰	同
10	國防通識（第二冊、教師專用）	龍　騰	同
11	國防通識（第三冊、教師專用）	龍　騰	同
12	國防通識（第四冊、教師專用）	龍　騰	同
13	臺灣大學退休人員聯誼會會務通訊	文史哲	

註：以上除編號 4，餘均非賣品，編號 4 至 12 均合著。

編號 13 定價一千元。